Teil 1

Jennifer und Robert

Prolog

In pink-weiß gestreiftem Minirock, weißem Top und mit kleinen Ohrringen, deren Straßsteine wie Diamanten funkelten, betrat die achtzehnjährige Jennifer Levin an einem Augustabend des Jahres 1986 ihre Lieblingsbar in New York. Sofort hielt sie Ausschau nach dem neunzehnjährigen Robert Chambers, einem Freund, den sie dort anzutreffen hoffte. Aber es war so voll in der schicken Bar auf der Upper East Side, daß sie ihn zunächst nicht entdecken konnte. Ein einziges Gewimmel von wohlhabenden, verwöhnten Prep-School-Schülern und -Absolventen*, denen die Bar im Laufe des Sommers zu einer zweiten Heimat geworden war, herrschte hier. Einige von ihnen scharten sich um die altmodische Jukebox, andere saßen jeweils zu zweit auf einem Stuhl an den kleinen, mit Baumwolldecken dekorierten Tischchen. Die Bestellungen wurden über die Dreierreihen an der Theke hinweg durchgegeben. Immer wieder drängelten sich Gäste durch den engen Eingangsbereich nach draußen, um sich auf dem Bürgersteig einen Joint zu gönnen. Die ganze Atmosphäre war erfüllt von einem ohrenbetäubenden Lärm und der Fröhlichkeit der Leute an diesem Abend des zur Neige gehenden Sommers.

Jennifer ließ sich schnell von der ausgelassenen Stimmung anstecken. Sie scherzte und lachte mit ihren Freunden, flirtete mit Robert, der schließlich doch noch aufgetaucht war, und verließ die Bar erst zu später Stunde in seiner Begleitung.

Zwei Stunden später – ein wunderschöner Sonnenaufgang verhieß an diesem Morgen einen weiteren heißen Augusttag – fand eine Radfahrerin im Central Park Jenni-

* Prep Schools sind exklusive Schulen, auf denen die Schüler für das College vorbereitet werden.

fer. Sie war erwürgt worden, hatte Blutergüsse im Gesicht und am ganzen Leib, ein Auge war zugeschwollen, und ihre Ohrringe sowie ihr gesamtes Geld bis auf eine zerrissene Dollarnote waren verschwunden. Ebenso ihr Slip. Jennifer lag mit weit ausgestreckten Armen und Beinen auf dem Boden. BH und Top hingen ihr um den Hals, der Minirock war über die Hüften hochgeschoben worden.

Vergewaltigt, vermutete die Polizei, nachdem sie Leiche und Tatort kurz in Augenschein genommen hatte. Wahrscheinlich von einem völlig gleichgültigen, gefühllosen Täter. Er hatte sie mit entblößten Brüsten und Genitalien liegenlassen. ›Zweifellos war er dem Opfer unbekannt‹, so lautete die Schlußfolgerung der Polizei.

Und dennoch gestand achtzehn Stunden später Robert Chambers, Jennifers Tod verursacht zu haben. Es sei ein Unfall gewesen, sagte er. Er und Jennifer hätten im Central Park miteinander schlafen wollen; sie wollte es ziemlich pervers haben und sei dann extrem aggressiv geworden, sie sei ihn hart angegangen und nicht mehr zu bremsen gewesen. Als seine Schmerzen schließlich unerträglich geworden seien, habe er in einem Reflex hinaufgelangt, ihr den Arm um dem Hals gelegt und sie von sich heruntergerissen. Dabei sei sie dann irgendwie zu Tode gekommen. Wie beiläufig sagte er: »Sie war ein nettes Mädchen, ziemlich unkompliziert. Sie war nur zu aufdringlich.« Und in merkwürdigem Kontrast dazu fügte er im Stil eines romantischen Liebesromans hinzu: »Sie hat mich sich zu Willen gemacht. Jedoch ohne mein Einverständnis.« Das Erstaunlichste an diesem Geständnis war jedoch nicht seine Wortwahl, sondern der Ton, in dem er es ablegte. Er bedauerte sich selbst, er war davon überzeugt, daß eigentlich er dem Mädchen, das nun leblos aufgebahrt im Leichenschauhaus lag, zum Opfer gefallen war.

An den folgenden Tagen zog der Mord im Park die New Yorker Bevölkerung mehr und mehr in seinen Bann. Es ging um lebenshungrige und – was die Sache noch interessanter machte – reiche junge Leute. Das Paar, das in diese Tragödie verstrickt war, hatte sämtliche Privilegien der Jugend genossen und alles besessen, was man für Geld kaufen konnte; und doch hatten die beiden alles in den späten Stunden einer einzigen Sommernacht verloren. Sie war tot. Er saß im Gefängnis.

Und was hatte diese Tat ausgelöst? Sex, wenn man den Schlagzeilen glauben sollte. Im Überschwang ihrer jugendlichen Leidenschaft, so war in den Zeitungen zu lesen, die sich auf Roberts Geständnis bezogen, hatten der junge Mann und die junge Frau schlicht die Kontrolle über sich verloren. Die Geschichte bewegte die Leser zutiefst und bestärkte weit verbreitete Vorstellungen, wie daß junge Leute mit Alkohol und Sex nicht umgehen können. Daß es gefährlich ist, wenn man nur an sein Vergnügen denkt. Daß die Reichen und Jungen auch nicht besser dran sind als jeder andere – alles dies ablesbar an dem Schicksal der beiden.

Eine Woche nach Jennifers Tod war der Fall in der ganzen Stadt in aller Munde. Beim Frühstück, in den Pausen, in den Warteschlangen im Supermarkt, auf Parties und beim Dinner war die Frage, was sich tatsächlich zwischen Jennifer und Robert abgespielt hatte, Gesprächsthema Nummer eins.

Die Medien gaben dem öffentlichen Interesse weiter Nahrung. Über den ›Preppie-Mord‹, wie der Fall jetzt plakativ hieß, wurde auf der Titelseite jeder Zeitung und zu jeder vollen Stunde in den Nachrichten berichtet. Heerscharen von Reportern machten sich daran, Informationen auszugraben, die Licht in das Dunkel um die Hauptakteure und ihre aus lebenslustigen, verwöhnten Großstadt-Teenagern bestehende Clique bringen sollten – gleichgültig, wie nebensächlich sie sein mochten. Der Alkoholkonsum der Gruppe, die Drogen, ihre sexuelle Freizügigkeit, ihre Extravaganzen – all dies wurde akribisch erforscht, als sei ein neuer Menschenstamm, ein anthropologisches Phänomen gerade erst entdeckt worden.

Im Laufe der nächsten beiden Jahre wurde über den

Preppie-Mord so häufig berichtet wie über kaum einen anderen Mordfall der New Yorker Stadtgeschichte. Immer noch bewegte er die Menschen. Niemanden ließ die Geschichte so recht wieder los, sie war zu gespenstisch. Und Eltern quälten sich in besonderem Ausmaße mit der Frage, ob es nicht auch ihre eigenen Kinder statt Jennifer und Robert hätte treffen können!

1. Kapitel

Neue Lebensabschnitte

Ende der fünfziger Jahre betrat eine blasse, magere Irin namens Phyllis Shanley den Boden der Vereinigten Staaten von Amerika, den Kopf voll von hochfliegenden Plänen.

Daheim in Irland war sie in ärmlicher Umgebung aufgewachsen, als ältestes von sechs Kindern. Sie lebten im kargen Hinterland, inmitten von Torfmooren und einer trostlosen Landschaft. Bei der erstbesten Gelegenheit hatte Phyllis der elterlichen Farm den Rücken zugekehrt, um in Dublin eine Ausbildung zur Krankenschwester zu machen. In den düsteren Hospitälern, die noch aus der Viktorianischen Zeit stammten, hatte sie gelernt, Geburtshilfe bei Frauen zu leisten, die keinen Arzt bezahlen konnten, und armen Schluckern beizustehen, die an Tuberkulose und anderen ansteckenden Krankheiten litten. Doch weder ihre Ausbildung noch ihre Erfahrung hatten ihr zu einem guten Auskommen verholfen.

In Amerika sah das ganz anders aus. In der Neuen Welt – davon war sie überzeugt – müßte es ihr doch gelingen, sich erfolgreich durchzusetzen. Es würden ihr alle Türen offenstehen. Amerika war das Land der unbegrenzten Möglichkeiten. Hier beurteilte man einen Menschen nicht nach seiner Vergangenheit, sondern danach, was er aus eigener Kraft aus sich machte. Und wenn man es erst einmal zu etwas gebracht hatte, hätten die eigenen Kinder und Kindeskinder, sogar die irischer Einwanderer, ein besseres Leben vor sich. Sie würden nicht wie sie in Armut aufwachsen, sondern mit Gottes Hilfe vielleicht sogar reich werden und zu Ansehen gelangen.

Zu der Zeit, als Phyllis in den Vereinigten Staaten ankam, wurde gerade heftig darüber diskutiert, daß das Land demnächst erstmals in seiner Geschichte einen katholischen Präsidenten irischer Abstammung wählen könnte. John Fitzgerald Kennedy, der junge Senator aus Massachusetts, dessen eigene Familie erst vor drei Generationen die elenden, ärmlichen Verhältnisse Irlands hinter sich gelassen hatte, war zum Präsidentschaftskandidaten gekürt worden.

Phyllis gewöhnte sich schnell an die Spielregeln ihrer neuen Heimat. Harte Arbeit machte ihr nichts aus. In ihren Gedanken hielt sie sich an das legendäre amerikanische Versprechen, daß in diesem Lande alle Menschen ihres eigenen Glückes Schmied seien.

Bald ging sie in einem New Yorker Krankenhaus wieder ihrem erlernten Beruf nach und übernahm die Pflege von Privatpersonen. Daneben wartete sie täglich auf das große Glück. Nach drei Jahren war es tatsächlich soweit. An einem ausgelassenen Tanzabend einer irischen Organisation traf sie einen gutaussehenden jungen Mann, der sie immer wieder zum Tanz aufforderte.

Er hieß Bob Chambers; seine anglo-irische Familie lebte schon seit Generationen in Amerika. Einer seiner Vorfahren war noch vor dem Unabhängigkeitskrieg hierher ausgewandert. Bobs Eltern besaßen ein Haus in Westchester und auch ein Wochenendhaus in Lake Placid. Bob war in gutbürgerlichen, wohlhabenden Verhältnissen aufgewachsen, hatte Privatschulen besucht und am Mitchell College in Connecticut und anschließend an der American University in Washington, D. C., studiert.

Vier Jahre, nachdem sie sich kennengelernt hatten, feierten sie ihre Hochzeit. Ein Jahr später wurde ihr erstes und einziges Kind geboren, ein Junge, der saphirblaue Augen und einen zarten, hellen Teint hatte. Phyllis gab ihm den Namen Robert Emmet – Robert nach seinem Vater und Emmet nach dem berühmten irischen Patrioten Emmet, der wegen seiner Aufstände gegen die Briten gehängt worden war.

Robert war ein gehorsames Kind, nachgiebig und gefügig, dabei sehr aufgeweckt; er begann früh, Worte zu lallen und zu lächeln. Mit anderthalb Jahren konnte er bereits mühelos laufen und sprechen. Gelegentliche

Stürze steckte er tapfer weg. Er war Phyllis' ein und alles.

Sie zeigte diese Gefühle jedoch nicht offen. So herzte und küßte sie ihn nicht, wie andere Mütter ihre kleinen Söhne, statt dessen las sie ihm regelmäßig vor und machte viele Lernspiele mit ihm. Als er drei Jahre alt war, hatte sie ihm auch schon bestimmte Benimmregeln beigebracht, unter anderem jemandem zur Begrüßung die Hand zu geben.

Zu dieser Zeit lebte die Familie in einem riesigen Wohnkomplex in Woodside, Queens. Viel Geld stand ihnen nicht zur Verfügung. Bob hatte einen guten, aber nicht gerade einträglichen Job in der Kreditabteilung von Dun & Bradstreet. Phyllis arbeitete nach wie vor stundenweise als Krankenschwester. Die meisten ihrer Patienten lebten auf der Upper East Side von Manhattan, in geräumigen Wohnungen, in denen kostbare Landschaftsgemälde und Familenporträts an den Wänden hingen und Kristall, Silber und Holzschnitzereien die Räume zierten. Im Vergleich dazu wirkte Woodside deprimierend ärmlich, und Phyllis träumte davon, eines Tages selbst auf der East Side zu wohnen. In den gutbürgerlichen Vierteln der West Side oder den unkonventionelleren von Downtown Manhattan waren die Mieten zwar niedriger, aber was bedeutete das schon im Vergleich zu den prunkvollen Patrizierhäusern der East Side. Dort waren die großen Boulevards gesäumt von palastartigen Wohngebäuden; in den Nebenstraßen standen imposante Stadthäuser und ruhige, vornehme Residenzen. Gelegentlich, wenn Bobs Großmutter zum Dinner bat, besuchte Phyllis mit ihrem kleinen Sohn diese Gegend, denn die alte Dame wohnte in einem der Häuser.

Nach einigen Jahren zogen Phyllis und Bob von Woodside in eine bessere Wohnung nach Jackson Heights um. Das Viertel entsprach nicht gerade der East Side, aber dennoch war Phyllis mit dem Wohnungswechsel zufrieden. Sie hatte stets sparsam gewirtschaftet und konnte die neue Wohnung dadurch stilvoll einrichten. Mit viel Eifer und Genugtuung pflegte sie ihren Haushalt und verbrachte Stunden damit, das schöne, dunkle Holz der Möbel auf Hochglanz zu polieren.

Inzwischen zählten zu ihrem Kundenkreis nicht nur wohlhabende, sondern sehr reiche Patienten. Eines Tages schließlich erhielt sie einen Pflegeauftrag, der ihrer Neigung zu Träumen reichlich Nahrung bot. Niemand geringerer als die berühmteste Familie Amerikas war ihr Auftraggeber. Phyllis sollte den bekanntesten Jungen es Landes, John-John Kennedy, nach einer Atemwegserkrankung pflegen.

Einen Tag nachdem seine Frau die Arbeit bei den Kennedys aufgenommen hatte, bemerkte Bob Chambers, daß sie eine neue, offensichtlich teure Sonnenbrille trug, und dies nicht etwa wie üblicherweise auf der Nase, sondern hoch auf den Kopf geschoben, so wie sie es von Jackie Kennedy übernommen hatte.

John-John wurde gesund, und damit hatte dieser Job sein Ende – seine Nachwirkungen auf Phyllis und ihre Familie jedoch noch lange nicht. Als Robert vier Jahre alt war, schickte Phyllis ihn zum renommierten Kindergarten der St. David's School, East 89th Street, nahe der Fifth Avenue. St. David's war eine katholische Schule, wurde aber auch von Kindern anderer Konfessionen besucht. Viele der prominenten katholischen Familien vertrauten ihre Sprößlinge dieser Schule und insbesondere dem angegliederten Kindergarten an, die Hearsts, die Skourases und die Burkes gehörten dazu. Einige Jahre vor Roberts Eintritt hatten auch die Söhne von J. F. Kennedys Schwester, Mrs. Peter Lawford und Mrs. Stephen Smith, den Kindergarten besucht, ebenso John-John Kennedy.

Zu jener Zeit war Jennifer Levin gerade zwei Jahre. Sie wuchs in dem vornehmlich von Berufspendlern bewohnten Vorort Merrick auf, in einem kleinen Bungalow, an den sich ein großer Garten mit vielen Bäumen anschloß.

Jennifer war die zweite Tochter von Steven Levin und Ellen Domenitz. Beide stammten aus jüdischen Familien und waren selbst in ordentlichen, bürgerlichen Vorstadtsiedlungen draußen im Grünen aufgewachsen: Steve in

Massachusetts, Ellen auf Long Island. Sie hatten sich in Boston kennengelernt, wo Ellen zum Junior College gegangen war und Steve eine Schauspielschule besucht hatte. Die Schauspielerei lag Steve im Blut. Sein Großvater, der zu Beginn des Jahrhunderts aus Rußland in die Vereinigten Staaten eingewandert war, hatte seinen Lebensunterhalt im Schuhhandel verdient, und Steves Vater war in seine Fußstapfen getreten. Aber sein Leben lang hatte der alte Mann den Wunsch gehegt, Schauspieler zu werden, und im hohen Alter, als er Mitglied eines jiddischen Theaterensembles wurde, erfüllte sich dieser Traum. Steve, der das komödiantische Talent seines Großvaters geerbt und sein Herz an eine Bühnenlaufbahn gehängt hatte, beherrschte einige komische Nummern als Stimmenimitator. Sein Berufsziel gab er jedoch nach der Heirat mit Ellen auf und stieg statt dessen ins Immobiliengeschäft ein. Die Immobiliengesellschaft, die er mit einem Partner in Manhattan gegründet hatte, warf bereits bescheidene Gewinne ab, als Jennifer zur Welt kam.

Ihre Schwester, die fünfjährige Danielle, war eindeutig das hübschere der beiden Mädchen, eine kleine Schönheit, wie die Nachbarn immer wieder betonten. Aber Jennifer, das war abzusehen, würde auch ihren Weg gehen, denn sie hatte Persönlichkeit und schien immer unter Hochspannung zu stehen. Ständig versuchte sie sich zu beteiligen, wenn Danielle allein oder mit ihren Freunden spielte. Die Mädchen schlugen ihr die Tür vor der Nase zu oder rannten auf ihren viel längeren, schnelleren Beinen kichernd davon. Dann heulte und zeterte Jennifer, lief den anderen aber dennoch wie ein Hündchen hinterher. Sie rüttelte an den Türklinken und heftete sich, so gut sie es konnte, an ihre Fersen, wenn die Kinder vor ihr davonstürmten. Manchmal gelang es ihr tatsächlich, die anderen einzuholen, und gleich drehte sie richtig auf, sie sang, stolzierte herum und machte dabei so lange alberne Mätzchen, bis sie endlich schallendes Gelächter erntete. Schließlich gaben die anderen nach, und Jennifer durfte mitspielen.

Die St. David's School, wohin der vierjährige Robert täglich von seinem Vater oder seiner Mutter gebracht wurde, befand sich in einem wunderschönen, in klassizistischem Stil errichteten Gebäude, das Beständigkeit und Stabilität ausstrahlte. Welten trennten es von den irischen Klosterschulen, die Phyllis in ihrer Kindheit besucht hatte. Ihre Lehrerinnen, Nonnen in schwarzer Tracht, hatten ebensoviel Wert auf Zucht und Gehorsam wie auf die Unterrichtsinhalte gelegt. Die Erzieher von St. David's, größtenteils katholische Laien, waren dagegen verständnisvoll und nachsichtig; sie betrachteten es als ihre wichtigste Aufgabe, den ihnen anvertrauten Kindern ein umfassendes Wissen zu vermitteln.

Phyllis war mit ihrer Entscheidung für diese Schule sehr zufrieden, obwohl sie teuer und der Schulweg weit war. Dennoch wirkte sie nicht glücklich. Ihr Mann hatte bereits seit seiner Teenagerzeit regelmäßig Alkohol getrunken und war inzwischen zu einem Gewohnheitstrinker geworden, dessen Alkoholkonsum mehr und mehr zunahm. Steve war oft nicht zu Hause, wenn er eigentlich hätte daheim sein sollen.

Robert erzählte in St. David's, seine Mutter schlage ihn mit einem Riemen, wenn er böse gewesen sei. Seine Lehrer hielten die Mutter für ein wenig altmodisch und streng, spielten dies jedoch herunter und sagten, daß sie es zweifellos nur gut meinte.

Cynthia White, Roberts Kinderfrau, hielt Phyllis ebenfalls für eine strenge, zugleich aber auch großartige Mutter. Die vielen von ihr aufgestellten Regeln schienen sinnvoll, etwa daß Robert, bevor er spielen gehen durfte, seine Hausaufgaben erledigt haben mußte. Fernsehen durfte er nur selten, und er mußte täglich, auch bei schlechtem Wetter, nach draußen an die frische Luft.

Cynthia bewunderte Mrs. Chambers und war zugleich verzaubert von Roberts liebenswürdigem, freundlichem Wesen. Er war so gehorsam. Sie mußte ihn nie zweimal dazu auffordern, seine Spielsachen aufzuräumen oder sich in seinem Zimmer für die Nacht fertigzumachen. Aber Cynthia machte sich auch Sorgen um den Jungen. Er hatte nicht viel von seiner Mutter, seit sie eine Ganztagsstelle als Pflegerin der alten Millicent Hearst, der Frau des Zeitungsbarons, angenommen hatte. Außerdem hatte er keine Freunde. Cynthia fragte sich manchmal, ob er einsam sei. War die Entscheidung, ihn nach St. David's zu schicken, wirklich das beste für ihn? Es grenzte ihn von den Jungs aus der Nachbarschaft ab und machte ihn dadurch zum Außenseiter.

Aber Robert beschwerte sich nicht; er war keines von diesen weinerlichen, schwierigen Kindern. Wenn ihn etwas bedrückte, machte er es mit sich selbst aus; sogar über körperliche Schmerzen äußerte er sich kaum.

Eines Tages hatte er die Rückseite eines Ohrensessels erklommen. »Hör auf damit«, hatte Cynthia ihn gewarnt, »das ist gefährlich.« Ohne auf sie zu hören, war er weiter geklettert und Sekunden später herabgestürzt.

»Alles in Ordnung?« hatte Cynthia gefragt.

»Ja.« Dann hatte er sich gleich weggedreht und war in sein Zimmer gelaufen.

Cynthia hatte zwanzig Minuten gewartet, daß er wieder herauskäme, und war schließlich zu ihm gegangen. Sie hatte ihn zusammengekrümmt auf seinem Bett liegend gefunden, verzweifelt bemüht, seine Tränen zurückzuhalten. Dies war nicht so leicht, denn seine Verletzung stellte sich nicht gerade als Kleinigkeit heraus: Er hatte sich das Schlüsselbein gebrochen.

Schmucksachen, Tücher. Die hochhackigen Schuhe ihrer Mutter. In Merrick legte die vierjährige Jennifer eine gesteigerte Leidenschaft an den Tag, sich zu verkleiden. Hatte sie sich erst einmal mit den Sachen ihrer Mutter ausstaffiert, stolzierte sie herum, sang und wendete und drehte sich wie ein rotierender Kreisel.

Einige Mütter ihrer Spielkameradinnen allerdings fanden sie hyperaktiv und nur schwer zu bändigen. Eine von ihnen sprach deshalb mit Jennifers Vater, der daraufhin vorschlug, Jennifer nur Diätsprudel statt Pepsi oder Cola anzubieten, wenn sie zu Besuch war, da der Zucker in der Cola sie zu sehr aufputsche.

Andererseits verhalf Jennifer ihre Lebhaftigkeit zu Aufmerksamkeit und zu neuen Freunden. Eines Nachmittags war sie mit ihrer Schwerster bei zwei Jungen zu Besuch. Als sie bemerkte, daß der ältere der beiden sie wie ein Baby behandelte und mehr oder weniger ignorierte, verschwand sie kurzerhand mit dem Jüngeren aus dem Raum und besorgte für sich selbst und ihn witzige Kostüme und Make-up. Dann hüpften und tanzten sie wie ein Wirbelwind quer durch das Zimmer, und der ältere Junge, der ihr eigentlich überhaupt keine Beachtung schenken wollte, bog sich vor Lachen, bis er es vor Seitenstichen kaum noch aushalten konnte. »Du kannst unser Hofnarr sein«, sagte er zu ihr und erklärte, wie die Könige in früheren Zeiten Bedienstete in ihrem Hofstaat gehalten hatten, die nur für eine einzige Aufgabe verantwortlich waren: den König zu erheitern.

Kurz vor Roberts sechstem Geburtstag im Sommer des Jahres 1972 begab sich Cynthia mit ihm und seiner Mutter auf eine Reise nach Irland, um den Eltern von Phyllis einen Besuch abzustatten. Die drei Amerikaner landeten mit dem Flugzeug in Shannon, von wo aus sie sich auf den Weg ins Landesinnere machten. Ihr Ziel war die Stadt Bournacoula in der Grafschaft Leitrim, wo die Shanleys lebten und Phyllis aufgewachsen war. Schon die Grafschaft, ein langer, schmaler Landstrich, der zu den ärmsten Gegenden Irlands gehörte, erweckte den Eindruck, vollkommen abgeschnitten und vergessen von der restlichen Welt zu sein. Wieviel stärker traf dies für die Farm der Shanleys zu; ein Relikt aus einer anderen Zeit, so zumindest erschien es Cynthia.

Das Farmhaus selbst war ein großer, verwinkelter

Kasten mit vier Schlafkammern. Die gepflasterte Straße vor dem Haus konnte über die Abgeschiedenheit nicht hinwegtäuschen; gleich hinter dem Gebäude befanden sich Verschläge für Hühner und Enten, und Weiden für die Kühe und Pferde grenzten daran. In der Ferne erstreckte sich öde und verlassen das Torfmoor. Phyllis' Vater fuhr regelmäßig mit dem Wagen ins Moor hinaus, wo er Torf stach, den seine Frau zum Kochen auf einem riesigen, geschwärzten Ofen nutzte. Hier schmorte, dünstete und köchelte sie die Mahlzeiten, und im Inneren dieses vorsintflutlichen Gerätes backte sie täglich einen Laib köstlichen Brotes. Sie versicherte Cynthia: »Der Geschmack ist einfach nicht derselbe, wenn man altes Brot ißt. Und wenn es nur einen Tag alt ist.«

Die Kinderfrau bekam allmählich gehörigen Respekt vor den alten Shanleys angesichts ihres Kraftaufwandes für Tätigkeiten, die in Amerika in Sekundenschnelle verrichtet waren. Man brauchte nur auf einen Knopf zu drücken, um heizen zu können, und das Brot blieb im Kühlschrank, frisch wie am ersten Tag. »Hier ist das Leben so hart«, stellte sie fest.

»Das ist doch nichts, wirklich gar nichts«, hatte Mrs. Shanley erwidert. »Ja, noch vor ein paar Monaten mußten wir immer aus dem Badezimmer im ersten Stock Wasser zum Geschirrspülen holen. Oder wir mußten die Wasserpumpe in der Küche nehmen.«

Nach dieser Reise nach Bournacoula wunderte sich Cynthia nicht mehr darüber, daß Mrs. Chambes Robert in St. David's untergebracht hatte. Es ergab nun einen Sinn, selbst wenn man den täglichen langen Schulweg berücksichtigte und die Tatsache bedachte, daß nach der Schule keine gleichaltrigen Spielgefährten auf ihn warteten. Sie will an ihm wettmachen, was sie selbst versäumt hatte. Sie träumt eben den amerikanischen Traum, dachte die Kinderfrau.

Etwa im Jahre 1973 begann die Ehe der Levins zu zerbröckeln. Zum Teil war die Krise auf ihr jeweiliges Temperament zurückzuführen; beide waren leicht reizbar und impulsiv. Zudem hatten sie unterschiedliche Vorstellungen vom Leben. Ellen Levin bevorzugte einen unkonventionellen, bohemienmäßigen Lebensstil – eine ihrer Freundinnen nannte sie einmal ›ein Überbleibsel der Blumenkinder aus den Sechzigern‹. Steve dagegen mit seiner eher pragmatischen Natur war streng und ernst veranlagt. Mehr und mehr widmete er sich ausschließlich seinem Immobiliengeschäft.

Schließlich kam es zur Trennung. Steve zog nach Manhattan, während Ellen mit den beiden kleinen Mädchen in Merrick zurückblieb. Jennifer war jetzt fünf Jahre alt.

Der siebenjährige Robert erhielt in St. David's nun auch Religionsunterricht, den ein tatkräftiger, aufmerksamer junger Priester namens Pater Thomas Leonard erteilte. Schüchterne, andächtig lauschende Jungen mit glänzenden Gesichtern füllten die Reihen in den Klassenzimmern. Robert war hier nur einer unter vielen. Die Mutter des Jungen war jedoch das genaue Gegenteil. Bei Elternabenden meldete sie sich stets zu Wort, man mußte sie einfach zur Kenntnis nehmen.

Phyllis hatte im Laufe der Zeit ihre Vergangenheit in der Grafschaft Leitrim immer ein Stückchen weiter hinter sich gelassen. In ihrer Sprache klang zwar noch der irische Akzent durch, und sie war auch noch fest den strengen Glaubensgrundsätzen ihrer Kindheit verhaftet. Andererseits schritt ihre Amerikanisierung aber mit großen Schritten voran – rein äußerlich verwandelte sie sich zusehends in eine Frau der Oberschicht. Ihre Einkäufe erledigte sie sorgfältig und durchdacht. Häufig kaufte sie ihre Kleidungsstücke in Geschäften, in denen man Garderobe der letzten Saison zum herabgesetzten Preis erwerben konnte, gespendet von Frauen wie denen, für die sie tätig war. Für Gäste deckte sie den Tisch mit feinstem Leinen und edlem

Porzellan, genauso, wie sie es bei ihren Arbeitgeberinnen sah. Sie unterschied sich von ihnen lediglich dadurch, daß sie ihr Geschirr in abgelegenen Shops aus zweiter Hand kaufte.

1974, als Robert acht Jahre alt war, meldete Phyllis ihn bei den Knickerbocker Greys an, einer militärisch ausgerichteten Exerziergruppe für die Söhne aus besseren Familien, deren Treffen nachmittags im Anschluß an den Schulunterricht stattfanden. Hier wurden die Jungen in Disziplin und Patriotismus unterwiesen. Die Gruppe hatte den Spitznamen ›Private Mini-Armee des Social Register‹*. Phyllis war sich der Tatsache bewußt, daß die Greys längst nicht mehr ihre ursprüngliche Bedeutung besaßen. Es hatte eine Zeit gegeben, da waren sie derart elitär, daß sogar einigen der reichsten Sprößlinge New Yorks der Zutritt verwehrt geblieben war.

Frederick Warburg und auch Cornelius Vanderbilt hatten diesem Trainingslager angehört, ebenso Nelson Rockefeller, John Lindsey und Thomas Hoving. Doch das sah inzwischen anders aus. Die bedeutendsten Familien der Stadt hatten der Gruppe den Rücken zugekehrt, insbeondere im Zusammenhang mit der anti-militärischen Grundstimmung, die das Land nach dem Vietnamkrieg überzog. Die Aufnahme bei den Greys wurde vereinfacht, aber trotz allem rekrutierte das Korps seinen Nachwuchs hauptsächlich aus den exklusiven Privatschulen Manhattans. Phyllis war versessen darauf, Roberts Aufstieg bei den Greys zu fördern, denn dort, so dachte sie, würde er die richtige Art Freunde finden.

Robert war sehr nervös, als er zum ersten Mal das massive, schmiedeeiserne Tor auf der Park Avenue durchschritt und durch die majestätischen Holztüren in die festungsähnliche Halle trat, in der sich die Greys trafen. Jahrelang hatte er ältere Jungen an seiner Schule gesehen,

* Unter ›Social Register‹ versteht man die tonangebende Gesellschaftsschicht, zu der die wichtigsten und einflußreichsten Familien einer Stadt gehören.

die ihre Greys-Uniform auch im Unterricht trugen, und er hatte immer davon geträumt, eine solche zu besitzen. Es war ihm allerdings auch zu Ohren gekommen, daß bei den Greys am ersten Tag ein Auswahltest stattfand. In diesem Moment, als er das Gebäude betrat, hatte er Angst, an dieser Hürde zu scheitern. Im Laufe des Vormittags stellte sich jedoch rasch heraus, daß seine Sorge unbegründet war: Der erste Tag dort verlief reibungslos. Man nahm ihn in das Korps auf, und seine Eltern kauften ihm die heißersehnte Uniform. In einem Schulaufsatz schrieb er kurz darauf, daß er jetzt davon träume, den Rang eines Sergeants zu erhalten. Korpsmitglieder in der Position durften ein Schwert tragen.

Ellen Levin setzte die Trennung ziemlich zu. Die ganze Last der Kindererziehung hatte sie nun allein zu tragen. Zudem saß sie in diesem Vorort fest, wo ein einwandfreies Familienleben immens wichtig war.

Als Jennifer etwa sechs Jahre alt war, beschloß Ellen, nach Kalifornien zu ziehen. Drüben im Westen lebte es sich anders, hatte sie gehört. Dort gab es ganze Wohnsiedlungen, in denen Singles und Alleinerziehende mit ihren Kindern wohnten. Es gab Wohngemeinschaften und Wohnkolonien und viele Möglichkeiten, ein ungebundenes Leben zu führen. So machte sie sich schließlich mit beiden Mädchen auf den Weg nach Los Angeles.

In L. A. mietete sie eine Wohnung auf einem riesigen Anwesen, von dem es gerüchteweise hieß, es habe einst Rodolfo Valentino gehört. Hier wimmelte es nur so von getrennt lebenden Elternteilen, unter ihnen viele Schriftsteller, Sänger und Schauspieler. Sie alle hatten großes Verständnis für die Nöte der anderen und halfen sich gegenseitig bei der Kinderbetreuung und im Haushalt aus. Dieser Zusammenhalt erleichterte es Ellen, ihre Mutterpflichten zu erfüllen und machte die Einsamkeit erträglicher. Bald darauf nahm sie einen Job in einer Werbeagentur an.

Zweimal in der Woche trafen sich die Greys zum Exerzieren. Dazu kamen im Laufe des Jahres Zeremonien wie Kleidermusterungen sowie Ausflüge zu Sportveranstaltungen oder zu Armeestützpunkten. Der achteinhalbjährige Robert erschien regelmäßig bei den Veranstaltungen der Greys und galt schon bald als Musterkadett. Hier lernte er, wie man paradierte und schwenkte, marschierte und manövrierte. Außerdem ging sein Traum in Erfüllung – er erhielt Unterricht im Degenfechten. Und im Samstag-Schießclub lernte er sogar, mit dem Gewehr umzugehen.

Am Ende seines zweiten Jahres bei den Greys beschlossen Roberts Eltern, nach Manhattan umzuziehen – ein Grund lag sicherlich darin, daß sie so weniger Zeit damit verbringen mußten, ihn ständig zu den Veranstaltungen der Gruppe zu fahren. Phyllis fand eine Wohnung in einem der Backstein-Hochhäuser direkt auf der Park Avenue – nur wenigen Häuserblocks von der Exerzierhalle entfernt. Die Wohnung war klein, mit niedrigen Decken und von nur geringer architektonischer Finesse. Sie lag außerdem in dem uneleganten Abschnitt des vornehmen Prachtboulevards in der Reihe der neunziger Hausnummern – nur ein paar Straßen südlich von Spanish Harlem. Dennoch nannte Phyllis ihren Freunden die neue Adresse mit verhaltenem, aber unverhohlenem Stolz.

Phyllis war nach wie vor als Krankenschwester tätig, übernahm jedoch nur zeitlich befristete Aufträge. Mrs. Hearst, für die sie einige Jahre ausschließlich gearbeitet hatte, war inzwischen verstorben. Ihre Arbeitstage waren lang und anstrengend, aber trotzdem fand sie durch den Umzug in die Innenstadt mehr Zeit für ihre eigenen Interessen. Schon immer hatte sie gern organisiert und sich bereitwillig für wohltätige Zwecke eingesetzt. Als sie noch in Queens gewohnt hatten, war sie in der County Leitrim Society aktiv gewesen, einer Gruppe, die Geld für Einwanderer aus der irischen Grafschaft, aus der sie selbst stammte, sammelte. Nun begann sie, sich um Geldspenden für St. David's zu kümmern; außerdem trat sie der

Altar Society der nahe ihrer Wohnung gelegenen Church of St. Thomas bei.

Der Priester von St. Thomas, Monsignore James Wilders, lernte Phyllis im Laufe der Zeit sehr gut kennen. Ihm fielen bald ihre Gemeinsamkeiten auf. So hatte auch er sich der Aufgabe verschrieben, Kranken und Sterbenden beizustehen. Bevor er nach St. Thomas ging, hatte er als Superior der Krankenhausseelsorge in der Erzdiözese New York die Verantwortung für die katholischen Geistlichen in Hunderten von örtlichen Krankenhäusern und Pflegeheimen zu tragen. Während dieser Jahre war er immer bemüht gewesen, Patienten und ihren Familien den Gedanken an den nahenden Tod erträglicher zu machen. Am schlimmsten berührte es ihn, wenn Kinder an Leukämie starben. Er tröstete die Eltern und versuchte, ihnen klarzumachen, daß all dies natürlich nicht leicht sei, daß aber ihr Kind sofort in den Himmel komme, ohne daß es jemandem ein Leid zugefügt habe. »Wissen Sie, das Furchtbarste, was ein Kind jemals tun kann, ist heranzuwachsen und Schande über seine Familie zu bringen.«

Robert war in der Stadt anfangs sehr ängstlich. Sobald er die Wohnung verließ, blieb er dicht bei seiner Mutter, klammerte sich an ihrer Hand oder an ihrem Rockzipfel fest. Aber mit der Zeit gewöhnte er sich an seine neue Umgebung und ging allein nach draußen, um mit den Jungen zu spielen, die er von St. David's kannte. An manchen Tagen wiederum war er schüchtern, redete nur leise und wartete darauf, von den anderen angesprochen zu werden.

Nach einigen Wochen in der neuen Umgebung nahm Phyllis erfreut zur Kenntnis, daß er in der Nachbarschaft schon eine Reihe von Spielkameraden gewonnen hatte. »Er ist sehr beliebt«, erzählte sie ihren Freunden.

Auch Billy Markey, einem neuen Schüler an St. David's, fiel Roberts Ansehen bei den anderen auf. In der Hoffnung, durch die Verbindung mit ihm ebenfalls anerkannt zu werden, dachte er daran, Robert und dessen Freunde zu seinem zehnten Geburtstag einzuladen. Er wünschte sich sehr, daß sie kommen würden, war sich da aber überhaupt nicht so sicher. Sie waren anders als er. Er, gerade erst aus einer kleinen Provinzstadt nach New York gekommen, hatte ein Stipendium und lebte auf der West Side. Sie aber waren reich und kamen meist aus alteingesessenen Familien. Mehr noch, sie rauchten bereits Marihuana; auf den Schultoiletten hatte er sie dabei beobachtet. Das machte ihm angst. Dennoch wagte er es, sie einzuladen. Und zu seiner großen Überraschung und Freude sagten sie zu.

Während die Party noch im Gange war, fühlte er sich großartig. Zusammen mit seinen Gästen hörte er Platten, spielte mit den Geburtstagsgeschenken und verschlang Kuchen und Eis, bis er wirklich nicht mehr konnte. Es wurde viel gelacht und gewitzelt, und das erste Mal seit Monaten vermißte Billy seine alte Schule und die alten Freunde nicht. Aber nach der Party, als er sein Zimmer wieder aufräumte, mußte er feststellen, daß jemand sein Sparschwein geschlachtet hatte – immerhin zwanzig Dollar in Münzen, die er gewissenhaft von seinem Taschengeld zusammengespart hatte, fehlten. Billy war sich nicht sicher, wer das Geld genommen hatte, doch sein Verdacht fiel auf Robert oder einen seiner engen Freunde. Während des Spielens hatte er nämlich bemerkt, wie die Gruppe das Sparschwein betrachtet hatte.

Es war im gleichen Jahr, daß eines Nachtmittags der zehnjährige Andy Lockheart, der auf der East Side ebenfalls eine Privatschule besuchte, einen seiner Freunde anrief. Er habe ungeheures Glück gehabt, erzählte er aufgeregt: Es war ihm gelungen, einen Mann, der gerade ein Spirituosengeschäft betreten wollte, dazu zu überreden, von ihm Geld anzunehmen und ihm eine Flasche Alkohol zu besorgen.

Andy und sein Freund tranken bereits seit ihrem achten

Lebensjahr Alkohol; bei passender Gelegenheit genehmigten sie sich ein Gläschen aus der Bar ihrer Eltern. Aber seit kurzer Zeit hatten sie das Gefühl, daß ein heimlicher Schluck nicht mehr ausreiche. Sie wollten es mit einer ganzen Flasche Schnaps probieren, trauten sich aber nicht, eine solche von ihren Eltern zu nehmen, und trieben sich deshalb in der Nähe von Spirituosengeschäften herum. Gekleidet in ihre adretten blauen Schulblazer mit den Messingknöpfen, baten sie einen Kunden nach dem anderen höflich um Hilfe. Bislang hatten sie nur Abfuhren kassiert, doch heute hatte Andy Erfolg gehabt. »Ich wußte, daß es früher oder später klappen würde«, frohlockte er am Telefon.

»Tja«, entgegnete Andys Freund, »das ist eben New York.« Dann erkundigte er sich, in welchem Geschäft Andy solches Glück gehabt hatte. Andy erzählte ihm von dem Laden; einige St.-David's-Schüler hätten ihm darüber berichtet, unter ihnen ein Junge namens Robby Chambers.

Billy Markey hielt sich möglichst fern von den Jungen, die – wie er glaubte – sein Sparschwein geleert hatten. Aber er konnte ihnen nicht ganz aus dem Weg gehen, da er einige Unterrichtsstunden mit ihnen gemeinsam besuchte und auch zusammen mit ihnen Sport hatte. Sie wirkten sogar in derselben Schulaufführung mit. Robert Chambers als Bürgerkriegsgeneral, ausstaffiert mit Uniform, hat wirklich die beste Rolle, dachte Billy schmollend. Er selbst spielte nur einen einfachen Soldaten. Seine Aufgabe bestand lediglich darin, das in Reih und Glied marschierende Soldatenheer durcheinanderzubringen, indem er jede Menge Unfug trieb. Der General wiederum mußte ihm einen Stoß geben und ihn dadurch zur Räson bringen.

Während einer Probe nach dem Geburtstag geschah es, daß auf ein Stichwort hin Billy das Soldatenheer durcheinanderbrachte und Robert ihm den Stoß versetzte. Es war aber nicht bloß ein gespielter Schubs, sondern ein richtig harter Aufprall. Billy befürchtete einen Moment lang, daß Robert ihm absichtlich weh tun wollte. Doch dann merkte er gleich, daß das nicht der Fall war; Robert wirkte vielmehr, als habe er Gras geraucht oder etwas getrunken und als wisse er gar nicht, wie hart er zugestoßen hatte.

In Kalifornien besuchte Jennifer währenddessen eine staatliche Schule. An ihrer Überspanntheit und ihrem unbezähmbaren Temperament hatte sich im Laufe der Jahre nichts geändert; sie wirkte weiterhin wie ein kleines, Aufmerksamkeit heischendes Mädchen; und um sich in den Mittelpunkt zu stellen, schreckte sie vor nichts zurück. So marschierte sie eines Tages, bekleidet mit einem riesigen Hut und den Stöckelschuhen ihrer Mutter, über den Hollywood Boulevard. Bei anderer Gelegenheit spielte sie Kellnerin in einem Restaurant, das einem Freund ihrer Mutter gehörte; und als habe sie das Prinzip des Trinkgeldes noch nicht ganz durchschaut, verabschiedete sie die Gäste, indem sie ihnen Münzen in die Hand drückte und sie bat, bald wiederzukommen.

Ihren Vater sah Jennifer nur selten. Danielle und sie besuchten ihn zu Weihnachten und während der Sommerferien an der Ostküste; er selbst kam drei- bis viermal im Jahr zu ihnen nach Kalifornien.

Steve ging es gut. Sein Immobiliengeschäft florierte; er hatte eine Wohnung ganz in der Nähe der Madison Avenue und der Park Avenue. Und er hatte auch eine Freundin.

Ihr Name war Arlene Voorhust – sie war eine junge Frau, katholisch, verwitwet und kinderlos. Jennifer hielt sie für wunderschön. Nicht daß sie ihre Mutter nicht schön fand. Tatsächlich hatten Arlene und Ellen Levin sogar eine gewisse Ähnlichkeit; nur war Arlene ein dunklerer Typ, sie war schlanker und hatte eine größere Ausstrahlung als Ellen. Jennifer bewunderte sie. Andererseits erging es ihr wie vielen Mädchen nach der Trennung des

Vaters von der Mutter: Zunächst glaubte sie, den Ödipus-Kampf für sich entschieden zu haben, nur um dann feststellen zu müssen, daß es plötzlich eine Rivalin um die Gunst des Vaters gab; und das verübelte sie Arlene.

Jennifer war acht Jahre alt, als Steve und Arlene heirateten. Die Trauung fand im Standesamt des New Yorker Rathauses statt. Ob es nun damit zusammenhing, daß Ellen Levin ihren Töchtern nicht gestatten wollte, an der Zeremonie teilzunehmen, ob Steve und Arlene dies nicht wünschten oder ob die beiden Mädchen selbst beschlossen hatten, dem Ereignis fernzubleiben – Jennifer und Danielle jedenfalls waren bei der Hochzeit nicht anwesend.

In den folgenden ein, zwei Jahren wurde Robert groß und kräftig – größer und kräftiger als die meisten seiner Altersgenossen an St. David's oder bei den Greys. Sein Gesicht bekam eine neue, beinahe schon männliche Attraktivität, und sein Körper war dank der Exerzierübungen bei den Greys bestens durchtrainiert. Er machte seinen Eltern viel Freude. In der St.-Thomas-Kirche wurde er Meßdiener; dort ging er auch zur Erstkommunion bei Pater Theodore McCarrick, einem strebsamen Priester. Der hatte Mrs. Hearst bereits als Seelsorger beigestanden, und Phyllis war nach dem Tode der alten Dame weiterhin mit ihm in Kontakt geblieben. Robert gewann einen öffentlichen Redewettbewerb an seiner Schule, errang aufgrund seiner Treffsicherheit viele Medaillen bei Schützenwettkämpfen der Greys und wurde sogar in die elitäre Ehrengarde der Gruppe aufgenommen. Mitglieder der Garde, die blendend weiße Hosen und mit Tressen verzierte Uniformen trugen, präsentierten bei Paraden und öffentlichen Zeremonien die Fahnen der Truppe. Einmal bildeten sie sogar die Eskorte für Ronald und Nancy Reagan, die an einem feierlichen Mittagessen des Woman's Republican Committee teilnahmen. Der spätere Präsident schüttelte Robert die Hand.

Phyllis sprach geradezu besessen über Robert. In ihren Augen erreichte er alles, was sie sich für ihr Kind jemals erträumt hatte.

Auch sie selbst entwickelte sich nach und nach zu einem Menschen, der früher einmal nur in ihrer Vorstellung existiert hatte. Man bat sie darum, dem legendären Vorstand der Greys beizutreten, einer Gruppe, die sich seit jeher aus Damen der besseren Gesellschaft zusammensetzte; unter ihnen waren sogar Bekannte von Gouverneuren und Präsidenten. Über Jahre hinweg war Phyllis regelmäßig zu den Exerziertagen erschienen, ebenso zu den Musterungstagen, um zu überprüfen, ob die Schuhe blankgeputzt und die purpurfarbenenen Schärpen richtig gebunden waren. Des weiteren hatte sie sich immer dafür eingesetzt, die reichen Kontakte, die sie durch ihre Arbeit knüpfte, auszunutzen, um Geldspenden für die Organisation zu sammeln. Darin war sie großartig, das erkannten die Greys schnell und wollten sie daher in ihren Vorstand berufen.

Im Frühjahr des Jahres 1979, einige Monate vor Roberts 13. Geburtstag, gingen die Greys sogar noch einen Schritt weiter und wählten Phyllis zu ihrer Vorsitzenden. Es war allerdings ein zweifelhaftes Vergnügen, ausgerechnet in dieser Zeit das Amt zu übernehmen, denn die Greys litten unter Nachwuchssorgen. Zugleich waren es aufregende Monate, stand doch der 100. Gründungstag der Organisation vor der Tür. Unmittelbar nach ihrem Amtsantritt begann Phyllis damit, der Gruppe zu mehr Publicity zu verhelfen und Vorbereitungen für die Jubiläumsfeier zu treffen.

Im Herbst eröffnete sie ihre erste Saison als Präsidentin der Greys mit einem Lunch im Club ›21‹. Es war ein festlicher Tag. Die Kadettenoffiziere, unter ihnen auch Robert, trugen ihre Medaillen und ihre federgeschmückten Kopfbedeckungen. Gäste von Rang und Namen – Phyllis' alter Freund Pater McCarrick, der kürzlich erst zum Bischof ernannt worden war, war einer von ihnen – brachten Toasts aus, Vorstandsmitglieder und Förderer der Organisation hielten feierliche oder erheiternde Ansprachen. »Es geht hier nicht darum, diese Jungs auf gesellschaftliche Führungsrollen vorzubereiten, sondern diejenigen, die jetzt schon an der Spitze stehen, fürs Leben fit zu machen«, sagte ein früherer Vorsitzender.

»Worum es hier wirklich geht«, so der Kommentar eines erfolgreichen Ehemaligen, »ist, jetzt und hier ein Netz guter Verbindungen für die Zukunft zu knüpfen.«

Ellen Levin hatte einige Freunde in der Filmbranche; gelegentlich nahm sie Jennifer und Danielle auf Parties mit, bei denen sich auch die Aristokratie Hollywoods sehen ließ, Produzenten und Filmstars. Jennifer gefiel die Party am besten, bei der sie Chevy Chase traf. Er sah so gut aus und war umwerfend komisch.

Eines Abends versprachen Freunde von Ellen, die bei ihnen übernachteten, Jennifer für den nächsten Tag einen Ausflug nach Disneyland. Früh am nächsten Morgen rannte sie aufgeregt ins Gästezimmer und versuchte, sie zu wecken. Aber die Gäste standen nicht auf, rührten sich nicht einmal. »Sie waren high«, beschwerte sich Jennifer später bei Freunden.

Für Bob Chambers, der inzwischen in der Kreditabteilung bei MCA arbeitete, war die Zeit, in der seine Frau ihren sagenhaften Aufstieg bei den Greys erlebte, ein eher düsterer Lebensabschnitt. Obwohl er mehrfach versucht hatte, vom Alkohol loszukommen, und sogar eine Weile in der Klinik der Hazelden Foundation in Minnesota verbracht hatte, die einen sehr guten Ruf genoß, war er doch wieder rückfällig geworden und verbrachte seine Abende mit Streifzügen durch die Kneipen der Nachbarschaft. Eine seiner Lieblingsbars war das Sheehan's auf der Third Avenue.

Mike Sheehan, der Sohn des Besitzers, arbeitete als Detective beim New Yorker Police Department. Nach

Dienstschluß schaute er ab und zu auf dem Heimweg in der Bar vorbei, und eines Abends – etwa zu der Zeit, als Phyllis den Vorsitz bei den Greys übernahm – traf er dort wieder einmal auf Bob Chambers. Er mochte Bob; ihm gefiel, daß er ein friedlicher Trinker war, der weder rührselig wurde noch herumstänkerte, sondern einfach ruhig dasaß, seinen Scotch trank und irgendwelche Spiele im Fernsehen verfolgte oder mit einem Kumpel Kreuzworträtsel löste. Bob trug zu dieser Zeit mächtige Koteletten, sah klug aus und löst so viele Rätsel, daß Sheehan ihm den Spitznamen ›der Intelligente‹ verpaßte. Mal sehen, wie der Intelligenzler so drauf ist, dachte Sheehan an jenem Abend. Er schlenderte zu Bob hinüber und fragte: »Na, wie steht's?«

»Na ja«, antwortete Bob, »es geht so.« Dann erwähnte er seine Frau, erzählte etwas von irgendwelchen Problemen, die er mit ihr hatte.

»Tja, am besten ist es wohl, gar nicht erst zu heiraten«, sagte Sheehan.

Bob nickte zustimmend und lachte.

Er ist wirklich ein netter Kerl, so wie die meisten Stammkunden, dachte Sheehan; und sie alle nehmen derart Anteil an meiner Karriere, als seien sie mein Fan-Club. Sheehan gab den Stammkunden in diesem Jahr allen Grund, stolz auf ihn zu sein. Drüben auf der Columbus Avenue und der 108th Street hatte er einen schwarzen Jugendlichen verfolgt, der ausgesehen hatte, als führe er nichts Gutes im Schilde. Als er ihn eingeholt hatte, sah er, daß der Junge eine 38er mit langem Lauf in der Hand hielt. Schnell hatte Sheehan seine eigene Waffe gezogen, sie dem Jugendlichen unter die Nase gehalten und gerufen: »Drückst du ab, puste ich dir das Gehirn weg. Willst du hier den starken Mann markieren, nur zu, erschieß mich. Aber ich kriege dich auch, ich knall dir 'n Leck in den Kopf.« So resolut war er noch niemals in seinem Leben gewesen; die Worte waren einfach so aus ihm herausgesprudelt. Der Junge hatte recht schnell klein beigegeben und war weggerannt. Sheehan hatte ihm nachgesetzt, und mit klopfendem Herzen war es ihm gelungen, den Täter dingfest zu machen, ihm Handschellen anzulegen und ihn aufs Revier zu bringen. Dabei stellte sich heraus, welchen Glückstreffer er hier gelandet hatte: Bei dem Jugendlichen handelte es sich um einen Typen, hinter dem die Polizei schon seit Wochen her war, ein Typ, der den ersten weiblichen Police Officer von New York erschossen hatte.

An diesem Abend erzählte er Bob Chambers und den restlichen Barbesuchern noch einige andere aufregende Erlebnisse. Nicht zum ersten Mal versicherten einige der Gäste Sheehans Eltern, sie hätten auch gern einen Sohn wie Mike.

Nur Bob Chambers äußerte sich nicht. Er sagt nie irgend etwas in dieser Richtung, dachte Sheehan. Vielleicht hat er keinen Sohn.

»Geh eine Runde spielen«, meinte Bob Chambers eines Nachmittags im Herbst desselben Jahres zum achtjährigen Chip Jones. Bob hatte sich dazu überreden lassen, auf den Jungen aufzupassen; Phyllis, die den Eltern des Kindes versprochen hatte, sie würde diese Aufgabe übernehmen, war dann doch zu beschäftigt. Er war mit Chip zum nahe gelegenen Videospielcenter gegangen. Dort hatte er einige Dollar in Kleingeld gewechselt und händigte dem Jungen nun die Silbermünzen aus.

Chip legte los. Die Lichter der Maschine blinkten auf; er machte seine Züge und schoß eine Reihe von Raumschiffen ab. Dann sah er sich nach Mr. Chambers um, er wollte ihm seine Punktzahl zeigen. Doch er konnte ihn nirgends entdecken. »Er ist für einen Moment nach draußen gegangen«, erklärte der Mann an der Geldwechseltheke.

Der Junge spielte weiter, bis ihm nach einer Weile das Geld ausging. Etwas verloren stand er herum und wünschte sich, Mr. Chambers würde zurückkehren. Nach etwa einer Stunde, als Mr. Chambers sich immer noch nicht hatte sehen lassen, wurde Chip ein wenig ängstlich. Doch plötzlich stand Mr. Chambers wieder vor ihm, groß und freundlich. »Laß uns jetzt zum South Street Seaport runtergehen«, schlug er vor.

Chip fand diese Idee großartig.

Sie fuhren mit der U-Bahn in Richtung Stadtmitte, und Mr. Chambers bezahlte ihm ein Mittagessen in einem Restaurant. Dabei erzählte er ihm von einer Bar in der Gegend, in der ein Modell der *Titanic* aufgestellt sei. Falls Chip Geduld habe und einen kleinen Moment wartete, würde er sich zunächst auf die Suche nach der Bar machen und Chip anschließend abholen, um ihm das Schiffsmodell zu zeigen.

Chip saß im Restaurant und spielte mit den Überresten seines Essens. Mr. Chambers kehrte nicht zurück. Chip wartete und wartete, und nach einer Weile beschlich ihn wieder eine leise Furcht, obwohl er sich dessen schämte. Wenn Mr. Chambers irgend etwas passiert ist, weiß ich nicht, wie ich nach Hause kommen soll, dachte er ängstlich. Ich kenne den Weg doch nicht. Endlich aber war Mr. Chambers wieder da. Seine Wangen waren leicht gerötet, und er schwitzte heftig, aber ansonsten war er genauso fröhlich und freundlich wie immer. »Es tut mir schrecklich leid«, sagte er. »Ich war jetzt wirklich in jeder Bar, aber das Titanic- Modell konnte ich nirgendwo finden.«

Falls Bobs Trinkgewohnheiten bei Phyllis Bestürzung hervorriefen, ließ sie es nicht zu, daß dadurch ihr eigenes Leben beeinträchtigt wurde. Wie gewöhnlich ging sie ihren Pflegediensten nach und widmete sich voll und ganz ihren Aufgaben als Vorsitzende der Greys. Unter anderem organisierte sie für die Kadetten einen Besuch des Footballspiels Columbia gegen Dartmouth und arrangierte eine Exkursion nach West Point, wo ein Treffen mit einem Brigadegeneral auf dem Programm stand und sie das Mittagessen im Casino der Militärakademie einnahmen.

Sie war bei den Jungen, die nun offiziell ihrem Kommando unterstanden, sehr beliebt, aber sie zeigte auch

Strenge, wenn sie sich enttäuscht fühlte oder wenn die Jungen ihre Paraden schlampig ausführten. Am strengsten war sie Robert gegenüber. Reagierte er auf eine Anordnung nicht nach ihren Wünschen, ließ sie eine Schimpfkanonade auf ihn niederprasseln, kritisierte und demütigte ihn sogar in Gegenwart anderer. Die Mutter eines Grey- Kadetten war eines Nachmittags in der Exerzierhalle Zeugin einer solchen Standpauke. Phyllis schalt Robert, weil er irgendeine Erledigung versäumt hatte. Ihr Ton war eisig, ihre Worte schneidend. Robert, der sie inzwischen haushoch überragte, hörte schweigend zu.

Wird er sich denn nicht verteidigen? wunderte sich die Frau. Mein Sohn würde das mit Sicherheit tun.

Aber Robert starrte seine Mutter nur weiterhin ausdruckslos an.

Druck. Forderungen. Die Erwartungen seiner Mutter machten ihm ungeheuer zu schaffen, gestand der dreizehnjährige Robert einem Freund.

Er hatte inzwischen einen großen Freundeskreis, darunter auch viele Mädchen. Gerade ihnen gefiel sein gutes Aussehen, sein militärisch-zackiges Benehmen und die übermütig-schelmische Art, mit der er sie aufzog.

Einmal erwiderte ein Mädchen seine Fopperei. Zunächst riß es nur ein paar Witze über ihn, doch dann trat es ihm ausgelassen in den Hintern. Robert reagierte auf diese Erniedrigung mit einem plötzlichen Wutausbruch. Er wirbelte herum und packte den Arm des Mädchens; dabei verdrehte er ihn so stark, daß es befürchtete, er würde ihn brechen.

Im Herbst des Jahres 1979 zog Jennifer, inzwischen eine schlaksige Elfjährige mit schiefstehenden Zähnen und strähnigen Haaren, das sie achtlos hinter ihren abstehenden Ohren feststeckte, zurück an die Ostküste. Ellen war Kalifornien leid geworden und hatte sich dazu entschlossen, ein kleines Haus in New Heaven zu mieten, einem leicht heruntergkommenen Bezirk im ansonsten so eleganten Port Washington, dem Vorort von Long Island. Sie meldete Jennifer für die sechste Klasse der Mainer Heaven Public Elementary School an.

Jennifer konnte sich kaum noch an Long Island erinnern, und sie fühlte sich nicht wohl in der Rolle der ›Neuen‹ an ihrer Schule. Dennoch stürzte sie sich in die Aufgabe, neue Freunde zu finden und unternahm selbst die ersten Schritte. »Ich bin Jennifer Levin«, sagte sie und kritzelte ihre Telefonnummer auf einen Notizzettel. Schon nach kurzer Zeit zeigten ihre Bemühungen Erfolg; sie wurde auf Pool-Parties und zum Übernachten bei anderen Mädchen eingeladen.

Bei den Greys wies inzwischen Roberts bislang so makelloser Werdegang erste negative Anzeichen auf. Zum Herbst hin trank er bereits heimlich, aber regelmäßig. Es wurde ihm zur Gewohnheit, sich mit seinen dreizehnjährigen Freunden in einer East-Side-Bar zu treffen, in der ihnen der Besitzer alkoholische Getränke ausschenkte. Besuchte er Parties, so hatte er oft einen Flachmann mit billigem Whiskey in der Tasche. Vielleicht als eine Folge seines Trinkens litt er in der Exerzierhalle häufiger an Schwindelanfällen; und eines Nachmittags wurde er ohnmächtig, als er gerade das Kreuz der Greys bei einem patriotischen Gottesdienst in der Presbyterian Brick Church trug.

Die anwesenden Eltern, die diesen Vorfall als Augenzeugen miterlebten, mutmaßten flüsternd, daß Alkohol oder Marihuana die Ohnmacht verursacht haben könnte, und sie deuteten dies auch Phyllis gegenüber an. Die winkte ab, Robert fehle nichts, er habe nur eine leichte Grippe.

Sollte sie dennoch zornig auf ihn gewesen sein, so vergab sie ihm bereitwillig, als er Weihnachten eine außerordentlich gute Leistung bei der 99. Annual Review, der jährlichen Parade, zeigte. Sie schrieb ihm sogar eine offizielle Glückwunschnote. ›Du bist durch Dein Beispiel ein Sinnbild für die noblen Werte, die ehrenhafte und anständige Männer auszeichnen‹, hieß es darin. ›Man kann einem Mann kein größeres Kompliment machen, als ihm zu sagen, daß er ein anständiger Mann ist.‹

Irgendwann in diesem Semester besuchte Leilia Van Baker, eine langbeinige Zwölfjährige mit blonden Haaren, Robert zu Hause. Sie ging auf eine Privatschule, die genau gegenüber von Roberts Wohnung lag. Im Wohnzimmer fiel ihr Blick auf ein riesiges, prächtig eingerahmtes Porträt, das Robert mit Blazer, einem schneeweißen Frackhemd und einer gestreiften Krawatte zeigte. Goldene Strähnchen hellten seinen braunen Haarschopf auf, sein Lächeln war hinreißend, seine schlanken Finger ruhten lässig auf einer Stuhllehne, und den Oberkörper hielt er leicht vornübergebeugt. Er sieht aus wie ein junger Graf, dachte Leilia voll übertriebener Begeisterung.

Sie konnte ihren Blick nicht von dem Gemälde losreißen. Robert wurde rot. Seine Mutter hatte das Bild anfertigen lassen.

Im Frühjahr bat Phyllis einen ihrer Freunde, Robert bei einer Anmeldung für die Prep School behilflich zu sein. Robert habe sich darauf versteift, auf ein Internat zu wechseln, erklärte sie; insbesondere interessiere er sich für Choate, wohin auch einige seiner Schulkameraden gehen wollten. »Die Anmeldungen müssen wohl durchdacht und sorgfältig formuliert werden«, sagte sie, und sie habe das Gefühl, »daß der Junge Ratschläge von männlicher Seite gebrauchen kann, damit die Bewerbung rechtzeitig und in korrekt abgefaßter Form in der Schule eintrifft.«

Warum ich, warum nicht Bob? fragte sich John Dermont, der von Phyllis angesprochene Freund. Aber er kannte die Antwort. Bob war kaum jemals zu Hause, und wenn er sich dort aufhielt, war er selten ansprechbar. Dermont erklärte sich bereit, Roberts Unterlagen durchzusehen. Unter seiner Anleitung füllte der Junge die Fragebögen aus, besorgte sich Empfehlungsschreiben von seinen Lehrern und schrieb einen Aufsatz zu der Frage, warum er für die Internatsgemeinschaft eine Bereicherung sein würde. In dem Aufsatz hob er insbesondere seine Mitgliedschaft bei den Greys hervor. ›Die Lektionen, die ich gelernt habe‹, betonte er, ›die Ausbildung meines Charakters und die Verantwortung, die mit der Annahme von Befehlen einhergeht, wird für mich sowohl im Internat als auch darüber hinaus für den Rest meines Lebens von unschätzbarem Vorteil sein.‹ Die Anmeldeprozedur ging bei beiden derart glatt über die Bühne, daß Phyllis Dermont gleich bat, Robert auch bei einem Geschichtsaufsatz für die achte Klasse zu helfen.

Zunächst zögerte das Aufnahmekomitee der Choate High School in Wellingford, Connecticut, bei Roberts Antrag. Die Schule konnte auf eine nahezu hundertjährige Geschichte zurückblicken und zählte im Lande zu den herausragenden Vorbereitungsinstitutionen für das College. Man war stolz darauf, nur die besten und intelligentesten Studenten für den 200 Hektar umfassenden Campus zu gewinnen. Zwar hatte Robert überschwengliche Empfehlungsschreiben von einigen seiner bisherigen Lehrer erhalten, aber sein Notendurchschnitt war nicht besonders gut. Auch ließ sein Abschneiden bei dem Secondary School Aptitude Test, dem Eignungstest der Schule, ziemlich zu wünschen übrig.

Aber immerhin, so überlegte das Komitee, war der Junge ein Mitglied bei den Greys; von dort kamen einige der besten Ehemaligen der Schule, und im Laufe des Vorstellungsgesprächs gelang es Robert, die Komiteemitglieder durch seine außerordentlich guten Manieren und seine Liebenswürdigkeit für sich einzunehmen. Seine Bewerbung wurde akzeptiert.

Diese Nachricht berührte ihn sehr und erfüllte ihn mit Stolz. Er mache sich auf zu ›neuen Ufern, größer und besser als New York‹, schrieb er einem Mädchen, das er mochte, ins Jahrbuch. Sie hatte ihm den Spitznamen

Romeo verliehen, und mit diesem Namen unterschrieb er. Auf einer anderen Seite hinterließ er einen weiteren Abschiedsgruß und fügte seiner Unterschrift großspurig hinzu: ›Romeo, der Große! Der Geheiligte! Der Phantastische! Der für immer Große! Netter Kerl!‹

Die Abgeordnete Geraldine Ferraro, deren Sohn John Zaccaro jr. ebenfalls die St. David's School besucht hatte, hielt am Tag von Roberts Schulabschlußfeier die offizielle Rede. Von einem Podium in der Kirche von St. Thomas More erinnerte sie Robert und seine Klassenkameraden an all die Privilegien, die ihnen zuteil geworden waren; und sie ermahnte sie eindringlich, sich stets dieser glücklichen Umstände gewahr zu sein und darum nun für die Gesellschaft das Ihre zu tun.

John Dermont und seine Frau Barbara wohnten der Zeremonie ebenfalls bei. Sie saßen in ihrer Bank und ließen pflichtbewußt die Reden und Preisverleihungen über sich ergehen. Dermont war fast schon eingedöst, als er plötzlich vernahm, daß der nächste Preis an den Gewinner des Geschichtsaufsatz-Wettbewerbs in der achten Klasse gehen würde. Er richtete sich kerzengerade auf.

»Phyllis hat mir nicht gesagt, daß es sich um einen Wettbewerb handelte, als sie mich bei Roberts Geschichtsaufsatz um Unterstützung gebeten hat«, wisperte er Barbara zu.

»Sssst«, machte Barbara.

Aber Dermont ließ sich nicht beruhigen. »Wenn sie mir das sofort gesagt hätte, hätte ich mich niemals bereit erklärt, ihm zu helfen.«

»Du hast doch *nur* geholfen«, sagte Barbara. »Du hast es ja nicht geschrieben.«

»Darum geht es aber gar nicht. Ich habe die Ideen geliefert und wichtige Nachschlagequellen für ihn herausgesucht. Falls Robert gewinnt, werde ich es der Schule melden müssen.«

Im nächsten Moment wurde der Namen des Gewinners

bekannt gegeben. Dermont war sehr erleichtert, als ein anderer Junge aufgerufen wurde. »Ich denke, ich hätte mir gar keine Sorgen machen müssen«, flüsterte er Barbara zu. »Sogar mit meiner Hilfestellung wird Robert keinen gut strukturierten Aufsatz geschrieben haben. Bei ihm ist es zappenduster.«

Im Herbst begann Jennifer das neue Schuljahr an der staatlichen John Philip Sousa Junior High School in Port Washington.

Über diese Wahl war sie nicht allzu glücklich. In dem Ort gab es zwei Junior High Schools, Sousa und Weber, und ein großer Teil ihrer Freunde, die sie so mühsam in der sechsten Klasse gefunden hatte, ging nun zur Weber High School, in deren Schulbezirk sie alle wohnten. Sie beschwerte sich darüber, daß man sie von ihren alten Schulkameraden getrennt hatte; außerdem beklagte sie die Cliquenwirtschaft in Sousa. »Ich passe nicht hierher«, jammerte sie einer Freundin vor. »Ich werde niemals hierher passen.« Aber ihr Drang nach allgemeiner Anerkennung spornte sie an, und schon bald konnte man sie mit den Mädchen der in der Schule tonangebenden Clique herumziehen sehen.

An einem Sonntagmorgen im Herbst desselben Jahres saß John Dermont gerade beim Frühstück, als ihn ein dringender Anruf unterbrach. Es war Phyllis Chambers, die am Rande der Hysterie zu stehen schien.

»Robert ist gerade von Choate hier auf Besuch«, stieß sie hervor, »und Bob trinkt schon das ganze Wochenende über. Das hat dem Jungen sehr zu schaffen gemacht.« Auf diese Weise fuhr sie einige Minuten lang ununterbrochen fort, und Dermont versuchte, sie zu beruhigen. Aber sie ließ sich nicht darauf ein und sagte nach einer Weile: »Ich möchte, daß du herkommst und Bob vor die Tür setzt.«

Dermont war fassungslos. »Es ist aber ziemlich hart, einen Mann einfach aus seiner Wohnung zu werfen.«

»Das ist mir egal. Ich will ihn hier raushaben.«

Dermont zögerte. Bob Chambers war ein kräftiger Mann; von seinem Naturell her nicht aggressiv, aber von der Körpergröße immerhin auch nicht gerade klein. Falls Bob getrunken hatte und Dermont den Versuch unternehmen würde, ihn zum Gehen zu bewegen, könnte es Probleme geben. »Was macht Bob denn gerade?« fragte er Phyllis. »Hat er etwas getrunken?«

»Nein, aber du solltest besser bald herkommen.«

Dermont hörte den Kummer und die Sorge in ihrer Stimme und versprach, sofort loszufahren. Während er hastig seinen Mantel anzog, bereitete ihm die Vorstellung, daß Bob einverstanden sein könnte, seine Wohnung zu verlassen, ebenso viele Sorgen wie die, daß er sich weigern könnte. »Du kannst einen Mann nicht einfach vor seine Tür setzen«, sagte er zu seiner Frau. »Man muß ihm zumindest eine Alternative anbieten.«

»Natürlich«, stimmte Barbara ihm zu. »Aber welche?«

Dermont fiel das Roosevelt Hospital ein. »Ruf dort an und frag nach, ob sie ein Bett auf der Entzugsstation frei haben. Wenn ja, dann sollen sie es freihalten.« Mit diesen Worten stürmte er aus der Wohnung.

Bei den Chambers angekommen, wurde er von Phyllis und Robert hereingelassen, die sich schnell in ein Schlafzimmer zurückzogen und ihn mit Bob im Eßzimmer allein ließen. »Ich muß mal kurz telefonieren«, sagte er zu Bob und rief Barbara an. »Hast du das Krankenhaus erreicht?« fragte er, als sie abhob. »Haben sie ein Bett frei?«

»Ja. Ich habe gesagt, ihr würdet gleich kommen.«

»Gut.« Dermont legte auf und versuchte Bob zu erklären, aus welchem Grund er da war. »Phyllis hat mich gebeten zu kommen«, sagte er. »Sie und Robert wollen dich hier nicht mehr länger haben.« Bob starrte ihn verständnislos an. Sorge machte sich auf seinem Gesicht breit.

»*Wer* will mich hier nicht mehr?« fragte er.

»Deine Familie«, sagte Dermont. »Sie wollen, daß du gehst, zu deinem eigenen Besten.«

Bob vergrub das Gesicht in den Händen.

»Mach dir keine Sorgen«, beruhigte Dermont ihn. »Wir gehen jetzt rüber ins Roosevelt Hospital. Dort kannst du eine Woche bleiben; danach kannst du dann ins Smithers wechseln.«

»Ich weiß nicht so recht«, sagte Bob. Er wirkte derart verunsichert, daß Dermont es für angebracht hielt, Phyllis und Robert ebenfalls kurz mit ihm sprechen zu lassen. Sie sollten ihm sagen, daß ihnen, auch wenn sie ihn derzeit nicht zu Hause haben wollten, dennoch an ihm gelegen sei. Er holte Phyllis aus dem Schlafzimmer, erläuterte ihr seinen Plan mit der Roosevelt-Klinik und stand ruhig daneben, als sie Bob erklärte, was für eine gute Idee das Ganze sei und daß sie ihn nur deshalb zum Gehen auffordere, weil es für ihn das beste wäre. Dann rief er auch Robert hinzu. »Sag deinem Vater, wie sehr du ihn liebst«, forderte er ihn auf.

Der Junge schwieg; kein Wort kam über seine Lippen.

»Du liebst ihn doch, oder?« half Dermont nach. Aber noch immer waren Roberts Lippen wie versiegelt. War er wütend auf seinen Vater? Schämte er sich? Wahrscheinlich ein bißchen von beidem, dachte Dermont. Er erinnerte sich an Phyllis' Worte von vorhin – daß Bob in der letzten Nacht gestolpert und dann über Robert gefallen war. »Komm schon, Robert«, versuchte Dermont den Jungen zu überreden, in der Hoffnung, ihm wenigstens irgendein aufmunterndes Wort für seinen Vater entlocken zu können. Aber Robert zuckte nur mit den Schultern. »Dieser ganze Kram dauert schon viel zu lange«, murmelte er. »In ein paar Stunden muß ich bereits wieder in der Schule sein.«

Bei diesen Worten erhob sich Bob Chambers. Kurz darauf knallte er die Tür hinter sich zu und war verschwunden.

Eine Viertelstunde später, während Phyllis und Dermont noch berieten, was zu tun sei, schlüpfte Robert aus der Wohnung und machte sich auf die Suche nach seinem Vater. Er suchte in dessen Lieblingsbars und durchkämmte Straße für Straße die ganze Nachbarschaft. Bob aber blieb unauffindbar, und wenige Stunden später kehrte Robert nach Choate zurück.

Zaghaft treffen die ersten Sonnenstrahlen auf goldgesprenkelte rote Blätter, und silberner Rauhreif überzieht jeden einzelnen Grashalm – so atemberaubend ist ein Herbstmorgen in Connecticut.

Robert wachte nach diesem Wochenende in New York jedoch nur noch selten rechtzeitig genug auf, um diese Naturschönheiten wahrnehmen zu können. Er hatte angefangen, Kokain zu nehmen, und blieb, um den Rausch voll auszukosten, abends lange auf, nur um am nächsten Morgen vor sich hin zu dösen. Jahre später würde er seinen Eltern vorwerfen, daß er niemals mit Koks angefangen hätte, wären da nicht diese Erlebnisse mit jenem schrecklichen Wochenende gewesen, an dem sein Vater aus der Wohnung gestürmt war. Die Erinnerung an diesen Vorfall habe er aus seinem Gedächtnis auslöschen wollen, war seine Begründung.

Seine ersten Experimente mit Kokain standen möglicherweise gar nicht mit diesem schmerzlichen Wochenende in Zusammenhang; sie könnten auch daraus resultiert haben, daß der Zugriff auf Koks sehr viel leichter geworden war. Einst eine eher seltene Droge, konnte man sie sich seit den frühen achtziger Jahren ohne große Schwierigkeiten beschaffen, auch im Internat und sogar in Choate. Einige Schüler waren schon bald gut im Geschäft, indem sie den Stoff direkt von Caracas auf den Campus schmuggelten.

Roberts Lehrer wußten nichts von seinem Kokainkonsum, oder zumindest behaupteten sie dies später. Wegen seines häufigen Fehlens machten sie sich allerdings Gedanken und informierten den stellvertretenden Schulleiter Tom Yankus, der Robert in sein Büro zitierte. »Du schwänzt wiederholt den Unterricht«, warf Yankus ihm vor. »So rennst du mit offenen Augen in dein Unglück.«

»Ich komme mit dem Stoff schon zurecht«, beteuerte Robert aufrichtig. »Ich werde gute Zensuren bekommen.«

›Ich möchte Sie um einen Gefallen bitten‹, schrieb Phyllis Anfang Dezember 1980 an Yankus. ›Ihr Schüler, mein Sohn Robert Chambers, war über viele Jahre aktives Mitglied bei den Knickerbocker Greys. Am 12. Dezember diesen Jahres wird zum hundertsten Mal die traditionelle Weihnachtsfeier stattfinden. Robert und eine Reihe anderer ehemaliger Aktiver haben ein lebhaftes Interesse gezeigt, noch einmal ihre Ausgehuniform anzulegen und an der Feier teilzunehmen.‹

Über nahezu zwei Jahre hatte sie auf dieses große Ereignis hingearbeitet, und nun sah es fast so aus, als könne ihr Sohn ihren Triumph nicht miterleben. Choate widerstrebte es offensichtlich, Robert mitten im Schuljahr freizugeben. Sie hätte natürlich Bob an ihrer Seite, der einige Wochen nachdem sie und Dermont seine Einweisung ins Roosevelt Hospital veranlaßt hatten, nach Hause zurückgekehrt war. Aber sie wünschte sich, daß ihr Sohn ebenfalls dabei wäre. Also beschrieb sie dem Schulleiter das Ereignis in allen Einzelheiten. Sie lud ihn sogar offiziell ein, wobei ihn ihre Formulierung an seine eigene patriotische Vergangenheit erinnern sollte.

›Ich glaube, Sie haben ebenfalls bei den Marines gedient‹, schrieb sie. ›Und vielleicht werden durch unsere Feier bei Ihnen Erinnerungen an diesen Abschnitt Ihres Lebens geweckt.‹

Zwar nahm Yankus die an ihn gerichtete Einladung nicht an, aber immerhin gestattete er Robert, an den Festlichkeiten teilzunehmen. Phyllis schickte eine Limousine zur Schule, die ihren Sohn nach Hause brachte. Irgendwie schien sie immer genügend Geld zu haben, um ihn solchermaßen verwöhnen zu können.

An dem feierlichen Abend hatte Phyllis ihren großen

Auftritt. Sie trug ein pinkfarbenes Nipon-Abendkleid und machte sich, auf diese Weise herausgeputzt, auf den Weg zur Exerzierhalle, die zur Weihnachtsfeier mit einem wahren Meer von Glitzerschmuck und Christsternen dekoriert war. Eine große Anzahl wichtiger Gäste hatte sich in den festungsartigen Hallen zusammengefunden; unter ihnen Major General Robert Arter, Kommandeur des U. S. Army Military District von Washington, D. C., und die Old Guard, eine Truppe, die sogar vor Staatsoberhäuptern Paraden abhielt. Phyllis begrüßte einen nach dem anderen; stolz ließ sie ihre Augen über die Reihen der akkurat ausstaffierten Juniorsoldaten schweifen und gab dann einem *Town-&-Country*-Reporter ein Interview. »Disziplin ist nach wie vor das A und O«, sagte sie. »Bei den Greys lernen die Jungen, wie man sich zu bewegen hat – aufrecht und den Blick geradeaus. Sie lernen Respekt vor den Menschen, sowohl vor älteren als auch vor jüngeren. Und sie lernen, Verantwortung zu übernehmen.«

Robert, der neben ihr stand, wollte ebenfalls in dem Artikel erwähnt werden. »Am besten ist es«, warf er ein, »wenn man erst einmal Offizier ist. Dann kann man die anderen herumkommandieren. Das ist bedeutend besser, als Befehle anzunehmen.«

Phyllis fand diese Bemerkung nicht komisch. »Die Welt da draußen ist ziemlich hart«, sagte sie, ihm das Wort abschneidend. »Ein Junge, der dieses Training hinter sich gebracht hat, ist weniger stark gefährdet, später einmal vom rechten Weg abzukommen.«

Die Jubiläumsfeier war ein umwerfender Erfolg. Das Querflöten- und Trommelkorps der Old Guard unterhielt die Gäste mit schwungvoller Musik, und die Parade der Jungen war grandios. Später aber, als sich die Leute ihren Weg zum Dinner in den prunkvollen Speisesaal nach oben bahnten, verlor Phyllis' Triumph ein wenig von seinem Glanz. Bob hatte sich entschlossen, das Essen nicht mehr abzuwarten. Gerade als die Besucher an der Tafel Platz nahmen, verschwand er für den Rest des Abends.

Als Robert in den Weihnachtsferien nach Hause kam, wohnte sein Vater wieder einmal nicht daheim. »Er ist auf Geschäftsreise«, erzählte Robert einem Freund.

Die Weihnachtszeit verging wie im Flug. Robert besuchte jede Menge Parties und feierte bei dieser Gelegenheit ein Wiedersehen mit vielen alten Bekannten. Darunter war auch ein Mädchen, in das er sich im Jahr zuvor heftig verliebt hatte. Sie war jünger als er, ging noch nicht zur High-School; vielleicht verlieh ihm diese Tatsache eine gewisse Selbstsicherheit, denn er traf sich von nun an öfter mit ihr und vertraute ihr an, daß er Probleme habe. Doch obwohl er ihr regelmäßig versicherte, sie verkörpere all das, was er sich bei einem Mädchen wünsche, unternahm er – anders als andere vierzehnjährige Jungs, die sie kannte – keine intimen Annäherungsversuche.

Ihr machte das nichts aus. Es zeigt doch, daß er mich respektiert, dachte sie.

Irgendwann im Frühjahr des folgenden Jahres entschied Tom Yankus, daß Robert nicht nach Choate paßte. Er nehme die Schule einfach nicht ernst genug. Sein Zimmer sei der reinste Schweinestall. Die noch ausstehenden Arbeiten habe er auch nicht nachgeholt. Die altehrwürdige Institution wünsche ihren Sohn im nächsten Semester nicht mehr zu sehen, schrieb Yankus an Phyllis.

Phyllis war entsetzt. Sie sah sich nach anderen Internatsschulen um, aber schließlich entschied sie sich dafür, Robert zu Hause wohnen zu lassen und ihn im nächsten Schuljahr auf eine private High-School in der Stadt zu schicken. Das entsprach auch Roberts Wünschen.

In diesem Sommer saß Riply Buckner, ein amerikanischer Prep-School-Schüler, in einem Reisebus, der über verzweigte spanische Landstraßen holperte, und blickte voller Neid auf Robert Chambers. Obwohl Robert zwei Jahre jünger war als er, war er von Mädchen umringt, die teilweise sogar um einiges älter waren. Ripely wollte nur zu gern wissen, wie dem jüngeren Burschen das gelang.

Von da an unterhielt er sich öfter mit ihm und lernte ihn so ein wenig kennen. Dem Jungen, bei Choate, die die Reise organisiert hatten, rausgeflogen, war es dennoch gestattet worden mitzufahren, denn er hatte seine Anzahlung bereits geleistet.

Ripley mochte ihn. Es ist ja nicht seine Schuld, daß sich die Mädchen um ihn reißen, sagte er sich. Er wirkt so cool, als sei er über jeden von uns ein wenig erhaben, und die Mädchen sind davon beeindruckt. Ich übrigens auch – es ist fast wie eine besondere Auszeichnung, mit diesem Typen zusammenzusein.

An einem der Abende besuchte er mit Robert eine laute, kleine Tapas-Bar, wo sie literweise Bier in sich hineinschütteten. Anschließend saßen sie beide zusammen auf dem Dach ihres Hotels und unterhielten sich. Sie blickten auf ein Panorama von in Mondlicht getauchten, mit roten Ziegeln gedeckten Häusern. Unter ihnen lag der verlassene Innenhof des Hotels. Robert war in redseliger Stimmung. Die Worte sprudelten nur so aus ihm heraus. Ripley versuchte mitzuhalten und hoffte, daß seine Bemerkungen witzig und geistreich klängen. Nach einer Weile beschlich ihn jedoch das Gefühl, daß Robert ihm im Grunde gar nicht wirklich zuhörte. Er wollte einfach nur selbst reden. Dennoch – Ripley genoß es, mit ihm zusammen auf dem Dach zu sitzen.

Während sie so dahockten, kam Robert eine Idee. Auf dem Dach lagen große Marmorbrocken herum. »Komm, wir werfen einen davon in den Innenhof«, schlug er vor. »Das gibt bestimmt 'ne Mordsexplosion.«

Ripley fühlte sich bei dem Gedanken daran nicht recht wohl, aber der Hof war menschenleer, alle anderen waren schlafen gegangen. »Okay«, sagte er, »na schön.« Und er half Robert dabei, einen großen Marmorkeil hochzuheben, ihn am Dachrand abzulegen und schließlich darüberzuwuchten. Der Marmorbrocken schlug mit einem gewaltigen Knall auf den Steinen des Innenhofes auf, und es klang wie eine Explosion, gerade so, wie Robert es vorhergesagt hatte.

»Komm, noch einen«, sagte Robert. Riply hatte Angst, einen weiteren Marmorblock hinunterzuwerfen; irgend jemand könnte den Krach hören und sie entdecken. Aber noch mehr graute ihm davor, als Feigling dazustehen. Also half er Robert dabei, einen weiteren Brocken hochzuheben und über das Dach nach unten zu befördern. Und er half ihm beim nächsten. Und beim übernächsten.

Er und Robert verbrachten eine halbe Stunde damit, Steine in die einsame Nacht zu schleudern. Niemand hörte sie, niemand kam nach draußen. Als sie schließlich ihre Energie verbraucht hatten, verließen sie das Dach und fielen in ihre Betten, wo sie in tiefen Schlaf sanken.

Auslandsreisen, Privatschulen für Robert, hin und wieder eine Limousine – wie schafft Phyllis das bloß?, fragten sich ihre Freunde. Sie vermuteten, daß Bobs Familie sie unterstützte. Aber allzu hoch konnte diese Hilfe nicht sein; sonst würde Phyllis nicht so hart arbeiten müssen. Sie schien eigentlich ständig zu arbeiten, zwölf Stunden ohne Unterbrechung, und meist auch noch nachts.

Im Herbst 1981, nach seiner Rückkehr aus Europa, begann Robert sein zweites High-School-Jahr an der Browning High School auf der East Side von Manhattan, einer Prep-School für Jungen. Diese Schule hatte zwar keinen so hervorragenden Ruf wie Choate, genoß aber dennoch ein hohes Ansehen. Seine schlechten Schulnoten können nicht der einzige Grund dafür sein, daß man Robert bei Choate hinausgeworfen hat, dachte sich Brownings Vizedirektor Dr. Gilbert Smith, doch hegte er eigentlich auch keine konkreten Vorbehalte gegen den neuen Schüler. Er war sich nur nicht sicher, ob er den Erklärungen des Jungen in bezug auf seinen Weggang von Choate Glauben schenken sollte. Robert hatte behauptet, lieber in der Stadt wohnen zu wollen. Immerhin schien er ein ordentlicher junger Mann zu sein, der über ein ungewöhnlich liebenswürdiges Benehmen verfügte. Smith beschloß, hier im Zweifel für den Angeklagten zu entscheiden.

Jennifer begann das nächste Schuljahr wieder in Sousa. In diesem Semester machte sie jedoch auf einige ihrer Lehrer einen sehr unglücklichen Eindruck. Ihre schulischen Leistungen waren dürftig. Und obwohl man sie nicht gerade als langsame Leserin bezeichnen konnte, las sie doch deutlich schleppender als viele ihrer Klassenkameradinnen und zeigte auch wenig Interesse an dem Stoff. Außerdem fiel auf, daß sie sich von ihrer Clique abgesondert hatte.

Eine besorgte Lehrerin nahm sich schließlich ihrer an und stellte Jennifer ihrer eigenen Tochter vor, die die andere Junior High School der Stadt besuchte, die Weber School.

»Ich würde auch gern auf die Weber High School gehen«, gestand Jennifer ihrer neuen Freundin. »Die Mädchen an der Sousa School sind das Allerletzte.«

»Was ist denn mit ihnen los?«

»Sie haben Gerüchte über mich in die Welt gesetzt.«

»Was für Gerüchte denn?«

Doch das wollte Jennifer nicht sagen.

»Meine Mutter ist Ärztin«, erzählte Robert einem Freund in diesem Jahr und »mein Vater ist Präsident einer Schallplattenfirma«. Er war ständig mit einer Gruppe gutbetuchter New Yorker Prep-School-Kids unterwegs; Macht, Position und Geld gingen ihnen über alles. Es waren Freunde, die zum 18. Geburtstag einen Porsche in Aussicht gestellt bekamen; Freunde, die in Zwölfzimmerwohnungen lebten und zur kalten Jahreszeit das Wochenende in Ferienhäusern in Palm Beach, Florida, verbrachten, während sie sich in der warmen Saison auf ihren Anwesen in den luxuriösen Orten Southampton und East Hampton auf Long Island erholten. Ein anspruchsvolles, schillerndes Völkchen hatte sich zusammengefunden. Ständig feierten sie irgendeine Party, ließen sich in Limousinen zu In-Discos chauffieren und trugen ihre goldene Rolex lässig zu Jeans und T-Shirt.

Drogen brachten ihre Nächte erst so richtig in Schwung, sorgten für Höhenflüge auf den Parties und dafür, daß die Clique voll aufdrehen und dies stundenlang durchhalten konnte. An das Rauschgift heranzukommen war kein Problem. So verkaufte die Haushälterin eines der Mädchen Kokain, ebenso ein Nachhilfelehrer, bei dem einige von ihnen Privatunterricht nahmen. Alles, was man brauchte, war Geld; und mit Ausnahme von Robert stand es ihnen allen im Überfluß zur Verfügung.

In diesem Winter beobachtete ein Mädchen Robert auf einer Party dabei, wie er die Manteltaschen der Gäste durchwühlte. Bei einer anderen Gelegenheit ertappte ihn die Gastgeberin, als er die Schubladen im Schlafzimmer ihrer Eltern aufzog. Keines der beiden Mädchen stellte Robert deshalb zur Rede. Aber sie klatschten darüber.

»Ich werde Robert zu *meiner* Party jedenfalls nicht einladen«, meinte eine, nachdem sie davon erfahren hatte, zu ihrer besten Freundin.

»Das kannst du doch nicht machen«, entgegnete die. »Er ist doch einer von uns. Wir haben schon soviel gemeinsam erlebt. Du mußt den anderen nur sagen, daß sie auf ihre Sachen achten sollen.«

Anfang 1982 wechselte Jennifer zur Weber Junior High School, um dort ihr letztes Semester an der Junior High zu absolvieren. Ellen Levin war in ein etwas größeres Haus umgezogen, und zwar in eine Straße, die zum Weber-Bezirk gehörte. Es war mit weißem Stuck verziert, hatte zwei Stockwerke und einen Dachspeicher. Die Dachschindeln hatten schon Risse, und der Garten war ziemlich klein.

Auch für die Familie Chambers brachte 1982 einen Wohnungswechsel, zumindest für Phyllis und Robert; Bob Chambers war zur Zeit des Umzugs nicht zu Hause. Er hatte sich schließlich doch entschlossen, sich in eine Rehabilitationsklinik einweisen zu lassen; diesmal in eine außerhalb der Stadt gelegene Institution.

Die neue Wohnung der Chambers trug eine der renommiertesten Adressen der Stadt. Sie lag auf der East 90th Street, einer Seitenstraße der Fifth Avenue, nur einen Katzensprung vom Cooper-Hewitt-Museum entfernt. Den Umzug hatten sie sich leisten können, weil die Wohnungen in dem bescheidenen Mietshaus auf der Park Avenue, in der Robert aufgewachsen war, in Eigentumswohnungen umgewandelt worden waren. Sie hatten ihre Wohnung zum Mietervorzugspreis erworben und anschließend mit einem satten Gewinn weiterverkauft.

Das Gebäude, das Phyllis diesmal ausgewählt hatte, war elegant, die Eingangshalle mit schwarzen und weißen Bodenfliesen aus Marmor ausgelegt und mit Wandmalereien in italienischem Stil sowie bronzefarbenen Wandleuchtern und Lüstern dekoriert. Die Wohnung selbst war ähnlich beeindruckend. Einst die Bibliothek des herrschaftlichen Wohnhauses, waren die Wände holzvertäfelt, und es gab einen offenen Kamin. Phyllis wählte für sich das zur Straße liegende Schlafzimmer und gab Robert ein nach hinten gelegenes; es war ein ruhiger, abgeschiedener Raum mit Blick auf den Schulhof einer elitären Mädchenschule.

Bei der Einrichtung konzentrierte sich Phyllis nicht nur auf ihre Wohnung, sondern verwandte ebensoviel Mühe auf den Eingangsbereich des Gebäudes. Sie wolle, so verkündete sie ihren neuen Nachbarn, die Lobby wenn möglich noch eindrucksvoller gestalten und den schmalen Erdstreifen vor dem Haus in ein Blumenbeet verwandeln.

Die Hausbewohner ließen sich nicht so schnell zum Mitmachen bewegen. Sie aber schritt trotzdem zur Tat, indem sie in der Eingangshalle einen üppigen Ficusbaum aufstellte und im Vorgarten ein Beet mit Erika anlegen ließ.

Eine gute Adresse und eine prächtige Wohnung mögen in diesem Winter für sie ganz besonders wichtig gewesen sein, denn die Amtszeit als Vorsitzende der Greys war abgelaufen, und sie widmete ihre Talente als Spendensammlerin nun einem anderen Projekt. Es handelte sich um den Gold-&-Silver-Ball, ein groß aufgezogenes, wohltätigen Zwecken dienendes gesellschaftliches Ereignis, bei dem Spendengelder für verhaltensgestörte und benachteiligte Jugendliche gesammelt wurden. Aufgrund ihrer Erfahrungen als Präsidentin der Greys hatte man sie ins Festkomitee berufen; dort arbeitete sie Seite an Seite mit schwindelerregend reichen Männern und Frauen. Gloria Vanderbilt gehörte dem Komitee ebenso an wie der Baulöwe Donald Trump.

Dr. Smith hatte alle Hände voll zu tun. Den ganzen Herbst über war Browning von einer Welle vandalischer Ausschreitungen und Diebstählen heimgesucht worden. Graffiti tauchten auf bislang makellosen Wänden auf. Bei Einbrüchen in Umkleideräume waren die Geldbörsen einiger Schüler geleert worden. Zwar hielten sich die Verluste und die Unannehmlichkeiten noch in Grenzen, aber sie gehörten zu den Angelegenheiten, die einem Schulleiter Kopfzerbrechen bereiten mußten; und Smith machte sich ernsthafte Sorgen. Er beschloß, den Täter oder seine Helfershelfer ausfindig zu machen und unverzüglich gebührend zu bestrafen.

Nach einem anfänglichen Verdacht glaubte er eigentlich nicht, daß Robert Chambers mit der Sache zu tun hatte. Robert wirkte auf ihn nicht wie ein Unruhestifter, wenn er sich auch mit Jungen herumtrieb, auf die diese Beschreibung zutraf. Nein, der Junge war schwach, ein Mitläufer; nicht der Typ, nach dem er suchte. Auf einen seiner Freunde traf dies aber genau zu. Smith zitierte Roberts Freund in sein Büro und wies ihn in der Gewißheit, den Schuldigen gefunden zu haben, von der Schule.

Er sprach dennoch Phyllis Chambers auf Roberts schlechten Umgang an. Sie reagierte genau richtig. Anders als andere Mütter, denen der Schulleiter gelegentlich unangenehme Neuigkeiten über ihren Nachwuchs beibringen mußte, tat sie seine Worte nicht als unwichtig ab, sondern versprach, ein wachsames Auge auf ihren Sohn zu haben. Vermutlich hat sie ihre Probleme mit ihm, dachte Smith.

Der Direktor war einer der wenigen Menschen, auf die Phyllis diesen Eindruck machte. Etwa zur gleichen Zeit, als Smith sich mit ihr über Robert unterhielt, ließ Phyllis ihre Verbindungen zu den einflußreichen Komiteemitgliedern des Gold-&-Silver-Balls spielen, um die gesellschaftlichen Kontakte ihres Sohnes zu verbessern. Sie drängte darauf, Robert in den Jugendausschuß der Wohltätigkeitsveranstaltung aufzunehmen, der bei der Planung des Balles mitwirkte und wo er die Gelegenheit haben würde, einen von Bülow, einen Uzielli oder einen Rockefeller kennenzulernen und mit ihnen gemeinsam Verantwortung zu übernehmen. Kein Wort ließ sie jedoch darüber verlauten, daß Robert nicht gerade einen musterhaften Mitarbeiter abgeben würde. Ihrem Antrag wurde stattgegeben.

An einem Winterwochenende – die grauen und matschigen Überreste eines längst vergangenen Schneesturmes säumten noch die Straßen der Stadt – fuhr Robert zum Skilaufen am Gore Mountain nach Vermont. Zwar wurde die Fahrt von der Browning School organisiert, aber man hatte auch Schüler anderer privater High-Schools zur Teilnahme eingeladen. Leilia Van Baker, das Mädchen, das einige Jahre zuvor das romantische Porträt von Robert in dessen Wohnung so bewundert hatte, war jetzt 14 und besuchte die neunte Klasse der Schule von Miss Hewitt. Sie hatte sich mit einer Freundin, die auf dasselbe vornehme Mädchenpensionat ging, für die Fahrt angemeldet. Gemeinsam mit der Gruppe reisten sie im Bus an und übernachteten in einem hübschen Hotel.

Dieser Ausflug war wie ein Abstecher in die Freiheit. Die klare, smogfreie Luft und die klirrende Kälte bewirkten bei den Schülern, daß ihnen das Leben im entfernten New York wie ein Gefängnis erschien – ein Ort, der einem die Luft zum Atmen abschnürte. Sie stoben auf Skiern die mit glitzerndem Pulverschnee bedeckten Hänge hinunter und fühlten sich selbst beinahe wie Zauberwesen, der Kunst des Fliegens mächtig. Die durch die körperliche Anstrengung und die frische Luft hervorgerufene Ekstase setzte sich bis in die Nacht fort, als sie gemeinsam vor dem Kamin saßen, Musik hörten und redeten. Robert und ein paar seiner Freunde holten ein paar Tütchen Marihuana aus ihrem Gepäck sowie riesige Wasserpfeifen, um den Stoff damit zu rauchen. Außerdem hatten sie mehrere Kästen Bier und einige Flaschen Whiskey mitgebracht.

Leilia machte diese improvisierte Party einen Riesenspaß, genau wie ihrer Schulfreundin. Nach einer Weile verschwand Leilias Freundin, ebenso einer von den Jungs. Leilia wartete darauf, daß sie zurückkehren würden; als aber eine ganze Zeit verstrichen und sie immer noch nicht wiederaufgetaucht waren, machte Leilia sich auf die Suche. Auf Zehenspitzen schlich sie den Flur mit den Schlafzimmern entlang und öffnete eine Tür nach der anderen. Keine Spur von den beiden. Schließlich entdeckte sie jedoch in einem in schummriges Licht gehüllten Zimmer eine vertraute Gestalt. Es war das Mädchen, das allein auf einem zerwühlten Bett lag.

Leilia eilte zu ihr. Ihre Freundin rührte sich nicht. Leblos lag sie dort; ihr Hals war mit Knutschflecken übersät, und über ihr Gesicht ergoß sich Erbrochenes. »Hilfe«, schrie Leilia. Voller Panik, ihre Freundin könnte an dem Erbrochenen erstickt sein, drehte sie sie auf die Seite.

Sekunden später strömten schon die anderen Jungen

und Mädchen in den Raum. »Ruft einen Krankenwagen!« rief jemand, und kurze Zeit später wurde Leilias Freundin, immer noch vollkommen apathisch, in ein Krankenhaus gebracht.

Am nächsten Tag fuhr die Gruppe mit dem Bus zurück nach New York. Leilia war in trübsinniger Stimmung. Ihre Freundin war zwar soweit wohlauf; sie war nicht erstickt. Aber sie war entjungfert worden und fühlte sich aufgrund der Ohnmacht nach wie vor sehr elend und mußte noch im Krankenhaus bleiben. Während sich der Bus in Bewegung setzte, grübelte Leilia darüber nach, was passiert war. Sie erkannte, daß es ihr hätte ähnlich ergehen können – dermaßen weggetreten zu sein, daß sie das erste Mal nur wie unter einer Betäubung erlebte. Es mit einem Partner gemacht zu haben, der selbst so high war, daß er sich danach aus dem Staub machte und sie praktisch an der Schwelle zum Tode sich selbst überließ. Sie war furchtbar wütend auf den Jungen, der das Mädchen zunächst verführt und anschließend im Stich gelassen hatte. Wütend war sie aber auch auf Robert, denn er und seine Freunde hatten die Drogen und den Alkohol herangeschafft.

Robert kam im Laufe der Busfahrt zu ihr hinüber und setzte sich zu ihr; er tröstete sie und war sehr lieb. Sexy außerdem. Er unternahm einen Annäherungsversuch. Darauf reagierte Leilia zwar nicht, aber sie unterhielt sich fast die ganze Fahrt über mit ihm. Dabei kam sie zu dem Schluß, daß das Schreckliche, was ihre Freundin erlebt hatte, nicht wirklich seine Schuld war, sondern die Schuld der gesamten Gruppe.

Sie verzieh Robert und hielt ihre Freundschaft zu ihm weiter aufrecht.

Jennifer unternahm in diesem Winter ebenfalls eine Skitour. Ihre Freunde – nach dem Wechsel zur Weber Junior High hatte sie davon jede Menge – machten die Pisten in Plattekill im Staate New York unsicher. Sie selbst hatte kaum je auf den Brettern gestanden und mußte sich immer wieder aus irgendwelchen Schneeverwehungen hochrappeln.

Ihre Freunde waren sich nicht sicher, was dabei tatsächlich ein Mangel an Können war und wieviel davon eine von ihr inszenierte Show, um die anderen zum Lachen zu bringen. Eines Tages bestreute sie eine Scheibe Pizza dick mit Parmesan, biß einmal ab, schnappte sich dann ein anderes Mädchen und blies ihr, während sie sie festhielt, ein Wolke von dem strengen Käse ins Gesicht. Das Mädchen zappelte wie wild, um freizukommen, und der Rest der Gruppe brach in schallendes Gelächter aus.

Ihre Clique zu Hause setzte sich vorwiegend aus Mädchen ihrer Junior High School und einer Handvoll Jungen zusammen, die bereits die High-School besuchten. Jennifer konnte sich nicht vorstellen, daß die Jungen sie attraktiv fanden. Sie machte sich Gedanken wegen ihrer Haut, die zu Sommersprossen neigte und gelegentlich Flecken aufwies; wegen ihrer Körpergröße – immerhin überragte sie bereits die meisten ihrer Freundinnen; außerdem wegen ihres Gewichts und ihrer Figur – um schmaler und kleiner zu erscheinen, hielt sie die Schultern nach vorne gebeugt, und sie trug nur weite, sackähnliche Hemden, um ihre sich rasch entwickelnden Brüste zu verbergen. Tatsächlich aber wirkte Jennifer auf die Jungs in der Gruppe anziehend, und gelegentlich hatte sie Verabredungen mit den beiden, die am besten aussahen.

Eigentlich ging es in der Clique nicht in erster Linie um Verabredungen; zumindest noch nicht zu diesem Zeitpunkt. Wichtig war vielmehr, daß man zusammenkam und gemeinsam herumhing. In der Mittagspause trafen sie sich oft an einem entlegenen Ort, den sie ›den Kerker‹ nannten, und aßen dort ihre Sandwiches; es war ein Treppenschacht neben einer Kirche in der Nähe des Schulgebäudes. Nach der Schule saßen sie auf den Zuschauerrängen des Sportplatzes zusammen, wo sie den neuesten Klatsch austauschten und sich Witze erzählten. Ab und zu schwänzten sie auch den Unterricht, machten es sich bei einem von ihnen im Keller bequem und rauchten Marihuana.

Als Jennifer das Zeug zum ersten Mal probierte, mochte sie es zunächst, sie lachte und alberte herum. Später aber wurde sie davon verwirrt; immer wieder rannte sie eine Treppe hoch und runter und rief, sie suche nach etwas, das sie verlegt habe. Sie konnte es aber nicht finden, konnte noch nicht einmal erklären, worum es sich überhaupt handelte.

»Meine Brieftasche ist weg«, berichtete eine Primarstufenlehrerin von der Browning School eines Nachmittags Dr. Smith. »Sie lag in meiner Schublade, und jetzt ist sie weg.«

Die Lehrerin war sehr aufgebracht, und Smith versuchte sie aufzumuntern. »Keine Sorge, wir werden sie schon finden«, sagte er. »Ich werde Ihnen helfen.«

Die Mappe tauchte aber nicht wieder auf, obwohl das Haus von oben bis unten durchsucht wurde.

Eine Woche später nahm Dr. Smith in seinem Büro ein Telefongespräch entgegen und vernahm die Stimme von Phyllis Chambers. »Ich habe gerade Roberts Sachen durchgesehen«, sagte sie, »und dabei habe ich einige Kreditkarten gefunden, die auf den Namen einer Ihrer Lehrerinnen ausgestellt sind.«

Smith rief Robert zu sich in sein Büro. »Hast *du* dieser Lehrerin die Brieftasche gestohlen?« wollte er wissen.

»Nein«, sagte Robert. Er war höflich und gelassen. »Einer meiner Freunde war das. Aber ich weiß, wo die Mappe ist. Ich habe ihm dabei geholfen, sie zu verstecken.«

»Wo ist sie?«

»Ich werde es Ihnen zeigen.«

Vollkommen unbeeindruckt führte Robert ihn in die vierte Etage. Dort deutete er auf einen Schacht der Klimaanlage. Smith griff an den oberen Rand und fand dort die Brieftasche.

Was geht jetzt wohl in Roberts Kopf vor? Der Direktor, der ihn neugierig betrachtete, vermochte es nicht zu sagen. Dieser Junge verfügt wirklich über die Gabe, sich nicht das geringste anmerken zu lassen, dachte er. Er wirkt so leer, als sei er kein bißchen wütend darüber, in diesen Diebstahl verwickelt zu sein – kein Zeichen von Überraschung, keinerlei Emotionen.

Smith zögerte nicht. Er warf ihn von der Schule.

Robert nahm die Neuigkeit gleichgültig zur Kenntnis. »Ach, die Preppies, zur Hölle mit ihnen«, sagte er zu einem Freund. »Scheiß auf das Ganze.«

Für Phyllis war das etwas ganz anderes. Schon immer hatte sie gewollt, daß Robert eine Prep School besuchte. Zunächst die Prep School und dann die Ivy League. Jetzt wußte nur der Himmel, welche Prep School ihn noch aufnehmen würde. Mit Sicherheit keine der alten, etablierten, stark leistungsorientierten Institutionen wie Choate und Browning. Jetzt nicht mehr. Was sollte sie nun tun? Daß Robert gestohlen hatte, um so seinen Drogenkonsum zu finanzieren, mußte für sie offensichtlich gewesen sein; denn sie entschloß sich, ihren Sohn in einer Drogenklinik zu einer Entziehungskur anzumelden. Zweifellos hegte sie noch immer die Hoffnung, die Scherben ihrer zerplatzten Träume wieder zusammenfügen zu können, wenn Robert erst einmal von dem Rauschgift frei war.

Sie wollte nicht, daß ihre Freunde von Roberts Problem erfuhren und bewahrte daher Stillschweigen darüber. Robert hingegen verfrachtete sie umgehend zur Chemical Dependency Unit in Baton Rouge, Louisiana.

Im Februar 1982 kehrte Robert aus Louisiana zurück. Anfang des Monats erhielt Ronald Stewart, Gründer und Direktor der York Preparatory, einer Schule für Jungen und Mädchen auf der Upper East Side, einen Anruf von David Hume, dem Direktor von St. David's. »Bei uns war er damals ein wirklich netter Junge«, hörte Stewart Hume sagen. »Er besuchte dann die Browning School, wo er aber ziemlich unglücklich war. Würdest du ihn aufnehmen?«

Stewart, ein redseliger und fröhlicher Schulleiter, der stets einen passenden Ausspruch auf Lager hatte, war nicht sonderlich überracht, daß sein Freund und Kollege ihn bat, einen Jungen aufzunehmen, der an einer anderen Schule schlecht abgeschnitten hatte. Auf seiner Schule, die Stewart gerade erst vor 13 Jahren gegründet hatte, geschah das ständig. Akzeptierten wir nur die vielversprechenden Kandidaten, so sah Stewart es, was würden wir den Menschen dann schon Gutes tun?

»In Ordnung, David«, sagte er zu Hume. »Schick ihn her.«

Natürlich führte Stewart zunächst ein Gespräch mit Robert, traf Mrs. Chambers, erfuhr vom Hinauswurf bei Browning und studierte Roberts Zeugnisse von beiden Schulen. Sie konnten ihn nicht gerade beeindrucken, aber sein IQ mit 120 war ausreichend. Und die Mutter des Jungen hatte auch gleich eine zufriedenstellende Erklärung zur Hand, aus welchem Grund ihr Sohn an der Browning School solche Schwierigkeiten gehabt hatte. »Er litt unter Anpassungsschwierigkeiten«, rechtfertigte sie ihn, »weil Browning eine reine Jungenschule ist.«

Stewart nahm Robert auf.

Er war über seine Entscheidung froh. Ihm gefiel die Art des Jungen – daß er immer mit weißem Hemd und Blazer zum Unterricht kam, daß man ihn nicht erst zum Aufstehen ermahnen mußte, wenn ein Erwachsener das Klassenzimmer betrat, und daß er sich bald der Fußballmannschaft anschloß und zum Starspieler wurde.

Und dennoch war der Schuldirektor mit dem neuen Schüler nicht restlos zufrieden. ›Robert ist durchaus fähig‹, schrieb Stewart gegen Schuljahresende an Phyllis, ›aber er muß lernen, noch beständiger in seinen Leistungen zu sein.‹

Jennifers letztes Halbjahr auf der Junior High School endete in einem Drama aus Verrat und Zurückweisung. Eine der Klassenkameradinnen hatte mit einem von Jennifers Freunden geflirtet, und am letzten Schultag rastete sie ihr gegenüber vollkommen aus.

»Du fette Schlampe!« schrie sie, obwohl ihr Lehrer anwesend war. Dann wandte sie sich dem Jungen zu. »Bist du fremdgegangen?« fragte sie ihn. »Mit *ihr*?«

»Nein«, antwortete er.

Nach diesem Vorfall ging er Jennifer aber aus dem Weg, und sie gelangte zu der Überzeugung, daß er sie angelogen hatte. Zurückweisung – die verfolgte sie. Mit ihren verletzten Gefühlen konnte sie einfach nicht fertig werden; in einem Brief berichtete sie einer Freundin verbittert von dem Vorfall.

Der Sommer kam; es wurde heiß und schwül. Phyllis besorgte Robert einen Job in der Anwaltskanzlei Davis Polk & Wardell auf der Wall Street. Sie rief dazu einen der Partner an, einen Anwalt, den sie gut kannte, denn sein Sohn war in der Zeit ihrer Präsidentschaft Mitglied bei den Knickerbocker Greys gewesen. »Robert ist auf der Suche nach einem Ferienjob«, sagte sie. »Könnten Sie ihm vielleicht dabei behilflich sein?«

Der Anwalt legte beim Bürovorsteher ein gutes Wort für Phyllis' Sohn ein, und schon bald darauf stand Robert an der Kopiermaschine und machte sich als Botenjunge nützlich.

Jennifer fuhr ins Sommerferienlager in die Adirondacks. Kaum war sie von dort zurückgekehrt, zog sie ein weiteres Mal um – diesmal aus dem Haus ihrer Mutter in Port Washington zu ihrem Vater und ihrer Stiefmutter nach Manhattan. Steve und Arlene wohnten jetzt in SoHo, einem Stadtteil, der seit kurzem zu den begehrtesten Adressen in der Immobilienbranche zählte. In dem Viertel waren lange vernachlässigte, eisenverkleidete Lagerhallen in Windeseile in gigantische Wohnungen, trendweisende Boutiquen und avantgardistische Kunstgalerien umgewandelt worden. An diesem Ort betreute Steve unzählige Immobilien. Für sich selbst und Arlene hatte er ein riesiges Loft erworben und renoviert, das er mit aufsehenerregenden Kunstobjekten und teuren Möbeln ausstattete.

Jennifers Umzug nach SoHo vollzog sich ziemlich plötzlich und überraschte einige ihrer Freundinnen von der Junior High School, die immer geglaubt hatten, daß sie ihrer Mutter sehr nahestünde. Etwas später würde sie anderen Freunden erzählen, daß ihre Mutter sich nicht genügend um sie gekümmert, ihr nie das Gefühl von Geborgenheit vermittelt und ihr einen Halt gegeben hätte, als sie ihn brauchte.

In Manhattan schufen Steve und Arlene in dem Loft einen Bereich eigens für Jennifer – ein Balkonzimmer mit Blick auf die darunterliegende riesige freie Fläche. Sie durfte sich die Farben für ihr Zimmer aussuchen und Poster ihrer Wahl aufhängen. Außerdem erhielt sie ihr eigenes Telefon und einen Anrufbeantworter. Die beiden zogen sogar mit ihr los, um eine geeignete High-School in der Stadt für sie zu finden. Nachdem sie sich mehrere angeschaut hatten, entschieden sie sich für die Baldwin High School, eine Privatschule auf der West Side, die dafür bekannt war, Kinder mit Lernschwierigkeiten gezielt zu fördern. Jennifer hatte in Port Washington Schwierigkeiten gehabt, mit ihren Klassenkameraden mitzuhalten. Die neue Schule, so hofften die Levins, würde ihr zu dem schulischen Aufschwung verhelfen, den sie benötigte.

2. Kapitel

Zeit des Heranwachsens

Vierzehn Jahre alt und auf der High-School. Die Hormone, die schlaksige Heranwachsende in attraktive junge Frauen verwandeln, hatten auch bei Jennifer ein übriges getan; sie war geradezu aufgeblüht, wirkte graziös und hatte ihre Körperhaltung verbessert. Sie hielt sich nicht mehr vornübergebeugt mit hängenden Schultern und versteckte auch nicht länger ihre Körpergröße und den üppigen Busen. Im Gegenteil, Jennifer unterstrich ihre neue, fast schon frauliche Figur, indem sie hautenge Jeans und Blusen trug. Darüber hinaus hatte sie auch eine neue Frisur. Sie rasierte und zwirbelte ihr Haar im Punkstil, der gerade als letzter Schrei galt. Zum Teil war diese neue Frisur sicherlich auf ihre Furcht zurückzuführen, zu provinziell auszusehen. Sie habe gehört, so erzählte sie ihren alten Freunden in Port Washington, daß sich die Kids aus der City über die Jugendlichen aus den Vorstädten lustig machten, indem sie sie ›B- und T-Kids‹ nannten – die Brücken- und Tunnelbrigrade –, und um nichts in der Welt wollte sie vor ihren neuen Klassenkameraden als Außenseiterin dastehen.

Trotz ihrer anfänglichen Befürchtungen hatte sie bereits nach wenigen Wochen an der Baldwin School eine ganze Schar neuer Freunde gefunden. Carl Morgera, der den Wunsch hegte, eines Tages Schauspieler oder Autor zu werden, war einer der ersten von ihnen. Er stellte Jennifer seiner Clique vor und ging mit ihr und den anderen nach dem Unterricht häufig noch in den nahe gelegenen Central Park. Hier konnte man beim Frisbeespiel oder bei kleineren Raufereien so richtig Dampf ablassen. Der Park war vom goldenen Herbstlicht durchflutet, und manchmal hob Carl Jennifer auf seine Schultern und stürmte mit ihr davon, woraufhin ihre vorgetäuschten Hilferufe die Stille des Parkes durchdrangen. Er mochte sie sehr, aber sie wurde nicht seine feste Freundin. Sie war noch nicht lange an der Baldwin School, als sie dieses Privileg einem anderen Jungen gewährte.

Er hieß Brock Pernice, ein schlanker Junge mit lebhaften Zügen und einem schelmischen Gesichtsausdruck. Brock war ein Enkel des berühmten Broadway-Produzenten Alexander Cohan und ging auf die York Prep School. An dem Tag, an dem er Jennifer zum erstenmal begegnete, hatte er gerade Freunde in der Turnhalle der Baldwin-Schule besucht. Sie saß auf einem der hölzernen Pferde und ließ ihre mit schwarzen Jeans bekleideten Beine an den Seiten herabbaumeln. Ihre Lippen leuchteten in sattem Pink, und sie trug einen flotten Hut. Geblendet von ihrem auffallend guten Aussehen lud Brock sie sogleich ein, ihn zu einem Billy-Idol-Konzert zu begleiten.

Sie nahm das Angebot an. Zuerst gingen sie ins Konzert und danach noch in die gutbesuchte Peppermint Lounge. Dort tanzte er mit ihr und gab ihr den ersten Kuß. Von diesem Abend an trafen sie sich regelmäßig.

Robert, im Herbst gerade sechzehn Jahre alt geworden, war weiterhin häufig von Mädchen umringt. Sie flogen geradezu auf ihn, angezogen von seinem außerordentlich attraktiven Gesicht und seiner hünenhaften Figur mit den langen Armen und Beinen. Ganz gleich, ob auf Parties oder im Central Park, wo er sich mit seinen Freunden nach der Schule regelmäßig traf, die Mädchen bedrängten und umschwärmten ihn und versuchten, seine Aufmerksamkeit zu gewinnen. Er selbst tat eigentlich nichts dazu, sondern nahm das Gekicher hin und ließ sich von ihnen umarmen, wobei er die neidischen Blicke der weniger begünstigten Jungen erntete.

Er war häufig im Park anzutreffen. Nach dem Klinikaufenthalt in Louisiana hatte er sich gleich wieder den Drogen und dem Alkohol zugewandt; wollte er high werden, gehörte der Park zu seinen Lieblingsorten, um sich in einen Rauschzustand zu versetzen.

Einer seiner bevorzugten Fleckchen dort war zum einen ein kleines Wäldchen direkt hinter dem Metropolitan Museum of Art, wo er als kleiner Junge mit seinen Freunden von St. David's gespielt hatte. Zum anderen hielt er sich gerne auf der großen Rasenfläche an der Seitenfront des Museums auf, an der der uralte Tempel von Dendur in seinem Glaskäfig schaurige Wache über die Kids im Drogenrausch hielt und ihre Phantasien mit Visionen von Mysterien und Science Fiction beflügelte.

Befand Robert sich im Drogenrausch, halluzinierte er bisweilen und redete dann laut auf einen Baum oder eine Laterne ein. Ein paar von den Mädchen waren von diesem Anblick so hingerissen, daß sie ihn ›Der Junge, der mit den Laternen spricht‹ nannten. Trotzdem fanden sie ihn niedlich.

Nicht so sein Vater: Er war nämlich trocken aus der Klinik zurückgekehrt, die er aufgesucht hatte, und betrachtete sein Leben nun mit anderen Augen. Plötzlich erkannte er glasklar, in welchen Schwierigkeiten sein Sohn steckte.

»Phyllis will das einfach nicht wahrhaben«, berichtete Bob beim Gruppentreffen der Anonymen Alkoholiker. »Sie weigert sich, dies zur Kenntnis zu nehmen, obwohl uns einige Eltern von Roberts Freunden schon unmißverständlich klargemacht haben, daß er bei ihnen zu Hause nicht länger willkommen ist. Sie leugnet seine Probleme und behauptet, daß er sich bald wieder fangen werde.«

Zweifelsohne zählte Phyllis darauf, daß dies spätestens im College der Fall sein würde. Sie verschloß eindeutig die Augen vor seinen Fehltritten und gaukelte sowohl sich selbst als auch ihrer Umgebung vor, Robert sei noch immer das vielversprechende Kind ihrer früheren Tagträume. Als sie in Roberts vorletztem Schuljahr von der York Prep School einen Fragebogen erhielt, auf dem sie notieren sollte, welche Colleges für ihren Sohn in Frage kämen, nannte sie: ›Dartmouth, Brown, Duke und Columbia‹ – sämtlich Colleges mit extrem hohen Zulassungsvoraussetzungen. Auf dem Formular vermerkte sie ebenfalls, daß sie bei dreien der angegeben Schulen über gute Beziehungen verfüge. Im Fall von Columbia, schrieb sie, sei das ein Freund, der die Schule mit großen Geldbeiträgen unterstützte. Bei Duke konnte sie auf ein gutes Wort von General Robert Arter zählen, dem Kommandeur des Military District of Washington, D. C. Und für Brown – na ja, die Kennedy-Familie.

Ebenfalls im Herbst 1982 machten Jennifer, Carl und einige ihrer Freunde aus der Baldwin School gemeinsam ihre ersten Besuche im Studio 54. Vierzehnjährige aus der gesamten Stadt pilgerten dorthin. Das ›Studio‹, wie es von vielen Stammgästen genannt wurde, war einst die heißeste In-Disco der Stadt gewesen; ein Ort, wo Prominente und Jet-setter auf einer von Stroboskoplichtern erhellten Tanzfläche rockten. Die Szenerie wurde dominiert von einem Mann im Mond aus Neonlicht, der von einem riesigen Löffel Kokain schnüffelte. Dann waren harte Zeiten über das Studio hereingebrochen. Nachdem der ursprüngliche Eigentümer wegen Steuerbetruges ins Gefängnis gewandert war, hatte der Laden ein Jahr lang seine Pforten geschlossen. 1981 war es unter neuer Leitung wiedereröffnet worden, aber die früheren Stammgäste waren ausgeblieben; sie hatten sich inzwischen andere Vergnügungsstätten gesucht. Man erkannte, daß eine neue Klientel gewonnen werden mußte, um die tief ins Gebäude hineinreichenden Räumlichkeiten wieder zu füllen. Das neue Management ließ daraufhin an den High-Schools der Stadt Freikarten und reduzierte Eintrittskarten verteilen in der Hoffnung, die früher herrschende gedankliche Verbindung von Club und ›Beautiful People‹ wiederzubeleben und ihn nun auch für junge, und infolgedessen noch von Natur aus ›schöne‹ Leute attraktiv zu machen.

Als Jennifers Clique das Studio für sich entdeckte, begehrten derart viele junge Leute Einlaß, daß Türsteher, grimmig wie einst Zerberus das Tor des Hades bewachend, die Menge hinter hölzernen Barrieren in Schach hielten. Sie trafen ihre Auswahl unter den Jugendlichen – oder zumindest gaben sie sich den Anschein – und gewährten immer nur wenigen den ersehnten Einlaß, während der Rest der Wartenden unmutig aufstöhnte. Diejenigen, die die Erlaubnis zum Eintritt erhielten, fühlten sich natürlich geschmeichelt; sie nahmen an, ausgewählt worden zu sein, weil sie besser aussahen als die anderen, wie richtige Insider eben.

Die eigentliche Klientel jedoch mußte niemals Schlange stehen – Kinder aus Familien, deren Namen reich an Publicity waren. Sie konnten die Disco betreten, sobald sie eintrafen, sie erhielten Einladungen zu den im Club stattfindenden Privatparties, und ihnen wurden freie Getränke zugestanden – das Management gestattete Teenagern den Genuß von Alkohol, wenn sie nur einen Ausweis bei sich trugen, der ein falsches Alter angab. Die Insider des Studios bildeten die sogenannte A-Liste; der Rest der Menge, ungeachtet ihrer Freikarten oder der reduzierten Eintrittskarten, stellte eine riesige, lärmende B-Liste dar.

Bei ihren ersten Abstechern ins Studio war Jennifer ein Mädchen von der B-Liste. Sie beschwerte sich allerdings nicht; es war schon aufregend, wenn man nur hineingelangte.

Hier fühlte man sich wie ein Erwachsener, so beschrieben es Jennifer und ihre Altersgenossinnen. Das bedeutete natürlich, daß man sich entsprechend kleiden mußte. Ausgefallen. Und mit teuren Schuhen, am besten mit hohen Absätzen. Turnschuhe waren verpönt. Die Türsteher brauchten nur einen Blick auf die Füße der Wartenden zu werfen: Trug jemand die falschen Schuhe, so war die Chance auf Einlaß gleich Null.

Man benötigte auch Make-up, und zwar jede Menge. Das konnte sich als Problem erweisen, wenn die Eltern im Glauben waren, es stehe lediglich eine Übernachtung bei einer Freundin an. Aber auch hierfür gab es eine Lösung. Man konnte ja sein Make-up einfach mitbringen und es bei der Ankunft im Studio auftragen. Oder man ließ seine

Schminkutensilien sogar ganz zu Hause und benutzte die teuren Markenprodukte, die in den Toilettenräumen zur freien Verfügung auslagen. Im Studio gab es diese großartigen Waschräume, mit riesigen Spiegeln und hübschen, deckchenverzierten Schminktischen. Besucher, die wirklich cool drauf waren, horteten ihre Mäntel einfach unter diesen Ablagen und sparten sich so das Geld für die Garderobe.

Außerhalb der Toiletten war die Musik dermaßen laut, daß man sie weniger hörte als sie wie ein Zittern im gesamten Körper spürte. Und Gestalten liefen dort herum! Jungs, behängt mit Schmuck, die blonde Perücken trugen; ältere Männer, von denen viele wie Juristen aussahen, die Gras rauchten oder Koks schnupften. Manchmal boten sie einem etwas davon an, nur um zu versuchen, einen anzumachen. Wenn man aber bei seiner Gruppe blieb, dann war es okay. Dann konnte man tanzen.

Natürlich hatten Jennifer und ihre Freundinnen von den Privatfeten gehört – wie sollten sie auch nicht? Die Tochter von Calvin Klein, Marci, feierte ihren sechzehnten Geburtstag im Studio, und sie lud Scharen von Prep-School-Schülerinnen aus Manhattan ein. Die Einladungskarten waren entzückend; kleine Kästchen aus Plexiglas mit 16 knallroten Kerzen darin, die von einem Boten in einer Limousine überbracht wurden. Die Kerzen auf der Party waren fast zwei Meter hoch, Mädchen in Netzstrümpfen und Smokingjacken tanzten, und es wimmelte von Prominenten – darunter der Sänger Mick Jagger und die Schauspieler Timothy Hutton und Treat Williams. Jennifer und ihre Freundinnen kannten sogar Mädchen, die dort gewesen waren. Mit ihren vierzehn Jahren wußten sie bereits, daß man im Studio 54 *echten* Glamour finden konnte.

Steve Levin gefiel es nicht, wenn Jennifer abends lange ausblieb, gleichzeitig war ihm klar, daß in New York vor elf Uhr abends noch nichts los war. Also stellte er einige Regeln auf. Hatte Jennifer am nächsten Tag Schule, durfte sie nicht ausgehen, punktum. Und am Wochenende mußte sie mit dem Taxi fahren und durfte keine öffentlichen Verkehrsmittel benutzen. Er bestand auch darauf, daß sie ihn anrief, wenn sie bei einer Freundin übernachten wollte und ihre Pläne dann änderte.

Sie rief immer an. Bei den wenigen Gelegenheiten, da er wirklich einmal eine Nachricht für Jennifer hatte und sie unter der angegebenen Nummer anrief, war sie stets tatsächlich dort. Sie war ein ehrliches Kind.

Während der Termin für den Gold-&-Silver-Ball im Dezember immer näher rückte, war Phyllis weit davon entfernt, glücklich zu sein. Zum einen war Robert zu keinem einzigen Treffen des Junior Committee gegangen. Er hatte keine Lust gehabt, mit einer Gruppe wohltätig gesonnener Jugendlicher herumzuhängen, die sich gegenseitig Aufgaben übertrugen. Er war den Treffen ferngeblieben und hatte die Zeit lieber mit seiner eigenen Clique verbracht – Jungs von der York School oder Kids, die er aus dem Park kannte und die schwer auf Drogen waren. Zum anderen hatte Bob keinen ordentlichen Job. MCA hatte ihn entlassen, und es war ihm noch nicht gelungen, eine entsprechende neue Stelle zu finden. Aus Geldmangel arbeitete er vorübergehend als Auslieferungsfahrer für ein Spirituosengeschäft in der Nachbarschaft.

Der Winterball 1982 fand im Ballsaal des brandneuen Grand-Hyatt-Hotels statt. Donald Trump, der zusammen mit Phyllis dem Festkomitee angehört hatte, war der Eigentümer des Hotels, und er hatte es für diese Wohltätigkeitsveranstaltung zur Verfügung gestellt. Phyllis trug ihre festliche Abendgarderobe und versuchte, den Abend zu genießen. Robert ließ sich jedoch nicht blicken. Es störte sie, daß Bob, der sie begleitete, praktisch bis zu ihrem Aufbruch zum Grand Hyatt damit beschäftigt war, an Haustüren seiner Kunden zu klingeln und Trinkgelder einzusammeln.

Um die Weihnachtszeit herum begannen Phyllis' Nachbarn, über die Ironie ihres Schicksals zu tratschen; aber sie ließ sich weiterhin nach außen nichts anmerken. Bei einem teuren Floristen in der Nachbarschaft bestellte sie einen bereits fertig geschmückten Weihnachtsbaum für ihre Wohnung und beauftragte ihn zudem mit der Lieferung von Weihnachtsschmuck für die Lobby. Sie orderte dabei nicht etwa die üblichen Weihnachtssterne, sondern zwei riesige Weihnachtssternbäume.

Wie kann sie sich das nur leisten? fragten sich die Nachbarn. Ihr Gehalt als Krankenschwester kann nicht so hoch sein, auch wenn sie nur reiche Patienten betreut. Aber sie beschlossen, der Sache nicht weiter nachzugehen, insbesondere da die Eingangshalle diese Verschönerung durchaus gebrauchen konnte. Der verschnörkelte Bronzelüster und die Wandleuchter, die einst den Glanzpunkt des Foyers gebildet hatten, waren verschwunden. Einige der Bewohner mutmaßten, daß der Diebstahl auf das Konto von Robert und seinen Freunden ging.

Am Silvesterabend arbeitete Bob Chambers im Spirituosengeschäft, und Phyllis traf sich mit Freunden. Als sie in der Nacht in ihre Wohnung zurückkehrte, bot sich ihr ein schrecklicher Anblick. Diebe waren in die Wohnung eingebrochen, hatten sie durchsucht und zahlreiche Gegenstände, an denen sie sehr hing, gestohlen. Schmuck, Kameras und eine Schreibmaschine waren fort; sogar einige ihrer Kleider.

Als die Nachbarn von dem Einbruch hörten, verdächtigten sie erneut Robert der Tat. Aber Phyllis, die noch Wochen später von Freunden geschenkte Kleidungsstücke trug, behauptete ihnen gegenüber, bestimmt sei der Hausverwalter der Täter gewesen oder irgendein Einbrecher, der über die Rückseite des Gebäudes eingestiegen sein müsse. Sie versuchte, die Entlassung des Hausverwalters zu betreiben; und für die Rückseite des Gebäudes kaufte sie eine Quecksilberdampflampe.

»Sie ist genauso hell wie eine Straßenlaterne«, erzählte sie den Nachbarn. »Das wird in Zukunft jeden Einbrecher fernhalten.«

»Es ist vorbei. Es ist wirklich alles aus«, schluchzte Phyllis bei Barbara Dermont, als sie ein paar Monate nach dem Diebstahl im eleganten Carlyle Hotel bei Sandwiches zum Tee beisammensaßen. Damit meinte sie ihre Ehe. Bob Chambers war aus der Wohnung ausgezogen. Sekunden später stiegen Tränen in ihre Augen.

Barbara war erstaunt. Sie hatte Phyllis noch nie zuvor weinen sehen, hatte sie immer für eine außerordentlich starke Frau gehalten, die ihre Gefühle vor aller Welt verbarg. Das Ganze war ihr sehr peinlich, und sie versuchte, Phyllis gut zuzureden, aber Phyllis war untröstlich. »Ich verlange doch gar nicht viel. Alles, was ich immer wollte, war, daß Bob mich Sonntagnachmittags einmal zu einem Spaziergang ausführt und dabei meine Hand hält«, weinte sie, »oder einfach mit mir in ein Café geht.«

Genau das kann er nicht, dachte Barbara, weil du die Kontrolle an dich reißt, sobald du mit ihm zusammen bist. Ihre Gedanken sprach sie allerdings nicht laut aus. Phyllis sieht sich selbst überhaupt nicht als eine Person, die Kontrolle ausübt, überlegte Barbara nachdenklich. Sie sieht sich selbst überhaupt nicht realistisch; sie lebt in einer Art Traumwelt. Plötzlich stiegen auch Barbara die Tränen in die Augen.

Gegen Ende der diesjährigen Skisaison machte sich Brock Pernice auf den Weg zu Roberts Wohnung auf der East 90th Street. Brock war nicht mehr auf der York Prep School, er hatte auf eine andere Schule gewechselt und dort Robert kennengelernt. Bei einem zufälligen Treffen vor kurzem hatte Rob ein Paar erstklassiger Skier erwähnt, die er verkaufen wollte. Brock war sehr daran interessiert.

Er ging mit Robert in den Keller hinunter, wo mehrere Paar Ski herumstanden. »Alles alte Skier von meiner Familie«, erläuterte Robert, obwohl er sie tatsächlich mit einigen Freunden aus einer Skihütte in Upstate New York gestohlen hatte.

»Wieviel willst du für diese?« fragte Brock, der sich ein Paar herausgesucht hatte.

»Zweihundert Dollar.«

»Ich habe im Moment nur hundert dabei.«

»Das ist auch in Ordnung«, sagte Robert.

Brock nahm die Skier.

Einige Tage später sah er Robert wieder. Es war in der Cafeteria seiner Schule; Brock saß dort in ein Buch vertieft und bemerkte plötzlich Robert, der sich über ihn beugte. Er war nicht allein. Zwei junge Farbige begleiteten ihn. Fremde. »Wir kommen wegen des Geldes, das du mir noch schuldest«, sagte Robert.

»*Schulden?*« Brock war verwirrt. »Ich dachte, du hast gesagt, hundert Dollar sind okay.«

»Nein.« Robert schüttelte den Kopf. »Zweihundert.«

Brock glaubte, daß es sich um ein Mißverständnis handeln mußte, und sagte, er werde den Rest bezahlen. »Aber nicht jetzt«, erklärte er. »Ich habe das Geld nicht dabei.«

»Du hast doch bestimmt ein Konto, oder?« warf plötzlich einer der beiden Fremden ein.

Brock nickte unglücklich.

»Also, auf zur Bank.«

Er zögerte. Aber der Fremde, der gerade geredet hatte, war größer und viel muskulöser als er; der andere ebenso. Im übrigen galt das auch für Robert. Er erhob sich, verließ das Schulgelände und machte sich auf in Richtung Bank.

Robert und die beiden anderen jungen Männer begleiteten ihn. Während er das Geld aus dem Automaten zog, blickten sie ihm die ganze Zeit drohend über seine Schultern.

Im Sommer des Jahres 1983 reiste Jennifer zum zweiten Mal ins Ferienlager in die Adirondacks. Sie fuhr Kanu, segelte und kämpfte sich über verschlungene Wildpfade die Berge hinauf – wie jugendliche Camper überall auf der Welt hatte sie daher ständig Hunger. An einem Wochenende erhielt sie Besuch von Steve und Arlene. Sie gingen mit ihr einkaufen und erlaubten ihr, sich für fünfunddreißig Dollar Snacks auszusuchen. Diese großzügige, aufmerksame Geste versetzte Jennifer in eine derart gute Stimmung, daß sie den Einkaufsbummel sogar in einem Brief an eine ihrer alten Freundinnen aus Port Washington beschrieb. In demselben Brief erwähnte sie, daß sie mit einem Jungen aus dem Camp ausging. ›Er heißt Jeremiah‹, schrieb sie. ›Er ist 15, hat blonde Haare und blaue Augen. *Einfach klasse!*‹

»Könnte ich nur so sein wie *sie*«, äußerte sich in diesem August eine junge kolumbianische Frau namens Julia Zapata über Phyllis Chambers einigen ihrer Freunde gegenüber. Julias Englischkenntnisse waren mangelhaft, ihre Kleidung schäbig, und sie litt fortwährend unter Angstzuständen. Aber sie hatte einen Job als Köchin bei Samuel und Irene Coyne erhalten, einem enorm reichen älteren Ehepaar, das häufig kränkelte. Sie wohnten auf der Park Avenue. Phyllis Chambers führte dort den Haushalt und beaufsichtigte Julia und einen Stab von Krankenschwestern; ihre Hauptaufgabe bestand jedoch darin, der alten Mrs. Coyne Gesellschaft zu leisten, die einen kräftezehrenden Schlaganfall hinter sich hatte. Phyllis kümmerte sich rührend um sie, sprach mit ihr, badete sie, trug Farbe auf ihre Lippen und Wangen auf; sie zwängte sie sogar in ein Mieder und schöne Kleider, so daß sie mit der alten Dame zum Lunch ins Carlyle gehen konnte.

Mrs. Coynes Sohn und ihre Schwiegertochter waren nicht gerade mit Phyllis zufrieden. Sie hielten sie für extravagant und dominant, sie spiele sich auf, als sei sie die Dame des Hauses und nicht die Untergebene. Julia hingegen bewunderte sie. Sicherlich, Phyllis gebärdete sich wie eine Frau von Welt, nicht wie eine Hausangestellte, so sah Julia es zumindest auch. Aber was war daran schon schlimm? Nirgendwo stand geschrieben, daß man nicht damenhaft sein könne, nur weil man Böden schrubbte, Töpfe auswusch oder Bettpfannen leerte. Julia wollte auch so sein. Alle ihre Freundinnen, die für die reichen Leute arbeiteten, wollten das.

Daher war sie begeistert, als Phyllis ihr die Grundregeln einer wirklichen Dame beibrachte. Sie gab ihr Ratschläge hinsichtlich Kleidung und Frisur und lehrte sie, wie wichtig es war, an seiner Persönlichkeit zu arbeiten.

»Du mußt lernen, dich selbst zu akzeptieren und zu mögen«, riet Phyllis ihr. »Du mußt dir sagen ›Ich bin Julia, und ich bin schön.‹« Solche Dinge hatte Phyllis in einer Selbsthilfegruppe unter den Namen ›The Pursuit of Excellence‹, ›Streben nach Vorzügen‹, gelernt. Sie besuchte die verschiedensten Kreise dieser Art, darunter auch Gruppen wie das Freedom Institute und Scientology.

Ebenso begeistert war Julia, als Phyllis sie einlud, sie und Mrs. Coyne ins Carlyle zu begleiten.

Phyllis hatte schon eine ganze Zeitlang in Diensten der Coynes gestanden, als Julia sie im Sommer 1983 dort kennenlernte. Im Herbst des gleichen Jahres wurde Phyllis jedoch entlassen. Jahre später würde ein Familienmitglied einem Vertreter der Stadt berichten, die Probleme mit Phyllis hätten begonnen, als man ihr klarzumachen versuchte, daß ihre betagte Schutzbefohlene kaum noch in der Lage sei, das Essen in Gourmet-Restaurants zu genießen. Phyllis hätte sich jedoch geweigert, auf diese Mahnung zu hören, und darauf bestanden, weiterhin mit Mrs. Coyne in teuren Restaurants zu speisen.

Die gute Stellung bei den Coynes zu verlieren war ein harter Schlag für Phyllis. Kurze Zeit später jedoch erhielt sie einen Pflegeauftrag, der diese Enttäuschung schnell wieder wettmachte. Man verpflichtete sie, den beliebten Prälaten von New York, Terence Cardinal Cooke, zu pflegen, der an Leukämie litt. Sie betreute ihn bis zu seinem Tode Mitte Oktober und zeigte dabei Hingabebereitschaft und Einsatz in einem solchen Ausmaß, das auch den Freunden des Prälaten in der Kirchenhierarchie nicht verborgen blieb.

»Ich *vermisse* dich entsetzlich. Ich werde *eingehen,* wenn ich dich nicht wiedersehe«, klagte Jennifer Ende Oktober 1983 am Telefon bei Marjorie Harvey, einer ihrer alten Freundinnen aus Port Washington. »Versprich mir, nein, schwöre mir, daß du mich bald in der Stadt besuchen kommst.«

Zu Halloween nahm Marjorie Jennifers Einladung an; ebenso einige andere Mädchen aus Port Washington, die Jennifer zum Kommen gedrängt hatte. Nach der halbstündigen Zugfahrt in die Stadt machte sich die Gruppe auf zu Jennifers Loft in SoHo, wo sie ihre Halloweenkostüme anzogen. Ein Mädchen verkleidete sich als Hase, ein anderes als Penner, und einige gingen als schwarze Katzen. Sie zogen los zum Washington Square Park, kauften dort einige Flaschen roten Riunite, ließen sich auf einer kleinen Veranda in Parknähe nieder und tranken den Wein. Sie amüsierten sich prächtig bis zu dem Zeitpunkt, da die schwarzen Strümpfe und die langen Schwänze der als Katzen verkleideten Mädchen einer Gruppe rüpelnder junger Männer ins Auge fiel. »Komm her, Pussy, komm her, Pussy«, lockten sie kichernd. Den Mädchen aus Port Washington fuhr der Schreck in die Glieder; aufgescheucht liefen sie durcheinander und rannten weg. Nur Jennifer bot den Rowdies mit einer obszönen Erwiderung die Stirn.

»Laß das!« drängte Marjorie und griff nach Jennifers Arm. »Eines Tages wird dich eine solche Bemerkung dein Leben kosten.«

Jennifer zuckte die Achseln. »Das ist New York. Man muß eben wissen, wie man sich hier am besten zur Wehr setzt.«

Marjorie traute ihren Ohren nicht. Damit will Jennifer andeuten, daß ich nicht weiß, wo es langgeht, dachte sie. Die Verärgerung darüber klang noch lange in ihr nach.

Im Rückblick stand für sie fest, daß Jennifer ihr schon den ganzen Abend hatte zu verstehen geben wollen, für wie provinziell und brav sie ihre alten Freundinnen im Vergleich zu sich hielt.

Vielleicht entsprach das sogar der Wahrheit. Etwa zur Zeit des Halloweenbesuchs ging Jennifer nicht mehr nur gelegentlich in die Disco, sondern war Gast auf ausgelassenen, manchmal sehr turbulenten Parties. Bei einer leerte sie mit zwei Freundinnen aus der Stadt eine ganze Flasche Wodka. Danach wurde ihnen so schlecht, daß sie sich beeilen mußten, es noch bis ins Badezimmer zu schaffen. Hier brachte Jennifer alle zum Lachen, indem sie sich in die Badewanne legte und die Arme und Beine herausstreckte.

Sie trank eine ganze Menge. Eines Nachts kam sie derart betrunken aus dem Studio nach Hause, daß sie von ihrem Vater Hausarrest bekam.

Obwohl Phyllis mehrere Selbsthilfegruppen besuchte, vertraute sie am meisten auf Gott, ihr bei ihren Schwierigkeiten mit Robert beizustehen. Sie war sehr fromm – ›vielleicht sogar zu fromm‹ würde später ein ihr beistehender Priester in einem Interview sagen. Ihr Glaube war eisern und engstirnig. Einmal, gegen Ende des Jahres, konnte sich John Dermont, ebenfalls katholisch, davon überzeugen. Er und Phyllis aßen gemeinsam zu Abend; John war darüber ins Philosophieren geraten und sagte: »Ich glaube an Gott, aber manchmal habe ich doch so meine Zweifel. Ich meine, wo war Gott während des Holocaust?«

Phyllis fragte: »Was meinst du?«

»Na ja, du weißt schon«, erwiderte Dermont. »All die Menschen, die dabei umgekommen sind.«

»Das waren Juden«, antwortete Phyllis.

Dermont ließ diesen Einwand nicht gelten. »Ich rede nicht davon, welcher Religion diese Menschen angehörten«, fuhr er fort, »sondern vom Einschreiten Gottes im Sinne der Menschlichkeit.«

Phyllis hatte damit kein Problem. »Ja sicher, John«, sagte sie. »Aber dieses Volk hat Jesus den Rücken zugekehrt.«

Jennifer, fast sechzehn Jahre alt, verliebte sich im Frühjahr 1984 in den Rockstar Billy Idol. Billy hatte blaue Augen, einen Schmollmund und eine Tätowierung. Sie liebte seine Musik, seine Art, finster dreinzublicken und großspurig herumzustolzieren. BILLY schrieb sie ihrer Freundin Joan Huey ins Album und malte ineinander verschlungene Herzen mit seinem und ihrem Namen.

Jungen waren bei ihr und Joan ständig Gesprächsthema, und täglich unternahmen sie ›Typen-Streifzüge‹, wie sie es nannten, wobei sie während ihres Bummels mit aufmerksamem Blick die Cliquen von jungen Leuten auf der 8th Street in Greenwich Village musterten. Sie planten sogar eine Reise nach Florida; eine Reise, die ihnen, wie Jennifer in Joans Album kritzelte, ›Sonnengebräunte Jungs! Epcot Center! Disco! Einfach alles! Sex, Sex, Sex!‹ bescheren würde.

›Ich bin sicher, daß wir mit Blonden am meisten Spaß haben werden‹, schrieb Joan zurück. ›Blonde Jungs mit blau-grünen Augen.‹

Doch momentan war noch Billy Idol ihr großer Schwarm, und schließlich fanden sie heraus, wo er wohnte. Wochenlang verbrachten die beiden Teenager oft gleich mehrere Stunden hintereinander vor seiner Wohnung im Village. Bald darauf schrieben sie sich sogar Briefe, in denen sie romantische Begebenheiten um den Sänger mit der rauhen Stimme ausmalten.

›Kannst Du es glauben, daß wir Billys echten Namen und seine Adresse herausgefunden haben?‹ schrieb Jennifer. ›Zufällig liebe ich ihn … Billy Idol über alles!‹

›Zufällig liebe ich ihn auch‹, schrieb Joan zurück. ›Sehr sogar.‹ Dann wurde ihr Brief pikanter. ›Wir beide schnappen uns Billy Idol und treiben es dann ausgiebig mit ihm, okay?‹ schlug sie vor. Dann, etwas später: ›Also, wir gehen dorthin zurück, und Billy wird ganz alleine sein, und dann machen wir gleich an Ort und Stelle einen flotten Dreier.‹

Eines Tages erzählte Jennifer ihrer alten Freundin Marjorie Harvey aus Port Washington, daß sie Billy bei einem Einkaufsbummel im Tower Records tatsächlich getroffen und daß er sie sogar geküßt hätte. »Das ist noch nicht alles«, berichtete sie. »Am besten war, als sein Manager ihm sagte, das hätte er nicht tun sollen, nicht mit all diesen ansteckenden Krankheiten und so. Und Billy hat nur höhnisch gegrinst und dem Manager einen Blick zugeworfen wie ›Zur Hölle, das war's mir wert‹.«

Vielleicht entsprach diese Geschichte der Wahrheit. Vielleicht handelte es sich aber auch nur um reine Phantasie. Marjorie glaubte daran. Sie wußte jedoch nicht, daß Jennifer in diesem Frühjahr intensiv damit beschäftigt war, ihr Leben komplett umzugestalten; ihr Ziel war ein glanzvolles Schicki-Micki-Leben, mit jeder Menge sexy Männer. In ihrer Vorstellung war sie nicht nur ein einfaches Schulmädchen, sondern ein bezauberndes Geschöpf, dem gutaussehende, braungebrannte Typen und sogar Prominente nicht widerstehen konnten.

Jennifer verfaßte auch Gedichte. Ihre Werke, Verse mit ungelenken Reimen, handelten in der Regel von der Liebe, vor allem von unglücklicher Liebe. Einer davon war über den Jungen geschrieben, den sie im Ferienlager so wundervoll gefunden hatte, und lautete:

Ich liebte es, ihm in die Augen zu blicken
Seine Stimme zu hören
Oder einfach nur sein Lächeln zu sehen.

Ein anderes handelte von einem Jungen, der sie ihrer Meinung nach schlecht behandelt hatte. Darin klagte sie:

Solche Spiele
Sind doch nur für kleine Jungen
Mädchen waren niemals dazu bestimmt
Wie Spielzeug behandelt zu werden.

Wenn sie nicht gerade Verse schmiedete, kritzelte sie impulsive Briefe und Notizen für ihre Freundinnen. ›Ich liebe Dich so sehr!! Wir stehen uns so nahe, wie es bei zwei Freundinnen nur irgend möglich ist‹, hieß es in einem. ›Ich weiß, wir werden für immer und ewig Freundinnen sein!‹ ›Ich liebe Dich‹, schrieb sie an eine andere. ›In guten und in schlechten Zeiten. Ich werde immer zu Dir halten, denn dazu sind Freundinnen da.‹

Mehr und mehr gewann die Liebe für sie an Bedeutung, oder vielmehr die Sucht, geliebt zu werden. Als ihr 16. Geburtstag näher rückte, kristallisierte sich in ihr immer stärker der Wunsch heraus, ihre Jungfräulichkeit zu verlieren. Noch immer unberührt zu sein wurde für sie zu einer Last. Einerseits mußte sie sich die Jungs vom Hals halten, die sie davon befreien wollten, andererseits mußte sie den Gesprächen von Mädchen zuhören, die ihre Unschuld bereits mit vierzehn oder fünfzehn Jahren verloren hatten und nun Geheimnisse über Erfahrungen austauschten. Wenn man dann zugab, noch keinerlei sexuelle Erfahrungen zu haben, gaben sie sich zugeknöpft. Dennoch war ihr die Vorstellung, endlich die wahre Liebe zu erleben, wenn sie erst einmal Sex gehabt hatte, wichtiger, als von ihren Freundinnen akzeptiert zu werden.

Der Junge, den sie dabei im Sinn hatte, war jedoch nicht Brock, wie sie einer Schulfreundin gestand. »Brock sucht immer nur Streit mit mir«, klagte sie. »Er liebt mich nicht wirklich. Und gerade beim ersten Mal sollte man richtig ineinander verliebt sein.« Kurze Zeit später hatte sie Sex mit dem Jungen, den sie sich dazu auserkoren hatte. Das war ihr Geschenk an sich selbst zum sechzehnten Geburtstag – ein Geschenk, das sogar noch aufregender war als das von Arlene; von ihr hatte sie eine Reise auf die Bahamas geschenkt bekommen. Sie jubelte, nachdem sie endlich keine Jungfrau mehr war.

»Ich bin so *unglaublich* glücklich«, sprudelten die Worte aus ihr hervor, als sie mit einer alten Freundin aus Port Washington telefonierte. »Ich habe es getan, und es war einfach großartig. Ich bin so froh, daß ich es geplant habe und nicht nur auf irgendeiner Party betrunken mit irgendeinem Jungen ins Bett gestiegen bin, so wie viele Mädchen.«

Trotz ihrer Berechnung erfüllte sie das erste Mal nicht nur mit Glückseligkeit, sondern brachte ihr auch Tränen. Nur ein paar Tage nach dem großen Ereignis kam sie zu einer Party und mußte mit ansehen, wie der Junge, mit dem sie geschlafen hatte, ein anderes Mädchen in einer herzlichen Umarmung begrüßte. Sie schluchzte vor Eifersucht, wurde fuchsteufelswild und schrie ihn an.

Niemals verzieh sie ihm restlos. Nicht lange danach traf sie sich wieder mit Brock; und sie traf sich auch mit anderen Jungen.

»Robert macht weder seine Aufgaben, noch schätzt er seine Situation realistisch ein. Man muß daher mit der Möglichkeit rechnen, daß er seinen Schulabschluß nicht zusammen mit dem Rest der Klasse machen wird«, informierte der Direktor der York Prep School Phyllis Chambers gegen Ende des Halbjahres. Es war Roberts letztes High-School-Jahr. Dies war nur einer von vielen entmutigenden Briefen, die er Phyllis im Laufe der Zeit geschrieben hatte. Sie überhaupt schreiben zu müssen war ihm zuwider, weil Mrs. Chambers eine so *besorgte* Mutter war. Freiwillig stellte sie sich für jedes Schulkomitee zur Verfügung und half regelmäßig auf den Eltern-Lehrer-Tagen. Doch obwohl er sie schätzte, waren ihm Grenzen in dem gesetzt, was er für sie tun konnte. Letzten Endes würde Robert seine Kurse erfolgreich beenden müssen, um ein Diplom zu erhalten. Niemand konnte sicher sein, daß er es schaffen würde. »Geht nicht davon aus, daß euch irgend etwas in den Schoß fällt«, bekräftigte er immer wieder vor seinen Schülern. »Eine solche Einstellung stempelt euch und mich zu Idioten.«

Natürlich, zum Teil war das Problem darauf zurückzuführen, daß die Eltern heutzutage keine Kontrolle mehr über ihre Kinder besaßen. Sie griffen nicht durch, wenn die Kinder bis spät in die Nacht aufblieben und Gott weiß was trieben und dann am Tag darauf in der Schule fast einschliefen. Immer wieder hielt er den Eltern vor: »Wenn Sie die Kontrolle über Ihre Kinder verlieren, bieten Sie ihnen kein Zuhause mehr, sondern Sie führen ein Hotel.«

Dennoch war es seine Aufgabe, Robert durch die High-School zu bringen, und er entschloß sich, ihm mit Strenge zu begegnen. Im Anschluß an die Schule würde er ihn nachsitzen lassen. Vielleicht würde ihm dann der Ernst seiner Lage klarwerden.

Tag für Tag mußte Robert in diesem Frühjahr des Jahres 1984 nach dem Unterricht noch in der Schule bleiben, während sich ein Großteil seiner Abschlußklasse auf den Weg in den Park machte, Bierdosen oder Pappbecher mit Mixgetränken in der Hand; sie faulenzten in der Sonne, rauchten Pott, spielten Frisbee oder hörten Musik. Nur wenige Wochen zuvor war Robert einer von ihnen gewesen, und jetzt war er ein Gefangener. Ungeachtet Stewarts disziplinarischer Bemühungen schrieb auch er einige Zeilen:

Dieser Arrest funktioniert nicht
Es ist mir alles egal
Ich werde langsam aber sicher verrückt
Mein Zustand ist unheilbar
Es gibt dagegen keine Medizin außer …
Laßt mich gehen!

Stewart ließ ihn aber nicht gehen. Und seine Eltern saßen ihm ebenfalls ständig im Nacken, beschwerte er sich bei seinen Freunden. Es galt die Devise: Reiß dich zusammen oder es ist aus. Sie hatten sogar angedroht, ihm keinerlei finanzielle Unterstützung zu gewähren, falls er nicht den Sprung auf ein gutes College schaffen würde.

Solchermaßen inspiriert, verfaßte er eines Tages ein weiteres Werk, dem er den Titel ›Unsere Eltern‹ gab. Darin entwarf er ein in romantisches Licht gehülltes Bild von einer idealen Mutter und einem ebenso idealen Vater; es war ein Porträt, in dem sich Selbstmitleid, Spott und Hohn hinter kitschigen Postkartensentimentalitäten verbargen:

Stärke und Sicherheit, Gelächter und Spaß
Für die Tochter ist er ein Prinz, ein Kumpel für den Sohn
Ein Märchenonkel für Mädchen und Jungen
Ihr macht der Familientrubel nur selten etwas aus
Er ist jeden Tag der Nikolaus, der Überraschungen mit nach Hause bringt,
Zu ihm kann man mit jedem Problem kommen
Der Beste aller Freunde in Zeiten der Not
Sie unterstützt ihr Kind in jeder Hinsicht
Er ist ein Lehrer, ständig darum bemüht,
Seinen Kindern alle nur möglichen erreichbaren Ziele aufzuzeigen
Tief in ihren Herzen wissen sie Tag für Tag
Daß es alle Mühen wert war
Wenn sie nur die Kinder sagen hören
›Ich liebe euch, Mutter und Vater.‹

Schließlich war der Tag der Abschlußfeier gekommen. Robert erschien mit Talar und Barett zur Zeremonie, die im Auditorium des Metropolitan Museum of Art stattfand. Er schritt zum Podium hinauf, um seine Zeugnishülle in Empfang zu nehmen und Stewart die Hand zu schütteln.

Die Hülle war jedoch leer. Robert hatte trotz des Nachsitzens noch nicht alle seine Kurse beendet, und er würde sein Abschlußzeugnis nicht eher erhalten, als bis er die noch ausstehenden Tests im Sommer nachgeholt haben würde.

An diesem Abend feierte Robert zusammen mit seinen Freunden auf einer Schulabschlußparty. Sie fand auf einem riesigen Speicher statt, wo eine Reggae-Band die Schulabgänger unterhielt. Robert betrank sich, was aber die Schar seiner Bewunderinnen nicht störte; die kichernden, albernen Mädchen umarmten, küßten und knubbelten ihn, als sei er ein Pascha mit seinem Harem.

Phyllis wußte, daß Robert die Mädchen wie die Fliegen anzog. »Die Mädchen sind die Ursache seiner Probleme«, hatte sie einer Freundin mehrere Male erzählt. Um zu verhindern, daß Robert den Sommer mit Mädchen vertrödelte, besorgte sie ihm einen Sommerjob bei einer Bekannten, die eine Yacht besaß, auf der sie häufig Parties feierte. »Robert ist kräftig«, gab Phyllis ihr zu verstehen, »und er kann zupacken.«

Das Boot, strahlend weiß und 36,7 Meter lang, lag in einem Yachthafen am East River vor Anker. Robert meldete sich zur Arbeit und verbrachte mehrere Tage damit, die Yacht für die ersten Parties des Sommers herzurichten. Er schrubbte das Deck, polierte das Holz in den Kabinen und belud die Vorratskammer bis zum Rand mit teuren Weinen und exotischen Delikatessen.

Diese Umgebung und der Luxus machten großen Eindruck auf ihn. »Vielleicht«, sagte er an einem Abend zu einem Freund, »mache ich eines Tages eine Menge Geld, und dann kaufe ich Malcolm Forbes' Yacht. Darauf lasse ich dann Parties steigen!«

Seine Tagträume erfuhren ein jähes Ende. Nachdem er erst kurze Zeit auf der Yacht beschäftigt war, bemerkte die Eigentümerin, daß plötzlich Champagner und Likör verschwanden. Sie verdächtigte Robert, mit diesen Diebstählen zu tun zu haben; wollte ihn mit dieser Vermutung aber nicht konfrontieren, da sie ja seine Mutter kannte. Als er aber an einem Wochenende, für das sie eine Reihe von Parties geplant hatte, nicht zur Arbeit erschien, warf sie ihn hinaus.

Jetzt hatte er keinen Job mehr. Statt dessen ging er zum Unterricht in die Sommerschule an der York Prep, saß in heißen Klassenzimmern und bemühte sich darum, seine noch ausstehenden Tests nachzuholen.

Ein Mädchen, das ihn dort kennenlernte, fand, daß es viel Spaß mache, mit ihm zusammen zu sein. Deshalb und weil die anderen Mädchen alle ›Ohh‹ und ›Ahh‹ machten, sobald sie hörten, daß sie mit ihm in einem Klassenzimmer saß, machte sie einige Male mit Robert einen Kneipenbummel. An einem dieser Abende sagte sie ihm ganz kühn, daß sie mit ihm schlafen wolle.

»Du bist noch viel zu jung für so etwas«, tadelte er sie.

Das Mädchen – sie gerade sechzehn und er fast achtzehn Jahre alt – akzeptierte diese Zurückweisung und glaubte wie andere Mädchen vor ihr, dies zeige, wie sehr er sie respektierte. Später aber machte sich in ihr die Überzeugung breit, daß er, wenn man die Sache einmal bei Licht betrachtete, offenbar kein so großes Interesse an Sex hatte wie die anderen Jungs. Zwar redete er genau wie die anderen darüber; aber er hielt sich zurück. Vielleicht ist das der Grund, warum ihn so viele Mädchen mögen, dachte sie bei sich. Man konnte sich bei ihm sicher fühlen.

Die zierliche, vierundzwanzigjährige Marilei Lew Lee hatte in ihrer brasilianischen Heimat als Diätetikerin gearbeitet. Als sie dann 1984 nach Amerika kam, war die einzige Arbeit, die sie finden konnte, eine Tätigkeit im Haushalt. In diesem Frühjahr nahm sie eine Stelle als Hausangestellte bei Dorothy Hammerstein an, der Witwe des berühmten Lyrikers. Mrs. Hammerstein, inzwischen über achtzig, hatte früher als Innenarchitektin gearbeitet, und ihre Wohnung auf der Park Avenue war angefüllt mit vielen Schätzen. Sie besaß museumsreife Porträts aus England, kunstvolle Raumteiler aus China, handbemalte Sekretäre aus Venedig und eine Unmenge exotischen Schnickschnack, der ständiges und sorgfältiges Staubwischen und Reinigen verlangte. Marilei stürzte sich in die Arbeit, und Mrs. Hammerstein lobte sie. Nachdem sie vier Monate in ihren Diensten gestanden hatte, war ihr Wunsch, die englische Sprache so gut zu beherrschen, daß sie wieder in ihrem erlernten Beruf arbeiten konnte, fast erloschen. Mit dem, was sie tat, war sie vollauf zufrieden, zumindest für den Augenblick. Außerdem mochte sie die anderen Angestellten; Mitchell, den Diener und Koch, und vor allem Phyllis Chambers, die neue Krankenschwester. Phyllis schrieb für sie einen Brief an die Einwanderungsbehörde; darin hob sie hervor, wie auch sie einst, eine Fremde in Amerika, hart gearbeitet und schließlich Erfolg gehabt habe und daß sie sicher sei, daß für Marilei das gleiche gelte.

Nicht jeder im Haushalt mochte Phyllis. Mrs. Hammersteins andere Krankenschwestern beispielsweise konnten sie nicht leiden, ebensowenig der Hausarzt. Aber das war Phyllis gleichgültig. Sie riet Mrs. Hammerstein, die anderen Krankenschwestern zu entlassen und zu Dr. Kevin Cahill zu wechseln, einem bekannten Facharzt, der unter anderem den verstorbenen Kardinal Cooke und sogar Papst Johannes Paul II. behandelt hatte. Über seine Praxis hatte Phyllis schon zahlreiche Pflegeaufträge erhalten. Mrs. Hammerstein folgte Phyllis' Aufforderung.

Die alte Dame macht immer das, was Phyllis ihr sagt, dachte Marilei. Und ich auch. Das mußte mit Phyllis' Art zusammenhängen: das Heft in die Hand zu nehmen, so daß nach einer Weile jeder in ihrem Umkreis das Gefühl hat, keinen Atemzug mehr ohne sie tun zu können.

Häuser mit vierzig Zimmern und zweisitzige Sportwagen. Jede Menge breite Sandstrände, schicke, kleine Restaurants und hinreißende, braungebrannte Burschen im Überfluß. Jennifer war verzaubert von Southampton auf Long Island. Dort wohnte sie in Joan Hueys Landhaus und jobbte in einem Geschäft, das Schmuck und Kleidung aus Marokko verkaufte.

Sie und Joan verbrachten zwar viel Zeit miteinander, sie fand aber auch viele neue Freunde. Eine von ihnen war Leilia Van Baker, ein reiches WASP-Mädchen* mit blonden Haaren, einer schlanken Figur und langen, gazellengleichen Gliedern. In den Discos sei sie ein Mädchen von

* (Abkürzung für: White Anglo-Saxon Protestant; meist kritisch gebrauchte Bezeichnung, ursprünglich für Amerikaner protestantischer-britischer Herkunft, die sich Minderheiten gegenüber überlegen fühlten.)

der A-Liste, war es schon von Kindheit an gewesen, erzählte sie Jennifer und gab häufig Geschichten über ihre Abenteuer auf der A-Liste zum besten. Sie kenne ein Mädchen, das mit einem berühmten Filmstar auf einer Discoparty Koks geschnupft hat, berichtete sie, und ein anderes, das seine Unschuld an einen weltbekannten Rocksänger verloren hat, der zwanzig Jahre älter war als sie.

»Kannst du dir vorstellen«, fragte sie, wobei sie das R besonders stark rollte, »daß es im Mittleren Westen Mädchen in unserem Alter gibt, die in ›Seventeen‹ Berichte über die Leute lesen, die meine Freundinnen und ich tatsächlich kennen? Kannst du dir vorstellen, daß es Mädchen gibt, die alles dafür geben würden, nur um zu unserer Clique zu gehören? Um auf solche Parties zu gehen, über die wir nur unsere Nase rümpfen?«

Und ob Jennifer das konnte.

Eines Tages gestand Leilia Jennifer, daß bis zu ihrer Begegnung für sie die Szene ziemlich an Reiz verloren hatte; jetzt aber, da sie das Ganze mit den Augen ihrer neuen Freundin betrachte, empfinde sie es wieder als aufregend und wundervoll. Sie, Jennifer, habe eine seltene Gabe, stellte Leilia bewundernd fest, nämlich die, frischen Wind ins Leben zu bringen.

Sie trafen sich häufig, und als sich der Sommer dem Ende zuneigte, schwor Leilia Jennifer, daß sie in der Stadt weiterhin Freundinnen bleiben würden. »Wir werden zusammen ins Studio gehen«, verkündete sie, »und in die anderen Discos. Ich werde dich überall einführen.«

Leilia kannte wirklich jeden. Sie kannte die Manager der verschiedenen Discos; sie kannte die Türsteher, die die Eingänge bewachten; und sie kannte Amy Lumet, Cosima von Bülow und all die anderen Teenager, über die in den Klatschspalten berichtet wurde. Zudem war sie nicht nur bekannt mit den Jungs im gleichen Alter, die als die umschwärmtesten Begleiter der ganzen Stadt galten, sondern war mit einigen von ihnen ziemlich gut befreundet.

Das waren Kids wie Nick Beavers, dessen Familie eine Disco besaß, in der immer viel los war, John Flanagan, der ständig die heißesten Parties gab, und Robert Chambers, der am besten von allen aussah und unglaublich beliebt war.

»Du wirst sie alle kennenlernen«, versprach Leilia.

»Würde es dir etwas ausmachen, einige Hemden zu bügeln, die ich für Robert gekauft habe?« fragte Phyllis Marilei eines Tages gegen Ende des Sommers. Marilei verneinte. Sie und Phyllis waren gute Freundinnen geworden, und sie hatte Phyllis' gutaussehenden, höflichen Sohn kennengelernt und mochte ihn gut leiden. Gern tat sie Phyllis oder dem Jungen solche kleinen Gefallen. Nur konnte sie seinen Namen nie richtig aussprechen, ›Hrobert‹ nannte sie ihn immer.

Sie nahm die Hemden von Phyllis entgegen; diese waren aus weichem, feinstem Baumwollstoff von Brook Brothers. Phyllis kaufte für Hrobert nur das Beste, bemerkte sie. Liebevoll breitete sie die Hemden auf ihrem Bügelbrett aus und bügelte sie sorgfältig von beiden Seiten, so daß sie perfekt aussahen.

In der Woche darauf brachte Phyllis ihr weitere Hemden von Robert mit. Sie bügelte auch diese, und bald war es selbstverständlich, daß sie sich um Roberts Wäsche kümmerte.

Zum Herbstanfang hatte sie einen Riesenberg Wäsche für ihn fertigzumachen. Robert würde zum College gehen; er war in der Boston University School of Basic Studies untergekommen.

Leilia hielt ihr Wort. Im Spätherbst des Jahres 1984 erschien Jennifer erstmals als Gast auf einer Privatparty im Studio 54. »Sie schien sich immer prächtig zu amüsieren«, bemerkte ein junger Mann, der auf einigen Parties als Gastgeber fungierte, später in einem Interview. »Und warum auch nicht«, setzte er hinzu. Seine Parties waren eben große Klasse, wenn er das selbst so sagen durfte. Alles war möglich – Trinken, Drogen; Mädchen, die ihren Freunden einen bliesen, gleich hier draußen, oben auf den Balkonen. Und diese Kleider! Da war eine Frau, millionenschwer – jede Stunde ließ sie sich in ihrer Limousine nach Hause fahren, zog sich um und kehrte in einem neuen Outfit zurück.

Er gab ständig irgendwelche Parties. Nun, es lag ein Zwang darin, wie er es ausdrückte. Sein Vater hatte ihm seinen Treuhandfonds gekappt. Jetzt wurde er von den Discos dafür bezahlt, daß er die richtigen Leute anschleppte.

Jennifer gehörte nicht zu den richtigen Leuten, obwohl sie, wie soll man sagen, *okay* war. *Seine* Leute waren Kinder der High-Society, beispielsweise Courtney Duchin und Carter Burden jr. und Al Uzielli und John Flanagan. Sie zogen all die anderen magisch an.

Und auf diesen Parties ging es hoch her! Die Jungs waren so sternhagelvoll, daß sie nicht mehr wußten, was sie taten; und die Mädchen kämpften um sie. Zumindest stritten sie um diejenigen, die als Statussymbole galten. Die Mädchen waren noch schrecklich unreif. Sie mußten immer alles verderben. Wie das eine Mal, als er Prinz Albert von Monaco zu einer Party eingeladen hatte. Der Prinz hatte Gefallen an einem der Mädchen gefunden, und dann wollte sie noch nicht einmal mit ihm schlafen. Wäre er ein Mädchen, und ein Prinz hätte ihn dazu aufgefordert, mit ihm ins Bett zu hopsen – nun ja, er hätte sich nicht zweimal bitten lassen. Aber auf diese Mädchen konnte man sich einfach nicht verlassen.

Eltern? Persönlich hatte er niemals auch nur das geringste Anzeichen von Überwachung durch irgendwelche Eltern bemerkt, wenn die Kids sich auf seinen Parties herumtrieben. Es war ihnen vollkommen gleichgültig; sie waren ja selbst die ganze Nacht über unterwegs. Oder es waren Eltern, die befürchteten, ihre Kinder hätten keinerlei gesellschaftlichen Umgang mehr, würden sie ihnen die

Parties verbieten. Solche Eltern mußten schon ganz schöne Schweine sein, die ihren Kindern nicht gestatten würden, dorthin zu gehen; es bestand das Risiko, daß das eigene Kind plötzlich nicht mehr beliebt wäre.

Jennifer? Er war nicht sonderlich von ihr beeindruckt. Sie sah aus wie viele andere Mädchen auch. Nur ein weiterer Madonna-Abklatsch.

»Warum muß ich ausgerechnet *Hamlet* lesen?« schmollte Robert beim Familienessen zu Thanksgiving. *Hamlet* war langweilig; außerdem hatte er ihn bereits an der St. David's School oder York Prep oder sonstwo gelesen. Das war genau das Problem mit der Boston University School of Basic Studies – der Lehrplan war eintönig und enthielt viele Wiederholungen.

Dabei hatte er das Semester voller Enthusiasmus begonnen; glücklich, in Boston zu sein, und sehr angetan von dem Programm, das für Studenten wie ihn entwickelt zu sein schien.

»Viele junge Leute gehen ihren Weg durch die High-School nur mit halber Kraft«, wurde in der College-Broschüre in großen, leuchtenden Buchstaben hervorgehoben. »Niemals haben sie die Größe ihres eigenen Potentials erfahren, niemals den Stolz verspürt, das Beste gegeben zu haben. Es gibt ein College, das eigens den Zweck verfolgt, solchen Studenten dazu zu verhelfen, das Beste aus sich herauszuholen.« Er hatte sich für seine Vorlesungen eingetragen – eine bunte Mischung aus den Bereichen Psychologie, Rhetorik, Geisteswissenschaften, Naturwissenschaften und Sozialwissenschaften – und gab sich Mühe, damit zurechtzukommen. Allerdings ohne rechten Erfolg. Ziemlich häufig ging er auf Parties, trank und kokste. Manchmal streute er sich den weißen Puder in Form seiner Initialen auf die Hand und schnupfte anschließend seine Identität in sich hinein. Als nach der ersten Semesterhälfte die Prüfungen anstanden, war er mit seinem Lernstoff so weit zurückgefallen, daß er die

Warnung erhielt, so schnell wie möglich seine Aufgaben nachzuarbeiten; ansonsten würde man ihm nicht gestatten, weiterhin das College zu besuchen.

Der versammelten Verwandtschaft gegenüber ließ er bei seinen Besuchen kein Wort darüber verlauten. Er sagte nur, die Boston University gefalle ihm nicht, und er wolle nicht dorthin zurück.

Einige Tage nach diesem Dinner rief Phyllis bei John Dermont an und fragte ihn: »Glaubst du, Robert hat eine Chance, in Oxford aufgenommen zu werden?«

Dermont war verblüfft. Oxford war ihm immer als die intellektuelle Hauptstadt der Welt erschienen und Robert nur als Wirrkopf. »Ich glaube eher nicht«, antwortete er in gemessenem Tonfall, als müsse er eine schlechte Nachricht überbringen, »daß Robert so ganz das mitbringt, worauf sie dort Wert legen.«

Phyllis gab nicht auf. »Und wie wäre es den Sommer über?« fragte sie.

Von allen Müttern, die ich kenne, ist Phyllis wirklich die mit dem unerschütterlichsten Optimismus, was ihren Nachwuchs betrifft, dachte Dermont. Er schüttelte den Kopf. Dann meinte er: »Ich glaube, der einzige Weg, um für den Sommer nach Oxford zu kommen, besteht in einem Programm, das von den jeweiligen Schulen der Studenten gesponsert wird. Vielleicht bietet seine Schule ja ein solches Programm an.«

Dermont wußte noch nicht, daß Robert auf dem besten Wege war, bald ganz ohne College dazustehen. Noch lange Zeit nach diesem Telefongespräch ahnte er auch nichts von Roberts vernichtendem Urteil über *Hamlet* zu Thangsgiving. Als er davon erfuhr, sagte er ironisch zu seiner Frau: »Kannst du dir das vorstellen? Phyllis wollte Robert in Oxford unterbringen. Ausgerechnet Oxford, wo er ganz sicher niemals wieder etwas mit englischer Literatur zu tun gehabt hätte.«

Im Dezember erfuhr Marilei von Phyllis, daß Robert die Boston Universtiy habe verlassen müssen, obwohl man ihm nichts vorwerfen konnte. »Es hat Ärger gegeben«, erzählte sie. »Man hat in seinem Zimmer Drogen gefunden. Marihuana. Es war aber nicht seines; ein Mädchen hat es dort versteckt. Sie war sauer auf ihn, weil er sie nicht beachtet hat. Darum hat sie ihn dann reingelegt.«

Armer Hrobert, dachte Marilei. Es ist doch nicht seine Schuld, daß die Mädchen ihn so attraktiv finden.

Phyllis verschwieg Marilei, daß Robert die Kreditkarte eines Zimmergenossen gestohlen und sich damit teure Abendessen gegönnt hatte.

»Hast du schon das Mädchen aus der Bikini-Werbung gesehen, die kürzlich im *New York Times Magazine* gezeigt worden ist?« fragte Bob Chambers John Dermont eines Tages, ungefähr zu der Zeit, da Phyllis Marilei von dem Marihuana- Vorfall erzählt hatte. Bob ging es inzwischen gut. Er lebte jetzt allein in einer Wohnung auf der West Side, war noch immer trocken und hatte eine Stelle bei HBO in der Kreditabteilung gefunden.

»Klar habe ich sie gesehen«, entgegnete Dermont. »'ne richtig heiße Mieze.«

»Ich kenne sie. Sie ist eine Freundin von mir.«

Konnte das wahr sein? Dermont war sich nicht sicher; aber er sagte: »Nicht schlecht.«

»Ich habe Robert das Bild gezeigt«, fuhr Bob fort.

»Du hast es *Robert* gezeigt?« Dermont sah ihn erstaunt an.

»Na klar, ich habe ihn besucht. Und ich hatte das *Magazine* dabei. Hab' zu ihm gesagt: ›Hier, wirf mal einen Blick auf die Freundin deines Vaters.‹«

»Und wieso?«

»Ich wollte nur, daß er es weiß.«

Was hat Bob Robert wissen lassen wollen? fragte sich Dermont später. Daß er ein Macho ist? Oder daß er nicht mehr länger unter Phyllis' Fuchtel steht?

In der Weihnachtswoche kam Julia Zapata zu Mrs. Hammerstein, um einige Aushilfsarbeiten zu verrichten. Auf Phyllis' Empfehlung hin war die frühere Köchin als Näherin eingestellt worden. Sie steckte die Säume an Mrs. Hammersteins Röcken ab, nähte und machte anschließend mit Phyllis einen Rundgang durch die Wohnung. In der Küche traf sie auf Marilei, die sie mit ihren schäbigen Kleidern und dem unbeholfenen Englisch an sich selbst erinnerte, als sie damals gerade erst nach Amerika gekommen war. Marilei hatte Tränen in den Augen; Julia fühlte sich zu ihr hingezogen und fragte besorgt: »Warum weinen Sie? Was ist denn los?«

Aber Marilei weinte nicht aus Kummer. »Ich weine vor Freude«, sagte sie.

»Was meinen Sie – vor Freude?« fragte Julia.

»Phyllis hat mir zu Weihnachten einen Pelzmantel geschenkt«, erklärte das Mädchen. »Mein ganzes Leben lang habe ich mir einen Pelzmantel gewünscht, und Phyllis hat mir in einem Secondhandshop den allerschönsten besorgt, und jetzt weine ich schon drei Tage lang.«

Das klingt nach Phyllis, war Julias Gedanke. Immer denkt sie an die anderen. Sie ist so großzügig. Gerade erst hatte sie für Julia einen sehr viel höheren Lohn für ihre Näharbeiten ausgehandelt, als sie selbst von Mrs. Hammerstein gefordert hätte. Julia verließ die Küche, betrat Phyllis' Zimmer, in dem frische Schnittblumen standen, setzte sich hin und wollte Phyllis gerade sagen, was für ein guter Mensch sie sei. Phyllis jedoch wirkte niedergeschlagen.

»Ich habe großen Ärger mit Robert«, sagte sie und berichtete, daß er in der Klemme stecke; irgend etwas mit Geld und Kreditkarten. »Seit Robert ein kleiner Junge war«, fuhr sie wütend fort, »habe ich doch alles für ihn getan. Aber für ihn scheint nichts gut genug zu sein.«

Arme Phyllis, dachte Julia voller Mitgefühl. Immer hat sie so hart gearbeitet, so viele Stunden lang, alles für diesen Jungen. Sie ist genauso wie meine eigene Mutter damals, die mich gewaschen und gebadet und mir die

Läuse aus dem Haar entfernt hat; die Art von Mutter, die, hätte sie nur einen Edelstein, diesen ihrem Kind schenken würde. Wie kann Robert nur seine Augen davor verschließen? Warum bemüht er sich nicht schon um seiner Mutter willen, die ihm alle Wünsche erfüllt, ein anständiger Mensch zu sein?

Sollte sie Phyllis offen ihre Meinung dazu sagen? Schließlich entschied sie sich, einen Vorstoß zu wagen. »Vielleicht gibst du ihm einfach zu viel«, sagte sie. »Ich bin mit gar nichts aufgewachsen, und ich bin bescheiden geblieben. Es hat mich gelehrt, daß ich lernen und hart arbeiten muß, um etwas aus mir zu machen. Kinder jedoch, die schon alles haben, lernen das nicht.«

Vielleicht waren es Julias offene Worte, vielleicht war es ein Ratschlag, den sie in einer ihrer Selbsthilfegruppen erhalten hatte; möglicherweise hatte sie auch nur endlich die Nase voll von Roberts Eskapaden. Gegen Ende des Jahres 1984 jedenfalls verbannte sie ihn aus ihrer Wohnung auf der East 90th Street; er mußte jetzt im Kellergeschoß wohnen. Dort gab es eine leerstehende Zweizimmerwohnung, die irgendwann einmal dem Hausverwalter als Wohnraum gedient hatte. Es war ein ziemlich trübes Loch mit einem fensterlosen Schlafraum und einem feuchten, dunklen Wohnzimmer; aber es war immerhin bewohnbar. Phyllis machte Robert unmißverständlich klar, daß er dort unten wohnen müsse, bis er einen Job gefunden habe und einen Teil seiner Ausgaben selbst bestreiten konnte.

Eines Tages kam ein Nachbar vorbei, fand die Wohnungstür zur Souterrainwohnung nur angelehnt und spähte neugierig hinein. Sein Blick fiel auf die ausziehbare Couch, die Robert gleichzeitig als Bett diente, und die Poster an den düsteren Wänden – ein Modigliani, ein Gibson-Girl-Druck aus der Jahrhundertwende und ein Pin-up von zwei Mädchen beim Liebesakt; eine von ihnen hatte die Beine weit gespreizt und ihre Vagina vollständig entblößt. Im Halbdunkel sah er auch Robert, der auf einem Stuhl saß. Er starrte ins Leere.

Bei einer Weihnachtsfeier der Sportbekleidungskette ›French Connection‹ in der Niederlassung in SoHo plauderte Connie Davis, die für Vertrieb und Einkauf zuständig war, mit Jennifer. Sie freute sich, daß Jennifer, die Anfang des Jahres für eine kurze Zeit in dem Geschäft gejobbt hatte, hergekommen war. Es hatte ihr viel Vergnügen bereitet, dieses junge Mädchen anzulernen, das ein gutes Händchen für den Verkauf gezeigt hatte und zugleich über ein angeborenes Gefühl für Stil verfügte. Manchmal kleidete sie sich wie ein kleiner Zeitungsjunge, mit abgeschnittenen Denim-Jeans, Pullovern in Übergröße und einer umgekehrt aufgesetzten Schirmmütze; oder sie hatte sich einen Schal auf unnachahmliche Weise um den Hals geschlungen; oder aber sie trug besonders witzigen Schmuck, wie zum Beispiel den langen, schwarzen Ohrring, auf dem, genau wie auf Madonnas Gürtelschnalle, die Worte ›Boy Toy‹ standen. Connie hatte Jennifer die Grundlagen des Modegeschäftes gelehrt; und ihre Schülerin hatte sich als derart aufmerksam und willig erwiesen, daß Connie sie ebenso ins Herz schloß wie ihre eigenen Nichten.

Heute bat Jennifer Connie um ein Stück der weißen Spitze, mit der auch der Weihnachtsbaum im Geschäft geschmückt war.

»Wofür denn?« fragte Connie.

»Um es zu tragen«, antwortete Jennifer. »Weiße Spitze ist der Look der Achtziger.«

Connie war von diesen Worten beeindruckt, aber sie konnte nicht genau sagen, warum. Vielleicht lag es daran, daß der Teenager so gut über die Szene Bescheid wußte; vielleicht war es aber auch nur, weil der Ausdruck ›der Look der Achtziger‹ so drollig und so gewaltig aus ihrem jungen Munde klang.

Phyllis schaffte es nicht, Robert gegenüber hart zu bleiben. Anfang Januar erlaubte sie ihm, wieder aus der Kellergeschoßwohnung auszuziehen. Er habe sich dort eine Grippe geholt, erzählte sie Marilei. Sie gab ihm sein altes Zimmer zurück, und weil es ihm noch nicht gelungen war, auf eigene Faust einen Job zu finden, las sie für ihn die Stellenanzeigen, stellte seinen Lebenslauf zusammen und ging ihre Kontakte der Reihe nach telefonisch durch.

»Haben Sie von irgendwelchen offenen Stellen gehört, für die Robert sich eventuell eignen würde?« fragte sie eine Frau, die sie vom Festkomitee des Gold-&-Silver-Balls kannte. »Er hat sein Studium für ein Jahr unterbrochen und will erst einmal zu sich selbst finden.« Unerwähnt ließ sie, daß man ihn gebeten hatte, die Boston University zu verlassen.

Robert hatte Phyllis nachdrücklich erklärt, daß er weder einen eintönigen noch einen schlecht bezahlten Job wollte. Ihm schwebte etwas im Medienbereich oder in der Modebranche vor. Vielleicht eine Arbeit als Model. Phyllis war einverstanden und bat einen Freund, der in dieser Branche tätig war, Robert an Fotografen und Agenturen weiterzuempfehlen. Sie schickte ihn auch zu einem teuren Zahnarzt, der seine Zähne richtete. Und die ganze Zeit über, die sie damit beschäftigt war, für ihn einen Job zu finden, war sie – wie damals, als er ein kleiner Junge war – zugleich darum bemüht, seine sozialen Kontakte und Verbindungen auszuweiten. Die Schauspielerin Mary Martin war eine Freundin von Mrs. Hammerstein. Eines Tages schlug Phyllis der Künstlerin vor, daß Robert und ihr Enkel sich doch einmal treffen könnten, um gemeinsam etwas zu unternehmen. »Bestimmt werden sie sich mögen«, beharrte sie und drängte auf eine Verabredung.

Ihre Bemühungen waren jedoch vergebens. Robert und Mary Martins Enkel kamen nicht miteinander aus, und keiner ihrer Kontakte verhalf Robert zu einem angemessenen Job. Schließlich entschied sie, daß es am besten sei, ihn für das nächste Semester am Hunter College einzuschreiben.

Im Winter des Jahres 1985 war es absolut in, ausgefallene Frisuren zu tragen. Leilia Van Baker schnitt sich einen Teil ihrer honigblonden Locken ab und färbte den verbleibenden Rest vollkommen weiß. Jennifer ließ ihr braunes Haar mit blonden Strähnchen aufhellen. An den Wochenenden gingen die beiden in die Stadt, wobei sie oft noch von einem dritten Mädchen, der ein Jahr älteren Kitty Schoen, begleitet wurden. Sie besuchten dann nicht nur das Studio oder Westside Bars wie das MacGowan's oder das West End Café, sondern auch das Area, den neuen Club mitten im Vergnügungsviertel Downtown. Alle paar Wochen erneuerte man hier die ausgefallene Dekoration. Oft wurden die Toilettenkabinen für eine schnelle Nummer zwischendurch oder für einen noch schnelleren Drogenkick benutzt. Im Area hatten Kitty und Jennifer das bislang vermutlich aufregendste Erlebnis in ihrem jungen Leben. Irgend jemand bot ihnen Heroin an, und das traf sie wie ein Schock. Es war für sie nichts Neues, daß man bei Bedarf auf Koks, Pott und Ecstasy zugreifen konnte; diese Drogen waren gesellschaftsfähig. Aber *Heroin!*

Kitty und Jennifer waren zwar grundsätzlich Nichtraucherinnen, gelegentlich aber probierten sie von der einen oder anderen Gesellschaftsdroge. Dennoch versetzten sie sich lieber mit Hilfe von Alkohol in einen Rauschzustand. Und durch die Aufmerksamkeit der anderen, denn diese wurde ihnen in großem Maße zuteil. Wohin sie auch gingen, sie gaben sich Mühe, immer möglichst auffällig gekleidet zu sein.

In dem Trio war Jennifer sicherlich die herausragende Erscheinung. Sie trug winzige Miniröcke oder zerrissene Jeans – solche Sachen hatte sie immer schon erworben, bevor Kitty oder Leilia erst auf die Idee kamen. An ihrem Hals baumelte ein großes Kreuz, genau wie bei Madonna. Das Kreuz paßte zwar nicht besonders gut mit ihrer jüdischen Herkunft überein, aber sie trug es trotzdem.

Gleichgültig, wie viele Komplimente Jennifer sowohl von Jungen als auch von Mädchen für ihre trendweisende Kleidung einheimsen konnte, sie fühlte sich nicht wirklich attraktiv. Oft stand sie vor dem Spiegel und beklagte sich über ihr Gesicht oder ihre Figur. »O Gott, ich bin so fett!« jammerte sie dann. Sie war ein Meter siebzig groß und wog etwa hundertvierzig Pfund. Den Blick auf ihren Bauch gerichtet, schwor sie sich, eine Diät zu machen, um die kleine Wölbung unterhalb ihres Bauchnabels loszuwerden. Die Jungs von der East Side, die sie neuerdings traf, standen auf gertenschlanke Mädchen. Ihre Freundinnen waren ausnahmslos sehr schlank.

Kitty hatte den Eindruck, daß Jennifers Schlankheitswahn etwas mit ihrer Eifersucht auf Leilia zu tun haben könnte oder aber mit ihrer Stiefmutter. Diese hatte Jennifer geraten, den Gedanken an die ganz schlanke Linie aufzugeben. »Ein bißchen mollig zu sein liegt in unseren Genen«, sagte sie. »Du bist jüdisch, genau wie ich. Wir werden niemals so aussehen wie die mageren Mädchen aus christlichen Familien. Selbst wenn du so hager wärst wie eine Bohnenstange, würden dich diese Preppie-Typen nicht wirklich voll und ganz akzeptieren. Sie haben zwar ihren Spaß mit Mädchen wie uns, aber sie verlieben sich nicht in uns.« Dennoch begann Jennifer mit einer Diät. Sie mied Fleisch und knabberte Karotten, Sellerie und Salatblätter, bis sie sich wie ein Kaninchen vorkam. Man mußte einfach mager sein, wenn man es in der Szene zu etwas bringen wollte.

»Hey, Jennifer«, rief ein Mädchen namens Sally Hopper aufgeregt, als sie ihr Anfang des Jahres 1985 zufällig im MacGowan's über den Weg lief. Sie hatte Jennifer seit dem Sommerferienlager vor zwei Jahren nicht mehr gesehen. Als Jennifer aufsprang, um ihre alte Freundin aus dem Sommercamp zu begrüßen, kippte sie aus Versehen das Glas des neben ihr sitzenden Jungen um, und das Getränk ergoß sich über seinen Schoß. Sallys erster Gedanke war, mein Gott, wäre mir das passiert, ich würde mich in Grund und Boden schämen. Jennifer hingegen reagierte ganz cool. »Es tut mir wirklich leid«, sagte sie zu dem Jungen. »Soll ich dir ein neues Getränk besorgen?« Sally bewunderte sie dafür, und von diesem Tag an verbrachte sie viel Zeit in ihrer Gesellschaft.

Im Westend Café hatten die beiden eines Abends zuviel Alkohol getrunken. Sie mimten zwei Katzen, die einen Kampf ausfochten, wobei sie sich derart in ihr Spiel hineinsteigerten, daß sie gar nicht bemerkten, wie laut sie wurden. Schließlich griff ein Barkeeper ein, und einer ihrer Freunde führte sie nach draußen. Aber zur Hölle mit allen! Sie hatten soviel Spaß, daß sie den vorgetäuschten Kampf kurzerhand auf der Straße fortsetzten.

Sally liebte das Herumalbern, ebenso Jennifer. An einem Wochenende war Jennifer mit einer Reihe von Freundinnen zum Skilaufen gefahren. Sie blödelte vor dem Kamin herum und posierte für alle möglichen ausgefallenen Fotos. Auf einem Foto lag sie ausgestreckt vor einem der Jungen und hielt ihm die Kaminzange an die Genitalien; dabei überzog ein albernes, schadenfrohes Grinsen ihr Gesicht.

Tische mit rot-weiß-karierten Tischdecken. Ein Kamin mit loderndem Feuer. Eine altmodische Holzbar und dahinter eine Ansammlung der niedlichsten kleinen Spielzeuge – Puppen, Autos und Schnickschnack aus Messing. Das Dorrian's Red Hand war eine der gemütlichsten Bars, die Jennifer jemals besucht hatte.

Der Vorschlag, einmal hierherzukommen, ging von Brock aus. Er hatte sie bisher nicht nur in kleine französische Restaurants ausgeführt, sondern sogar in eine Reihe von Shows. Er kannte ihre Vorliebe für anspruchsvolle Unterhaltung, und das Dorrian's hielt ohne Zweifel auch gehobeneren Ansprüchen stand. Ihre Freundinnen sprachen schon seit Wochen darüber. Es hieß, man müsse sich fein anziehen, wenn man dort hinein wollte. Man mußte schon geschmackvolle Blusen, gute Lederstiefel und seine besten Flickenjeans anziehen, denn es gab auch Mädchen, die im Pelzmantel erschienen. Nerze waren es, vielleicht die von ihren Müttern, vielleicht aber auch ihre eigenen. Diese Mädchen hatten Geld wie Heu, trugen Hunderte von Dollars in bar mit sich herum, und einige verfügten sogar über ihre eigene Kreditkarte. Jennifer war sehr neugierig auf diese Bar.

Bei ihrem ersten Besuch gefiel es ihr gar nicht besonders. Zumindest nicht am Anfang. Sie fühlte sich unwohl, weil sie niemanden dort kannte, wohingegen sich alle anderen untereinander offenbar sehr vertraut waren. Die Leute waren schon seit der Grundschulzeit miteinander befreundet und hatten sich vor Jahren in den elitären East-Side-Schulen wie Spence und St. David's wiedergetroffen. Ein paar von den Gästen, mit denen sie sich unterhielt, erklärten, von der Baldwin School noch nicht einmal *gehört* zu haben, und behandelten Jennifer wie einen Niemand, wie einen ›Möchtegern‹. So nannte man dort die Mädchen, die unbedingt dazugehören wollten.

Schließlich aber amüsierte sie sich doch. Sie lernte einige Mädchen kennen, mit denen sie sich auf Anhieb gut verstand, erkannte eine Reihe von Jungs, die sie schon einmal in anderen Bars gesehen hatte und sagte anschließend zu Brock, sie würde gern noch einmal ins Dorrian's gehen.

Sie kehrten zurück. Wieder und wieder gingen sie dorthin. Sie waren so oft dort, daß Brock das Dorrian's langsam leid wurde und manchmal vorschlug: »Laß uns doch etwas anderes unternehmen. Eine neue Bar ausgucken.« Aber schließlich landeten sie doch wieder im Dorrian's.

3. Kapitel

Turteltauben

An einem Nachmittag im April des Jahres 1985 betrat Patricia Fillyaw, Personalsachbearbeiterin bei einem großen Fernmeldeunternehmen, die Küche ihrer Wohnung auf Roosevelt Island. Dort begann sie mit einer Kochorgie, denn der ältere ihrer beiden Söhne, der einundzwanzigjährige David, kam heute nach einem anderthalbjährigen Gefängnisaufenthalt nach Hause zurück.

Pat war eine Frau, der die Belange ihrer Gemeinde sehr am Herzen lagen; unter anderem hatte sie sich für die Errichtung einer ersten Kindertagesstätte in ihrem Stadtteil eingesetzt. Sie war außerdem eine hingebungsvolle Mutter. Als David noch ein kleiner Junge war, hatte sie ihm bei den Hausaufgaben geholfen und hatte ihn beim Malen gefördert, denn schon früh war sein künstlerisches Talent hervorgetreten. Bei den ersten schulischen Problemen nach dem Wechsel auf die Junior High School hatte sie nicht gezögert, die geringen Ersparnisse der Familie zusammenzukratzen und ihn auf eine private Vorbereitungsschule zu schicken – die McBurney School auf der West Side. Er gehörte dort zu den wenigen schwarzen Kindern.

Pats Ehemann Jerry, der für ein Registrierkassenunternehmen arbeitete, hatte diesen Ausgaben zugestimmt. Er war nicht Davids leiblicher Vater. Der Junge war unehelich zur Welt gekommen, als Pat noch ein ganz junges Mädchen war. Jerry aber, der Vater ihres zweiten Sohnes, hatte David adoptiert und war wie ein richtiger Vater zu ihm gewesen. Er hatte ebenso wie Pat alles daran gesetzt, um David den Weg für eine gute Zukunft zu ebnen und ihn von der schiefen Bahn abzuhalten, auf die eine so große Zahl vielversprechender junger Farbiger geriet.

Trotz ihrer aufopfernden Bemühungen hatte sich David an der McBurney-Schule nicht gut entwickelt. Aufgrund ständiger Probleme war er von der Schulleitung schließlich aufgefordert worden, die Schule zu verlassen. Etwa zu jener Zeit erfuhr Pat auch, daß David Kokain nahm.

Sie war schockiert gewesen und voller Schuldgefühle. Was für eine Mutter war sie nur, daß ihr nicht eher aufgefallen war, was mit ihrem Sohn los war. In den Selbsthilfegruppen jedoch, die sie von nun an besuchte, traf sie auf Eltern anderer drogenabhängiger Teenager, und dadurch fühlte sie sich schon etwas besser. Was wußte sie schon von Koks? fragten sie. Was wußten die meisten Eltern schon darüber? Wie sollten Eltern diese Anzeichen erkennen, wenn alles, was sie sahen – falls sie überhaupt etwas bemerkten –, ein Kind mit einer Triefnase war. Am wichtigsten schien es jedenfalls, nicht mehr länger der Vergangenheit nachzuhängen, sondern dem Kind die Zukunft zu sichern und dafür zu sorgen, daß es in eine Rehabilitationseinrichtung kam.

Pat hatte sich alle Mühe gegeben; sie hatte einen Psychiater zu Rate gezogen und David in einem guten Rehabilitationszentrum in der Nachbarschaft untergebracht. David aber hatte weiterhin Drogen genommen. Im Alter von siebzehn war er zusammen mit einigen Freunden in ein Haus eingebrochen. Man schickte ihn daraufhin ins Camp McCormick, eine staatliche Besserungsanstalt für Jugendliche. Von dort entlassen, hatte er gleich einen neuen Einbruch begangen und war daraufhin im Gefängnis gelandet. Jetzt hatte er seine Zeit endlich abgesessen. Und er war von den Drogen losgekommen.

Während sie auf ihn wartete, sautierte sie ein Hühnchen und schälte einen riesigen Berg Gemüse. Dann siebte sie das Mehl für den Nachtisch, einen speziellen Rührkuchen, den David als kleiner Junge so gern gemocht hatte.

Der Kuchen war im Backofen, als sie ihn an der Haustür hörte. Mit offenen Armen rannte sie ihm entgegen.

Kurz nachdem Pat Fillyaw ihren Sohn zu Hause begrüßt hatte, stellte sich Robert für einen Job im Fulton Street Café vor, einem Restaurant am South Street Seaport, der neuen

Touristenhochburg von New York. Roberta Dillon, eine junge Managerin, führte das Einstellungsgespräch und war von seinem guten Aussehen und seinen erstklassigen Manieren beeindruckt. Er wird einen perfekten Kellner abgeben, dachte sie und bot ihm einen Sommerjob an.

Parties. Mädchen, dermaßen im Drogenrausch, daß sie sich bis auf den Slip auszogen und miteinander tanzten. Typen, derart hinüber, daß sie den Mädchen keinerlei Aufmerksamkeit mehr schenkten. George Hannaford, ein schüchterner junger Preppie, der in einer riesigen Wohnung auf der Park Avenue wohnte, fing in diesem Sommer damit an, heimlich Parties zu geben, wann immer seine Eltern in ihr Ferienhaus fuhren. Bei den Jungs war Koks der Renner; die Mädchen standen mehr auf Ecstasy; das kostete sie etwa vierzig Dollar pro Kick, die Wirkung hielt jedoch sechs Stunden lang an und gab ihnen das Gefühl, die ganze Welt zu lieben. Wenn sie so drauf waren, trieben sie es mit jedem, der sie haben wollte, sogar mit zweien oder dreien nacheinander. Aber um Sex ging es eigentlich gar nicht.

Gelegentlich beschlich George ein wenig Angst wegen seiner Parties. Dreißig, vierzig, manchmal bis zu fünfzig Kids machten sich auf dem Aubusson-Teppich und den Billy-Baldwin-Sofas breit. Was, wenn seine Eltern von dem ausgelassenen Treiben Wind bekämen? Aber er machte damit weiter; die Parties gaben ihm das Gefühl, endlich dazuzugehören und anerkannt zu werden.

Schlimm war eigentlich nur der Morgen danach. George fühlte sich immer ziemlich niedergeschlagen, wenn er aufwachte und feststellte, daß er die Hälfte der Leute, die bei ihm schliefen, überhaupt nicht kannte. Dann begann er wieder, sich Sorgen zu machen. Was, wenn etwas gestohlen würde? Was würden seine Eltern sagen?

Robert Chambers war ein häufiger Gast bei diesen Parties. Um ihn machte sich George keine Sorgen. Robert ist okay, sagte er sich. Er ist einer von uns.

Einige Wochen, nachdem sie Robert eingestellt hatte, mußte Roberta Dillon feststellen, daß er in Wirklichkeit doch kein idealer Kellner war. Ständig kam er zu spät zur Arbeit; und war er endlich dort, bewegte er sich in einem solchen Schneckentempo durch den Speisesaal, daß seine Leistung gleich Null war. Er nehme häufig Drogen, erfuhr sie von einigen Kellnerinnen und Kellnern; und vor allen Dingen – er stehle ihnen die Trinkgelder. Dillon war sich nicht sicher, ob sie den Gerüchten über Robert Glauben schenken sollte. Er sah immer so gepflegt aus und hatte so hervorragende Manieren. Sie ließ ihn zunächst weiterarbeiten.

»Ich werde mich selbständig machen«, berichtete David Fillyaw an einem Augustabend seiner Mutter aufgeregt. »Zusammen mit zwei Freunden. Wir wollen Discothekenbetreiber dazu überreden, Modenschauen zu veranstalten.«

»Und woher wollt ihr das Geld nehmen?« fragte Pat Fillyaw. »Man braucht eine Menge Kapital, um ein Geschäft zu gründen.«

»Nicht in diesem Fall. Nicht bei East Side Productions«, entgegnete David. »Wir müssen nur einige Geschäftsleute dazu bringen, uns die Kleidungsstücke zur Verfügung zu stellen, und dann noch eine Disco finden, die sich einverstanden erklärt, die Kleider zu zeigen. Auf diese Weise werden wir von Anfang an Profit machen.«

Pat war von diesem Plan nicht sonderlich angetan. Zum einen konnte sie sich nicht vorstellen, daß er funktionieren würde. Zum anderen hatte sie gehofft, David würde im Herbst auf ein College gehen. Seitdem er wieder zu Hause war, hatte er in College-Broschüren geblättert, und dieser Anblick hatte sie mit Freude erfüllt. Jetzt aber war er von seiner Idee derart begeistert, daß Pat nach einer Weile zu der Überzeugung gelangte, die Geschäftswelt sei vielleicht doch das Richtige für ihn. Außerdem schien East Side Productions durchaus eine Chance zu haben. Die Bekleidungskette Benetton hatte nach Davids Angaben Interesse an der Idee gezeigt, und der Cat Club, eine Disco in Downtown, hatte ihm und seinen Freunden grünes Licht signalisiert.

Trotzdem wollte sich Pat die Disco einmal anschauen, und eines Abends überredete sie David, sie und Jerry dorthin mitzunehmen.

Sobald sie den Raum betreten hatten, sank ihr das Herz in die Kniekehlen. Der Schuppen wirkte eher wie ein Lagerhaus und nicht wie eine Disco; die Wände waren schwarz und die Teppiche bierverklebt. Der Spiegel an der hinteren Wand war dreckverkrustet. Irgend etwas in der Atmosphäre sagte ihr, es sei grundverkehrt für David, sich hier herumzutreiben.

Das äußerte sie auch ihm gegenüber. »Geh aufs College«, drängte sie ihn. »Bau dir eine Karriere auf.« David wurde wütend. »East Side Productions *ist* meine Karriere«, antwortete er.

In diesem Sommer traf Robert zufällig auf David. Er hatte ihn schon vor einigen Jahren kennengelernt, als David noch öfter mit Freunden herumhing, die zur York Prep School gingen. Jetzt fand er heraus, daß David noch vor kurzem wegen Diebstahls im Gefängnis gesessen hatte. Er wisse auch das eine oder andere über Diebstähle, deutete er ihm gegenüber an. Schon zwei Einbrüche habe er in seinem Wohnblock begangen, prahlte er, außerdem sei er in eine Wohnung auf der West Side eingestiegen. Und damit nicht genug, sei es ihm den ganzen Sommer über gelungen, seinen Koksbedarf zu finanzieren, indem er Namen und Nummern von Kreditkarten kopierte, die ihm im Restaurant, in dem er arbeitete, in die Hände fielen. Er habe Western Union sogar dazu gebracht, ihm Geld zu kabeln. »Dabei habe ich die Karte noch nicht einmal vorzeigen müssen«, erzählte er. Alles, was er benötigte, waren der Name des Karteninhabers und die Kartennummer.

David und Robert verstanden sich auf Anhieb.

Jennifer verbrachte den Sommer wiederum in Southampton, wo sie in einer Boutique jobbte. Ein Teil ihrer Freundinnen wohnte in den Ferienhäusern ihrer Eltern, andere – diejenigen, deren Eltern keine Häuser in den Hamptons besaßen – übernachteten, wo immer sich eine Gelegenheit dazu bot. Kitty Schoen verbrachte sogar eine Nacht im Meadow Club von Southampton, wo sie sich in den Damenumkleidekabinen versteckt hielt. Jennifer dagegen hatte eine Unterkunft; sie teilte sich ein Haus mit Leilia und einigen anderen jungen Leuten.

Einer der Jungen in ihrem Haus, ein Preppie mit einem Hang zu außergewöhnlichen Haustieren, hatte seine Boa Constrictor mitgebracht. Anfangs haßte Jennifer die ekelerregende Kreatur; sie sah schleimig aus, war dick und fraß lebende Mäuse. Sie schaute dem Schlangenbesitzer bei der Fütterung zu und schrie vor Abscheu auf.

»Es ist eine Schlange«, grummelte der. »Was glaubst du wohl, was sie ißt – Pizza?«

Jennifer mußte gegen ihren Willen lachen. Und irgendwann gelang es ihr, die akrobatischen Verdrehungen der Schlange und ihren gewaltigen Appetit genießen zu können. Ihr gefiel auch ihr Besitzer immer besser, der außerordentlich gut aussah. Schon bald wurde aus ihnen ein Liebespaar.

Ihre Beziehung war anfangs einfach phantastisch. Er erzählte seinen Freunden von Jennifers aufregendem Körper. Sie erzählte ihren Freundinnen, daß er der erste Junge war, der sie wirklich aus ihrem sexuellen Dornröschenschlaf erweckt habe. Nicht, daß sie einen Orgasmus gehabt hätte – aber darum ging es ja auch nicht. Der Schlangenbesitzer schenkte ihrem Körper mehr Aufmerksamkeit als jemals irgendein anderer Junge zuvor, erklärte sie; und das alleine bescherte ihr schon ein Hochgefühl.

Etwa ab der Mitte des Sommers begann sie, Tagebuch zu führen. Gegen Ende der Ferienzeit bemerkten ihre Freunde eine Veränderung an ihr. Sie hörte auf, sich Sorgen wegen ihrer Figur zu machen, trug die ganze Zeit über

Bikinis und wirkte bedeutend selbstbewußter als jemals zuvor.

Diese Selbstsicherheit war aber nicht von langer Dauer. Mit dem Einsetzen des Herbstes machte ihr sonnengebräunter, kräftiger Freund mit ihr Schluß. Sie fühlte sich betrogen und kehrte vollkommen entmutigt in die Stadt zurück.

Geld und Koks. Koks und Geld. Zum Herbst des Jahres 1985 hin war Robert von beidem besessen. Er war zwar am Hunter College eingeschrieben, in seinen Vorlesungen ließ er sich jedoch nur höchst selten blicken. Er hatte jetzt mit Freebasing angefangen, und wenn er gerade einmal nicht high war, beschäftigte seine Gedanken nur, wie er die Mittel auftreiben konnte, wieder high zu werden.

Robert hatte viele Ideen. Sie flogen ihm nur so zu, wenn er über die reichen Leute nachdachte, unter denen er sich sein Leben lang bewegt hatte; und schon bald begann er, einige seiner Einfälle in die Tat umzusetzen. Eines Tages begleitete er ein Mädchen, das er kannte, nach Hause, und als sie gerade nicht hinschaute, öffnete er die Eingangstür einen Spalt breit, so daß sie nur angelehnt war, während er mit ihr zum Schmusen in ihrem Zimmer verschwand. Als sie in seinen Armen stöhnte, betrat ein Freund, den Robert zuvor um Mithilfe gebeten hatte, die Wohnung durch die nur angelehnte Tür und nahm sämtliche Wertsachen an sich, die ihm im Eingangsbereich in die Hände fielen.

Bei einer anderen Gelegenheit verschaffte sich Robert Zutritt zu einem der gut bewachten Gebäude auf der Park Avenue, in dem eine weitere Freundin von ihm wohnte. Er bat den Türsteher, in der Wohnung des Mädchens anzuläuten, und das Hausmädchen, das Robert namentlich erkannte, bestätigte auf die Anfrage, daß er das Gebäude betreten könne. Von der Eingangshalle aus fuhr er mit dem Fahrstuhl ins Obergeschoß, gelangte über das Treppenhaus ins Penthouse und brach dort in eine Wohnung ein. Dieses Mal wurde er von David Fillyaw begleitet, und die beiden erbeuteten Silber, Schmuck und Elektrogeräte im Wert von mehreren tausend Dollar. Diese Beute versetzten sie in der Stadt und teilten sich den Erlös.

Robert war danach sehr mit sich zufrieden. Eines Tages prahlte er einer neuen Freundin gegenüber mit diesem Beutezug.

Sie war beeindruckt. Er ist aalglatt, dachte sie, genau wie Cary Grant in *Über den Dächern von Nizza*.

Zurück in der Schule für ihr letztes Jahr an der HighSchool, wurde Jennifer experimentierfreudiger. Sie hatte gelegentlich Drogen genommen – Koks, Ecstasy und LSD. Und sie konnte auf eine Reihe von Liebhabern zurückblicken. Nichts davon brachte ihr jedoch die Art ekstatischer Empfindungen, die sie in diesem Sommer mit ihrem Freund erlebt hatte. Die Unternehmungen linderten auch nicht den Schmerz, den sie über das Ende der Beziehung immer noch empfand; den Kummer, der ihr Herz überzog wie Moos einen Stein. Die Jungen, mit denen sie nun ins Bett ging, sagten ihr danach immer, wie phantastisch und wie wunderschön sie sei – so erzählte sie ihren Freundinnen. Zumindest in den Augenblicken, da die Männer ihr in die Augen schauten und ihr diese Worte zuflüsterten, glaubte sie daran und fühlte sich wenigstens für den Moment besser.

Dieser Herbst war eine harte Zeit für sie. Die Arbeit für die Schule erdrückte sie fast, und in den Zulassungstests fürs College schnitt sie ziemlich schlecht ab. Außerdem hatte sie häufig Streit mit ihrem Vater und ihrer Stiefmutter. Es ging um die bei Heranwachsenden üblichen Probleme – spätes Nachhausekommen, ungemachte Betten, schmutzige Wäsche –, aber Jennifer geriet über die Diskussionen in Wut; sie stürmte dann einfach aus der Wohnung und übernachtete kurzerhand bei Freunden.

Ihr Vater und ihre Stiefmutter seien unmöglich, beschwerte sie sich bei ihren Freundinnen; manchmal wurde sie derart zornig, daß sie mit geballten Fäusten auf Möbel und Türen einhämmerte. Ihr Vater sei so unberechenbar, sagte sie wutschnaubend. Manchmal sei er liebevoll und nachgiebig, dann aber wieder so streng, und er neigte zu Strafen. Ihre Stiefmutter sei teilweise wie eine Hexe, die ihn verzaubert und darüber hinaus seine Liebe gestohlen habe. Beide gingen ab und zu auf tolle Reisen, ohne sie zum Mitkommen einzuladen. Noch schlimmer war es, so schimpfte sie weiter, wenn sie sich darüber beklagte, daß ihre Eltern sie zurückgelassen hatten; sie nahmen dann an, daß sie nicht allein in dem Loft bleiben wollte, und baten Freunde, in dieser Zeit bei ihr zu wohnen. Als hätte sie einen Babysitter nötig! Und dann, wenn alle drei zu Hause waren, gaben sie ihr das Gefühl, ein Eindringling zu sein. Sie beschuldigten sie, sich nicht an die Spielregeln zu halten, wenn sie nur etwas schmutziges Geschirr in der Spüle stehen ließ. Kam sie auch nur in die Nähe ihrer Musikinstrumentensammlung und nahm zum Beispiel eine der kleinen Flöten oder einen afrikanischen Shaker in die Hand, schrien sie sie schon an, sie solle es sofort zurückstellen. »Ich kriege ja schon Ärger, wenn ich nur etwas berühre!« schluchzte sie.

War sie schon auf ihren Vater und ihre Stiefmutter sauer, dann erst recht auf ihre Mutter. Eigentlich sei sie ihre beste Freundin, betonte sie, aber sie kannte kein Verantwortungsgefühl, war mehr ein Kumpel als ein Elternteil. Dennoch freute sie sich immer darauf, sie zu sehen.

Eines Abends war sie mit einer Freundin in einem Club, der zufällig in Ellens Nachbarschaft gelegen war. Sie hatten geplant, sie auf dem Rückweg zu besuchen.

Es war schon ziemlich spät, als sie dort eintrafen; fast zwei Uhr morgens. »Sie ist noch wach«, sagte Jennifer. »Es brennt Licht, und die Musik läuft.« Sie klopfte an die Tür.

Niemand antwortete, und Jennifer klopfte noch einmal. Keine Antwort.

Jennifer gab nicht auf. Sie klopfte etwa eine halbe Stunde lang. Schließlich sagte sie schroff: »Vielleicht ist meine Mutter weggetreten, weil sie gesoffen hat.«

Danach machten sich die Mädchen auf den Weg zu Jennifers Loft, wo sie noch lange wach blieben und sich bis in die Morgendämmerung hinein unterhielten. Als sie gerade einschlafen wollten, klingelte das Telefon. Jennifer hob ab. »Es ist meine Mutter«, signalisierte sie ihrer Freundin.

Ihre Mutter fing an zu reden, und Jennifer hörte zu. Einen Augenblick später sagte sie: »Scheiß auf dich, Mom«, und legte auf.

»Was hat deine Mutter denn gesagt, daß du so wütend bist?« fragte Jennifers Freundin.

»Sie hat gesagt ›Es tut mir so leid, daß ich euch nicht gehört habe, aber ich war vollkommen hinüber‹«, entgegnete Jennifer.

Ihre Freundin empfand großes Mitleid mit ihr. Arme Jennifer, dachte sie. Sie hat wirklich keinen Erwachsenen, auf den sie sich verlassen kann. Kein Wunder, daß sie mit meinen Eltern überhaupt nichts anfangen kann, wenn sie *mich* besucht. Entweder ist sie sehr unhöflich, oder sie ignoriert sie ganz.

»Können wir mit dir reinkommen?« fragte Robert den kleinen Bruder einer seiner Freunde. Der Diebstahl in dem Penthouse an der Park Avenue lag noch nicht lange zurück. Er stand mit David vor dem Wohnhaus des Jungen auf der East 27nd Street; beide trugen eine leere Segeltuchtasche in der Hand. Der Kleine war nervös; ihm waren schon Gerüchte über Roberts Beutezüge zu Ohren gekommen. Robert aber versicherte ihm, daß er und David nicht vorhätten, irgend jemanden in *seinem* Gebäude zu bestehlen. Sie wollten lediglich über das Dach zu einem anderen Wohnblock gelangen.

Das gab den Ausschlag. Der Junge erklärte sich bereit, ihnen zu helfen, und führte sie an dem uniformierten Portier vorbei in die Eingangshalle.

Alle drei fuhren mit dem Fahrstuhl nach oben, aber der Junge stieg in einem der unteren Stockwerke aus. Robert und David dagegen blieben im Lift und setzten die Fahrt bis in die oberste Etage fort. Dort angekommen, versuchten sie allerdings nicht, auf das angrenzende Gebäude hinüberzuspringen; Robert hatte nämlich Höhenangst. Sie bahnten sich einen Weg auf die Terrasse, die sich hinter den Penthouse-Wohnungen entlangzog. Dort zerschmetterten sie die Scheibe einer Glastür und schlüpften in eines der Appartements.

Das Glück war ihnen hold, wie sie feststellten. Die Wohnung steckte voller Kostbarkeiten, und sie stopften Silbertassen, Aschenbecher, Goldschmuck, eine Magnumflasche Moët & Chandon sowie einen großen, weichen Pelzmantel in ihre Taschen. Nachdem sie ihr Werk beendet hatten, machten sie sich schleunigst auf den Weg nach draußen und versuchten, in eine zweite Wohnung einzusteigen.

Den Zugang verschafften sie sich wiederum durch die Terrassentür. Gerade als sie das Zimmer in Augenschein nehmen wollten, hörten sie ein Geräusch. Jemand war zu Hause! Das war natürlich nicht eingeplant, und es hätte beinahe alles ruiniert. Jetzt hieß es rennen, sie mußten versuchen, die Küche zu erreichen, denn dort gab es ein Fenster auf die Terrasse hinaus; und das Ganze mußte geschehen, bevor, wer auch immer in der Wohnung war, sie entdecken würde. Es gelang ihnen – sie fanden die Küche, rissen das Fenster auf und wollten sich gerade aus dem Staub machen. Doch dann, als sie es fast geschafft hatten, betrat ein Mann die Küche. Bei seinem Anblick fuhr ihnen der Schreck derart in die Glieder, daß sie beinahe ihre Taschen mit der gesamten Beute aus der ersten Wohnung fallen gelassen hätten.

Sie quetschten sich hastig durch das Fenster, sprangen auf die Terrasse und rannten, was das Zeug hielt, um sich so weit wie möglich von dem Mann zu entfernen. Er verfolgte sie nicht, und kurz darauf standen sie mit wild klopfendem Herzen an der Wohnungstür des Jungen, der sie in das Gebäude mit hinein genommen hatte.

Ob er sie hinausbegleiten würde, baten sie ihn.

Das Kind stellte keinerlei Fragen. Es sagte, na klar, und fuhr mit ihnen im Fahrstuhl nach unten.

Als sie die Eingangstür erreichten, wurden sie vom Portier aufgehalten.

»Kennst du diese Typen?« fragte er den Jungen argwöhnisch und zeigte auf David und Robert.

»Ja«, antwortete er cool.

Der Mann öffnete ihnen die Tür und ließ sie hinaus.

Eines Abends hielt sich Jennifer wieder im Dorrian's auf. Sie bemerkte einen gutaussehenden Typen an der Bar.

»Wer ist denn das?« fragte sie eine Freundin.

»Robert Chambers.«

»Der sieht ja umwerfend aus.«

»Ja, ja«, antwortete Jennifers Freundin. »Und er hatte es doch so schwer im Leben ...« Dann senkte sie die Stimme und flüsterte Jennifer zu, wie leid Robert ihr tat, weil man sich solche Geschichten über ihn erzählte. Es hieß, er bestehle seine Freunde und habe sogar schon einen Wohnungseinbruch begangen. Ein böser Bube – das klang faszinierend. Jennifer speicherte diese Informationen in einem Winkel ihres Unterbewußtseins ab.

Am Abend des 9. Oktober 1985 ließ David Fillyaw seine Mutter wissen, daß sie nicht auf ihn zu warten brauche. Er werde bei seinem Freund Peter an der Columbia University in dessen Wohnheim übernachten. Dann verließ er die Wohnung, traf Peter und ging mit ihm in den Cat Club. Sie hörten Musik, kippten ein paar Drinks, schnupften etwas Koks und fuhren gegen drei Uhr nachts mit einem Taxi zu dem Wohnheim, wo sie noch ein paar Bier tranken und David noch etwas Koks nahm. Peter meinte schließlich, er sei müde, und ging zu Bett.

David dagegen war hellwach und beschloß, für Nachschub an Bier zu sorgen. Er zog seine Jacke an, griff sich aus der Küche noch ein Haushaltsmesser – es war noch dunkel, und man konnte nie wissen, ob man sich nicht verteidigen mußte – und schob es in seine Tasche.

Auf dem Weg zum Fahrstuhl kam er am Fernsehraum des Wohnheimes vorbei, aus dem noch Geräusche des Fernsehers ertönten. Er warf einen Blick in den Raum und sah ein hübsches, blondes Mädchen im Bademantel ganz allein dort sitzen.

»Was machst du denn noch so spät hier?« fragte er sie.

»Fernsehen«, antwortete sie eher schüchtern.

David nannte seinen Namen, und sie sagte, sie heiße Sarah und studiere Ingenieurswissenschaften. »Und was machst du?« fragte sie.

Er erwiderte, er selbst besuche nicht die Columbia University, aber ein guter Freund von ihm studiere hier, bei dem er öfter übernachte. Dann fragte er sie, ob sie etwas Koks haben wolle.

Sie klang interessiert, also schlug er vor, auf ihr Zimmer zu gehen, was sie dann auch taten. Dort angekommen, stellte sich heraus, daß sie gar kein Kokain wollte, und überhaupt – ihm stand der Sinn jetzt auch nicht mehr danach. Er sagte ihr, daß er sie küssen wolle, und sie ließ zu, daß er die Arme um sie legte; er küßte sie, und sie erwiderte den Kuß. Schließlich fing er an, an ihr herumzufummeln. Ihr Körper fühlte sich klasse an; aber David war vom Koks noch so berauscht, daß er nicht in der Lage war, weiterzumachen. Sex war ihm im Moment unmöglich. Vielleicht, wenn er sie einfach etwas länger im Arm halten würde, danach könnte er bestimmt wieder, so hoffte er. Also hielt er sie fest an sich gepreßt. Das schien ihr nichts auszumachen, und er schöpfte gerade die Hoffnung, daß er bald okay sein würde und es ihr dann besorgen könne, als sie wie aus heiterem Himmel sagte: »Nein. Ich will keinen Sex.«

Er konnte es einfach nicht glauben. »Ich dachte, du wolltest es auch«, sagte er.

»Nein, verschwinde jetzt.«

»Ich soll verschwinden?«

»Ja.«

Das machte ihn furchtbar wütend. »Warum hast du mich dann mitgenommen?« wollte er wissen und zeigte ihr sogleich, was er davon hielt, nannte sie ein Arschloch und warf ihr noch andere Schimpfwörter an den Kopf.

Daraufhin flippte sie aus; schlug ihm ins Gesicht. Er war drauf und dran zurückzuschlagen, tat es aber nicht, sagte ihr statt dessen noch einmal die Meinung. Sie aber beruhigte sich nicht, sondern hob den Arm und schlug nochmals zu. Plötzlich brannten bei ihm die Sicherungen durch. Sie hörte nicht auf, um sich zu schlagen, also warf er sie aufs Bett, und im Nu hatte er ihren BH heruntergerissen und ihr damit die Hände gefesselt. Er zog das Messer aus seiner Jacke und rammte es in sie hinein. Und er stach noch einmal zu. Zwar hörte er sie aufschreien, aber er konnte nicht mehr haltmachen und stach nochmals zu. Er schlitzte ihr die Leber auf und durchbohrte ihre Lungen; aber irgendwie war es, als handele dort irgendein anderer an seiner Stelle, als sei er überhaupt nicht anwesend. Mindestens sechsmal stach er zu, bis er das Gefühl hatte, den Soundtrack eines Filmes oder so etwas Ähnliches zu vernehmen; dann erst nahm er die Schreie wahr und wußte, daß er sich davonmachen mußte.

Er ließ das Mädchen, das sich auf dem Bett wälzte und schrie, einfach liegen und rannte die Treppe zu Peters Zimmer hinunter. Sein Freund schlief, und er weckte ihn nicht, schälte sich nur aus dem blutdurchtränkten Hemd, warf das Hemd und das Messer in eine Ecke und legte sich auf eine am Boden liegende Matratze. Dort lag er, wurde schläfrig und schlief nach einer Weile ein.

Pat Fillyaw hörte gegen fünf Uhr nachmittags von David. Die Polizei hatte das Studentenwohnheim nach Sarahs Angreifer durchsucht und war dabei auf David gestoßen, der mit noch immer blutverschmierten Händen in Peters Zimmer schlief. Sie hatten ihn mit auf die Wache genommen, und er hatte ein Geständnis abgelegt. Als er Pat anrief, erzählte er ihr nicht, was geschehen war. Er sagte lediglich: »Mommy, bitte haß mich nicht. Ich habe etwas Schreckliches gemacht!« Er fügte noch hinzu, daß er einen Anwalt brauche.

Sie rief ihren Mann an: »David steckt in irgendwelchen Schwierigkeiten«, begann sie.

»Ja, ich weiß. Es ist schon in den Nachrichten.«

»In den Nachrichten?« Pats Herz begann wie wild zu klopfen, noch bevor ihr Mann von dem Attentat berichtete. Sie konnte es einfach nicht glauben. Das konnte doch nicht David gewesen sein, der so etwas getan hatte. Aber er war es. Sie wollte das Geschehene nicht akzeptieren, wußte aber zur gleichen Zeit, daß es wahr war. Sie begann zu schluchzen, und das Merkwürdige an ihren Tränen war, daran erinnerte sie sich noch lange danach, daß sie sie nicht nur für David vergoß, sondern auch für dieses Mädchen, für diese Sarah. Warum nur, dachte sie, während ihr die Tränen die Wangen hinunterströmten, müssen Frauen immer nur unter Männern leiden?

»Mommy, kannst du nicht für mich eine Kaution stellen?« Eine Woche später, im Besucherzimmer von Rikers Island, dem berüchtigten und überfüllten Gefängnis inmitten von New Yorks East River, war David zutiefst niedergeschlagen.

»Sie gewähren dir keine Kaution; das weißt du doch«, entgegnete Pat scharf. Sie machte sich Sorgen, daß Sarah, die noch am Leben war, ihren schweren Verletzungen erliegen könnte. »Und wozu auch«, seufzte sie. »Damit du meine Kleider und mein Geld an dich reißen kannst und alles andere, was wir sonst noch in der Wohnung haben?«

»Damit ich nach Hause kommen kann. Ich habe Heimweh.« Davids Stimme klang, als meinte er es aufrichtig.

Pat wurde weich. »Du weißt doch«, sagte sie in sanfterem Ton, »wenn sie dich auf Kaution freiließen, wärest du mir nichts, dir nichts auf dem ersten Schiff nach China davon.«

David brach in Gelächter aus.

Auch Pat mußte lachen. Ihr Besuch hatte beiden gutgetan.

Jennifer ging nicht jeden Abend aus. Es gab Tage, an denen sie zu Hause mit Steve und Arlene aß, andere Abende, an denen sie auf die Kinder von Freunden der beiden aufpaßte, und manche Nachmittage an Wochenenden, die sie auf Familientreffen verbrachte. Bei einem dieser Treffen waren sowohl ihre Mutter als auch Arlene anwesend. Es war ein Empfang zu Ehren ihrer Schwester Danielle, die gerade von Hawaii zurückgekehrt war, wo sie geheiratet hatte. Ihr Bräutigam war einer ihrer ehemaligen High-School-Lehrer.

Jennifer fand ihn niedlich, und sie war stolz auf ihre Schwester, die nun eine Braut war.

Ihre eigenen romantischen Aussichten dagegen waren nicht sonderlich vielversprechend. Im Spätherbst 1985 schien es ihren Freunden fast, als habe sie sich zu einer Spezialistin in Sachen Zurückweisungen entwickelt. Sie verliebte sich in die unmöglichsten Typen, nur um auf Enttäuschungen und Ablehnungen zu stoßen. Trotzdem verliebte sie sich immer wieder aufs neue; und niemals verschenkte sie ihr Herz, ohne daß es hinterher gebrochen war.

Dieses Muster lag ebenso auffällig ihrer Beziehung zu Brock zugrunde. Sie ging mit ihm, bis es wieder zu einem Streit kam; er sagte ihr dann, daß er Schluß machen wollte. Sie antwortete, prima, sie wolle ihn sowieso nicht mehr wiedersehen; und so trennten sie sich. Obgleich ihre Beziehung derart labil verlief, daß sogar ihre engsten Freundinnen nicht nachvollziehen konnten, warum sie sie überhaupt aufrechterhielt, traf sie sich erneut mit ihm.

Im November war es wieder einmal soweit. Zunächst besuchte sie mit Brock ein Reggae-Konzert in der Radio City Music Hall, anschließend gingen sie zu einer Sweet-Sixteen-Party, die bei Margaret Trahill, einer neuen Freundin, stattfand.

Jennifer sah an diesem Abend sehr erwachsen aus mit dem eng an ihrem geschmeidigen Körper anliegenden Betsey-Johnson-Fummel, dessen Rückenteil aus Spitze gearbeitet war. Margarets Mutter fand dieses Kleidungsstück unschicklich. Die anderen Mädchen trugen adrette kleine Cocktailkleider. »Jennifer sieht vulgär aus«, kritisierte sie. »Richtig schlampig.«

Margaret nahm Jennifer in Schutz. »Niemand«, entgegnete sie ihrer Mutter, »hat ein solches Gespür für Stil wie Jennifer.«

Sarah, mit ihren schweren inneren Verletzungen, überlebte. Dafür würde Pat Fillyaw immer und ewig dankbar sein. Das Mädchen wurde, nachdem David sie niedergestochen hatte, mehrere Wochen lang im Krankenhaus behandelt; aber Mitte November stand fest, daß sie bald wieder soweit hergestellt sein würde, um an die Columbia University zurückzukehren und ihr Ingenieursstudium wieder aufzunehmen.

Es war David, um den Pat sich nun Sorgen machte. Einige Wochen nach seiner Verhaftung begann er, von Selbstmord zu reden; und er klang derart entschlossen, daß man ihn vom Gefängnis auf Rikers Island in die forensische Abteilung im Bellevue Hospital verlegte. Hier besuchte Pat ihn jeden Tag, saß mit ihm in einem überfüllten Aufenthaltsraum und versuchte, mit ihm zu reden. Egal, welche Mühe sie sich auch gab, ihn aufzumuntern, er blieb in seiner düsteren Stimmung und verhielt sich distanziert.

Mit dem Herzen einer Mutter glaubte sie fest daran, daß es Gewissensbisse waren, die ihn plagten. In der Nacht, in der er verhaftet worden war, hatte er der Polizei erzählt, er habe Sarah nicht verletzen wollen; er habe sich dermaßen im Rauschzustand befunden, daß er nicht mehr Herr seiner Sinne gewesen sei. »Es war, als sei das dort jemand anders gewesen«, hatte er gesagt. »In nüchternem Zustand oder mit klarem Kopf hätte ich so etwas niemals getan.« Jetzt war er nüchtern; und er hatte einen klaren Kopf. Der Horror über das, was er angerichtet hatte, mußte ihn jede Minute mit Schuldgefühlen und Scham erfüllen, davon war Pat überzeugt.

Diese Gefühle mag er gehabt haben. Die Anklagepunkte jedoch, die ihn jetzt erwarteten, waren in sich schon schwer genug, um Anlaß zu berechtigten Depressionen zu geben. Angeklagt war er wegen versuchten Mordes; und es war die Rede davon, daß man ihn außerdem wegen der Einbrüche auf der East 72nd Street belangen würde. Die Polizei hatte bei der Vernehmung des Jungen, der ihm und Robert den Zutritt zum Gebäude verschafft hatte, schnell ihre Namen herausgefunden.

An einem grauen Novembernachmittag zog David den Gürtel aus seinem Krankenhausbademantel und verbarg ihn in seiner Tasche. Einer der Aufseher bemerkte es und nahm ihn ihm weg. Gegen sechs Uhr abends war es ihm gelungen, an einen anderen Gürtel heranzukommen. Das eine Ende wand er um seinen Hals, das andere befestigte er an einem Fenstergriff.

Man fand ihn, als seine Füße noch den Boden berührten. Dennoch hielt man ihn im Krankenhaus jetzt für suizidgefährdet und ließ ihn rund um die Uhr bewachen.

Jennifer kann mit ihrer Mutter wirklich über alles reden, stellte Joan Huey etwa zu dieser Zeit fest. Sie standen sich so nahe wie Freundinnen, beste Freundinnen sogar. Das lag daran, daß Ellen so warmherzig und so großzügig war. Inzwischen war sie nach Manhattan umgezogen und lebte in einer Wohnung in der Nähe von Steve und Arlene. Gelegentlich lud sie Jen und Joan zum Essen in Restaurants ein; in witzige Lokale, in denen es Papiertischdecken gab, auf die man schreiben konnte. Joan fand Jennifers Vater ebenfalls nett, aber er war auch streng. Er setzte Zeiten fest, zu denen Jennifer spätestens zu Hause sein mußte, und wenn sie zu spät kam, verhängte er Stubenarrest. »Würdest du nicht lieber bei deiner Mom leben?« fragte Joan Jennifer.

Jennifers Antwort war überraschend. Wenn sie bei ihrer Mom lebte, entgegnete Jennifer, könne sie vielleicht kommen und gehen, wann sie wolle; aber ihr gefalle es gerade, feste Ausgangszeiten zu haben und eine gewisse Disziplin zu erfahren. Sie fügte noch hinzu: »Bei meinem Vater habe ich außerdem mein eigenes Zimmer, mit meiner Mutter müßte ich ein Schlafzimmer teilen.«

»Mein Partner und ich würden gern einmal vorbeikommen und kurz mit dir reden«, sagte Detective Theresa Enterlin Anfang Dezember zu Robert. Robert antwortete, seine Mutter sei zwar nicht zu Hause, aber ihm sei es recht, wenn die Detectives kurz hereinschauen wollten.

Enterlin und ihr Partner machten sich auf den Weg zur East 90th Street und fuhren mit dem Fahrstuhl bis in die Etage, in der die Chambers wohnten. Als sie aus dem Lift traten, befanden sie sich direkt im Foyer der Wohnung. ›Nettes Spielzeug‹, dachte Enterlin. Sie war schon seit dreißig Jahren im Dienst, hatte alle möglichen Behausungen gesehen und alle Arten von Menschen kennengelernt, aber die feudalen Verhältnisse auf der Upper East Side versetzten sie immer wieder in Erstaunen. Diese Wohnung wirkte besonders nobel. Alles war in peinlichster Ordnung und von erlesenem Geschmack – Antiquitäten, eine Couch mit wirklich dicken, weichen Kissen und ein Kristallkronleuchter. Das hat Klasse, dachte Enterlin. Hier gibt es nichts von Seamans. Seamans war ein sehr preiswertes Möbelhaus.

Nachdem Robert sie und ihren Partner aufgefordert hatte, Platz zu nehmen, begann der Detective mit der Befragung. »Ein Zettel, auf dem dein Name stand, ist auf der Terrasse einer Wohnung in der Park Avenue gefunden worden«, sagte sie. »Kannst du dir erklären, wie der Zettel dahin gekommen ist?«

Zwar hatte Robert eine Studienbescheinigung vom Hunter College vermißt; ihm war aber nicht aufgefallen, daß er sie an dem Tag verloren hatte, als er den ersten Einbruch in Davids Begleitung begangen hatte. »Keine Ahnung«, erwiderte er.

Enterlin unternahm einen weiteren Vorstoß. »Was hattest du an dem Tag, als dort in zwei Wohnungen eingebrochen wurde, überhaupt in der East 72nd Street 245 zu tun?«

East 72nd Street? Robert war sich darüber im klaren, daß es jetzt keinen Sinn mehr machte, seine Anwesenheit dort an dem betreffenden Tag zu leugnen. Der kleine Bruder seines Freundes, der ihm und David den Zutritt in das Gebäude verschafft hatte, hatte ihn über sein Gespräch mit der Polizei informiert. »Ich war dort«, gab er zu. »Ich bin mit meinem Freund David Fillyaw mitgegangen; aber ich habe nichts gestohlen. Das war David.«

Enterlin machte sich Notizen und fragte dann: »Was hattest du denn dort in seiner Gesellschaft zu suchen?«

»Er hat mich dazu gezwungen. Er hat mir angedroht, meiner Mutter oder meiner Freundin etwas zuleide zu tun, wenn ich ihm nicht helfen würde, in das Gebäude zu gelangen. Ich hatte Angst, nein zu sagen.«

Enterlin mußte lachen. »Warum solltest *du* wohl Angst haben? Ein großer, kräftiger Kerl wie du im Vergleich zu David. Er ist ja nur halb so groß wie du.«

»Ja klar«, entgegnete Robert, »aber man weiß nie, wozu *sie* fähig sind.«

Enterlin war klar, daß er damit Farbige meinte. Er hatte vielleicht einen Freund unter ihnen, das hielt ihn aber offensichtlich nicht davon ab, rassistische Bemerkungen zu machen.

»*Sie* haben Gangs«, fuhr Robert fort. »Ich habe immer noch Angst vor David, obwohl er jetzt im Gefängnis sitzt.«

Enterlin kaufte ihm diese Geschichte nicht ab. Aber sie hatte fünf Enkelkinder und haßte es, Jugendliche in Schwierigkeiten zu sehen. Sie ließ ihn daher weiterreden, und irgendwann sprach er davon, daß auf jeden Fall nichts wirklich Wertvolles gestohlen worden sei. »Nur etwas Silber und ein verfilzter Pelzmantel.« Geringschätzig verzog er das Gesicht. »Der Kragen war ganz zerrissen, und der Pelzbesatz fiel schon ab. Ganze Büschel haben sich gelöst, ohne daß man ihn berühren mußte.«

Die vorliegenden Beweise reichen nicht aus, um den Jungen zu verhaften, entschied Enterlin. Zurück auf dem

Polizeirevier, veranlaßte sie jedoch, daß der Fall noch nicht zu den Akten gelegt wurde.

Unmittelbar nach Weihnachten lernte der sechzehneinhalbjährige Dave Silberstein Jennifer im West End Café kennen. An diesem Abend war er leicht beschwipst. Erst Anfang Dezember hatte die Stadt New York die Altersgrenze für den Verzehr von Alkohol von neunzehn auf einundzwanzig Jahre hochgesetzt. Dave hatte schon befürchtet, niemals wieder einen Drink nehmen zu können. Tatsächlich waren er und seine Freunde an dem Tag, an dem das Gesetz offiziell in Kraft trat, beinahe verrückt geworden. Immer wieder telefonierten sie miteinander und machten Bemerkungen wie »Kannst du das glauben?« und »Was soll denn jetzt aus uns werden?« Das Ganze war furchtbar tragisch – Dave verglich es mit dem Ereignis, von dem sein Vater immer erzählte, dem Tag, an dem Präsident Kennedy erschossen wurde. Um die Feiertage herum hatten Dave und seine Freunde schließlich herausgefunden, daß sie im West End Café Drinks bekommen konnten, wenn sie nur irgendeinen Nachweis vorlegten, der ihnen das Alter von einundzwanzig Jahren bescheinigte. Darum war er jetzt stark angeheitert; er mußte die verlorene Zeit aufholen.

Jennifer bemerkte er, als sie ihm vom anderen Ende der Bar aus zulächelte und er ihr Lächeln erwiderte. Obwohl sie älter aussah als er, kam sie später auf ihn zu und meinte zu ihm: »Du hast irgend etwas an dir, ich weiß nicht, was es ist, aber es ist wirklich etwas Besonderes.« Außerdem gab sie ihm ihre Telefonnummer mit der Aufforderung: »Rufst du mich an?«

Tagelang schwebte er im siebten Himmel, es war so unglaublich aufregend; vor allem, wenn man sich vorstellte, daß sie schon über siebzehn Jahre alt war. Schließlich rief er sie an, und sie reagierte sehr nett, vollkommen zwanglos, als würden sie sich schon seit langer Zeit kennen. Sie bot an, noch am selben Abend zu ihm nach Hause zu kommen; aber er hatte eine Probe für eine Schultheateraufführung vor, darum verabredeten sie sich für den kommenden Freitag. Sie wollte in dieses America, doch dafür fehlte ihm das Geld. Aber er besaß Freikarten für das Hard Rock Café, also schlug er vor, dorthin zu gehen, und sie sagte okay.

Vor dem Haus einer Freundin, die auf der Park Avenue wohnte, holte er sie ab, und sie fuhren mit der U-Bahn nach SoHo in ihre Wohnung. Sie war das erste Mädchen, mit dem er ausging, dem es nichts ausmachte, mit der U-Bahn zu fahren. Alle anderen waren dermaßen verwöhnt, daß sie nur das Taxi benutzten. Nicht so Jennifer; sie war richtig nett.

Die Wohngegend erschreckte ihn ein wenig; noch nie zuvor war er in SoHo gewesen, wo es all diese eisenverkleideten, mit Graffiti bedeckten Gebäude gab. Er fühlte sich wie in dem Film *Die Zeit nach Mitternacht*. Wie dort wurde auch hier die Szenerie immer bizarrer. Sie wohnte in einem Loft, dermaßen groß, daß es ihm wie die Turnhalle seiner High-School vorkam. Dort duschte sie und zog sich danach direkt vor seiner Nase an. Zwar war sie nicht ganz nackt, als sie zu ihm trat, aber man konnte sie auch nicht gerade als bekleidet bezeichnen. Sie tat, als sei das Ganze völlig normal, und nahm sich etwa eine Stunde Zeit zum Anziehen. Sie könne keine passende Bluse finden, erklärte sie.

Ansonsten passierte nichts. Zumindest noch nicht gleich. Eine Weile blieben sie in ihrem Zimmer, das mit Bildern von männlichen Models und von Billy Idol gepflastert war, und unterhielten sich über gemeinsame Bekannte. Er war überrascht, als er erfuhr, daß sie mit einem Freund seines Cousins ausgegangen war. Dieser Kerl sah aus wie ein richtiger Schläger. Sie schien einfach nicht der Typ dafür zu sein. Davon ließ er sich jedoch nicht entmutigen, und kurz darauf hörten sie auf zu reden und machten sich zu Fuß auf den Weg ins Hard Rock Café.

Dort geschah etwas Merkwürdiges. Sie mußten noch eine halbe Stunde auf ihren Tisch warten; deshalb hatten sie ihren Namen auf die Warteliste gesetzt und waren so lange nach draußen gegangen, um sich dort die Zeit zu vertreiben. Dort saßen sie in der Nähe des Clubs auf einem Mauervorsprung, als sich ihnen drei Mädchen näherten, die von Long Island oder aus New Jersey kamen – man konnte schon an ihrer Redensweise erkennen, daß es sich um B- und T-Mädchen handelte. Eines der Mädchen fragte: »Wo geht's hier zum Hard Rock Café?« Dave wollte gerade hinüberzeigen, aber Jennifer unterbrach ihn. »Es geht immer geradeaus, da lang«, sagte sie, zeigte dabei aber in die falsche Richtung. Er warf ein: »Jennifer, bist du dir sicher?«, und sie antwortete: »Ja, klar. Ich bin mir ganz sicher.« Also setzten sich die Brücken- und Tunnel-Mädchen in die Richtung, die sie ihnen gewiesen hatte, in Bewegung.

Dave gewann den Eindruck, daß Jennifer Allüren hatte; es machte ihr offensichtlich Spaß, sich über andere lustig zu machen. Aber vielleicht behandelte sie auch nur Leute auf diese Art, die von Long Island oder aus New Jersey kamen. Allerdings erschien es ihm ziemlich seltsam, denn wie sie ihm erzählt hatte, stammte sie selbst von Long Island. Na ja, vielleicht versuchte sie auf diese Weise, davon abzulenken. Wie auch immer, es war ihm egal. Über *ihn* machte sie sich ja nicht lustig.

Im Hard Rock Café war es großartig, als sie endlich drinnen waren. Im Anschluß gingen sie zurück zu Jennifers Loft. Ihre Eltern würden nicht nach Hause kommen, sagte sie zu ihm und bat ihn, bei ihr zu übernachten. Das war ihm recht, obwohl er noch seine Eltern anrufen und ihnen eine kleine Lüge auftischen mußte. Er erzählte ihnen, daß er bei einem Freund übernachte. Etwas später fühlte er sich nicht mehr so wohl. Sie hatten angefangen herumzuknutschen, doch irgendwie lief es nicht so weiter, wie es sollte. Er brachte es einfach nicht, die Nummer bis zum Ende durchzuziehen. Genau das wollte sie aber, sie tändelte nicht wie andere Mädchen herum, sondern kam direkt zur Sache. Dave war nicht an Mädchen gewöhnt, die so schnell aufs Ganze gingen. Immerhin war er erst in seinem vorletzten

High-School-Jahr und mußte eigentlich noch lernen, wie die Dinge so liefen – und hier war er ganz plötzlich mit einem Mädchen zusammen, das seine Wünsche sehr deutlich äußerte. Das warf ihn vollkommen aus der Bahn.

Dave war nicht gerade stolz darauf, wie sich die Dinge an diesem Abend weiterentwickelten. Trotzdem war sie nicht besonders verstimmt und sagte, er solle sie demnächst wieder anrufen.

Das tat er. Er führte sie in die Show ›Plenty‹, die ihnen beiden nicht gefiel. Diesmal gingen sie danach zu ihm nach Hause und knutschten dort herum. Bei diesem zweiten Mal erging es ihm jedoch nicht anders als beim ersten Mal, und das Ende vom Lied war, daß sie sich lediglich unterhielten und Fotos anschauten. Sie wollte ein Foto von ihm als Kind sehen, und das rührte ihn.

Sie vereinbarten auch noch ein weiteres Treffen. An diesem Abend aber starb seine Katze, und es war ihm nicht so schnell möglich, Jennifer anzurufen. Außerdem gingen ihm der Freund seines Cousins sowie das, was Jennifer ihren Erzählungen zufolge nicht nur mit ihm, sondern auch mit anderen Typen getrieben hatte, nicht aus dem Kopf. Ihm wurde klar, daß er für die Strapazen einer Teenagerromanze noch nicht alt genug war. Statt dessen verabredete er sich an diesem Abend mit seinen Freunden.

Am nächsten Tag rief sie ihn an. Sie gab ihm zu verstehen, daß sie ziemlich sauer sei, weil er sie hatte sitzenlassen. Als er ihr aber seine Gefühle erklärte und wie sehr er sich seiner Angst schämte, zum jetzigen Zeitpunkt eine Freundin zu haben, hätte sie nicht verständnisvoller sein können. Sie trug ihm nicht mehr länger nach, daß er sie zurückgewiesen hatte, und sagte lediglich: »Na ja, in Ordnung, aber laß uns in Verbindung bleiben, ja? Ruf mich zwischendurch mal an.« Das tat er allerdings nie.

Gegen Ende dieses Monats erzählte Jennifer einer Freundin, daß ein Junge, den sie wirklich niedlich fand, sie hatte abblitzen lassen. »Jungs sind wirklich seltsam«, meinte sie mit trauriger Stimme. »Wenn du noch keinen Sex hattest, setzen sie alles daran, dich rumzukriegen. Hattest du dagegen schon Sex, dann haben sie Angst vor dir.«

Anfang Februar 1986 stahlen Robert und ein Freund einem brasilianischen Touristen die Travellerchecks. Mit ihrem Schatz machten sie sich auf den Weg in die Stadt, wo sie die Schecks in Bars und Restaurants entlang der bevölkerten Columbus Avenue einlösten.

Mit diesem Diebstahl kamen sie davon, genauso wie Robert mit seinen Einbrüchen davongekommen war. Von da an fühlte er sich sehr clever.

»Ich verschwende am Hunter College nur meine Zeit«, sagte er zu Joel Coles, einem seiner Kommilitonen. »Ich gehe wieder zurück nach Boston.«

»Warum? Was willst du denn da oben machen?« fragte der Studienkollege.

»Harvard besuchen.«

»Harvard? Und wie stellst du dir vor, da reinzukommen?«

»Das ist gar nicht schwer«, antwortete er. »Man muß lediglich ein paar Kurse aus ihrem Zusatzangebot besuchen, so wie John Flanagan es macht. Ist man erst einmal in diesem erweiterten Programm, so rückt man automatisch nach, und schließlich steht man dann direkt in Harvard.«

Coles war sich gar nicht sicher, ob das so einfach möglich war, aber Robert gab sich so cool, daß er nicht mit ihm darüber streiten wollte.

»Du *mußt* Robert Chambers einfach fragen«, drängte Jennifer kurz vor dem Valentinstag. Für diesen Tag hatte Kitty eine kombinierte Geburtstags- und Valentintagsparty geplant.

Kitty sträubte sich zunächst, ihn einzuladen. Ihr war das Gerücht zu Ohren gekommen, daß er gelegentlich auf

Parties stehle. Angenommen, er nähme etwas von ihren Eltern?

»Ich kann ihn nicht fragen«, hielt sie Jennifer entgegen. »Ich kenne ihn noch nicht einmal.«

»Leilia aber«, entgegnete Jennifer. »Wir überreden sie einfach dazu.«

Kitty war sich immer noch nicht sicher, ob sie Robert dabeihaben wollte, aber Jennifer bat Leilia inständig darum, ihn einzuladen, und nach einer Weile kam Kitty zu der Überzeugung, seine Anwesenheit könne möglicherweise eine Menge Spaß bedeuten. Er sah so gut aus und war so beliebt. Mit vereinten Kräften bearbeiteten sie Leilia.

Leilia lud ihn also ein, und am Abend der Fete holte sie ihn sogar ab und brachte ihn höchstpersönlich mit. Jennifer war hellauf begeistert. Zwar war sie in Begleitung eines anderen Jungen gekommen, dennoch unterhielt sie sich eine längere Zeit mit Robert und bestätigte anschließend Kitty, wie ausgesprochen nett sie ihn fände.

Es war eine großartige Party, zumindest nach Kittys Maßstäben. Alle tranken sich mit Sekt einen mächtigen Schwips an. Für Musik war gesorgt; es wurde getanzt, und die Gäste sahen einfach toll aus. Nicht unbedingt die Jungen, denn die scherten sich keinen Deut um Kleidung. Aber die Mädchen hatten sich *wirklich* in Schale geworfen.

Schließlich geriet das Ganze dann doch noch ein wenig außer Kontrolle. Einer von Roberts Freunden griff sich diesen 1,20 Meter hohen Think-Big-Bleistift und begann damit an die Wand zu kritzeln. Der Stift hatte zwar keine Mine, hinterließ aber dennoch Kratzspuren. Und in diesem Moment platzte auch noch Kittys Vater herein, sah die Kratzer und forderte den Jungen auf, er solle verschwinden. Der folgte der Warnung, und Robert ging mit ihm. Später vermißte eines der Mädchen zwanzig Dollar aus ihrer Manteltasche; jeder verdächtigte Robert, das Geld gestohlen zu haben. Jeder mit Ausnahme von Kitty und Jennifer. Sie beschuldigten seinen Freund.

Zu späterer Stunde kehrten Robert und sein Freund

zurück, aber niemand machte eine Bemerkung wegen des Geldes. Dazu gab es einfach keinen Anlaß. Die Jungs waren total high, als sie zurückkamen. Sie waren so zugedröhnt, daß man kein vernünftiges Wort mehr mit ihnen reden konnte und Robert sich später auch nicht mehr daran erinnerte, mit Jennifer auf der Party gesprochen zu haben. »Jennifer?« fragte er nach, als Kitty erwähnte, daß er sie bei ihr kennengelernt habe. »Ist mir nicht aufgefallen.«

Die forensische Abteilung des Bellevue Hospital unterscheidet sich grundlegend von allen anderen Stationen in dem riesigen Krankenhaus. Die Gefangenen betreten sie durch ein elektronisch gesichertes Tor, das sie zunächst in einen winzigen Raum führt, der eng ist wie ein Kleiderschrank und leicht Klaustrophobie auslöst. Dort müssen sie warten, bis sich ein zweites gesichertes Tor mit einem harten, metallischen Klirren öffnet. Sie betreten dann die forensische Station, ein Labyrinth aus kleinen Zellen und Privatzimmern. Diese Räume dort sind genauso groß oder klein wie die auf den anderen Fluren und die Farben ebenso eintönig, aber hier sind die Außenfenster vergittert. Zum Flur hin hat fast jedes Zimmer ein Sichtfenster aus Panzerglas; hierdurch soll die komplette Überwachung durch das Krankenhauspersonal und die Wärter sichergestellt werden.

David Fillyaw kehrte immer wieder hierher zurück. Er zog diese Bedingungen denen auf Rikers Island vor, davon war das Krankenhauspersonal fest überzeugt. Sie wichen auch nicht von ihrer Ansicht ab, sein ständiges Gerede von Selbstmord sei nur eine Methode, um die Verantwortlichen dazu zu bringen, ihn statt ins Gefängnis ins Krankenhaus einzuweisen. Für sie war er der klassische Fall eines Soziopathen, eines Mannes, dessen wiederkehrende Gemütsaufwallungen nur vorgetäuscht waren und der für seine Taten ständig nach Entschuldigungen suchte. Sprach er mit ihnen über Sarah, so beharrte er darauf, daß er ihr, wäre da nicht das Kokain gewesen und das, was er

›Long Island Ice Tea‹ nannte – ein Gebräu aus den verschiedensten weißen Spirituosen, die er mit einem Schuß rotem Schnaps gemischt hatte –, niemals etwas angetan hätte. Und wenn er über seine Abhängigkeit von Drogen und Alkohol redete, suchte er die Schuld nicht bei sich, sondern in der Tatsache, daß er seinen richtigen Vater nicht kannte und daß sein Stiefvater ihn weder liebte noch jemals Verständnis für ihn gezeigt hatte.

Pat Fillyaw war es überhaupt nicht bewußt, in welchem Ausmaß David ihre Jugendsünde und ihre Wahl eines Stiefvaters für sein verkorkstes Leben verantwortlich machte. Sie sah ihren Sohn auch nicht als einen Soziopathen. Wann immer sie David besuchte, und das geschah jeden Tag, sah sie lediglich einen traurigen, mutlosen Jungen; ein Kind, dem sie das Leben geschenkt hatte und das dieses Geschenk nun nicht länger wollte. Seine Verzweiflung wirkte auf sie echt und glich der ihren im Hinblick auf die Schwierigkeiten, in denen er steckte.

Am 19. März gelang es David erneut, den Gürtel eines Bademantels an sich zu bringen; er schlang ihn sich um den Hals und versuchte sich zu erhängen. Gerade noch rechtzeitig, bevor er erstickt war, wurde er gefunden. Dieses Mal hat es sich um einen echten Selbstmordversuch gehandelt, informierte ein Sicherheitsbeamter den Staatsanwalt umgehend. Diesmal war es ernst.

Pat war außer sich, als sie hörte, was geschehen war. Sie machte das Krankenhaus für den Vorfall verantwortlich. Wie zum Teufel war David an den Gürtel gelangt, wollte sie wissen, und warum hatte man den Jungen nicht vor sich selbst geschützt, obwohl er doch immer betont hatte, er habe mit dem Leben abgeschlossen?

Als Robert Chambers am 21. März die Columbus Avenue entlangschlenderte, fielen ihm die schnittigen Vuarnet-Sonnenbrillen und die samtweichen Sweatshirts ins Auge – sehr wahrscheinlich im Zusammenhang mit der Einladung seines alten Freundes John Flanagan, über

Ostern in sein Ferienhaus nach Palm Beach zu kommen; er hatte vor, dort gut auszusehen.

Bei seinen Schaufensterbummeln geschah es häufig, daß ihn der Neid auf seine reichen Freunde befiel und eine Woge des Selbstmitleids ihn überwältigte. Er fragte sich dann, warum ausgerechnet er die Kleidung, die Accessoires und den modischen Kleinkram – die Dinge, über die die anderen verfügten – nicht haben konnte – er war doch ebensoviel wert und hatte das gleiche Anrecht darauf wie die anderen jungen Männer. An diesem speziellen Abend machte er sich daran, die Verhältnisse zurechtzurücken. Die Mittel dazu hielt er in den Händen; hatte er doch einer seiner Freundinnen eine Kreditkarte gestohlen, während sie gemeinsam auf einer Party waren. Die Karte gehörte der Mutter des Mädchens. Damit wollte er jetzt für ausgleichende Gerechtigkeit sorgen. Auf der belebten Avenue betrat er Geschäft um Geschäft und kaufte nach Herzenslust ein. Er erwarb die Sweatshirts, die er bewundert hatte; er erwarb die modische Sonnenbrille, und er kaufte sich sogar eine nagelneue Stereoanlage, die dem letzten Stand der Technik entsprach.

Bereits am folgenden Abend machte er erneut von der Karte Gebrauch und lud einige Freunde zum Dinner in ein Restaurant auf der East Side ein. Etwas später, als er allein die 42nd Street entlangging, fiel ihm ein, daß er auch noch neue Sportschuhe benötigte. Reebok, Nike, Adidas – die richtige Marke machte den Mann. Also betrat er ein Schuhgeschäft, probierte einige Schuhe an, traf seine Wahl und reichte dem Verkäufer seine Kreditkarte.

Er wartete noch darauf, daß der Verkäufer endlich die Karte überprüft hatte und ihm sein Paket reichen würde, als dieser plötzlich den Hörer auflegte und mit ärgerlichem Gesichtsausdruck auf ihn zuschritt. Robert geriet in Panik, und eine Sekunde später stürmte er aus dem Geschäft.

Der Verkäufer folgte ihm auf dem Fuße, aber Robert konnte sich in der Menschenmenge auf der 42nd Street verbergen. Als er sicher war, seinen Verfolger abgeschüttelt zu haben, begab er sich ins Dorrian's und gönnte sich erst einmal einige Drinks.

Am nächsten Tag, es war der Palmsonntag, flog er nach Palm Beach. Es war sehr schwül dort, und die Luft war erfüllt von aromatischen Düften. Er nahm ein Taxi zum Haus von John Flanagan. Dort angekommen, fand er jedoch keinen Einlaß. Niemand war zu Hause, und alle Türen und Fenster waren verriegelt und verrammelt. Er wartete eine ganze Weile, aber es ließ sich niemand blicken. Schließlich machte er sich spät nachts wieder auf den Weg zum Flughafen.

Am nächsten Morgen rief er gegen sieben Uhr seine Mutter an. Er hoffte, daß Flanagan sich vielleicht inzwischen bei ihr gemeldet und eine Nachricht für ihn hinterlassen hatte mit einer Begründung für seine Verspätung. Seine Mutter hörte ihm gar nicht richtig zu, was er ihr über seine Suche nach Flanagan erzählte.

»Komm sofort nach Hause«, befahl sie ihm.

Etwas in ihrer Stimme warnte ihn davor, jetzt zu widersprechen. In Unkenntnis darüber, warum sie so entschieden klang, buchte er den frühestmöglichen Flug nach New York.

Zu Hause angekommen, verstand er den Grund für ihr Drängen. Die Mutter des Mädchens, deren Kreditkarte er gestohlen hatte, hatte während seiner Abwesenheit angerufen und ihn des Diebstahls an der Karte beschuldigt.

»Da muß ein Mißverständnis vorliegen«, hatte Phyllis versucht, sie zu beruhigen.

»Das bezweifle ich«, hatte die Frau geantwortet. »Ich werde Anzeige erstatten.«

Phyllis hatte sie inständig angefleht, auf Vermittlung bedacht. »Bitte warten Sie noch. Ich bin sicher, daß Robert alles erklären kann, sobald er wieder hier ist.«

Er war gerade erst ein paar Stunden daheim, als die aufgebrachte Frau schon bei ihnen auftauchte. Phyllis hatte auch seinen Vater um seine Anwesenheit gebeten, so daß sie die Angelegenheit gemeinsam angehen konnten.

»Warum hast du meine Kreditkarte gestohlen?« wollte

die Frau wissen. Sie saßen in dem holzgetäfelten Wohnzimmer, umgeben von all den Antiquitäten.

»Man hat mich dazu gezwungen«, antwortete Robert. Er war zu dem Schluß gekommen, daß es am klügsten sei, den Diebstahl zuzugeben, aber er hatte nicht vor, sich für den gesamten Vorfall allein zur Rechenschaft ziehen zu lassen.

»Wer hat dich denn gezwungen? Was meinst du überhaupt damit?« fragte die Frau.

»Meine Freunde; sie haben mich dazu genötigt, die Karte zu nehmen. Es war ihre Idee, und sobald ich es getan hatte, wollte ich Ihrer Tochter die Karte zurückgeben.«

»Und warum hast du es nicht getan?«

»Ich habe mich zu sehr geschämt. Hätte ich sie ihr zurückgegeben, dann hätte sie gewußt, daß ich sie genommen hatte.«

Die Frau schüttelte den Kopf. Von ihrer Tochter hatte sie bereits erfahren, daß Robert ein Junkie war und ständig log. Er log auch jetzt, dessen war sie sich sicher. »Wenn das der Fall ist, warum hast du die Karte nicht einfach durchgeschnitten? Sie zerstört?« wollte sie wissen.

Auf diese Frage fiel Robert keine Erwiderung ein. Er starrte die Frau nur an.

»Darauf mußt du nicht antworten«, sagte sein Vater.

Sein Vater versucht, ihn zu retten, dachte die Frau. Das sollte er besser nicht. Wenn er seinem Sohn wirklich helfen will, sollte er der Wahrheit über ihn ins Gesicht sehen und irgend etwas unternehmen. »Ich glaube dir nicht, daß du die Karte zurückgeben wolltest«, fuhr sie fort. »Wenn das wirklich der Fall gewesen wäre, hättest du sie nicht benutzt.«

»Ich habe sie nicht benutzt«, entgegnete Robert wie aus der Pistole geschossen. »Das waren nur meine Freunde.«

Die Frau, um deren Karte es ging, war nach wie vor von Roberts Schuld überzeugt. Aber sie war selbst Mutter, und sie empfand Mitleid mit Phyllis und Bob. Darum traf sie mit ihnen eine Vereinbarung. »Wenn Sie sich endlich eingestehen, daß er drogenabhängig ist und ihn zu einer Entziehungskur schicken, dann lasse ich die Sache auf sich beruhen«, bot sie an.

Phyllis und Bob waren äußerst dankbar, und bereits am nächsten Tag schickten sie Robert zur Hazelden Foundation nach Minnesota. Dort hatte Bob Jahre zuvor für kurze Zeit seine damaligen Alkoholprobleme bekämpft.

Etwa zeitgleich mit Roberts Wechsel in die Hazelden Foundation verbrachte Jennifer zusammen mit ihrer neuen Freundin Alexandra LaGatta einige Tage im Ritz in Boston. Sie war in das imposante alte Hotel von dem Moment an verliebt, da sie die prächtige Lobby betreten hatte, und sie war hellauf begeistert von dem geräumigen Zimmer, das sie sich mit Alex teilen würde. Am allerbesten war jedoch, als sie, während ihr Gepäck ins Zimmer getragen wurde, entdeckte, daß im Zimmer eine kleine Bar stand.

»Sieh nur«, rief sie Alexandra zu, »wir haben eine Bar.«

»Schhht«, machte Alexandra. Sie hatte Angst, der Gepäckträger könne darauf aufmerksam werden, daß sie noch nicht in dem Alter waren, um offiziell Alkohol trinken zu dürfen, und dies dem Management melden. Im nächsten Moment kam sie sich bereits albern vor. Jennifer zog sie wegen ihrer Ängstlichkeit auf. »Wir können tun und lassen, was wir wollen«, sagte sie. »Das ist *unser* Zimmer; *unsere* Bar.«

Die beiden befanden sich an diesem Nachmittag in Hochstimmung. Sie gingen in ein Einkaufszentrum, deckten sich mit neuer Kleidung ein und behielten die neuerworbenen Teile gleich an. Kichernd kauften sie dann in einem Süßigkeitenladen riesige Tüten voller saurer Stäbchen und verschlangen diese restlos, während sie rückwärts auf der Rolltreppe fuhren. Am Abend gingen sie auf eine Party, die John Flanagan gab, flirteten mit einigen Jungen und blieben bis spät in die Nacht.

Als sie das Fest verließen, regnete es, und die Straßen waren menschenleer. »Laß uns ein Taxi nehmen«, schlug Alexandra vor.

»Zum Hotel? Warum das denn?« fragte Jennifer. »Es ist doch gar nicht weit.«

Alexandra wollte aber nicht laufen. Sie fürchtete sich vor der Dunkelheit und den menschenleeren Straßen; schalt sich aber gleichzeitig dafür, nicht so waghalsig und mutig zu sein wie Jennifer. Da sie nicht als Feigling gelten wollte, bot sie dem Regen die Stirn und ging neben ihrer Freundin zu Fuß zurück zum Ritz.

In Hazelden erfolgt die Behandlung der jugendlichen Abhängigen in einem ansprechenden, weitläufigen Gebäude namens Pioneer House, das eher an eine Skihütte als an eine institutionelle Einrichtung erinnert. Draußen erstrecken sich weite, grüne Rasenflächen; innen gibt es einen riesigen Kamin, auf allen Etagen findet man mit Teppichböden ausgelegte Gemeinschaftsräume und anheimelnde kleine Wohnräume, fast wie im College, mit Bett, Schreibtisch und Tisch.

Ein wohldurchdachter Stundenplan, Beratungsgespräche, Gruppentherapien und die Selbsthilfeprinzipien der Anonymen Alkoholiker bilden das Rückgrat des Pioneer-House-Programmes. Robert richtete sich darauf ein und folgte dem Programm; früh morgens stand er auf, den ganzen Tag über besuchte er Vorträge und Treffen und ging nur wenige Stunden nach Einbruch der Dunkelheit zu Bett. Aber er tat sich selbst sehr leid. Bitterlich beklagte er sich über die Regeln und Einschränkungen. Eines Abends, als er herausfand, daß irgend jemand ein Geschenk gestohlen hatte, das er von seiner Familie geschickt bekommen hatte, brach er zusammen und weinte darüber, daß er hier unter Dieben leben müsse.

Jennifer versuchte, eine Entscheidung für ein College zu fällen, auf das sie nach der High-School gehen sollte. Ihr schwebte irgend etwas in der Modebranche vor, aber sie wollte nicht ans Fashion Institute of Technology in New York gehen – noch nicht. Noch nicht jetzt. Vielleicht würde sie später dorthin wechseln, aber im Moment wollte sie auf ein College außerhalb der Stadt.

Ganz oben auf ihrer Liste stand das Boston Chamberlayne Junior College, das eine zweijährige Ausbildung mit Kursen in Modedesign und Modezeichnen anbot. An einem Wochenende fuhr sie noch einmal nach Boston, diesmal mit ihrer Freundin Betsy Shankin, um sich das Institut anzusehen. Sie und Betsy übernachteten in John Flanagans Appartements in der Nähe von Harvard. Jennifer mochte Havard sofort, den Campus und das akademische Flair. Jawohl, sie würde im Herbst nach Chamberlayne gehen, entschied sie.

Ende April hatte Robert das Hazelden-Programm durchlaufen; er flog von Minnesota aus nach Hause und suchte in New York einen Anwalt auf, Henry Putzel III. Phyllis begleitete ihn. Während Robert noch in Hazelden war, hatte Detective Enterlin Phyllis telefonisch mitgeteilt, daß Robert zu einer Gegenüberstellung in der Einbruchsangelegenheit erscheinen mußte. Daraufhin hatte Phyllis Freunde gebeten, ihr einen guten Anwalt zu empfehlen.

Putzel war ein ernsthafter, höflicher Mann, hatte in Yale studiert und war selbst Vater zweier Kinder im Teenageralter. Sobald Phyllis und Robert sein bescheidenes Midtown-Büro betraten, erinnerte er sich, daß er Phyllis schon einmal begegnet war. Es war im Hause eines äußerst wohlhabenden früheren Mandanten gewesen, den Phyllis als Krankenschwester hingebungsvoll gepflegt hatte. Sie ist eine wundervolle Frau, dachte Putzel. Der Meinung war er auch noch nach ihrer Unterhaltung. Ihr Junge hatte einige Probleme gehabt, stellte er fest, aber sie hatte sich darum gekümmert, ihn zur Rehabilitation geschickt, und jetzt wollte er sein Leben wieder in Ordnung bringen.

Ohne zu zögern, übernahm er Roberts Fall.

Nach dem Termin bei Putzel blieb Robert in New York. In Hazelden hatte man ihm nahegelegt, daß er sich noch nicht als von seiner Drogensucht geheilt betrachten dürfe und daß er eine Zeitlang in einem offenen Rehabilitationszentrum wohnen solle; dort könne er leichter alten Versuchungen widerstehen und schlechte Gesellschaft meiden. In eine solche Einrichtung wolle er aber nicht, erklärte er seiner Mutter. Lieber würde er zu Hause bleiben. Ganz bestimmt würde er sich zusammenreißen, versprach er, und sich einen Job suchen; er würde regelmäßig zu den Treffen der Anonymen Narkotiker gehen und es auch allein, ohne die Unterstützung durch ein Rehabilitationszentrum, schaffen, trocken zu bleiben.

Phyllis gab seinem inständigen Flehen schließlich nach. Schon bald allerdings, nachdem er sein altes Zimmer wieder bezogen hatte, konnte er die Stille, während seine Mutter zur Arbeit war, und den Blick auf den Spielplatz der Privatschule, der auch bei völliger Einsamkeit von den Gestalten der Mädchen, die er einst kannte, erfüllt zu sein schien, nicht mehr ertragen, und er begann wieder, Bars und Discos aufzusuchen. Eines Abends machte er sich in Richtung Downtown zum Palladium auf, einem Rock Club an der East 14th Street. Dieser Club hatte bei seinen Freunden das Studio 54 und das Area als Lieblingsnachtclub abgelöst.

An diesem Abend war im Club schwer etwas los; die bebenden Wände am Eingang und die schwindelerregende durchsichtige Treppe waren mit jungen Leuten bevölkert. Auf der gigantischen, dunklen Tanzfläche wirbelten Menschenmassen zu den Klängen explosiver Musik herum; und an der Decke angebrachte Batterien von Laserstrahlern drehten sich, verschwanden und tauchten wieder auf. Robert nahm diesen Anblick und die Klänge in sich auf und bahnte sich dann seinen Weg in einen der kleineren Nebenräume, wo eine private Fete stattfand. Dort lief ihm Leilia Van Baker über den Weg.

»Hast du Stoff dabei?« fragte er sie.

Sie war erstaunt, ihn dort anzutreffen, aber noch mehr

überraschte sie seine Frage, wußte sie doch, daß er gerade eine Entziehungskur hinter sich hatte.

»Habe ich nicht«, entgegnete sie. Und dann: »Wie auch immer, es ist doch total öde, sich immer nur vollzudröhnen.«

Er blickte sie an, als traue er seinen Ohren nicht.

»Nein, das meine ich ernst«, wiederholte sie. »Klar, es ist okay, einmal im Monat oder alle zwei Monate, aber das ist es auch. Ich dröhne mich jedenfalls nicht mehr zu.«

Er empfand diese Bemerkung als Herabwürdigung. »Leilia«, sagte er, »rede mir jetzt keine Schuldgefühle ein. Ich war jetzt sieben Wochen lang trocken.«

»Ich rede dir keine Schuldgefühle ein. Mich interessiert überhaupt nicht, was du tust. Du kannst machen, was immer du willst.«

»Dann ist ja gut.«

Er schlenderte weiter in Richtung der Menschenmenge und der Musik, und Leilia hatte ihn schon vergessen. Eine Viertelstunde später war er schon wieder da. »Ich habe etwas Ecstasy aufgetrieben«, fing er an, und dann: »Ich habe gehört, du ziehst demnächst nach Vermont?«

»Ja.«

Er setzte ein verführerisches Lächeln auf. »Ich würde gern da oben mit dir leben.«

Leilia zuckte nur die Achseln. Sie war nicht an ihm interessiert.

Trotz und alledem waren sie alte Freunde, und als die Party zu Ende war, verabschiedete sie sich freundschaftlich von ihm.

»Ich ruf dich bald an«, versprach er.

Aber er rief nicht an, und als sie ihn einige Wochen später bei einer Party im Hause eines Freundes wiedertraf, war sie ihm gegenüber sehr reserviert. Sie konnte auf Freunde verzichten, die ihre Versprechen nicht einhielten. Außerdem wirkte er irgendwie durchgeknallt. Zugedröhnt.

Jennifer führte nach wie vor das Tagebuch, mit dem sie in Southampton begonnen hatte. Es handelte sich um ein kleines, schwarzes Spiralbuch, und in ihrer kindlichen Handschrift kritzelte sie glühende Beschreibungen über sexuelle Begegnungen oder über solche, die sie haben wollte, hinein. Sie ließ auch durchblicken, daß sie Kokain nahm. Mit Hilfe von Superlativen pries sie den Charme und die Ausstrahlung der unterschiedlichsten jungen Männer, wobei sie den einen oder anderen mit dem Attribut ›größter Liebhaber‹ versah. Das Tagebuch verriet ihre fieberhafte Aufregung und beschrieb ihre Erlebnisse detailgetreu. Sie mochte es nicht daheim in ihrem Zimmer herumliegen lassen, wo es möglicherweise von ihrem Vater oder ihrer Stiefmutter gefunden werden könnte. Statt dessen nahm sie es mit zur Schule. Es machte ihr aber nichts aus, den Inhalt mit ihren Freundinnen zu teilen, und bisweilen las sie ihnen ausgewählte Passagen daraus vor.

Schon immer hatte sie ihre Geheimnisse ihren Freundinnen offenbart, und nun, da der Schulabschluß unmittelbar vor der Tür stand, ergoß sich die Zuneigung, die sie für einige von ihnen empfand, in einem wortreichen Schwall leidenschaftlicher Einträge in die Jahrbücher. ›Ich liebe Dich, verflucht noch mal, so sehr, daß Du Angst bekommen würdest‹, schrieb sie an eine alte Freundin. ›Du bedeutest mir mehr als irgend jemand sonst in meinem Leben! Von ganzem Herzen werde ich das Andenken an unsere gemeinsamen Unternehmungen in Ehren halten – vom *Fahren* über Jungs bis zu DROGEN. Von Gelächter bis hin zu *tränenüberströmt* … Du bist ein großer Teil meines Lebens; jemand, der mir zuviel bedeutet, um ihn jemals zu vergessen.‹

An Leilia Van Baker schrieb sie: ›Du hast ein Herz von der Größe eines Berges und verfügst über Intelligenz und Schönheit, um die Dich jedes Mädchen beneidet. Ich kann das Gefühl der Zuneigung, das ich für Dich empfinde, nicht in Worte fassen, und selbst, wenn wir einen Monat, ein Jahr oder ein Jahrhundert nicht miteinander sprechen, werden diese Gefühle und dieses besondere Band zwischen uns niemals schwächer werden. Ich werde Dir immer nacheifern, und Du wirst immer in meinem Herzen sein.‹

Doch trotz ihrer feurigen, munteren Jahrbucheinträge war Jennifer nicht wirklich glücklich, als sich das Schuljahr dem Ende zuneigte. Sie hatte sich Herpes im Vaginalbereich zugezogen, und dieses Virus gab ihr das Gefühl, ekelhaft und unanständig zu sein. »Warum sind unsere Körper nur so *widerlich*?« weinte sie sich bei einer Freundin am Memorial-Day-Wochenende aus. »Warum hat mich nur dieses Unglück ereilt?«

Das ganze Ferienwochenende über hatte sie an dieser Infektion zu knacken, aber schon die nächste Woche brachte gute Neuigkeiten. Nach der Untersuchung beim Gynäkologen erfuhr sie, daß die Entzündung abklang.

Zwei Wochen später machte sie die Abschlußprüfung. Von ihrer Klasse war sie für die Kategorie ›Bestes Aussehen‹ gewählt worden; am Abend der Abschlußfeier bedankte sie sich für diese Auszeichnung, indem sie an einen großen Teil ihrer Mitschüler geflochtene Freundschaftsarmbändchen verteilte. Die Feier fand in einem Hörsaal am Columbia University Teachers College statt. Bekleidet mit weißem Barett und Talar lauschte sie den feierlichen Worten der Redner, die sie und ihre Klasse ermahnten, nun in die Welt hinauszugehen und etwas aus sich selbst zu machen. Schließlich wurde ihr Name aufgerufen. Triumphierend erhob sie sich und gab eine kleine Tanzeinlage zum besten, als sie die Bühne überquerte. Kurz bevor sie ihr Diplom an sich nahm, warf sie noch die Arme in die Luft und hob die Finger beider Hände zum Siegeszeichen.

An diesem Abend war Feiern angesagt. Zunächst ging sie mit der gesamten Klasse festlich gekleidet zur Abschlußfeier, die in einem vornehmen Restaurant im Village stattfand. Anschließend tauschte sie ihre Abendgarderobe gegen bequeme Kleidung und fuhr mit einigen anderen zusammen in einem Korso aus acht Autos in

Richtung Jones Beach, draußen auf Long Island. Es dauerte Stunden, bis die Gruppe den Strand gefunden hatte, und als sie schließlich dort ankamen, mußten sie enttäuscht von einem Ranger hören, daß sie dort nicht bleiben durften. »Ihr müßt hier verschwinden«, befahl er kalt. Aber Jennifer hatte das Gefühl, ihn herumkriegen zu können. »Überlaßt das mir«, sagte sie zu ihren Freunden, sprang aus dem Auto und erklärte dem Mann, daß dies ihre Schulabschlußnacht sei. Der Ranger ließ sich von ihrem Engagement und ihrer Hartnäckigkeit zu einem Kompromiß erweichen und führte die Gruppe an einen anderen Strand. Jennifer hatte die Nacht gerettet, und dafür wurde sie von ihren Freunden gelobt.

Es war immer noch dunkel, als sie am zweiten Strand ankamen. Sie entzündeten ein Feuer und kochten etwas zu essen. Zwei Polizisten kamen vorbei und sagten, sie dürften dort kein Feuer machen. Also löschten sie es und stellten statt dessen ein Volleyballnetz auf; und als die Dämmerung heraufzog, spielten sie Volleyball und planschten im kalten Meer. Einige aus der Gruppe fuhren anschließend nach Hause, aber Jennifer blieb noch, aalte sich in der Sonne und schwamm bis etwa drei Uhr nachmittags.

An diesem Abend sah sie wunderschön aus, ihre dunklen Augen strahlten stärker als gewöhnlich, und ein frisches Rot hatte ihre Wangen überzogen. Zwar müde, aber im Bewußtsein ihres neuen Status immer noch wie auf Wolken schwebend, traf sie sich mit Betsy, und die beiden gingen ins Dorrian's. Dort trennten sie sich nach einer Weile. Jennifer machte die Runde und unterhielt sich mit verschiedenen Freunden, während Betsy mit Robert Chambers an einem Tisch saß.

Jennifer war verblüfft, als Betsy nach kurzer Zeit zu ihr herüberkam und ihr berichtete, was Robert gerade gesagt hatte. »Du sollst wissen«, zitierte sie ihm, »daß deine Freundin Jennifer das am besten aussehende Mädchen der ganzen Welt ist.«

Seit dem Abend von Kittys Valentinsparty, an dem sie

sich das erste Mal begegnet waren, hatte er nicht ein einziges Mal mit ihr geredet. Sie hörte Betsy mit wachsender Verwunderung zu.

»Er hat gemeint, er würde sich wirklich gerne mit dir unterhalten«, fuhr Betsy fort. »Aber nicht hier in der Bar, weil die Freundinnen seiner Freundin alle hier sind. Er sagt, du möchtest ihn in zwanzig Minuten draußen treffen.«

Das hübscheste Mädchen der Welt? Sein verschwenderisches Lob ließ ihr Herz höher schlagen. Nach zwanzig Minuten, genau wie er vorgegeben hatte, ging sie nach draußen und redete mit ihm; und sie glühte, als sie wieder hereinkam.

4. Kapitel

Sommer 1986

Sie hatte mit Robert Chambers geschlafen! Jennifer konnte diese Neuigkeit nicht für sich behalten. Sie hängte sich an die Strippe, und im Nachklang dieses Hochgefühles beschrieb sie einer ganzen Schar von Freundinnen jedes Detail. Es war bei ihrer ersten Verabredung passiert, erzählte sie. Sie waren in die Wohnung gegangen, in der er mit seiner Mutter wohnte. An diesem Abend war sie fort zur Arbeit; es war also okay, dort hinzugehen. Robert war großartig; zärtlich und liebevoll. Und Wunder über Wunder, er hatte ihr auch danach noch Komplimente gemacht; ihr gesagt, wie schön sie sei. Sie konnte gar nicht glauben, wie hervorragend alles lief. Es war die zweite Woche im Juli, sie hatte ihren Schulabschluß in der Tasche, und sie traf sich mit Robert Chambers!

»Du hast Hot Choice gewählt. In dieser Woche besoooorgen wir dir eine einmalige Palette süßer Puppen. Drück Numero Eins füüür Amy und ihhhhhre unglaubliche uuuh Persönlichkeit. Drück Numero Zwei füüüür eine Kellnerin mit ge-roooßartigen Spezialangeboten. Drück Numero Drei füüür Magical Maggies heeeeiiiiße Ölmassage.«

Gelegentlich wählte Robert spätabends von seinem Zimmer aus eine Porno-Hotline und lauschte den weichen weiblichen Stimmen mit Südstaatenakzent am anderen Ende der Leitung, die Genüsse aller Art versprachen. Er mochte die körperlosen keuchenden Stimmen, die ihn erregten, ohne selbst etwas zu verlangen. Einige Male hörte er sich das Band vom Anfang bis zum Ende an, wartete eine Weile, wählte erneut und hörte noch einmal das ganze Band ab.

Einen Großteil seiner Zeit verbrachte er in seinem Zimmer. Dort hatte er alles, was er brauchte – Hi-Fi-Anlage, Fernsehgerät und ein Rollpult. Er hatte auch seine eigene Geschichte dort. Der Spiegel, dessen Rahmen er mit Dutzenden von Sonnenbrillen dekoriert hatte. Die Stofftiere, mit denen er als Kind gespielt hatte, und deren leere Knopfaugen vertraut auf ihn herabblickten. Am liebsten lag er auf seinem Bett und betrachtete sein altes Spielzeug, oder er hörte einfach nur Musik und dachte an seine Zukunft, daran, sich aufzuraffen und auf Jobsuche zu gehen. Damit nervte ihn seine Mutter ständig; und wenn sie sich dann wegen seiner Faulheit beklagte, hielt er nicht mehr länger den Mund, wie er es als kleiner Junge getan hatte, sondern fluchte ihr ins Gesicht.

Marilei war einmal zu Besuch bei den Chambers und wurde Ohrenzeuge, wie er Phyllis verwünschte, und sie dachte bei sich, ein Teil seines Ärgers sei darauf zurückzuführen, daß Phyllis ihn dazu bringen wollte, sich einen Job zu suchen, wobei einige ihrer Jobvorschläge aber unter seiner Würde lagen, wie zum Beispiel Gepäckträger in den Trump Towers oder Fahrstuhlführer auf der Fifth Avenue. Marilei, die selbst von einer Diätetikerin zum Dienstmädchen abgestiegen war, wußte, wie schlimm es sein konnte, unter seinem Niveau zu arbeiten, aber sie wußte auch, daß eine Arbeitsstelle Vorteile brachte – jede Art von Arbeit. Das versuchte sie Robert zu vermitteln, versuchte ihm verständlich zu machen, daß er sein eigener Herr wäre, wenn er nur einen Job annehmen würde, gleichgültig welchen. »Robert, das ist jetzt die beste Zeit deines Lebens«, redete sie ihm zu. »Warum vergeudest du sie? Warum änderst du dich nicht, ziehst aus, machst dein eigenes Geld, hast deine eigene Wohnung und hast deine Mutter nicht mehr im Nacken sitzen? *Du* kannst das tun. *Du* kannst jemand werden. Denn du bist ein *Amerikaner*.«

Robert ignorierte Marilei, genau wie Phyllis. Eines Tages jedoch hörte Marilei von Phyllis, daß Robert nun doch einen Job gefunden hatte. Er werde Malerarbeiten ausführen, erzählte sie, und zwar in der Wohnung einer Nachbarin, Mrs. Murphy.

Marilei kam an dem Tag bei Phyllis vorbei, an dem Robert mit der Arbeit beginnen sollte. Robert schlief noch, und Phyllis war schon in Mrs. Murphys Wohnung. Sie trug Arbeitskleidung und schob die Möbel in die Mitte des Raumes, so daß ihr Sohn leichter mit seiner Arbeit beginnen konnte, wenn er erst einmal aufgewacht war.

Jennifer verbrachte einen wundervollen Sommer. Sie hielt ihr Gewicht unten – inzwischen war sie auf hundertfünfunddreißig Pfund herunter –, indem sie Diätpillen aus dem Drogeriemarkt schluckte. Außerdem arbeitete sie als Kellnerin im Fluties am South Street Seaport; sie machte dort gutes Geld. Jede Woche steckte sie ihren Gehaltsscheck in eine Schublade, denn sie hatte sich entschlossen, die Schecks jetzt noch nicht einzulösen. Es war besser, sie aufzusparen, daß sie ein gutes Polster bildeten, wenn sie im September auf dem College anfing.

Die Arbeit im Fluties machte ihr großen Spaß. Die Menschenmengen störten sie nicht, ebensowenig die schweren Tabletts, die sie trug, wenn sie beim Abräumen der Tische half, und auch nicht, wie ihr abends die Füße weh taten, wenn sie ihre Schuhe auszog. Außerdem mochte sie ihre Arbeitskollegen und ging manchmal mit einer Gruppe von ihnen aus.

Nach wie vor traf sie sich auch noch mit ihren alten Freunden. Wenn sie mit ihnen zusammen war, drehte sie richtig auf, trank und stellte dann die unsinnigsten Dinge an, womit sie alle zum Lachen brachte. Da war der Tag, als sie durch die Straßen von SoHo stürmte und dabei mit einem Stock auf die eisenverkleideten Gebäude einschlug, um zu sehen, ob die Ratten aus ihren Löchern kriechen würden. Oder ihre verrückten Aktionen im Freibad …

Das Beste am ganzen Sommer waren aber immer noch die Jungs. Im Fluties gab es eine ganze Horde von ihnen, die ihr ständig den Hof machten, und im Dorrian's lief noch ein hinreißender blonder Preppie herum, mit dem sie ein paarmal geschlafen hatte. Sie hatte dabei nicht verhütet; das tat sie sowieso selten. Von der Pille wurde ihr schwindelig, und ein Diaphragma war so unbequem in der Handhabung. Bei Robert Chambers hatte sie ebenfalls nichts benutzt. Von all den Jungs, die an ihr interessiert waren, war er derjenige, den sie am aufregendsten fand. Sie hatte zunächst befürchtet, daß das, was zwischen ihnen gelaufen war, sich als einmalige Angelegenheit herausstellen könnte; Mitte Juli jedoch hatte sie an einem Orientierungswochenende am Chamberlayne College in Boston teilgenommen, und bei ihrer Rückkehr fand sie auf ihrem Anrufbeantworter mehrere Nachrichten von ihm vor. Es war wahnsinnig schmeichelhaft. Sie konnte sich schon gar nicht mehr an die Zeit erinnern, als sie seinen Namen noch nicht kannte und noch nichts davon gehört hatte, daß er unter den tollen Mädchen von der Upper East Side nach Belieben seine Wahl treffen konnte. Aber er hatte *sie* versucht zu erreichen. Als sie das Band abhörte, war sie so glücklich, daß sie ihre Freundin Margaret anrief, die diesen Monat in Boston verbrachte, und ihr die Nachrichten vorspielte. ›Jennifer, warum hast du mich nicht angerufen?‹ hieß es in einer. ›Jennifer, *bitte* ruf mich an‹, in einer anderen. Also rief sie ihn an.

Nora Bray, eine gemeinsame Freundin von Jennifer und Robert, stellte ihnen, kurze Zeit nachdem Jennifer Roberts Nachrichten erhalten hatte, ihre Wohnung auf der West Side zur Verfügung, damit die beiden miteinander schlafen konnten. Sie gab ihnen das Elternschlafzimmer und erschien dort am nächsten Morgen, um mit den beiden zu reden. Robert saß auf dem Bett, und Jennifer telefonierte. Sie sprach gerade über ihn, erzählte irgend jemandem, sie habe eine phantastische Nacht mit dem allerphantastischsten Liebhaber verbracht. Sie muß mit ihrer Mutter sprechen, vermutete Nora und war sehr erstaunt darüber, wie offen Jennifer mit einem ihrer Elternteile reden konnte.

Na schön, er werde sie nach New Jersey begleiten, versprach Robert seiner Mutter. Ihr Freund, Pater McCarrick, war zum Erzbischof von Newark ernannt worden, und anläßlich seiner Amtseinführung war eine festliche Zeremonie geplant. McCarrick gehörte schon fast zur Familie; er hatte Robert sogar ein eigenhändig unterschriebenes Bild von sich geschenkt, das er mit ›Onkel Ted‹ signiert hatte. Dennoch fühlte Robert sich nicht mehr so eng mit dem Geistlichen verbunden; er hatte ihn nun schon über viele Jahre hinweg nicht gesehen. Damit Phyllis endlich Ruhe gab, setzte er noch einmal die Maske des Gehorsams auf, die er als kleiner Junge immer getragen hatte, und versicherte ihr, sie zu der Zeremonie zu begleiten.

Es war wieder wie in alten Zeiten. In einer Limousine mit Chauffeur, die Phyllis für diesen Anlaß gemietet hatte, saß er an ihrer Seite, ebenso in der Cathedral of the Sacred Heart, wo die Feier zur Amtseinführung stattfand. Als sie vorüber war, stand er während des formellen Empfanges, auf dem sich die zahlreichen Besucher drängten, an ihrer Seite und schüttelte all ihren Freunden die Hände. Er wechselte sogar einige freundliche Worte mit McCarrick.

Am Abend ließ er jedoch die Maske fallen. Zurück in der Stadt, begab er sich zunächst ins Dorrian's, wo er sich bis spät nachts aufhielt, dann lief er mit einigen Freunden hinaus auf die Straße, wo er aus voller Lunge Obszönitäten und Zoten in die Nacht brüllte. Zwei in der Nachbarschaft patrouillierende Polizisten hörten den Radau, parkten ihr Auto und erteilten Robert sowie einem anderen jungen Mann eine Verwarnung für ordnungswidriges Verhalten. Das scherte Robert aber keinen Deut. Indem er die Zwänge des Tages gänzlich über Bord warf, schrie er den Polizisten an: »Ihr elenden Feiglinge, knöpft euch lieber die Nigger vor.«

Sie ignorierten ihn und gingen davon. Als sie außer Sichtweite waren, riß Robert die Verwarnung in Fetzen. In einer Anwandlung von Trotz klemmte er dann die zerrissenen Papierschnipsel unter die Scheibenwischer des Polizeiautos.

»Robert Chambers ist so süß«, sagte Jennifer einige Wochen später am Telefon zu Leilia Van Baker. Leilia war in New York, Jennifer aber hatte ihren Job gekündigt und war für eine Woche nach Kalifornien geflogen, um dort Freunde zu besuchen. Am Abend vor ihrer Abreise hatte sie noch einmal mit Robert geschlafen, diesmal im Haus einer anderen Bekannten. »Es war einfach phantastisch«, schwärmte sie Leilia vor. »Er ist wirklich der beste Mann, mit dem ich je zusammen war.«

Leilia wunderte sich über diese Bemerkung. Ihr war bekannt, daß Robert wieder trank und Drogen nahm. Würde das nicht irgendwelche Auswirkungen auf seine Leistungen im Bett haben? Konnte er da überhaupt noch der Beste sein? Doch dann entschied sie sich, dieser Lobhudelei nicht allzuviel Bedeutung beizumessen, denn sie kam von Jennifer, und Jennifer hatte bisher noch nie wirklich guten Sex gehabt.

Kitty Schoen, die ihre Ferien ebenfalls an der Westküste in Kalifornien verbrachte, warf nur einen kurzen Blick auf Jennifer und *wußte,* daß irgend etwas Wundervolles geschehen sein mußte. Sie waren auf dem Weg zum Hare-Krishna-Festival am Venice Beach, und Jennifer sah mit ihrer sonnengebräunten Haut und ihren ungewöhnlich strahlenden braunen Augen ganz besonders gut aus. Während sie so über den Highway flitzten, war Kitty nicht sonderlich überrascht, Jennifer sagen zu hören: »Ich *muß* dir etwas erzählen. Du wirst es mir nicht glauben. Rate mal, mit wem ich geschlafen habe.«

»Mit wem?« wollte Kitty wissen. »Erzähl!«

»Robert Chambers!«

»Oh, wow!« entgegnete Kitty. »Du *mußt* es mir erzählen, du mußt mir *alles* erzählen.«

Jennifer legte los. Sie berichtete, wie Robert sie im Dorrian's angehimmelt und sie gebeten hatte, ihn draußen zu treffen, wie sie kurz danach ihre erste Verabredung hatten und wie er ihr während ihres Aufenthaltes in Boston

Nachrichten aufs Band gesprochen und wie er danach zweimal mit ihr geschlafen hatte. Und sie hob hervor: »Er ist unglaublich gut im Bett!«

Das überraschte Kitty ein wenig. Sie kannte ein Mädchen, das noch vor kurzem versucht hatte, mit Robert zu schlafen, und dann berichtet hatte, ihr Versuch sei fehlgeschlagen. Er war impotent gewesen. Sie erzählte Jennifer davon, und Jennifer lächelte. »Bei mir war er das jedenfalls nicht«, sagte sie stolz. »Er war großartig. Ich hatte sogar einen Orgasmus. Meinen ersten!«

»Oh, wow!« wiederholte Kitty. »Das ist *wirklich* toll.«

Als sie am Venice Beach ankamen, war das Festival schon in vollem Gange. In orangefarbene Roben gehüllte Krishna-Jünger zogen die Strandpromenade entlang, und Theatergruppen und Bands zeigten ihre Shows. Kitty und Jennifer stürzten sich in das Gewühl der Zuschauer und redeten nicht mehr über Robert. Am Abend gingen sie in die Disco und übernachteten dann zusammen mit einem dritten Mädchen, das Jennifer nicht besonders sympathisch fand, bei Kitty. So konnte Jennifer erst am nächsten Morgen das Thema wieder auf Robert bringen, als ihre Freundin sie zum Flughafen fuhr, damit sie die Maschine nach New York noch rechtzeitig erwischte. »Ich werde ihn bestimmt sehen, wenn ich zurück bin«, sagte sie.

Kitty lächelte. »Darauf wette ich.«

»Es ist nichts Ernstes«, fuhr Jennifer fort. »Alles noch ganz harmlos. Aber es kann etwas daraus werden. Und er ist so lieb.«

Am selben Tag, an dem Jennifer nach Hause flog, lief Robert im Central Park zwei alten Freunden von der York Prep über den Weg. Er war in Begleitung einer wunderschönen Blondine, die die beiden noch nie gesehen hatten. Er stellte sie ihnen vor, und sie waren von ihrem Aussehen so hingerissen, daß sie Fotos von ihr machen wollten.

Robert sträubte sich, mit ihr fotografiert zu werden; er sah an diesem Tag nicht so gut aus wie gewöhnlich. Obwohl der Sommer sich schon dem Ende zuneigte, war er leichenblaß, als habe er die ganzen letzten Monate über kein Tageslicht gesehen. Mehr noch, seine Augen hatten einen merkwürdig entrückten leeren Blick.

»Hey, Mann, wieder mal auf Koks?« fragte ihn einer der beiden Jungen.

»Nee«, antwortete Robert. »Ecstasy. Hab' letzte Nacht was eingeworfen.«

Die Jungen versicherten Robert später, wie atemberaubend sie seine neue Freundin fanden, und Robert entgegnete, er treffe sich bereits die ganze Woche lang mit ihr.

Die beiden waren beeindruckt. Und eifersüchtig. »Was sehen die Mädchen nur in ihm?« fragte einer den anderen, als sie den Park verließen. »Ich meine, dieser Typ hat doch wirklich nichts gebracht, seit er von der High-School weg ist.«

»Ich denke, sie wollen ihn wegen seines Aussehens«, vermutete der andere. »Jungs können ihren Status aufbessern, wenn sie mit gutaussehenden Mädchen gehen. Vielleicht funktioniert das andersherum genauso.«

In New York zog Jennifer gleich los, um Kleidung fürs College einzukaufen. Sie wählte ein paar Teile in den Geschäften der Nachbarschaft aus und wandte sich dann hoch zur 59th Street, wo sie eine Filiale der French-Connection-Kette betrat. Dort arbeitete ihre frühere Chefin Connie Davis. Connie würde im Herbst heiraten, und Jennifer wollte ihr noch alles Gute wünschen.

»Zeig mal, was du eingekauft hast«, forderte Connie sie auf, nachdem sie über die Hochzeit geredet hatten.

Jennifer deponierte ihre Päckchen auf dem Boden und zog einzelne Kleidungsstücke hervor. »Gefallen sie dir?« fragte sie und hielt ein Paar schwarz-karierter Hosen hoch. »Sie waren heruntergesetzt.« Stolz schwang in ihrer Stimme.

»Sie sind wunderhübsch, genau das richtige fürs College.«

Während sie sprach, hatte Connie einen dieser Momente, in denen man sich des raschen, flüchtigen Vorbeieilens der Zeit bewußt wird; lebhaft kam ihr das Bild von Jennifer in Erinnerung, als sie bei ihrem ersten Treffen wie ein kleiner Zeitungsjunge ausgesehen hatte. Jetzt war sie eine junge Lady auf dem Weg zum College. In einer Art ist es traurig, dachte Connie. Aber was kann man schon tun; jeder wird einmal erwachsen. Sie schüttelte diese Stimmung von sich ab. »Komm mal hier rüber«, wies sie Jennifer an und lotste sie an den Ständern mit den neuen Stücken aus Wolle und Cordsamt vorbei. »Ich habe hier etwas, das wird dir ausgezeichnet stehen.«

An einem Ständer mit Röcken hielt Connie an und zog einen Rock in Pink, Blau und Weiß mit kleinem Karomuster heraus.

»Wirklich hübsch«, stimmte Jennifer zu.

»Perfekt fürs College«, antwortete Connie.

Jennifer schlüpfte in den Rock, drehte sich vor einem silberfarbenen Spiegel einige Male um sich selbst und kaufte den Rock. Mit vollbeladenen Armen verabschiedete sie sich dann von ihrer früheren Chefin.

Seit ihrer Rückkehr aus Kalifornien hatte sie Robert noch nicht wiedergesehen, und sie erwartete auch nicht, daß sie ihn vor der nächsten Woche treffen würde. Sie hatte ihrem Vater und ihrer Stiefmutter nämlich versprochen, sie im Anschluß an ihre Kalifornienreise in ihrem Sommerhaus in Montauk, östlich der Hamptons, zu besuchen. Sie machte sich auf den Weg und verließ die Stadt am Mittwoch, dem 20. August.

An eben jenem Tag rief Robert bei Monsignore James Wilders an, dem älteren irischen Priester, bei dem er früher in der Grundschule Unterricht gehabt hatte. Schon die ganze Woche über war er äußerst gereizt gewesen, und schließlich war ihm klargeworden, daß er jemanden zum Reden brauchte, jemanden, der vielleicht in der Lage war, ihm zu helfen. Wilders hatte bereits vor langer Zeit die St. Thomas More Church verlassen und eine Gemeinde in der Stadt übernommen; und Robert hatte seit über sechs Jahren nicht mehr mit ihm gesprochen. Aber bei der Amtseinführung des Erzbischofs hatte er ihn wiedergesehen. Er wählte die Nummer von Wilders neuer Pfarrstelle und fragte nach ihm. Der Priester sei unterwegs, informierte ihn eine Sekretärin.

Am nächsten Tag rief Wilders ihn zurück, aber Robert verspürte nicht mehr den gleichen Drang zu reden wie am Vortag. Als Wilders ein persönliches Gespräch vorschlug, winkte Robert ab, denn es sei ihm nicht besonders eilig damit. Daraufhin schlug Wilders vor, am Montag noch einmal miteinander zu sprechen und einen Termin zu vereinbaren. Damit war Robert einverstanden.

In Montauk befand sich Steve Levin in bester Stimmung. Er gab Jennifer eine Fahrstunde in seinem Toyota Pickup – sie konnte zwar mit Automatikwagen umgehen, aber der Pickup hatte eine Knüppelschaltung. Deshalb hatte sie ihn angebettelt, ihr das Fahren darin beizubringen. Er nahm sie auch mit zum Schwimmen. Die kühle Witterung hielt die beiden nicht davon ab. Schon immer hatte Steve das Meer geliebt, schon seit er als kleines Kind die Klippen beim Hause seines Großvaters in der Nähe von Nahant erklommen und sich von dort in das eisige Wasser von Massachusetts gestürzt hatte. Jennifer teilte seine Leidenschaft fürs Meer – sie war nicht nur eine gute Schwimmerin, sie konnte sogar Bodysurfen. Letzteres war sein Hobby, und er hatte sie darin unterwiesen.

Vom Strand aus beobachtete er sie, wie sie sich in Gesellschaft einiger anderer unverwüstlicher Surfer auf das Spiel mit den aufgewühlten Wellen einließ. Einer von ihnen bewunderte ihre Wendigkeit und sagte: »Wow! Wo hast du das denn gelernt?« Ihr Vater habe es ihr beigebracht, erzählte sie ihm. Steve hörte diese anerkennende Bemerkung, und eine Woge des Stolzes überflutete ihn. Es war ein erhebendes Gefühl, Jennifer etwas beigebracht zu haben, wofür die Leute sie schätzten.

Etwas später jedoch trübte sich die bislang so gute

Stimmung ein wenig. »Alle meine Freunde treffen sich in den Hamptons«, bemerkte Jennifer. »Kann ich mir den Toyota ausleihen und zu ihnen hinüberfahren?«

Steve hielt sie noch nicht für soweit, den Pickup über eine längere Strecke zu bedienen; sie hatte den Dreh mit der Knüppelschaltung noch nicht so ganz raus. Er sagte nein.

Sie wurde sauer, warf sich auf die Couch und schmollte. Steve versuchte sie aufzumuntern. »Alles halb so wild«, sagte er, und dann: »Ich kann dich zu deinen Freunden hinfahren, oder vielleicht kannst du einen von ihnen bitten, dich hier abzuholen.«

Das wollte sie aber nicht, sie war immer noch eingeschnappt; doch schließlich erhellte sich ihre Miene wieder, und sie meinte: »Na gut, in Ordnung, ich werde mit meinen Freunden sprechen.«

Nicht lange danach holten Alexandra LaGatta und ihre Mutter Jennifer in Montauk ab, und sie fuhren gemeinsam in ihr Sommerhaus nach Southampton.

Sie sei sehr verwirrt, gestand Jennifer, als sie mit Alexandra allein war. Sie war nicht in Robert Chambers verliebt; sie liebte Brock. Dieser hatte den ganzen Sommer in Europa verbracht, aber jetzt war er zurück, und sie hatte mit ihm telefoniert. Obwohl sie sich ihre Liebe zu ihm wieder in Erinnerung rief, als sie mit ihm sprach, war es nicht Brock, an den sie dachte, wenn sie ihre Gedanken schweifen ließ. Die galten Robert. Das war schon verrückt; denn eigentlich mochte sie Robert als Mensch überhaupt nicht.

An diesem Wochenende versuchte sie sich zu amüsieren. Am Samstagnachmittag schwamm sie und sonnte sich, bekleidet mit einem winzigen schwarzen Bikini, sowohl am Strand als auch bei Alexandra am Pool. Abends ging sie mit Alexandra auf eine Party in East Hampton. Dort unterhielt Jennifer sich lange mit einem Jungen, der gerade aus seiner Drogenrehabilitationsklinik in Minnesota entlassen worden war. Genau wie Robert Chambers.

Sie versprach dem Jungen, daß sie, falls er weiterhin versuchen würde, trocken zu bleiben, immer ein offenes Ohr für ihn haben würde. Er könne sie jederzeit anrufen, wenn er das Bedürfnis danach verspüre, und sie würde mit ihm reden. Ihr gefiel die Idee, jemandem helfen zu können, gebraucht zu werden.

Später am Abend fuhr sie von East Hampton nach Southampton, um Margaret Trahill abzuholen und sie zur Party zu bringen. Für die Fahrt benutzte sie das Auto von Alexandras Mutter und schaffte trotz des Regens die zwölf stark frequentierten, verkehrsreichen Meilen in zwanzig Minuten. Margaret zeigte sich sehr beeindruckt, und Jennifer fühlte sich einfach großartig. Als sie wieder auf der Party waren, wünschte sie sich, daß die Nacht ewig dauern möge; daher verließ sie East Hampton nach einer Weile zusammen mit Margaret, um noch hinüber nach Water Mill in die Danceteria zu fahren, in ihr Lieblingsnachtlokal in den Hamptons. Ein Wochenende zuvor hatte man ihren Namen in eine Einladung zu einer Privatparty im Club aufgenommen. Als sie den Schriftzug gedruckt auf der kleinen Karte las, hätte sie am liebsten vor Freude laut aufgeschrien.

In der Danceteria war es rappelvoll. Jedermann schien dort zu sein; sogar Brock. Sie bahnte sich ihren Weg zu ihm, umarmte ihn und benahm sich, als sei sie wirklich glücklich, ihn hier zu sehen. Aber er kam ihr klein vor, und Robert war groß. Er war ein Fliegengewicht, und Robert war ein richtiger Hüne. Er trug ein offenes Grinsen, bei dem er alle Zähne zeigte, und Robert ein mysteriöses, flüchtiges Lächeln. Er war ihr vertraut wie ein Buch, das sie schon viele Male gelesen hatte, und Robert war der große Unbekannte.

Sie tanzte mit Brock und versuchte, glücklich auszusehen, aber in ihrem Inneren war sie nervös und ziemlich angespannt. Als ein Typ auf der Tanzfläche versuchte, ihr in den Po zu zwicken, tobte sie sich aus; sie fluchte und schrie ihn an. Sie haßte es, wenn Jungs sich so aufführten. Brock stand ihr beschützend zur Seite. Er beruhigte sie und sorgte dafür, daß der andere Typ vor die Tür gesetzt wurde. Ich liebe ihn doch, ich liebe ihn doch, sagte sie sich immer wieder; und als sie auseinandergingen, verabredete sie sich mit ihm für den Sonntagabend in einem Club in Sag Harbor.

Ungefähr zu der Zeit, da Jennifer Brock gute Nacht sagte, betrat Robert zusammen mit Josephine Perry, der hübschen Blondine, von der seine Freunde im Park Fotos gemacht hatten, seine Wohnung in der Stadt. Sie war um einiges jünger als er, erst siebzehn; doch das gehörte unter anderem zu den Dingen, die ihm an ihr gefielen. Das sowie die Tatsache, daß sie immer eine Unmenge Geld mit sich herumtrug. Gleich an dem Abend, an dem er sie zum erstenmal gesehen hatte, war es ihm gelungen, ihr zwanzig Dollar zu stehlen, ohne daß sie es bemerkt hatte. Das lag nun lange zurück. Zu jener Zeit waren sie noch kein Liebespaar gewesen.

Seine Mutter hielt sich in dieser Nacht außerhalb der Stadt auf, so daß Jo und er vollkommen ungestört waren. Er führte sie in sein Zimmer mit dem Hochbett und dem Regal mit den Stofftieren; und nachdem sie eingeschlafen war, durchwühlte er auf der Suche nach Barem ihre Brieftasche. Sie war prall gefüllt mit Geld. Er zog fünfzig Dollar aus dem dicken Bündel heraus und versteckte die Scheine.

Am nächsten Morgen entdeckte Jo den Diebstahl. »Du hast mich beklaut, oder?« wollte sie wissen.

Er blieb ganz gelassen. »Es ist ja nur Geld«, sagte er. Falls er gehofft hatte, daß sie sich dadurch beruhigen ließe, sah er sich getäuscht. Wutentbrannt stürmte sie aus der Wohnung.

Am Sonntagabend war in der Bay Street in Sag Harbor Reggae Night angesagt. Musiker aus Jamaica mit Rasta-Locken und Wollmützen schlugen die sorgfältig gestylten

Kinder der Reichen mit Liedtexten über Revolution und die nahe bevorstehende Zerstörung der Welt in ihren Bann. Hingerissen lauschten Brock und Jennifer der Vorstellung in dem baufälligen, lagerähnlichen Club. Nach einer Stunde wünschte Jennifer zu gehen. Sie hatte sich über Brock geärgert, weil er zu ihrer Verabredung zu spät gekommen war, und obwohl sie sich wieder versöhnt hatten, wollte sie jetzt unbedingt nach Southampton zurück.

Brock stimmte zu, und zusammen mit einem Freund fuhr er sie zu Alexandras Haus. Auf dem Weg dorthin beruhigte sie sich wieder, hörte von einer Kassette wiederholt einen ihrer Lieblingssongs von Police, und als sie bei Alexandra ankamen, lud sie Brock ein, noch einen Moment mit hineinzukommen. Das wollte er gern, erklärte er, aber er konnte leider nicht. Das Auto gehörte seinem Freund, und der mußte nach Hause. Er gab Jennifer einen Gutenachtkuß, und sie stieg aus. Sie ist so wunderschön, dachte er. Sie trug einen schwarzen Minirock und dazu ein schwarzes Top; und als sie auf das Haus zuging, drehte sie sich noch einmal um, blieb stehen und lächelte ihn an. Sie stand dort wie ein Schmetterling, von den Scheinwerfern gebannt und gefangen.

Er winkte, und dann fuhren sein Freund und er los.

Nach Brocks Ansicht war die Versöhnung mit Jennifer an diesem Wochenende ein großer Erfolg gewesen. Sie hatte ihm ihren Seitensprung mit Robert gestanden, aber er hatte auch einige Geständnisse zu machen, und so hatten sie sich gegenseitig ihre Fehltritte verziehen. Dabei hatte sie ihm zu verstehen gegeben, daß jetzt, wo er zurück war, Robert von der Bildfläche verschwinden würde. Sie hatte ihm sogar gesagt – womit sie bei ihm einen schleichenden kleinen Schmerz wegwischte – daß das Zusammensein mit Robert nicht so war ›wie das Zusammensein mit dir‹. Brock hatte das Gefühl, daß zwischen ihnen jetzt alles in Ordnung war, daß es wahrscheinlich noch niemals besser gelaufen war.

Das entsprach allerdings gar nicht dem Eindruck, den Jennifer am Montagmorgen Alexandra vermittelte. »Brock war gemein zu mir«, sagte sie. »Wir haben uns gestritten.« Sie klang verzweifelt; und dann sprach sie schon wieder über Robert. Wie sexy er war. Wie er sie zu befriedigen wußte. »In ein paar Tagen bin ich auf dem Weg zum College«, murrte sie. »Werde ich ihn vorher noch sehen?«

»Laß uns in die Stadt fahren«, schlug Alexandra nach einer Weile vor. »Laß uns einen draufmachen. Vergiß Brock.«

An diesem Nachmittag rief Jennifer ihren Vater an und teilte ihm mit, daß sie noch eine Nacht bei Alexandra bleiben wolle. Allerdings sagte sie nicht, daß sie vorhatten, in die Stadt zu gehen. So nahm Steve an, daß sie wünschte, noch länger in Southampton sein zu können. Er war enttäuscht, denn er hatte gehofft, sie würde diesen Abend daheim bei ihm und Arlene verbringen. Aber er wollte es ihr nicht verderben. »Mach, was immer du tun möchtest«, sagte er.

Jennifer bemerkte seine Unzufriedenheit. »Was ist los?« fragte sie.

Er sagte ihr, was er fühlte, daß er erwartet hatte, noch etwas mehr mit ihr unternehmen zu können, bevor sie zum College ging. Aber sie steckte voller Pläne.

»Dad, das ist wahrscheinlich das letzte Mal, daß ich die Gelegenheit habe, alle meine Freunde gemeinsam zu treffen«, flehte sie.

Er begriff, was sie sagen wollte; sie gab ihm zu verstehen, daß High-School-Freunde sich rasch auseinanderlebten, während die Familie aber immer greifbar war. So sehen Kinder die Dinge nun einmal, dachte er. Also gab er nach, sagte, es sei okay.

»Ich liebe dich, Dad«, hörte er sie dankbar sagen.

»Ich liebe dich auch«, antwortete er.

In Manhattan wehte an diesem Montagabend ein kühler Nordwind, und die Luft war frisch. Während sie mit dem Taxi zu Alexandras Wohnung auf der Upper East Side fuhren, sprach Jennifer über das Ende des Sommers und ihre bevorstehende Abreise nach Boston. Sie freute sich einerseits aufs College, aber jedesmal, wenn sie sich das Leben am Chamberlayne College vorzustellen versuchte, drehte sich ihr gleichzeitig der Magen um. Nur angenommen, dort mochte sie niemand; nur angenommen, es war dort wie auf der Sousa Junior High School, und sie war die Außenseiterin. »Du mußt mich *jedes* Wochenende besuchen kommen«, bat sie Alexandra, die noch in der Stadt bleiben würde, um ihren High-School-Abschluß zu machen.

Die beiden Mädchen aßen mit Alexandras Vater zu Abend und trafen dann mit ihren Freundinnen Verabredungen für den Rest des Abends. Zunächst würden sie mit Laura und Larissa ins Juanita's gehen, ein mexikanisches Café. Von da aus würden die vier sich zum Dorrian's aufmachen und dort Betsy, Edwina und noch einige andere Mädchen treffen.

Beim Umziehen redete Jennifer nur von Robert und machte viel Wirbel um ihr Aussehen, wobei sie sich aus Alexandras Garderobe einige elegante Stücke auslieh. Ihre Freundin war zwar kleiner als sie, aber Jennifer hatte sich beim Essen sehr zurückgehalten und den ganzen Sommer über Diätpillen geschluckt – und sie sah gut aus in Alexandras weißem Miedertop und dem pink-weißen Minirock. Sie schlüpfte in die Sachen und zog ein Paar von Alexandras frisch gewaschenen Unterhosen an; niedliche kleine weiße Bikinislips. Danach trug sie ein wenig von Alexandras Schminke auf, unter anderem einen vollen, dunklen Lippenstift. Schließlich experimentierte sie noch mit ihrem Haar und band es versuchsweise mit einer schwarzen Schleife zurück. Auf diese Weise kamen ihre Zirkon-Ohrringe gut zur Geltung. Es sah aber besser aus, wenn sie das Haar offen trug, und so steckte sie die Schleife in eine Tasche ihrer Jeansjacke, ebenso den dunklen Lippenstift. Sie legte sich die Jacke übermütig über die linke Schulter, warf noch einen letzten Blick in den Spiegel und machte sich mit Alexandra auf den Weg ins Juanita's.

Als sie dort eintrafen, war sie sehr aufgekratzt. Alexandra und sie bestellten Margaritas; Laura und Larissa Wodka Collins. Für Jennifer gab es kein anderes Gesprächsthema als das Dorrian's, wo sie Robert anzutreffen hoffte. Allein der Gedanke daran, ihn wiederzusehen, elektrisierte sie. Wie sollte sie sich nur verhalten, wenn sie ihn dort erblickte? Sollte sie direkt zu ihm gehen und ihn küssen? Oder sollte sie sich lieber etwas zurückhalten und nur mit ihm reden? Diese Fragen stellte sie ihren Freundinnen und bat sie um ihren Rat.

Schon bald kicherten alle und tauschten romantische Tips und Enthüllungen aus, und nicht lange danach waren die Mädchen, sonnengebräunt und fröhlich, eines hübscher als das andere, der Mittelpunkt des Restaurants. Von überall her waren die Blicke der Gäste auf sie gerichtet. Jennifer trank noch einen Margarita.

Plötzlich trat unaufgefordert ein Kellner an den Tisch. Er trug eine Flasche Sekt und vier Sektgläser. »Das hat jemand für Sie bestellt«, verkündete er.

Wer? Jennifer bestürmte den Kellner, es ihr zu verraten, aber er sagte, er wisse es nicht. Er sei lediglich gebeten worden, die Flasche an ihren Tisch zu bringen. Sie ließ ihren Blick über die jungen Preppies in ihren Sommerpullovern und die älteren Männer in ihren Anzügen schweifen, die die Bar bevölkerten, aber kein bestätigender Blick traf den ihren. Dennoch, das war klar, hatten sie und ihre Freundinnen einen unbekannten Verehrer. Man hatte sie auserwählt. Sie waren bemerkt worden. Das war ein so gutes Gefühl, daß sie aufstand und wie ein Star, der einen Oscar erhielt, eine knappe Verbeugung machte und an den ganzen Raum gerichtet leidenschaftlich ausrief: »Vielen Dank!«

Währenddessen stand Robert vor dem Dorrian's an einer Straßenecke und unterhielt sich mit einem Freund. Er hatte sich mit Jo Perry telefonisch versöhnt, und um sie glücklich zu machen, hatte er ihr versprochen, sie heute abend in der Bar zu treffen. Es war jedoch noch sehr früh, kaum jemand war dort, und daher war er mit seinem Freund nach draußen an die kühle Nachtluft gegangen, um dort darauf zu warten, daß sich das Lokal füllte.

Als er sich einen Joint anzündete, betrachtete Robert den Verkehr, der die 2nd Avenue herunterraste und gab sich der Melancholie hin. »Ich habe Depressionen«, murmelte er. »Ich habe gar nichts, keinen Job, kein Geld, und Hazelden hat mir auch nicht geholfen. Ich bin vom Wege abgekommen.«

»Weißt du, vielleicht solltest du nach Hause gehen«, schlug sein Freund vor. »Wenn du weiter so hier herumhängst, dann wirst du wirklich vom rechten Wege abkommen.« Robert zuckte mit den Schultern. Nach Hause zu gehen war keine Lösung. »Nee«, sagte er, »ich will noch ein bißchen hier rumhängen.«

Er rauchte den Joint, stand noch eine Weile draußen und begab sich dann wieder hinein.

Jennifer und ihre Freundinnen trafen gegen Mitternacht im Dorrian's ein. Sie hatten die zur Hälfte ausgetrunkene Flasche Sekt aus dem Juanita's dabei, und als sie die Bar betraten, nippten sie daran. Der Raum war überfüllt und die Stimmung ausgelassen, so wie bei einer riesigen Cocktailparty. Zwei Kellner waren damit beschäftigt, immer wieder die Gläser nachzufüllen. Einer von ihnen war der zweiundzwanzigjährige John Zaccaro jr., der Sohn von Geraldine Ferraro, der auf seine Gerichtsverhandlung in Vermont wartete; man legte ihm Kokainbesitz und den versuchten Handel mit Rauschgift zur Last. Jennifer bat Zaccaro um ein Glas Wasser, sah sich nach Robert um und bahnte sich, als sie ihn nicht entdeckte, einen Weg durch den Raum. Ihre Freunde, die sie traf, begrüßten sie überschwenglich, umarmten und küßten sie, und sie erwiderte ihre Umarmungen. Die ganze Zeit über hielt sie weiterhin Ausschau nach Robert. Zwei Jungen packten sie und verteilten lautstark Küsse auf beide Seiten ihres Halses in dem Versuch, ihr Knutschflecken zu verpassen; aber sie ignorierte sie. Wo war Robert?

Endlich, als sie die verglaste Veranda auf der Rückseite des Pubs betrat, konnte sie ihn aus der Entfernung wahrnehmen. Zusammen mit einigen Leuten, die sie nicht kannte, saß er an einem Tisch. Er sah so gut aus. Sein Gesicht, das markante Kinn, so männlich-herb, und seine blauen Augen so dunkel und geheimnisvoll. Sofort waren ihre sämtlichen Pläne wie weggeblasen. Weder küßte sie ihn, noch sprach sie ihn direkt an; sie trat nur an seinen Tisch und redete an die ganze Gruppe gewandt. Sie wußte gar nicht, was sie sagte, es waren Worte, wie sie ihr gerade in den Sinn kamen.

Sie plappert daher, dachte Robert, zieht sich hoch an ihrem Trip nach Kalifornien und an ihrer Bräune, an der sie in den Hamptons gearbeitet hat. Wen interessiert das schon? Er zog Grimassen, während sie redete, und nach einer Weile ignorierte er sie einfach und begann eine Unterhaltung mit einem der Typen an seinem Tisch.

Jennifer blieb nicht länger am Tisch stehen. Sie beschloß, dem nicht allzuviel Bedeutung beizumessen, obwohl Roberts Reaktion sie verletzt hatte. Gleich würde sie ihn noch einmal ansprechen und abwarten, was dann passierte. Zehn Minuten später ging sie zurück an seinen Tisch und bestellte sich einen Drink – einen Bay Breeze, mit Wodka, Johannisbeer- und Ananassaft –, und diesmal setzte sie sich hin.

Robert erhob sich und verließ den Tisch.

Sie folgte ihm nicht, stand nur ebenfalls auf und wandte sich Leuten zu, die sie kannte. Erinnerungen an die Geschichten, die sie im Laufe des Sommers über Robert gehört hatte, kamen ihr ins Gedächtnis und erfüllten sie mit Scham. Alle ihre Freundinnen wußten, daß sie mit ihm im Bett gewesen war; ihnen allen war bekannt, wie sehr sie ihn mochte. Sogar heute abend hatte sie noch geprahlt, daß sie die Bar später zusammen mit ihm verlassen und Sex mit ihm haben wollte. Was würde man von ihr denken, wenn er sie derart ignorierte? Und warum *machte* er das, wo es doch so gut zwischen ihnen gelaufen war? Es kam ihr der Gedanke, daß er unter Umständen gar nicht wußte, wie sehr sie ihn mochte, und daß er sich vielleicht umstimmen ließe, wenn sie es ihm sagte. Bei vielen Jungs, das wußte sie, mußten die Mädchen den ersten Schritt machen. Sie wartete, bis sie ihn allein an der Rückseite der Bar stehen sah, und sprach ihn ein drittes Mal an, entschlossen, seine Aufmerksamkeit auf sich zu ziehen.

Er sehe unglaublich gut aus, sagte sie zu ihm; und er sei unglaublich sexy. Und dann setzte sie forsch hinzu: »Mit dir habe ich den besten Sex erlebt, den ich jemals hatte.«

Sie hoffte, dies würde den Weg ebnen. Jungs wollten hören, daß sie die Besten waren. Zu ihrem großen Erstaunen schien er über ihre Worte aber nicht glücklich zu sein. Merkwürdig – er lächelte noch nicht einmal, er blickte sie nur kalt an und sagte: »Das hättest du nicht sagen sollen.«

Warum?

Betsy sah, wie sie sich unterhielten. Sie waren tief im Gespräch versunken, mit einem ernsten Gesichtsausdruck.

Jo Perry bemerkte die beiden auch, und sie dort zusammen stehen zu sehen, machte sie wütend. Sie und Robert hatten sich für Viertel vor elf im Dorrian's verabredet, aber zuerst hatte sie ihn nicht entdecken können, und dann hatte er noch nicht einmal hallo gesagt, geschweige denn sich zu ihr gesetzt. Er war in den hinteren Teil der Bar gegangen, um ein bißchen zu koksen, erfuhr sie von einer Freundin. Und jetzt ignorierte er sie nicht nur, er sprach auch noch mit einem anderen Mädchen. Das sollte er eigentlich nicht tun; sie hatten eine Vereinbarung im Hinblick auf das Dorrian's getroffen – wenn einer von ihnen mit jemand anderem flirten wollte, war das okay, vorausgesetzt, derjenige informierte den anderen rechtzeitig darüber. Für heute abend hatte er nichts dergleichen angekündigt; und jetzt stand er dort, vertieft in diese Unterhaltung mit Jennifer.

Zornig ging sie zu Robert hinüber und schrie ihn an. In der Hand hielt sie ein Päckchen mit Kondomen. »Da, nimm sie für eine andere«, kreischte sie und warf ihm das Päckchen ins Gesicht. »Denn bei mir wirst du keine Chance mehr haben, sie zu benutzen.«

Es war Robert ausgesprochen peinlich, derart von Jo angeschrien zu werden. Zuhörer fanden sich ein, einige von ihnen lachten, darunter auch Jennifer; und nicht nur das, jetzt drehte sie sich auch noch um und flirtete mit einem anderen Kerl. Sie kotzte ihn an; es war *ihre* Schuld, daß Jo ihm vor allen anderen Leuten eine Szene machte. Ihre Schuld, denn hätte sie ihn nicht verfolgt, hätte Jo sie nicht zusammen gesehen und wäre nicht so wütend geworden.

Als sich die Situation endlich beruhigt hatte, zuckte er die Achseln und ignorierte sowohl Jo als auch Jennifer.

Warum war er so unnahbar? Warum, wo sie ihn doch hatte wissen lasen, wie sehr sie seine Qualitäten als Liebhaber schätzte? Jennifer, völlig am Boden zerstört, irrte durch die fröhliche Menge, hielt Alexandra LaGatta fest und erzählte ihr, wie Robert sie abserviert hatte. Sie war den Tränen nahe und jammerte: »O mein Gott, sieh nur, was mit uns passiert.«

Das ist wahrscheinlich für alle am besten so, dachte Alexandra. Sie hatte sich nie etwas aus Robert gemacht, und sie mochte das Dorrian's auch nicht besonders. So wie sie es sah, gab es in diesem Lokal eine ganze Menge Kids, die nicht wußten, was sie mit sich anfangen wollten, außer zu trinken, Drogen zu nehmen und sich gegenseitig anzumachen. Die Jungs waren unsicher, so daß sie jedem Mädchen, das sie sahen, nachstellten. Und das wiederum verunsicherte die Mädchen, so daß sie sich im Gegenzug jedem Jungen an den Hals warfen. Es war wie ein Teufelskreis, wo jedermann versuchte, mit jedermann anzubandeln; und sie hatte noch nie von Leuten gehört, die im Dorrian's verkehrten und für länger als eine Woche treu sein konnten – wenn überhaupt.

»Vergiß Robert«, empfahl sie Jennifer.

Aber Jennifer wollte ihn nicht vergessen. Als Alexandra das Interesse an ihrer bedauernswerten Lage verloren hatte, machte Jennifer Betsy ausfindig und beschwor sie, Robert etwas in ihrem Auftrag auszurichten. »Sag ihm, daß ich mit ihm sprechen möchte«, sagte sie. »Sag ihm, er soll mich in zwanzig Minuten draußen treffen.«

Betsy überbrachte die Nachricht, aber Robert hörte nur gleichgültig zu. »Ich will nichts damit zu tun haben«, war alles, was er antwortete.

Jennifer bemühte sich daraufhin, nicht mehr an Robert zu denken. Mit Edwina drehte sie ihre Runde durch die Bar und hielt Ausschau nach neuen, gutaussehenden Typen, aber die meisten der Jungs, die sie dort traf, waren so wenig ansprechend, daß sie ihnen, als sie nach ihrer Telefonnummer fragten, eine falsche angab. Sie spielte Edwina, die nachlässig ihre Brieftasche auf einem Tisch hatte liegen lassen, einen Streich, indem sie die Kreditkarten herausnahm. Obgleich sie ihr damit nur eine harmlose Lektion hatte erteilen wollen, nicht so sorglos zu sein, wurde Edwina wütend, und das ruinierte den Spaß. Sie machte bei einem Eiswürfelkampf mit, ließ sich von einer Gruppe Jungs gefangennehmen und unter einen Tisch zerren. Das dauerte so lange, bis ein Kellner dem Treiben ein Ende setzte. Schließlich ging sie mit Alexandra LaGatta für einen Moment nach draußen, aber ihre Freundin fing ein intimes Gespräch mit einem Typen an. Jennifer, als drittes Rad am Wagen, zog sich diskret zurück.

Robert war immer noch da. Er sah ganz genauso gut und sexy aus wie immer. Vielleicht ist es ein Fehler gewesen, ihn so schnell aufzugeben, überlegte sie sich. Hartnäckigkeit war schon immer ihre Stärke; und wer weiß, wenn sie nicht locker ließ und lange genug im Dorrian's ausharrte, hätte sie vielleicht doch noch eine Chance. Wenn die Bar schloß, fanden sich die meisten Gäste zu Paaren zusammen, und falls zur Sperrstunde kein anderes Mädchen auf Robert wartete, würde er sich vielleicht einsam fühlen, und sie würde schließlich doch noch mit ihm im Bett landen.

Gegen halb drei, als Alexandra LaGatta ihr zu verstehen gab, daß sie jetzt gerne nach Hause fahren würde, teilte Jennifer ihr mit, daß sie noch nicht gehen wollte, weil Robert noch da war. Alexandra fuhr los und versprach, die Wohnungsschlüssel unter der Türmatte zu verstecken. Jennifer blieb.

Ihr Plan hatte allerdings einen kleinen Haken. Jo Perry, das Mädchen, das Robert angeschrien hatte, hielt sich auch noch in der Bar auf. Wartete sie auf Robert? Oder war sie wirklich fertig mit ihm, so wie sie behauptet hatte? Ziemlich unsicher schlenderte Jennifer zu Jos Tisch hinüber, setzte sich und verwickelte sie in ein Gespräch. Sie schlug einen oberflächlichen Ton an und machte eine Andeutung. »Ich habe ein Problem«, sagte sie. »Ich kenne da ein nettes Mädchen, und – und ich bin scharf auf ihren Freund.«

Jo wußte nicht, auf welches nette Mädchen sie anspielte, und fragte auch nicht danach. Jennifer ließ das Thema wieder fallen. Letztendlich war es auch ohne Bedeutung, denn etwas später, gegen Viertel vor vier, bemerkte sie, daß Jo nicht auf Robert gewartet hatte, denn sie verließ den Club allein.

Die Bar hatte sich zu diesem Zeitpunkt schon ziemlich geleert; nur etwa ein Dutzend Gäste war übrig. Jennifer harrte immer noch aus. Und dann ging ihr Plan zum Schluß doch auf. Robert trat an ihren Tisch.

Sie unterhielten sich eine ganze Zeitlang, saßen zusammen an der Bar, und sie redete ernsthaft und vertraulich mit ihm, wobei sie mit den Eiswürfeln in ihrem Glas spielte. Während des Gesprächs brach unter einigen der verbliebenen Gäste eine Schlägerei aus, aber sie ignorierte den Tumult und konzentrierte sich ganz auf Robert. Endlich, genau wie sie es gehofft hatte, forderte er sie auf, mit ihm zu kommen.

Sie hätte jetzt freudig erregt sein müssen, aber das war sie seltsamerweise nicht. Ein unbehagliches Gefühl beschlich sie, und sie konnte sich nicht zum Gehen überwinden. »Ich benötige einen Rat«, entschied sie. Sie wandte sich an ihren Freund William.

»Ich habe mich gerade mit Robert unterhalten«, begann sie ohne Umschweife. »Und – ich weiß nicht, einiges von dem, was er sagt, beunruhigt mich.«

»Nee, Robert ist okay.« William zuckte die Achseln. »Er ist einer von uns.«

»Soll ich denn jetzt mit ihm gehen?«

»Ja klar, wenn es das ist, was du willst.«

Sie *wollte* mit ihm gehen. Wochenlang hatte sie nur an ihn gedacht, oder waren es Jahre? Ihr war bekannt, daß es schon viele Mädchen in seinem Leben gegeben hatte, und sie kannte diese Sorte Mädchen – diejenigen, deren Namen immer auf Clubeinladungen zu lesen waren, diejenigen, die eine perfekte Haut und gertenschlanke Körper besaßen und die auf Parties kleine schwarze Cocktailkleider trugen und in der Schule die dunklen Uniformen der feinen East-Side-Institute. Aber er hatte sie ausgewählt; hatte ihrem Körper das Gefühl gegeben, geliebt zu werden, und dem Rest von ihr die Empfindung verschafft, nach der sie sich schon immer gesehnt hatte – das Gefühl, dazuzugehören.

Sie ging zu Robert zurück.

Gegen vier Uhr dreißig stand sie auf; sie wirkte stolz und heiter, und mit Robert an ihrer Seite verabschiedete sie sich.

»Wir wissen, was ihr jetzt vorhabt«, zog Betsy, die auch noch immer nicht die Bar verlassen hatte, sie auf.

Sie zwinkerte Betsy zu.

»Wohin geht ihr?« fragte Betsy.

»Keine Sorge«, entgegnete Jennifer. »Ich rufe dich morgen an.« Dann warf sie entschlossen ihr Haar zurück und schlang ihre Jeansjacke über die linke Schulter. Robert öffnete ihr die Tür, und sie schwebte hindurch.

Teil 2

Frau in Not

5. Kapitel

Die Leiche im Park

Die Luft war kühl und der Himmel noch dunkel, als Pat Reilly um fünf Uhr früh aufwachte. Sie stellte den Wecker aus und schlüpfte wieder unter die Decke. Dabei kam sie in die Versuchung, einfach liegenzubleiben und an diesem Morgen ihren Frühsport ausfallen zu lassen. Doch nach ein paar Minuten erhob sie sich, frühstückte hastig eine Kleinigkeit und lief nach unten, wo sie sich auf ihr schnittiges Rennrad schwang. Ihr Arbeitstag war immer so lang – sie arbeitete als Anlagenberaterin –, daß sie den ganzen Tag über keine Gelegenheit mehr dazu haben würde, Sport zu treiben.

Nach wie vor war es zu finster, um sicher im Park radeln zu können, daher fuhr sie die Fifth Avenue entlang in Richtung Stadtmitte. Gegen kurz nach sechs, als die Sonne endlich aufging, machte sie kehrt und nahm nun den Weg durch den Park.

Sie hatte gerade ein ziemlich hohes Tempo drauf, als ihr unmittelbar am Bootshaus an der 72nd Street ein braunes Auto entgegengerast kam, das die Einbahnstraße in der falschen Richtung befuhr. Wer ist denn dieser Irre? fragte sie sich und versuchte, einen Blick ins Auto zu werfen. Die Scheiben waren jedoch getönt, daher konnte sie den Fahrer nicht erkennen.

Von da an hielt sie wachsam Ausschau. Man konnte im Park gar nicht vorsichtig genug sein. Nicht als Radfahrer, denn man mußte nicht nur auf den Verkehr achten, sondern auch auf Diebe, die einem der Ausrüstung wegen auflauerten. Sie trat in die Pedale und warf immer wieder ängstliche Blicke auf beide Seiten des Weges.

Gerade passierte sie Cleopatras Needle hinter dem Metropolitan Museum of Art, als ihr unter den Bäumen zu ihrer Linken etwas ins Auge fiel. Sie bremste leicht ab. Da war jemand. Jemand, der ausgestreckt auf dem Boden lag.

Nur eine schlafende Obdachlose, redete sie sich gut zu und wollte schon weiterfahren. Dann schaute sie noch einmal hin. Das war keine Obdachlose! Sie stieg vom Rad und ging zaghaft auf die Stelle zu, die ihre Aufmerksamkeit erregt hatte.

Wenige Meter von einer großen Ulme entfernt, sah sie deutlich, was sie vom Weg aus nur flüchtig wahrgenommen hatte. Es war der Körper einer jungen Frau, nackt mit Ausnahme einiger Kleider, die über ihren Hals und ihre Hüfte geschoben waren, sowie einer Jeansjacke, die ihr quer über einem Arm hing. Ihre Glieder wirkten wie verrenkt, und sie lag bewegungslos unter einem tief herunterhängenden Zweig. Pat blieb stehen. Sie wollte keinen Schritt näher herantreten. Falls die Frau noch am Leben war, wüßte sie nicht, wie sie ihr helfen sollte. Und falls sie tot war – sie wollte nicht sehen, was genau ihr zugestoßen war.

Sie rannte zu ihrem Fahrrad, sprang auf und fuhr vollkommen außer sich zurück zum Bootshaus. Dort gab es Telefone, von dort würde sie die Polizei anrufen.

Sie probierte es mit einem; es funktionierte nicht. Sie probierte das zweite; ebenfalls Fehlanzeige. Irgend jemand hatte die Kabel herausgezogen. Auch das dritte – kaputt.

Frustriert sprang Pat wieder aufs Rad, raste aus dem Park und fand ein Telefon an einer Straßenecke.

Es war etwa sechs Uhr fünfzehn; schnell wählte sie die Notrufnummer 911 und berichtete, was sie gesehen hatte. Die exakte Position konnte sie allerdings nicht angeben, aber sie würde die Polizei zum Tatort führen, versprach sie dem Operator. Sie würde am Straßenrand in der Nähe der Ulme warten.

Um sechs Uhr einundzwanzig saßen Sergeant Anthony Michelak und Police Officer James McCreary, die für die Sicherheit der Frühsportler im Park zuständig waren, in ihrem am Straßenrand geparkten Streifenwagen, als eine Stimme die eintönige Stille ihres Funkgerätes unterbrach.

»Frau in Not«, ratterte die Stimme, »Frau in Not; an der 81st Street Ecke East Drive.« Das war Polizeijargon für eine Frau, die dringend Hilfe benötigte.

»Laß uns fahren«, forderte Michelak, der zugleich Rettungssanitäter war. »Mal sehen, was da los ist.« Sekunden später steuerten McCreary und er ihren Wagen den schmalen Saumpfad entlang, von dem aus sie auf den Joggerpfad abbogen, um sich dann in südlicher Richtung zu halten.

Noch bevor sie die 81st Street erreicht hatten, kamen sie an Pat Reilly vorbei, die am Wegrand saß. Sie sah die beiden und gestikulierte in Richtung der Bäume. McCreary riß den Wagen herum. Als er zum Wenden ansetzte, bemerkte er eine Menschenansammlung an einer steinernen Wand hinter dem Museum. Sie alle standen dort, mit Ausnahme eines jungen Mannes, der sich hingesetzt hatte. McCreary schenkte den Zuschauern keine Beachtung. Er führte die Kehrtwendung aus und parkte das Auto.

Michelak sprang heraus. Aus der Entfernung konnte er einen Körper ausmachen, der unter einem Baum lag. Er beeilte sich, wollte die nötige Hilfe leisten; doch als er sich dem Körper näherte, zögerte er und fragte sich, ob dieser Frau überhaupt geholfen werden konnte. Ihr Hals war von einer Fülle grellroter Blutergüsse bedeckt. Sie schien erwürgt worden zu sein. Vielleicht war sie noch nicht tot, vielleicht glomm noch ein Fünkchen Leben in ihr. Fest entschlossen, dies herauszufinden, suchte er nach ihrem Puls. Obwohl er gelernt hatte, ihn an der Halsschlagader zu fühlen, war ihm klar, daß er den mit roten Flecken übersäten Hals der Frau natürlich nicht berühren durfte. Statt dessen legte er seine Hand unter ihr Herz. Es stand still.

Michelak ging zum Auto und teilte über Funk seinem Vorgesetzten mit, daß er keine Erste Hilfe mehr leisten konnte. Dies war ein Fall für die Spurensicherung. Er forderte Detectives und einen Krankenwagen an. Inzwischen hatten sich weitere Zuschauer eingefunden. Der Sergeant öffnete den Kofferraum seines Wagens, zog ein langes Stück braunes Packpapier hervor und verschaffte der toten Frau auf diese Weise zumindest einen letzten Rest von Intimsphäre, der sie vor den neugierigen Gaffern auf der anderen Straßenseite abschirmen sollte.

Susan Bird, eine Juristin in den Vierzigern, befand sich inmitten der Menschenansammlung. Sie war mit einem Freund in der Nähe des Museums gejoggt, als sie Sirenen gehört und bemerkt hatte, wie das Polizeiauto den Rasen überquerte. Daraufhin hatte sie angehalten, um die Aktivitäten auf der anderen Wegseite zu beobachten. Ein junger Mann sah ebenfalls zu; er saß auf einem niedrigen Stein und blickte gespannt hinüber.

»Was ist denn hier los?« fragte Susan ihn.

»Ich weiß nicht«, antwortete er. »Sieht aus, als hätten sie etwas gefunden.«

Susan kam er ziemlich seltsam vor. Über sein Gesicht zogen sich merkwürdige gerade Kratzer, und er schien ihre Gegenwart kaum wahrzunehmen. »Was denn?« fragte sie nach. »Was kann das denn sein?«

»Ich glaube, sie haben eine Leiche gefunden«, murmelte er.

Einen Toten? Vor Susans Augen lief sofort ein Film ab. Ein Frühsportler war gestorben. Ein Schlaganfall. Das kommt davon, wenn man vierzig ist und es mit dem Training zu sehr übertreibt. Man kippt im Park einfach um und wird nicht vor dem nächsten Morgen gefunden. »Waren Sie drüben und haben mal nachgesehen?« fragte sie den jungen Mann besorgt. »Ich meine, haben Sie irgend etwas unternommen?«

»Ehm, nein«, antwortete er.

»Warum nicht?«

»Wenn ich's täte, würden mich die Cops wegjagen.«

Komische Bemerkung, dachte Susan. Im Mittleren Westen, wo sie aufgewachsen war, wurden besorgte Bürger nicht einfach von der Polizei vertrieben. Dennoch ging auch sie nicht hinüber, um sich näher zu erkundigen. Die Polizisten waren damit beschäftigt, braunes Papier von irgend etwas am Boden Liegendem zu entfernen und es durch ein Laken zu ersetzen. Sie konnte ein Bein erkennen. Was auch immer geschehen war, die Polizei hatte es jetzt im Griff. Susan, die nicht mehr länger herumstehen wollte, machte sich wieder auf den Weg.

Der Freund, mit dem sie gejoggt war, verließ ebenfalls den Park. Als sie auf die Straße liefen, meinte er zu Susan: »Sind dir eigentlich die Kratzer bei dem Typen, der auf der Mauer saß, aufgefallen? Wie tief und gleichmäßig sie waren?«

»Ja«, antwortete Susan. »Als wäre er von einer Maschine gekratzt worden. In was für einen Arbeitsunfall muß man verwickelt werden, um an solche Kratzer zu kommen?«

Wo war Jennifer?

Diese Frage stellte Alexandra LaGatta, als sie um sechs Uhr dreißig von ihrem Wecker aus dem Schlaf gerissen wurde. Große Sorgen machte sie sich jedoch nicht. Jennifer hat bestimmt gedacht, ich würde vergessen, die Schlüssel unter die Matte zu legen, ging es ihr durch den Kopf. Sicherlich ist sie nach Hause gegangen, oder vielleicht mit zu Robert. Wie auch immer, ich habe jetzt keine Zeit, mir über Jennifer Gedanken zu machen. Immerhin ist der Junge, mit dem ich letzte Nacht das Dorrian's verlassen habe, noch in meinem Schlafzimmer, und ich sollte zusehen, daß er hier verschwunden ist, bevor Vater ihn findet. Und ich muß mich schnellstens auf den Weg zum Straßenverkehrsamt machen, um mir eine vorläufige Fahrerlaubnis zu besorgen.

In aller Eile stand sie auf, zog sich an, komplimentierte den Jungen hinaus, der die Nacht bei ihr verbracht hatte, und brach in Richtung Downtown auf.

Um sieben Uhr fünfundvierzig parkte Detective McEntee – in Sportzeug und Turnschuhen und mit einem glitzernden Diamanten im Ohr – seinen Starion Turbo auf dem Parkplatz des Polizeireviers im Central Park, dem Two-Two. McEntee war erst seit neun Monaten auf diesem Revier. Zuvor hatte er beim Rauschgiftdezernat in der Bronx undercover gearbeitet, mit einer modischen, dunkel getönten Brille vor den Augen und gefälschten Nadelstichen auf dem Arm. Jeden Morgen hatte er diese Einstiche mit Hilfe von roter Tinte und einem Spritzer Gerinnungsmittel, das die Haut vorübergehend runzelig werden ließ, erzeugt. Niemals würde er vergessen, wie sein Adrenalinspiegel in die Höhe geschnellt war, als plötzlich einer der Dealer, mit denen er zu tun hatte, nach der unechten Narbe gegriffen hatte und sie betasten wollte. Er war zurückgewichen, hatte seinen finstersten Gesichtsausdruck aufgesetzt und geschrien: »Nimm die Flossen weg, Mann! Das tut weh!«

Mickey McEntee vermißte die Aufregung, die in der Bronx an der Tagesordnung gewesen war. Verglichen mit diesen Zeiten war das Parkrevier ein Spielzeugladen, wenn dies die Öffentlichkeit auch anders sah. Für sie war der Park eine Art Terrorzone. Tatsächlich ereigneten sich dort aber weniger häufig schwere Verbrechen als in jedem anderen Bezirk der Stadt. Aus dem Grund gefiel es ihm auch nicht. Okay, er hatte bei der Suche nach einem Mann mitgewirkt, der einen Obdachlosen oben am Lasker Pool ermordet hatte, und bei der nach dem Mörder eines Schwulen. Auch hatte er geholfen, einen Verrückten dingfest zu machen, der dreiundvierzigmal auf eine Prostituierte eingestochen und ihren Körper – wenn man das, was übrig war, noch einen Körper nennen konnte – in einem Müllsack an der nördlichsten Spitze des Parks deponiert hatte. Die meiste Zeit über passierte jedoch gar nichts. Die Burschen, mit denen er in der Mordkommission zusammenarbeitete, brauchten so gut wie nie ihre offiziellen Anzüge aus dem Schrank zu holen, die Zwei- oder Dreiteiler, die sie trugen, wenn sie bei Tötungsdelikten an die Öffentlichkeit gingen.

Dennoch war es nicht die Langeweile, die McEntee an diesem Revier am meisten störte. Es machte ihm vielmehr schwer zu schaffen, daß sein Boß ihn, wenn sich tatsächlich einmal etwas ereignete, den Fall nicht übernehmen ließ. Eigentlich wäre er schon seit Monaten an der Reihe. Der Boß übertrug jedoch die Verantwortung ständig seinem Partner, Joe Kennedy, weil Kennedy schon lange dabei war und über viel Erfahrung verfügte. Er selbst durfte nur zusehen und mußte tun, was immer Kennedy anordnete. Wie sollte er mehr Erfahrungen sammeln, um einen Fall übernehmen zu können, wenn er keinen übertragen bekam, da ihm die Erfahrung fehlte? Er steckte in einem richtigen Teufelskreis. Das einzig wirklich Gute am Parkrevier waren seine häufigen Aufenthalte in der freien Natur. Es ergab sich für ihn die Möglichkeit, vor der Arbeitszeit einmal um den Bezirk zu joggen und abends auf dem Parkplatz ein Steak zu grillen.

McEntee wollte an diesem Morgen zunächst einmal laufen, danach duschen und sich rasieren; anschließend würde er dann die Jeans anziehen, die er immer bei der Arbeit trug. Er schloß das Auto ab und schlenderte ins Gebäude. Kaum war er durch die Tür getreten, als Kennedy ihn sah und rief: »Ein Mordfall!«

»Wir haben einen Mordfall?« frage er ungläubig. Seit dem Frühjahr hatte es keinen mehr gegeben.

»Nicht ›wir‹«, verbesserte Kennedy ihn. »›Wir‹ ist das verkehrte Wort. *Du* hast einen Mordfall; diesen überlasse ich dir.«

Ja klar, dachte McEntee. Ob da mal nicht der Boß dahintersteckt?

Der Gedanke an Letzteren trieb ihn zur Eile an. Der Mann war nicht jeden Tag da, aber heute würde er sich mit Sicherheit blicken lassen. Bei Tötungsdelikten tauchte er immer auf. Und hier stand er noch in seiner Sportkleidung, unrasiert. Eilig lief er zu seinem Spind, holte den Rasierer heraus und fuhr sich damit hastig über die Bartstoppeln; dreimal schnitt er sich, bevor er mit der Rasur fertig war. Dann begann die Suche nach angemessener Kleidung für diesen Anlaß. Er besaß nicht eigens einen Anzug für solche Fälle so wie Kennedy und die anderen;

er war noch nicht dazu gekommen, sich einen zu besorgen. Alles, worauf er zurückgreifen konnte, waren die Sachen, die er beim Rauschgiftdezernat getragen hatte. Dunkle Hosen, schmaler Lederbinder, pastellfarbene Hemden und ein perlgraues Leinenjackett. Er schlüpfte in schwarze Hosen, ein mauvefarbenes Hemd, band einen schwarzen Lederschlips um und zog das Jackett über die Schultern. Das mußte für jetzt einfach reichen. So schlimm sah es immerhin auch nicht aus. Es erinnerte lediglich mehr an *Miami Vice* als an die Central-Park-Mordkommission.

Kurze Zeit später traf der Boß ein. McEntee, Kennedy und er sprangen in ein Auto und rasten zur Rückseite des Museums.

Kurz vor acht Uhr meldete sich John Cotter, der neue Lokalredakteur der *New York Newsday*, im Büro der Zeitung. Es war sein erster Arbeitstag, und er hatte eigentlich vorgehabt, es langsam angehen zu lassen, die Mitarbeiter kennenzulernen und zu sehen, wie der Arbeitsablauf organisiert war. Doch noch bevor er seinen Schreibtisch erreicht hatte, winkte ihn ein Bursche am Fernschreiber zu sich heran und sagte: »Sieht aus wie 'n Knaller im Central Park.«

Cotter warf einen Blick auf die Polizeimeldung, die gerade über den Ticker gerattert war, und wußte, daß der Mann, der ihn darauf aufmerksam gemacht hatte, recht hatte. Ja, dies war eine gute Story. Das tote Mädchen war weiß. Der Tod eines weißen Mädchens wirkte sich immer gut auf die Auflage aus. Um acht hatte er schon einen Reporter und einen Fotografen auf die Story angesetzt. »Das wollen wir uns nicht entgehen lassen«, betonte er.

McEntee wartete in dem Wäldchen hinter dem Metropolitan Museum of Art, wo man das Mädchen gefunden hatte. Er sagte sich, daß er, egal wie unwahrscheinlich die

Aussichten für ihn auch waren, auf jeden Fall versuchen wollte, diesen Fall zu übernehmen. Er mußte nur den richtigen Zeitpunkt abpassen. Der war noch nicht gekommen. Momentan hatte noch die Nachtschicht das Kommando. Sie nahm sämtliche Vorkommnisse auf, die zwischen Mitternacht und acht Uhr morgens gemeldet worden waren. Deren Leiter, Detective Sergeant Wallace Ziens, instruierte gerade eine Gruppe Polizisten.

»Wir haben es hier mit einem Mädchen zu tun«, erläuterte Ziens. »Jung. Weiß. Außerdem haben wir Reifenspuren.« Er wies auf eine Stelle, an der das Gras niedergedrückt war, und berichtete, daß die Radfahrerin, die das Mädchen gefunden hatte, kurz davor fast von einem braunen Auto angefahren worden wäre, das entgegen der Fahrtrichtung fuhr. »Es scheint so«, fuhr Ziens fort, »als sei das Mädchen, wer immer es auch ist, von dem Fahrer des braunen Wagens, wer immer das auch war, umgebracht und anschließend hier rausgeworfen worden ist.«

Um seine nervöse Anspannung etwas abzubauen, wandte sich McEntee Kennedy zu und frotzelte: »Nee, ein paar von unseren Jungs haben wahrscheinlich genau hier in einem Streifenwagen geschlafen«, sagte er. »Dann hat irgend jemand das Mädchen ermordet. Die Jungs sind also aufgewacht, haben die Leiche entdeckt und gesagt: ›Mein Gott, ein Verbrechen, laß uns schnell umkehren und abhauen.‹«

Kennedy lachte, und McEntee entspannte sich ein wenig. Nach der Einsatzbesprechung unterhielt er sich mit einigen Detectives der Nachtschicht, die sich schon seit einer Stunde am Tatort aufhielten. Mitarbeiter der Spurensicherung waren noch mit dem Mädchen beschäftigt; sie machten Fotos und suchten nach Beweisstücken – Haare, Körperflüssigkeiten, Fingerabdrücke. Sie hatten immer den ersten Zugriff bei einem solchen Fall, suchten und sammelten jeglichen Hinweis an der Leiche, der Aufschluß über den Killer geben konnte, sowie jede Spur, die ihnen etwas über die Verbindung von Täter oder Opfer zum Tatort verriet. Das war eine zeitraubende Arbeit, die große Sorgfalt verlangte, dessen war sich McEntee bewußt. Es würde sicherlich eine Weile dauern, bis sie ihre Arbeit beendet hatten, und zuvor konnte die Leiche von ihm oder den anderen Detectives nicht untersucht werden. In der Zwischenzeit wollte er allerdings schon einige Beobachtungen anstellen. Erpicht darauf, endlich loszulegen, beugte er sich über die Leiche, die nicht länger bedeckt war, und versuchte herauszufinden, was dem Mädchen zugestoßen sein konnte.

Sie war erwürgt worden; soviel war klar. Anzunehmen war auch, daß man ihr auch auf andere Art Gewalt angetan hatte. Ihr Gesicht war schmutzig, als sei es auf den Erdboden gedrückt worden; ihr linkes Auge war geschwollen, und rings um ihre Brustwarzen waren Einkerbungen zu erkennen, die wie Bißwunden aussahen. Höchstwahrscheinlich hatte sie versucht, ihren Angreifer abzuwehren. So hatte sie sich all diese Wunden zugezogen. Es war davon auszugehen, daß sie vergewaltigt worden war, denn ihre Kleidungsstücke waren hochgeschoben und ihre Brüste und der Schambereich entblößt worden.

Der Anblick des toten Mädchens rührte ihn. Sie sah so jung aus, war so sorgfältig zurechtgemacht. Irgendwie waren Cops immer gerührt, wenn eine tote Frau so aussah. Das ließ sie an ihre Frauen oder Freundinnen denken. Abgesehen vom Schmutz und den Wunden wirkte dieses Mädchen außergewöhnlich attraktiv. Ihr Haar glänzte, und sie war tiefbraun, wofür sie sicherlich lange hatte in der Sonne liegen müssen. Man konnte die Streifen mehrerer unterschiedlicher Badeanzüge erkennen. Einer der Detectives der Nachtschicht, mit dem McEntee sich unterhalten hatte, hatte geäußert, das Mädchen sei wahrscheinlich eine Prostituierte; aber das glaubte McEntee, nachdem er das Mädchen gesehen hatte, nun nicht mehr.

Wie auch immer, es war sicherlich nicht die Identität des Mädchens, um die er sich sorgen mußte, falls er den Fall zugesprochen bekam. Die Klärung dieser Frage hatte noch Zeit, bis die Spurensicherung mit ihrer Arbeit fertig war und der Rest der Truppe die Taschen des Mädchens durchsuchen konnte. Über ihren Arm war eine Jeansjacke drapiert. Darin würde man höchstwahrscheinlich entsprechende Hinweise finden. Ganz etwas anderes war es mit dem Mörder – wer könnte das sein? Während er den Tatort in Augenschein nahm, glaubte McEntee schon ein wenig über ihn zu wissen. Der Typ war ein gefühlloser Scheißkerl – das mußte er sein, ansonsten hätte er das Mädchen zumindest zugedeckt, nachdem er mit ihr fertig war; er war zudem eiskalt – das mußte er sein, um sie zu erdrosseln. Ich zum Beispiel, überlegte McEntee, ich könnte jemanden erschießen; wenn ich aber selbst Hand anlegen müßte und einen Menschen erwürgen – ich bin mir nicht sicher, ob ich das könnte. Um jemanden zu erwürgen, müßte man in unmittelbarer Nähe des Opfers stehen und sozusagen das Leben aus ihm herausquetschen.

Angesichts dieser Hinweise fühlte er sich schon etwas besser, obwohl er wußte, daß es noch nicht viel an Ergebnissen war. Er fuhr darum mit der Betrachtung der Leiche fort, in der Hoffnung, etwas mehr herauszufinden. Und dann fiel ihm etwas Merkwürdiges auf: Das Mädchen hatte zwar ein Loch im Ohr, trug aber keinen Ohrring. Das war an sich noch nichts Erstaunliches; er hatte seinen Ohrring auch nicht ständig im Ohr. Wenn er ihn aber eine Weile nicht trug, schien sich das kleine Loch in seinem Ohrläppchen zu verengen und war dann kaum noch zu erkennen. Trug er hingegen den Ohrring eine Zeitlang und nahm ihn dann einmal heraus, sah das Loch ziemlich gedehnt aus, genauso wie das Loch im Ohrläppchen des Mädchens. »Hey«, rief er plötzlich den Beamten von der Spurensicherung zu. »Habt ihr einen Ohrring weggeräumt?«

Sie verneinten.

Daraufhin entschloß er sich, nach dem Schmuck zu suchen. Er wußte nicht, warum er das tat. Vielleicht hing es damit zusammen, daß er, als er sich kurz von den Jungs von der Spurensicherung abgewandt hatte, eine Gruppe von Fotografen auf die Straße stürmen sah. Kameraleute, die tatenlos herumstehende Polizisten fotografierten – das war nun das Letzte, was das Police Department brauchte, sagte er sich. Was auch immer ihn dazu veranlaßte, er sagte zu Joe Kennedy: »Hey, sie trug Ohrringe, da bin ich sicher. Laß uns danach suchen.« Kennedy willigte ein, und die beiden begannen, die Gegend um die Ulme herum abzusuchen, indem sie durch die dicke Schicht von Ästen und Blättern spähten, die den Erdboden wie ein Teppich bedeckte.

Sie fanden zunächst nichts, also weiteten sie ihre Suche auch auf die anderen Bäume in der Umgebung aus. Sie bewegten sich gerade unter einem Holzapfelbaum etwa vierzehn Meter nördlich von der Leiche, als sie etwas Weißes auf dem Boden liegen sahen. Ein schmutziges Taschentuch, dachte McEntee und beugte sich hinunter. Aber es war kein Taschentuch. Es war ein verdreckter Slip. Er blickte sich genauer um. Wenige Meter vom Slip entfernt sah der Boden irgendwie eigenartig aus. Die deckende Schicht aus Ästen und Blättern war aufgewühlt worden, so daß die Erde darunter teilweise sichtbar wurde. Vielleicht hat das Mädchen hier mit seinem Mörder gekämpft, dachte McEntee, vielleicht hat sie sich hier unter dem Holzapfelbaum gegen ihn zur Wehr gesetzt und ist dann weggerannt, nur um unter der Ulme eingeholt und umgebracht zu werden. Oder vielleicht ist sie sogar hier getötet worden, und der Kerl hat sie dann zur Ulme geschleppt.

»Kommt mal her«, rief er den Jungs von der Spurensicherung zu. »Macht mal hiervon ein Foto; sieht aus, als habe es hier einen Kampf gegeben.«

Sie weigerten sich zu kommen. »Nee, der Kerl hat sie hier nur rausgeworfen«, rief einer von ihnen zurück. »Das Mädchen wurde aus dem Auto geschmissen, das die Reifenspuren hinterlassen hat.«

»Aber ihr Slip liegt hier«, beharrte McEntee. Hinter ihm hielt die Parkpolizei Kameraleute zurück, und Reporter verrenkten ihre Hälse. »Wie kommt dann aber ihr Slip hierher, wenn sie dort bei den Reifenspuren aus dem Wagen geworfen wurde?«

»Das da ist nicht ihr Slip, das ist der Grund.«

»Wie kommt ihr denn darauf?«

»Wir haben ihn uns angesehen – zu verdreckt. Dieser Slip hat wahrscheinlich schon tagelang hier gelegen. Wie auch immer, wir haben schon einen Slip. Einen blauen, lag gleich bei den Reifenspuren.«

Zwei Slips, so nahe am Tatort? Dieser Park hatte wirklich etwas! Aber egal. Der Slip, den er gefunden hatte, war jedenfalls der richtige, dessen war McEntee sich sicher. Was wußten die von der Spurensicherung schon? Das war doch nur ein Haufen alter Säcke, eine Gruppe von Kerlen, die schon so lange in dem Job waren, daß sie das Denken vergessen hatten. Das Mädchen *mußte* hier gelegen haben; denn nicht weit vom Slip entfernt fanden sich noch weitere Hinweise – eine Lippenstifthülle und eine kleine schwarze Haarschleife. »Der hat sie garantiert nicht nur hier abgeworfen«, murmelte er Kennedy zu, und Kennedy gab ihm recht.

Ein paar Minuten später diskutierten sie ihre Theorie mit einigen Detectives von der Nachtschicht. Einige von ihnen stimmten McEntee zu; ihnen waren ebenfalls der Lippenstift, die Haarschleife und der aufgewühlte Erdboden aufgefallen. Einer von ihnen hatte sogar die Beamten von der Spurensicherung dazu überreden können, die Lippenstifthülle und die Schleife auf Fingerabdrücke hin zu untersuchen. Nachdem man jedoch keine außergewöhnlichen gefunden hatte, hatten die Beamten sich geweigert, die Gegenstände sicherzustellen. Dennoch, so faßte der Detective von der Nachtschicht zusammen, gäbe es jetzt zwei Lager: Eine Truppe war der Überzeugung, daß das Mädchen bereits tot aus dem Auto geworfen worden war. Die andere erwog die These, daß das Opfer den Park lebend betreten und mit jemandem unter dem Holzapfelbaum gekämpft hatte.

McEntee kam dieser Zwiespalt sehr gelegen. Er war der Ansicht, daß das Mädchen vom Baum aus entweder selbst zu der Ulme hinübergelaufen oder aber hinübergedrängt worden war; und er war sich absolut sicher, daß ihm der weiße Slip und nicht etwa der blaue gehörte. Da er selbst Wert auf gutes Aussehen legte, wußte er, worauf man bei seiner Kleidung achtete. Der über die Hüften der Toten geschobene Rock war pink und weiß und bestand aus Strickmaterial. Niemals hätte sie einen dunkelblauen Slip darunter angezogen, denn der hätte durchgeschimmert. Wenn die Spurensicherung den Slip schon nicht mitnimmt, muß ich es eben selbst tun, entschied er. Er beugte sich hinab und hob ihn, weil er ihn nicht berühren wollte, mit der Radiergummiseite eines Bleistiftes hoch. Dann schob er den Slip in einen Umschlag und steckte ihn in seine Tasche.

In diesem Moment hatte auch die Spurensicherung ihre Untersuchungen an dem Mädchen abgeschlossen. Es war nun an der Zeit, ihre Identität herauszufinden. Einige Detectives der Nachtschicht zogen die um ihren Arm drapierte Jeansjacke hoch und begannen mit der Durchsuchung der Taschen. Sie fanden eine Pierre-Cardin-Brieftasche, in der sich kein Geld befand, außer, merkwürdig genug, einem in der Mitte durchgerissenen halben Dollarschein. Darüber hinaus stieß man auf Freikarten für elegante Clubs, einen Kontrollabschnitt vom Fluties und verschiedene andere Hinweise auf ihre Identität. Auf einem stand der Name des Mädchens und die Adresse.

Sie hieß Jennifer Dawn Levin und wohnte in SoHo.

Nachdem diese Information aufgezeichnet worden war, wurde der Inhalt der Brieftasche herumgereicht. McEntee starrte auf eine vorläufige Fahrerlaubnis und ein Miniaturdiplom. Beide Dokumente wiesen Geburtsdaten auf, aber sie stimmten nicht überein. Auf der Fahrerlaubnis stand 1968, danach wäre das Mädchen achtzehn Jahre alt. Auf dem Diplom stand 1964, danach wäre es bereits zweiundzwanzig. Das Diplom ist mit Sicherheit eine Fälschung, dachte McEntee, damit sie sich alkoholische Getränke kaufen konnte. Dann fiel ihm ihr Geburtsdatum auf, der 21. Mai. »Unglaublich, was für ein Zufall«, sagte er zu Kennedy. »Genau wie meine Frau.«

»Bist du sicher, daß es nicht deine Frau ist?«

»Sicher bin ich sicher.«

»O ja? Wo war denn deine Frau letzte Nacht?«

Witze über Tote waren bei der Polizei üblich. McEntee lachte, aber er hörte Kennedy nur mit halbem Ohr zu. Seine Gedanken galten der Tatsache, daß die Nachtschicht jetzt jede Minute aufbrechen würde und Ziens den Fall der Central-Park-Wache übergeben würde. Darauf mußte er sich konzentrieren, mußte bereit sein, die Hand nach dem Fall auszustrecken, sobald Ziens das Kommando übergeben würde.

Sekunden später war es soweit. Ziens rief seine Leute zusammen und gab ihnen Anweisungen, zum Hauptquartier zurückzukehren. Schließlich erteilte er den Detectives des Manhattan North Homicide Squad, einer Sonderkommission, die die Aufgabe hatte, den örtlichen Polizeiwachen zur Seite zu stehen, noch den Auftrag, die Familie des Mädchens zu benachrichtigen.

»Die Nachtschicht wird sich jetzt zurückziehen«, sagte er. Er blickte zu McEntees Boß hinüber und rief: »Wessen Fall ist das?«

»Meiner«, brüllte McEntee. Kennedy schaute überrascht, sagte aber nichts, genausowenig der Boß.

»Buchstabieren Sie Ihren Namen«, sagte Ziens.

Laut und deutlich nannte McEntee die einzelnen Buchstaben. Ein Lächeln glitt über sein Gesicht. Sein erster Mordfall. Es war wie beim Baseball – plötzlich war er am Ball.

Beladen mit einer Tasche, in der sich Gummihandschuhe, Schürzen, Flaschen für Proben, Sterbeurkunden und eine automatische Fotokamera befanden, traf Dr. Maria Alandy kurz vor sieben Uhr im Park ein. Sie arbeitete erst seit zwei Monaten im medizinischen Untersuchungsamt. Dafür war sie schon sehr versiert in der Technik, Ursachen für unerwartete Todesfälle zu bestimmen. Nach dem Medizinstudium auf den Philippinen hatte sie ihre Heimat verlassen und ihre Zeit als Assistenzärztin in der pathologischen Abteilung am New Yorker Metropolitan Hospital absolviert. Dort hatte sie forensische Pathologie am Gerichtsmedizinischen Institut studiert. Am Ende dieser Phase ihrer Ausbildung im Juni hatte das Institut ihr eine Stelle in Downtown angeboten.

Praktisch jeden Tag seit ihrer Einstellung hatte sie Autopsien durchführen oder Tatorte aufsuchen müssen, obwohl der Sommer eigentlich nicht als die arbeitsreichste Saison in ihrem Bereich galt. Das traf eher auf die Weihnachtszeit zu, wenn eine Vielzahl von Verkehrsunfällen und Selbstmorden auftraten. Oder das Frühjahr, wenn das Eis schmolz und Wasserleichen im Fluß hochgespült wurden. Es gab immer viele Wasserleichen, allein der Hudson spülte etwa um die hundert Leichen pro Jahr ans Ufer. Der Fluß war der Ganges von New York, die feuchte Ruhestätte einer Vielzahl von Toten; viele von ihnen Opfer von Messerstechereien, Schießereien oder Erdrosselungen, die irgendwo an einem anderen Ort stattgefunden hatten. In dieser Beziehung war der Central Park wie diese Flüsse – ein Ort nämlich, an dem die Toten nicht umgebracht, sondern später ›entsorgt‹ wurden.

Das tote Mädchen im Park war Dr. Alandys erste Leiche an diesem Morgen. Nachdem sie sich bei den Polizeibeamten am Tatort ausgewiesen hatte, holte sie ihre Kamera heraus und machte Aufnahmen. Anschließend ging sie zur Untersuchung über und machte sich dabei Notizen. Die Haut war schon kalt. Sie stellte Abschürfungen an Kinn und Nacken fest, ebenso auf den Wangen, der Stirn, der Nase und am rechten Oberschenkel. Ihr fiel eine Quetschung über dem linken Auge auf. Sie zog das Lid hoch und bemerkte, daß Lid und Auge von winzigen Blutergüssen durchzogen waren. Diese winzigen Verletzungen waren, wie sie wußte, ein Hinweis darauf, daß der Hals stark zusammengedrückt worden war. Das hatte eine Unterbrechung der Blutzufuhr zum Gehirn verursacht. Erdrosselung, notierte sie. Dann machte sie sich auf den Weg zur nächsten Leiche; es standen heute eine Menge davon auf ihrem Einsatzplan.

Steve Levin befand sich in seinem Büro auf der Lafayette Street, Teil einer geräumigen Zimmerflucht mit einem unverbauten Panoramablick auf das untere Manhattan, als zwei Detectives den Empfangsbereich betraten und einen Assistenten fragten: »Können wir den Chef sprechen?« Steve Levin kam heraus und bat sie in den Konferenzraum.

»Es ist besser, wenn Sie sich setzen«, forderten sie ihn auf.

Das tat er. Langsam und bedächtig fragte dann einer von ihnen: »Haben Sie eine Tochter namens Jennifer?«

»Was ist los, was gibt es?« fragte Steve.

»Offensichtlich ist ihr etwas zugestoßen.«

»Etwas zugestoßen? Wo ist sie?« wollte Steve wissen.

Der zweite Detective holte tief Luft und sagte: »Jennifer weilt nicht mehr unter uns.«

Die Detectives zeigten Steve Polaroidaufnahmen, die man von Jennifer im Park gemacht hatte. Er war wie betäubt, als er sah, wie ihm ihr Gesicht von den Hochglanzfotos entgegenstarrte. Vor weniger als vierundzwanzig Stunden hatte er noch mit ihr gesprochen, hatte ihr gesagt, daß er sie liebte und daß er sie heute abend sehen würde. Einen Augenblick lang konnte er nicht glauben, daß diese Fotos wirklich Jennifer zeigten. Dann fiel sein Gesicht in sich zusammen. Unter seiner Sonnenbräune wurde er leichenblaß.

Einige Minuten später führten die Detectives ihn, einen Mann, der ganz plötzlich alt geworden war, aus seinem Büro und hinüber zum Loft auf der Mercer Street. Wenn er ihnen freundlicherweise einen Blick in Jennifers Zimmer gestatten würde, bestand vielleicht die Chance, in ihren Sachen einen Hinweis auf den Mörder zu finden.

Es war gegen zehn Uhr morgens, Alexandra LaGatta war gerade vom Straßenverkehrsamt zurückgekehrt, wo sie ihre vorläufige Fahrerlaubnis abgeholt hatte, als sie sich zur Türmatte hinunterbückte und darunter nachfühlte. Der Schlüssel, den sie dort für Jennifer hinterlegt hatte, war immer noch da. Hey, Moment mal, wo *ist* Jen? dachte sie. In der Wohnung wählte sie sofort Jennifers Nummer.

Mr. Levin hob ab, und Alexandra bemerkte gleich, daß irgend etwas nicht stimmte. Jennifer hatte einen eigenen Anschluß, und ihr Telefon stand in ihrem Zimmer. Warum ging ihr Vater an ihren Apparat? Noch während sie sich wunderte, bombardierte Mr. Levin sie schon mit Fragen.

»Was ist mit Jennifer passiert?« fragte er. »Wann hast du sie zuletzt gesehen?« Er schien vollkommen außer sich.

»In der letzten Nacht«, antwortete Alexandra. Sie wollte Mr. Levin noch fragen, warum er so aufgebracht war; bevor sie jedoch dazu kam, hörte sie eine andere Stimme am Telefon. »Wir würden gerne kurz bei Ihnen vorbeikommen und Ihnen einige Fragen stellen«, kündigte einer der Detectives an. Er gab keine Erklärung über den Grund, aber sie sagte ihm, daß sie einverstanden sei.

Was ist hier nur los, fragte sie sich. Was ist mit Jennifer passiert? Hat man sie verhaftet, weil sie betrunken war?

Kurz darauf entschloß sie sich, Betsy Shankin zu fragen, ob die eine Ahnung habe, was hier gespielt wurde. Sie rief sie an und weckte sie aus einem tiefen Schlaf. Betsy machte klar, daß sie rein gar nichts wisse, doch Alexandra blieb hartnäckig: »Ich muß herausfinden, wo Jennifer steckt. Wo kann ich sie nur finden? Mit wem war sie letzte Nacht zusammen?«

»Sie war mit Robert zusammen«, murmelte Betsy, immer noch nicht ganz wach.

»Danke.«

Ich werde Robert anrufen, entschied Alexandra als nächstes. Aber sie kannte seine Nummer nicht. Stand sie vielleicht in Jennifers Tagebuch? Jennifer hatte das kleine schwarze Spiralbuch letzte Nacht in ihrem Schlafzimmer zurückgelassen, und jetzt zog Alexandra es hervor, blätterte in den Seiten, fand Roberts Nummer und wählte.

Eine Frau hob ab. Sie sagte, sie sei Roberts Mutter und daß Robert gerade dusche.

»Richten Sie ihm bitte aus, er soll mich zurückrufen«, bat Alexandra.

Er meldete sich ein paar Minuten später. »Ist Jen bei dir?« fragte sie ihn.

»Nein.«

»Weißt du, wo sie ist?«

»Nein.«

»Nun ja, ich muß sie finden. Ihr Vater ist sehr besorgt ihretwegen. Er ist wirklich ziemlich aus dem Häuschen. Und jetzt kommen auch noch Detectives bei mir vorbei.«

Robert war keine Hilfe. »Ich war mit ihr im Dorrian's«, sagte er. »Aber dann ist sie gegangen, um sich mit Brock zu treffen.« Dann fügte er noch hinzu: »Sie ist bei Brock.«

Alexandra fühlte sich erleichtert. »Danke«, sagte sie und legte auf. Unmittelbar danach allerdings dämmerte es ihr, daß Brock noch immer draußen auf Long Island war. Es war überhaupt nicht möglich, daß Jennifer mit ihm zusammen war.

Sie war wieder voller Sorge, als es an der Tür klingelte und die Detectives eintrafen. Sie hatten den Weg von SoHo in nur fünfzehn Minuten zurückgelegt.

Sie erzählte ihnen, was sie wußte; sagte, sie sei mit Jennifer im Dorrian's gewesen, aber vor ihr gegangen. Am Morgen habe sie Robert angerufen, der meinte, daß Jennifer bei Brock sein könne. Und sie gab ihnen Jennifers Tagebuch, so daß sie die Telefonnummern ihrer Freunde zur Verfügung hätten.

Doch obwohl sie der Polizei so gut wie möglich behilflich war, wollten die Männer ihr keine weitere Auskunft geben, noch nicht einmal darüber, warum sie ihr Fragen über Jen stellten. »Bitte sagen Sie es mir«, bettelte sie. »Bitte sagen Sie mir, was Jen zugestoßen ist.«

»Das muß Ihnen schon ihr Vater selbst erzählen«, wehrte einer der Detectives ab. »Und übrigens, rufen Sie ab jetzt bitte keine Freunde von Jennifer mehr an. Das übernehmen wir, wir wollen ihre Reaktionen überprüfen.«

Dann waren sie verschwunden.

Wieder allein machte Alexandra sich immer mehr Sorgen. Vielleicht ist Jennifer von einem Auto angefahren worden, dachte sie. Oder vergewaltigt. Was es auch immer war, es war etwas Schreckliches. Sie griff zum Telefon und rief Betsy noch einmal an, um ihr zu erzählen, was sie dachte. »Jen ist irgend etwas Schreckliches zugestoßen«, fing sie an, als sie sie erreichte.

Betsy, weiterhin unbesorgt, meinte nur, daß sie jetzt Einkäufe erledigen wolle. Alexandra aber ließen ihre Befürchtungen nicht los. Schließlich rief sie ihren Vater in seinem Büro an, berichtete ihm von dem Besuch der Detectives und sprach die Vermutung aus, daß mit Jennifer irgend etwas geschehen war, sie aber nicht wußte, was.

»Ich will mal sehen, was ich herausfinden kann«, versuchte ihr Vater sie zu beruhigen.

Zehn Minuten später rief er zurück. »Ein Mädchen ist im Park ermordet worden«, teilte er ihr mit und gab ihr eine Beschreibung des Mädchens durch – und dann wußte sie, was Jennifer zugestoßen war.

Ihr Vater kam sofort nach Hause, aber sie wollte nicht mit ihm reden. Sie wollte mit ihren Freunden reden. Mit den Menschen, die Jennifer geliebt hatten, so wie sie war, mit Menschen, die Jennifer immer zum Lachen gebracht und die sie glücklich gemacht hatte. Aber sie durfte nicht mit ihnen sprechen. Die Polizei hatte es verboten. Also ging sie in ihr Zimmer und saß einfach da.

Sie verbrachte Stunden dort, sprach mit niemandem und machte rein gar nichts. Und die ganze Zeit über dachte sie bei sich, daß die ganze Sache nicht passiert wäre, wenn sie nur nicht früher aufgebrochen wäre, wenn sie nur im Dorrian's gewartet hätte. Jennifer wäre zusammen mit ihr nach Hause gekommen.

Marilei, die zu den Chambers kam, um mit Phyllis zu Mittag zu essen, begrüßte Robert und bemerkte, daß sein Gesicht zerkratzt war.

»Was ist mit Hrobert passiert?« erkundigte sie sich bei Phyllis.

»Die Katze hat ihn gekratzt«, sagte Phyllis. »Letzte Nacht hat er mit ihr gespielt, und sie hat ihre Krallen ausgefahren.«

»Armer Hrobert. Das kann eine Infektion geben.«

»Er wird schon in Ordnung kommen. Ich habe eine antiseptische Lösung auf die Kratzer getupft.«

Wenige Minuten später schlenderten sie und Phyllis zu einem Coffee Shop, um Hamburger zu essen. Phyllis war redselig. »Robert hat sich entschlossen, im Herbst nach Columbia zu gehen«, erzählte sie.

»Zur Universität?« Ein breites Lächeln überzog Marileis schmales Gesicht. »Warte nur ab, diesmal wird er's schaffen.«

»O ja«, murmelte Phyllis und nickte zuversichtlich.

»Kriminalpolizei!« Eine barsche Stimme, die durch die Sprechanlage zu ihr hinaufdrang, zerschmetterte Phyllis' Tagträume unmittelbar, nachdem sie und Marilei vom Lunch zurückgekehrt waren. »Ist Robert Chambers zu Hause?«

»Welcher Robert Chambers?« fragte sie.

»Robert Chambers senior«, meinte sie zu verstehen. Robert Chambers senior?

Schon seit Jahren wohnte er nicht mehr hier. Dennoch ließ sie die Polizisten ein.

Sekunden später traten sie bereits aus dem Lift. Schlagartig wurde ihr klar, daß es nicht Robert Chambers senior war, nach dem sie fragten, sondern Robert junior. »Wir würden gern mit ihm persönlich reden«, baten sie.

Sie ging jedoch nicht sofort los, um ihn zu holen; zunächst einmal stand sie stocksteif da und wollte wissen, worum es überhaupt ging.

»Wir ermitteln im Fall eines vermißten Mädchens«, sagte Al Genova, einer der Detectives, leichthin. Er sprach nicht von einem ›toten‹ Menschen. Wenn man das Wort benutzte, wurden die Leute gleich hysterisch. »Wir nehmen an, daß es eine Bekannte von Robert ist und daß er in der letzten Nacht möglicherweise mit ihr und einigen anderen zusammen war.«

Phyllis sagte, sie werde ihren Sohn holen, und bat Genova und seinen Partner ins Wohnzimmer. Die beiden Männer ließen sich auf der weichen Couch nieder und warteten auf den Mann, den sie hier sehen wollten.

Einige Minuten später kam er. Aber es war kein Mann – nicht wirklich. Ein Teenager trat ein. Ein Baum von einem Kerl zwar, ungefähr ein Meter neunzig groß und zwei Zentner schwer. Er trug Turnschuhe, eine Jogginghose und ein T-Shirt. Sein Gesicht war von Kratzern entstellt.

Genova, schon siebzehn Jahre im Polizeidienst tätig, zuckte nicht mit der Wimper. »Wir ermitteln im Fall eines Mädchens, das vermißt wird«, sagte er, indem er die Worte wiederholte, die er auch schon der Mutter des Jungen gegenüber geäußert hatte. »Ihr Name ist Jennifer Levin. Kennst du sie?«

»Ja, ich kenne sie«, antwortete Robert.

»Wir versuchen, so viele Leute wie möglich zu finden, die gestern abend mit ihr zusammen waren«, fuhr Genova fort, »so daß wir rekonstruieren können, was sie gemacht hat.« Daraufhin fragte er Robert, ob es ihm etwas ausmachen würde, mit auf die Polizeiwache zu kommen, um ihnen bei der Aufklärung von Jennifers Verschwinden behilflich zu sein.

Robert war einverstanden.

»Hast du irgendwelche Telefonnummern von ihren Freunden?« fragte Genova.

»Ja, in meinem Telefonbuch«, sagte Robert. »Ich gehe und hole es.«

In seinem Zimmer kramte Robert das schwarze Spiralbuch mit den Telefonnummern von seinen und Jennifers Freunden heraus. Jetzt wußte er, daß das, was zwischen ihm und Jennifer passiert war, der Realität entsprach; als er am Morgen aufgewacht war, war ihm das nicht klar gewesen. Nichts hatte ihm weh getan, nicht die Kratzer, die Jennifer ihm verpaßt hatte, nicht seine Finger, wo sie ihn gebissen hatte, auch nicht seine rechte Hand, in der er jetzt Schmerzen verspürte. Kein Wunder, daß ihm alles, was im Park geschehen war, wie ein Traum vorgekommen war. Doch jetzt war er sich sicher, daß es sich nicht um einen solchen handelte.

Er beeilte sich nicht, zu den wartenden Polizisten zurückzukehren. Statt dessen rief er Jo Perry an, so als glaubte er, daß es zu den Ereignissen, wie sie sich gerade entwickelten, gar nicht erst gekommen wäre, wenn er nur etwas netter zu ihr gewesen wäre.

»Das war ein schlimmer Tag«, sagte er, als er sie an der Strippe hatte, »und er wird noch viel schlimmer werden.«

»Möchtest du, daß wir uns treffen?«

»Ja, warte in deiner Wohnung auf mich. Ich werde in ein paar Stunden dort sein.«

Nachdem er aufgelegt hatte, griff er nach einem silbernen Rosenkranz, der seit langem in seinem Zimmer hing, und ließ die Perlen durch seine Finger gleiten. In dem Moment platzte Marilei herein

»Was ist los?« fragte sie. »Warum ist die Polizei hier?«

»Ein Mädchen, das ich kenne, wird vermißt«, entgegnete er.

»Oh«, sagte Marilei. »Oh, das ist traurig.« Ihr Blick fiel auf den zierlichen kleinen Rosenkranz; es war der einer Frau.

»Nimm ihn.« Robert streckte seine Hand aus. »Ich möchte, daß du ihn an dich nimmst.«

»O nein. Nein, das könnte ich nicht. Er ist viel zu schön.« Aber er bestand darauf, daß sie ihn annahm. Er warf ihn ihr zu, griff nach seinem Telefonbuch und stürmte zur Tür hinaus.

»Wohin gehst du?« fragte Marilei.

»Mit zur Polizei. Ich werde ihnen helfen, das vermißte Mädchen zu finden.«

6. Kapitel

Das Verhör

Das Central-Park-Polizeirevier war ursprünglich, 1870, als Pferdestall erbaut worden. Die Pferde wurden im Park eingesetzt, um Erde und Pflanzen zu transportieren. Sechzig Jahre später, die Pferdestärken waren längst durch gasbetriebene Gefährte ersetzt worden, erbte das Police Department den Stall. Es ist ein ansehnliches Gebäude, seine viktorianische Linienführung ist immer noch graziös und intakt. Die Wände bestehen aus Ziegeln und rötlich-braunem Sandstein, das Dach ist mit vielfarbigem Schiefer bedeckt. Im Innern jedoch sind die Räume sehr eng, die Dielen verrotten. Es gibt kaum noch Überbleibsel vom Prunk des neunzehnten Jahrhunderts darin, mit Ausnahme eines großen Empfangstisches aus geschnitztem Mahagoni.

McEntee stand neben dem Tisch, als Detective Genova und sein Partner mit Chambers im Schlepptau eintrafen. Er bemerkte die Kratzer auf dem Gesicht des jungen Mannes, aber wie Genova verlor auch er kein Wort darüber. Er führte Robert lediglich in ein Zimmer abseits vom Eingangsbereich – ein kleines Zimmer mit zwei ramponierten Metalltischen und einem Turm eingedellter Schließfächer, die mit Stickern beklebt waren. Darauf stand: ›Polizei!! Keine Bewegung!!!‹ Er bot ihm einen Stuhl an, ließ sich selbst zwanglos auf einem Tisch nieder und sagte: »Ich werde dir jetzt einige Fragen über das verschwundene Mädchen stellen.« Einen Moment später warf er einen Blick auf die Hände des jungen Mannes. Sie wiesen ebensolche Kratzer auf wie sein Gesicht. Auf dem Mittelfinger seiner rechten Hand konnte man eine tiefe Einkerbung erkennen, die möglicherweise von einem Biß stammte.

Vielleicht sollte ich Chambers besser noch nicht befragen, dachte McEntee. Vielleicht sollte ich ihm zunächst seine Rechte vorlesen. Aus dem Raum nebenan holte er eine Kopie der Miranda-Rechte und las sie ihm vor. »Du hast das Recht zu schweigen und Antworten auf Fragen zu verweigern«, sagte er. »Hast du das verstanden?«

Robert nickte.

»Du hast das Recht auf einen Anwalt, wenn du jetzt einen wünschst oder später. Hast du das verstanden?«

McEntee beendete die Belehrung und fragte dann nach dem Mädchen.

Ja, er kenne sie, sagte Robert. Sie hätten zu Beginn des Sommers einige Male miteinander geschlafen. Letzte Nacht habe er sie im Dorrian's getroffen, aber nicht viel Zeit mit ihr verbracht. Sie habe ihre Runde durch die Bar gedreht und sich mit vielen unterschiedlichen Leuten unterhalten. »Sich herumtreiben lassen« nannte er es.

»Bist du mit ihr zusammen weggegangen?« fragte McEntee und machte sich Notizen.

»Nein, als ich gegangen bin, hielt sie sich im Eingangsbereich vom Dorrian's auf. Sie sagte noch, sie wolle über die Straße zum koreanischen Imbiß, um dort Zigaretten zu kaufen. Ich weiß nicht, wohin sie danach gegangen ist. Vielleicht zu ihrem Freund Brock Pernice.«

»Was hast du dann gemacht?«

»Ging zu 'nem Doughnut-Shop an der 86th Street Ecke Lexington. Bin dann nach Hause. Hab' *Der Preis ist heiß* gesehen und dann so einen Film, ich habe den Titel vergessen, irgendwas über ein Kind, das totale Scheiße gebaut hat.«

»Wie hast du dir die Kratzer in deinem Gesicht zugezogen?«

»Meine Katze hat mich gekratzt.«

»Und was ist mit deiner Hand passiert?«

»Ich habe bei einer Frau, die über uns wohnt, den Boden abgeschmirgelt. Dabei hat sich die Schmirgelmaschine gedreht und mir in den Finger geschnitten.«

Dieser Typ ist wirklich cool, dachte McEntee. So cool, daß er, obwohl er doch ganz offensichtlich in einen heftigen Kampf verwickelt war, nicht das kleinste bißchen nervös ist. McEntee blieb an ihm dran, aber er merkte, daß er in seinem ersten Mordverhör für den Moment nicht weiterkam. Robert, selbst wenn er Jennifer umgebracht haben sollte, würde dem Druck nicht nachgeben.

Etwa eine Stunde nachdem Robert zum Polizeirevier aufgebrochen war, machte Phyllis sich langsam ernsthafte Sorgen. Sie hatte erwartet, daß er bald zurückkehren oder zumindest anrufen würde. Warum hatte sie noch nichts von ihm gehört? Sie wählte die Nummer vom Dorrian's Red Hand und fragte Jack Dorrian, den Besitzer, den sie schon in der Vergangenheit gelegentlich auf der Suche nach Robert angerufen hatte, ob er wüßte, was hier los sei.

»Phyllis, haben Sie es denn noch nicht gehört?« fragte Dorrian sie behutsam. Ein Polizeibeamter stand nahe bei seinem Ellbogen.

»Was gehört?« fragte sie.

»Haben Sie denn noch keine Nachrichten gehört?«

»Nein, habe ich noch nicht.«

»Na ja, man hat ein Mädchen tot im Central Park aufgefunden.«

Zunächst begriff sie den Zusammenhang nicht. »Was hat Robert denn damit zu tun?« fragte sie.

»Ich hoffe bei Gott, nichts«, antwortete Dorrian.

Gegen vier Uhr nachmittags betraten Jennifers Großvater Arnold Domenitz und ihr Onkel Dan Levin die Eingangshalle des Leichenschauhauses. Dort wurde ihnen ein Trauerbegleiter beigeordnet, wie er von der Gerichtsmedizin steif genannt wird; es handelt sich hierbei um einen Sozialarbeiter, dessen Tätigkeit darin besteht, Angehörige der Toten durch den Prozeß der Identifizierung zu geleiten. Jennifers Leiche war gerade erst eingetroffen. Den ganzen Nachmittag über hatte sie im Krankenwagen gelegen, als eine von vielen Leichen, die der Fahrer eine nach der anderen von den unterschiedlichsten Plätzen in der ganzen Stadt einsammeln mußte.

Der Trauerbegleiter fragte Domenitz und Levin nach

ihrem Verwandtschaftsgrad zu dem toten Mädchen und wie gut sie sie gekannt hätten; dann beschrieb er ihnen mit vorsichtigen Worten, was sie sehen würden. Er versprach ihnen, daß sie keine anderen Leichen zu Gesicht bekämen und daß man ihnen den Anblick von Blut soweit wie möglich ersparen würde. Der Trauerbegleiter sagte außerdem zu, daß der Identifizierungsprozeß schnell und unkompliziert ablaufen würde.

»Man wird Sie jetzt einige Treppen hinunterführen«, erklärte er, »und Ihnen das Gesicht der Verstorbenen zeigen. Wir werden versuchen, alles, was Sie sonst noch sehen müssen, auf ein Mindestmaß zu begrenzen. Es wird ein Arzt anwesend sein, ein Mitarbeiter des Leichenschauhauses, und ich werde Sie auch begleiten.«

Diese routinemäßigen Ausführungen konnten die Verwandten der Verstorbenen niemals ganz beruhigen, und so kam es, daß im Gerichtsmedizinischen Institut häufig Beschwerden von Angehörigen eingingen, die meinten, man habe ihnen nicht genügend Mitgefühl entgegengebracht.

So war es aber ganz sicher nicht, davon waren die Mitarbeiter des Leichenschauhauses überzeugt. Das war lediglich der Eindruck der Leute. Das eigentliche Problem lag in der Fernsehserie *Quincy*. In *Quincy* identifizierten die Betroffenen ihre toten Angehörigen jeweils über einen Bildschirm, der die Leiche zeigte. Das Gerichtsmedizinische Institut von Manhattan verfügte aber über kein solches hausinternes Videosystem. Das war viel zu teuer, und die Qualität der Aufzeichnungen war nicht gerade gut. Immer wieder wurden Leichen nicht identifiziert, die die Angehörigen eigentlich bestens kannten; oder sie hielten einen Wildfremden für einen Freund. In Manhattan gab es noch nicht einmal eine verglaste Sichtzone, so wie in Brooklyn oder Queens. Hier führte man die Familien lediglich zunächst an ein Fenster und zeigte ihnen durch das Glas, welcher Anblick sie gleich erwartete. Wenn sie dann tatsächlich die Leichen ihrer Verwandten sahen, war der Schock nicht mehr ganz so groß.

Bei den Levins ging alles glatt. Der Großvater und der Onkel warfen einen Blick auf die Tote, sagten, um wen es sich handelte, und gingen. Es gab keinerlei Beschwerden.

Der fast glatzköpfige John Lafferty von der Manhattan-North-Mordkommission und der Lieutenant mit dem silbergrauen Haar, John Doyle, Gruppenleiter der Einheit, konnten gemeinsam schon auf mehr als vierzig Jahre Erfahrung in der geheimnisumwitterten Welt der Verbrechensaufklärung zurückblicken. Sie hörten, wie McEntee sich mit Robert abmühte, und als sich der Nachmittag seinem Ende zuneigte, beschlossen sie, selbst mit ihm zu sprechen. Sie würden eine Technik anwenden, die der junge McEntee noch nicht einsetzen konnte: Sie würden sich kumpelhaft geben, um Robert in Sicherheit zu wiegen, ihn möglicherweise zu Unvorsichtigkeiten zu verleiten. Gemeinsam betraten sie den Raum, in dem er saß.

Doyle sprach zuerst. »Wo bist du denn zur Schule gegangen?« fragte er.

Robert erwähnte Choate.

»Ich habe eine Nichte, die auch dort war«, sagte Doyle. »Sie hat vor ungefähr drei Jahren dort angefangen. Vielleicht hast du sie ja gekannt.«

Robert verneinte.

Lafferty dachte, Choate sei in Vermont, darum erkundigte er sich, wie man in Vermont Skilaufen konnte.

Er habe es sehr genossen, gab Robert an.

Doyle fragte ihn nach seinen anderen Schulen. »Wie hat dir denn die Boston University gefallen? Was für eine Art Schule ist das?«

»Sehr jüdisch«, war Roberts Kommentar. Dann berichtete er, daß er sich dort oben auf vielen Parties amüsiert und deshalb schlechte Noten kassiert hatte.

Das Gespräch schleppte sich dahin; die Detectives zeichneten es nicht auf. Robert war noch kein Verdächtiger, zumindest nicht offiziell. »Woher kommt eigentlich der Name Chambers?« fragte Doyle.

»Der ist irisch.«

»Wirklich? Ich dachte immer, er klingt eher englisch.«

»Nein, er ist irisch.«

»Kommen deine Mutter und dein Vater aus Irland?«

»Nein, aber meine Großmutter.«

»Aus welchem Teil von Irland?« wollte Lafferty wissen.

»Donegal, glaube ich.« Er sprach es mit der Betonung auf der ersten Silbe aus.

Doyles Ohr fühlte sich beleidigt. »Doneygaal«, sagte er. *»Doneygaal.«*

»Mein Vater stammt aus Donegal«, warf Lafferty ein. »Vielleicht sind wir ja sogar verwandt. Aus welcher Stadt kommt deine Großmutter?«

»Daran kann ich mich nicht erinnern.«

»Warst du schon einmal in Irland?«

»Nein«, antwortete Robert, dem die sinnlose Lüge über die Lippen sprang.

Lafferty, der mit dem Aufhänger Irland keine gemeinsamen Interessen hatte wecken können, wechselte das Thema.

»Wie lange gehst du denn schon ins Dorrian's?« fragte er.

»Etwa anderthalb Jahre.«

»Dorrian's Red Hand.« Jetzt hatte Lafferty einen passenden Einstieg gefunden. »Das ist die rote Hand von Ulster«, sagte er. »Weißt du, woher der Name kommt?«

»Nein.«

»Nun ja, früher, in grauen Vorzeiten, gab es in Irland einen König, der über das Ulster County regierte; und er hatte zwei Söhne. Einer war ein guter Sohn, und der andere war ein schlechter. Der König kam in die Jahre, und er mußte eine Entscheidung treffen, welcher Sohn der nächste König sein sollte.«

Lafferty erzählte gerne Geschichten, und diese schmückte er aus. Fünfzehn Minuten hatte er schon erzählt, bis er zu der Stelle kam, an der der König seine beiden Söhne um ihr Erbe kämpfen läßt. Er will nun sehen, wer von den beiden am schnellsten zu einem entlegenen Ufer schwimmen kann, und einer der Söhne hackt sich die Hand mit einem Schwert ab und schleudert das blutige Körperteil ans andere Ufer, damit zumindest ein Teil seines Körpers das Ufer zuerst erreicht. »Das war der gute Sohn«, sagte Lafferty.

Zu diesem Zeitpunkt hatte Doyle den Raum bereits verlassen. Er war für die Untersuchung in diesem Fall verantwortlich und konnte nicht den ganzen Tag damit vertrödeln, Laffertys Geschichten zuzuhören. Außerdem wußte dieser, was er als nächstes zu tun hatte.

Wenige Minuten später gab Lafferty seinen Plauderton auf und ging dazu über, Robert Fragen zu stellen – die gleichen Fragen, die McEntee ihm schon gestellt hatte. Wann hatte er das Dorrian's verlassen? Mit wem? Und was hatte er getan, nachdem er gegangen war?

Robert kam ihm nicht entgegen. Laffertys Aufwärmperiode zum Trotz blieb er bei seinen Behauptungen, daß er nicht mit Jennifer zusammengewesen war und daß seine Verletzungen durch seine Katze entstanden waren.

Bis dahin hatte noch kein Detective Robert mitgeteilt, daß er wegen eines toten Mädchens verhört wurde, nicht wegen eines vermißten. Man hatte es ihm noch nicht gesagt, weil man ihn reden lassen wollte; sie wollten soviel wie möglich über seine Aktivitäten in der vergangenen Nacht herausfinden. Und sie befürchteten, daß er den Mund halten würde, wenn sie erst einmal ihren Vorwand fallen ließen und ihm zu verstehen gaben, daß sie ihn auf die Wache gebracht hatten, nicht um ihnen bei der Suche nach einer Vermißten zu helfen, sondern um ihnen zu erklären, warum sie tot war. Vielleicht würde er sogar nach einem Anwalt verlangen.

Ehrlich war die Vorgehensweise nicht gerade, aber sie war auch nicht rechtswidrig.

McEntee hielt nichts von der Idee. Nicht etwa, weil er dagegen war, Leute hereinzulegen, die andere umgebracht hatten. Er hatte nur das Gefühl, Robert würde seine

Haltung ändern, wenn man ihn direkt mit der Sache konfrontierte. Man sollte ihn dazu bringen, mit der Wahrheit herauszurücken, nicht aber, sie zu verbergen. »Lassen Sie mich ein offenes Wort mit ihm reden«, bat er Doyle, nachdem Laffertys Bemühungen gescheitert waren. »Lassen Sie mich ihm sagen, daß das Mädchen tot ist.«

Der ältere Mann zügelte die Ungeduld des Neulings. »Noch nicht«, wies ihn Doyle zurück. »Vielleicht später.«

Gegen fünf Uhr nachmittags drängelte sich eine Horde Reporter zu einer Pressekonferenz anläßlich des Mordes im Park. Der für diesen Zweck hergerichtete Raum auf der Polizeiwache lag nur wenige Schritte von dem Zimmer entfernt, in dem Robert vernommen wurde. Die Reporter hatten aber noch keine Kenntnis von Robert; sie wußten lediglich, daß ein Mädchen tot aufgefunden wurde und daß die Polizei nach einem Verdächtigen suchte.

Ein medaillengeschmückter Captain versorgte die Presseleute mit Fakten über das tote Mädchen. Bis vor zwei Wochen war sie als Kellnerin im Fluties tätig gewesen, teilte er mit. Sie hatte auf der Mercer Street in SoHo gelebt. In Kürze wäre sie auf ein College in Boston gegangen. Zuletzt war sie gesehen worden, als sie eine Bar auf der East Side verließ.

»Könnte es sich hier um einen ›Mr.-Goodbar‹-Mord handeln?« rief einer der Reporter. »Kann es sein, daß sie ihren Mörder in der Bar aufgegabelt hat?«

»Kann schon sein«, sagte der Captain.

Viele Reporter entwarfen ihre Schlagzeilen gleich an Ort und Stelle. Schon von Anfang an – mit dem Mädchen, weiß und jung – war die Geschichte sexy gewesen, in dem Sinne, in dem die Zeitungsherausgeber das Wort benutzten; jetzt, mit dem ›Mr.-Goodbar‹-Aspekt, würde sie wirklich sexy werden.

Zeitweise wurde Robert von den Polizisten ganz allein gelassen, zeitweise drängten sich bis zu einem halben Dutzend Detectives um ihn herum. Sie setzten das Verhör fort; und er, offensichtlich in dem Glauben, daß es ihnen nicht im Traum einfallen würde, ihn mit einem Mord in Verbindung zu bringen, solange er nur höflich und kooperativ blieb, beantwortete ihre Fragen liebenswürdig, sooft sie sie auch stellten.

Aber er war nicht gänzlich ruhig. Als sich einmal mehrere Detectives mit ihm im Raum aufhielten, trat er an das kleine vergitterte Fenster mit der Aussicht auf den Park und blickte sehnsüchtig nach draußen. Der Verkehr schlängelte sich auf der Stadtautobahn vorbei.

»Ich sollte besser meinen Kopf nicht zu weit nach draußen lehnen«, murmelte er. »Die Busse fahren so nahe vorbei, daß sie ihn glatt zerschmettern könnten.«

»Was is'n mit dir los?« schrie John Cotter einen Fotografen an, der gerade mit leeren Händen zur *Newsday* zurückgekehrt war. Im Fluties hatte er einen Barkeeper, der ein Foto von Jennifer auf einer Party besaß, gefragt, ob er dieses Bild fotografieren dürfe. Während er noch auf eine Antwort wartete, hatte ein Fernsehreporter bereits einen Exklusivdeal darüber ausgehandelt.

Cotter war stinksauer. Warum hatte der Fotograf bloß *gefragt*, ob er das Bild fotografieren durfte, anstatt es einfach zu knipsen? Kannte der Typ denn nicht die drei Regeln des Fotojournalismus? Nummer 1 war: Schieß das Bild. Nummer 2 war: Schieß das Bild. Nummer 3 war: Schieß das Bild. Wollte *Newsday* mit den anderen, besser etablierteren Blättern mithalten, so mußten sie einfach Bilder bringen, die das Herz erweichen konnten. Das tote Mädchen, als es noch lebte, auf einer Party. Das wäre es gewesen. Doch jetzt sah es so aus, als müsse die Zeitung statt dessen mit einem Bild von den Sanitätern, wie sie Jennifers verhüllten Körper in ein Ambulanzfahrzeug trugen, auskommen.

Morgen, so plante Cotter, würde er dazwischenfunken und die Fotografen ihr Handwerk lehren. Höflichkeit? Im Journalismus? Darum ging es bei dieser Arbeit nicht; insbesondere bei einer Story wie dieser, die stündlich heißer wurde. Es war die Art von Story, mit der sich ein Leser der Mittelschicht identifizieren konnte, etwas, das jedem Kind zustoßen konnte, das sich in den Bars herumtrieb. Die Art Geschichte, die die Leser dazu veranlaßte, sich über ihre eigenen Kinder Sorgen zu machen. Auf eine Art war die Identität des Mädchens noch nicht einmal so wichtig. Es spielte keine Rolle, daß ihr Name Jennifer Levin war. Sie hätte genausogut Maggie Jones oder Debbie Smith heißen können. Jedermann. Identitäten waren wie Holz; man mußte es zunächst einmal stapeln, mußte ins Detail gehen – das war Journalismus. Worum es hier wirklich ging, war, was die Geschichte über Kids, Bars und späte Ausgehzeiten zu sagen hatte.

Er machte einen Kontrollgang, um sicherzugehen, daß sie das Holz auch stapelten. Nun, sie taten es, und er überwand seinen Groll. Auch ohne eine Aufnahme von dem Mädchen würde die Story morgen vermutlich auf der Titelseite stehen. Zum einen war ansonsten nicht viel los; in Kamerun hatte es eine Gasexplosion gegeben, bei der tausend Menschen umgekommen waren. Bei einem Kongreß internationaler Wissenschaftler in Wien war die Theorie aufgestellt worden, daß etwa vierundzwanzigtausend Menschen als Folge des kürzlich erfolgten Supergaus in Tschernobyl sterben könnten. Nichts davon verkaufte jedoch Zeitungen. Ein ermordetes Mädchen dagegen schon!

Gegen Abend machten sich zwei Detectives auf den Weg zu Betsy Shanin. Einer war ein untersetzter, junger blonder Detective namens John Mullaly, der andere war ein älterer Mann mit einem zerfurchten Gesicht namens Martin Gill.

»*Wann* hast du Jennifer zuletzt gesehen?« fragte

Mullaly Betsy, als sie sie in einem Polizeiauto abgeholt hatten und zur Central-Park-Polizeiwache fuhren.

»Heute morgen, sehr früh.«

»Wo?«

»Sie verließ das Dorrian's.«

»Und wer war bei ihr?«

»Robert Chambers.«

»Sind sie in verschiedene Richtungen gegangen?«

»Nein, sie sind zusammen losgezogen. Richtung 86th Street.«

»Kann es sein, daß sie sich dort von ihm getrennt hat, um eine Schachtel Zigaretten zu kaufen?«

»Jen?« fragte Betsy ungläubig. »Nein, sie hat nicht geraucht.«

Gill hörte zu, seine Augen waren auf den dichten Rushhour-Verkehr gerichtet.

»Wissen Sie, was hier vor sich geht?« fragte Bob Chambers einen schwergewichtigen Polizeioffizier in einem Gebäude, das direkt an die Polizeiwache im Central Park angrenzte, und zwar etwa zur gleichen Zeit, als Betsy stadtauswärts fuhr. Unmittelbar nachdem er von der Arbeit nach Hause gekommen war, hatte er über Phyllis von dem Verhör Roberts erfahren. Obwohl er sofort zum Polizeirevier gefahren war, hatte man ihm hier nicht erlaubt, Robert zu sehen oder auch nur in dem Gebäude zu warten, in dem er verhört wurde. Man hatte ihn in ein Nebengebäude geschickt, das, von dem korpulenten Officer abgesehen, leerstand.

»Ich bin Mr. Chambers«, fuhr Bob fort. »Mein Sohn Robert ist nebenan, und ich hatte noch keine Gelegenheit, ihn zu sehen.«

Der Mann, an den er seine Worte richtete, interessierte sich nicht sonderlich für Bobs Anliegen.

»Nun ja, die Detectives drüben kümmern sich darum, und sie werden sicherlich gleich auch zu Ihnen kommen«, sagte er. Dann machte er Small talk, fragte, ob Bob etwas von der Jagd verstünde und erzählte ihm von einem geplanten Jagdausflug.

Bob war das vollkommen gleichgültig. »Glauben Sie, daß mein Sohn einen Anwalt braucht?« fragte er.

»Sie können doch erst einmal abwarten und sehen, wie sich die Dinge entwickeln«, antwortete der Officer und kam wieder auf das Thema Jagd zurück.

Er redete immer noch darüber, als kurz vor sieben Uhr das Telefon klingelte. Es war Phyllis. »Hast du Robert gesehen?« fragte sie Bob.

»Ich habe es versucht«, erzählte er, »aber es war mir noch nicht möglich.« Er hätte noch weitergeredet, hätte ihr berichtet, daß sie ihn von Robert fernhielten, wenn er nicht von einem Polizeitelefon aus gesprochen hätte, doch schloß dies ein privates Gespräch aus. »Ich rufe dich zurück«, sagte er abrupt, legte auf und verließ den Raum, um ein Münztelefon zu suchen.

Am Central Park West fand er eines. Aber er rief Phyllis nicht sofort an. Statt dessen kramte er die Visitenkarte von Henry Putzel aus seiner Brieftasche, dem Anwalt, den sie schon im April damit beauftragt hatten, Robert in dem Einbruchsdelikt zu vertreten. Ob es nun daran lag, daß seine Augen tränten oder daß es dunkel wurde, er konnte jedenfalls die Zahlen auf der Karte nicht mehr ausmachen. Er mußte einen der Türsteher vor der Wache bitten, die Nummer für ihn zu entziffern und sie in großer Druckschrift aufzuschreiben.

Als er dann zur Telefonzelle zurückkehrte und dann die Nummer des Anwalts wählte, erreichte er nur noch dessen Anrufbeantworter. Enttäuscht berichtete Bob Phyllis von seinen Bemühungen und machte sich dann wieder auf den Weg zum Revier.

Um sieben Uhr hatte eine Spätausgabe der *New York Post* Jennifers Tod gemeldet, und in Fernsehen und Radio wurde darüber berichtet. Doyle hielt den Zeitpunkt für gekommen, den Druck auf Robert zu erhöhen. Es war jetzt an der Zeit, ihm nicht mehr länger vorzugaukeln, daß er wegen eines vermißten, sondern daß er wegen eines toten Mädchens verhört wurde. Er war jetzt schon seit mehr als vier Stunden auf der Wache, ohne daß er seine ursprüngliche Aussage geändert hätte – er habe Jennifer nicht mehr gesehen, nachdem er das Dorrian's verlassen habe. Vielleicht würde er endlich reden, wenn er erfuhr, daß ihr Tod der Polizei bekannt war. Wie auch immer, es wäre bestimmt interessant, seine Reaktion zu beobachten.

Detective Lafferty, der zuvor versucht hatte, Robert mit der Geschichte über die Namensgebung des Dorrian's Red Hand abzulenken, wurde zu ihm geschickt, um die Information zu überbringen. »Ich habe schlechte Neuigkeiten für dich«, sagte er mit schonungsloser Offenheit zu Robert. »Ich muß dir mitteilen, daß Jennifer Levin tot ist.«

»O nein«, schrie Robert auf. Dann schlug er die Hände vors Gesicht und fragte: »Wie ist sie gestorben?«

Lafferty beobachtete seine Reaktionen mit geschultem Auge. »Ich weiß nicht«, sagte er. »Die Autopsie wird gerade durchgeführt.«

Robert zog die Hände vom Gesicht weg. Lafferty bemerkte, daß seine Augen verschleiert waren. »Versuch, dich zu entspannen«, wies er ihn an. »Versuch zu entspannen, aber versuch auch, dich an jede Kleinigkeit zu erinnern, die uns bei der Untersuchung in diesem Fall weiterhelfen könnte. Das ist für uns unglaublich wichtig.«

Joan Huey war eine der ersten aus dem Kreis von Jennifers engen Freundinnen, die von ihrem Tod hörten. Sie hielt sich gerade in ihrem Sommerhaus in Southampton auf, wo sie und Jennifer vor zwei Jahren die Ferien verbracht hatten. Als eine Freundin bei ihr anrief, um ihr die Neuigkeiten mitzuteilen, weigerte sie sich, ihr zu glauben, und hielt es für einen üblen Scherz. Als sie dann aber die Nachrichten im Fernsehen sah, geriet sie in Wut. Sie fing an, gegen die Wände zu treten und dagegenzuhämmern. Und die ganze Zeit über dachte sie an Jennifer, wie wütend sie werden konnte, wenn sie sich einmal wieder mit ihrer Familie gestritten hatte, und wie sie *ihre* Fäuste gegen die Wände geschlagen hatte.

Die Erinnerung an Jennifers Erregbarkeit ließ ihr die eigene als heilsam erscheinen, und so hämmerte sie weiter auf die Wände ein, bis sie schließlich aus dem Haus stolperte und in der Abenddämmerung vor sich hin schluchzte.

Es war schon fast dunkel, als Bob Chambers wieder das Gelände der Polizeiwache betrat. Die Autos auf dem Parkplatz trugen Schattengewänder, und die Bäume darüber ragten empor wie drohende Riesen. ›Gott gebe mir die Gelassenheit, die Dinge zu akzeptieren, die ich nicht ändern kann‹, dachte Bob, ›den Mut, die Dinge zu verändern, die ich verändern kann, und die Weisheit, den Unterschied zu erkennen.‹ Diese einfachen Zeilen – sie waren bei den Anonymen Alkoholikern, denen er angehörte, als Gelassenheitsgebet bekannt – hatten ihm in der Vergangenheit häufig Trost gespendet. Jetzt brauchte er wirklich Hilfe, jetzt mußte er klar denken können. Plötzlich kniete er sich dort, auf dem uneben gepflasterten Parkplatz, nieder, faltete die Hände, stützte die Ellbogen auf den Kotflügel eines Autos und sprach mit gesenktem Kopf das Gebet.

Detective Mike Sheehan von Manhattan North, dessen Familie die Bar auf der Third Avenue besaß, in der Bob vor Jahren seine Drinks zu sich genommen hatte, hatte den ganzen Tag über am Levin-Fall gearbeitet, Robert bislang aber noch nicht gesehen. Den Morgen hatte er im Park verbracht und den gesamten Nachmittag in der Gerichtsmedizin. Als man ihn am frühen Abend kurz über den schleppenden Fortgang der Ermittlungen auf der Wache informierte, bot er sich an, ebenfalls einen Versuch zu unternehmen, Robert zu befragen. Im Verlauf der Jahre, in denen er als Detective arbeitete, hatte er schon Hunderte von Geständnissen entgegengenommen.

Er hatte ein großes Geschick entwickelt, das Vertrauen der Verdächtigen zu gewinnen. Mike legte Wert darauf, sich im Verhör nicht als überlegen zu präsentieren. Statt dessen versuchte er den Beschuldigten zu suggerieren, daß er sie mochte und sie verstand; gelegentlich wollte er sie sogar in dem Glauben wiegen, daß er, wäre er an ihrer Stelle gewesen, die gleichen niederträchtigen Dinge gemacht hätte wie sie. So war es ihm gelungen, Manny Torres zum Reden zu bringen. Manny hatte ein Mädchen auf ein Dach gezerrt, es erstochen und dann wie ein Stück Müll auf die Straße hinuntergeworfen. Als Mannys Widerstand bröckelte und er zugab, das Messer gegen das Mädchen gezückt zu haben, weil sie zunächst Sex vorgeschlagen und dann ihr Versprechen nicht eingehalten hatte, hatte Sheehan nicht gesagt, was er dachte; nämlich, du kleines Arschloch, du steckst voller Scheiße. Nein, er hatte so getan, als sei es die normalste Sache der Welt, ein Mädchen, das nein sagt, zu erstechen, und hatte gemurmelt: »Klar, ich hätte wahrscheinlich genauso reagiert.« Typen wie Manny, so war Sheehans Auffassung, glaubten, daß sie nur ihr gottgegebenes Recht wahrnähmen, wenn sie ein Mädchen umbrachten, das nein zum Sex sagte. Also spielte er Verständnis vor, tat freundlich und ließ sie glauben, daß er ihre Einstellungen teilte.

Er war sich ziemlich sicher, Robert Chambers den Eindruck vermitteln zu können, daß er seine Einstellung teilte. Sie hatten sogar einiges gemeinsam. Die East Side? Dort war er selbst aufgewachsen, drüben auf der 96th Street Ecke Madison. Dorrian's? Meine Güte, er konnte gar nicht mehr sagen, wie oft er dort schon gewesen war. Eine seiner Schwestern wohnte gleich gegenüber. Natürlich, nach Meinung der anderen Detectives war dieser Chambers ein reicher Teenager, ein Preppie, wohingegen er selbst nur der Sohn eines Barkeepers war. Aber er kannte die reichen Kinder der Upper East Side, wußte, wie man mit ihnen reden mußte. Seine Schwester war nur mit solchen Typen ausgegangen. Ihm war sogar das Haus bekannt, das Chambers als seine Adresse angegeben hatte. Damals, als er noch die High-School besuchte, mit zurückgekämmtem Haar und Old Spice verschwenderisch auf den Wangen aufgetragen, hatte er einmal genau jenes Gebäude betreten, um Schuhe von dem Schuster, für den er nach der Schule arbeitete, abzuliefern. O ja, bestimmt würden er und Chambers einiges finden, worüber sie sich unterhalten konnten.

Um acht Uhr ging er zu Robert hinein. Er stellte sich vor, überreichte dem Jungen seine Karte mit dem blau-goldenen Emblem des Police Department und sagte: »Wie hast du dir denn diese Kratzer geholt?«

»Meine Katze hat mich gekratzt«, erklärte Robert geduldig.

»Meine Güte«, scherzte Sheehan. »Ich habe auch eine Katze, das ist aber eine richtige Hauskatze. Was hast du denn, einen Berglöwen?«

Robert lachte. Dadurch ermutigt, plauderte Sheehan weiter. »Du bist zur St. David's School gegangen, richtig?« fragte er. »Ich war auf St. Francis Xavier. Schon von Xavier gehört?«

»Ja klar. Ganz schön harte Schule.«

»Verdammt richtig. Ich habe jeden Tag bis zum Schulabschluß meine Uniform getragen.«

»Ich habe auch Uniform getragen; ich war bei den Greys.«

»Die *Knickerbocker Greys*? Meine Güte! Die haben wir immer vermöbelt.«

Wiederum lachte Robert, also fuhr Sheehan mit dem Geplänkel fort. Er erzählte Geschichten über die großartige Boy-Scout-Gruppe, der er als Kind angehört hatte, und wie es war, als Katholik auf der WASPy East Side aufzuwachsen. So quatschte er eine ganze Zeit und kam dann wieder auf das tote Mädchen zu sprechen. »Du hast sie zuletzt gesehen, als du das Dorrian's verlassen hast?« fragte er. »Ja«, antwortete Robert. Er klang ruhig und entspannt.

Sheehan beobachtete Roberts saphirfarbene Augen. »Weißt du, einige ihrer Freunde behaupten, daß du mit ihr zusammen die 86th Street entlanggelaufen bist«, behauptete er.

Robert schwieg für einen Augenblick. Schließlich sagte er: »Na ja, ich glaube, ich bin mit ihr zusammen aus der Bar gegangen.«

Sheehan war erstaunt. Es war das erste Mal an diesem Tag, daß er von seiner Ausgangsversion abwich. »Komm schon, Rob«, drängte er ihn vertraulich. »Diese Kratzer auf deinem Gesicht. Das Mädchen hatte keinen Slip an. Alle ihre Freundinnen erzählen uns, sie wollte es mit dir treiben. Erzähl mir, was passiert ist. Vielleicht ist sie dir zu sehr auf die Pelle gerückt? Vielleicht bist du einfach ausgerastet? Vielleicht war es ein Unfall.«

Robert rieb sich die Hände gegeneinander. Dann veränderte sich seine Atmung, sie wurde hörbar und unregelmäßig.

Ich hab's geschafft, dachte Sheehan aufgeregt. Er veränderte seine Geschichte. Selbstzerstörung. Doch obwohl Robert eine neue Information preisgegeben hatte, gelang es ihm nicht, noch mehr an ihn heranzukommen. Würde der Junge kapitulieren? Oder würde er die ganze Nacht durchhalten?

Verschwitzt und hungrig kehrte Steve Saracco, einer der Assistenten des Bezirksstaatsanwaltes bei der Staatsanwaltschaft von Manhattan, nach einem Zehnstundentag nach Hause zurück. Er sank auf einen Eßzimmerstuhl, zu müde, um sich vor dem Essen zu duschen. Er lebte wieder etwas auf, nachdem er einen Teller schmackhafter Makkaroni mit Fleischklößchen, von seiner Frau zubereitet, verschlungen hatte. Aber noch immer hatte er keine Lust, sich zu rühren; also blieb er, wo er war, schob das Geschirr beiseite und breitete die Spätausgabe der *Post* auf dem Tisch aus. Er war auf Seite 5 angelangt, als sein Blick an einer Schlagzeile hängenblieb. FRAU IM CENTRAL PARK

AUFGEFUNDEN – VERGEWALTIGT UND GETÖTET. »Noch ist nicht bekannt, ob die Frau in einem Wagen oder anderswo umgebracht wurde«, las er. »Die Polizei ist heute auf der Suche nach Zeugen.«

Saracco spürte, wie ihn wieder etwas Energie durchströmte. Obschon er mittlerweile seit zehn Jahren bei der Staatsanwaltschaft war und über einhundert Straftaten vor Gericht verhandelt hatte, schoß immer wieder das Adrenalin in ihm hoch, wenn ihm ein neuer Fall von Mord oder Totschlag zu Ohren kam. Als Ex-Marine war er der Typ Stellvertretender Bezirksstaatsanwalt, der sich benahm, als habe jeder Kriminelle, den er im Kreuzverhör hatte, eine Tat begangen, die ihn nicht nur rein beruflich, sondern auch persönlich verletzte. Im Gerichtssaal, sein stählernes Gesicht angespannt und sein drahtiger Körper in den zerknitterten, billigen Anzügen hoch aufgerichtet, verhielt er sich immer kurz angebunden. Außerhalb des Gerichtes war er mitteilsam; ein Mann, ebenso bereit, die Verbrecher und Straßenräuber, die widerlichen Kerle und Mörder öffentlich anzuprangern wie jeder Polizist auch. Das war, wie er annahm, auch der Grund, warum er mit den Cops so gut zurechtkam. Er sprach ihre Sprache, er begegnete ihnen nicht so steif wie diese neumodische Züchtung heuchlerischer Stellvertretender Bezirksstaatsanwälte aus dem Büro, die von Harvard oder der Columbia kamen. Nein, er hatte in Villanova Jura studiert und war stolz darauf. Diese Tatsache wie auch seine Stories von den Marines kamen bei den Cops gut an und brachten ihm manche Vorteile ein – Tips über neue Fälle, ein wenig Klatsch über laufende Ermittlungen –, für die die anderen Stellvertretenden Bezirksstaatsanwälte ihren rechten Arm hergegeben hätten.

Als er den Bericht über das tote Mädchen las, wünschte er den Ermittlern alles Gute. In New York gab es jährlich Hunderte ungeklärter Tötungsdelikte; aber das lag nicht nur an den Cops, wußte er. Es war einfach so, daß es von ihnen zu wenige gab, dafür aber zuviel Gesindel.

Gerade hatte er den Artikel in der *Post* zu Ende gelesen,

als das Telefon klingelte und er Mike Sheehans rauhe Stimme hörte. Diese Stimme erkannte er sofort. Er und der stämmige irische Detective trafen sich öfter auf ein Bier.

»Hast du in der Zeitung schon die Story über das Mädchen gelesen, das im Park ermordet wurde?« fragte Sheehan.

»Ja, sicher«, sagte Saracco. »Hast du schon was?«

»Ja, wir haben den Jungen hier.«

»Wirklich wahr?«

»Yeah, sieht aus, als wenn er's war. Hat überall Kratzer.«

Auf einmal war Saracco überhaupt nicht mehr müde. Wenn der Junge, den Mike dort hat, wirklich reif ist und ich mich jetzt zum Revier aufmache und sein Geständnis entgegennehme, stehen die Chancen nicht schlecht, daß dieser Fall auf meinem Schreibtisch landen wird. Und das war genau der Platz, an dem Saracco ihn haben wollte. Der Mord war schon in den Medien. Medienträchtige Fälle aber waren Manna für Stellvertretende Bezirksstaatsanwälte, egal, wie lange sie schon dabei waren.

»Glaubst du, daß er es war?« fragte er begierig.

»Ja klar, aber er hält daran fest, daß er es nicht gewesen ist. Der Boß will, daß ein Gerichtsmediziner kommt und die Kratzer untersucht. Der soll dann feststellen, ob er von einer Katze gekratzt wurde oder von einem Mädchen. Kannst du uns jemanden besorgen?«

Saracco sagte zu, sich sofort darum zu kümmern, und hatte die Sache in kürzester Zeit für Sheehan erledigt. Eine Frau vom Gerichtsmedizinischen Institut, die gerade Nachtschicht hatte, versprach ihm, sich auf den Weg zur Polizeiwache zu machen. Er rief Sheehan zurück und berichtete, daß er alles in die Wege geleitet hatte. Sheehan dankte ihm erfreut: »Großartig. Wie sieht's aus, kannst du rüberkommen?«

Das war genau das, worauf Saracco gehofft hatte – es gab nur ein Problem. Für heute nacht war er nicht zum Dienst eingeteilt, stand nicht auf der Liste der Stellvertretenden Bezirksstaatsanwälte, die dazu abkommandiert waren, sich bei den Polizeiwachen zum Dienst zu melden. Er konnte die rotmarkierten Einteilungen auf dem Einsatzplan nicht eigenmächtig umgehen; bäte er seinen Vorgesetzten direkt um den Fall, dann könnte er wiederum bei seinen Kollegen ziemlich schlecht dastehen; es würde so aussehen, als habe er versucht, jemand anderem etwas wegzuschnappen. Doch immerhin, für einen guten Fall wie diesen müßte man es auch einmal riskieren, sich Feinde zu machen. »Ich sehe zu, daß ich es hinbiegen kann«, antwortete er Sheehan. »Ich melde mich bei dir.«

Sekunden später rief er schon bei seinem Vorgesetzten an und schilderte ihm die Situation; erklärte, daß er bereits für Manhattan North gearbeitet hatte, und machte ihm klar, daß er – obwohl er niemandem zu nahetreten wollte – jetzt sehr gern zum Central Park gehen würde.

Der Zuschlag wurde ihm nicht direkt erteilt; sein Vorgesetzter hielt zunächst wiederum mit *seinem* Vorgesetzten Rücksprache. Nach einer Weile bekam Saracco schließlich grünes Licht.

»Komm und hol mich ab«, bat er Sheehan glücklich und sprang, nachdem er aufgelegt hatte, unter die Dusche.

Joel Coles, ein Stammkunde im Dorrian's war auch in die Schlägerei verwickelt gewesen, die am Vorabend in der Bar ausgebrochen war. Dieser Bekannte von Robert war noch nach Boston gefahren, nachdem das Dorrian's in der letzten Nacht geschlossen hatte. Verschwitzt und erschöpft war er gerade von dort in seine New Yorker Wohnung zurückgekehrt, wo er sich ein kühles Bier eingoß und sich bis auf die Unterhosen auszog, als ein Freund von ihm anrief. »He, Joel, hast du's mit ihr gemacht?« lautete die Frage vom anderen Ende der Leitung.

Mit ihr gemacht? Er nahm an, daß sein Freund wissen wollte, ob er mit dem Mädchen, mit dem er letzte Nacht im Dorrian's gewesen war, eine Nummer geschoben hatte, und gab darum ein machohaftes »Yeah« von sich, obwohl es nicht stimmte. Sie hatte ihn zu Schluß doch abgewiesen.

Einen Moment später tat es ihm verdammt leid, daß er gelogen hatte. Sein Freund erwiderte verächtlich: »Komm schon, das kannst du nicht gemacht haben. Es muß Robert gewesen sein.«

Robert? Mit *seinem* Mädchen? »Wie meinst du das – Robert?« fragte Joel verwirrt. Daraufhin erfuhr er von seinem Freund, daß Jennifer tot war und daß die Cops Robert auf die Wache gebracht hatten und ihn dort schon den ganzen Tag verhörten.

Joel hatte keine Zeit, diese Information zu verdauen oder auch nur auf sie zu reagieren. Bevor er ein Wort herausbekommen hatte, hörte er an der Tür ein lautes Klopfen und eine Stimme, die rief: »Polizei.« Er legte rasch auf, ging zur Tür und öffnete den beiden Polizisten. »Wir möchten Ihnen nur ein paar Fragen stellen«, sagte einer von ihnen.

Sobald Joel sie hereingelassen hatte, fragte der andere Cop: »Haben Sie schon von Jennifer Levins Tod gehört?«

»Ja, ja«, erwiderte Joel; aber es leuchtete ihm nicht ein, warum der Cop Jennifer erwähnte. Alles, woran er denken konnte war bloß: Hey, Joel, was hast du getan? Was hast du *diesen* Monat angestellt, um Ärger zu kriegen?

Nach und nach dämmerte es ihm dann, weil die Cops sich danach erkundigten, wie gut er Robert kannte und wie er so drauf sei. Einer der beiden Cops war wirklich freundlich und erklärte sich sogar einverstanden, ihm seine Waffe zu zeigen. Der andere war eher grob und blickte die ganze Zeit finster drein. Sie spielten ›Guter Polizist, böser Polizist‹, genau wie im Film.

Joel beantwortete ihre Fragen, aber er fühlte sich ziemlich unwohl, nur mit Unterhosen bekleidet mit ihnen zu reden. »Hey, Jungs, ich zieh' mich eben an, ja?« unterbrach er das Gespräch. Sie sagten, das sei okay. Aber sie wollten ihn nicht aus den Augen lassen und folgten ihm direkt in sein Schlafzimmer. »Hey, Jungs«, sagte er noch einmal, als er zu seiner Kommode ging. Aber sie blieben wie angewurzelt stehen und fixierten ihn. Der böse Polizist meinte: »Hey, Joel, du siehst aus wie ein ziemlich kräftiger Bursche. Was treibst du denn so? Spielst du Fußball?«

Er hatte Angst. Was bezweckten sie hier? Wollen sie mich etwa mit Jennifer in Verbindung bringen? Er zog die Hemdenschublade auf und knallte sie sofort wieder zu. Hinten in der Schublade lag noch ein *Playboy,* den er irgendwann dort hineingestopft hatte, und er wußte, daß sie ihn möglicherweise für sexbesessen halten würden, falls sie die Zeitschrift entdeckten.

Seine Nervosität hielt auch noch an, als sie ihn in ihr Auto verfrachteten und mit ihm zur Central-Park-Wache fuhren. Noch schlechter fühlte er sich, als er dort ankam. Es wimmelte von Cops, und sobald er zur Tür hereinkam, unterbrachen alle ihre derzeitige Tätigkeit und starrten ihn an. Als ob ich es getan hätte, dachte Joel. Doch dann wurde er in einen kleinen Raum geführt, wo ein Detective ihn verhörte. Die Fragen bezogen sich nicht darauf, was er nach seinem Besuch im Dorrian's unternommen hatte. Vielmehr ging es darum, wie das Stammpublikum in der Bar so gewesen war. Nun wußte er, daß er nicht unter Verdacht stand.

Er berichtete den Detectives alles über die letzte Nacht im Dorrian's, woran er sich erinnern konnte; berichtete, daß alle in Partystimmung gewesen waren und daß er sowohl Robert als auch Jennifer dort gesehen hatte. Dann baten sie ihn noch, seine Aussage niederzuschreiben. Während er schrieb, sagte der Detective: »Dieser Robert, der war ganz schön geil, oder? Warum schreibst du das nicht auch auf?«

Joel schüttelte den Kopf. Jennifer hatte auf ihn bedeutend geiler gewirkt.

»Er wollte unbedingt eine Frau, richtig?« fuhr der Cop fort.

Joel legte den Stift hin. »Das werde ich nicht aufschreiben«, entgegnete er.

Der Detective beließ es dabei. Joel aber fühlte sich anschließend ziemlich durcheinander. Und dieses Gefühl hätte angehalten, hätte man ihn nicht, nachdem er mit seiner Aussage fertig war, draußen auf einem Gang Platz nehmen lassen. Dort sah er eine ganze Reihe Jugendlicher, die er aus dem Dorrian's kannte, sogar das Mädchen, das ihm letzte Nacht einen Korb gegeben hatte. Alle weinten, zumindest die Mädchen. Es war so traurig. Aber irgendwie war es auch spannend. Das Mädchen, das ihn letzte Nacht abgewiesen hatte, errötete, kicherte und meinte: »Hey, Joel, weiß hier eigentlich jeder, daß ich letzte Nacht etwas mit dir hatte?« Er sprach mit ihr und mit seinen Freunden, und zum Schluß fand er, daß die ganze Sache, wenn man sie richtig betrachtete, im Grunde eine Art Abenteuer war; genau wie im Film.

Robert, der nichts von der Gruppe aus dem Dorrian's auf dem Flur ahnte, wurde erneut befragt, diesmal von Detective Gill, der Betsy zum Polizeirevier begleitet hatte.

»Hast du das Dorrian's zusammen mit Jennifer verlassen?« wollte Gill, der Mann mit dem zerfurchten Gesicht, wissen.

»Ja«, sagte Robert. Soviel hatte er auch schon Sheehan gesagt.

Gill war außergewöhnlich entspannt; nicht so McEntee, der sich ebenfalls im Zimmer aufhielt, auch nicht die anderen Detectives, die schon den ganzen Nachmittag und Abend über hier ein und aus gingen. Sie alle waren bei ihrem Verhör auf Nummer Sicher gegangen, aus Furcht, daß sie die Untersuchung zum Platzen bringen könnten, wenn sie ihm zu sehr zusetzten. Das hätte dazu führen können, daß Robert nach einem Anwalt verlangte. Gill schien solche Befürchtungen nicht zu haben. Vielleicht lag das daran, daß er wenige Wochen vor seiner Pensionierung stand und es ihm möglicherweise nichts ausmachte, wenn die Ermittlungen eine Pleite wurden.

Solche Gedanken gingen McEntee durch den Kopf, während er dem alten Mann zuschaute und versuchte, einige Tips aufzuschnappen. »Was hast du gemacht, nachdem du das Dorrian's verlassen hast?« fragte Gill Robert.

»Ich bin in die eine Richtung gegangen und sie in die andere«, erwiderte Robert, »um eine Packung Zigaretten zu holen.«

Gill schaute Robert skeptisch an. »Was würdest du sagen, wenn ich behaupte, daß wir Zeugen haben, die Jennifer und dich in die gleiche Richtung haben weggehen sehen?« fragte er, »und daß einer von ihnen ausgesagt hat, Jennifer rauche überhaupt nicht.«

Darauf korrigierte Robert seine vorherige Aussage. »Na ja, wir sind vom Dorrian's aus in Richtung 86th Street gegangen«, sagte er.

»Wie hast du dir diese Verletzung an deiner Hand zugezogen?« fragte Gill als nächstes.

»Auf die gleiche Weise wie diese«, antwortete Robert und zeigte auf die Kratzer in seinem Gesicht. »Ich habe mit meiner Katze gespielt, hab' sie in die Luft geworfen, und als sie runterfiel, hat sie mich gekratzt.«

»Weißt du, du solltest wissen«, sagte Gill langsam, »daß es Sachverständige gibt, die den Unterschied feststellen können, ob eine Verletzung von einem Tier oder von einem Menschen verursacht worden ist.«

McEntee, der auf der Ecke eines Schreibtisches hockte, nahm Gills Faden auf. »Genau wie ein Gerichtsmediziner«, setzte er ominös hinzu.

Robert zögerte, dann sagte er mit flacher Stimme: »Ich habe diese Kratzer von Jennifer.«

Konfrontation! dachte McEntee. Genau das hatte er schon vor Stunden versuchen wollen.

Gill zuckte mit keiner Wimper. »Und wie hat Jennifer dir diese Kratzer zugefügt?« fragte er.

Jetzt legte Robert los. Er und Jen waren zusammen die 86th Street hochgelaufen, erklärte er, aber an einer Straßenecke war es zwischen ihnen zu einem Streit gekommen, weil er ihr gesagt hatte, daß er nichts mehr mit ihr zu tun haben wolle. »Sie wurde deshalb schrecklich wütend und hat mir das Gesicht zerkratzt.«

»Wo genau auf der 86th Street ist das passiert?« wollte Gill wissen.

»Vor dem Doughnut-Shop auf der Ecke 86th Street und Lexington.«

»Gut«, sagte Gill mit gleichgültiger Miene und nüchternem Tonfall. »Ich kenne da einen Spanier, der arbeitet in dem Doughnut-Shop. Was ist, wenn ich ihn danach frage und er mir sagt, daß er sich an keinen Vorfall dieser Art erinnern kann oder daß er nichts dergleichen gesehen hat?«

»Es war nicht an der Ecke 86th Street und Lexington«, sagte Robert eilig. »Es war an der Ecke 86th Street und Park Avenue.«

Kurze Zeit später ging Gill nach draußen, um Lieutenant Doyle mitzuteilen, daß Robert mittlerweile zugab, daß seine Verletzungen von der toten Jennifer stammten.

Gill ist wirklich Klasse, dachte McEntee. Ich könnte eine Menge von ihm lernen. Dieser Spruch, daß er jemanden in dem Doughnut-Shop kennt. Einen solchen Spruch sollte ich mir auch zulegen. Es war zwar Schwachsinn, aber es funktionierte. Er saß Robert gegenüber, und der Raum, jetzt von Gills dominierender Anwesenheit befreit, wirkte nun still und leer. McEntee konzentrierte sich auf seine eigenen Gedanken und ignorierte Robert, der ebenfalls geistesabwesend schien. Dann plötzlich, mitten in die Stille hinein, hörte man von nebenan ein lautes, aufgeregtes Schluchzen.

Robert hörte es auch. »Sind das Jens Freunde?« fragte er.

»Ja«. McEntee nickte. »Wir reden mit allen.« Dann fuhr er fort und fühlte sich fast ein bißchen wie Gill: »Du weißt schon, mit *jedem*.«

»Sie sind alle da draußen?« fragte Robert.

Roberts Frage bedeutet unterschwellig noch etwas anderes, dachte McEntee und nickte zustimmend. Er tut sich jetzt selbst leid; sich allein sieht er drinnen und die anderen alle draußen. McEntee starrte Robert an, und er bemerkte, daß der junge Mann heftig atmete und die Hände fest an den Hinterkopf preßte, als wolle er seinen Schädel von einem inneren Druck befreien.

Besser wäre es, Doyle darüber zu informieren, entschied McEntee. Doch genau in diesem Moment wurde die Tür geöffnet, und der Lieutenant trat ein. Hinter ihm folgte Gill. Die beiden schritten auf Robert zu, und aus Doyle platzte es heraus: »Warum hast du deine Aussage, die du uns den ganzen Nachmittag über aufgetischt hast, plötzlich geändert?«

Robert zuckte die Achseln.

»Die Geschichte, die du jetzt zum besten gibst, ist zu weit hergeholt«, sagte Doyle. »Ich kaufe sie dir nicht ab.« Robert antwortete immer noch nicht. »Ich mochte dich«, fuhr Doyle fort, »ich habe dir vertraut. Eigentlich behaupte ich von mir, über eine gute Menschenkenntnis zu verfügen. Aber du hast mich zum Narren gehalten. Und jetzt bin ich vollkommen schockiert und zutiefst von dir enttäuscht.«

Robert ließ den Kopf hängen.

Doyle hatte Robert getadelt, wie es vielleicht ein Vater tun würde, und jetzt bot er ihm mit dem Vorrecht eines Vaters Wiedergutmachung an. Mit einer vertraulichen Geste von Mann zu Junge legte er ihm seine muskulöse Hand auf die Schulter und sagte: »Hör mir zu, ich kann verstehen, warum du jetzt sehr nervös bist. Ich habe selbst Söhne. Aber warum redest du es dir jetzt nicht von der Seele?«

Das war eine klassische Interrogativtechnik, dieses Drängen auf ein Geständnis hin als Mittel, um ein schuldiges Gewissen zu besänftigen und ein klopfendes Herz zu beruhigen. Sowohl Gill als auch McEntee erkannten dies und schlugen in dieselbe Kerbe. »Ja, du wirst dich dann besser fühlen«, bestätigte McEntee. »Es wird dich sonst nur weiter belasten«, setzte Gill hinzu.

Robert verharrte in seinem Schweigen, aber er stieß wiederum eine Reihe scharfer, tiefer Atemzüge aus. McEntee, dem ein sechster Sinn verriet, daß sie kurz davorstanden, eine Grenze zu überschreiten, rückte näher an Robert heran. Auf der Polizeiakademie hatte er gelernt, daß die physische Nähe eines Verhörenden sogar Panik auslösen kann.

Robert sah ihn nicht an. Er sah keinen von ihnen an. Dann murmelte er: »Ich war mit Jennifer im Central Park.«

Gill bemerkte, daß Roberts Augen glasig waren. Doyle und McEntee hatten sich entfernt und Gill zurückgelassen, damit er den Rest der Geschichte aus dem jungen Mann herausholen könnte. Er wartete einen Moment, bevor er mit weiteren Fragen begann, und in dieser Zeit füllten sich Roberts Augen mit Tränen. Dann brachte er heraus, seine Stimme erstickte vor Selbstmitleid: »Was wird nur meine Mutter von mir denken?«

»*Du* mußt es ihr nicht sagen. Sie wird *wissen*, was passiert ist«, entgegnete Gill und ließ durchblicken, daß er Phyllis diese Nachricht persönlich übermitteln werde, so daß es für sie ein wenig leichter sein würde. Dann fuhr er fort: »Wohin seid ihr im Central Park gegangen?« fragte er.

»Wir saßen auf einer Bank«, sagte Robert.

»Was ist dann passiert?«

»Sie hat einen Streit angefangen. Sie wollte nach wie vor mit mir gehen, aber ich wollte sie nicht mehr wiedersehen. Daraufhin wurde sie sehr wütend und hat mich im Gesicht gekratzt.«

»Und dann?«

»Ich bin aufgestanden und wollte gehen. Sie fragte: ›Können wir nicht noch etwas hierbleiben und miteinander reden?‹ Ich sagte: ›Okay, aber setz dich nicht in meine Nähe, halte dich etwas entfernt von mir. Sie meinte darauf: ›Bevor wir anfangen zu reden, muß ich mal kurz zur Toilette.‹ Dann ist sie hinter mir verschwunden und ist zur Toilette gegangen.«

»Wie meinst du das, sie ist zur Toilette gegangen?« unterbrach ihn Gill. »Gibt es denn dort Toiletten?«

»Ich weiß nicht; sie ist lediglich hinter mir in die Büsche verschwunden.«

»Und was dann?«

»Das nächste, woran ich mich dann erinnern kann, ist, daß sie mich von hinten gepackt hat und mir die Arme hinter dem Rücken mit ihrem Slip zusammengebunden hat.«

»Wie konnte sie deine Arme hinter deinem Rücken zusammenbinden? Bei einem so großen Kerl wie dir ...«

»Nun ja, ich hatte mich locker zurückgelehnt. Meine Arme hingen hinter mir herab, und sie hat sie einfach gegriffen und mich gefesselt.«

»Und was ist dann passiert?«

»Sie hat mich sozusagen angegriffen und mich auf den Boden geworfen.«

»Hast du dich gewehrt? Geschrien?«

»Nein, ich dachte zuerst, sie würde nur herumalbern.«

»Was geschah jetzt?«

»Sie saß auf meiner Brust.«

»Wie saß sie auf deiner Brust? Hatte sie dir ihr Gesicht zugewandt oder blickte sie von dir weg?«

»Sie saß mit ihrem Hintern auf meiner Brust und hatte mir den Rücken zugekehrt. Dann fing sie an, meine Hose zu öffnen, und als sie das geschafft hatte, spielte sie da unten bei mir rum.«

»Was meinst du, sie spielte da unten rum?«

»Sie hat meinen Schwanz in die Hand genommen und mir einen gewichst.«

»Kannst du das beschreiben?«

»Sie hat sehr heftig gewichst; es tat weh, und dann hat sie meine Eier gepackt und sie gekratzt.«

»Hast du ihr nicht gesagt, daß sie aufhören soll?«

»Natürlich. Ich habe sie angeschrien, daß sie das unterlassen soll. Es tat unheimlich weh. Irgendwann war es dann dermaßen schlimm, daß ich, als ich eine Hand freibekommen konnte, sie nur noch gepackt und von mir runtergezogen habe. Dabei ist sie über meine Schulter geflogen. Ich stand auf, zog meine Hosen hoch, drehte mich zu ihr um und sagte: ›Jennifer, komm jetzt, laß uns gehen.‹ Sie hat nicht geantwortet.«

Gill stellte danach keine weiteren Fragen mehr. Er ging hinaus und berichtete Doyle von seinem Erfolg. Er hatte ein Geständnis erhalten. Zumindest so etwas Ähnliches.

Jennifers Freunde wußten nicht, daß Robert gestanden hatte. Alles, was sie wußten, war daß Jennifer nicht mehr lebte.

Leilia Van Baker, die sich in Vermont aufhielt, hörte die Neuigkeit von ihrem Vater, als sie ihn anrief, um lediglich hallo zu sagen. Sobald sie es erfahren hatte, begann sie zu zittern; und das Telefon wackelte, es klapperte geradezu in ihrer Hand. Jennifer *konnte* nicht tot sein, der Tod holte keine Leute in ihrem Alter. Der Tod war etwas, das alte Leute heimsuchte. Doch dann begriff sie, was die Worte wirklich bedeuteten. Und als sie es kapiert hatte, hatte sie eine Vision von Jennifers letzten Sekunden; sie sah sie, wie sie sich hilflos gegen einen barbarischen Angreifer zur Wehr setzte. Um ihr Leben bettelte.

New York ist Mist, dachte Leilia Van Baker. New York war von Psychopathen bevölkert, von Fremden, die nach Regeln oder Gesetzen lebten, die sich vollkommen von denen unterschieden, die man ihr und ihren Freunden als Kindern beigebracht hatte. New York brachte sie zu Tausende hervor, nährte sie und ließ sie dann auf die Menschheit los. Jennifer hatte nie so recht verstanden, daß man sich vor Fremden in acht nehmen mußte. Niemand in ihrem Alter tat das wirklich. Jennifer hatte Fremden vertraut, sie hatte ihre paar Brocken Spanisch an spanischstämmigen Arbeitern ausprobiert; und sie hatte Taxifahrern geschmeichelt, indem sie sie bat, ihr Fahrstunden zu erteilen. Wahrscheinlich war Jennifer deshalb umgebracht worden – ein Fremder hatte sich an ihr vergangen, irgendein widerlicher Kerl. Gott, wie sehr sie hoffte, daß die Polizei diesen Bastard faßte. Sie würde den Kerl gern hängen sehen. Nicht daß das Jennifer zurückbringen würde. – Wenn sie nur nicht so vertrauensselig gewesen wäre! Wenn sie nur bei ihresgleichen geblieben wäre!

Carl Morgera, der Junge, der mit Jennifer damals, als sie noch neu in Mahattan war, im Park viel Spaß gehabt hatte, hörte von dem Mord von seiner Mutter. Sie rief ihn bei einem Freund an. Als er den Telefonhörer auflegte, strömten ihm die Tränen aus den Augen, und er verfiel in einen

Zustand, der ihm wie ein Koma erschien. Um sich daraus zu befreien, ging er mit seinem Freund und noch ein paar Jungs ins Kino. Doch dort fühlte er sich nur noch schlechter. Es schien nicht richtig zu sein, jetzt ins Kino zu gehen. Hinzu kam außerdem, daß die Jungs, mit denen er hier war, Jennifer gar nicht gekannt hatten. Er wollte jetzt nicht mit ihnen zusammensein, erkannte Carl plötzlich. Jetzt mußte er Menschen um sich haben, die Jennifer ebenso gemocht hatten wie er. Er erhob sich, schob sich zum Gang durch, ging in die Lobby und rief seinen Freund Joe an. Joe war ebenfalls auf die Baldwin School gegangen, und er war auch Jennifers Freund gewesen.

Innerhalb weniger Minuten hatte Joe Carl abgeholt. Sie kauften eine Flasche Schnaps und fuhren zu Joes Wohnung. Es herrschte eine ganz sonderbare Stimmung, und Carl wiederholte immer wieder: »Wie sollen wir uns bloß fühlen? Ich weiß nicht, was ich fühlen soll.«

»Das weiß ich auch nicht«, sagte Joe.

»Sollen wir traurig sein, ich meine, sollten wir weinen?« fragte Carl ihn. »Oder nicht?«

»Ich weiß nicht.«

Joes Freundin Fuzzi kam noch dazu; sie tranken den Schnaps und redeten über Jen und all die lustigen Dinge, die sie immer gesagt hatte. Carl wollte lachen, aber er war sich nicht sicher; ob er das durfte. Nach einer Weile sagte er zu Joe: »Weißt du was? Eines Tages werde ich ein Stück schreiben, und es werden nur drei Personen mitspielen; nur du, ich und Fuzzi. Und ich werde es ›Wann dürfen wir lachen?‹ nennen.«

»›Wann dürfen wir lachen?‹ – Wie kommst du darauf?«

»Weißt du«, sagte Carl, »es ist so was wie die Frage: Was machen wir überhaupt? Können wir lachen? Dürfen wir es?«

Auf dem Gelände der Central-Park-Wache erhellten Fernsehkameras die Dunkelheit mit ihren starken Lampen. Irgend jemand von Manhattan North hatte entgegen den

Anweisungen von oben der Presse gegenüber verlauten lassen, daß auf der Wache ein Verdächtiger vernommen wurde. Verärgert bahnte sich Steve Saracco einen Weg durch die Journalisten und eilte in Doyles Büro.

»Es ist vorbei«, begrüßte ihn Doyle. »Der Junge hat gerade aufgegeben. McEntee nimmt jetzt seine Aussage auf.«

»Erzähl keinen Scheiß'.« Saraccos schlechte Laune war verflogen. »Der Bursche hat gestanden, daß er's war?«

»Ja. Die Kratzer stammen von ihr. Er hat's getan.«

Saracco griff nach einem Telefon und rief die Videoabteilung der Staatsanwaltschaft an. »Wir brauchen hier oben eine Kamera«, brüllte er.

Allein mit Robert in dem Raum versuchte McEntee, dessen Aussage schriftlich zu fixieren. Dabei überlegte er: Dieser Bursche ist zwar geständig, aber viel gibt er eigentlich nicht her. Zwar sagt er, daß er das Mädchen getötet habe, daß aber auf der anderen Seite ihr Tod ihr eigener verdammter Fehler sei, weil sie ihn beim Sex verletzte; daß sie ihm so extreme Schmerzen zugefügt habe, daß er sie aus einer instinktiven Reaktion auf den Schmerz hin ohne Vorsatz strangulierte. McEntee verstand etwas vom Erwürgen. Es war ziemlich schwierig, jemandem versehentlich die Luftzufuhr abzuschnüren, denn man muß die Kehle für eine ganze Weile zugedrückt halten. Robert Chambers, dachte McEntee, lieferte uns nur das, wovon er glaubt, daß wir es glaubhaft finden. Aber er sagt nicht alles; er lügt immer noch.

McEntee verstand auch etwas vom Lügen. Als er noch beim Rauschgiftdezernat in der Bronx war, hatte er unzählige Situationen erlebt, in denen er die Wahrheit verbergen mußte. Er hatte Lügen über die gefälschten Nadelstiche auf seinem Arm erzählt, er hatte überaus neugierigen Dealern vorgegaukelt, ein Ausländer zu sein, der kein Englisch sprach; auf einem Schießstand hatte er eine Razzia durchgeführt und war dann zusammen mit den aufgeschreckten Drogenabhängigen auf die Straße gelaufen, hatte aus vermeintlicher Angst gezittert und nach Luft gerungen.

Wenn ich aber jemals geschnappt worden wäre, wenn mein Leben und meine Zukunft auf dem Spiel gestanden hätten, dann wäre ich zusammengebrochen, dachte er. Und dann hätte ich alles erzählt, hätte alles rausgelassen. Aber nicht so dieser Typ! Der spielt uns immer noch etwas vor.

»Sie hat mir mit Gewalt die Hose heruntergezogen«, sagte Robert gerade. »Sie saß auf meinem Gesicht und hat mit mir herumgespielt. Mit einem Stock hat sie auf meinen Schwanz eingedroschen. Sie hat mich geschlagen und meine Eier gequetscht.«

McEntee hörte zu und inszenierte nun selbst ein Spielchen. »Nur weiter«, nickte er mit großen Augen, als glaube er jedes Wort. Doch bei sich dachte er: Dieser Typ hat sich das entweder ausgedacht, während er den ganzen Tag hier rumgesessen hat oder in der letzten Nacht. Vielleicht war er dermaßen mit Koks abgefüllt, daß er paranoid geworden ist und diese Schläge halluziniert hat.

»Ich hatte unerträgliche Schmerzen«, fuhr Robert fort. »Mit dem linken Arm habe ich nach vorne gegriffen, ihn ihr um den Hals gelegt und so fest zugezogen, wie ich nur konnte. Jennifer landete hinter mir.«

Es gab da bestimmt noch mehr, aber McEntee bekam nichts weiter aus ihm heraus. Er machte sich Notizen und erhob sich dann, um hinauszugehen und Doyle Bericht zu erstatten. Als er an der Tür stand, füllten sich Roberts Augen erneut mit Tränen, und er murmelte, so wie vorher schon bei Gill: »Was wird nur meine Mutter denken?«

Seine Mutter! dachte McEntee. Was für ein Typ! Er ist nicht etwa bestürzt aufgrund der Tatsache, daß er ein Mädchen umgebracht hat; er macht sich Sorgen, daß seine Mama es herausfinden wird. Ich selbst würde mir überhaupt keine Gedanken darüber machen, was meine Mama denken könnte. Ich würde mir an seiner Stelle viel mehr Sorgen darüber machen, was der Vater des Mädchens denkt. Und tut – mit mir.

Achselzuckend ignorierte er Roberts Frage und eilte nach draußen.

Marilei stand in Mrs. Hammersteins Waschküche und sortierte Roberts Schmutzwäsche, indem sie die hellen von den dunklen Sachen trennte. Phyllis hatte sie gebeten, heute abend zu waschen, und ihr dabei geholfen, die Wäsche ihres Sohnes hinüber in die Wohnung der alten Dame zu tragen, so daß sie die riesige Waschmaschine dort benutzen konnte. So viel Wäsche! Marilei hatte einen großen Sack voller Unterwäsche und T-Shirts geschleppt und Phyllis eine Einkaufstasche, in die eine schwere Jeans hineingestopft war. Wo stand nur die Tasche? Nicht hier bei dieser Wäsche. Na ja, sie könnte sie später noch von Phyllis holen. Jetzt wollte sie sowieso zuerst nur die Unterwäsche und die hellen T-Shirts waschen.

Sie warf gerade einen Teil davon in die Maschine, als ihr Blick auf ein kurzärmeliges weißes Baseball-Netzhemd fiel. Es war verdreckt, voller Erde. Und es waren Blutflecken darauf.

Sie zog es aus dem Berg der restlichen Hemden heraus und hielt es gegen das Licht. Wie hat Robert es nur geschafft, dieses Hemd so schmutzig zu machen? fragte sie sich. Aber das ist nicht so schlimm, entschied sie. »Das wird schon sauber werden.« Sie füllte Waschpulver ein, warf das Hemd in die Maschine, gab das weiße Pulver dazu und startete den Waschgang.

»Ich möchte jetzt meinen Sohn sehen«, verlangte Bob Chambers energisch an dem Empfangstisch aus Mahagoni im Haupthaus der Polizeiwache. Er war es leid, in dem Behelfsgebäude herumzusitzen. Mehrere Detectives standen in der Nähe, aber als er seine Forderung aussprach, sprangen sie hastig auseinander.

»Bitte gedulden Sie sich noch ein paar Minuten«, sagte der Mann hinter dem Tisch.

Bob wollte mit der Faust auf das Holz schlagen und brüllen: »Verdammt noch mal, ich will meinen Sohn sehen.« Aber das entsprach nicht seinem Naturell; seine Erziehung hatte ihn gelehrt, die Polizei zu respektieren, höflich in ihrer Gegenwart zu sein. Ergeben kehrte er in das Behelfsgebäude zurück und setzte seine einsame Warterei fort.

Er saß noch immer dort, sich nutzlos und ohnmächtig fühlend, als Phyllis wiederum anrief. »Hör zu, ich bin bei der Arbeit«, sagte sie. »Ich kann jetzt nicht zu dir; ich kann meine Patienten nicht allein lassen. Aber Marilei möchte kommen.«

»Okay.«

»Sie wird gleich dort sein.«

Sie legte auf, und in dem Moment öffnete sich die Tür, und ein Mann mit silbergrauem Haar trat ein. »Ich bin Lieutenant Doyle«, stellte er sich vor. »Kann ich draußen mit Ihnen sprechen?«

Bob verließ mit ihm das Gebäude. Auf einem Wegstück brachte ihm der Lieutenant bei, daß sein Sohn in Schwierigkeiten stecke und die Nacht auf dem Revier verbringen müsse. Bob hörte ihm zwar angestrengt zu, aber er verstand den Sinn der Worte nicht. »Ich bin selbst Vater«, hörte er den Lieutenant gerade sagen.

Bob reagierte überhaupt nicht. Schließlich sagte Doyle: »Robert hat einige Aussagen gemacht, und wir müssen ihn wegen Mordes verhaften.«

Plötzlich bekam Bob keine Luft mehr. »Würde es Ihnen etwas ausmachen, wenn wir zu einer Laterne hinübergingen?« fragte er und schnappte nach Luft. »Ich möchte ein Gebet lesen.«

Während Doyle ihn zu der Laterne begleitete, suchte er nach einer Kopie des Gelassenheitsgebetes, das er in seiner Brieftasche aufbewahrte. Aus irgendeinem Grunde wollte er es nicht nur aus dem Gedächtnis hersagen, so wie vorhin. Seine Finger zitterten. Endlich fand er die Kopie, und in dem kalten Licht der Laterne las er das Gebet.

Danach fühlte er sich besser und bat darum, Robert sehen zu dürfen.

Er müsse noch warten, teilte Doyle ihm mit.

Kurz darauf traf Marilei ein. »Wer ist das denn?« fragte Doyle.

»Das Zimmermädchen meiner Frau«, entgegnete er, obwohl sie tatsächlich das Zimmermädchen von Mrs. Hammerstein war. Wann immer Marilei irgendwelche Erledigungen für Phyllis machte, bestand sie darauf, dies aus reiner Freundschaft zu tun. All das erklärte er jedoch nicht, sondern drängte weiter darauf, Robert sehen zu dürfen.

»Vielleicht in einer dreiviertel Stunde«, sagte Doyle. »Maximal in einer Stunde. Detective Sheehan ist im Moment noch mit ihm beschäftigt.«

Sheehan? Er kannte Detective Sheehan. Damals, in der Bar seiner Eltern, hatte er ihn kennengelernt. Als er den Namen hörte, schöpfte er neue Hoffnung; das gab ihm etwas, woran er sich festhalten konnte. »Ich werde kurz mit Roberts Mutter sprechen«, ließ er Doyle wissen, »dann komme ich zurück und rede mit Sheehan.«

»Wenn 'n Mädchen auf *meinem* Gesicht sitzen will, kannst du wetten, daß ich sie nicht davon abhalten werde.«

»Wenn 'n Mädchen *mich* im Park ficken will – nur zu!«

Auf der Polizeiwache rissen die Detectives Witze über den jetzt geständigen Verdächtigen und vertrieben sich so die Zeit, während Sheehan noch damit beschäftigt war, Roberts schriftliches Geständnis fertigzustellen.

»Chorknabe«, frotzelte einer von ihnen.

»Ein Schwuler.«

»Der steht nicht auf Frauen, soviel ist klar.«

»O je, wir stecken ganz schön in Schwierigkeiten«, erzählte Bob Chambers Marilei im Taxi, das sie zu Mrs. Hammerstein fuhr. »Wir brauchen einen Anwalt. *Sie* werden es Phyllis sagen.«

Marilei wußte, was passiert war. Als sie auf der Wache eingetroffen war, hatte ein Fotograf versucht, ein Foto von ihr zu machen. Sie hatte die Hände schützend vors Gesicht gehalten, war weggerannt und hatte dann einen Polizisten gefragt, was hier eigentlich vor sich gehe. Von ihm hatte sie erfahren, daß ein Junge namens Robert Chambers des Mordes an einem Mädchen angeklagt war. Sie hatte es zunächst nicht glauben können, aber als sie Mr. Chambers gefunden hatte, bestätigte er, daß es wahr sei.

»*Ich* kann Phyllis das nicht sagen«, beharrte sie im Taxi Mr. Chambers gegenüber. »Das müssen Sie schon übernehmen.« Dann trafen sie bei Mrs. Hammerstein ein. Sie führte ihn in die Küche, wo Phyllis in ihrem Bademantel saß. Marilei ging fort und ließ die beiden allein. Als sie zurückkam, war Mr. Chambers gegangen, und Phyllis fing an zu weinen, sie weinte und weinte. Marilei machte ihr eine Tasse Tee, aber das brachte überhaupt nichts. Phyllis hört nicht auf zu weinen.

Das Aufzeichnen von Geständnissen mittels Videokamera war ein noch relativ neues Verfahren. Bis in die frühen achtziger Jahre hinein hatten Stenografen die Aussagen schriftlich festgehalten. Die Videoaufzeichnungen hatten den Vorteil, unanfechtbar und exakt zu sein. Dafür benötigte man viel länger für die Vorbereitungen. Saracco, der ungeduldig darauf wartete, daß seine Techniker die Apparatur endlich aufgebaut hatten, rauchte eine Zigarette nach der anderen und überlegte sich, wie er bei der Befragung vorgehen sollte.

Viel Spielraum hatte er nicht. Der Ablauf war zum größten Teil vorgegeben. Man stellte sich zwanglos vor, als sei es keine große Sache, von der Staatsanwaltschaft zu kommen, damit der Verdächtige nicht ängstlich wurde. Vor laufender Kamera las man ihm dann seine Rechte vor, so daß kein Anwalt später behaupten konnte, er sei mit unfairen Mitteln zu diesem Geständnis verleitet worden. Man brachte den Beschuldigten dazu, seine Version der

Ereignisse zu erzählen, indem man sich mit ihm auf der gleichen Ebene unterhielt, nicht auf der Anwalt-Mandant-Schiene und auch nicht auf der Priester-Büßer-Schiene. Dadurch konnte sich der Befragte entspannen. Er mußte veranlaßt werden, die Details etwas näher zu beschreiben, so daß die Aussage überprüft werden konnte. Glaubte man ihm nicht, dann legte man richtig los und ging auf Konfrontationskurs. Hier setzte die jeweils unterschiedliche Strategie ein. Einige der Stellvertretenden Bezirksstaatsanwälte verbrachten drei bis fünf Stunden bei den Details. Er nicht. Das war nicht sein Stil. Wieder andere ließen es bei der Konfrontation locker angehen. Saracco nicht. Nicht umsonst hatte er bei den Marines gedient.

Vermutlich muß man bei diesem Chambers einen harten Kurs einschlagen, war sein Gedanke. Zum einen ist er ein Lügner. Jennifers Freundinnen gegenüber hat er behauptet, er sei überhaupt nicht mit ihr zusammen gewesen. Zum zweiten ist er berechnend. Er hat den Cops nicht nur gesagt, daß er nach Hause gegangen sei, sondern er hat ihnen sogar die Namen von TV-Shows genannt, die er gesehen haben will; Shows, die er nachgeschlagen haben muß, um zu wissen, daß sie zu genau jenem Zeitpunkt gesendet wurden. Und zum dritten erzählt er uns hier Märchen, schloß der Anwalt. Die Story, die er uns zum Schluß aufgetischt hat, macht einfach keinen Sinn. Ich habe Fotos von dem Mädchen gesehen; sie wurde nicht durch einen Unfall getötet.

Vier Zigaretten später stand sein Plan, und er betrat den Raum, in dem sich Chambers aufhielt, um ihn erstmals in Augenschein zu nehmen.

Was er sah, überraschte ihn. Sheehan hatte ihm schon gesagt, daß der Junge ein Preppie war und nicht der Typ Frankie Soundso aus den Randbezirken der Stadt, mit dem sie es normalerweise zu tun hatten. Von daher hatte Saracco Angst oder zumindest Nervosität bei ihm erwartet. Aber nichts dergleichen – Chambers saß einfach nur da; weder weinte er, noch spielte er nervös mit den Händen. Nachdem man sich vorgestellt hatte, schien er überhaupt nicht besorgt zu sein; er wich nicht zurück und wirkte keineswegs ängstlich. Er blickte einfach nur leer vor sich hin.

Als der Kameramann das Zeichen gab, dehnte Robert seine Schultern, als bereite er sich auf eine anstrengende Übung vor, richtete sein Äußeres, indem er seine Haare zurückstrich, und sprach klar und deutlich zu Saracco, Sheehan und McEntee, die ihm gegenüber an einem großen Tisch saßen. Jennifer sei vor Wut außer sich geraten, weil er ihr gesagt hatte, daß er nicht mehr mit ihr gehen wollte, beteuerte er aufrichtig. »Sie ist völlig ausgeflippt. Und sie – irgendwie ist sie einfach aufgestanden und – hat sich vor mir hingekniet und mir das Gesicht zerkratzt. Daher stammen auch diese Wunden.« Er berührte seine Wangen und zeigte so dem Stellvertretenden Bezirksstaatsanwalt die Kratzer in seinem Gesicht. »Ich wurde ärgerlich, stand selbst auf und sagte: ›Ich werde jetzt gehen; ich gehe jetzt. Das hier ist verrückt.‹«

Der Stellvertretende Bezirksstaatsanwalt behielt seinen interessierten, mitfühlenden Gesichtsausdruck bei. Robert bemerkte dies und fuhr fort, er sei zwar schon im Dorrian's stinksauer auf Jennifer gewesen, weil sie ihn ausgelacht hatte nach dem Streit mit Jo Perry; so richtig stinkig sei er geworden aufgrund dieser Kratzer. Aber, so setzte er hinzu, er hatte ihr verziehen, denn nachdem sie ihm erst einmal die Schrammen verpaßt hatte, hatte sie sich beruhigt und war anschließend wirklich nett gewesen. »Sie stellte sich hinter mich, massierte mir die Schultern und sagte ›Du siehst sehr süß aus, aber du siehst noch viel süßer aus, wenn du gefesselt bist.‹«

»Zu diesem Zeitpunkt war dein Gesicht bereits zerkratzt, richtig?« fragte Saracco.

»Richtig«, bestätigte Robert geduldig. Leise surrte die Kamera. Er wiederholte, was er bereits Gill, McEntee und Sheehan berichtet hatte, und beschrieb, wie sie seine Hände mit ihrem Slip hinter seinen Rücken zusammengebunden, ihn flach auf den Boden gedrückt und sich auf seine Brust gesetzt hatte. »Sie fing an, meine Hose herunterzuziehen«, sagte er, »und an mir herumzuspielen, mir einen runterzuholen.« Während er sprach, rieb er seine rechte Hand an einem imaginären Penis hoch und runter, um dem Stellvertretenden Bezirksstaatsanwalt zu demonstrieren, was genau sie getan hatte. Gleichzeitig wollte er ihm aber auch klarmachen, daß er hier kein normales Wichsen meinte. »Sie hat wirklich unheimlich fest zugepackt«, erklärte er, und die Kamera bannte seine Masturbationsgeste auf Video. »Es hat schrecklich weh getan, und ich – wissen Sie – ich sagte ›Hör auf! Hör auf, es tut mir weh!‹«

Sein Flehen habe aber nichts bewirkt, fuhr er einen Augenblick später fort. »Sie hat sehr seltsam gelacht, es war mehr ein Gackern oder so. Daraufhin hat sie sich aufgerichtet, und sie saß irgendwie auf meinem Gesicht, und dann hat sie ihre Nägel in meine Brust gebohrt; daher kommen diese Kratzer hier.«

Der Stellvertretende Bezirksstaatsanwalt forderte Robert auf, seine zerkratzte Brust in die Kamera zu halten, wodurch er in seiner Darstellung unterbrochen wurde. Kurz darauf konnte er seine Aussage fortsetzen. Er konzentrierte sich jetzt auf die Schmerzen und die Qualen, die er erleiden mußte. »So ging es nonstop«, sagte er. »Sie machte mit mir, was sie wollte. Als sie dann anfing, meine Eier zu quetschen, konnte ich es einfach nicht mehr aushalten. Ich habe mich gedreht und gewunden, und sie hat sich nach vorne gelehnt, mir einen runtergeholt, meine Eier gequetscht und dabei gelacht. Irgendwie ist es mir gelungen, meine linke Hand freizubekommen. Dadurch konnte ich mich ein wenig aufrichten, und dann habe ich sie nur noch gepackt.

Als Folge dieses Griffes muß sie dann gestorben sein«, fuhr er fort. Er wies auch darauf hin, daß er sich bei diesem Geschehensablauf ebenfalls verletzt hatte, und zwar an einem Knochen der rechten Hand. Die Hand tat höllisch weh. »Es – es ging alles so schnell«, betonte er. »Sie flog einfach über mich hinweg und landete irgendwie vollkommen verdreht an einem Baum. Sie lag auf ihrer Seite.«

Robert gab zu, nichts unternommen zu haben, um ihr zu helfen. Das lag aber nur daran, daß er dachte, sie wolle ihm Angst einjagen. »Ich, ich habe einfach etwa zehn Minuten dagestanden und gewartet – vielleicht auch nur fünf Minuten. Wie lange genau, weiß ich nicht mehr. Ich versuchte zu erkennen, ob sie sich bewegt oder ob sie einfach nur versuchte, wissen Sie, mir angst zu machen.« Nach einer Pause bemühte er sich, seine Passivität genauer zu erläutern. »Ich stand unter Schock«, erklärte er. »Ich wußte gar nicht mehr, was überhaupt vor sich ging.«

»Weshalb standest du unter Schock?« fragte der Stellvertretende Bezirksstaatsanwalt, als hätte er *überhaupt nichts* verstanden.

»Weil dieses Mädchen, das ich kannte und mit dem ich die Bar verlassen hatte und einfach nur reden wollte – daß sie so etwas getan hat.« Fast wie einen nachträglichen Einfall fügte er hinzu: »Und daß sie sich auf einmal nicht mehr bewegte.«

Wenige Minuten später beschrieb er, wie er nach Hause gegangen war, sich ausgezogen hatte und eingeschlafen war; und daß ihm die ganze Geschichte, als er heute morgen aufwachte, wie ein Traum vorgekommen war. Und dann war er fertig, vollkommen ausgelaugt. Er hatte alles gesagt, was es zu sagen gab.

Während Robert sprach, wuchs Steve Saraccos Enttäuschung. Das Band lief jetzt schon wer weiß wie lange, und immer noch hatte er den jungen Mann kein Jota von der Geschichte abbringen können, die er schon zuvor erzählt hatte. Ich muß wohl härtere Geschütze auffahren, dachte Saracco; ihm gnadenlos die Tatsache vor Augen halten, daß das Mädchen tot ist, er hingegen lebt. Außerdem muß ich auf Nummer Sicher gehen. Es ist immerhin gut möglich, daß dieser Typ nicht zusammenbricht, egal, was ich ihn auch frage, sondern daß er wie Klebstoff an dieser Unfallversion festhält. Falls er das tut und wir ihn wegen Mordes anklagen – was auch geschehen sollte, wenn man sich den Hals des Mädchens ansieht –, könnte dieses Video eines Tages vor Gericht abgespielt werden. Ich will die Jury, die dieses Band zu Gesicht bekommen wird, wissen lassen, daß ich diesem Mist keinerlei Glauben schenke.

Daß dies bei einer Videoaufzeichnung möglich war, war natürlich der Vorteil an der Sache. Vernahm man jemanden erst einmal vor Gericht im Kreuzverhör, so war es nicht erlaubt, seine persönlichen Überzeugungen vorzutragen. Bei einem Video dagegen bestand diese Chance. »Ich war nicht dabei«, sagte er zu Robert. »Die Detectives auch nicht. Aber gewisse Anzeichen lügen einfach nicht – der Zustand des Mädchens. Der Zustand deines Gesichtes und deiner Brust.« Nach diesen Worten legte er eine Pause ein und fragte dann ganz beiläufig: »Wie groß bist du eigentlich? Ein Meter fünfundneunzig?«

Robert bemerkte, worauf er hinaus wollte. »*Neunzig. Ein Meter neunzig*«, korrigierte er.

»Wieviel wiegst du?«

»Hundertneunzig Pfund.«

»Und wie groß war sie? Etwa ein Meter siebzig?«

»Ein Meter fünfundsiebzig«, entgegnete Robert. »Sie wog etwa hundertzwanzig Pfund oder so.« Schließlich, als wolle er beweisen, daß ihm das Mädchen trotz seiner Größe und seines Gewichtes ebenbürtig gewesen war, fügte er noch hinzu: »Aber sie war stark. Ich meine, sie kriegte immer mal einen ihrer Wutanfälle und flippte dann total aus.«

Saracco legte den Rückwärtsgang ein. Chambers ging in die Defensive, und er wollte nicht riskieren, daß er gar nichts mehr sagte. Nicht, bevor er beschrieben hatte, wie gut er das Mädchen gekannt hatte. Er fragte jetzt nach der Art ihrer Beziehung, ihren sexuellen Begegnungen. »Wenn du Sex mit ihr hattest«, wollte er wissen, »hat sie irgendwie verhütet, oder hast du Kondome benutzt?«

»Das ist uns überhaupt nicht in den Sinn gekommen«, gestand Robert.

Ihnen überhaupt nicht in den Sinn gekommen? Kids aus der Mittelschicht? Saracco beeilte sich, die nächste Frage zu stellen.

»Also, du hast dreimal mit ihr geschlafen. Gab es irgend etwas Außergewöhnliches? Fesseln zum Beispiel? Oder war es ganz normaler Sex?«

»Ganz normaler Sex. Außer beim dritten Mal. Das war auf einem Dach. Sie hat Fotos von mir gemacht, als ich geschlafen habe.«

»Woher weißt du, daß sie Fotos von dir gemacht hat?«

»Weil sie mich geweckt hat und sie mir gezeigt hat. Sie sagte: ›Ich fand, du sahst so süß aus.‹«

»Du bist nackt auf dem Dach eingeschlafen?« Saracco konnte eine gewisse Überraschung in seiner Stimme nicht verbergen.

»Ja, ich war ziemlich erschöpft.«

»Und deine Reaktion?«

»Ich war schockiert«, entgegnete Robert spröde, »ich fand es schon reichlich merkwürdig. Das war jenseits des Normalen. Ich war bislang noch niemandem begegnet, der so etwas gemacht hat.«

Saracco war mit dem, was er bekommen hatte, nicht zufrieden. Was ich jetzt brauche, ist ein Motiv für den Mord, dachte er. Darum ließ er die Vergangenheit Vergangenheit sein und kam zurück zu den Ereignissen im Park. Er hatte eine Theorie hinsichtlich des Motivs. Robert wirkte auf ihn wie die Art Mann, dessen Kapital sein Gesicht ist. Ihm schien es naheliegend, daß er, nachdem das Mädchen ihn gekratzt hatte – sein gutes Aussehen ruiniert, um Himmels willen –, ausgeflippt war. »Du warst wütend auf sie«, setzte er im Hinblick darauf an, sein Motiv einzuarbeiten, »weil sie dich in der Bar ausgelacht hat.«

»Richtig«, bestätigte Robert. Dann tappte er genau dorthin, wo Saracco ihn haben wollte, indem er hinzufügte: »Und weil sie mich gekratzt hat.«

Saracco war sichtlich erfreut. »Und weil sie dich angespuckt hat«, hob er hervor.

»Richtig«, räumte Robert ein.

Saracco hatte es fast geschafft. »Das muß dich natürlich sauer gemacht haben«, kommentierte er verständnisvoll. Er wartete auf ein weiteres »Richtig«.

Das kam aber nicht. »Ich war natürlich sauer«, stimmte Robert zu, beschrieb anschließend aber wieder, wie schon zuvor, daß Jennifer, nachdem sie ihn gekratzt hatte, sich wieder und wieder entschuldigt und lieb mit ihm geredet hatte, so daß er ihr verziehen hatte und sich dann erst von ihr fesseln ließ.

Saracco nahm ihn weiter in die Mangel. »Du hast mir doch gerade gesagt, daß sie anfing, verrückt zu spielen«, bohrte er nach.

»Sie hat verrückt gespielt, doch dann beruhigte sie sich wieder und hat mir den Rücken massiert.«

Es gelang ihm nicht, sein Motiv einzuflechten, mußte Saracco feststellen, obgleich er nach wie vor daran festhielt. Er glaubte immer noch, daß ein so gutaussehender Junge wie Robert es nicht zulassen würde, sich von einem Mädchen fesseln zu lassen, das ihm zuvor sein Gesicht zerkratzt hatte. Wahrscheinlich hätte das kein Mann getan; was ihn wiederum daran zweifeln ließ, ob an der ganzen Sexgeschichte überhaupt etwas Wahres dran war. Vielleicht hatte es auch gar keinen Sex gegeben. »Hast du zu irgendeinem Zeitpunkt ejakuliert?« fragte er.

»Nein, das habe ich nicht. Zu keinem Zeitpunkt.«

»Hattest du denn überhaupt eine Erektion?«

»Ja, das hatte ich.«

Eine Erektion, obwohl sie ihm an den Genitalien Schmerzen zufügte? Saracco fand diesen Gedanken ziemlich unwahrscheinlich. »Du hattest eine Erektion?« fragte er zweifelnd.

Zu seiner Überraschung schien Robert seine Worte als einen Angriff auf seine Männlichkeit zu verstehen. Er reagierte darauf, als habe Saracco diese Frage gestellt, nicht um herauszufinden, warum er eine Erektion hatte, obwohl Jennifer ihm doch Schmerzen zufügte, sondern warum er nicht zum Höhepunkt gekommen war, obwohl er doch eine Erektion hatte.

»Ich hatte zu starke Schmerzen«, antwortete er. »Ich habe noch nicht einmal daran gedacht.«

Es ist wohl besser, auf ein anderes Gebiet auszuweichen, dachte Saracco. Das hier führte sie nirgendwo hin. Es sollte besser etwas ins Visier nehmen, das Chambers erschütterte. Wäre er erst einmal aufgerüttelt, käme vielleicht die Wahrheit ans Tageslicht. Die Bilder von dem toten Mädchen könnten dies bewirken. Er griff nach ihnen und schob sie über den Tisch.

Es wirkte. Robert fühlte sich sofort unwohl. »Bitte, ich will das wirklich nicht sehen«, murmelte er und legte eine Hand vor die Augen.

»Ich werde sie dir beschreiben.« Saracco blieb hartnäckig. »In ihrem Halsbereich sieht man Striemen, und zwar in einer wesentlich stärkeren Ausprägung, als sie eigentlich hätten auftreten können nach dem, was du uns erzählt hast. Siehst du, wie verfärbt und sogar blutig ihr Hals ist? Kannst du dir das erklären?«

»Ja«, antwortete Robert. Er hatte einen hastigen Blick auf die Fotos geworfen. »Das kommt daher, daß sie, nachdem ich sie nach hinten geworfen hatte, vor einen Baum flog und so dalag.« Er hielt einen Arm hoch und demonstrierte, wie das Mädchen gelandet war. Die Kamera bannte ihn dabei, wie er ihre aufgerissenen, glasigen Augen nachahmte.

Die Fotos hatten ihn auch nicht weitergebracht, mußte Saracco erkennen. Er mußte es anders versuchen. Den Typen auf direktem Wege und schonungslos wissen lassen, daß er ihn für einen Scheißkerl hielt. »Deine Geschichte ergibt für mich keinen Sinn«, fing er an. Dann fügte er hinzu: »Ich sage ja nicht, daß du hier vorsätzlich gehandelt hast. Ich will nicht behaupten, daß du aus der Bar gekommen bist und dir gesagt hast, ich werde jetzt dieses Mädchen im Central Park umbringen. Ich bin sicher, daß es so nicht war. Aber irgendeinen Auslöser muß es doch gegeben haben.«

Robert gefiel es nicht, derart aus der Defensive gelockt zu werden. Er fuhr mit der Hand durch die Luft, als wolle er die unfreundlichen Worte beiseite wischen, und als er wieder sprach, zitterte seine Stimme vor Zorn: »Sie hat mich im Park belästigt«, sagte er. »Sie schlug mich mit ...«

Bingo! dachte Saracco. Selbst wenn er Chambers nicht dazu bringen konnte, die Wahrheit zu gestehen – vielleicht schaffte er es aber, ihn wütend genug zu machen, dann würde er möglicherweise seine coole Haltung aufgeben und auf dem Video seine gewalttätige Seite offenbaren, die im Park ebenfalls in ihm aufgebrochen war. Vor einer Jury wäre auch das ausgesprochen hilfreich.

Er startete einen weiteren Vorstoß. »Wie konnte sie dich denn belästigen?« fragte er. »Worüber reden wir hier eigentlich?«

»Wie bitte?« Robert hatte den Köder geschluckt; auf seinem Gesicht deutete sich ein Anflug des Zornes an, auf den Saracco scharf war. »Mädchen sollen das etwa bei einem Kerl nicht machen können?«

Saracco ließ nicht locker. »Warte mal. Versuchst du etwa, mir weiszumachen, daß sie dich im Park vergewaltigt hat? Ich bitte dich, Robert.«

Robert hatte jedoch die Kontrolle über sich bereits wiedererlangt und verkündete jetzt steif und in gestelzten viktorianischen Worten: »Sie hat sich mich zu Willen gemacht. Ohne mein Einverständnis. Mit meinen Händen auf dem Rücken.«

»Warte eine Sekunde«, sagte Saracco, »woher kommst du denn? Vom Land oder so?«

»Ich weiß nicht, wo Sie herkommen.« Roberts Stimme war eisig. »Das interessiert mich auch nicht. Aber sehen Sie, ein Jogger hat mich schreien hören. Der Jogger hat sogar gefragt: ›Stimmt etwas nicht?‹«

»Mach nur weiter.«

Roberts Gesicht verriet helle Empörung. »*Ich* bin verletzt«, sagte er.

»Verletzt wodurch?«

»Durch *sie*.«

»Ich weiß, daß du *wütend* bist. Weil sie dich gekratzt hat.«

Diesmal drang ein gutturaler Laut tief aus Roberts Kehle.

»Sieh mal, wenn ich dir diese Geschichte erzählte«, sagte Saracco, »würdest du lachen.«

»Nein, ich bezweifle, daß ich lachen würde.«

»Ich meine auch nicht lachen, weil es lustig ist, sondern lachen, weil das Ganze überhaupt keinen Sinn ergibt.«

»Es macht keinen Sinn?« Endlich schien Robert doch an der Schwelle zum echten Zorn zu stehen. »Es macht keinen Sinn, daß einem irgend jemand die Hände hinter dem Rücken zusammenbindet, einen dann nach unten zwingt und sich demjenigen dann auf die Brust setzt?«

»Ganz genau«, entgegnete Saracco, »da hast du vollkommen recht.«

Obgleich er Robert angestachelt und ihn an den Rand der Explosion gebracht hatte, erfolgte diese nicht. Auch änderte er seine Aussage nicht, wiederholte sie nur immer wieder gereizt. Enttäuscht gab Saracco die Befragung an Sheehan weiter; er brauchte Zeit, um sich eine neue Vorgehensweise zu überlegen.

»Hast du sie zu irgendeinem Zeitpunkt, nachdem sie dich angespuckt hat und so weiter, ins Gesicht geschlagen oder sie von dir weggestoßen oder ihr aufs Auge gehauen oder sonst etwas?« fragte Sheehan.

»Ich habe sie zu keinem Zeitpunkt geschlagen oder geboxt oder sonst etwas«, antwortete Robert und klang äußerst überzeugend.

»Du hast es einfach zugelassen, daß sie dich gekratzt hat?«

»Was sollte ich den tun? Sie mit einem Stock schlagen?« Unter Sheehans Befragung hatte sich Robert wieder beruhigt, war fast lässig geworden. Zeit, ihm ein Ding zu verpassen, entschied Saracco und unterbrach ihn. »Sie ist tot. Du nicht. Irgend etwas ist passiert, soviel steht fest, nicht wahr, Rob?«

Doch Robert grunzte nur »Yeah« und blieb standhaft.

Unmittelbar darauf unternahm Saracco einen letzten Vorstoß im Hinblick auf das Gerichtsverfahren, das er jetzt für unabwendbar hielt. »Mir scheint«, so setzte er in seinem besten Plädoyerstil an, »daß nicht sie diejenige war, die ausgerastet ist, sondern du. Du warst derjenige, der sich bis zu einem gewissen Grade vergessen hat. Du hast sie umgebracht. Du *wußtest*, daß du sie töten würdest, hast es vorsätzlich getan. Hast sie tot dort zurückgelassen. Du bist nach Hause gegangen. Hast dich schlafen gelegt. Und aufgrund der guten polizeilichen Ermittlungen haben sie dich gefunden. Deine Ausführungen sind doch lediglich Ausflüchte.«

Als er damit fertig war, gab er Robert eine letzte Chance, seine Aussage zu bereinigen.

Doch das wollte Robert nicht. »Ich habe Ihnen genau beschrieben, was vorgefallen ist«, sagte er. »Es tut mir leid, wenn Sie das nicht akzeptieren können. Ich bin sicher, daß ich schon von anderen Männern gehört habe, die vergewaltigt oder gefesselt worden sind.«

»Nun«, ereiferte sich Saracco, »ich noch nicht.«

»Na gut, da haben Sie Glück gehabt.«

»Ich mache diesen Job jetzt schon eine ganze Weile, aber du bist bislang der erste Mann, der im Central Park vergewaltigt worden ist.«

»Das macht für mich wirklich keinen Unterschied. Aber es passiert. Es kann *passieren*. Es *ist* passiert.«

Saracco verpaßte ihm noch einen letzten Hieb. »Du bist am Ende nicht vergewaltigt worden«, sagte er. »Und sie war am Ende tot. Das ist alles, was ich weiß.« Robert wollte das letzte Wort haben. »Ich hatte nicht vor, ihr weh zu tun«, sagte er. »Ich *mochte* sie sehr, sie war ein nettes Mädchen, sehr unkompliziert. Sie war nur zu aufdringlich. Und sie hat mehr für mich empfunden, als ich dachte. Mehr, als wohl jeder vermutet hat.«

Dich sehe ich vor Gericht wieder, dachte Saracco und verkündete einen Moment später, daß die Aufzeichnung beendet sei. Obwohl Robert nicht von seiner Version der Geschichte abgewichen und obwohl es ihm selbst nicht gelungen war, ein Motiv hervorzubringen, hatte er eine ziemlich gute Aussage bekommen, sagte er sich. Eine, über die sich kein Strafverteidiger freuen würde, und das machte *ihn* glücklich.

Er verließ den Raum, als Detective McEntee, der während der gesamten Aufzeichnung geschwiegen hatte, das Wort ergriff und zu Robert sagte: »Du bist verhaftet.«

Sheehan war erschöpft. Alles, wonach er sich sehnte, waren eine Dusche und ein Bier oder ein Bier und eine Dusche. Er versuchte noch, sich zu entscheiden, was er zuerst wollte, als Lieutenant Doyle sich zu ihm hinabbeugte und sagte: »Hey, kennst du Robert Chambers von früher her?«

»Nein«, antwortet Sheehan.

»Was ist mit seinem Vater, kennst du den?«

»Nein.«

»Na ja, der alte Herr jedenfalls kennt dich. Er hat mir gegenüber deinen Namen erwähnt.«

»Du machst Witze.«

»Nein; er sagte irgend etwas wie ›ist das Detective Sheehan, der von Sheehan's Bar auf der Third Avenue?‹«

Unglücklich seufzte Sheehan: »O Mann.« Und genau in dem Moment trat Bob Chambers durch die Eingangstür.

»Da kommt er«, raunte Doyle, und Sheehan starrte Bob an. Er erkannte ihn nicht sogleich. Der Mann, den er anschaute, war glattrasiert und eine gepflegte Erscheinung; und der Bob Chambers, den er gekannt hatte, trug dicke Koteletten und wirkte immer ein wenig ungepflegt. Einen Moment später jedoch, als er sah, wie Bob vertraut mit den Schultern zuckte, erkannte er augenblicklich, daß es sich natürlich um Bobby Chambers handelte. Beim heiligen Geist, dachte er. Der Intelligenzler ist also Robert Chambers' Dad. Ich wußte gar nicht, daß der Typ einen Sohn hat. Dann dachte er: Jesus, der arme Bursche. Diese Sache mit seinem

Sohn ist alles, was er jetzt noch gebrauchen kann. Schon damals, als er noch Gast in der Bar war, hatte er harte Zeiten durchlebt, hatte darüber gesprochen, wie schlecht seine Ehe war – und was kommt jetzt auf ihn zu?

Besorgt ging er auf Bob zu, schüttelte ihm die Hand und sagte: »Meine Güte, Bobby, eine lange Zeit, was?« Dann fügte er hinzu: »Ich hatte keine Ahnung, daß Robert Ihr Sohn ist. Hätte ich das gewußt, hätte ich an dem Fall nicht weitergemacht. Aber der Junge hat kein Wort gesagt. Ich habe ihm sogar meine Karte gegeben. Er hat mit keinem Wort erwähnt, daß sein Vater mich kennt. Hat keinmal gesagt: ›Hey, hat deiner Familie Sheehan's Bar gehört‹?«

Bob zuckte erneut mit den Schultern. Dann fragte er: »Wie geht es Ihrer Mutter?«

»Mutter geht es gut.«

»Ich hoffe, Ihre Familie ist nicht sauer auf mich; ich meine, weil ich fünf Jahre lang nicht mehr in der Bar gewesen bin.«

Sheehan traute seinen Ohren nicht. Der Sohn des Burschen war gerade wegen Mordverdachtes verhaftet worden, und er fragt mich, wie es meiner Mutter geht. »Es ist schon in Ordnung«, murmelte er. »Es ist okay.«

»Mike, ich möchte mich aber dafür entschuldigen, daß ich in den letzten fünf Jahren nicht vorbeigekommen bin«, beharrte Bob.

»Vergessen Sie es, es ist doch nicht der Rede wert«, versicherte Sheehan ihm. Bob aber wollte das Thema nicht fallenlassen. »Es hat nichts mit der Bar oder mit Ihrer Familie zu tun«, sagte er. »Es ist, weil ich ein Problem habe. Ich bin Alkoholiker.«

Mein Gott, das habe ich auch nicht gewußt, dachte Sheehan. Verdammt, wenn mir der Typ damals nur ein Wort gegönnt hätte, vielleicht hätte ich ihm helfen können. Doch es brachte nichts, wegen bereits zerbrochener Scherben noch ein Aufhebens zu machen. Jetzt, in diesem Moment, brauchte der Mann wirklich Hilfe. »Was wollen Sie tun?« fragte er. »Ich meine, was wollen Sie jetzt unternehmen?«

Bob klang niedergeschlagen. »Das wollte ich Sie gerade fragen. Was zur Hölle soll ich denn jetzt tun?«

»Sie sollten sich um einen guten Anwalt kümmern.«

»Ja, das Problem ist nur, mir fehlen die Mittel dafür. Ich weiß nicht, ob ich mir einen leisten kann.«

»Ach so. Nun, ich denke, Sie können auch warten. Man wird Ihnen einen stellen, einen Pflichtverteidiger.«

»Ja.« Bob klang resigniert. Kurze Zeit später fragte er jedoch: »Kennen Sie einen guten Anwalt?«

»Es gibt eine ganze Reihe guter Anwälte«, sagte Sheehan. Er zählte einige Namen auf. Einer von ihnen, so würde Bob später einem Freund erzählen, war Jack Litman, der gerade im Juni erst einen Freispruch für einen Cop aus Brooklyn erzielt hatte. Er war angeklagt, einen unbewaffneten Schwarzen erschossen zu haben.

Auf der Polizeiwache packten die Videotechniker ihre Ausrüstung zusammen, und Saracco machte sich zum Aufbruch fertig. Robert schien man fast vergessen zu haben; er war allein, abgesehen vom jungen Detective Mullaly, den Sheehan gebeten hatte, ein Auge auf ihn zu haben. Die beiden saßen sich schweigend gegenüber, als sich plötzlich die Tür öffnete und Bob Chambers eintrat. Mullaly sah, wie Robert aufsprang und seinem Vater die Arme um den Hals warf. Dann hörte er ihn mit aufgebrachter Stimme sagen: »Diese verdammte Schlampe! Warum hat sie mich nicht in Ruhe gelassen?«

Bob Chambers hörte die Bemerkung nicht, und falls doch, gelang es ihm, sie nicht bis zu seinem Gehirn durchdringen zu lassen. Er vernahm keinen Schwall zorniger, anklagender Worte, sondern ein Schluchzen. Vor sich sah er keinen wütenden jungen Mann, sondern einen verzweifelten Jungen; einen, dem die Tränen in den Augen standen. »Ich bin doch hier«, sagte er sofort. »Ich habe schon die ganze Zeit versucht, dich zu sehen. Aber jetzt bin ich hier, und das ist das wichtigste.«

Robert vergrub den Kopf in den Händen.

»Ich werde bei dir sein, und deine Mutter auch. Wir werden alles für dich tun, was jetzt nötig ist.« Obwohl er den Arm um die Schultern seines Sohnes geschlungen hatte und weiterhin mit beruhigender Stimme auf ihn einsprach, gelang es Robert nicht, die Fassung wiederzugewinnen. Er konnte nicht aufhören zu weinen.

Etwa eine Stunde später – es war jetzt etwa zwei Uhr nachts – wurde Robert auf den ›Gang‹ geführt. Der Gang ist ein Zugeständnis der Polizei an die Presse; die Chance, einen Verbrecher zu fotografieren, bevor er die Wache verläßt, auf der er verhört wurde, und im Innern der Zentralen Aufnahmestelle verschwindet. Der Gang gibt den Fotografen die Möglichkeit, genügend Schnappschüsse zu machen, so daß sie vom Tag der Verhaftung bis zum Tag der Kautionsverhandlung ausreichen – oder sogar bis zu einem Prozeß, wenn der Angeklagte nicht auf Kaution freikommt. Robert, jetzt in Handschellen und von Polizisten umringt, ging von der Wache bis zu einem in der Nähe geparkten Polizeitransporter entlang einer Strecke, die mit sich drängelnden Journalisten gesäumt war.

Robert versuchte sie zu ignorieren; ihre Kameras jedoch waren wie Gewehre auf ihn gerichtet, so daß der Weg draußen wie durch eine leuchtende Morgendämmerung zu erstrahlen schien, und die Nachrichtenleute riefen ihm vertrauliche Bemerkungen zu, als seien sie seine engsten Freunde.

»He, Robert! Ich bin hier drüben«, hörte man eine Stimme.

»Yo, Rob«, rief eine andre. »Was hast denn mit ihr gemacht?«

Mehrere Male drehte er sich um; Lichter explodierten in seinen Augen. Sheehan war an seiner Seite, Sheehan, der ihn vor wenigen Minuten auf eine Herrentoilette geführt und verlangt hatte, daß er seine Hosen herunterließ, so daß er seine Genitalien nach – wie sich herausstellte, nicht vorhandenen – Spuren von Quetschungen und Kratzern untersuchen konnte. Diese unwürdige Behandlung hatte er passiv über sich ergehen lassen. Doch dieses hier, der wogende Ansturm der Presse, machte ihn wütend. Sie war wie ein Rudel wilder Hunde, die nach seinem Blut lechzten.

Zur gleichen Zeit, während Robert die Wache verließ, wurde Brock Pernice, der sich immer noch in den Hamptons aufhielt, durch das Läuten des Telefons aufgeschreckt, das die nächtliche Stille durchdrang. Er hob ab und hörte die Stimme seiner Mutter. Sie weinte.

Es ist was mit Großvater, dachte Brock. Er ist gestorben. Das muß es sein, denn das letzte Mal klang Mom so verweint, als ein anderes Familienmitglied gestorben war. »Was ist los?« fragte er sofort. »Ist es Großvater?«

Seine Mutter sagte »Nein«, und das nächste, was Brock fragte, war »Ist es Jen?« Er hatte keine Ahnung, warum er das sagte; doch irgendwie wußte er einfach, daß Jennifer etwas zugestoßen war.

Als seine Mutter diese Vermutung bestätigte und herausbrachte, daß das Mädchen tot sei, schleuderte er das Telefon fort, warf es von sich, als sei es ein Überbringer schlechter Nachrichten, deren Zerstörung er damit bewirken könnte. Er brach in Schweiß aus; der Schweiß strömte ihm aus allen Körperporen, und er konnte es nicht aufhalten.

Die Haftzellen in der Zentralen Aufnahmestelle von Lower Manhattan waren schon zum Bersten voll, als McEntee und Robert gegen halb vier Uhr morgens dort ankamen. Es sah dort aus wie in einem Zoo; mit Herden von Männern, die meisten von ihnen dunkelhäutig, die aufrecht in einem überfüllten Käfig herumstanden. Es roch auch wie in einem Zoo, weil es in den Zellen keine Toiletten gab. Wollte ein Häftling zur Toilette gehen, mußte er einen Cop oder jemanden vom Gefängnispersonal darum bitten, ihn dafür herauszuholen; und einige machten sich gar nicht erst die Mühe zu fragen. Sie erleichterten sich direkt auf dem Zementboden. Robert, der wie geblendet war, nahm diesen Anblick und den Geruch, der ihm entgegenschlug, in sich auf und hielt sich dicht an McEntee.

Seine Finger waren bandagiert, und er trug Antibiotika-Tabletten für seine Kratzer sowie ein kleines Eispäckchen für seine schmerzende Hand bei sich. Auf dem Weg zur Zentralen Aufnahmestelle hatte man ihn in ein Krankenhaus gebracht, wo man seine Bißwunden, Kratzer und die Handverletzungen untersucht und ihm entsprechende Medikamente verschrieben hatte. McEntee sagte ihm, daß er sein Eispäckchen wahrscheinlich behalten düfte, wenn er erst einmal registriert war, die Tabletten aber eher nicht. Im Gefängnis stelle man sich mit Tabletten immer etwas an.

Sie gingen zuerst zum Fotografen, um das Foto für die Kartei anfertigen zu lassen. Robert stellte sich vor einer Polaroidkamera auf, die auf einem Stativ stand, und eine Polizistin drückte den Auslöser; aber nichts passierte. Die Kamera war kaputt. Die Polizistin ließ eine neue holen, aber auch diese war defekt. Schließlich schickte sie nach einer dritten; doch als man diese brachte, mußte man erkennen, daß sie keine Farbfilme entwickeln konnte, und das war die einzige Art von Film, die im Raum vorhanden war. Jedesmal, wenn eine neue Kamera eintraf, wischte sich Robert den Schweiß von der Stirn und fuhr sich mit den bandagierten Fingern durchs Haar. Schließlich fand man doch noch eine funktionierende Kamera, die auch Farbfilme entwickeln konnte, und sein Gesicht wurde aus vier verschiedenen Winkeln fotografiert. Die Bilder, die dabei entstanden, ähnelten nicht im geringsten denen, für die er damals posiert hatte, als er noch gehofft hatte, als Model arbeiten zu können. Trotz seiner Bemühungen, sich ein wenig herzurichten, wirkte er genauso unordentlich wie jeder andere Kriminelle; seine Haare waren widerspenstig, sein Gesicht verschmutzt, das Kinn voller Bartstoppeln. Doch was an seinem Aussehen am meisten auffiel, waren die braun-roten Kratzer, die sich quer über seine bleiche Wange zogen, genau wie die Kriegsbemalung bei einem Indianer im Film.

Nachdem sein Foto erst einmal im Kasten war, führte McEntee ihn zu einem Schalter, an dem er aufgefordert wurde, das ganze Geld, das er dabeihatte, abzugeben. Er hatte keins. Dann forderte man ihn auf, seine Schnürsenkel abzulegen. »Sie wollen nicht, daß du dich da drinnen erhängst«, erklärte McEntee ihm. Vornübergebeugt zog Robert die Schnürsenkel aus den Schuhen und reichte sie hinüber. Als er sich nun vorwärts bewegte, klafften die Schuhe plötzlich weit von seinen Füßen ab, und die metallenen Ösen, in denen die Schnürsenkel gesteckt hatten, sahen aus wie kleine, leere Mäuler. »Diese Schnur auch noch«, forderte McEntee und zeigte auf das Taillenband, das sich durch seine Jogginghose zog. Robert knüpfte die Hose auf, zog das Band heraus und legte es auf den Schalter. Sobald er das getan hatte, rutschte ihm die Hose die Hüften hinunter. Mit der gazeverbundenen Hand griff er danach und hielt sie hoch, so gut er konnte. Dann führte McEntee ihn weiter, damit er seine Registriernummer erhalten und die Fingerabdrücke nehmen lassen konnte.

Dieser Prozeß hätte eigentlich glatt über die Bühne gehen müssen, das tat er aber nicht. Der Computer, der den Häftlingen ihre Nummern zuteilte und die Fingerabdrücke zu einer zentralen Rechenstelle in Albany schickte, war abgestürzt. Niemand konnte sagen, wann er wieder laufen würde, erfuhr McEntee von einem Gefängnisbeamten. In der Zwischenzeit würde sein Gefangener in einer der Zellen warten müssen.

McEntee war niedergeschlagen, als er diese Neuigkeiten hörte. In den letzten Stunden hatte er sich großartig gefühlt. Sein erster Mordfall war nicht nur aufgeklärt, sondern darüber hinaus war auch der Beschuldigte festgenommen worden; ein Geständnis lag vor, und die Registrierung im Gefängnis war so gut wie erledigt. Alles, von ein paar defekten Kameras einmal abgesehen, war glattgegangen. Und jetzt drohte die ganze Sache zu einem schlechten Ende zu kommen.

Tatsache war, daß er Robert nicht in einer der großen Zellen untergebracht wissen wollte und für ihn eigentlich eine Einzelzelle vorgesehen hatte. Es gab drei oder vier solcher Zellen, und obwohl sie normalerweise für Transvestiten reserviert waren, denen es in den großen Zellen immer ziemlich schlecht erging, wurden auch Gefangene, die man für suizidgefährdet hielt und die darum unter ständiger Bewachung bleiben mußten, dort eingewiesen. Nach McEntees Einschätzung war Robert zwar nicht suizidgefährdet, aber er würde nicht wissen, wie er auf sich achtgeben sollte unter diesen Tieren, auf die er in dem großen Käfig treffen würde. Nicht mit diesen bandagierten Händen. Alles, wovon er etwas verstand, war, wie man sich gegen Mädchen zur Wehr setzte. Im Moment gab es aber nichts, was McEntee im Hinblick auf eine Einzelzelle für ihn tun konnte. Nun hieß es, auf das Beste zu hoffen. Er drehte sich zu Robert um und sagte zu ihm: »Du mußt da jetzt zu den anderen hineingehen.«

Robert sah ihn verängstigt an, aber McEntee meinte, er solle sich keine Sorgen machen. »Laß dich da drin nur nicht auf einen Faustkampf ein«, empfahl er ihm eindringlich. Doch ihm ging das Bild von einem Typen nicht aus dem Kopf, das er vor nicht allzu langer Zeit gesehen hatte, Der Mann war eingesperrt worden, weil er seine kleine Tochter von einem Dach geworfen hatte. Der Kerl war gerade erst zehn Minuten in einem dieser Käfige, als man ihn schon herausholen und eiligst in ein Krankenhaus fahren mußte. Gefangene hatten einen Kodex – sie mochten keine Typen, die Kinder umbrachten. Vielleicht würden sie auch nicht mögen, was Robert getan hatte.

»Hör zu, was immer du auch tust«, warnte er den Jungen, »erzähle niemandem, warum du hier bist. Wenn dich jemand danach fragt, sag ihnen einfach, wir haben dich wegen eines Überfalls oder eines Raubes eingebuchtet.«

Nachdem Robert weggeführt und in eine der Zellen gebracht worden war, holte McEntee sich einen Kaffee und unterhielt sich mit einigen Kollegen. Das Radio war aufgedreht – irgend jemand hatte mit voller Lautstärke *News 88* eingestellt –, und die Beamten hörten zu und lachten schallend über Roberts Story, die sie ausgesprochen amüsant fanden.

»Sag mal, findest du den Burschen attraktiv?« fragte einer der Zuhörer, ein männlicher Officer, einen weiblichen Officer. »Hm, ja«, entgegnete die Frau, »ja, er ist wirklich niedlich.«

»*Sehr* niedlich?«

»Ja, *sehr* niedlich.«

»Nun denn, quetsch ihm nur nicht seine Eier.«

Die Polizistin kicherte, und die Männer konnten sich vor Lachen kaum noch halten. McEntee hingegen gelang es nicht, sich zu entspannen. Auch wenn Robert nicht sagt, warum er hier ist, dachte er für sich, die Typen da drinnen werden es pronto herausgefunden haben, weil das verdammte Radio an ist. Besorgt verließ er die Gruppe, bei der er gestanden hatte, und eilte zur Zelle hinüber, um nach seinem Gefangenen zu sehen.

Was er dort erlebte, versetzte ihn in Erstaunen. Robert hatte es erreicht, sich inmitten der aufgebrachten, herumschubsenden Menge ein paar Meter Platz zu verschaffen, und er lag zusammengerollt auf dem dreckigen Zementboden. Seine Augen waren geschlossen, und er wirkte, als habe er sich von seiner Umgebung gelöst und sei geräuschvoll eingeschlafen.

Er schien immer noch zu schlummern, als ein oder zwei Stunden später der Computer wieder funktionierte. McEntee nahm einen ersten Satz Fingerabdrücke, indem er die dicke Tinte, die wie schwarze Zahncreme aussah, auf eine Lucite-Unterlage strich und dann Roberts Finger – so fest er es angesichts der Bandagen konnte – auf die Paste drückte. Er hatte jedoch noch nicht viel Erfahrung damit, und daher waren die Abdrücke verschmiert. Ein Spezialist für Fingerabdrücke auf die übliche Art und Weise versuchte es noch einmal, aber er zögerte, die Handlung vorzunehmen, indem er nämlich die Finger des

Gefangenen ergriff und sie tief in den Tintenstrudel eintauchte, als seien es Anker, die man ins Meer hinabließ. Roberts gazeumhüllte Hand machte den Spezialisten nervös, und er drückte derart sachte, daß er nur einen unvollständigen Satz erhielt. Dann versuchte McEntee es erneut, und es gelang ihm immerhin, von neun Fingern einen Abdruck zu erstellen. Das reichte aus. Die Registrierung war nun beendet.

Inzwischen war es acht Uhr morgens. McEntee machte sich fertig zum Gehen, aber er fühlte sich weiterhin nicht wohl; war immer noch besorgt, daß dem Täter seines ersten Mordfalles etwas zustoßen könnte. Er wußte zwar, daß es Robert geschafft hatte, sich zu behaupten, als er ein oder zwei Stunden von anderen Gefangenen umringt war; aber er war sich nicht sicher, ob er es auch noch durchhalten würde, wenn er noch weitere acht Stunden zusammen mit ihnen verbringen mußte, oder wie lange es auch immer dauern würde, bis er zur Anklage vernommen wurde. Auf dem Nachhauseweg arrangierte McEntee dann doch eine Einzelzelle für Robert. Anschließend verabschiedete er sich von ihm. »Ich mußte zu einer Notlüge greifen«, erklärte er. »Ich mußte ihnen vorgaukeln, daß du suizidgefährdet bist.«

Robert sah ihn dankbar an, doch McEntee schüttelte diesen Blick von sich ab. Was er getan hatte, hatte er nur für sich selbst getan, nicht für diesen Preppie. »Das letzte, was ich gebrauchen kann, ist, daß du da drinnen umgebracht wirst«, sagte er widerwillig.

Kurze Zeit später schlurfte Robert, der immer noch seine Jogginghose mit der bandagierten Hand festhielt, die Füße in den schlackernden Sportschuhen steckend, langsam mit einem Gefängnisbeamten davon.

7. Kapitel
Scharfer Sex

Jack Litman von der Kanzlei Litman, Asche, Lupkin & Gioiella war einer der gefragtesten Strafverteidiger New Yorks. Schon seine Körperhaltung unterstrich diese Tatsache. Den Brustkorb weit vorgeschoben und die Schulterblätter so straff, daß sie wie gestärkt wirkten – er war das Sinnbild eines Mannes, der niemals weniger als das vollste Selbstvertrauen gekannt hatte. So hatte er schon immer ausgesehen, sogar damals, als er als kleiner Assistent im Büro des Bezirksstaatsanwaltes von Manhattan begonnen hatte. Schon zu diesem Zeitpunkt war er sich sicher gewesen, daß er es einmal weit bringen würde. Er besaß die Art von Intelligenz, die ihn von seinen Kollegen abhob, und es hatte niemanden überrascht, daß er innerhalb von vier Jahren zum Star der Elite-Mordkommission bei der Staatsanwaltschaft aufgestiegen war.

Im Alter von einunddreißig Jahren hatte er sich selbständig gemacht, war zur anderen Seite gewechselt, dorthin, wo das Geld saß. Es war für ihn an der Zeit gewesen zu gehen. In den wenigen Jahren, die er bei der Bezirksstaatsanwaltschaft verbracht hatte, hatte er annähernd vierzig Fälle vor Gericht verhandelt und nur einen verloren.

Am Morgen des 27. August 1986 stand Litman auf dem Höhepunkt seiner Karriere. Seit zwölf Jahren praktizierte er jetzt als selbständiger Anwalt und bearbeitete alles, vom Versicherungsbetrug bis hin zum Mord. Er hatte eine Reihe dramatischer Siege vorzuweisen. Da war der Polizist aus Brooklyn, der den unbewaffneten Schwarzen angeschossen hatte – Freispruch; der Cop aus der Bronx, der zwei unbewaffnete Latinos angeschossen hatte – Freispruch; ein Magnat aus der Geschäftswelt, angeklagt wegen Insidergeschäften – Verfahren eingestellt; ein Bankräuber, den man geschnappt hatte, kurz nachdem er den

Bankschalter verlassen hatte und der noch immer ein Bündel des gestohlenen Geldes und sogar einen Zettel, auf dem er die Worte seiner Geldforderung notiert hatte, bei sich trug – Freispruch.

Litman hatte auch eine Reihe von Klienten betreut, die wegen Mordes angeklagt waren und für die er Verurteilungen wegen geringerer Delikte herausholte. Einer von ihnen war ein siebzehnjähriger Junge, der nach Angaben der Polizei wiederholt mit einem Stein auf den Kopf seiner Freundin eingeschlagen haben sollte. Litman hatte die Jury des Jungen davon überzeugen können, daß sein Klient das Mädchen lediglich von sich gestoßen und daß sie sich den Kopf beim Fallen an einem Stein aufgeschlagen hatte. Ein weiterer Mandant – bislang sein berühmtester – war Richard Herrin gewesen, ein Amerikaner mexikanischer Abstammung, der ein Stipendium für Yale gewonnen hatte. Dieser hatte Bonnie Garland, eine Kommilitonin in Yale, in die er sich verliebt hatte, mit einem Hammer erschlagen. Nach seinem Geständnis, Garland umgebracht zu haben, hatte Herrin der Polizei sogar erzählt, daß er schon Stunden vor der eigentlichen Tat daran gedacht hatte, sie zu töten. Der Verteidiger jedoch hatte Herrins Jury davon überzeugt, daß der junge Mann an extremen emotionalen Störungen litt, und es war ihm gelungen, für ihn eine Verurteilung wegen Totschlags und nicht wegen Mordes herauszuholen.

Viele Menschen verurteilten Litman wegen seiner Triumphe; nannten ihn einen Mann ohne Seele und Gewissen. Diese Angriffe prallten allerdings an ihm ab wie Wasser an einer Granitwand. Die Öffentlichkeit versteht die amerikanische Verfassung nicht, sagte er oft. Die Rechte des Angeklagten, niedergeschrieben von unseren Gründungsvätern, sind geweihte Rechte, sie sind heilig. Er glaubte leidenschaftlich an die Verfassung und sprach häufig darüber auf Diskussionsveranstaltungen, bei denen er sie erläuterte und verteidigte. Er hing ebenso leidenschaftlich an der Institution Familie.

Hinter seiner arroganten Haltung und der rasiermesserscharfen Beobachtungsgabe verbarg sich aber auch noch eine andere Seite. Er konnte seiner Frau gegenüber, einer in Frankreich geborenen, ebenfalls sehr talentierten Juristin, ohne weiteres äußerst beherrschend sein und sie in den Hintergrund drängen. Aber er liebte sie, und er vergötterte seine beiden kleinen Söhne. Gute Jungs, hervorragende Schüler, bei denen man sich darauf verlassen konnte, daß sie nicht in irgendwelche Schwierigkeiten gerieten.

Nicht lange nachdem er das erste Mal vom Chambers-Fall gehört hatte und von den Teenagern, die im Dorrian's die ganze Nacht hindurch zechten und feierten, ging Litman der Gedanke durch den Kopf, daß seine eigenen Kinder und die seiner Freunde niemals Teil einer solchen Szene hätten sein können; denn sie alle hatten ein wachsames Auge auf ihre Sprößlinge. Sie sagten ihnen nicht: Ihr könnt jetzt in den Dschungel hinausgehen. Ihr seid jetzt stark genug. Ihr habt Krallen. Ihr habt Muskeln. – Er und seine Freunde erzogen ihre Kinder wie Menschenkinder und nicht so, wie Tiere in der freien Natur ihre Jungen großziehen.

Doch das war nach dem 27. August 1986. An diesem Morgen, als er von dem Fall im Radio erfuhr, zuckte er nur die Achseln und zog sich weiter für die Arbeit an. Er war gerade fertig geworden und im Begriff, seine geräumige Wohnung am Central Park West zu verlassen, um sein ebenso geräumiges Büro am unteren Broadway aufzusuchen, als das Telefon klingelte und ein Mann, der sich als Freund der Chambers-Familie vorstellte, damit begann, eine endlose Litanei herunterzurasseln. Im Kern ging es nur darum, daß die Chambers-Familie wissen wollte, ob er daran interessiert sei, den Fall ihres Sohnes zu übernehmen.

Vielleicht, dachte Litman. Laut sagte er: »Nun ja, ich werde mich mit den Eltern treffen und mit ihnen darüber reden.« Er ließ sich vom Anrufer Bob Chambers' Telefonnummer geben, rief ihn kurz an, fand heraus, daß seine Wohnung ganz in der Nähe lag, fuhr zu ihm hinüber und holte ihn in seinem Cadillac DeVille ab.

Er stellte ihm gleich im Auto die erste Frage und verschwendete dabei keine Zeit darauf, sich nach seinem derzeitigen Befinden zu erkundigen. Menschen in Bob Chambers' Situation, das hatte er schon vor langer Zeit gelernt, waren oft unfähig, sich klar auszudrücken, sie waren häufig verwirrt. Es war sinnlos, auf die emotionalen Aspekte näher einzugehen. Darum konzentrierte Litman sich jetzt ganz auf sämtliche Informationen, die ihm bei der Verteidigung des Sohnes behilflich sein konnten; wie beispielsweise, was sich letzte Nacht auf der Polizeiwache abgespielt hatte.

Um neun Uhr hatte er auch Phyllis kennengelernt, und um neun Uhr dreißig, nachdem er zugesagt hatte, den Fall zu übernehmen, preschte er mit seinem Cadillac in Richtung Innenstadt.

Er traf gerade bei der Zentralen Aufnahmestelle ein, als Robert von einigen Polizisten auf die Straße geleitet wurde, um zur Untersuchungshaft in das Strafgerichtsgebäude überführt zu werden. Reporter drängten sich auf dem Bürgersteig, und von den Wagen der TV-Sendeanstalten bohrten sich Periskope in den Himmel. Litman raste auf seinen neuen Klienten zu, stellte sich vor und erklärte, daß er von Bob und Phyllis mit dem Fall beauftragt worden sei.

Er war sich nicht sicher, wieviel der Junge verstand. Er ist wie versteinert, dachte er. »Versuch, ruhig zu bleiben«, mahnte er ihn. Dann warf er einen kurzen Blick auf die Wand aus Kameras und Lichter. »Bitte bleib ruhig«, sagte er noch einmal, »und sprich mit niemandem.«

Mickey McEntee wartete im Gerichtsmedizinischen Institut darauf, daß die philippinische Ärztin, die Jennifer am gestrigen Morgen im Park untersucht hatte, mit der Autopsie beginnen würde. Sie befanden sich im Fotoraum, tief im Innern des Gebäudes, wo der Fotograf um die Leiche herumsprang und Fotos mit einer riesigen Zoomlinse schoß. McEntee bekam eine Gänsehaut, wenn er den

Typen mit seinem langen Pferdeschwanz nur ansah, der ein Harley-Davidson-T-Shirt, eine mächtige Gürtelschnalle an der schwarzen Hose sowie riesige schwarze Motorradstiefel mit Silberbeschlägen trug. Ein Verrückter. Aber wahrscheinlich mußte man so sein, um in der Gerichtsmedizin zu arbeiten. Sogar die Ärztin machte einen etwas absonderlichen Eindruck auf ihn. Als er ihr gesagt hatte, daß er die Wunden, die er auf den Brustwarzen des Mädchens gesehen hatte, für Bißwunden hielt, hatte sie gekichert und war errötet wie eine verschämte Jungfrau. Dann hatte sie erwidert, daß sie ihm nicht zustimmen könne.

»Warum nicht?« fragte er sie.

»Weil es keinerlei Anzeichen von Blutergüssen gibt.«

»Und was ist, wenn der Mörder sie gebissen hat, als sie bereits tot war? Ihr Herz hätte dann aufgehört zu pumpen, so daß kein Blut mehr zur Haut fließen konnte. In dem Fall hätte sie keinen Bluterguß bekommen.«

Die Ärztin kicherte und errötete wieder. Dann sagte sie immer noch kichernd: »Ihr Amerikaner, ihr seid so abartig veranlagt.« Unglaublich, dachte McEntee. Er versuchte zu sagen: Jesus Christus, Doc, es handelt sich hier um einen Mord und nicht um eine Soziologiestunde. Aber er hielt den Mund. Sie hatte noch nicht allzuviel Erfahrung. Kein Grund, sie ärgerlich zu machen.

Dabei mußte er sich stark beherrschen, vor allem, als sie die Theorie der Polizei diskutierten, daß das tote Mädchen über Erde und Zweige geschleift worden sei. Die Ärztin glaubte auch nicht daran, obwohl sich über das gesamte Gesäß und die Schenkel des Mädchens gerade Kratzer zogen.

»Da pellt sich nur die gebräunte Haut«, lautete ihre Erklärung.

Die Haut pellt sich! Haut, die sich pellt, bildet kein gerades Muster, schäumte McEntee. Wenn man sich pellt, sieht das aus wie ein Mosaik, wie Krokodilhaut. Die Gutachterin war ein hoffnungsloser Fall; wahrscheinlich hatte sie noch niemals in ihrem Leben einen Sonnenbrand gehabt.

Als sie mit ihrer Arbeit loslegte, sah er ihr eine Weile zu; sie wusch Jennifers Körper mit einem riesigen Schwamm und versiegelte ihre Kleider in Plastiktüten. Danach machte er sich auf den Weg. Er wollte möglichst weit entfernt sein, wenn die Ärztin damit begann, in den Körper hineinzuschneiden. Der Anblick von Toten machte ihm nichts aus, ebensowenig zuzusehen, wie Menschen erschossen und erstochen wurden oder mit abgetrennten Armen oder heraushängenden Eingeweiden auf dem Boden lagen. Wenn es aber darum ging, daß Ärzte mit ihren Händen durch die Haut in den Körper hineingriffen, irgendwelche Dinge hervorholten, sie abwogen und abmaßen, na ja, das machte ihn krank.

Nachdem McEntee gegangen war, fuhr Dr. Alandy ruhig mit ihrer Arbeit fort. Sie untersuchte sämtliche Blutergüsse auf der Haut und machte sich Notizen darüber.

Es gab etliche davon. Nicht nur die großen, bandförmigen Abschürfungen am Hals und die Striemen, nach denen McEntee vorher gefragt hatte. Da war auch eine Quetschung über der rechten Augenbraue. Direkt darunter fand sich eine unregelmäßige Hautabschürfung. Eine weitere Abschürfung war auf dem Ohr zu sehen und noch eine andere auf der linken Seite des Kinns; weiter auf dem Ellbogen, dem Bauch und den Innsenseiten der Schenkel. Und sie entdeckte kleine, vertikale Striemen auf der linken Wange.

Diese interessierten Dr. Alandy besonders. Wahrscheinlich hat das Mädchen sich diese Verletzung selbst zugefügt, dachte sie. Hat sich selbst gekratzt, als sie versuchte, etwas zu entfernen, das ihr der Angreifer ums Gesicht gelegt hat, einen Knebel vermutlich. Da war nämlich noch ein Riß auf der Innenseite der Oberlippe; die Art von Wunden, die durch einen Knebel aus rauhem Tuch verursacht werden konnte. Sie war sich dessen nicht sicher. Die Rißwunde könnte auch durch einen Schlag in den Mund herbeigeführt worden sein.

Alandy machte weiter und diktierte die von außen sichtbaren Befunde auf eine Kassette.

Während die Ärztin mit der Autopsie beschäftigt war, führte Litman das erste richtige Gespräch mit seinem neuen Mandanten. Es fand im Strafgerichtsgebäude statt, wo Robert mit einem ganzen Rudel anderer Gefangener in einer Zelle saß. Litman bat gar nicht erst darum, in das Anwalt-Mandanten-Besprechungszimmer geführt zu werden; ein *Alice-im-Wunderland-Zimmer*, in dem eine verkehrte Welt herrschte: Der Boden war blank, dafür waren die Wände mit Teppichen verkleidet. Der Verteidiger stand lediglich vor Roberts Zelle, hatte die Hände auf den Gittern liegen und fragte ihn ruhig, was im Park passiert sei. Er bekam die gleiche Geschichte zu hören wie die Polizei.

»Gibt es irgend etwas, worauf die Polizei stoßen könnte und was darauf schließen ließe, daß du Jennifer nicht gemocht hast?« fragte er, nachdem er Roberts Darlegungen gehört hatte. »Gab es irgendwelche Feindseligkeiten zwischen euch?«

Robert verneinte das; ihre Beziehung sei so oberflächlich und ereignislos gewesen, daß es eigentlich nicht der Rede wert gewesen war.

Litman trödelte nicht länger herum. Er sagte: »Kopf hoch«, und beeilte sich, in sein Büro zu kommen. Von dort aus konnte er sehr viel mehr für den Jungen tun als von diesem Ort.

Wieder zurück auf dem Polizeirevier, hatte Mickey McEntee sich um die Öffentlichkeit zu kümmern, mit der man sich immer auseinandersetzen mußte, wenn ein Verbrechen erst einmal in die Zeitung und ins Fernsehen gelangt war. Leute riefen an, um mitzuteilen, daß sie das Verbrechen in einer Vision gesehen hatten, oder sie kannten alle Details von Funksignalen her, die sie durch die Metallfüllungen ihrer Zähne empfingen, oder die Polizei hatte den Falschen erwischt, weil der Richtige sie just in dem Moment verfolgte, in dem sie miteinander sprachen. Verrücktes Zeug. Aber es galt, höflich zu bleiben, weil man nie wußte, wann jemand anrufen würde, der vielleicht wirklich einen Hinweise geben konnte.

Als ein Mann namens Alan Garber zu ihm durchkam, war McEntee auf einen weiteren hirnlosen Anrufer gefaßt. Dennoch hörte er dem Mann geduldig zu. Er sei Arzt, setzte er mit seiner Erklärung an, und jeden Morgen jogge er im Central Park. Manchmal beobachte er merkwürdige Dinge dort, so wie in der vorletzten Nacht, als er zwei Leute gesehen hatte, die auf dem Boden lagen.

»Und wo genau war das?« fragte McEntee.

Der Arzt holte umständlich mit einer langen Erläuterung seiner Joggingroute aus; wie er auf dem East Drive in Richtung Süden gejoggt sei, nördlich vom Museum, als er ein Paar unter einem Baum zu seiner Rechten gesehen habe.

»Zu Ihrer Rechten?« In McEntees Kopf klingelte eine Alarmglocke. Der Mann war definitiv in der betreffenden Gegend gewesen. »Erzählen Sie mir, was Sie gesehen haben.«

»Das Paar lag im Gras, und sie haben aufeinander geschaukelt.«

»Geschaukelt? Was meinen Sie mit geschaukelt?«

»Nun ja, Sie wissen schon, bumsen. Ich meine, ich kann nicht sagen, ob sie jetzt wirklich gebumst haben, es war ja noch viel zu dunkel, aber ich hielt es dafür. Oder sie haben aufeinander liegend geschaukelt; irgend etwas mit Sex.«

McEntee machte sich Notizen. Er schrieb ›schaukeln‹. Dann fragte er: »Und was haben Sie getan?«

»Ich bin weitergelaufen, ich habe nicht angehalten oder so. Ich habe meine Runde zu Ende gedreht. Etwa zwanzig Minuten später bin ich wieder an der gleichen Stelle vorbeigekommen; und die beiden waren immer noch da.«

»Immer noch da?« McEntees Herzschlag setzte einen

Augenblick lang aus. Vielleicht hatte der Bursche tatsächlich den Mord mit angesehen.

»Ja, sie waren immer noch da; sie haben immer noch auf und ab geschaukelt.«

McEntee schüttelte den Kopf. Sackgasse. Er dankte dem Arzt für den Anruf und sagte, er werde die Informationen an den Bezirksstaatsanwalt weiterleiten.

Der siebenundzwanzigjährige Roger Stavis arbeitete noch nicht lange in Litmans Kanzlei. Davor war er, obwohl er aus Queens kam, Staatsanwalt bei der Bezirksstaatsanwaltschaft in der Bronx gewesen. Als er in der vergangenen Woche bei Litman & Asche angefangen hatte, hatte er sich auf eine interessante Tätigkeit gefreut. Niemals jedoch hatte er erwartet, in eine solch heikle Untersuchung eingespannt zu werden wie den Chambers-Fall. Daher fühlte er sich großartig, als er an diesem Morgen ins Büro ging und erfuhr, daß die Firma den Fall übernehmen würde; und er war sich sicher, den richtigen Karriereschachzug unternommen zu haben.

Gegen elf Uhr war er schon fleißig mit der Angelegenheit beschäftigt. »Gehen Sie hinüber und statten Sie Robert einen Besuch ab«, wies Litman ihn an. »Finden Sie heraus, wer sich in der Tatnacht im Dorrian's aufgehalten hat. Klären Sie ab, wer seine Freunde sind, so daß Sie seine Story überprüfen können. Und ihn auch.«

Obwohl er Stellvertretender Bezirksstaatsanwalt gewesen war, hatte Stavis niemals einen Fuß in die verborgene Welt gesetzt, die sich durch das Strafgerichtsgebäude von Manhattan hindurch wand, das düstere Gerippe von Zellen, das ganze Flure einnahm und zu jedem Gerichtssaal einen Zugang besaß. Er hatte bislang lediglich von außen die hochaufragenden, auf Hochglanz polierten Portale der Gerichtsgebäude gesehen und die inspirierenden Worte über Gerechtigkeit, die in Marmor gemeißelt darüber zu lesen waren. Jetzt aber stürzte er sich eifrig in das Labyrinth und fand Robert, den man in eine Einzelzelle verlegt hatte. Als er den Jungen, der auf einer harten, aus der Wand herausragenden Pritsche saß, in seiner Zelle sah, flog ihm sein Herz zu. Der Altersunterschied zwischen ihnen war kaum der Rede wert, gerade mal acht Jahre betrug er. Und doch – wo befand er sich jetzt, und wo Robert?

Später würde Stavis die Meinung vertreten, daß diese unterschiedlichen Ausgangslagen etwas Wichtiges – und für ihn eher Erfreuliches – über soziale Erwartungshaltungen aussagten; die Herkunft war kein Garant für den Erfolg im Leben. Denn Robert, der teure Prep Schools besucht hatte, war jetzt der Verlierer, während er selbst, der sein Leben lang nur Schüler staatlicher Schulen gewesen war, auf der Gewinnerseite stand. An diesem Morgen in der Untersuchungshaft jedoch konzentrierte er sich auf ihre Gemeinsamkeiten. Ihre Jugend. Ihre Unerfahrenheit. Wegen dieser Gemeinsamkeiten hatte er das Gefühl, daß er und Robert gut miteinander auskommen würden; sie fanden sich ausgesprochen sympathisch, und Robert versorgte ihn mit den nötigen Informationen, einschließlich der Namen seiner Freunde, die ihn mit Jennifer im Dorrian's gesehen hatten.

Auf der East 90th Street 11 klingelten Dutzende von Reportern und Fotografen an Phyllis Chambers' Tür. Sie waren begierig auf ein Interview mit ihr. Phyllis hielt sich aber gar nicht in ihrer Wohnung auf; sie saß mit ihrer alten Freundin Barbara Dermont in einem Coffee Shop auf der Madison Avenue an einem Tisch ganz weit hinten, das Gesicht vom Eingang abgewandt; sie hatte schreckliche Angst davor, erkannt zu werden.

Sie ist am Boden zerstört, dachte Barbara besorgt. Ihre Lippen zitterten, und ihre Augen waren gerötet. Das letzte Mal, daß sie ein Zeichen von Emotion an Phyllis gesehen hatte, war damals gewesen, nach der Trennung von Bob. Jetzt, als sie darüber sprachen, was im Park geschehen war – der ›schreckliche Unfall‹, so nannte Phyllis es –, sah sie vollkommen niedergeschlagen aus. Es war nicht nur Robert, um den sie sich Sorgen machte, sondern es ging auch um Geld.

Litman war nicht gerade billig. Er berechnete zwischen zweihundertfünfzig und dreihundert Dollar pro Stunde, je nach Fall. War die Sache zeitaufwendig, so setzte er das Stundenhonorar am unteren Ende der Skala an. Darüber hinaus stellte er den Service von Mitarbeitern wie Stavis in Rechnung – hundert bis hundertfünfzig Dollar pro Stunde. Und er ließ sich die Dienste von Privatdetektiven sowie wissenschaftlichen Gutachtern und Reisekosten bezahlen.

Phyllis und Bob verfügten weder jetzt über die Mittel, die ein langwieriger, von Litman bestrittener Fall sie kosten würde, noch würden sie sie jemals aufbringen. Schließlich sollte es darauf hinauslaufen, daß Litman beträchtlich weniger Geld von den Chambers erhielt, als er üblicherweise von seinen Klienten bekam. (Er würde die tatsächliche Summe niemals verraten.) Und schließlich würde Phyllis von den verschiedensten Leuten, für die sie im Laufe der Zeit gearbeitet hatte, Geld für Roberts Verteidigung sammeln. Dorothy Hammerstein würde zwanzigtausend Dollar spenden. An diesem Morgen im August 1986 betrafen die Geldsorgen Phyllis' aber nicht Litmans Honorar, sondern die Mittel, mit denen sie Robert auf Kaution aus dem Gefängnis herausbekommen wollte.

»Bitte komm mit mir zu Litman«, bat sie Barbara und erläuterte, daß sie in sein Büro gehen wollte, um eine Briefkampagne und einen Spendenaufruf zu organisieren. Damit sollte Roberts Kaution sichergestellt werden.

Barbara erklärte sich einverstanden. In Litmans Kanzlei trat Phyllis in Aktion. Sie stellte eine Liste von Freunden und Kontaktadressen zusammen, die sich in Referenzbriefen für Roberts Charakter aussprechen sollten. Eine weitere Liste erstellte sie von Personen wie Barbara, die als ihre Beauftragte tätig werden und die Kleinarbeit übernehmen konnten. Außerdem listete sie Personen auf, die für eine Geldspende in Frage kamen. »Meine Freunde werden bestimmt nicht nein sagen«, meinte sie zu Barbara, »selbst diejenigen, die nicht viel Geld haben. Sie können ja einen Kredit aufnehmen gegen ihre Lebensversicherungspolice als Sicherheit, oder sie können sie sich vorzeitig auszahlen lassen.«

Phyllis hat vielleicht Nerven, dachte Barbara beeindruckt. Durch die Tatsache, daß sie sich jetzt Strategien zurechtlegen konnte, wirkte Phyllis nicht mehr länger hilflos. Was auch immer sie zuvor gefühlt haben mag, dachte Barbara mit einem gewissen Quantum an Bewunderung, jetzt ist sie jedenfalls darüber hinweg. Sie hat es verdrängt.

Später an diesem Nachmittag bat Litman Barbara zu einem Gespräch in sein Privatbüro. »Wie lange kennen Sie Phyllis Chambers eigentlich schon?« fragte er, sobald sie Platz genommen hatte. Der Raum war geräumig und hell mit Blick auf die Freiheitsstatue. Litmans Schreibtisch bestand aus einer riesigen, dicken Glasplatte, und in einer Ecke war ein aus grüner und weißer Jade geschnitztes Schachspiel aufgestellt. »Seit vielen Jahren«, antwortete Barbara.

»Gibt es Leute, die zu ihr halten werden?«

»Ja, sie hat einen kleinen Kreis enger Freunde, die zu ihr stehen, selbst wenn der Himmel einstürzt.«

Litman nickte. Dann sagte er, und auf einmal wirkte er sehr besorgt: »Das Ganze kann sich zu einer ziemlich rauhen Angelegenheit entwickeln. Wie Sie Phyllis einschätzen, glauben Sie, daß sie in der Lage ist, all dies durchzustehen?«

»Phyllis kann alles überleben«, gab Barbara zur Antwort.

Litman zeigte sich überrascht. »Ich glaube nicht«, sagte er, »daß sie weiß, was da auf sie zukommt.«

»Sie wird es schon schaffen«, versicherte Barbara ihm. Bei sich dachte sie allerdings: »Vielleicht wirst du dem Ganzen nicht gewachsen sein. Du weißt noch nicht, was da auf *dich* zugekommen ist.«

Gegen zehn Uhr dreißig plazierte Dr. Alandy einen Sockel unter Jennifers Rücken, um ihren Torso anzuheben. Sie setzte dann einen Einschnitt vom oberen Teil der Schultern bis zum mittleren Bereich ihres Abdomens und begann mit der Untersuchung des Körperinneren. Bis dahin hatte sie schon herausgefunden, daß zumindest ein Teil von Roberts Geständnis der Wahrheit entsprach. Er hatte das Mädchen nicht vergewaltigt; es gab keinerlei Samenspuren in oder auf ihrem Körper. Jetzt stellte sie fest, daß ein anderer Teil seiner Aussage ebenfalls wahr war. Das Mädchen hatte uriniert, bevor es getötet wurde. In ihrer Blase war kein Tropfen Urin zu finden. Dennoch entdeckte sie kurze Zeit später etwas, das seine Aussage Lügen strafte. Es geschah, als sie die Untersuchung der Organe des Abdomens abgeschlossen hatte und sich nun dem Kopf zuwandte. Bei der Sezierung von Jennifers Zunge und Schläfen entdeckte sie Blutergüsse.

Sie unterschieden sich von denen, die sie bei der Untersuchung im Park auf den Lidern des Mädchens gefunden hatte. Jene hatten darauf schließen lassen, daß die Blutzufuhr zum Gehirn abgeschnürt worden war. Diese hier waren ausgeprägter und waren eher Anzeichen dafür, daß der Mund des Mädchens und die Seiten ihres Kopfes mit Schlägen traktiert worden waren.

Das Mädchen, dessen Autopsie sie vorgenommen hatte, war nicht nur erwürgt, sondern auch geschlagen worden, stellte Alandy im Ergebnis fest, nachdem sie ihre Arbeit abgeschlossen hatte.

Am frühen Abend machte Leilia Van Baker, die, nachdem sie von Jennifers Tod erfahren hatte, Vermont verlassen hatte und in ihre Wohnung nach New York zurückgekehrt war, einen Kondolenzbesuch bei Steve und Arlene Levin. Als sie in dem Loft eintraf, trug sie einen riesigen Truthahn bei sich, den ihre Mutter in weiser Voraussicht für sie zubereitet hatte. Sie saß bei Steve und Arlene und sah ihnen zu, wie sie etwas von dem Truthahn aßen. Schmerzerfüllt hörte sie, wie sie sie fragten, warum Jennifer mit Robert in den Park gegangen sei.

»Weil sie ihm vertraut hat«, sagte sie, »weil sie schon eine Beziehung hatten.«

Die Levins fragten auch, wie Jennifer an so viele Freunde komme. Das Telefon habe den ganzen Tag lang nicht stillgestanden. Leilia wollte ihnen nicht sagen, was sie wirklich darüber dachte, nämlich daß Jennifer sich nach Anerkennung und Zuwendung gesehnt hatte. Anerkennung und Zuwendung, die sie zu Hause nicht in ausreichendem Maße erhalten hatte – aber von ihren Freunden. Sie ließ die Frage im Raum stehen.

Während Leilia den Levins ihren Kondolenzbesuch abstattete, stand Roger Stavis vor dem Dorrian's und befragte einige von Roberts Freunden. Er hielt sich draußen auf, weil die Freunde sich nicht drinnen mit ihm unterhalten wollten. Dort sei zuviel Presserummel, sagten sie. Darum sprach er mit ihnen auf dem Bürgersteig oder lud sie auf eine Tasse Kaffee in den Coffee Shop um die Ecke ein.

Viel kam dabei nicht heraus. Die meisten Kids behaupteten, daß ihnen gar nichts aufgefallen sei, obwohl sie die gesamte Tatnacht im Dorrian's verbracht hatten. Andere gaben an, gar nicht dort gewesen zu sein. Vielleicht würden Jennifers Freunde etwas entgegenkommender sein. Sie trafen immer erst spät ein, wie er erfuhr. Und wenn er sie sehen wollte, dann müsse er schon bis gegen Mitternacht hier herumhängen. Er haßte den Gedanken daran, sich im Anschluß an einen zermürbenden Tag noch hier herumtreiben zu müssen. Andererseits wußte er auch, daß die ersten vierundzwanzig Stunden in einem Fall normalerweise die produktivsten waren. Also ging er hinein und wartete.

Glücklicherweise mußte er nicht in der lärmerfüllten Bar warten. Jack Dorrian bot ihm sein Privatbüro für die Gespräche an. Er ging hinein und nahm dort Platz. Nach einer Weile trat Dorrian ein und brachte ein paar Mädchen mit, Jennifers Freundinnen. Ja, sie waren am Montag abend mit ihr zusammen hier gewesen.

Davis sprach einige tröstende Worte und stellte ihnen dann Fragen darüber, wie Jennifer sich in der Mordnacht aufgeführt habe. Die Mädchen berichteten, daß sie einiges getrunken und Robert im Dorrian's nachgestellt habe.

Davis ließ sie die schriftlichen Aussagen unterschreiben.

Jetzt konnte er sich entspannen. Er war zufrieden, weil Jennifers Freundinnen nicht nur Roberts Aussage bestätigt hatten, wonach sie ihn wie wild angemacht hatte, sondern sie sich sogar nett über Robert geäußert hatten. Er sei höflich und freundlich gewesen; sogar *Jennifer* habe gesagt, er sei nett und freundlich. Was beweist, dachte Stavis, als er frohen Mutes mit den Aussagen, die sicher in seiner Brieftasche verstaut waren, seinem Zuhause in Queens entgegenstrebte, wie wichtig es ist, die Interviews so früh wie möglich durchzuführen. Später konnte es passieren, daß sich die Kids in der Bar in zwei Lager spalteten – ein Lager für Robert, ein Lager für Jennifer –, doch heute nacht hatten sie noch keine Partei ergriffen.

Jack Litman hatte ebenfalls lange gearbeitet. Er war noch beim Nachtgericht angetreten und hatte, mit Robert an seiner Seite, vor dem Richter, der für die Anklagevernehmung zuständig war, beantragt, seinen Mandanten unverzüglich aus der Untersuchungshaft zu entlassen, denn er trage lediglich die Schuld an einem Unfall. »Mr. Chambers hat nicht vorgehabt, Miss Levin zu verletzen«, sagte Litman und erläuterte, daß sie als Folge seiner Reaktion auf den sexuellen Schmerz, den sie ihm zugefügt hatte, zu Tode gekommen war.

Die Reporter, die diesen Ausführungen lauschten, waren entzückt. Litman verschaffte der Story einen gänzlich neuen Aspekt. Eifrig beugten sie sich nach vorne und flüsterten untereinander, daß, sollte der Fall jemals vor

Gericht kommen, es sich um einen Knüller handeln würde. Die Verteidigung würde diesmal nicht mit der üblichen Masche vom Selbstschutz aufwarten, bei der der Angeklagte behauptet, er habe sein Opfer nur getötet aus Angst um sein eigenes Leben. Dies hier war ganz was Neues: Selbstverteidigung als Reaktion auf Sex. Wilder, scharfer Sex. Dieser Gedanke ergriff von der Phantasie der Nachrichtenleute Besitz.

Sie kamen in Scharen, ebenso wie Roberts Preppie-Freunde. Modisch gestylt hockten sie auf den Kanten ihrer Sitze, Seite an Seite mit Freunden und Verwandten der üblichen Meute, der man am Nachtgericht begegnet; verwahrloste, jammervolle Gestalten, meist dunkelhäutige Nutten, Dealer und Diebe; und sie schienen die Atmosphäre zu genießen, als sei das Nachtgericht nichts anderes als eine Variante der Ausflüge in die Slums, die sie auch zu solchen Clubs wie das Area oder das Palladium hingezogen hatte. Robert sah sie und signalisierte ihnen den erhobenen Daumen.

Die Anhörung verlief jedoch nicht so gut. »Es hat weit mehr als nur einen Schlag gegeben«, trug ein Anklagevertreter der Staatsanwaltschaft dem Richter vor. »Uns liegen Unterlagen vor, die besagen, daß das Opfer blaue Flecken und Bißwunden am ganzen Körper hatte.«

Der Richter beorderte Robert zurück ins Gefängnis und verkündete, daß eine Grand Jury in einem Verfahren darüber entscheiden würde, ob Roberts Fall öffentlich zur Anklage käme.

›JENNY BEI WILDEN SEXSPIELEN GETÖTET‹ und ›SEXSPIELE ARTETEN AUS‹ schrien einem die Schlagzeilen in der *New Yorker Post* und der *Daily News* am nächsten Morgen entgegen. Die Levin-Familie war darüber sehr aufgebracht. Aber auch Jack Litman war wütend; er habe nie die Worte ›ausarten‹ oder ›wilder‹ Sex benutzt, brüllte er einen Redakteur bei der *Post* an und verlangte zu wissen, warum diese Worte von der Zeitung zitiert und auch noch ihm zugeschrieben worden waren. Der Redakteur versuchte ihn zu beruhigen. »Mein Schlagzeilentexter hat sich lediglich ein Stück literarische Freiheit herausgenommen«, antwortete er.

Litman ließ sich jedoch nicht besänftigen. Schon bald sollte die Verhandlung der Grand Jury stattfinden, in der darüber entschieden wurde, ob man Robert öffentlich anklagen würde oder nicht; und er befürchtete, daß die Jurymitglieder durch Schlagzeilen dieser Art negativ beeinflußt werden könnten. Darum verlor er keine Zeit und reichte ein Gesuch ein, daß es den Mitgliedern der Grand Jury nicht gestattet sein solle, etwas über den Chambers-Fall in den Zeitungen zu lesen, solange die Jury tagte. Doch selbst wenn dem Antrag stattgegeben würde, was würde das wirklich bewirken? Selbst wenn die Juroren nichts *über* den Fall lasen, wie konnten sie die Schlagzeilen ignorieren?

New York, vielleicht mehr als jeder andere Ort in Amerika, war eine Stadt, in der man den Schlagzeilen nicht entgehen konnte. An jeder größeren Ecke gab es zumindest einen Zeitschriftenkiosk, manchmal sogar zwei. Auf den Seitenstraßen fand man münzgesteuerte Zeitschriftenautomaten, und in den U-Bahnen drängten sich Fahrgäste, die sich mit einer Hand an den Haltestangen festhielten und mit der anderen die Seiten der Sensationspresse herumdrehten.

Mickey McEntee betrat den Raum der Grand Jury und fühlte sich sofort gehemmt. Drei Sitzreihen von Juroren starrten auf ihn hinab, und in dem Raum war es so still, daß er befürchtete, vor dem Klang seiner eigenen Stimme selbst zu erschrecken.

Diese Ruhe war unnatürlich. Schon oft war er vor Grand Jurys aufgetreten, aber noch niemals war er einer solch durchdringenden Stille begegnet. Wahrscheinlich hing das damit zusammen, daß er bei allen anderen Gelegenheiten nur als Zeuge in Drogendelikten ausgesagt hatte, und die Juroren hätten sich nicht weniger dafür interessieren können. Sie saßen dort oben und blätterten in ihren Zeitschriften, während er sie anblickte; oder sie machten sogar ein kleines Nickerchen, hatten die Augen geschlossen, und leise Schnarchgeräusche ertönten. Er wünschte sich, daß diese Grand Jury ein bißchen mehr wie die anderen wäre, die er bislang gewohnt war. Nicht, daß ihm Respektlosigkeit lieber war, aber ganz sicher mochte er nicht die Art, wie die Personen dort bereit zu sein schienen, sich auf jedes seiner Worte stürzen. Er machte sich nämlich Gedanken über die Ausdrücke, die er vortragen mußte. Es waren die Ausdrücke, die Robert benutzt hatte, und die er sich während seiner Aussage aufgeschrieben hatte: Schwanz. Stock. Lecken. – Wie sollte er es jemals fertigbringen, diese vor den Reihen ordentlich gekleideter Männer und Frauen mittleren Alters über die Lippen zu bringen?

Vor den Frauen graute ihm besonders. Vor Männern konnte er Roberts Worte noch wiedergeben, aber vor *Frauen*? Als Steve Saracco, der die Untersuchung für die Bezirksstaatsanwaltschaft leitete, mit seiner Befragung begann, machte er nervös seine Zeugenaussage, wobei er seinen Blick auf eine Handvoll weit entfernt sitzender, männlicher Gesichter richtete.

Er brachte die Worte heraus; und es gelang ihm auch, seinen unbewegten Gesichtsausdruck beizubehalten, obwohl er die Hälfte der Zeit über eigentlich lieber in Gelächter ausgebrochen wäre, weil die Geschichte so absurd war. Gleichzeitig war es aber entscheidend, keine Miene zu verziehen.

»Chambers sagte aus, daß sie sich, nachdem Jennifer ihn gekratzt hatte«, so berichtete er und versuchte, seiner Stimme einen festen Klang zu verleihen, »wieder vertragen hätten und daß sie dann seinen Schwanz geleckt hat. Ihn geküßt hat.« Die Männer, die er anstarrte, schienen wie hypnotisiert. »Dann schlug sie auf seinen Schwanz ein«, fuhr er fort, sein Gesicht starr wie eine Maske. »Sie prügelte mit einem Stock darauf ein.«

Das war für ihn der schwierigste Teil gewesen. Nachdem er diesen Abschnitt hinter sich gebracht hatte, entspannte er sich.

Doch sein Martyrium war noch nicht vorüber. Nachdem er seine Zeugenaussage beendet hatte, begutachteten die Juroren die Fotos vom Tatort. Zu McEntees größtem Ärger wieherte einer der Männer vor Lachen, als er sie sah. Wieherte und lachte in sich hinein, als fühle er sich von Jennifers nacktem Körper angemacht. Die Fragen der Juroren waren ebenfalls unglaublich. »Gibt es denn Stöcke im Park?« wollte ein Mann wissen, als sei er noch nie in einem Park gewesen. »Wie sah denn der Slip aus?« fragte ein anderer. »Was für eine Art Slip war es?«

Was will er denn jetzt von mir hören? fragte sich McEntee. Winzig klein? Aus Spitze, mit einem Poband aus Baumwolle? Dieser Kerl mußte ein Slip-Fetischist sein. Er zuckte die Achseln und wich dieser Frage aus. »Weiß«, sagte er, »ein weißer Slip.«

Als er den Raum verließ, fühlte McEntee sich ausgelaugt. Alles, was er denken konnte, war, daß Gott sei Dank die Öffentlichkeit nicht erfuhr, was sich in den Verhandlungen der Grand Jury so alles abspielte.

Während die Grand Jury noch tagte, hatte sich der harte Kern um Robert aus dem Dorrian's zusammengefunden. Der war inzwischen von seiner Zelle im Gerichtsgebäude nach Rikers Island verlegt worden. Sie machten sich Gedanken um seine Behandlung.

»Es gibt nichts mehr, was wir nun noch für Jennifer tun können«, sagte Nora Bray, in deren Wohnungen Jennifer und Robert miteinander geschlafen hatten. »Wir müssen jetzt für Roberts Rechte kämpfen.« Außerdem sorgten sie sich um seine Unterbringung. »Ich kann mir Robert überhaupt nicht auf Rikers vorstellen«, sagte Madelaine Hogue, das Mädchen, das ihm Jahre zuvor den Namen Romeo verpaßt hatte. »Ich kann mir überhaupt niemanden von meinen Bekannten dort vorstellen. Unsere Welt reicht einfach nicht so weit, sie geht nicht über die First Avenue im Osten oder die 96th Street im Norden hinaus.«

Zunächst konzentrierten sich Roberts treue Freunde darauf, positiv über ihn zu reden, sich gegenseitig zu versichern, was für ein großartiger Bursche er doch war, wie rücksichtsvoll, großzügig und gutmütig. Nach nicht allzu langer Zeit sah dann ihr Einsatz für Robert so aus, daß Jennifer herabgewürdigt wurde, und feindselige Gerüchte wurden über sie in Umlauf gebracht.

Sie war wild, wußte ein Dorrian's-Stammkunde; so wild, daß ihr Vater sie gelegentlich in einem Schrank einschloß, um die Kontrolle über sie zu behalten. Sie war exhibitionistisch veranlagt, daß sie für Nacktfotos posiert hatte, umgeben von einer Gruppe bekleideter Jungs. Sie war scharf, setzte ein Dritter verächtlich hinzu, so scharf, daß sie bei Verabredungen Handschellen bei sich trug. Mehrere der durchgestylten Teenies, die demnächst zum College gehen würden und sich in der Tatnacht im Dorrian's aufgehalten hatten, waren sich absolut sicher, daß es sich zumindest bei einigen der Wunden, die man auf Jennifers Körper gefunden hatte, herausstellen würde, daß sie nicht von Robert stammten, sondern von anderen Jungs, denen sie sich in glühenden, wilden Sexspielen hingegeben hatte. Sie dachten vor allem an die Stellen auf ihren Brüsten, die die Polizei nun als Bisse bezeichnete.

An jenem Abend, als Gerüchte dieser Art über sie in die Welt gesetzt wurden, fand auch eine Totenwache für Jennifer statt. Die Levin-Familie und einige von Jennifers engsten Freundinnen sahen in einer West-Side-Kapelle ein letztes Mal ihre sterblichen Überreste und versuchten, sich gegenseitig Trost zu spenden. Doch ihre Bemühungen waren vergebens. Der Sarg war von der Taille an aufwärts geöffnet; und obwohl Jennifer mit einer hübschen mintgrünen Strickjacke bekleidet war und ihre Lippen und ihr Gesicht geschminkt waren, um ihr einen Anschein von Leben zu vermitteln, konnten die Familie und ihre

Freunde durch das dicke Make-up, das der Leichenbestatter aufgetragen hatte, blaue Flecken schimmern sehen.

Steven trug zur Totenwache eine dunkle Brille. Vielleicht versuchte er sich selbst vom Anblick des übel zugerichteten Gesichtes seiner Tochter abzuschirmen; vielleicht versuchte er auch nur den Rest der Familie von seinen eigenen tränenverweinten Augen abzulenken. Er hatte sehr viel geweint. Tatsächlich litt er heute in einer ihm unbekannten Art und Weise – litt nicht nur unter dem Verlust seiner Tochter, sondern aufgrund dessen, was über sie in den Zeitungen zu lesen war.

Später würde er einem Reporter berichten, daß es für ihn, seit er vom Tod Jennifers gehört hatte, das schlimmste gewesen sei, über sie solche Dinge in der Zeitung zu lesen. Denn das, was er dort über sie erfuhr, führte dazu, daß er seine Wahrnehmung über sein eigenes Kind in Frage stellte. Aus seiner Sicht war Jennifer die Art von junger Frau gewesen, die ein derart gutes Bild von sich selbst hatte, daß sie sich nicht nur nicht auf perversen Sex eingelassen, sondern daß sie ganz sicher auch keinem Jungen nachgestellt hätte, der nichts von ihr wissen wollte. Sie hätte ihn einfach stehenlassen. Die Berichterstattung in der Presse ließ Jennifer in einem komplett anderen Licht erscheinen, und er mußte sich nun fragen, ob er die Dinge falsch beurteilt, ob er seine Tochter falsch eingeschätzt hatte. Diese Selbstzweifel waren einfach mörderisch

Die Totenwache bedeutete eine Qual für Jennifers Freundinnen. Betsy Shankin, die im Dorrian's als Kurier zwischen Jennifer und Robert fungiert hatte, zitterte und weinte, als sie Jennifer sah. Margaret Trahill, die mit Jennifer am Wochenende vor ihrem Tod die Party in East Hampton besucht hatte, stellte sich immer wieder vor, daß ihre Freundin sich jeden Moment aufsetzen und zu reden anfangen würde. Wenn sie das täte, dachte Margaret bei sich, würde Jennifer als erstes sagen: Zieht mir diese häßliche Jacke aus und wischt mir diesen furchtbaren Lippenstift ab. Sie hatte einen hervorragenden Geschmack gehabt. Niemals hätte sie eine solch schreckliche Jacke angezogen oder einen solch fürchterlichen Lippenstift aufgetragen. Aber am schlimmsten war es für Margaret, Jennifers geschwollenes Auge zu sehen. Dadurch erkannte sie, daß Roberts Geschichte, wonach er, vom plötzlichen, im Affekt vorgenommenen Würgegriff abgesehen, keinerlei Hand an sie gelegt habe, nicht wahr sein konnte. Jennifers Auge sah aus, als habe ihr dort jemand einen harten Schlag verpaßt.

Als sie von der Totenwache zurückkam, rief Margaret Nora Bray an, die in den Zeitungen mit der Aussage zitiert worden war, daß ihre Clique nun gemeinsam für Robert kämpfen müsse. Margaret schrie Nora an und benutzte eine Sprache, die sie in der bloßen Erinnerung erröten ließ. »Du Schlampe«, schrie sie, »du Nutte.«

Julia Zapata, die kolumbianische Köchin, die sich Jahre zuvor danach gesehnt hatte, so wie Phyllis Chambers zu sein, hatte den ganzen Tag lang daran gedacht, Phyllis anzurufen. Aber sie hatte nicht gewußt, was sie zu ihr sagen sollte. Schließlich ging sie doch ans Telefon und rief an. Es war schrecklich. Phyllis klang sehr aufgewühlt und sagte immer wieder, daß sie nicht wisse, wie sie es schaffen sollte, diese Katastrophe zu überleben.

»Du mußt es akzeptieren«, beschwichtigte Julia sie. »Man kann es nicht aufhalten, es ist wie der Regen bei einem Sturm. Man muß einfach durchhalten und darf nur immer einen Tag vor dem anderen vor Augen haben.«

»Ich kann nicht, ich kann nicht.«

»Du mußt aber. Und du mußt auch daran denken, wie gut du noch dran bist. Die anderen Eltern, die Eltern des Mädchens, es ist doch viel schlimmer für sie – ihr Kind ist tot.«

»Gott gebe ihnen Frieden«, sagte Phyllis. »Er gebe uns allen Frieden.« Dann fing sie an zu weinen.

Julia versuchte sie zu trösten. »Du hast doch noch

Glück im Unglück; diese anderen Eltern – ihr Kind ist tot. Aber du kannst doch von Glück reden. Dein Sohn lebt.«

»Du hast wohl recht«, schluchzte Phyllis, »du hast wohl recht.«

Litman befand sich an diesem Abend in düsterer Stimmung. Er hatte seinen eigenen Pathologen zum Gerichtsmedizinischen Institut hinübergeschickt, um Jennifers Leiche zu untersuchen, und der hatte bestätigt, was die Bezirksstaatsanwaltschaft schon behauptet hatte: Es gab außer den Spuren, die von der Strangulierung herrührten, noch andere Male am Körper des Mädchens.

Als das Telefon klingelte und eine ihm bekannte Reporterin ankündigte, sie denke darüber nach, für ihr Magazin einen Artikel über diesen Fall zu schreiben, gelang es Litman nicht, die Mutlosigkeit in seiner Stimme zu unterdrücken. »In diesem Fall auch nur einen Totschlag herauszuholen, würde einen Triumph bedeuten«, sagte er.

Dann wurde er noch mutloser. »Ich könnte sogar verlieren«, murmelte er. »Ich hasse es zu verlieren.«

Am nächsten Morgen wurde der Trauergottesdienst für Jennifer abgehalten, zu dem sich achthundert Menschen einfanden. »Jennifer betrat ein Zimmer, und es ließ einem das Herz höher schlagen, wenn man sie anblickte«, sagte ihr Onkel Dan Levin in einem herzergreifenden Nachruf. »Sie steckte voller Leben, und sie hatte Stil. Ihr einziger Schwachpunkt war, daß sie so unschuldig war. Sie konnte sich überhaupt nicht vorstellen, daß ein Mensch jemals einen anderen verletzen könnte.« Dann forderte er die Trauergäste dazu auf, einen von Jennifers vielen Vorzügen für sich auszuwählen – etwas, das sie nicht nur an Jennifer erinnern, sondern ihnen helfen sollte, ihr eigenes Leben besser zu gestalten – und ihn zu bewahren. Einige ihrer Freunde entschieden sich für Jennifers Vitalität als die Eigenschaft, die sie für sich bewahren wollten; andere nahmen ihren Humor, wieder andere ihre Wärme.

Sasha Forsythe, eine Schulkameradin von Baldwin, wählte Jennifers Risikofreudigkeit. Jennifer war schon immer wagemutig gewesen, erinnerte sie sich. Aber das war keine schlechte Eigenschaft, es war ein Zeichen für ihre Courage; etwas, wovon sie selbst schon immer gern etwas mehr gehabt hätte, um ihr Leben besser meistern zu können.

Die Beerdigung war schon verrückt, dachte Brock Pernice später, das verrückteste Ereignis meines Lebens.

Eigentlich hatte er vorgehabt, vom Podium aus einige von Jennifers Gedichten zu lesen. Als er jedoch in der überfüllten Kirche nach vorn schritt, wurde ihm bewußt, daß viele der Leute, die ihn jetzt anblickten, Jennifer so gut wie gar nicht gekannt hatten. Sie hatten sie lediglich ein paarmal im Doorian's getroffen. Eigentlich sind sie nur hier, um zu sehen und gesehen zu werden, dachte er voller Groll. Diese Beisetzung ist doch nur ein Spektakel für die Dorrian's-Clique.

Danach konnte er nicht mehr weiterreden. Die Gedichte verlas er nicht.

Nach der Beerdigung fühlte er sich etwas besser. Auf dem Rückweg vom Friedhof ging er noch mit Edwina, William und Alexandra LaGatta in ein Restaurant. Sie unterhielten sich und lachten und fühlten sich einander sehr verbunden. Das alles erinnerte ihn an den Film *Der große Frust*.

Leilia Van Baker ging mit einer anderen Gruppe von Freunden in ein anderes Restaurant. Sie dachte dort die ganze Zeit darüber nach, wie wundervoll Jennifer gewesen war, und sie bemühte sich, einen Sinn in dem zu sehen, was ihr zugestoßen war. Sie hatte keine Schuldgefühle, weil sie Jennifer Robert vorgestellt hatte. Wer hatte schon erwarten können, daß ihre Beziehung auf diese Art und Weise beendet werden würde? Doch warum war es zu diesem Ende gekommen? Was war *wirklich* passiert?

»Ich glaube nicht an Roberts Darstellung«, sagte Leilia zu ihren Freunden. »Jennifer hätte niemals im Park mit ihm geschlafen. Sie hätte ein bißchen herumgeknutscht, klar, aber mehr nicht, keine große Sache. Nein, so wie ich Robert kenne, muß irgend etwas anderes passiert sein.«

»Aber was?« fragte einer von Leilias Freunden.

»Ich denke, er wollte mehr, und sie sagte daraufhin nein, und er muß gesagt haben: Was meinst du, nein? Er war wahrscheinlich vom Alkohol umnebelt. Oder er war high. Und er hat vor Wut geschäumt, weil seine Freundin ihm einen Korb verpaßt hat, und hier stand er nun und hatte gar nichts.«

Das Szenario, das sie sich ausmalte, klang für sie plausibel, und je mehr sie darüber redete, um so stärker fühlte sie, wie sich die Wut auch in ihr anstaute. »Dieser Bastard«, schäumte sie, »er hat eine der besten und großartigsten Freundinnen umgebracht, die ich jemals hatte. Eines Tages werde ich ihn wissen lassen, daß ich ihn für einen Mörder halte.«

An diesem Labour-Day-Wochenende war Jennifer Levins Tod in der ganzen Stadt sowie in der Umgebung in aller Munde; und viele Menschen, Männer ebenso wie Frauen, schienen das Mädchen für seinen eigenen Tod verantwortlich zu machen. »Sie war wild«, berichtete ein Gast auf einer Party in East Hampton. »Meine Kinder haben sie gekannt, und ihr solltet hören, wie sie über sie reden.«

»Glaubt es mir«, pflichtete ein Mann bei. »Sie war auf dem Sadomaso-Trip, darum hat sie diesen Typen gefesselt und ihn gequält.«

Ein dritter Gast war skeptisch. »Der Bursche *sagt*, daß sie ihn gefesselt hat. Das bedeutet noch lange nicht, daß das auch tatsächlich so gewesen ist.«

»Natürlich war es so«, meinte die Frau, deren Kinder

Jennifer gekannt hatten. »Wer könnte sich schon eine Geschichte wie diese ausdenken?«

»Aber sie hatte doch diese Blutergüsse«, hob der Skeptiker hervor. »Am ganzen Körper.«

»Weil sie scharfen Sex hatten«, warf ein vierter Gast mit autoritärer Geste ein. Er war sich sicher, daß Roberts Version der Wahrheit entsprach, war davon überzeugt, daß die jungen Leute von heute zu allen Lastern und Verdorbenheiten fähig waren. »Das ist das erstaunlichste an der ganzen Sache«, fuhr er mit einer Spur Neid in der Stimme fort. »Die Art und Weise, wie die jungen Leute heute Dinge unternehmen, von denen wir, als wir in ihrem Alter waren, noch nicht einmal zu träumen gewagt hätten. Und das auch noch in aller Öffentlichkeit. Im Park!«

Was fühlte Robert zu diesem Zeitpunkt? Das war schwierig auszumachen. Er saß auf Rikers Island hinter Schloß und Riegel, wo er lediglich seine Eltern und einen Priester sah und, sich an Litmans Anweisungen haltend, der Presse keine Interviews gewährte.

Am Dienstag nach dem Labour-Day-Wochenende jedoch, während die Grand Jury immer noch darüber beriet, ob Robert öffentlich angeklagt werden sollte, und wenn ja, unter welchem Anklagepunkt, gelang es einem jungen *New-York-Post*-Reporter namens David Colby mit Hilfe eines Tricks, Roberts Schweigen zu brechen. Er gab sich als enger Freund von Robert aus, und nicht als Journalist; darum erhielt der wie ein Preppie aussehende Colby Zutritt zu dem Inhaftierten. Er fragte ihn, wie es ihm gehe.

»Ich stehe wirklich vollkommen neben mir«, sagte Robert. »Ich bin benommen und wegen dieser ganzen Geschichte vollkommen verwirrt, und ich kann einfach nicht glauben, daß Jennifer nicht mehr lebt.«

Der Raum war leer, aber durch eine Luke beobachteten Wärter und Ärzte die beiden jungen Männer. »Ich mochte Jennifer«, fuhr Robert fort. »Ich mochte sie wirklich sehr.«

»Erzählen Sie mir doch Ihre Seite der Geschichte«, schlug Colby vor. »Ich werde sie in der Zeitung bringen.«

»Ich bin vollkommen unschuldig«, sagte Robert. »Es war einfach ein Unfall.«

Colby glaubte ihm. Er klang so aufrichtig, so vertrauenerweckend; gleichzeitig aber auch verzweifelt, tieftraurig, deprimiert. Im Laufe des fünfundvierzigminütigen Interviews sprach er mit leiser und monotoner Stimme.

»Erzählen Sie mir über Ihr Leben hier drinnen«, drängte Colby ihn.

»So schlecht ist es nicht«, sagte Robert. »Die Wärter behandeln mich gut, und ich kann Basketball spielen. Ich liege oft auf meiner Pritsche und denke über meine Zukunft nach.«

Teil 3

Die Vereinigten Staaten von Amerika

gegen

Robert Chambers

8. Kapitel

Hoffnungen und Gebete

Am 10. September, zwei Wochen nach Jennifers Tod, wurde Robert in zwei unterschiedlichen Punkten wegen Mordes angeklagt. Bei dem einen handelte es sich um vorsätzlichen Mord, bei dem anderen um Mord ›unter Umständen, die eine entartete Gleichgültigkeit menschlichem Leben gegenüber bekundeten‹.

Der Bezirksstaatsanwalt von Manhattan, Robert Morgenthau, war erfreut, daß Anklage erhoben wurde. Zwei Tage später jedoch wurde Steve Saracco, der Mann, der diesen Punkt für sich hatte entscheiden können, vom Chambers-Fall abgezogen. Es könne im Prozeß zu Problemen kommen, erklärte sein Vorgesetzter. »Litman könnte möglicherweise einen Antrag stellen, Sie vom Verfahren auszuschließen, und zwar wegen einiger Bemerkungen, die Sie bei der Videoaufzeichnung haben fallenlassen.«

Saracco war wie vor den Kopf geschlagen. Schon häufiger hatte er bei Videoaufzeichnungen saftige Bemerkungen eingeflochten, und nicht ein einziges Mal war er deswegen von einem Verfahren zurückgezogen worden. Davon abgesehen würde Litman diesen Antrag, von dem sein Vorgesetzter nun sprach, vielleicht auch gar nicht stellen.

»Lassen Sie uns doch ein paar Wochen abwarten«, schlug Saracco vor, »und dann sehen, was Litman so vorhat.«

Sein Vorgesetzter schüttelte jedoch lediglich den Kopf. »Linda Fairstein übernimmt den Fall.«

Saracco war eigentlich nicht überrascht. Schon den ganzen Nachmittag über waren ihm Gerüchte zu Ohren gekommen, daß die neununddreißigjährige Fairstein, Leiterin des Sittendezernates, unter Umständen den Chambers-Fall übernehmen würde. Man flüsterte sich zu, daß sie darauf hingearbeitet hatte, den Fall zu ergattern – sie und der Mann, mit dem sie eine Beziehung hatte, Justin Feldman. Feldman, der nahezu dreißig Jahre älter war als die Chefin des Sittendezernates, war nicht nur ein prominenter Jurist, sondern auch ein enger Freund sowohl des Bürgermeisters als auch des Bezirksstaatsanwaltes.

»Eine rein dienstliche Entscheidung«, versicherte Saraccos Vorgesetzter ihm. »Politik hat damit nichts zu tun.«

Linda Fairstein war außerordentlich glücklich, den Fall Chambers übernehmen zu dürfen. Zum einen hatte sie noch nie einen Mordfall bearbeitet, zum anderen versprach diese Angelegenheit großes öffentliches Interesse; und sie genoß es, im Rampenlicht zu stehen.

Andererseits genoß es die Presse, sie genau dort hinzustellen. Sie war eine schillernde Persönlichkeit – eine große, elegante Frau, die sich immer nach dem letzten Chic kleidete, mit langem, blondem Haar, und die Schuhe mit zehn Zentimeter hohen Absätzen im Gericht trug. Außerdem war sie schlagfertig und nicht so verschlossen wie viele ihrer Kollegen – eine Stellvertretende Bezirksstaatsanwältin, die gerne mit den Reportern scherzte und auch bereit war, ihre Seite einer Geschichte nicht nur mit nackten Fakten darzulegen, sondern sie farbig und mit eigenen Anekdoten angereichert zu präsentieren.

Sie gehörte schon seit den frühen Siebzigern der Staatsanwaltschaft an. Damals gab es eine inoffizielle Quote von nur einer weiblichen Stellvertretenden Bezirksstaatsanwältin pro Jahr. Der Mann, der sie eingestellt hatte, der damalige Bezirksstaatsanwalt Frank Hogan, hatte versucht, sie von ihrer Bewerbung abzubringen, und argumentiert, der Job sei zu widerwärtig für eine Frau. Wenn in jenen Tagen eine Frau einen Fall vor Gericht verhandelte, pflegten die Männer der Staatsanwaltschaft nach unten in den Saal zu rennen, um sie zu beobachten, so als wünschten sie sich nichts mehr, als daß sie eine Bauchlandung erlitt.

Fairstein hatte hart dafür kämpfen müssen, überhaupt Prozesse führen zu dürfen, aber sie hatte sich von dem Chauvinismus, der damals die Staatsanwaltschaft wie eine Plage überzogen hatte, nicht unterkriegen lassen. Sie hatte weiterhin hart geschuftet und war ihren Weg gegangen. Dreißig Vergewaltigungsfälle hatte sie zur Anklage gebracht und davon nur zwei verloren. Aufgrund ihrer unnachahmlichen Fähigkeit, der Jury die Leiden eines Opfers zu vermitteln, hatte sie sich eine hervorragende Reputation aufgebaut. Sie hatte den Tag überlebt, an dem ihr ein Vorgesetzter einen Verweis erteilt hatte, weil sie über einen Fall Tränen vergossen hatte. Er hatte sie mit den Worten angefahren: »Warum kotzen Sie nicht einfach wie ein Mann?« Auch den Respekt der Polizei hatte sie für sich gewonnen; der stolze Beweis dafür hing an einer Wand in ihrem Büro: Eine Plakette der Männer von Midtown North bescheinigte ihr Kühnheit vor Gericht und zeigte die zwei Hälften einer Walnußschale, die symbolische Verkörperung für das, wofür die Cops sie auszeichneten, ›ein Paar Eier‹.

Dennoch fühlte sie sich an diesem Nachmittag auch etwas unsicher, als Morgenthau ihr eröffnete, daß sie den Chambers-Fall übernehmen könne. »Fang am besten sofort damit an«, hatte er zu ihr gesagt. »Die Levin-Familie kommt schon bald zu einem ersten Treffen.«

Fairstein geriet in Panik. Könnte sie nicht etwas mehr Vorbereitungszeit bekommen? Nein. – Ein oder zwei Stunden später traf die Familie schon ein. Es waren so viele: Jennifers Mutter, ihr Vater, die Stiefmutter, ihre Schwester und der Schwager. Fairstein wurde schon nervös, als sie nur sah, wie sie sich in ihr enges, vollgestopftes Büro drängten, aber sie schaffte Platz, besorgte genügend Stühle und eröffnete das Gespräch. »Ich möchte, daß Sie wissen, daß Ihre Tochter nicht einfach nur so gestorben ist«, sagte sie. »Sie hat um ihr Leben gekämpft. Hinweise dafür gibt es an ihrem ganzen Körper.«

Damit hatte sie erreichen wollen, daß sich die Familie besser fühlte; doch die Angehörigen blickten sie mit derart schmerzverzerrten und verzweifelten Gesichtern an, daß sie befürchtete, das Falsche gesagt zu haben. Für einen Moment lang bereute sie es, den Fall übernommen zu haben. Immerhin war sie bisher nur mit überlebenden Opfern umgegangen. Sie wußte, wie sie sie zu trösten hatte; das Trösten war eine Sache, die ihr sehr viel bedeutete. Es hatte vielleicht damit zu tun, daß ihr Vater Arzt und ihre Mutter Krankenschwester gewesen war. Wie auch immer, sie war die geborene Trostspenderin. Das war auch der Grund, warum sie häufig an Wochenenden oder sogar mitten in der Nacht Anrufe von Vergewaltigungsopfern erhielt, wenn diese nicht schlafen konnten, weil ihr Trauma sie davon abhielt. Der Familie Levin gut zuzureden war jedoch eine ungleich kompliziertere Angelegenheit.

In ihrem überfüllten Büro, in dem sich auf dem Schreibtisch die Aktenberge stapelten und ihre verwalteten Aktenschränke wie metallene Monster vor sich hin dämmerten, als warteten sie nur darauf, mit Akten gefüttert zu werden, wußte sie nicht, was sie sagen sollte, um die Familie zu trösten. Außerdem begannen andere Sorgen von ihr Besitz zu ergreifen. Sie befürchtete, daß die Familie bereits erfahren hatte, daß dies ihr erster Mordfall war, und daß sie vielleicht ihre Kompetenz in Frage stellte. Darüber hinaus sorgte sie sich, daß Jennifers Vater möglicherweise ein Kontrollfreak war – er führte fast die ganze Zeit über das Wort für die Familie – und daß er ihr die Kontrolle über den Fall nicht überlassen und sie nicht die notwendigen Entscheidungen fällen lassen würde. Wegen ihrer Besorgnis verlor sie ihre übliche Ausgeglichenheit, und sie ertappte sich dabei, wie sie mit ihren Haaren spielte, wild mit den Händen gestikulierte und einfach drauflosplapperte.

Trotzdem erzählte sie den Levins nicht alles, was sie wußte. So sagte sie ihnen nicht, als sie sich darüber beklagten, daß die Presse Jennifer als geil darstellte, daß noch viel Schlimmeres auf sie zukommen könnte, wenn der Prozeß erst einmal eröffnet würde. Dafür war später immer noch genügend Zeit. Sie berichtete ihnen auch nicht alles, was die Polizei bisher über Jennifers Aktivitäten in ihrer Todesnacht herausgefunden hatte. Das Gefühl beschlich sie, daß die Leute das überhaupt nicht wissen wollten. Aber sie ließ schon einmal warnend durchblicken, daß sie es bei Jack Litman mit einem ernst zu nehmenden Gegner zu tun hatten.

Sie kannte ihn sehr gut. Litman war der strahlende Stern im Morddezernat gewesen, als sie damals zur Staatsanwaltschaft kam. Einmal hatte er sie gebeten, in einem hochrangigen Mordprozeß, in den ein Cop und eine Prostituierte verwickelt waren, als seine Beisitzerin zu fungieren. Sie hatte sich sehr geschmeichelt gefühlt. Obwohl ihr damaliger Boß ihr einen Strich durch die Rechnung gemacht hatte, indem er erklärte, daß eine weibliche Anklägerin nichts mit dem Tod einer Prostituierten zu schaffen haben sollte, waren sie und Litman zu guten Kollegen geworden. Sie hatten vieles gemeinsam, nicht zuletzt die Tatsache, daß der Mann, mit dem Fairstein zu jener Zeit befreundet war – André Surmain, der frühere Eigentümer des Restaurants Lutèce –, wie Litmans Frau aus Frankreich stammte. Die vier gingen gern miteinander aus und trafen sich als Gourmetfreunde häufig zu exquisiten Dinners. Aber auch nachdem sie sich von Surmain getrennt hatte und mit Feldman ausging, waren sie und Litman gute Freunde geblieben.

Die freundschaftliche Verbindung mit Litman würde sie nun aufgeben müssen, beschloß Fairstein, kurz nachdem die Levins gegangen waren. Wenn Litman sich mit einer Untersuchung befaßt, kehrte er das Unterste zuoberst, und wenn er in diesem Fall überall herumsuchte, um alles, was er in Jennifers Vergangenheit finden konnte, ans Tageslicht zu zerren, wollte sie nichts mehr mit ihm zu tun haben. Sie konnte den Gedanken daran nicht ertragen, die Familie mit den entsetzten Gesichtern, die ihr heute gegenübergesessen hatte, noch weiteren Schlägen auszusetzen.

John Cotter, der Redakteur, traf sich in dieser Woche mit Arnold Domenitz, Jennifers Großvater. Die *Newsday* hatte gerade den ersten Artikel veröffentlicht, der unmißverständlich zum Ausdruck brachte, daß Roberts Aussage nicht mehr und nicht weniger als eben eine Aussage war. Der Kolumnist, der Pulitzer-Preisträger Murray Kempton, hatte sogar die Polizei angegriffen, weil es durch sie möglich geworden war, daß Roberts Geschichte in dieser Form an die Presse gelangen konnte. Dies war darauf zurückzuführen, so hatte Kempton in seinem üblichen eloquenten Stil behauptet, daß sie männliche Chauvinisten waren, ›gefangen in unserer allzu landläufigen Vorstellung, daß es heutzutage kein tugendhaftes Mädchen mehr gibt‹. Jennifers Großvater war der *Newsday* nach dem Abdruck von Kemptons Kolumne ausgesprochen dankbar; und er hatte einem der Reporter des Blattes ein Interview gestattet.

Cotter war überglücklich. Die *Newsday* war neu in der Zeitungslandschaft von Manhattan. Die Zeitung kämpfte noch um Leser und schlug sich mit den beiden anderen Sensationsblättern in einem fortwährenden Kampf herum. Jetzt, mit dem Domenitz-Interview, hatte das Blatt an Boden gewinnen können. Wenn sie Domenitz nun noch dazu überreden könnten, weitere Stellung zu nehmen, könnte die *Newsday* in der Gunst der Leser sogar noch weiter nach oben klettern.

Im Büro des Großvaters – Domenitz war Versicherungsvertreter bei der New York Life – bedrängte Cotter ihn, sich auch in der Folgezeit der Kommunikation mit der Zeitung nicht zu verschließen. »Erzählen Sie Ihre Fassung der Geschichte«, forderte er. »Wenn Sie das tun, können Sie diesen Litman schlagen; denn das öffentliche Mitgefühl wird auf Ihrer Seite liegen. Ansonsten wird Litman mit Ihnen den Boden wischen.«

Domenitz entgegnete, er wolle der *Newsday* kein zweites Interview gewähren. Ein Anwalt habe ihm geraten, nicht mehr mit der Presse zu sprechen. Irgendein Anwalt, dachte Cotter, der keine Ahnung von den Spielregeln hatte.

Er war enttäuscht. Levin-Chambers war die größte, pikanteste Story, die New York seit einigen Jahren hatte. Tatsächlich konnte er sich an keine größere erinnern. Die Sache stand Tag für Tag auf den Titelseiten der Blätter und war sogar zweimal auf der Titelseite des einzigen Blattes erschienen, das für gewöhnlich auf der ersten Seite keine Mordfälle brachte – der *New York Times*.

Warum hatte Robert Jennifer erwürgt? Obwohl sie jetzt schon mehrere Tage an dem Fall arbeitete, fehlte Linda Fairstein immer noch jegliches Motiv. Im Moment mußte sie sich jedoch darauf konzentrieren, eine Expertin in Sachen Strangulieren zu werden. Dies betraf auch die Technik, von der es hieß, sie würde das sexuelle Lustempfinden steigern. Es war immerhin möglich, daß Litman sich dazu entschloß, Roberts Unfallversion fallenzulassen, und statt dessen behauptete, daß Jennifers Erdrosselung Teil des Liebesaktes der beiden gewesen war.

Fairstein hatte erstmals von diesem erotischen Würgegriff durch einige ihrer Vergewaltigungsopfer gehört. »Er hat mich eingeschläfert«, sagten sie. Zunächst hatte sie angenommen, die Opfer wollten damit ausdrücken, daß die Männer sie unter Drogen gesetzt hatten. Nach und nach begriff sie aber, was sie tatsächlich meinten, nämlich daß ihre Partner an ihnen das ausprobiert hatten, was forensische Spezialisten als ›Halsschlagader-Würgegriff‹ bezeichneten – man übte Druck auf die Halsschlagadern aus, kurz bevor man vor dem Orgasmus stand. Dieser Druck, der Schwindel, manchmal sogar eine Ohnmacht zur Folge hatte, sollte zu einem sexuellen Höhepunkt verhelfen, der weit über die natürliche Euphorie dieses Augenblickes und das kurze Ohnmachtsgefühl beim normalen Orgasmus hinausführte.

Diese Praxis hatte sich in den letzten Jahren immer weiter verbreitet. Und sie konnte zum Tode führen. Ein Schwuler aus Manhattan war so getötet worden, dessen Partner später darauf beharrte, der andere habe ihn angebettelt, den Würgegriff an ihm auszuprobieren. Auch ein Junge aus Westchester hatte sich selbst beim Masturbieren auf diese Weise erwürgt.

Am zweiten Wochenende nach der Übernahme des Falles hatte Fairstein sämtliches Material durchgearbeitet, das in der New York Academy of Medicine über den erotischen Würgegriff erhältlich war. Es interessierte sie nun, was junge Leute wie Robert und Jennifer darüber gewußt haben mochten. Nach dem Abendessen, das sie mit Feldman in einem Restaurant eingenommen hatte, ging sie mit ihm in eine bekannte Buchhandlung und überflog die Regale.

Dort fand sich nichts, und ihr wurde klar, daß sie sich an einen Verkäufer wenden mußte. Das Ganze war ihr furchtbar peinlich, und sie brachte kein Wort heraus, auch nicht nach all den Jahren, die sie nun schon mit den ekelerregendsten, abscheulichsten Sexualverbrechen zu tun gehabt hatte. Stillschweigend blieb sie stehen.

Feldman kam ihr zu Hilfe. »Haben Sie irgend etwas über den sexuellen Würgegriff?« murmelte er dem Verkäufer zu.

Dieser schüttelte den Kopf und sah Fairstein voller Sorge an.

»Sie haben die Wahl. Sie können das normale Rad oder das P-Rad nehmen«, sagte Richter George Roberts an dem Tag, an dem Litman und Fairstein zu ihm kamen, um sich den Richter für ihren Prozeß zuteilen zu lassen. In den Rädern waren die Namen der im Moment noch freien Richter enthalten, und sie funktionierten nach dem gleichen Prinzip wie eine Lostrommel. Hierdurch wurde die Gerechtigkeit nach dem Zufallsprinzip verteilt. Roberts mochte dieses System nicht, denn nicht alle Richter waren gleichermaßen auch für alle anfallenden Fälle geeignet. Einige Prozesse boten keinerlei Probleme; andere dagegen waren langwierig und vielschichtig. Den Namen eines Richters aus dem Hut – oder in diesem Fall einem Rad –

zu ziehen, konnte vor Gericht äußerste Verwirrung hervorrufen, konnte eine juristische Null mit dem Vorsitz eines ungemein wichtigen Prozesses beauftragen.

Natürlich hatten das die Verantwortlichen bei Gericht auch erkannt. Darum gab es zwei Räder: zum einen das reguläre Rad, das sowohl die Namen von ›Genies‹ als auch die von ›Gehirnamputierten‹ enthielt, und das ›P‹-Rad, in welchem sich die Namen von Richtern befanden, die Erfahrung in der Durchführung langwieriger und schwieriger Prozesse hatten. Anwälten mit komplizierten Fällen legte man nahe, das P-Rad zu benutzen.

Roberts schlug Litman ebenfalls die Benutzung des P-Rades vor, doch Litman schüttelte den Kopf. Die Richter im P-Rad waren durchweg sehr ernst zu nehmen; schwere Brocken, die einem Angeklagten in gedrechselten Worten ein Ding verpaßten; harte Kerle, die gegen den Rummel im Gerichtssaal abgehärtet waren. »Das reguläre Rad«, sagte er.

Die Loswahl wurde ihm überlassen. Er drehte die hölzerne Trommel und zog einen Namen heraus. Es war der von Richter Howard E. Bell, einem schwarzen Richter, von dem einige der Kollegen nur eine geringe Meinung hatten. Ding-Dong Bell nannte man ihn hinter seinem Rücken.

Richter Jeffrey Atlas, der an der Entstehung des Rad-Systems zur Richterauswahl beteiligt gewesen war, saß in seinem Gerichtssaal, als etwa zwanzig Minuten nachdem sie Richter Bells Namen gezogen hatten, Litman und Fairstein an seine Bank herantraten. Atlas fühlte, wie ihm der Magen in die Kniekehlen rutschte. Konnte es sein, daß er für den Chambers-Fall gezogen worden war? Nun, wenn dem so wäre, würde es zumindest die Gerichtsschreiber glücklich machen, selbst wenn *er* deshalb Bauchschmerzen bekäme. Seine Gerichtsschreiber liebten große Prozesse. In derselben Minute, in der sie hörten, daß er ein großes Verfahren erhalten hatte, sahen sie den Rubel schon rollen, träumten von den Filmproduzenten, die eine Extra-

Kopie der Prozeßmitschrift kaufen wollten. Bei drei Dollar pro Seite konnte ein Mammutprozeß den Burschen leicht fünfzig Riesen oder mehr einbringen.

Leider würden seine Gerichtsschreiber diesmal enttäuscht werden. »Bell ist zum Prozeßrichter gewählt worden«, berichteten ihm Fairstein und Litman. Wenn das der Fall war, warum waren sie dann hier? Nur um etwas über Bell herauszufinden? »Bell ist ein sehr netter Mann«, versicherte Atlas den beiden Anwälten. »Ein sehr höflicher Mensch.«

Achselzuckend gingen sie darüber hinweg und baten ihn um ein persönliches Gespräch. Er führte die beiden in den Juryraum. Dort überraschten sie ihn nicht schlecht, als sie fragten: »Könnten Sie sich vorstellen, den Chambers-Fall zu übernehmen?«

»Ich werde bestimmt nicht die Regeln brechen, die ich selbst mit ins Leben gerufen habe.« Atlas war irritiert.

Litman führte das Wort. »Wir können Ihren Widerstand ja verstehen«, sagte er. »Sie machen sich Sorgen, wie sich das auf die Beziehung zu Ihren Kollegen auswirken könnte.«

»Ich rede hier nicht von Neid«, schnappte Atlas. »Ich rede von Prinzipien.«

Litman blieb hartnäckig. »Angenommen, Mr. Morgenthau redet mit dem Gerichtspräsidenten? Würden Sie den Fall dann übernehmen?«

Atlas war der Versuchung nahe. Natürlich war es schmeichelhaft zu wissen, daß man ihn haben wollte. Chambers würde zudem ein riesiger, delikater Fall werden. Dennoch überwand er die Versuchung und blieb bei seinem Nein. Bells Name war gezogen worden, und Bell sollte den Prozeß leiten, ohne Rücksicht darauf, was die beiden Anwälte dachten oder fühlten.

Richter Howard E. Bell hatte keine Ahnung von der Reaktion der Anwälte. Selbst wenn er davon gewußt hätte, hätte es für ihn wahrscheinlich keinen Unterschied bedeutet. Er war ein Mann, der schon lange zuvor gelernt hatte, daß das Leben voller Zurückweisungen und Widerstände steckte.

Bell war vor gut sechzig Jahren in Norfolk in Virginia als das jüngste von sechs Kindern auf die Welt gekommen. Er wuchs unter den Bedingungen der Rassentrennung auf. Seine Mutter hatte nur einen High-School-Abschluß, und sein Vater hatte die Schule nach der dritten Klasse verlassen. Die Aussicht, daß Bell eines Tages ein Mann mit Studium, geschweige denn Richter sein würde, lag in seiner Kindheit in weiter Ferne. Die Bell-Familie hatte jedoch trotz ihres mangelnden schulischen Hintergrundes großen Wert auf Bildung gelegt und Howard darin bestärkt, es ebenso zu tun. Noch heute war er seinen Eltern dafür dankbar, insbesondere seinem Vater. Der alte Mann – der seinen Lebensunterhalt als Bauunternehmer verdient hatte – hatte sich selbst das Lesen beigebracht, indem er ein neunbändiges Werk namens *Die Geschichte der Welt* gekauft und jedes einzelne Wort in den Büchern verschlungen hatte. Als sein Vater starb, wollte Bell diese Bücher mehr als alles andere auf der Welt in seinem Besitz halten, doch das Haus der Familie geriet in Brand, und die Bücher gingen in den Flammen auf.

Von seinen Eltern gefördert, besuchte Bell die Virginia Union University in Richmond. War er auch nicht gerade der Meinung, daß er die beste Universität der Welt gewählt hatte – bis zum heutigen Tage machte er häufig abfällige Bemerkungen über seine Allgemeinbildung und seine Fähigkeit, komplexe Sachverhalte zu erfassen –, so erkannte er kurz vor Ende seiner Collegezeit immerhin, daß er ein Jurastudium schaffen konnte. Also war er in den Norden an die Brooklyn Law School gegangen.

Es war während seiner Zeit an der Law School, daß er einige seiner schmerzhaftesten Abfuhren einstecken mußte und mit den größten Schwierigkeiten zu kämpfen hatte. Hier erfuhr er aus erster Hand, daß der Rassismus nicht auf den Süden beschränkt war. Weil er während seiner Studienjahre in Brooklyn für sein körperliches und seelisches Wohl sorgen wollte, bemühte er sich um einen Teilzeitjob im kirchlichen Bereich, auch bei mäßiger Bezahlung. Jeden Abend, bevor er zum Schlafen in sein winziges Zimmer bei der YMCA in Harlem hinaufging, las er die Stellenangebote in der *New York Times*. Und jeden Morgen stand er mit der Morgendämmerung auf und sprach bei den Arbeitsvermittlungsagenturen vor, die die Anzeigen aufgegeben hatten. Doch vollkommen egal, wie früh er auch eintraf, die Jobs, um die er sich bewarb, waren – angeblich – regelmäßig bereits besetzt.

New York hatte einen Fair Employment Practices Code, daher waren die Arbeitsberater, mit denen er sprach, freundlich und gaben ihm lange Formulare, die er ausfüllen sollte, aber nie schickten sie ihn zu irgendwelchen Vorstellungsgesprächen. Manchmal sagten sie zu ihm: »Howard, wenn Sie bereit sind, als Tellerwäscher zu arbeiten, können wir Ihnen helfen.«

Zum guten Schluß fand er dann doch noch eine Stelle. Natürlich nicht in einem Unternehmen von Weißen. Die NAACP* stellte ihn als Sekretär ein. Dort traf er auf Männer wie Roy Wilkins und Walter White, Thurgood Marshall und W.E.B. Du Bois. Giganten: Männer, die er niemals vergessen würde und deren Leistungen ihn mit Ehrfurcht erfüllten. Inspiriert durch ihr Vorbild schaffte er seinen Abschluß an der Law School, arbeitete für die Wohnungsbau- und Sanierungsbehörde der Stadt, knüpfte politische Kontakte, wurde erst an das Zivilgericht und schließlich an den State Supreme Court berufen.

Selbst zu dem Zeitpunkt noch, da er für den Chambers-Fall gezogen worden war, wußte er, was es bedeutete, geringschätzig behandelt zu werden. Nur wenige Wochen zuvor war er eines Tages in einen Central-Park-West-Bus eingestiegen, den eierschalenfarbenen Filzhut elegant geneigt auf der Stirn und einen schicken schwarzen

* National Association for the Advancement of Coloured People – Nationale Vereinigung zur Förderung Farbiger (Anm. d. Übersetzers)

Schirm unter dem Arm, als er bemerkte, wie der Fahrer auf die Bremse trat, und daraufhin sah, wie zwei Polizeibeamte die Stufen zum Bus erklommen. Hier muß ein Dieb im Bus sein, dachte er, und dann stieß ihn plötzlich einer der Polizisten in den rückwärtigen Bereich des Busses und schrie ihn an, daß er aussteigen solle.

»Sagen Sie mir sofort, was das eigentlich soll«, verlangte er zu wissen, sobald sie ihn aus dem Bus gedrängt hatten.

»Eine Frau auf der gegenüberliegenden Straßenseite hat gesehen, wie ein Mann mit einem Messer in der Hand in den Bus gestiegen ist«, antwortete einer der Cops kalt. »Ein Mann mit einem eierschalenfarbenen Hut.«

Bell wurde ungehalten. »Mein Schirm«, sagte er. »Sie muß den Griff für ein Messer gehalten haben.« Er fügte hinzu: »Ich bin Richter am Supreme Court.«

Die Polizeibeamten glaubten ihm nicht. »Können Sie sich ausweisen?«

Er wäre fast in die Luft gegangen; doch er wußte, daß sich die Polizisten im Rahmen ihrer Rechte bewegten, wenn sie ihn aufforderten, sich auszuweisen. Er zog den Ausweis hervor; sie waren verärgert, und damit war der Vorfall beendet. Nicht so sein Ärger. Und seine Verlegenheit. Das konnte man nicht so schnell vergessen; und er kam nicht umhin zu denken, wie ironisch das Ganze war – nicht nur daß ein Supreme-Court-Richter wie ein gewöhnlicher Dieb aus dem Bus geführt wurde, sondern auch, daß der Mann, dem die Polizei nachgestellt hatte, die einzige Person im Bus war, die Anzug und Schlips trug, vom Hut ganz zu schweigen.

Bis zum Mittwoch, dem 24. September, drei Tage nach Bells Wahl zum Prozeßrichter, hatten sich Litman und Fairstein mit der Entscheidung abgefunden. Sie hatten Nachforschungen über Bell angestellt und dabei erfahren, daß er, obwohl er viele Kritiker hatte, auch ebenso viele Bewunderer hinter sich versammeln konnte, Mitarbeiter aus dem Justizbereich, die ihn als fair und sehr fleißig einschätzten. An diesem Mittwoch traten sie das erste Mal vor ihn – eine Begegnung, der noch Hunderte folgen sollten –, diesmal zur Anhörung, ob Robert auf Kaution freikommen würde oder nicht.

Litman hatte sich sorgfältig auf diesen Termin vorbereitet. Er hatte Bell ein ausführliches Gesuch vorgelegt, mit dem er um Gewährung auf Freilassung gegen Kaution bat, sowie 40 Briefe, die die Chambers gesammelt hatten und die Roberts guten Charakter bezeugen sollten. Einige der Briefe stammten von Roberts Freunden. Ein Mädchen namens Francesca Coloma schrieb, Robert sei ›ein liebenswürdiger, sensibler junger Mann. Ein Beispiel für seine mitfühlende Art spiegelt sich sehr gut in einer Unterhaltung wider, die ich vor zwei Wochen mit ihm geführt habe. Er erzählte, er sei sehr aufgebracht, weil er gerade mit angesehen habe, wie ein Mann eine Katze überfuhr. Während er das sagte, hatte er Tränen in den Augen.‹

Ein Mädchen namens Nicole Breck betonte, daß Robert ihr stets bei persönlichen und familiären Problemen zur Seite gestanden habe. »Zweimal hat er vor der Schule auf mich gewartet, um mich auf dem Weg zur Arbeit zu begleiten, weil er wußte, daß ich mich ansonsten krank gemeldet hätte. Häufig habe ich ihn spät in der Nacht angerufen, um über bestimmte Probleme mit ihm zu reden. Nicht ein einziges Mal hat er mir gesagt, ich solle lieber zu einer vernünftigen Zeit anrufen. Er ist einfach wach geblieben und hat so lange mit mir geredet, bis ich das Gefühl hatte, daß es mir wieder besserging.«

Weitere Briefe stammten von Freunden der Familie. John Dermont schrieb etwas leichtfertig, daß, ›wenn möglich, ich mich an Roberts Stelle zur Inhaftierung anbiete, sollte das Gericht es für angebracht halten, ihn nur unter der Bedingung auf freien Fuß zu setzen, daß sein späteres Erscheinen vor Gericht in dem bevorstehenden Prozeß gewährleistet ist‹.

Eve Murphy, die Nachbarin, deren Wohnung Robert im Sommer gestrichen hatte, äußerte, daß sie ihm einen

Schlüsselsatz für ihre Wohnung anvertraut hatte. ›Meine finanzielle Situation war ihm bekannt; er wußte, wo meine Aktien, Wertpapiere, Kreditkarten und gelegentlich große Geldsummen aufbewahrt wurden‹, schrieb sie, aber ›zu keinem Zeitpunkt habe ich in meiner Wohnung irgend etwas vermißt.‹

Es gab auch Briefe von Lehrern, die Robert als Jungen an der St. David's School gekannt hatten. Er sei ein ›Traumschüler‹ gewesen, als er in die 7. Klasse ging, hieß es im Brief von Michael A. Imbelli, der ihn zu jener Zeit in Werken unterrichtet hatte, und ›ein erstklassiger Fotograf, sehr gewandt in der Dunkelkammer‹. ›Als er auf die St. David's School ging‹, führte Frank Mahoney, der Robert in der 7. und 8. Klasse unterrichtet hatte, in seinem Brief aus, ›hat Robert dabei geholfen, zu Thanksgiving einen Wohltätigkeitsbasar für die Armen einer Kirchengemeinde in Harlem zu organisieren.‹ Der Direktor der Schule, David D. Hume, schrieb, daß Robert für den Getränkeverkaufsautomaten der Schule verantwortlich gewesen sei. ›Dies bedeutete, daß er mit einer beträchtlichen Summe Geldes zu tun hatte‹, erklärte er. Dieser Aufgabe sei Robert in einwandfreier, vertrauenswürdiger Weise nachgekommen.

Ebenso lagen Briefe von Leuten vor, die Robert gekannt hatten, als er noch bei den Knickerbocker Greys war. Robert habe ›über großen Esprit de Corps‹ verfügt, hob der frühere Kommandant der Organisation, Thomas J. Hayes, hervor.

Robert habe ihm Sonderunterricht im Umgang mit Priotgeschützen und Gewehren erteilt, schrieb Daren Jaime, das erste schwarze Mitglied bei den Greys.

Robert habe darum gebeten, den Smoking ihres Mannes ausleihen zu dürfen, berichtete Elizabeth Kratovil, ein früheres Vorstandsmitglied bei den Greys, und ›er hat nicht nur den Smoking gepumpt und in bestem Zustand zurückgebracht, sondern er hat auch daran gedacht, ihn zuvor reinigen zu lassen‹.

Zusätzlich waren Briefe von Priestern eingegangen. Robert habe sich oft ›in der Nähe von Kollektengeldern und Altarwein‹ aufgehalten, hielt Monsignore James Wilders fest, der Robert noch von der Kirche St. Thomas More her kannte. Dennoch habe er sich ›als äußerst vertrauenswürdig und verläßlich herausgestellt‹.

›Ich habe Robert immer für einen verantwortungsbewußten Jungen gehalten‹, machte Reverend Charles McDonald deutlich, zweiter Priester an der Kirche St. Anthony of Padua in Lancaster, Pennsylvania, und zugleich ein Cousin von Phyllis Chambers. ›Im November 1985 war ich für ein paar Tage in der Stadt, und ich wollte ihm mein Auto zur Verfügung stellen ... Er sagte lediglich »Vielen Dank für dein Angebot, Pater Charlie, aber so etwas kann ich einfach nicht annehmen.«‹

Vor allen Dingen war da ein Schreiben von Theodore E. McCarrick, dem Erzbischof von Newark. Robert verfüge über ›einen aufrichtigen Respekt für seinen Nächsten und einen Widerwillen, einem anderen Schmerz zuzufügen‹, schrieb er und brachte seine Hoffnung zum Ausdruck, daß das Gericht sein Empfehlungsschreiben für seine Entscheidung verwerten würde.

McCarrick war ein schweres Geschütz. Es kam nicht oft vor, daß ein Richter einen Brief von einem solch hohen Würdenträger wie einem Erzbischof erhielt. Bell war beeindruckt. »Wenn ich Briefe von Personen dieses Ranges erhalte«, verkündete er bei der Kautionsanhörung, »schenke ich ihnen auf jeden Fall Beachtung. Ich kann mir kaum vorstellen, daß ein Erzbischof nicht wissen soll, worüber er spricht.«

Litman, fürstlich wirkend in seinem europäisch geschnittenen Anzug, lehnte sich in seinem Stuhl zurück. Ein kleines Lächeln umspielte seine Lippen. Auf seine Seite des Gerichtssaales hatte er Freunde und Verwandte von Robert gesetzt; darunter auch einen Priester in vollem Ornat und, um die ethnische Balance zu wahren, zwei dunkelhäutige junge Männer, die Robert noch von den Greys her kannten. Bei dem Priester handelte es sich um Monsignore Leonard, Roberts Religionslehrer aus dem zweiten Schuljahr. Litman persönlich hatte den Sitzplatz für den Monsignore bestimmt; er hatte ihn in eine der ersten Reihen neben einem der farbigen Jugendlichen plaziert. Außerdem hatte er Bell versichert, daß sich der freundlich aussehende Priester für den Fall einer Freilassung auf Kaution persönlich für Roberts späteres Erscheinen vor dem Gericht verbürgen würde. Bell schien von diesem Vorschlag sehr angetan.

Fairstein war absolut dagegen. Was sie betraf, hielt sie nicht viel von Robert. Sie hatte in seiner Vergangenheit geforscht und dabei entdeckt, daß er seit langer Zeit Drogen nahm und mehrere kleinere Diebstähle begangen hatte. Außerdem hatte sie herausgefunden, daß die Polizeiakten über die Einbrüche, die er zusammen mit David Fillyaw verübt hatte, noch immer nicht geschlossen waren – und daß, seit er wegen des Mordes an Jennifer verhaftet worden war und man seine Fingerabdrücke genommen hatte, hinreichende Beweisstücke aufgetaucht waren, um ihm wegen dieser Einbrüche den Prozeß zu machen. Einer seiner Fingerabdrücke stimmte mit einem Abdruck überein, den man in einer der ausgeraubten Wohnungen genommen hatte. »Robert Chambers ist ein Räuber und ein Mörder«, verkündete sie. Zudem äußerste sie die starke Vermutung, daß viele der Briefeschreiber Robert nicht gut kannten oder ihn nur gekannt hatten, als er ein kleiner Junge war.

Bell hörte sich ihre Argumente an, kam aber immer wieder auf den Brief des Erzbischofs zurück. »Natürlich können wir alle Fehler machen«, sagte er und blickte nachdenklich auf das Schriftstück. »Wenn Briefe wie dieser hier vom Erzbischof eintreffen, lesen Sie ihn und sagen anschließend ›Kennt er den Mann, über den er schreibt, wirklich?‹«

»Euer Ehren«, rief Fairstein, »ich würde dem Erzbischof gerne die gleiche Frage stellen.«

Bell gab ihr bis Montag Zeit. Aber er sagte zugleich: »So wie die Dinge im Moment liegen, bin ich geneigt, einer Freilassung gegen Kaution zuzustimmen ...«

Fairstein wollte den Gerichtssaal so schnell wie möglich verlassen, um den Erzbischof noch vor Litman zu erreichen. Ihr Fortkommen in dem überfüllten Gang wurde jedoch durch ihre einem Rapier gleichen, hohen Absätze erschwert, und einen Moment lang verfluchte sie ihre Eitelkeit, die sie dazu veranlaßt hatte, diese Schuhe zu tragen. Ihr fiel ein, wie ihr Vater, den sie bis zu seinem Tode im letzten Jahr mehr als alle anderen Männer verehrt hatte, sie wegen ihres Schuhwerks zu hänseln pflegte und zu ihr sagte: »Linda, manchmal glaube ich, du hast mehr Schuhe als Gehirn.« Doch dann verdrängte sie diese Erinnerungen und schob sich weiter nach vorn.

Es schienen nur wenige Sekunden vergangen zu sein, bis sie an ihrem Schreibtisch saß und zum Telefon griff. »Könnte ich bitte mit dem Erzbischof sprechen?« sagte sie zu einer Sekretärin der Erzdiözese in Newark.

»Er ist in einer Besprechung«, erwiderte die Sekretärin.

»Könnten Sie ihn bitte aus der Besprechung herausholen?« fragte Fairstein. »Es ist wichtig.«

»Ich werde es versuchen.« Die Sekretärin legte sie auf die Warteschleife und verschwand. Zwei Minuten später war sie wieder am Apparat. »Ich kann ihn nicht finden«, teilte sie mit.

Fairstein war verärgert. »Vorhin haben Sie doch gesagt, er sei in einer Besprechung.«

»Das ist er auch«, entgegnete die Sekretärin gereizt, »aber die findet irgendwo in diesem Gebäude statt, und ich weiß nicht, wo.«

Fairstein hörte erst mehrere Stunden später vom Erzbischof, und dann auch nur in Form einer Nachricht. Dem Erzbischof seien Roberts Drogenkonsum und die Einbruchsfälle bekannt, hieß es darin, und seine Einstellung habe sich nicht geändert.

Litman war ihr zuvorgekommen, dessen war Fairstein sich sicher. Sie war verzweifelt.

Dennoch blieb sie dem Geistlichen auf den Fersen, rief ihn gleich am nächsten Morgen an und bestand darauf, mit ihm persönlich zu sprechen. Endlich wurde sie zu ihm durchgestellt. Er sagte ihr, daß er Robert seit drei oder vier Jahren nicht gesehen habe, ausgenommen am Tag seiner Amtseinführung im Juli dieses Jahres.

Genau, wie sie es erwartet hatte. »Bei Ihrer Amtseinsetzung?« fragte sie. »Als Hunderte von Leuten dabei waren?«

»Ja«, antwortete der Erzbischof. Dennoch weigerte er sich, Robert die Unterstützung zu entziehen oder seine Aussage zurückzunehmen, daß der Junge ›aufrichtigen Respekt für seinen Nächsten‹ empfinde.

Es war ein äußerst schwieriges Wochenende für Bell. Bis zum Montag mußte er eine Entscheidung über Roberts Freilassung auf Kaution getroffen haben. Er wußte, wie auch immer sie ausfallen würde, er setzte sich dem Risiko aus, sich enorm unbeliebt zu machen. Die Augen der Stadt waren auf den Chambers-Fall gerichtet. Am Sonntag suchte er Kraft von Gott zu erhalten. Er ging zur Bethel African Methodist Episcopal Church in der 132st Street in Harlem, wo er regelmäßig dem Gottesdienst beiwohnte und schon seit vielen Jahren dem Kuratorium angehörte. Dort schritt er die Stufen zur Galerie empor, auf der er seinen Stammplatz hatte. Auf der Galerie einer Methodistenkirche in Philadelphia war vor über 150 Jahren der Gedanke der African Methodist Church geboren worden. Ihr Begründer, Richard Allen, hatte mitgeholfen, die Kirche in Philadelphia zu renovieren, doch als die Arbeit fertiggestellt war und er zum Gottesdienst kam, hatte ihn der Kirchendiener angewiesen, die Kirche rein zu halten und nach oben zu gehen. Das tat er, aber sogar auf der Galerie wollten sie einen Farbigen nicht am Gottesdienst teilnehmen lassen. Sobald er sich hingekniet hatte, teilte ihm ein anderer Kirchendiener mit, daß er dort nicht beten dürfe. Es spielte überhaupt keine Rolle, daß er die Galerie, auf der sie standen, gebaut hatte. Allen hatte die Methodistenkirche des weißen Mannes verlassen und daraufhin in einer kleinen Schmiede die A.M.E.C. gegründet.

Vielleicht war es zum Gedenken an Allen, daß Bell sich immer seinen Platz auf der Galerie suchte. Vielleicht hing es auch einfach nur damit zusammen, daß ›da oben die wahre Religion zu finden ist‹, wie er Gottedienstbesuchern auf ihre Frage, warum er es auf sich nehme, die Treppen hinaufzusteigen, erzählte. Was auch immer der Grund dafür war, er saß in seiner gewohnten Bankreihe auf der Galerie, als der Geistliche, ein alter Freund von ihm, der Gemeinde mit dröhnender Stimme verkündete: »Wenn ihr an diesem Morgen zum Altar tretet, möchte ich, daß ihr einen bestimmten Namen in eure Gebete einschließt. Es handelt sich um einen sehr religiösen Mann. Er kommt aus einer zutiefst religiösen Familie. Momentan steckt er in Schwierigkeiten und benötigt unsere Gebete.«

Bell schüttelte den Kopf. Armer Mann – wer mochte das nur sein, und worin bestanden seine Probleme? Plötzlich donnerte der Geistliche: »Der Mann heißt Howard Bell. Wie viele von euch kennen seinen Namen?«

Zwei Drittel der Gottesdienstbesucher hoben die Hand.

»Macht euch keine Sorgen«, sagte der Geistliche. »Ihm ist nichts passiert. Er hat nichts Schlechtes getan, aber er hat einen sehr schwierigen Fall zu bearbeiten und muß dabei einige harte Entscheidungen fällen. Ich möchte, daß ihr alle für ihn betet.«

Am Abend rief Bell den Geistlichen an, um ihm für die Fürbitten zu danken.

»Hoffentlich habe ich dich nicht in Verlegenheit gebracht, Howard«, sagte der Geistliche. »Ich weiß nicht, warum ich das getan habe, außer daß ich mitten in der letzten Nacht aufgewacht bin und an dich gedacht habe. Und ich wollte nur für dich beten.«

Bell beteuerte: »Ist schon gut. Wer von uns benötigt schon keine Gebete?«

Auch für Robert wurde an diesem Wochenende gebetet. Auf der East Side von Manhattan hielt eine katholische charismatische Kirche, in der Phyllis einige Male zum Gottesdienst gegangen war, ein Nachtgebet bei Kerzenlicht ab. Auf der anderen Seite des Flusses hielt der Pastor der freikirchlichen Brooklyn Tabernacel Church seine Gemeinde dazu an, Gott um Hilfe für Robert anzuflehen. Der Pastor hatte in den Zeitungen über Robert gelesen; in ihnen erfuhr er häufig von Menschen, die Gottes Hilfe benötigten. Gleich hatte er sich gesagt: Laßt uns für diesen Jungen beten, der in solchen Schwierigkeiten steckt. Auch in unserer Gemeinde gibt es viele junge Menschen.

Am Montag morgen gewährte Bell Robert gegen Fairsteins wiederholte Einsprüche die Freilassung auf Kaution und setzte die Kautionssumme auf hundertfünfzigtausend Dollar fest. Roberts früheren Religionslehrer machte er für dessen Erscheinen vor Gericht verantwortlich. »Monsignore Leonard muß zu jeder Zeit darüber Bescheid wissen, wo du dich aufhältst«, teilte er dem Beschuldigten mit. »Du mußt dich bei ihm an- und abmelden.«

Litman sprang auf. »Die Kautionssumme ist zu hoch«, behauptete er. »Ich bin nicht sicher, ob die Familie diese Summe aufbringen kann.«

Am nächsten Nachmittag besuchte Jack Dorrian Phyllis in ihrer Wohnung. Sie weinte. »Ich habe nicht genug Geld für die Kaution«, klagte sie.

Dorrian hatte Mitleid mit ihr. Er konnte nicht anderes als sich vorzustellen, wie es wohl sein mußte, seine beiden eigenen Söhne in solchen Schwierigkeiten zu wissen.

Das Gefängnis war ihm nicht ganz unbekannt. Damals, in den Siebzigern, war er einmal zu Unrecht beschuldigt worden, gestohlene Gutscheine von Gimbels zu besitzen und versucht zu haben, sie einzutauschen. Er war vor Gericht gestellt und dort freigesprochen worden, doch vor dem Urteil hatte er eine Nacht im Knast verbringen müssen. Sie hatten ihn in einen Raum mit etwa hundert Leuten geführt, die alle standen. Man konnte sich nicht hinsetzen. Toilettenpapier gab es keines, dafür Fliegen und Kakerlaken. Und noch ein großes Tier gab es dort – den Wärter. Ein Junge hatte ihm fünf Dollar gegeben, damit er ihm Zigaretten holte; doch als der Junge nach seinen Zigaretten fragte, hatte der Wärter gesagt: »Welche fünf Dollar denn?« Dorrian hatte sich wie der letzte Dreck gefühlt, als er dort herauskam. Er war voller Abscheu für die Menschheit gewesen.

Vielleicht war es diese Erfahrung, die ihn an diesem Nachmittag dazu bewog, Robert zu helfen. Oder es waren die Tränen von Phyllis Chambers. Was auch immer – als er die Wohnung verließ, hatte er sich dazu entschlossen, auf sein Sechshunderttausend-Dollar-Townhouse in der East Side eine Teilbürgschaft für die Kautionssumme aufzunehmen.

An diesem Abend rief er Steve Levin an, um ihm seinen Entschluß persönlich mitzuteilen. Er hatte auch vor, ihm sein Beileid auszusprechen. Wollte Levin sagen, daß der Tod in Wirklichkeit nur eine Fortsetzung des Lebens ist, daß jeder von uns zu irgendeinem Zeitpunkt einmal gehen muß. Die meisten Religionen sehen den Tod so, würde er sagen – die Juden, die Katholiken, wer auch immer. Im Grunde bereiten wir uns eigentlich alle nur darauf vor, später einmal vor Gott zu treten.

Doch er kam gar nicht erst dazu, seine philosophischen Betrachtungen anzubringen. Levin beendete die Unterhaltung, sobald er von der Kaution gehört hatte.

Robert hielt sich in Litmans Büro auf, wo er gerade eine Pressekonferenz gegeben hatte. »Schaffen Sie ihn und seine Leute hier raus«, wies Litman Roger Stavis direkt nach der Pressekonferenz an. »Und sehen Sie zu, daß die Medien nicht herausfinden, wo Sie ihn hinbringen. Sie brauchen etwas Zeit für sich, bevor Robert in Monsignore Leonards Pfarrhaus zieht.«

Stavis gelang es, Robert und seine Eltern in das Parkhaus des Gebäudes und in sein Auto zu schleusen, ohne daß sie von der Presse beobachtet wurden. Sobald er aber das Auto auf die Straße lenkte, sah er die Kameras aufblitzen. Er warf Robert eine Decke über den Kopf, befahl ihm, sich zu ducken und raste mit dem Wagen durch die Menge. Einen Moment später bemerkte er jedoch, daß er verfolgt wurde; ein Fernsehübertragungswagen hing direkt an seiner Stoßstange.

Stavis war zuversichtlich, daß er ihn abschütteln konnte. Er würde auf den Franklin D. Roosevelt Drive fahren, sich einige Wagenlängen vor die Fernsehleute setzen, und das wär's. Nachdem er diesen Entschluß gefaßt hatte, fuhr er auf den Drive auf, schwenkte aus und wechselte die Fahrspur. Es half alles nichts, der Wagen hielt sich hinter ihm.

Hatten seine Passagiere etwas bemerkt? Wahrscheinlich noch nicht. »Machen Sie sich keine Sorgen«, sagte er. »Ich bin nur ziemlich in Eile.« Daraufhin wechselte er wiederum die Fahrspur.

Man konnte ihn im allgemeinen nicht gerade einen beherzten Fahrer nennen; seine Freunde zogen ihn öfter wegen seiner vorsichtigen Fahrweise auf und nannten ihn ›Mr. Sicher‹. Doch jetzt trat er aufs Gaspedal und wechselte wie wild im Zickzack von Spur zu Spur. Die neugewonnene Tapferkeit zahlte sich aus, der Verfolger-Wagen fiel zurück. Doch dann tauchte er direkt hinter ihnen wieder auf.

In Ordnung, jetzt zeig ich's ihnen; ich werde vom Drive abfahren und dann weiter in Richtung Queens, beschloß Davis. Sie werden niemals in der Lage sein, mich dort zu finden, denn ich kenne das Viertel wie meine Westentasche, und Queens existiert für die Medien nicht. Diese Typen sind wahrscheinlich noch nie in ihrem Leben dort gewesen.

Er folgte seinem Plan, schoß über die Queensboro Bridge und – immer noch mit dem TV-Wagen am Hinterreifen – schwenkte plötzlich an der Island-City-Ausfahrt nach rechts ab. Geschafft.

Nachdem er die Ausfahrt genommen hatte, fuhr er eine

Straße hinunter, bog einige Male kurz hintereinander ab und hielt dann mit klopfendem Herzen am Straßenrand an. Niemand war hinter ihm. Einen Freudenschrei aussto-ßend, schaltete er die Lichter aus und parkte.

»Ich glaube nicht, daß sie uns hier finden werden«, sagte er zu den Chambers.

Dort blieb er eine Viertelstunde lang stehen. Danach fuhr er die Familie zu einem nahe gelegenen italienischen Restaurant. Er war so begeistert darüber, das Autorennen gewonnen zu haben, wie er es sonst nur bei einem Sieg im Gerichtssaal war.

Im Restaurant unterrichtete er Litman aufgeregt von der Verfolgungsjagd. »Ich wette, Sie wußten nicht, daß Sie gleichzeitig einen Rennfahrer angeheuert haben, als Sie mich als Anwalt einstellten, oder?« fragte er überschwenglich.

Litman aber hatte keine Zeit für Small talk. »Die Presse hat Monsignore Leonards Kirche umstellt«, sagte er. »Sie können Robert nicht dort hinbringen. Wir müssen einen anderen Ort für ihn finden.«

Monsignore Wilders, Phyllis' alter Freund von der St. Thomas-More-Church, machte ein unter kirchlicher Leitung stehendes Wohnheim in Brooklyn ausfindig, wo Robert so lange wohnen konnte, bis Leonards Pfarrhaus wieder frei zugänglich war. Wilders hatte Robert auch noch auf eine andere Art geholfen, indem er der Familie einundzwanzigtausend Dollar aus seinen persönlichen Ersparnissen für die Kautionssumme zur Verfügung gestellt hatte. Für ihn war das ein Akt der Nächstenliebe. Hatte der Herr nicht gesagt: ›Kommt her, ihr Gesegneten meines Vaters, ererbt das Reich, das euch bereitet ist von Anbeginn der Welt! Denn ich war hungrig, und ihr habt mir zu essen gegeben. Ich war durstig, und ihr habt mir zu trinken gegeben. Ich war krank, und ihr habt mich besucht. Ich saß im Gefängnis, und ihr seid zu mir gekommen‹.

Außerdem glaubte er an Roberts Version der Geschichte. War davon überzeugt, daß – obwohl die Art von Sex, wie Robert ihn beschrieben hatte, schmutzig und schockierend war – es sich dennoch um eine Spielart handelte, der beide zu jenem Zeitpunkt zugestimmt hatten. Das eben, was die Kids heutzutage so machten, weil sie immer einen neuen Nervenkitzel brauchten.

Das Problem mit den Kindern in dieser Zeit war, daß die Eltern keine Disziplin mehr von ihnen forderten; zumindest nicht wirklich, nicht so, wie es in seiner Jugend üblich gewesen war. Wie seine Mutter. In der Nord-Bronx, wo er aufgewachsen war, spielten sein Bruder und er vor dem Abendessen immer noch auf der Straße Schlagball. Eines Abends hatten sie getrödelt; ihre Mutter kam zur Tür und rief: »Ihr solltet besser nach Hause kommen, es ist sechs Uhr. Zeit fürs Abendessen.« Sein Bruder hatte zurückgerufen: »Warte, ich muß nur noch meinen Schlag machen.« Darauf hatte seine Mutter entgegnet: »Wenn du nicht in einer Sekunde drinnen bist, wird es bei dir wirklich einen Schlag tun.«

So waren die Eltern früher; sie erwarteten Disziplin. Die Kinder respektierten dies. Jetzt nicht mehr.

John Kardinal O'Connor, der höchste Prälat von New York, war nicht restlos glücklich über die Rolle, die einige seiner Priester dabei gespielt hatten, Robert auf Kaution aus dem Gefängnis zu bekommen. Es war wohl richtig, daß das Evangelium als eine Basis dienen konnte, um Gefangenen Beistand zu gewähren, doch sowohl Erzbischof McCarrick als auch Monsignore Leonard und Wilders hatten aufgrund ihrer Bemühungen um Robert Drohbriefe von Juden erhalten. An den Kardinal selbst war ein zorniger Brief von der Levin-Familie gerichtet – von Jennifers jüdischen Eltern und ihrer katholischen Stiefmutter. In den Augen des Kardinals barg die Fürsprache der Priester eine Menge Zündstoff in sich. Sie wurde als ein Zug der katholischen Kirche interpretiert, Druck im Namen eines Judenmörders auszuüben.

Eine Woche nachdem Robert aus dem Gefängnis entlassen worden war, versuchte O'Connor, den drohenden religiösen Zwist abzuwenden, indem er ihm zuvorkam. ›Ich mach' mir Sorgen‹, schrieb er in einem offenen Brief an eine katholische Wochenzeitschrift, ›ich mache mir Sorgen, daß die Gnade für einen katholischen Jungen als Gefühllosigkeit gegenüber einem jüdischen Mädchen aufgefaßt werden könnte.

Ich mache mir Sorgen, daß das katholische ›Establishment‹ auf diese Weise den Eindruck erwecken könnte, als schare es sich nur um seine eigene Herde, so als schützten und verteidigten sie nur ihresgleichen, während ein jüdisches Mädchen tot in seinem Grab liegt und seine Familie voller Trauer ist ... Ich mache mir Sorgen, daß einige Katholiken nicht erkennen werden, welchen Unmut das Ganze bei manchen Juden hervorrufen kann. Noch mehr Sorgen mache ich mir darüber, daß wieder andere Katholiken dieses Unmutpotential sehr wohl erkennen, es dann aber der jüdischen Paranoia zuschreiben werden. Jede einzelne dieser Reaktionen wäre unglückselig.‹

Jack Litman war über den offenen Brief des Kardinals verblüfft. Warum hat er ihn geschrieben? fragte er sich. Warum warnt er davor, daß der Fall die Stadt in zwei religiöse Lager spalten könne? Bislang hatte es keinerlei derartige Anzeichen gegeben – doch jetzt mochte es dazu kommen. Traurig und voller Sorge legte er den Brief beiseite.

»Die Leute spielen verrückt«, meinte ein katholischer Reporter zu einem jüdischen Kollegen einen Tag, nachdem der Brief des Kardinals veröffentlicht worden war. »Bei den Radiosendern klingelt den ganzen Tag über das Telefon, und Anrufer behaupten, daß jüdische Mädchen Huren seien und daß die katholische Kirche Mörder liebe.«

»Das ist die Schuld des Kardinals«, entgegnete der jüdische Reporter. »Er hätte sich nicht einmischen sollen.«

»Er hat lediglich versucht, die Wogen zu glätten«, verteidigte ihn der katholische Reporter.

»Nein, er hat sie aufgewühlt; spricht über ›jüdische Paranoia‹. Dieser Ausdruck ärgert mich.«

»Vielleicht haben ihm die Levins einen paranoiden Brief geschrieben«, entgegnete der katholische Reporter. »Vielleicht haben sie die Kirche als antisemitisch bezeichnet.«

»Und darum rügt er seine Priester?« Der jüdische Reporter stieß einen Pfiff aus. »Nun, das nenne ich dann allerdings *katholische* Paranoia.«

Der Bezirksstaatsanwalt Robert M. Morgenthau war nicht gerade für seine Mitteilsamkeit bekannt. Reserviert und zurückhaltend, wie es seinem Naturell entsprach, empfand er Small talk als ermüdend. Am Morgen des 15. Oktober jedoch gab er in seinem holzgetäfelten, flaggengeschmückten Büro eine Pressekonferenz und ließ sich auf ein Geplänkel mit den Reportern und Kameraleuten ein, die sich um ihn herum drängten.

»Lassen Sie sich von dem, was ich Ihnen jetzt erzählen werde, nicht zu sehr hinreißen«, warnte er. »Rennen Sie nicht gleich zu den Telefonen, denn die sind kaputt. Und nein – das liegt nicht daran, daß wir die Rechnung nicht bezahlt haben.«

Die Nachrichtenleute lachten, und er lachte auch. Ein schmales Lächeln überzog sein ernstes Gesicht. Gleich würde er enthüllen, daß es der Staatsanwaltschaft gelungen war, die Anklage gegen Robert wegen der Einbruchsdiebstähle zu eröffnen. Dieser Prozeß würde seinen Mitarbeitern gute Einflußmöglichkeiten hinsichtlich Roberts Mordverfahren bieten. Außerdem würde es die öffentliche Meinung über den sogenannten Preppie entscheidend formen. Litman hätte es danach schwer, Chambers der Öffentlichkeit als Meßdiener zu verkaufen.

Nachdem die Nachrichtenleute damit aufgehört hatten, sich anzurempeln, und sich nicht mehr um die besten

Plätze rauften, ging Morgenthau zum Geschäft über. Er verlas die Anklageeröffnungsschrift und erklärte, daß David Fillyaw, der bereits eine Anklage wegen versuchten Mordes laufen hatte, in dem Einbruchsfall als Roberts Nebentäter angeklagt worden war.

»Warum hat es ein Jahr bis zur Anklageerhebung gedauert?« fragte ein Reporter.

»Fälle wie diese sind schwierig zu lösen«, antwortete Morgenthau.

»Wie haben Sie sie denn gelöst? Welche Beweismittel haben Sie?«

»Ich will hier wirklich nicht über die Beweismittel diskutieren«, brauste Morgenthau auf, gab dann aber doch etwas nach. »Gut, ich sage Ihnen soviel: Die Aufmerksamkeit, die Chambers derzeit in den Medien wegen des Mordes an Jennifer Levin gezollt wird, hat eine Reihe von Personen bereitwilliger gestimmt, in dieser Angelegenheit mit uns zu kooperieren.« Er sah sich im Raum um und lächelte wieder sein schmales, aber glückliches Lächeln.

»Ich glaube«, sagte er, »daß die Presse letztendlich doch gar nicht so schlimm ist.«

Pat Fillyaw befand sich an diesem Abend in der denkbar schlechtesten Stimmung. Stundenlang hatten die Presseleute sie jetzt schon mit Anrufen bombardiert und an ihre Tür geklopft, um sie dazu zu überreden, mit ihnen über ihren Sohn zu sprechen. Wie hatte er Robert Chambers kennengelernt? wollten sie wissen. Wie eng waren sie miteinander befreundet?

Sie erzählte ihnen überhaupt nichts. Warum sollte sie auch? Die Presse hatte sich nicht im geringsten dafür interessiert, mit ihr zu reden, als David wegen der Messerstecherei an Sarah verhaftet worden war. Sie hatten nicht hören wollen, wie es war, wenn man versuchte, ein Kind im koksverseuchten New York drogenfrei aufzuziehen. Es hatte sie nicht interessiert, daß sie David auf Privatschulen geschickt hatte oder daß er einmal ein talentiertes, vielversprechendes Kind gewesen war. Nein, in ihren Schlagzeilen hatten sie ihn einfach als Ex-Knacki bezeichnet, hatten den Anschein erwecken wollen, daß er nicht behütet aufgewachsen, sondern einfach auf diese Welt geworfen worden war. Ausgebrütet. Jetzt konnten sie alle zur Hölle fahren. Sie und diese Stellvertretende Bezirksstaatsanwältin Linda Fairstein. Pat hatte gehört, wie sie im Radio zitiert wurde. Sie hatte Linda Fairstein sagen hören, daß David die böse Seite von Robert verkörpere oder er zumindest der Beweis dafür sei, daß er eine böse Seite habe.

So sah Pat das Ganze überhaupt nicht. Für sie stand fest, daß Robert der Böse war. David hatte nicht Sarah beschuldigt, ihn dazu gebracht zu haben, mit dem Messer auf sie einzustechen, so wie Robert Jennifer dafür verantwortlich machte, daß er sie getötet hatte. Ihr Sohn hatte nicht gesagt: »Ein Mädchen hat mir weh getan, hat perverse Spiele mit mir getrieben und mich vergewaltigt, also mußte ich es loswerden.«

David hatte es besser gewußt. Er war besser erzogen; wußte, daß seine Mutter nicht so zu ihm gehalten hätte, wie Roberts Mutter jetzt zu Robert hielt, wenn er dem Mädchen die Schuld für das, was er ihr angetan hatte, in die Schuhe geschoben hätte. Er wußte, hätte er solchen Müll erzählt, wie Robert ihn jetzt von sich gab, hätte seine Mutter ihn aus ihrem Leben verbannt.

Eine Woche verging. Und noch eine. Die beiden Anwälte knieten sich in die Aufgabe, mit dem Fall vertraut zu werden; sie befragten Zeugen und stellten Nachforschungen über das Leben an, das Robert und Jennifer geführt hatten. Über einige der dabei zutage tretenden Fakten waren sie schockiert, entsetzt über das Ausmaß, in dem Zügellosigkeit, Promiskuität und Drogen das Leben der Dorrian-Clique beherrscht hatten. Litman führte diese Probleme auf den Hang vieler Upper-Class-Eltern zurück, ihren Sprößlingen nach Möglichkeit jeden Wunsch zu erfüllen. »In diesem Land«, so sagte er eines Abends zu einem französischen Freund, »l'enfant est roi, ist das Kind der König. Aber weißt du, wenn man ein König ist, kann man auch fallengelassen werden.«

Linda Fairstein war ebenso kritisch. Sie hatte mit einigen von Jennifers Freunden gesprochen und war davon eigentümlich unbeeindruckt geblieben. Da waren Mädchen, denen schwindlig wurde und die am Rande der Hysterie standen; Jungen, die beschränkt und arrogant waren.

Einer war zu ihr gekommen und hatte – um ihr die Atmosphäre im Dorrian's zu schildern – damit angegeben, daß all die Jungs, die sich regelmäßig in der Bar aufhielten, er natürlich eingeschlossen, reich waren und gut aussahen und darum logischerweise in der Lage waren, jeden Abend mit einem anderen Mädchen ins Bett zu gehen, wenn sie den Wunsch danach verspürten. Dann hatte er sie gebeten, ihm das Taxigeld zu erstatten, und ihr eine Quittung von der vergangenen Woche vorgelegt. Er hatte tatsächlich versucht, die Staatsanwaltschaft übers Ohr zu hauen! »Dieser Kerl ist genau wie Chambers«, sagte sie später zu einem Reporter. »Wächst auf mit all den Annehmlichkeiten, die das Leben bieten kann. Besucht die besten Schulen. – Doch was wurde ihm *beigebracht*?«

Im Spätherbst dieses Jahres rief Leilia Van Baker, der Jennifers letzte Stunden einfach nicht aus dem Kopf gingen, Robert von Vermont aus an, um ihm zu sagen, was sie von ihm hielt. Sie wählte seine Nummer und hatte seine Mutter am Apparat.

»Robert ist nicht da«, sagte Phyllis, »aber ich kann ihm etwas ausrichten.«

Nicht lange danach klingelte Leilias Telefon, und als sie abhob, war es Robert. Beim Klang seiner Stimme durchfuhr sie die Angst. Trotzdem legte sie sofort los: »Ich will wissen, *warum* du Jennifer getötet hast«, sagte sie.

»Glaubst du wirklich, ich hätte es mit Absicht getan?« fragte Robert.

»Verdammt richtig, das glaube ich. Du hast sie ermordet.«

Eine Zeitlang sprach Robert nicht. Dann wollte er wissen: »Warum hast du mich dann angerufen?«

Warum hatte sie es getan? Das Ganze erschien ihr plötzlich ziemlich dumm.

»Weil wir Freunde waren«, antwortete sie schließlich, »weil du damals zu mir gesagt hast, du wolltest nach Vermont kommen und bei mir hier oben bleiben. Weil ich dir sagen wollte, wie glücklich ich bin, daß du nicht hier bist.« Doch irgendwie reichte das noch nicht, entsprach nicht im geringsten dem, was sie eigentlich hatte sagen wollen. Sie beschloß, die Unterhaltung an dieser Stelle zu beenden, und nahm sich vor, nie wieder mit ihm zu reden. »Hör gut zu, Mann«, setzte sie hinzu. »Ich wünsche dir viel Glück, aber ich bin froh, daß du in meinem Leben nichts zu suchen hast.«

Drüben auf Roosevelt Island machte sich Pat Fillyaw Gedanken über den Juristen, den sie und ihr Mann mit Davids Verteidigung beauftragt hatten. Es handelte sich um Alan Friess, einen Anwalt, der zuvor als Richter gearbeitet hatte, bis er schließlich wegen leichtfertiger Prozeßführung vom Richteramt enthoben worden war. Ihm war unter anderem vorgeworfen worden, über die Länge der Gefängnisstrafe bei einem Angeklagten durch Münzwurf entschieden zu haben.

Friess hatte David geraten, sich in sämtlichen Anklagepunkten für schuldig zu bekennen. Er hatte auch Pat davon überzeugt, daß dies eine gute Idee sei. Doch seitdem sich Robert gegen Kaution auf freiem Fuß befand, waren ihr Zweifel gekommen. Vor kurzem hatte sie dann den hitzigen schwarzen Aktivistenanwalt C. Vernon Mason um Rat gebeten. Dieser hatte vorgeschlagen, Friess das Mandat zu entziehen und einen anderen Anwalt mit Davids Verteidigung zu beauftragen; einen, der den Fall vor Gericht bringen würde. Er kenne einen solchen Kollegen, sagte er und empfahl ihn Pat. Dieser Kollege war klug und gewitzt, aber sehr teuer.

»Vielleicht sollten wir es tun«, sagte Pat zu ihrem Mann.

»Es wird einiges kosten«, erwiderte er skeptisch.

»Ich weiß. Wir müßten an die Lebensversicherung gehen.«

»Und an den Collegefonds des Kleinen«, ergänzte ihr Mann, womit er auf ihren jüngeren Sohn verwies, der im nächsten Jahr die High-School abschließen würde. »Trotzdem, mach es, wenn du möchtest. Nimm das Geld von der Bank, nimm das *ganze* Geld.«

Zunächst dachte Pat, sie würde es tun, aber dann schreckte sie doch davor zurück. Wie konnte sie die gesamten Ersparnisse der Familie für etwas riskieren, was nach den Worten von Friess sowieso nichts als ein schreckliches Spiel war? Sicherlich, David *könnte* in einem Gerichtsverfahren gewinnen, hatte er gesagt. Aber genausogut könnte er verlieren; *würde* wahrscheinlich sogar verlieren. »Und in dem Fall wird er für eine verdammt längere Zeit ins Gefängnis wandern, als wenn er sich für schuldig bekennt.«

Das wollte sie natürlich nicht, und sie beschloß darum, bei Friess zu bleiben.

Marilei hastete aufgeregt durch Phyllis' Wohnung und stellte Wein und Sandwiches zurecht. Phyllis hatte ein Damenkränzchen dazu eingeladen, mit ihr zu Mittag zu essen und sich für zwanzig Dollar pro Kopf die Zukunft vorhersagen zu lassen.

Ein Hellseher würde kommen. Marilei war sich überhaupt nicht sicher, ob sie die Wahrsagerei gutheißen sollte. Phyllis klammert sich an einen Strohhalm, dachte sie besorgt, sie sucht nach irgend jemandem, nach irgend etwas, nach allem, was ihr jetzt ein gutes Gefühl verschaffen kann. Natürlich, sie war schon immer so gewesen, einmal hatte sie Marilei sogar zu irgendeiner Frau in Queens mitgeschleppt, die die Krankheiten der Patienten durch einen Blick in ihre Augen diagnostizierte und sie durch Verabreichung von Vitaminen kurierte. Doch jetzt schien Phyllis' Bedürfnis danach noch größer zu sein als zuvor. Sie dachte sogar darüber nach, zum Gottesdienst in die Tabernakelkirche zu gehen, in der man für Robert gebetet hatte. – Sie, als gute Katholikin!

Als der Mann eintraf, warf Marilei einen Blick auf ihn. Er wirkte überhaupt nicht wie ein Wahrsager auf sie; er war von stattlicher Größe und trug einen gut geschnittenen, teuren Anzug.

Phyllis' Gäste mochten ihn; er sagte ihnen wundervolle, positive Dinge voraus. »Ihre Zukunft sieht verheißungsvoll aus.« – »Sie werden sehr viel Glück haben.« – »Alle Ihre Wünsche werden in Erfüllung gehen.«

Etwas Ähnliches hatte er bei einer anderen Gelegenheit schon einmal Phyllis prophezeit; darum hatte sie ihn zu sich gebeten. Alles würde in Ordnung kommen, hatte er ihr versichert, und Robert würde ein großer, berühmter Mann werden. Auch heute sagte er wieder ähnliche Dinge.

Etwa zur gleichen Zeit hängte Linda Fairstein ein Bild von Robert in ihrem Büro auf. Ein Fotograf der *Post* hatte diesen Schnappschuß gemacht, hatte Robert vollkommen unvorbereitet getroffen. Das Bild zeigte ihn beim Verlassen des Ortes, an dem er jetzt lebte – Monsignore Leonards Pfarrhaus in Washington Heights –, mit einer Sporttasche über der Schulter, einem Walkman um den Hals und einem offenen Lächeln auf den Lippen. Niemand, der einen Menschen umgebracht hat, hat das Recht, so entspannt auszusehen, regte sich Fairstein auf. Sie befestigte das Foto und sagte zu sich: Ich werde es jeden Tag ansehen, um mir in Erinnerung zu rufen, wie unfair die Welt ist, und ich werde es jetzt so lange hängen lassen, bis dieser Kerl wieder im Gefängnis sitzt.

9. Kapitel

Das lange Warten

Nachdem beide schon mehrere Wochen am Chambers-Fall gearbeitet hatten, wurde sowohl Litman als auch Fairstein langsam klar, daß der Prozeß nicht leicht zu gewinnen sein würde. Fairstein hatte inzwischen erfahren, daß Litman nicht mit der These aufwarten wollte, Jennifer habe Robert darum gebeten, ihren Hals zuzudrücken, um sie dadurch sexuell zu stimulieren. Er plante, bei Roberts eigener Version des Vorfalls zu bleiben – daß er Jennifer als Reaktion auf den ihm zugefügten Schmerz gewürgt hatte. Nicht, daß das Fairsteins Aufgabe irgendwie erleichtert hätte. Es gab keine Zeugen, die gesehen hatten, was im Park passiert war. Die einzige Möglichkeit zu beweisen, daß Robert Jennifer vorsätzlich getötet hatte, bestand darin, medizinische Gutachten beizubringen. Darin sollte nachgewiesen werden, daß er sie genügend lange gewürgt hatte, egal ob Minuten oder Sekunden, um sich seines Handelns bewußt zu werden, und daß er trotzdem nicht damit aufgehört hatte.

Litman stand einer ähnlichen und zugleich vollkommen anderen Aufgabe gegenüber. Um einen Freispruch für Robert zu erwirken, mußte er beweisen, daß Robert Jennifers Hals nur einige wenige Sekunden zugedrückt hatte.

Das Problem für beide Seiten bestand darin, daß es keinen absolut sicheren Weg gab, die Zeitdauer zu bestimmen, über die Jennifer gewürgt worden war. Sogar erfahrene medizinische Gutachter machten keine genauen, sondern nur annähernde Zeitangaben. Im Gerichtssaal, das wußten Fairstein und Litman gleichermaßen, konnte die Meinung eines Experten mit Leichtigkeit die eines anderen ablösen.

Die Anwälte hatten aber auch noch andere Schwierigkeiten. Fairstein fehlte das Motiv; Litman dagegen hatte keine Zeugen, um Roberts Behauptung zu verifizieren, daß Jennifer sexuell aggressiv gewesen sei; sei es nun im Park oder ganz allgemein.

Eines Morgens im Oktober beschloß Litman herauszufinden, ob er Fairstein dazu bringen könnte, die Anklage gegen Robert auf Totschlag herabzumindern.

Er betrat ihr Büro und sagte munter: »Komm schon, du weißt, daß dies kein Mord ist.«

Fairstein biß nicht an. Ihr war klar, daß es äußerst schwierig für sie sein würde, einen Mord nachzuweisen. Aber sie glaubte daran, daß sie am Ende Erfolg haben würde. Die Bilder von Jennifer, wie sie dort tot im Park lag, vermittelten ihr dieses Gefühl. Sie konnte sie immer vor ihrem inneren Auge sehen: Jennifers angeschwollenes Gesicht, mit Dreck verschmiert. Ihre Brüste und ihre Scham in verächtlicher Weise unbedeckt gelassen. Ihr Hals von purpurfarbenen Blutergüssen übersät. Wann immer sie an das Foto dachte, wußte sie, daß Robert Jennifer ermordet hatte. Und sie hoffte stark, daß eine Jury ebenso empfinden würde.

Litman praktiziert psychologische Kriegsführung mit mir, sagte sich Fairstein. Seine Bemerkung ignorierend, wechselte sie das Thema.

›Sehr geehrte Mrs. Fairstein‹, schrieb Litman am 21. Oktober an seine Gegnerin. ›Gemäß Artikel 240, Abschnitt 200.95 der Strafprozeßordnung fordern wir Sie höflichst auf, uns die folgenden »Besitztümer« zur Verfügung zu stellen, ohne die der Angeklagte seine Verteidigung weder in adäquater Weise vorbereiten noch betreiben kann.‹ Er listete verschiedene Stücke auf, die er in Augenschein nehmen wollte, darunter auch Jennifers Tagebuch. Das kleine schwarze Spiralbuch, in das das Mädchen unter anderem auch glühende Beschreibungen ihrer sexuellen Begegnungen eingetragen hatte, war der Polizei von Alexandra LaGatta an dem Tag, als sie sie in ihrer Wohnung aufsuchte, übergeben und dann an die Staatsanwaltschaft weitergeleitet worden.

Litman waren geradezu aufreizende Berichte über das Buch zu Ohren gekommen. Er hatte gehört, daß Robert darin zweimal erwähnt wurde. Er hatte zudem vernommen, daß es auf einigen Seiten nur so wimmelte von sexuellen Spielchen, die pervers und aggressiv waren. Und er hatte erfahren, daß das Büchlein eine Liste von Jennifers Liebhabern enthielt; eine Liste, in der sie deren sexuelles Können benotete, in dem sie neben die Namen erotische Symbole setzte und an besonders herausragende Kandidaten Extrasymbole verteilte; in der Art, wie Kritiker Sternchen an Restaurants oder für Filme vergaben.

Er brauchte dieses Buch, das war Litman klar. Es würde ihm vielleicht genau das offenbaren, was er noch benötigte – die Namen von Männern, die Roberts Angaben bestätigen konnten, daß Jennifer eine sexuell aggressive junge Frau gewesen war. Er war der Ansicht, daß es legitim sei, das Buch auf der Suche nach potentiellen Zeugen einzusetzen.

Ebenso fühlte er sich dazu berechtigt zu überprüfen, was Jennifer in diesem Buch über seinen Mandanten geschrieben hatte.

›Sehr geehrter Mr. Litman‹, antwortete Fairstein am 7. November Litmans Schreiben in bezug auf das Büchlein. ›Das von ihnen angeforderte Beweisstück fällt nicht unter den Anwendungsbereich des Artikels 240 der Strafprozeßordnung.‹

Fairstein treibt ein Spielchen mit mir, dachte Litman. Sie war doch diejenige, die mir erzählt hat, daß die in diesem Buch beschriebenen sexuellen Praktiken pervers und aggressiv sind. Er unterrichtete Richter Bell davon. Obwohl er seinen ursprünglichen Herausgabeantrag nicht öffentlich gestellt hatte, fertigte er, eine Woche nachdem er Fairsteins ablehnende Antwort erhalten hatte, eine Kopie dieses Antrags auf offiziellem Gerichtspapier an, das der Presse zugänglich war.

ANWALT: JENNIFER FÜHRTE SEX-TAGEBUCH, titelte die *Post* am nächsten Tag. ›SEX-TAGEBUCH‹ GEFÜHRT VON JEN? fragte die *News*. Die Fernsehnachrichten bezeichneten Jennifers Büchlein wiederholt als ›Sex-Tagebuch‹.

Fairstein war verärgert. »Es gibt kein Sex-Tagebuch«, ließ sie verlauten. »Es gibt wohl einen Terminplaner für die Schule, aber nichts, worin Jennifers Liebesleben aufgezeichnet wird.« Sie leugnete, Litman jemals etwas über den Inhalt des Buches erzählt zu haben, und weigerte sich weiterhin, es ihn sehen zu lassen.

Eine Woche vor Thanksgiving verließ sie die Stadt. Am Tag nach ihrer Abreise setzte sich ihr Assistent Tom Kendris mit ihr in Verbindung und berichtete, daß Litman noch hartnäckiger in seinen Bemühungen geworden war. Er war zum Gericht gegangen und hatte von Richter Bell verlangt, sie zu zwingen, das Büchlein herauszugeben. »Tatsächlich?« grinste sie. »Nun, wir haben das Buch gar nicht mehr. Ich habe es Jennifers Vater zurückgegeben.«

Sie amüsierte sich über Kendris' erstaunte Reaktion. Ganz sicher hatte sie den richtigen Zug gemacht. Wollte Litman das Büchlein noch immer haben, mußte er es sich unter Strafandrohung von Steve Levin herausgeben lassen. Sie kannte die Presse gut genug, um zu wissen, daß er, falls er einem trauernden Vater dieses Buch abjagte, in der Öffentlichkeit wie ein kaltherziges Monster dastehen würde. Wie ein Chauvinist obendrein, bereit zu behaupten, daß eine junge Frau letztendlich für ihren eigenen Tod verantwortlich war, nur weil sie ein aktives Sexualleben gehabt hatte.

Litman war schon in dem Bonnie-Garland-Fall nach einer ähnlichen Taktik vorgegangen. Er hatte einen Zeugen vorgeladen, der über eine Affäre berichtete, die Garland zur gleichen Zeit wie die mit ihrem Mörder gehabt hatte. Anschließend hatte er in einem Interview zugegeben, Garlands guten Ruf absichtlich beschmutzt zu haben. »Es war nötig, sie ein wenig zu besudeln«, hatte er gesagt, »so daß die Jury nicht – wie die Eltern sich das wünschten – glauben würde, daß sie dieses naive Mädchen war, das sich zum ersten Mal verliebte, und dann ausgerechnet in diesen verschlagenen, gerissenen Typ.« Viele Stimmen hatten sich gegen diese Taktik ausgesprochen, und das Verfahren im Jahre 1978 war ein Meilenstein für eine neue Bewegung geworden – nämlich die Bewegung für die Rechte der Opfer.

Obwohl die Zeitungsleser und die Fernsehzuschauer bei dem Gedanken an Jennifers Tagebuch einen gewissen Nervenkitzel verspüren, dachte Fairstein, wird sich die öffentliche Meinung wahrscheinlich gegen Litman richten, wenn er die Aushändigung verlangt. Vielleicht wird ihn das dazu bringen, zweimal nachzudenken, bevor er im Prozeß eine ›Schuld-ist-das-Opfer‹-Taktik anwendet. Ich *muß* dieses Tagebuch einfach haben, dachte Litman zwei Tage vor Thanksgiving. Muß es sehen, egal welch schlechtes Bild es auf mich werfen wird, wenn ich es von Jennifers Vater herausfordere.

Am gleichen Tag sprach er noch mit Fairstein und merkte an, er habe Angst davor, daß Levin das Buch manipulieren oder zerstören könnte. Sie entgegnete, er solle sich keine Sorgen machen. »Mr. Levin weiß, daß das Tagebuch zum Beweismittel im Prozeß werden kann«, sagte sie.

»Hast du es kopiert, bevor du es herausgegeben hast?« fragte er.

»Ich habe die relevanten Seiten kopiert«, bestätigte sie, »einschließlich der Seiten, auf denen der Name deines Mandanten erwähnt wird.«

Die relevanten Seiten? Das machte ihn wütend. Wenn Fairstein Stellen im Tagebuch für so wichtig gehalten hatte, daß sie sich die Mühe gemacht hatte, sie zu kopieren, dann war er verdammt noch mal dazu berechtigt, es zu lesen.

Am Thanksgiving-Abend übergab er persönlich dem Anwalt von Steve Levin, Jeffrey Newman, die offizielle Aufforderung zur Herausgabe des Tagebuches.

»Sind Sie sicher, daß Sie das tun wollen?« fragte Newman, als er die Papiere in Empfang nahm.

»Ich habe keine andere Wahl«, antwortete Litman.

Das Thanksgiving-Wochenende war sehr verwirrend für Brock Pernice. Er ging in Boston zum College, war aber über die Feiertage nach New York zurückgekehrt. Ein Teil von ihm erwartete fast, Jennifer zu sehen. Als sei sie nicht gestorben, als seien die letzten Monate ohne sie genauso gewesen wie die vielen Male früher, wenn sie sich wieder einmal getrennt hatten.

»Wie war es, mit ihr zusammenzusein?« fragte ihn eine neugierige Journalistin am Freitag nach Thanksgiving im Pinocchio's, einem italienischen Restaurant, nur wenige Häuserblocks vom Dorrian's entfernt.

Er erinnerte sich an viele Dinge, doch da war etwas, so erklärte er, das ihn immer sehr traurig stimmte. »Ich konnte mich ihr niemals ganz öffnen, zumindest nicht so, wie sie es gerne gewollt hat.«

»Wie war *sie* denn so?«

»Sie war unglaublich attraktiv, und Spaß ging ihr über alles«, antwortete Brock. Er übte aber auch Kritik an ihr. »Sie war hyperaktiv, sprang permanent herum, regte sich ständig über irgend etwas auf, eine richtige Nervensäge.«

Er ist wütend auf Jennifer, weil sie gestorben ist und ihn allein zurückgelassen hat, dachte die Reporterin.

Als sie ihn jedoch nach seinen letzten Erinnerungen an Jennifer befragte, regte sich in ihr der Verdacht, daß es noch einen anderen Grund für seine Reaktion geben mochte: daß Brock nämlich wütend auf Jennifer war, weil sie seinen Stolz verletzt hatte. Denn sie war in ihrer Todesnacht mit Robert ausgegangen.

»Ich war den Sommer über verreist«, erzählte er. »Davor hatten wir uns gerade getrennt. Kurze Zeit bevor sie starb, war ich zurückgekehrt. Ich hab' sie draußen auf der Insel getroffen, wir haben uns unsere Seitensprünge gebeichtet und beschlossen, wieder miteinander zu gehen.« Er sah äußerst verwirrt aus, seine Stimme klang irritiert. »Ich war wieder da. Alles war zwischen uns in Ordnung.«

Ein Freund von Brock namens Shane Keller saß mit am Tisch, und auch er schien den verletzten Stolz in Brocks

Worten wahrzunehmen. Als wolle er ihn trösten, ihn wissen lassen, daß, ganz egal, mit wem Jennifer auch losgezogen war, er sie immer noch als Brocks Mädchen ansah, murmelte Shane: »Ja klar, aber wenn sie in dieser Nacht nicht gestorben wäre, wenn sie lediglich mit Robert rumgemacht hätte, hättest du es herausgefunden. Ihr hättet euch dann einmal mehr getrennt; wäret anschließend aber wieder zusammengekommen.«

Brock schien sich etwas zu beruhigen. Er äußerte sich wieder positiver über Jennifer und ließ durchblicken, daß er sie eines Tages vielleicht sogar geheiratet hätte. »Wir hätten unsere Probleme lösen können. Oder die Probleme hätten sich wie von selbst einfach in Luft aufgelöst. Die Menschen verändern sich. Wenn ich bereit gewesen wäre, mich zu ändern und sie zu ändern, wäre es mir gelungen.« Er spekulierte dann darüber, was wirklich im Park geschehen war. »Robert muß vorübergehend vollkommen weggetreten sein. Er war leicht übergeschnappt. Das kann in der Szene schnell vorkommen.«

»Yeah«, stimmte Shane ihm zu. »Außerdem hat Robert vieles verheimlicht. Seine Raubzüge. Die Drogen.« Er schüttelte den Kopf. »Ich kann mir lebhaft vorstellen, wie Jennifer versucht hat, an ihn heranzukommen. Sie wissen schon, ihn dazu zu bringen, daß er sich ihr anvertraut, so wie sie das immer von allen erwartete. Mit all dem, was er zu verbergen hatte, hätte sie ihn wirklich beim Versuch, den Dingen auf den Grund zu gehen, sauer machen können.«

Brock starrte ihn an. Plötzlich versteifte sich sein schmächtiger Körper, und er konnte seinen Zorn auf Jennifer nicht länger zurückhalten. »Warum, zur Hölle«, brüllte er, »wollte sie etwas über diesen Idioten herausfinden?«

Mike Pearl, der bei der *New York Post* für die Gerichtsberichterstattung zuständig war, hielt sich an diesem Wochenende in Atlanta auf. Pearl genoß unter den New

Yorker Journalisten einen legendären Ruf; ein Mann, der schon so viele Jahre lang über Gerichtsverfahren berichtete, daß er ein weitverzweigtes Netzwerk von Quellen und Spionen aufgebaut hatte. Man konnte darauf zählen, daß er einer Geschichte bereits auf der Spur war, noch bevor die Hauptakteure überhaupt erkannten, daß sie beteiligt waren.

Kurz vor dem Wochenende war er über eine interessante Information gestolpert: Die Staatsanwaltschaft hatte jetzt eine Theorie, aus welchem Grund Robert Jennifer ermordet hatte. Robert, so erfuhr Pearl von seinen Informanten, hatte versucht, Jennifer auszurauben. Diese Theorie basierte auf den lange zurückliegenden Beobachtungen von McEntee und anderen Detectives, die, nachdem sie Jennifer im Park gefunden hatten, bei der Untersuchung feststellten, daß offensichtlich erst vor kurzem Ohrringe aus ihren Ohrläppchen entfernt worden waren. Diese Vermutung war durch Fotos erhärtet worden, die Linda Fairstein erst kürzlich erhalten hatte und die eine ausgelassene Jennifer im Dorrian's zeigten, kurz bevor sie mit Robert in den Park ging. Auf diesen Fotos glitzerten in ihren Ohren kleine, unechte Diamanten.

Pearl war dieser Story noch nicht nachgegangen. Er hatte sich zurückgehalten, wollte erst noch weitere Nachforschungen anstellen und war über die Feiertage in den Süden gefahren. Normalerweise hätte er keine Zeit darüber verstreichen lassen. Aber wer liest schon am Thanksgiving-Wochenende die Zeitung? fragte er sich. Warum soll ich einen echten Knaller verschwenden?

Esther Pessin von United Press International, UPI, hatte mehr Biß als Mike Pearl. Kurz vor dem Wochenende war sie ebenfalls über die Diebstahltheorie der Anklage gestolpert, aber sie ließ diese Information nicht auf sich beruhen. Statt dessen rief sie zur Abklärung Jennifers Großvater, Arnold Domenitz, an, quetschte eine Bestätigung aus ihm heraus und brachte ihre Geschichte. Am Freitag abend war die Meldung schon an die Öffentlichkeit gegangen.

Linda Fairstein wurde fuchsteufelswild, als sie erfuhr, daß die Diebstahltheorie nach außen gedrungen war. Eigentlich hatte sie vorgehabt, erst im Prozeß damit herauszurücken; und ebensowenig hatte sie beabsichtigt, tatsächlich zu *sagen*, daß Roberts Motiv Raub gewesen war. In keinem Fall konnte sie eine solche Anschuldigung beweisen. Zum einen waren Jennifers Geld und ihr Schmuck niemals gefunden worden; zum anderen, selbst wenn das der Fall gewesen wäre und durch einen glücklichen Zufall die Spur zu Robert geführt hatte, war es gut möglich, daß er sie nicht deswegen umgebracht hatte. Er hätte sie auch zunächst töten und sich im Anschluß daran entschließen können, ihr die Sachen wegzunehmen. Fairstein hatte deshalb geplant, einen möglichen Diebstahl während der Verhandlung beiläufig zu erwähnen. Sollte die Jury doch selbst auf die richtige Idee kommen, indem sie sich die Fotos von Jennifer im Dorrian's ansah. Jetzt aber, so schloß sie, konnte sie sich auf die Fotos nicht mehr länger verlassen. Litman würde einen Antrag stellen, die Bilder vom Prozeß auszuschließen oder sie zumindest so zurechtzustutzen, daß man die Ohrringe nicht mehr erkennen konnte.

Das ist eine herbe Niederlage, dachte Fairstein. Sie machte aber deshalb den Levins keine Vorwürfe; sie waren ihr im Laufe der Monate, seit ihrem ersten Gespräch in ihrem überfüllten Büro, sehr ans Herz gewachsen. Außerdem war es eigentlich nicht die Schuld der Familie gewesen, daß die Information nach außen gedrungen war; hatte sie selbst doch nicht daran gedacht, sie zu instruieren, die Diebstahltheorie vorerst noch geheimzuhalten. Wie konnte sie auch böse auf die Levins sein? Vor allen Dingen jetzt, da sie das Wochenende damit verbrachten, eine Entscheidung darüber zu fällen, was sie im Hinblick auf die Forderung nach Herausgabe des Tagebuches unternehmen sollten.

Kurz nach jenem Wochenende beschlossen die Levins, diese Forderung anzufechten. In dem Tagebuch fand sich ihrer Meinung nach nichts für den Fall Relevantes. Außerdem wäre es ein geradezu abstoßendes Verhalten des Anwalts, der den Mörder ihrer Tochter verteidigte, in deren privaten, intimsten Gedanken herumzuschnüffeln. Anfang Dezember richteten sie ein Gesuch an Richter Bell, dem Antrag auf Aushändigung des Tagebuches nicht stattzugeben.

Im Pfarrhaus in Washington Heights versuchte Monsignore Leonard, Robert auf den richtigen Weg zu bringen. Eine seiner Bemühungen bestand darin, Robert dazu anzuhalten, jeden Abend gemeinsam mit ihm und den anderen Priestern das Abendessen einzunehmen. Mahlzeiten sind der Beginn jeder Zivilisation, begründete Monsignore Leonard diese Maßnahme. In grauer Vorzeit waren sie ein Symbol für Allianzen; aß man mit dem Lehnsherrn, begab man sich selbst in dessen Hände, und er wiederum hielt seine Hände schützend über einen. Er schuldete der Person etwas, die mit ihm eine Mahlzeit geteilt hatte, und andersherum stand sie selbst auch in seiner Schuld. Darum ging es auch in gewisser Weise in der christlichen Tradition. Diese Dinge standen für eine Allianz zwischen den Menschen und Gott.

Obgleich Robert jeden Abend seinen Platz am Eßtisch einnahm, mit den wenigen Priestern plauderte, die im Pfarrhaus wohnten, und mit ihnen zusammen die gleiche Kost aß – Gerichte, die Leonard selbst nach Pierre Franey's *Sixty-Minute Gourmet* zubereitete – unterschied sich der junge Mann nicht sehr von dem Robert, als der er ins Pfarrhaus gekommen war. Er verrichtete die kleinen Tätigkeiten, die man ihm auftrug – ein kleiner Anstrich hier, ein wenig Teppichverlegen dort. Außerdem las er allerlei über die Geschäftswelt, woran er, wie er sagte, sehr interessiert sei. Aber weder rannte er die Türen der Kirche ein, um dort Einlaß zu finden, noch schien er begriffen zu haben, daß er, selbst wenn er Jennifer tatsächlich ohne Absicht getötet hatte, dennoch für ihren Tod verantwortlich war.

Diese Tatsache bereitete Monsignore Leonard Sorgen. Er legte es als Zeichen von Unreife aus. Nun, vielleicht würde der junge Mann im Laufe der Zeit erwachsener werden, und vielleicht konnte man diesen Prozeß beschleunigen, indem man ihn jeden Abend den Gesprächen und täglichen Sorgen der Priester im Pfarrhaus aussetzte.

Die Dezembertage wurden kälter und trüber. An einem grauen, eisigen Morgen bahnte sich Richter Bell zitternd seinen Weg von der U-Bahn zum Gerichtsgebäude. Gerade war er an der düsteren Vorderfront vorbeigelaufen und befand sich auf dem Weg zum Richtereingang, als er eine Gruppe lärmender, marschierender Demonstranten bemerkte. »Gerechtigkeit für Jennifer!« skandierten sie. »Weg mit der ›Schuld-hat-das-Opfer‹,-Taktik!« Bell hielt einen Moment inne, um sich die Demonstration anzusehen. Eine Frau drückte ihm ein Flugblatt in die Hand. Kurz darauf betrat er das Gebäude und stieg in den Privatlift.

Ihm war aufgefallen, wie ihn die Menschen draußen angestarrt hatten; sie hatten auf seinen Mantel gestarrt. Er warf einen Blick auf sein Revers und entdeckte dort zu seiner Überraschung einen Anstecker. Der Anstecker zeigte ein Bild von Jennifer Levin, und in feuerroten Buchstaben war zu lesen ›Gerechtigkeit für Jennifer‹.

Die Frau, die ihm das Flugblatt gegeben hatte, mußte ihm auch noch dieses Ding ans Revers geheftet haben, nahm Bell an, und eilends entfernte er den Button von seinem Mantel. Obschon er ihn danach in seinem Büro in den Tiefen seiner Schreibtischschublade verschwinden ließ, war er unglücklich darüber, daß man ihn dazu gebracht hatte – wenn auch nur für kurze Zeit –, in diesem Fall als Anhänger einer der Parteien aufzutreten. Er glaubte daran, daß die Aufgabe eines Richters darin bestand, zwischen dem Angeklagten und der Öffentlichkeit zu stehen. So sah er sein Amt nun einmal, und es war ihm egal, ob manche Leute ihn deshalb nicht mochten.

Wenige Tage nach dem Vorfall mit dem Anstecker wurde Bell tätig, um im Streit über das Tagebuch zu einer Lösung zu kommen. »Die Levins haben kein Recht, die Aushändigung des Tagebuches zu verweigern«, ließ er verlauten und ordnete die sofortige Herausgabe an.

Dessen Relevanz für den Fall stand auf einem anderen Blatt. Das war etwas, was er höchstpersönlich entscheiden würde, sobald er das Tagebuch gelesen hatte.

Etwa Mitte Dezember hatte Linda Fairstein, nachdem sie Interviews mit den Polizisten, die Robert befragt hatten, und mit vielen seiner früheren Lehrer, Arbeitgeber und Nachbarn geführt hatte, das Gefühl, endlich ein klares Bild von ihm zu haben. Sie verdächtigte ihn, antisemitisch zu sein. Er hatte das Schlagwort ›aufdringlich‹ benutzt, um Jennifer zu beschreiben, und der Polizei gegenüber gesagt, daß die Boston University ›sehr jüdisch‹ sei. Außerdem war er, so vermutete sie weiter, ein Soziopath; ein Jugendlicher, der weder über ein Gewissen noch über moralische Werte verfügte. Dieser letzte Gedanke ließ sie sich im Hinblick auf ihre Niederlage in der Kautionsverhandlung besser fühlen – sogar wenn das bedeutete, daß jetzt ein Soziopath draußen herumlief. Im Laufe der Zeit, so glaubte sie, würde er schon sein wahres Gesicht offenbaren, würde wieder damit anfangen, Drogen zu nehmen oder zu stehlen. Würde Robert bei etwas Illegalem erwischt, konnte sie dieses Vergehen zusätzlich als Beweis im Zusammenhang mit dem Mord an Jennifer anführen; dadurch würde sichergestellt, daß er für eine lange Zeit hinter Gittern bleiben müßte.

Das waren die Gedanken, denen sie an diesem Nachmittag nachhing, als sie bei Tiffany's Weihnachtsgeschenke einkaufte. Sie konnte nicht anders, denn während sie eine Auslage mit Goldohrringen und silbernen Manschettenknöpfen einer eingehenden Betrachtung unterzog, drehte sie den Kopf und sah einen jungen Mann, der Robert Chambers verblüffend ähnlich sah. Sie wandte sich erneut dem Schmuck zu. Dann schaute sie sich noch einmal nach dem jungen Mann um. Sie erkannte, daß es sich *tatsächlich* um Robert Chambers handelte.

Er will bestimmt etwas klauen, dachte sie. Das würde zu ihm passen. Als er schließlich mit federnden Schritten an ihr vorbeiging, hastete sie ihm nach, um zu überprüfen, ob sich ihr Verdacht bestätigen würde.

Sie kam zu spät. Die Gänge waren von den Weihnachtseinkäufern verstopft, und bei den Fahrstühlen hatte sie seine Spur verloren. Frustriert kehrte sie zur Schmucktheke zurück.

Eine halbe Stunde später sah sie ihn erneut. Er verließ gerade das Geschäft und hielt eine kleine Tiffany's-Tüte in der Hand. Einen Moment lang war sie enttäuscht. Er hatte nichts gestohlen. Macht nichts, sagte sie sich dann; ich habe ihn durchschaut. Früher oder später wird er leichtsinnig, und dann wird er sich selbst ans Messer liefern.

An einem weiteren kurzen Dezembertag ging Detective Mike Sheehan die Sixth Avenue entlang, auf der Weihnachtsmänner von der Heilsarmee mit ihren Glöckchen bimmelten und die Geschäfte im weihnachtlichen Schmuck erstrahlten. Er betrat das Gebäude, in dem Bob Chambers arbeitete, und fuhr mit dem Lift auf die Etage, in der Bobs Firma ihre Geschäftsräume hatte. Dort überreichte er einen gerichtlichen Beschluß über die Herausgabe verschiedener, für das Verfahren notwendiger Papiere von Bob.

Sheehan hatte seinen Auftrag bereits erledigt und wollte die Büroräume der Firma schon wieder verlassen, als er Bob Chambers sah.

»Hey! Sie sehen phantastisch aus!« rief er.

»Finden Sie?« fragte Bob.

»Ja, klar. Seit der Zeit damals trinken Sie nichts anderes als Club Soda, richtig?«

»Yeah.«

»Alle Achtung.«

Sheehan hätte es vorgezogen, es dabei zu belassen. Bob bat ihn jedoch, noch einen Moment zu bleiben und sich mit ihm zu unterhalten. Sheehan hatte seit jenem Abend im August, an dem Robert verhaftet worden war, nicht mehr mit Bob geredet. Er hatte ihn aber bei einigen von Roberts Anhörungen im Gerichtssaal sitzen sehen; und Bob sah immer so aus, als würde er jeden Augenblick in Tränen ausbrechen. Sheehan empfand Mitleid mit dem Mann und stimmte einem kleinen Plausch zu. Die beiden Männer setzten sich auf eine Bank in der Nähe des Lifts.

»Sie kennen mich, Mike«, begann Bob.

»Yeah«, nickte Sheehan.

»Also gut, der Junge fing gerade an, zu sich selbst zu finden. Er bekam sein Leben langsam, aber sicher in den Griff; zumindest hatte ich den Eindruck.«

Sheehan fühlte, wie ihn eine Welle unerwünschten Mitleids überrollte.

»Ich hatte so viele Probleme mit ihm«, fuhr Bob fort. »Und endlich nahm alles langsam Formen an. Und jetzt das. Es reißt einfach nicht ab.«

Sheehan fühlte sich schrecklich. »Bobby, so ist das Leben nun einmal«, murmelte er. »Man muß es hinnehmen und weitermachen. Sagen Sie sich, die Starken werden überleben, und auch diese Sache wird vorübergehen.« Dann aber kam wieder die Erinnerung an Roberts Befragung auf der Central-Park-Polizeiwache in ihm hoch, und bevor er sich dessen bewußt war, entschuldigte er sich. »Ich sag' Ihnen nur soviel«, sagte er, »hätte ich gewußt, daß es sich um Ihren Sohn handelt, hätte ich an dem Fall nicht weitergearbeitet.«

Die beiden Männer gingen danach ihrer Wege, doch draußen auf der Straße, inmitten all der Weihnachtsmusik und der Menschenmassen, fühlte Sheehan einen Kloß im Hals. Er konnte an nichts anderes denken, als daß jetzt

Weihnachten war und Bobs Junge demnächst wahrscheinlich fort mußte, fort in eines dieser Hochsicherheitsgefängnisse, und …

O Jesus, warum passieren den Menschen solche Dinge, und Gott vergib mir, aber da könnte ich selbst in einigen Jahren stehen; ich könnte einen Sohn wie ihn haben, und wie, zur Hölle, würde ich damit umgehen? Dann ging er die Straße hinunter und betrat eine Bar, und obwohl er normalerweise nur Bier trank, bestellte er sich einen Scotch on the Rocks.

Der Scotch half ihm nicht weiter. Er hatte gerade zweimal daran genippt, als ihm die Levins in den Sinn kamen. Jesus Christus, sie hatten ebenfalls ein hartes Los. Das neue Jahr stand vor der Tür. Und keine Tochter mehr. Yeah.

Sheehan hatte ausgetrunken und war von den widerstreitenden Empfindungen, die ihm durch den Kopf gingen, derart verwirrt, daß er aufstand und Linda Fairstein anrief. Erst nachdem er mit ihr gesprochen und sie ihm versichert hatte, daß sie die ambivalenten Gefühle, die er in diesem Fall hegte, verstand, fühlte er sich langsam besser.

Die ersten Monate an dem Fall waren für Fairstein nicht gerade glatt verlaufen. Der Kampf um das Tagebuch hatte einen Großteil ihrer Zeit und ihrer Energie beansprucht, und sie sah sich großen Problemen gegenüber, Roberts Freunde bei den Ermittlungen zu einer Zusammenarbeit zu bewegen. Viele hatten sich geweigert, mit ihr zu sprechen. Einige aus Loyalität, andere, weil sie selbst etwas zu verbergen hatten. Drogen. Überfälle. Kreditkartenbetrug. Alarmierte Eltern hatten bei ihr angerufen, als sie versuchte, mit ihren Kindern Kontakt aufzunehmen, und sie hatten angekündigt, sie bis aufs Messer zu bekämpfen, falls sie ihre Sprößlinge in den Fall hineinzöge. Sie hatte den Eltern versprochen, daß ihre Teenager, was auch immer sie angestellt hatten, nicht angeklagt würden; hatte sie angefleht, ihre Kinder zu ihr zu schicken. »Mein Gott«, hatte sie argumentiert. »Ein Mädchen ist ermordet worden, und Ihr Kind kann uns dabei behilflich sein, den Mörder zu überführen.« Die Eltern waren aber nicht bereit zur Mithilfe. Verstörte Eltern können unerbittlich sein.

Die meisten von ihnen verachtete sie. Einen ganz besonders, einen Psychiater. »Bitte, lassen Sie mich mit Ihrem Sohn sprechen«, hatte sie ihn gedrängt. »Da sind Eltern, die ihre Tochter niemals wiedersehen werden, und Ihr Sohn kann uns dabei helfen, daß ihr Schmerz zumindest nicht noch vergrößert wird.« Den Psychiater hatte der Schmerz anderer Leute nicht im geringsten interessiert. Er sagte nur, daß es seine Patienten beunruhigen könnte, falls die Presse Wind von der Beziehung seines Sohnes zu Robert bekäme. Und das ist ein Psychiater? fragte sich Fairstein. Das einzige, was ihn interessierte, war, ob sich diese Angelegenheit schlecht auf seine Einkünfte auswirkte oder nicht.

Sie war mutlos geworden. Gleich zu Beginn des neuen Jahres jedoch erfuhr sie von einem Informanten, daß Robert auf einer Silvesterparty Marihuana geraucht hatte. Ihre Stimmung hob sich; sie war von neuem Mut erfüllt, und zwar nicht nur aufgrund dieser Information, sondern auch aufgrund der Tatsache, daß sie von einem von Roberts Freunden stammte. Vielleicht habe ich eine Klippe umschifft, dachte sie, vielleicht wendet sich das Blatt nun zu meinen Gunsten.

Fairstein behielt recht. Jennifers Tagebuch brauchte der Verteidigung nicht vorgelegt zu werden; das entschied Richter Bell Ende Januar. Er hatte sich mit dem spiralgebundenen Terminbuch zurückgezogen, wieder und wieder die leidenschaftlich hingekritzelten Einträge gelesen und war darüber zu dem Entschluß gekommen, wie er es in einer kurzen Begründung festhielt, daß ›das Dokument nichts von Bedeutung enthielt, das als Material für die Verteidigung in Frage kommen könnte oder was dem

Angeklagten gemäß seines Rechtes auf einen fairen Prozeß oder gemäß irgendwelcher anderer konstitutioneller Rechte oder anderer Gesetze oder aufgrund des Gewohnheitsrechtes offenbart werden müßte‹. Jack Litman war enttäuscht. Er hatte unzählige rechtliche Argumente angeführt, um seinen Herausgabeanspruch in bezug auf das Tagebuch zu untermauern, hatte Präzedenzfälle herausgesucht, die sehr weit zurückreichten. Gleichwohl hatte er den Kampf verloren, und nicht nur das, er hatte im Verlaufe dieses Verfahrens außerordentlich schlechte Publicity erhalten. So wie Fairstein es vorausgesehen hatte, hatte man ihn als einen Schuft dargestellt, darauf aus, Jennifers guten Ruf in den Schmutz zu ziehen. Die Presse hatte ihn in der Luft zerrissen, und sogar *The American Lawyer* hatte seine Forderung nach dem Tagebuch heftig kritisiert und ihm dafür in der ersten Ausgabe des neuen Jahres einen ›Jetzt-weiß-man- warum-die-Leute-Anwälte-hassen‹-Preis verliehen.

Zwar bestand die Möglichkeit, im Laufe des Prozesses einen neuen Versuch auf Herausgabe des Tagebuches zu unternehmen, darüber würde er aber zuvor sorgfältig nachdenken müssen. So wie sich die öffentliche Meinung entwickelte, konnte jeder Zug, der als erneuter Angriff auf Jennifers guten Ruf ausgelegt werden konnte, Robert eher schaden als nützen.

In diesem Februar traf Kitty Schoen bei einer Party unverhofft auf Robert. Sie hatte ihn seit ihrer eigenen Party am Valentinstag des Vorjahres nicht mehr gesehen; die Party, zu der sie sowohl Robert als auch Jennifer eingeladen hatte. Das letzte Jahr! Es war hart, daran zu denken, und ebenso hart war es, jetzt Robert gegenüberzustehen. Sie hatte oft über ihn nachgedacht, und ihn jetzt plötzlich vor sich stehen zu sehen, machte sie schwindlig. »Ich kann damit jetzt noch nicht umgehen«, gab sie ihm zu verstehen.

Robert ging weiter, und um Kitty herum drehte sich

alles. Eine Weile später wurde ihr allerdings klar, daß sie mit ihm reden wollte, von seinen Lippen hören wollte, was mit ihrer Freundin passiert war. Sie trat an ihn heran und zog ihn fort von dem Trubel der Party in die ruhige Küche der Gastgeberin.

»Es tut mir leid, Jennifer jemals getroffen zu haben«, begann er, als sie allein in der Küche waren. »Weißt du, in dieser Nacht hat sie im Dorrian's mit mir geflirtet; sie hat einfach keine Ruhe gegeben. Sie war eine richtige Plage.«

Kitty war überrascht, ihn so über Jennifer reden zu hören, aber sie sagte nichts. Hörte sich seine Erklärung einfach nur an. Hörte, daß Jennifer ihn angefleht hatte, sie im College zu besuchen, und daß er gesagt habe, er würde es nicht tun. Daß sie wegen seiner ablehnenden Antwort ausgeflippt war und ihn gekratzt hatte und daß er sie unbeabsichtigt getötet hatte.

Nachdem er fertig war, wußte Kitty nicht, was sie davon halten sollte. Teile seiner Geschichte klangen glaubwürdig in ihren Ohren, andere Punkte wiederum überhaupt nicht. Sie schüttelte den Kopf.

Ihre wenig enthusiastische Reaktion auf seine Darlegungen erweckte Roberts Selbstmitleid. »Immerhin ist mein Leben auch vorbei«, jammerte er. »Ich werde im Gefängnis sterben.«

Jetzt gibt er sich melodramatisch, dachte Kitty. »Nein, das wirst du nicht«, entgegnete sie.

»Doch, das werde ich. Aber ich würde lieber im Gefängnis sterben, als dort von einem großen schwarzen Arschloch vergewaltigt zu werden.«

Mit einemmal richtete Robert sich auf. »Immerhin läuft wenigstens eine Sache für mich«, prahlte er. »Ein Buch und ein Film über mich sind schon in Arbeit.«

»Ein Film?« Kitty war interessiert.

»Yeah. Ein paar Typen wollen einen Film über mich drehen. Wenn ich es ihnen gestatte, soll ich mich dann von Rob Lowe spielen lassen?«

Der Winter war fast vorüber. Richter Bell hatte einen Termin für die Vorverhandlungen im Mai angesetzt, und noch immer konnte Linda Fairstein kein Motiv für Jennifers Tod vorlegen. Nicht, daß es unbedingt notwendig war, ein solches zu haben; das Gesetz verlangte nicht danach. Aber die Juroren bekamen gerne einen Beweggrund für die Tat geliefert. Ohne ein erklärtes Motiv konnte man sie nur sehr schwer überzeugen.

Vielleicht kann mir das FBI auf der Suche danach behilflich sein, hatte sie gedacht. Mitte März machte sie sich schließlich auf den Weg zum FBI National Center for the Analysis of Violent Crime in Quantico, Virginia. Das Center war bekannt für seine Analyse von Indizien in ungeklärten Mordfällen und half den unterschiedlichen lokalen Polizeibehörden dabei, den Mörder zu bestimmen. »Wir wissen, wer unser Mörder ist«, hatte Fairstein vor einigen Monaten einem Mitarbeiter des Centers gegenüber erwähnt. »Wir wissen jedoch nicht, warum er es getan hat. Könnten Sie sich vorstellen, den Fall rückwärts aufzurollen? Sich unseren Mörder vorzunehmen und uns bei der Analyse zu helfen, aus welchem Grund er getötet hat?«

Das FBI hatte zugestimmt. Sie hatte den Beamten ein Paket voller Beweismittel zur Verfügung gestellt – Bilder vom Tatort, Jennifers Kleidung, Hintergrundinformationen über Robert. Schließlich hatte man ihr mitgeteilt, daß eine Gruppe von Experten dazu bereit wäre, sie von ihren Erfahrungen profitieren zu lassen.

Zusammen mit Tom Kendris flog sie nun zu dem futuristisch anmutenden Center – die Gebäude reckten sich nicht in den Himmel, sondern hatten viele unterirdische Stockwerke – und traf in einem fensterlosen Raum auf die Fachleute, die ihr Material begutachtet hatten. Es waren acht, einige von ihnen Detectives, andere Spezialisten in forensischer Pathologie und Psychologie. Fairstein berichtete ihnen ausführlich über den Fall – neue Informationen, die sie über Robert erhalten hatte – und lauschte dann gebannt den Theorien der Experten.

»Robert verfügt über die gleiche Persönlichkeit wie der Serienmörder Ted Bundy«, erläuterte ein Psychologe. »Der Charme, das Trügerische an ihm und die emotionale Leere, die das Töten erleichtert. Bei diesen Eigenschaften ist es nicht ausgeschlossen, daß er vielleicht wieder tötet.«

Ein FBI-Detective sprach sich voller Überzeugung dafür aus, daß Robert Jennifer zunächst getötet und ihren Körper und ihre Kleidung anschließend so positioniert hatte, daß es den Anschein erwecken mußte, als sei sie vergewaltigt worden. »Er hat ihren Rock und ihre Bluse hochgeschoben«, sagte er, »und dann hat er ihr die Jeansjacke über den Arm geschlungen. Es ist vollkommen unmöglich, daß die Jacke so, wie man sie gefunden hat, fallen konnte, falls er das Mädchen tatsächlich so, wie er es vorgibt, von sich gestoßen hat.«

Ein anderer Detective verglich Roberts Verbleib im Park nach Jennifers Tod mit der Gewohnheit von Brandstiftern, das von ihnen gelegte Feuer noch anzusehen. »Menschen, die sich nachträglich noch am Ort ihres Verbrechens herumtreiben, werden durch ihre Tat sexuell stimuliert«, erklärte er.

Fairstein fand das alles faszinierend. »Doch was ist mit dem Motiv?« wollte sie wissen.

»Vielleicht hat Jennifer sich geweigert, bei einer bestimmten sexuellen Spielart mitzumachen«, meinte einer der Experten. »Vielleicht wollte sie auch Sex, aber nicht hier, nicht im Park. Vielleicht wollte sie vaginalen Geschlechtsverkehr, und er wollte oralen oder analen Sex. Jede Weigerung ihrerseits könnte seinen Zorn hervorgerufen haben.«

»Möglicherweise war er auch impotent«, sagte ein anderer. »Uns allen ist bekannt, daß Impotenz bei Drogen- oder Alkoholkonsumenten nichts Ungewöhnliches ist. Falls sie sich in dem Fall darüber lustig machte, hätte ihn das in Wut versetzen können.«

»Vielleicht hat er versucht, sie auszurauben«, warf ein Dritter ein.

Fairstein verabschiedete sich herzlich von den Experten. Es war ein interessanter Tag gewesen – doch auf dem Rückflug nach New York wußte sie, daß sie noch immer kein Motiv hatte. »Jetzt müssen wir einfach darauf hoffen, daß wir eine Jury bekommen, die eins und eins zusammenzählen kann«, sagte sie zu Kendris. »Die Art von Jury, die Elmore Leonard liest.«

»Kennen Sie den über den Staatsanwalt in einem Gericht auf dem Lande, irgendwo in Tennessee?« fragte Jack Litman am Tag darauf ein Publikum, das aus jungen Anwälten der New York County Lawyers Association bestand. Er hielt sich in dem eleganten Gebäude mit den Kristallkandelabern, den dicken roten Vorhängen und der Porträtgalerie, die mit den ernsten Gesichtern einstmals berühmter Anwälte bestückt war, auf, um eine Vorlesung über seine weithin bewunderte Prozeßführungstechnik zu halten. Wie viele gute Redner eröffnete er seine Rede mit einem Witz.

»Der Staatsanwalt ist gerade bei der Zusammenfassung in einem Fall, bei dem jemand mit einem Hammer erschlagen wurde«, fuhr Litman fort. »Pflichtgetreu geht er vor, wie man es ihn gelehrt hat, und wiederholt die einzelnen Zeugenaussagen. Beim Mittagessen ist er erst bei Zeuge Nr. 17 angelangt. Nach dem Mittagessen ist er dann bei Zeuge Nr. 22, und plötzlich geschieht das Unglaubliche! Ein Juror schläft ein. In diesem Moment erkennt der Staatsanwalt, daß er etwas Leben in die Sache bringen muß. Also hebt er die Mordwaffe in die Höhe und sagt theatralisch: ›Erinnern Sie sich, wie der Dahingeschiedene auf den Knien lag und um sein Leben bettelte, um seiner beiden kleinen Kinder willen? Erinnern Sie sich auch daran, wie dieser Angeklagte hier eiskalt darüber hinweggangen ist und lediglich zum Hammer gegriffen und ihn auf den Kopf des Opfers geschlagen hat?‹ Während dieser Worte donnert der Staatsanwalt den Hammer auf das Geländer der Juryabsperrung. Vollkommen unerwartet löst sich der Hammerkopf und trifft den schlafenden

Juror am Kopf. ›Sir, alles bei Ihnen in Ordnung? Geht es Ihnen gut?‹ ruft ein Gerichtsdiener, und der Juror sieht ihn nur an und sagt: ›Schlagen Sie bitte noch einmal zu! Ich kann diesen gottverdammten Anwalt immer noch reden hören.‹«

Nachdem das Gelächter verebbt war, verfiel Litman sofort in seinen Vortragsstil. Als er dazu überging, eine Lektion von seinem Witz abzuleiten, schien er ebenso zu sich selbst zu sprechen wie zu seinem jungen Publikum. »Vergessen Sie niemals«, murmelte er und wirkte einen Moment lang geistesabwesend, »daß ein Gerichtsverfahren in Wirklichkeit nichts anderes als eine dramatische Inszenierung in den engen Grenzen eines Gerichtssaales ist.«

Im April kam Pat Fillyaw zusammen mit ihrem Vater zum Gericht und verfolgte, wie David sich wegen der Einbrüchen, die er gemeinsam mit Robert begangen hatte, sowie wegen des versuchten Mordes an der Studentin der Columbia University, auf die er mit dem Messer eingestochen hatte, schuldig bekannte. Friess, der Anwalt, bei dem sie schließlich geblieben waren, bat den Richter um Milde.

»Der Angeklagte war zu dem Zeitpunkt, als diese Vorfälle passierten, ein Mensch, der nicht ausschließlich aus freiem Willen handelte«, sagte er. »Er nahm Narkotika in großen Mengen zu sich, und am Abend des Geschehens an der Columbia University hatte er getrunken. Daß er seine Tat unter dem Einfluß dieser Rauschmittel begangen hat, verschafft ihm natürlich keine rechtlichen Vergünstigungen, aber das Gericht sollte es in seine Überlegungen miteinbeziehen. Mr. Fillyaw ist kein gemeingefährlicher, bösartiger Mann; er ist ein Mann, der unter normalen Umständen, wenn er nicht gerade etwas geraucht oder getrunken hat, einer solchen Tat nicht fähig wäre.«

Der Richter zuckte die Achseln. »Was hier an Begründungen für die Taten des Angeklagten angeführt wird, unterlag dessen eigener Verantwortung«, antwortete er.

»Den Drogenkonsum hat er sich ebenso selbst zuzuschreiben wie die Tatsache, daß er Alkohol getrunken hat.«

Er verurteilte David schließlich zu zehn bis zwanzig Jahren Gefängnis für den versuchten Mord, fünf bis zehn Jahre für die Einbrüche und zwei bis vier Jahre wegen eines zusätzlichen Anklagepunktes, eines versuchten Überfalls. Abschließend fügte er aber noch hinzu – vielleicht weil David sich dem Bezirksstaatsanwalt gegenüber kooperativ gezeigt hatte und zu Informationen über Robert bereit gewesen war – »... werden die Einzelstrafen nicht addiert, sondern laufen nebeneinander«.

Pat hörte diese Worte und begann zu weinen. Sogar bei der gleichzeitig laufenden Gesamtstrafe würde David ein ausgewachsener Mann sein bei seiner Entlassung aus dem Gefängnis.

Als sie den Gerichtssaal verließ, schwer auf den Arm ihres Vaters gestützt, fühlte sie sich hin und her gerissen. Ein Teil von ihr sagte, daß es nur recht und billig war, wenn jemand, der ein Verbrechen beging, für dieses Verbrechen bezahlen mußte. Sogar wenn es der eigene Sohn ist. Aber ein anderer Teil sagte, er ist das Opfer einer Strafjustiz, die niemals versucht hat, ihm zu helfen. Er ist auch das Opfer von Rassismus. Er war nicht, so wie Robert Chambers, auf Kaution freigelassen worden – obwohl sein Opfer lebte und Roberts gestorben war. Ich habe nicht die Mittel, über die die Chambers verfügen, so daß ich es nicht riskieren konnte, für ihn einen Prozeß anzustrengen. Sie war sich aber auch nicht sicher, ob sie es getan hätte, selbst für den Fall, daß sie über die Mittel verfügt hätte. Ein Verbrechen sollte nun einmal nicht ungestraft bleiben. Vielleicht jedoch hätte sie sich an den Gedanken gewöhnen können. Mrs. Chambers lebte damit; ihr machte es nichts aus, daß ihr Sohn in den Straßen herumlief und daß er möglicherweise freigesprochen würde.

Sie versuchte, Kopf und Herz in Einklang zu bringen. Drei Wochen später wurde sie wegen Tachykardie – Herzrasen – ins Krankenhaus eingeliefert.

»Sind Sie die Staatsanwältin im Chambers-Fall?« fragte ein Police Captain vom 19. Revier Linda Fairstein telefonisch am ersten Samstag im Mai. »Ja«, sagte sie ungeduldig. Sie und Feldman wollten an diesem Abend heiraten, und sie erwartete jeden Augenblick den Friseur.

»Sagt Ihnen der Name John Flanagan etwas?« Der Police Captain ließ nicht locker.

»Ja. Warum?« Flanagan war einer von Roberts besten Freunden.

»Weil es in Flanagans Wohnung vor einigen Stunden einen Unfall gegeben hat.«

Das muß ein Witz sein, grinste Fairstein. Sie hatte ihre Hochzeitspläne vor den meisten ihrer Arbeitskollegen geheimgehalten, doch irgend jemand im Police Department mußte es herausgefunden haben und ihr jetzt einen Streich spielen, um sie vor der Hochzeit noch ein wenig in Aufruhr zu versetzen. Es mußte irgend jemand sein, der wußte, wie verzweifelt sie versucht hatte, Flanagan zu einem Gespräch mit ihr zu bewegen, und wie eisern und standhaft er das verweigert hatte. »Ja?« sagte sie und wartete auf die Auflösung des Streiches.

Aber die folgte nicht.

»Flanagan war mit ein paar Freunden aus, etwas trinken«, fuhr der Police Captain fort. »Dann ist er mit zwei der Mädchen, die auch dabei waren, zu seiner Wohnung zurückgekehrt. Dort sind sie die Feuerleiter hochgeklettert, um die Aussicht von seinem Dach aus zu genießen. Eines der Mädchen ist gestolpert und vier Stockwerke tief gestürzt. Ist auf dem Kopf gelandet, hat sich fünfzehn Rippen gebrochen, und die Milz ist gerissen. Sie ist jetzt an lauter lebenserhaltende Maschinen angeschlossen.«

Lebenserhaltende Maschinen! Fairstein war verblüfft, daß eine weitere Tragödie ein weiteres Mitglied der Dorrian-Clique ereilt hatte, und einen Augenblick lang war sie skeptisch, ob es sich bei dem Vorfall tatsächlich um einen Unfall gehandelt hatte.

»Was ist mit Flanagan?« fragte sie argwöhnisch.

»Er hat sich korrekt verhalten«, antwortete der Captain.

»Hat eine Decke über sie gebreitet und ist zum Lenox Hill Hospital gerannt, um Hilfe zu holen. Aber er ist ziemlich besorgt. Unser Boß meint, das würde Sie vielleicht interessieren.«

Sie war tatsächlich interessiert. Sehr interessiert sogar. Wenn sie jetzt, solange er noch Angst hatte, an Flanagan herankommen könnte, würde er vielleicht reden, ihr einige der fehlenden Informationen über Roberts Drogenmißbrauch und seine Gaunereien erzählen. Wenn jemand Robert kannte, dann war es Flanagan. »Ich rufe den Chief Detective an«, sagte sie.

Obwohl sich ein Teil von ihr danach sehnte, zur Wache hinüberzueilen und Flanagan in die Mangel zu nehmen, zögerte ein anderer Teil von ihr. Fünfzehn Jahre lang war sie nun ständig in solche Tragödien verstrickt. Sie hatte den Chambers-Fall jetzt seit neun Monaten gegessen, geschlafen und geatmet. Zumindest diesen einen Tag mußte sie frei sein von Schicksalsschlägen und diesem Mordfall. Sie mußte eine richtige Braut sein, mit nichts als Freude im Sinn. Darum rief sie Tom Kendris an und bat ihn, die Sache mit Flanagan für sie zu übernehmen.

An diesem Abend, im Garten ihrer Mutter in Westchester, ihr blondes Haar geschickt gestylt und ihren Körper in ein prächtiges blaßrosa Futteralkleid gehüllt, gab sie Feldman ihr Jawort. Während der ganzen Zeremonie hindurch jedoch und auch während der anschließend wie im Nu vorübereilenden Stunden des Tanzes erwartete sie förmlich, daß irgendwo ein Telefon klingelte und ihr eine kurzangebundene Stimme mitteilte, daß das Mädchen tot sei.

Die Anhörungen für die Vorverhandlungen waren für die Woche nach Fairsteins Hochzeit geplant. Sie liefen zwar an, wurden jedoch sofort von Litman unterbrochen, indem er eine ganze Reihe von Anträgen stellte. Den meisten wurde nicht stattgegeben. Erfolg dagegen hatte er damit, den Beginn der Anhörungen aufzuschieben. Strafverteidiger sind regelmäßig an einem Aufschub interessiert. Beweisstücke lösen sich in Luft auf. Zeugen verschwinden. Die Öffentlichkeit vergißt die Feindseligkeit, die sie dem Angeklagten zunächst entgegengebracht hat. Es gibt eine Unmenge von Gründen, warum Strafverteidiger das Verfahren gerne hinauszögern – aber ganz besonders gern verzögern sie den Prozeß, wenn ihre Mandanten auf Kaution freigelassen sind. Robert, gegen Kaution auf freiem Fuß, verbrachte ein sehr angenehmes Frühjahr. Er hatte das Pfarrhaus inzwischen wieder verlassen und wohnte seitdem zu Hause.

Als die Anhörungen schließlich im Juni begannen, erschien auch John Dermont. Dort saß er in einer der hinteren Reihen im Gerichtssaal und hörte Litman aufmerksam zu. So vernahm er auch Litmans Gesuch, daß die Aussagen, die Robert der Polizei gegenüber in der Nacht seiner Verhaftung gemacht hatte, in dem bevorstehenden Gerichtsverfahren keine Verwendung finden sollten, und zwar aus einer Vielzahl von Gründen. Einer der Gründe war, daß Robert, obwohl er es der Polizei nicht mitgeteilt hatte, zum Zeitpunkt seiner Verhaftung über einen Anwalt verfügt hatte – einen Anwalt, den seine Mutter im Mai 1986 verpflichtet hatte, um ihn in einem Einbruchsfall zu verteidigen.

Ein Anwalt, der Robert in einem Einbruchsfall vom Mai 1986 vertrat? Dermont war erstaunt, als er von diesem Datum hörte. Als Phyllis ihn und Barbara darum gebeten hatte, Empfehlungsschreiben für Roberts Kautionsgesuch aufzusetzen, hatte sie nicht erwähnt, daß Robert zuvor schon von der Polizei wegen anderer Delikte verhört worden war. Und als einige Wochen später wegen der Einbrüche auch öffentlich Anklage erhoben wurde, hatte sie den Eindruck erweckt, als handele es sich um eine gänzlich neue Geschichte, etwas, das die Staatsanwaltschaft aus dem Hut zauberte, nur um ihn zu schikanieren.

Phyllis war mir und Barbara gegenüber nicht ehrlich, dachte Dermont. Sie hat uns benutzt. Obgleich er wütend auf sie war, verzieh er ihr dann doch. Arme Frau, es war nicht ihre Schuld, daß Robert fortwährend in Schwierigkeiten steckte. Es war eine billige Psychologie, die immer die Eltern für die Fehler ihrer Sprößlinge verantwortlich machte.

Barbara Dermont sah das nicht so. Eltern formen ihre Kinder, beharrte sie, als sie darüber mit ihrem Mann diskutierte. Wenn ein Elternteil gut manipulieren konnte, würde das Kind es höchstwahrscheinlich ebenso gut können. »Du weißt doch, daß sich Robert immer als Opfer ansieht«, sagte sie an einem Abend im Juli zu John. »Die Art, wie er behauptet, daß Jennifer ihn dazu *gebracht* hat, sie zu töten. Und Fillyaw *brachte* ihn dazu, diese Einbrüche zu begehen. Ja, er ist ein Opfer. Er ist Phyllis' Opfer.«

Der Sommer verging wie im Fluge. Fast ein Jahr war es nun schon her, seit Jennifer gestorben war. Robert begann wieder, für seine über ihm wohnende Nachbarin, Mrs. Murphy, Malerarbeiten auszuführen und Teppiche zu verlegen. Er erlernte den Umgang mit Computern. Darüber hinaus spielte er mit seiner Katze – einer neuen; denn die siamesische Katze, von der er behauptet hatte, daß sie ihn in der Nacht, als Jennifer getötet wurde, gekratzt hatte, hatten sie abgegeben. Er schmückte sie mit einem kleinen Halsband, von dem ein Paar winziger Handschellen herabbaumelte.

Außerdem hatte er Verabredungen mit Mädchen.

Es war nicht mehr die Art von Mädchen, die er vor Jennifers Tod bevorzugt hatte; keine eleganten Blondinen mit dem Klimpern von Geld in ihren Stimmen, die auf Schulen wie Chapin oder Miss Hewitt's School schließen ließen. Die Mädchen, mit denen er jetzt ging, hatten keine Prep Schools besucht, oder wenn doch, dann waren es weniger elitäre Schulen gewesen. Eine ganze Clique kam von der York Prep School. Einige aus dieser Gruppe waren Freundinnen von Jennifer gewesen, aber das hielt sie nicht von dem Wunsch ab, ihre Zeit mit dem berüchtigten Robert verbringen zu wollen. Er war eine Berühmtheit geworden; mit ihm zusammenzusein bedeutete, sich selbst wie ein Stück Geschichte zu fühlen.

Sogar Kitty Schoen unterlag eines Tages dieser Versuchung. Sie besuchte Robert in seiner Wohnung, saß auf seinem Bett und blätterte in seinem Album, in das neuere Berichte über ihn eingeklebt waren. Sein Zimmer war sehr ordentlich, die Wände geschmückt mit religiösen Bildern, die Phyllis aufgehängt hatte. Einige dieser Bilder waren nicht mehr als kleine Papierbildchen von Heiligen, bei anderen handelte es sich um gerahmte Porträts von Priestern. Kitty betrachtete ein Bild genauer, das Erzbischof McCarrick in vollem Ornat zeigte. Es war signiert mit ›Für Robert, von Onkel Ted‹.

Robert erzählte Kitty, daß er sich schon mehr oder weniger damit abgefunden habe, ins Gefängnis zu gehen. Der Filmstar Matthew Broderick war vor kurzem wegen irgendeines Autounfalls verhaftet worden, berichtete er. Ein Rockmusiker, den er mochte, war wegen Unzucht mit Minderjährigen angeklagt worden. »Vielleicht kommen wir alle zusammen ins Gefängnis«, sagte er. »Möglicherweise werden wir uns eine supercoole Zelle teilen. Und dann gründen wir eine geile Band.«

Er schien immer noch ziemlich locker mit dem umzugehen, was Jennifer zugestoßen war. Doch deshalb war Kitty nicht sauer auf ihn. Vielmehr überkam sie eine große Traurigkeit. Robert war eigentlich gar kein so schlechter Kerl, oder? Okay, da waren seine Drogengeschichten und all der Kram. Und, na gut, er hatte Jennifers Leben ein Ende gesetzt. Dafür aber würde er bezahlen müssen; bestimmt wanderte er ins Gefängnis. Das war ebenfalls niederdrückend, denn auf eine gewisse Weise war das, was Jennifer zugestoßen war, nicht allein Roberts Schuld. Schuld war vielmehr die Art und Weise, wie sie alle ihr Leben gelebt hatten.

An Jennifers Todestag schwamm Steve Levin in der Nähe seines Sommerhauses in Montauk in die Brandung hinaus und warf einen Strauß pinkfarbener Rosen ins Meer.

Die *New York Post* brachte einen Leitartikel, in dem verlangt wurde, Roberts Verfahren möglichst bald zu eröffnen. ›Chambers, der sich gegen eine Bürgschaftssumme von 150 000 Dollar auf freiem Fuß befindet‹, hieß es in dem Leitartikel, ›hätte schon vor vier Monaten vor Gericht stehen sollen. Der neueste Termin für die Prozeßeröffnung ist der 4. Oktober, aber es wäre keine große Überraschung, wenn Chambers zum Jahresende hin immer noch auf seine Verabredung mit der Justiz wartet‹. Der Artikel schrieb die Verzögerung zum einen Jack Litman zu, weil dieser eine Unsumme von Anträgen gestellt habe, von denen ein jeder bearbeitet und entschieden werden mußte, und zum anderen der Trägheit der Strafjustiz. ›Würden sich die Räder der Justiz in New York noch langsamer drehen‹, so hieß es dort, ›drehten sie sich rückwärts‹.

Die *New York Post* hatte recht im Hinblick auf das Schneckentempo, mit der der Fall fortschritt. Der Sommer war vorüber. Wiederum war es Herbst. Und immer noch stand Robert nicht vor Gericht. Doch seine Zeit neigte sich dem Ende zu. Richter Bell setzte einen Termin für Ende Oktober fest, an dem mit der Auswahl der Juroren begonnen werden sollte. Außerdem entschied er, daß sämtliche Aussagen, die Robert in der Nacht seiner Verhaftung der Polizei gegenüber gemacht hatte und die auf Video aufgezeichnet worden waren, im Prozeß als Beweismittel eingesetzt werden durften.

Linda Fairstein befand sich in Hochstimmung. Roberts Aussage enthielt verschiedene Bemerkungen, von denen er später selbst zugegeben hatte, daß es sich um Lügen handelte – darunter die, daß er niemals mit Jennifer in den Park gegangen sei und daß es nicht Jennifer, sondern seine Katze und der Sandstrahler seines Nachbarn gewesen waren, die seine Verletzungen verursacht hatten. Wenn die Jury all diese Lügen hört, wird sie genau wie ich glauben, daß er niemals wirklich die ganze Geschichte offengelegt hat, dachte Fairstein, sondern daß es sich bei dem, was er der Polizei bei seiner letzten Aussage, dem auf Video vorliegenden Geständnis, vorgesetzt hat, nur um eine weitere Lüge handelt.

Das Wochenende vor der Jury-Auswahl war angebrochen, als John Dermont einen beunruhigenden Anruf von Robert erhielt.

»Könntest du bitte rüberkommen?« fragte Robert. »Zu uns rüberkommen und dich um meine Mom kümmern?« Dermont wußte nicht, was los war, aber er wußte, daß irgend etwas vorgefallen sein mußte, und darum machten er und Barbara sich schleunigst auf den Weg zu Phyllis' Wohnung.

Als sie dort eintrafen, fanden sie sie in ihrem Bett liegend. Sie war sehr aufgebracht, weil, wie sie ihnen berichtete, großer Ärger bevorstand. Die Stieftochter und der Schwiegersohn von Mrs. Murphy, für die Robert gearbeitet hatte, würden gleich vorbeikommen und Robert beschuldigen, ihre betagte Verwandte bestohlen zu haben. Phyllis wollte nicht, daß sie überhaupt kamen; sie wollte keine Konfrontation. Robert jedoch hatte darauf bestanden. Er hatte schon ein halbes Dutzend seiner Freunde eingeladen, ihm als Zeugen beizustehen. Sie waren jetzt alle in der Küche. Barbara blieb bei Phyllis, und John ging hinaus, um mit Robert zu reden. Er fand ihn, wie er mit seinen Freunden Wodka mit Orangensaft trank.

»Laß das lieber bleiben, Robert«, sagte er zu ihm. »Vergiß es. Du hast im Moment wirklich wichtigere Dinge als Mrs. Murphys Verwandte, um die du dir Sorgen machen mußt.«

»Nein!« rief Robert. »Ich will das geklärt haben. Diese Leute sind zu Monsignore Leonard gegangen und haben mich beschuldigt, gestohlen zu haben. Ich habe aber nicht gestohlen. Ich habe gearbeitet, Mrs. Murphy eine Rechnung geschrieben, und sie hat mich bezahlt.«

»Warum beschuldigen sie dich denn dann?«

Robert entgegnete, er habe keine Ahnung. »Vielleicht, weil ich noch für Mrs. Murphy gearbeitet habe, nachdem sie mir gesagt hatten, daß ich damit aufhören soll«, vermutete er.

»Aber warum hast du das getan?« wollte Dermont wissen.

Robert war entrüstet. »Weil es noch viel zu tun gab.«

Als Mrs. Murphys Stieftochter und ihr Schwiegersohn eintrafen, legten sie gleich mit einer Litanei von Beschwerden über Robert los. Er habe ihre alte Stiefmutter um 7000 Dollar geprellt, er habe außer der Reihe Rechnungen über Arbeiten in ihrer Wohnung vorgelegt, und auf Schecks habe er ihren Namen gefälscht, um diese Rechnungen zu begleichen. Falls er sich in Zukunft nicht von ihrer Stiefmutter fernhielte, würden sie zur Staatsanwaltschaft gehen.

Robert wurde wütend. »Sie haben wirklich Nerven, solche Behauptungen aufzustellen«, schrie er. »Angesichts dessen, was meine Mutter alles für Mrs. Murphy getan hat.«

Phyllis im Schlafzimmer wurde hysterisch. Sie würde sich in eine psychiatrische Klinik einweisen lassen, sagte sie zu Barbara. Nein, sie würde sich aus dem Fenster stürzen. Bis zur Balustrade kam sie gerade noch.

»Sie Pack!« Im Wohnzimmer wurde Roberts Kopf vor Ärger hochrot. John Dermont bekam es mit der Angst zu tun. Der Junge schrie sich die Lunge aus dem Hals. »Ich bin es leid!« brüllte er. »Ich bin es so leid, daß man mich wie den letzten Dreck behandelt.«

Mrs. Murphys Verwandte, die möglicherweise ebenfalls Angst bekommen hatten, verließen nach diesen Worten die Wohnung.

Anschließend versicherten Roberts Freunde ihm, wie großartig er gewesen sei, einfach klasse; und danach beruhigte er sich und war mit sich selbst ziemlich zufrieden. Dermont jedoch, der in Betracht zog, daß an den Anschuldigungen von Mrs. Murphys Verwandten etwas Wahres dran sein könnte, fühlte sich nach wie vor unwohl und warnte Robert.

»Du solltest besser auf das hören, was diese Leute dir gesagt haben, und dich von Mrs. Murphy fernhalten.«

»Warum?« fragte Robert. »Ich *habe* sie nicht bestohlen. Mein Wort steht gegen ihres. Und mein Wort ist genauso gut wie das eines jeden anderen.«

John Dermont traute seinen Ohren nicht. »Dein Wort ist nicht so gut wie das ihre«, entgegnete er. »Dein Wort ist im Moment eben nicht so gut wie das eines anderen.«

Robert zuckte die Achseln. Dermont dachte nur, mein Gott, dieser Junge – er hat wirklich keine Vorstellung von der Klemme, in der er steckt!

Die Auswahl der Jury begann drei Tage später, am 21. Oktober 1987. Besorgt wegen all der Publicity, die dieser Fall erfahren hatte, legte Richter Bell einige unübliche Grundregeln fest. Die Geschworenen würden einzeln für sich befragt werden. Die Anwälte würden ihre Fragen langsam und detailliert vortragen. Außerdem würde das Verfahren nicht im Gerichtssaal stattfinden, wo die Antwort eines potentiellen Geschworenen möglicherweise von einem seiner Kollegen gehört werden konnte, sondern in der Abgeschiedenheit eines kleinen Jury-Beratungsraumes.

Diese Entscheidungen sollten sich für den späteren Verlauf des Prozesses als von enormer Bedeutung erweisen, aber vielleicht war dennoch keine ausschlaggebender als die hinsichtlich der Raumwahl. Weil der Raum so winzig war, befanden sich die angehenden Geschworenen auf Tuchfühlung mit Robert. An einem Tisch saßen sie ihm gegenüber, ihre Stühle nicht weiter voneinander entfernt als die von Leuten, die miteinander einvernehmlich ein Mittagessen verzehren. Er trug einen preppiemäßigen blauen Blazer, sah so gut aus wie auf den Fotos und blickte die Menschen, die möglicherweise eines Tages über ihn zu Gericht sitzen würden, mit höflicher Aufmerksamkeit und gelegentlich einem charmanten Lächeln an. Zu dem Zeitpunkt, da sie den Raum wieder verließen, war er für sie nicht länger der unpersönliche Angeklagte, wie man ihn in Gerichtssendungen im Fernsehen sah – eine Person, die in weiter Entfernung am anderen Ende eines riesigen Gerichtssaales saß –, sondern jemand, mit dem sie mehrere Stunden in unmittelbarem körperlichem Kontakt verbracht hatten. Jemand, mit dem sie eine Art von Nähe erlebt hatten, die schon fast an Intimität grenzte.

Roberts Verteidigung konnte während dieses ungewöhnlichen Jury-Auswahlverfahrens noch andere Vorteile für sich verbuchen. Litman fand nicht nur Zeit dafür, die Lesegewohnheiten der Juroren zu erforschen, sondern auch, welche Arten von Filmen sie sich ansahen, sowie ihre Einstellungen im Hinblick auf Sex und Kindererziehung. In diesem Raum fand er sogar die Ruhe, eine versteckte Agenda in seine Befragung einzubauen; Fragen zu bestimmten Themen zu stellen, die für Roberts Verteidigung essentiell waren, die er aber im Laufe des Prozesses nicht direkt stellen durfte.

»Sie können sich sicherlich den Schmerz vorstellen, der entsteht, wenn man einem Mann die Hoden quetscht, nicht wahr?« fragte er jeden einzelnen angehenden Juroren. »Sie verstehen doch bestimmt, daß es da, wenn es auch moralisch gesehen falsch ist zu lügen, immer noch einen Unterschied gibt zwischen der Moral und dem Gesetz, oder?«

Ihm sagten die zur Wahl stehenden Kandidaten nicht zu. Für die meisten der in Frage kommenden Geschworenen schien es bereits festzustehen, daß Robert wegen Mordes schuldig war. Das war es, was die Presse der Öffentlichkeit schon seit Monaten suggerierte. Er wollte niemanden, der schon zu viel über den Fall gelesen hatte. Und insbesondere wollte er niemanden, der bestimmte Artikel in solchen Magazinen gelesen hatte, die sich detailliert mit Roberts Vergangenheit auseinandersetzten. Es gelang ihm, Fairstein das Einverständnis abzuringen, daß sie automatisch die Befragten ausschließen würden, die zugaben, diese Artikel gelesen zu haben.

Darüber hinaus zog er eine Psychologin hinzu, die ihm diejenigen Juroren herausfiltern sollte, die möglicherweise logen. Die Psychologin beriet ihn auch noch in anderen Fragen – gab an, welche der potentiellen Geschworenen übermäßig autoritär wirkten, welche von ihnen dazu neigten, sich mit Roberts Zwangslage zu identifizieren, und welche über die Persönlichkeit verfügten, für ihre eigenen Überzeugungen einzutreten, ohne Rücksicht darauf, was andere ihnen einzureden versuchten.

So zog sich die Auswahl der Jury in die Länge.

Oktober. November. Dezember. Hunderte von Juroren wurden befragt, und Hunderte wurden wieder weggeschickt. Die Tage wurden kürzer, und vor den Fenstern des Raumes, in dem die Juryauswahl stattfand, stand schon später am Nachmittag ein blasser Mond am Himmel. An einem dunklen Dezembernachmittag bestand Bell darauf, daß die Anwälte Überstunden machten. Er war von einem der Gerichtsadministratoren kritisiert worden, weil sich die Auswahl der Jury derart in die Länge zog. Robert seufzte wegen dieser neuen Anordnung. »Ich muß nach Hause, damit ich noch das *Glücksrad* sehen kann«, meckerte er.

Linda Fairstein starrte ihn daraufhin wortlos an und dachte, daß auf Robert neben vielen anderen Attributen auch die Beschreibung ›Riesenbaby‹ zutraf.

Am nächsten Tag zog Litman Tom Kendris beiseite und brachte die Sprache darauf, daß Robert sich möglicherweise wegen eines geringeren Deliktes als Mord schuldig bekennen würde. »Sprechen Sie mit Linda«, drängte Litman. »Sagen Sie ihr, sie soll vernünftig sein. Immerhin ist Robert noch ein Kind.«

Als Kendris Fairstein von dieser Unterhaltung berichtete, schüttelte sie voller Erstaunen den Kopf. Litman muß gesehen haben, wie ich Robert gestern angeschaut habe, dachte sie. Ihm entgeht wirklich nichts.

Sie quetschte Kendris aus und wollte wissen, was Litman vorschwebe. »Totschlag zweiten Grades«, antwortete Kendris. »Mit einer Strafe von drei bis neun Jahren.«

»Einfach lächerlich!« entrüstete sich Fairstein. »Darüber werde ich mit ihm noch nicht einmal reden.«

Es dauerte fast acht Wochen, bis die Jury zusammengestellt war, doch schließlich, am 14. Dezember, nachdem fast fünfhundert Personen befragt worden waren, stand die Besetzung fest. Über Robert zu Gericht sitzen würden eine Einkäuferin für Bekleidung, zwei Banker, mehrere Geschäftsleute, ein Leichenbestatter, ein U-Bahn-Schaffner, eine Stenotypistin, ein Projektleiter einer Versicherungsgesellschaft, ein graduierter Student der Anthropologie und ein Werbetexter. Unter den zwölfen waren vier Frauen und acht Männer. Zwei der Männer waren Farbige. Zwei Drittel der Juroren waren in den Zwanzigern oder Dreißigern, einem Alter, in dem man sich höchstwahrscheinlich noch ziemlich gut daran erinnern konnte, wie es war, ein Heranwachsender zu sein; ein Alter, in dem man noch nicht zu streng über Roberts und Jennifers Verhalten in der Todesnacht urteilen würde. Sowohl Litman als auch Fairstein hatten es so gewollt.

Bell war jetzt daran gelegen, den Prozeß so schnell wie möglich zu eröffnen. Sobald einige Ersatzjuroren ernannt worden waren, verkündete er den Anwälten und den Juroren, daß der Prozeß direkt für Anfang 1988 terminiert sei. Außerdem informierte er die Presse, daß er keinerlei Fernsehübertragungen von dem Prozeß gestatte. Unter anderem führte er als Grund seine Sorge an, daß ›eine audiovisuelle Übertragung … zu aufrührerischem Verhalten verleiten kann‹.

Die neunzehnjährige Melissa Buschell gab an diesem Abend eine Party. Dazu hatte sie nicht nur einige Freundinnen eingeladen, sondern auch Robert. Er war ein alter Bekannter. Sie kannte ihn noch von der York Prep School her.

Mit kastanienbraunem Haar und einem geschmeidigen Körper träumte Melissa davon, eines Tages Model oder Schauspielerin zu werden. Sie liebte es, sich schick anzuziehen und fotografiert zu werden. Darüber hinaus beschäftigte sie sich selbst sehr gern mit Filmen; vor kurzem hatte sie eine Panasonic Omnivision Videokamera bekommen und gelernt, wie man damit Home Videos herstellen konnte. Als sie die Party vorbereitete, holte sie die Kamera heraus und schlug ihren Freundinnen nach deren Eintreffen vor, einen Film zu drehen.

Die fanden die Idee hervorragend, und Melissa stellte ihnen Kostüme zur Verfügung. Ausgefallene Unterwäsche. Zarte, durchsichtige Negligées. Niedliche Pyjamas. Spärlich bekleidet hüpften die Gäste im Wohnzimmer herum, und Melissa begann, sie zu filmen.

Die Mädchen waren außer Rand und Band, als Robert eintraf. Er brachte seine neueste Freundin mit, Shawn Kovell, eine auffallende junge Frau mit üppigem, kupferrotem Haar. Shawn schlüpfte in eines von Melissas schwarzen Nachthemden, um auch bei den Filmaufnahmen mitwirken zu können. Robert beschloß, ebenfalls mitzumachen.

Es war ein Riesenspaß. Die Mädchen faßten sich bei den Händen, so als seien sie kleine Kinder, und sangen: ›Ringel, rangel Rose, Butter in die Dose ... Asche, Asche, alle fallen um‹, wobei sie sich zum Ende des Liedes auf einen kichernden Haufen fallen ließen. Robert räkelte sich auf dem Boden und ließ es zu, daß ein Mädchen in BH und winzigem, hauchdünnem Slip ihr weiches Hinterteil an seinen Schultern rieb. Er setzte sich eine schwarze Perücke auf, zog sie wieder vom Kopf herunter und schob sie aufreizend zwischen seine Beine. Zwischen den einzelnen Aufnahmen tranken einige von ihnen Bier und Whiskey und rauchten Marihuana. Nachdem sie nach Herzenslust getanzt und gefilmt hatten, führten sie kleine Sketche auf.

In mehreren dieser Sketche, die sich zum Teil Robert ausgedacht hatte, schwang ein sadomasochistischer Unterton mit; es waren Handlungen, die einen unglücklichen Jungen zeigten, der einer grausamen weiblichen Person gehorchen mußte oder von ihr gehänselt wurde. In einer Aufnahme erhielt Robert den Befehl, einen hochhackigen Schuh zu küssen und ihn einem gebieterischen Mädchen auf den Fuß zu ziehen. In einer anderen wurde er von einer Domina-›Mutter‹, bekleidet mit einem blauen Korsett, Strapsen und schwarzen Strümpfen, mit einer brennenden Zigarette bedroht. In einer dritten Aufnahme spielte er einen unartigen Jungen, der von seiner Schulbibliothekarin beim Lesen von Schmuddelmagazinen erwischt wird. »Gib mir deine Hand, Mister«, befahl ihm Melissa, die die Bibliothekarin spielte und einen Stock, mit dem sie ihn züchtigen konnte, in ihrer Hand schwang. Dann kam ihr jedoch eine andere Art der Bestrafung in den Sinn. »Wir werden jetzt zum Direktor gehen«, befahl sie. »Los, mitkommen.«

Robert improvisierte schnell, um ihrem Zorn zu entkommen. »Der Direktor ist mein Daddy«, sagte er.

In sämtlichen Szenen gelang es ihm, den angedrohten Strafen irgendwie zu entkommen. Teilweise schaffte er es, indem er bei den angeblichen Peinigerinnen Lust erzeugte. So machte er es auch in der Büchereiszene, in der Melissa, anstatt ihn ins Büro des Direktors zu schleifen, ihr gouvernantenhaftes Kleidungsstück ablegte, sich bis auf die Unterwäsche auszog und versuchte, ihn zu verführen. Manchmal umging er die drohende Bestrafung auch, indem er sich einfach herausredete. In einer Szene, in der ihm ein Mädchen androhte, ihn wegen einer Unartigkeit zu verpetzen, brachte er sie davon mit einem Spruch ab, den er im wirklichen Leben schon so oft benutzt hatte. »Ich sage ganz einfach, daß du lügst«, murmelte er. »Und die Leute werden *mir* glauben.«

Vor der Kamera sagte und machte er noch andere

Dinge, die eng mit seinen Erlebnissen im richtigen Leben verknüpft waren. Indem er vorgab, eine Scharade zu spielen, mimte er den Titel *Tod eines Handlungsreisenden* und brachte eine Erstickungsszene, umklammerte seine Kehle und sank ohnmächtig zu Boden. Dann griff er nach einer von Melissas Puppen, hielt den kleinen Gummikörper in die Kamera und verlieh der Puppe seine Stimme, so wie kleine Kinder ihr Spielzeug sprechen lassen. »Mein Name ist ...«, setzte er mit hoher Fistelstimme an, und drehte dann plötzlich mit einem kräftigen Ruck an dem bemalten Gummikopf. Dabei löste sich der Kopf ein wenig vom Hals. »Hoppala, ich glaube, ich habe sie getötet«, verkündete er, jetzt wieder mit seiner eigenen Stimme. »Beide Augen sind wie ...« Dann verlor sich seine Stimme langsam im Raum.

Viele Mädchen auf der Party waren Freundinnen von Jennifer gewesen. Sie waren über diese spöttische Anspielung auf ihre tote Freundin aber nicht entsetzt, statt dessen betrachteten sie den abgedrehten Hals der Puppe und brachen in wieherndes Gelächter aus.

Melissa hielt das Band zunächst unter Verschluß. Sie übergab es einem Anwalt, der es für sie in einem Tresor aufbewahrte. Allerdings befaßte sie sich gern mit spirituellen Büchern, und eines Tages – es war nach Roberts Prozeß – las sie eine Passage in einem von ihnen, die ihr zu sagen schien, daß die Öffentlichkeit das Videoband sehen sollte. Sie kannte David Colby, den Reporter, der Robert auf Rikers Island interviewt hatte. Colby arbeitete für die TV-Show *A Current Affair*. Melissa stellte ihm das Band zur Verfügung und erhielt nach Zeitungsberichten zehntausend Dollar dafür.

10. Kapitel

Der Prozeß

Der Prozeß begann am 4. Januar 1988. Es war ein trostloser Morgen. Am Abend zuvor hatte Schneefall eingesetzt und die Nacht hindurch angehalten. Geschworene, ausgewählt, als die Bäume noch ihre rot-gelben Blätter trugen, bahnten sich ihren Weg zum Gerichtsgebäude über mit grauem Schnee bedeckte Bürgersteige und mit Matsch gefüllte Rinnsteine.

Im Inneren des Gebäudes, auf der 13. Etage, drängelten sich die Zuschauer in einer langen Schlange, und Horden von Fotografen preßten sich wie wilde Tiere in einem Käfig gegen die hölzernen Barrikaden. Sie kämpften um den besten Blick auf den Metalldetektor, den die Prozeßparteien passieren mußten, bevor sie den Gerichtssaal betraten.

Als Robert eintraf, begleitet von seinen Eltern und Litman, erhellten Blitzlichter den düsteren Korridor wie ein Blitz einen nächtlichen Himmel.

Ein weiteres Blitzlichtgewitter gab es für Shawn Kovell, deren rotes Haar sich über ihren Rücken ergoß und die an jedem Finger einen Ring trug. Dasselbe empfing auch die Levins. Ellen Levin, gekleidet in Schwarz. Jennifers Schwester Danielle, schwanger im siebenten Monat. Steve und Arlene, eng aneinandergeschmiegt.

Im Gerichtssaal, einem Raum mit hoher Decke, abgetretenem Fußboden und harten Holzsitzen, unter denen uralte Kaugummiklumpen klebten, nahmen die Levins in einer für sie reservierten Reihe Platz. Nur wenige Meter entfernt war die andere reservierte Sitzreihe, die gerade die Chambers eingenommen hatten. Der schmale Gang zwischen ihnen hätte jedoch ebensogut ein breites, stürmisches Meer sein können. Keine der Familien nahm die jeweils andere auch nur zur Kenntnis.

Zuschauer rempelten sich währenddessen gegenseitig

an und rannten nach einem Sitzplatz wie hysterische Kinder beim Spiel ›Reise nach Jerusalem‹. Reporter – sie hatten vier Reihen besetzt – begannen emsig Notizen zu machen, noch während sie auf das Erscheinen des Richters warteten. Robert saß vorne in den den Parteien vorbehaltenen Bänken, plaziert zwischen Litman und Stavis. Nervös wippte er mit einem Bein immer wieder auf und ab. Schließlich traf Richter Bell ein und schritt in seiner schwarzen Robe zu seinem Stuhl neben einer aufgerollten amerikanischen Flagge und über den vergoldeten Buchstaben auf dem Pult. ›In God We Trust‹, ›Im Vertrauen auf Gott‹. Das letzte ›t‹ in diesem Motto hing schon seit Monaten schief.

Kurz darauf wurde die Jury aufgerufen, und damit war der Prozeß eröffnet. Er würde jetzt einer geheiligten Prozedur folgen: Als erstes die Eröffnung – zunächst die Staatsanwaltschaft, dann die Verteidigung. Darauf die Zeugen – zuerst die der Staatsanwaltschaft, dann die für die Verteidigung. Schließlich die Plädoyers, dann die Belehrung durch den Richter und zum Schluß der Urteilsspruch der Jury.

Linda Fairstein erhob sich, ihre normalerweise warmen braunen Augen glühten nun, und sie begann zu sprechen. »Halten Sie sich immer Jennifer Levin vor Augen«, sagte sie, zur Jury gewandt. »Denken Sie an sie. Verleihen Sie ihr durch Ihre Person Präsenz in diesem Gerichtssaal.«

Schnell legte sie ihre racheengelhafte Leidenschaft ab, um kühl ihren Fall aufzurollen. Die Jury würde erfahren, legte sie dar, daß Robert Jennifer nicht dort, wo er es vorgab, getötet haben konnte, denn Zeugen von der Polizei würden beweisen, daß der Tod an einem anderen Ort eingetreten war – einem Ort, wo der Boden aufgewühlt war und wo man ihren Slip gefunden hatte. Außerdem würden sie erfahren, so fuhr sie fort, daß Robert Jennifer geschlagen und über den Erdboden geschleift hatte, denn Fotos von ihrer Leiche würden stummes Zeugnis über die Kratzspuren und den Dreck in ihren nach oben gewandten Nasenlöchern ablegen. Dann verfiel sie wieder in eine eloquentere Ausdrucksweise und teilte der Jury mit, daß Robert sogar gelogen hatte, was Jennifer und er in dem Park gemacht hatten. »Es hat keinen Sex gegeben«, sagte sie mit erhabener Stimme, »einzig und allein Gewalt. Nur Tod.«

Jack Litman bezweifelte, daß es Fairstein gelingen würde, diese Behauptungen zu beweisen. Tatsächlich bezweifelte er, daß es ihr gelingen würde, irgendeine ihrer Behauptungen zu beweisen. Die anfänglichen polizeilichen Ermittlungen waren nicht gerade perfekt gewesen: Vielleicht hatten die Polizisten Jennifers Leiche äußerst ungeschickt behandelt und dadurch die Verletzungen auf ihrer Haut und den Dreck in ihrem Gesicht hervorgerufen. Vielleicht hatten sie sich die Geschichte über den aufgewühlten Erdboden und die Fundstelle des Slips auch nur ausgedacht. Wenn er Gedankengänge wie diese auf die Jury übertragen konnte, mochte er berechtigte Zweifel an Roberts Schuld hervorrufen.

Berechtigte Zweifel. Das sind die Schwingen des amerikanischen Rechtssystems. Als er schließlich mit seiner Eröffnungsrede an der Reihe war, konzentrierte er sich auf die Erhabenheit dieses Systems. »Die Staatsanwaltschaft muß ihren Fall außerhalb jedes berechtigten Zweifels nachweisen, bevor Sie Robert Chambers zu irgend etwas verurteilen können«, sagte er an die Jury gewandt. »Unsere Verfassung schreibt vor, daß der Staat den Beweis erbringen muß. Das unterscheidet unser Land von so vielen Ländern auf der Erde. Länder, in denen man angeklagt wird und es heißt, jetzt müssen *Sie* Ihre Unschuld beweisen. Robert Chambers muß seine Unschuld nicht beweisen. *Sie* müssen seine Schuld beweisen.«

Während er sprach, drehte und wendete er sich, unterstrich seine Ausführungen durch Gesten und wirkte wie ein Raubtier, stets bereit zum Sprung, oder wie ein Preisboxer, der den Ring betritt. »Reine Wahrscheinlichkeiten dürfen nicht auf eine Verurteilung hinauslaufen«, erklärte er. »Theorien dürfen ebenfalls nicht zu einer Verurteilung führen. Lediglich bewiesene Fakten, die Sie nach gewissenhafter Prüfung und in Ihrem moralischen Empfinden zufriedenstellen, werden dem Genüge tun.«

Er sprach nicht viel darüber, Zeugen zu präsentieren, denn er hatte nur wenige. Er brauchte keine Show abzuziehen. Das war dem Staat vorbehalten. Alles, was er zu tun hatte, war, die Geschichten der Zeugen aufzubröseln und zu zerlegen. Sie im Kreuzverhör in Zweifel zu ziehen und sie durch Unterbrechungen und Verzögerungen abzublocken. Sein Sieg würde davon abhängen, ob es ihm gelang, Fairsteins Version als sowohl unglaubwürdig wie auch schwer nachvollziehbar darzustellen.

»Euer Ehren, ich erhebe Einspruch gegen die Vorlage dieser Fotos«, sagte Litman am zweiten Prozeßtag. Damit bezog er sich auf Vergrößerungen von Fotos, die Jennifers Leiche zeigten. »Die Originale dieser Bilder reichen vollkommen aus. Diese Vergrößerungen sind schauerlich und aufrührerisch. Außerdem sind sie geradezu unverschämt groß.«

Bell wies den Einspruch ab, und der Jury war es gestattet, die riesigen Abbildungen von Jennifers Gesicht und ihrem Oberkörper zu sehen, als sie tot im Park lag.

Fairstein war hoch erfreut. Ihr erster Mordprozeß – der wievielte war es schon für Litman? Sein sechsunddreißigster? – war gut angelaufen. Fairstein hatte von Anfang an geglaubt, daß die Fotos den Geschworenen gegenüber lauter und beredter von Mord sprechen würden als Hunderte Stunden Gerede. Vergrößerungen waren sogar noch besser.

Ich werde dieser Niederlage noch einen Sieg entreißen, dachte Litman, nachdem er den Kampf um die Vergrößerungen verloren hatte. Der Schriftsteller Stéphane Mallarmé hatte einst gesagt, daß ein Wort Macht besitzt, wenn man es einmal benutzt, daß es aber seine Macht verliert, wenn man es immer und immer wiederholt. Das gleiche konnte man auch auf Fotos übertragen.

Von diesem Zeitpunkt an legte er der Jury die furchterregenden Bilder in solchen Massen vor, als handele es sich dabei um *seine* Beweismittel. Einmal versorgte er die Geschworenen sogar mit Vergrößerungsgläsern, so daß sie das geronnene Blut und den Schmutz mit wissenschaftlicher Genauigkeit untersuchen konnten.

Fairstein verbrachte ihre Eröffnungsphase damit, Detectives der Nachtschicht und der Spurensicherung in den Zeugenstand zu rufen; dabei rollte sie den Fall rückwärts auf, angefangen bei den registrierten forensischen Spuren bis hin zu dem menschlichen Drama, das das Ganze ausgelöst hatte. Aber sie stieß auch immer wieder auf Schwierigkeiten, denn die Polizisten, die sie als Zeugen aufrief, waren an Fälle gewöhnt, in denen die Angeklagten durch überarbeitete Pflichtverteidiger vertreten wurden. Deren Vorgehensweise war nichts im Vergleich zu Litmans extensiver Vorbereitung und seiner bohrenden Skepsis. Von Zeit zu Zeit, wenn Fairstein der Jury gerade eine Kette von Schlußfolgerungen präsentiert hatte, knackte Litman diese im anschließenden Kreuzverhör.

Hatte sie einen Detective dazu gebracht, die Ansicht zu äußern, daß Jennifer nicht an der Stelle getötet worden sein konnte, wo Robert es vorgab, weil der Erdboden nicht dort, sondern in zwölf Metern Entfernung aufgescharrt war, wies Litman im Kreuzverhör darauf hin, daß die Spurensicherung es versäumt hatte, Fotos von der aufgewühlten Bodenstelle zu machen, und daß demnach dieses Indiz vielleicht nur in den Behauptungen eines Polizisten existierte.

War es ihr bei einem anderen Detective gelungen, daß er sich dahingehend äußerte, Robert habe unmöglich seine Hände aus Jennifers Slip, mit dem er gefesselt war, befreien und sie an Ort und Stelle töten können, weil ihr

Slip in weiter Entfernung von ihrem Körper gefunden worden war, so zeigte Litman im Kreuzverhör auf, daß kein Beweisstück vorlag, das den genauen Fundort des Slips nachwies. Denn auch hiervon waren keine Fotos angefertigt worden.

Gelang es ihr, eine ganze Schar von Detectives zu der Aussage zu bewegen, daß, basierend auf deren detaillierten Beobachtungen am Tatort, Jennifer nicht von einem Moment auf den nächsten, sondern erst nach einem längeren Kampf gestorben sein konnte, wies Litman darauf hin, daß dieselben umsichtigen Detectives bei ihren Untersuchungen am Tatort so nachlässig gewesen waren, daß sie sogar eines ihrer Fahrzeuge mitten auf dem Ort des Verbrechens geparkt und dabei eindeutige Reifenspuren auf dem Rasen hinterlassen hatten.

Fairstein war entsetzt. Warum, um alles in der Welt, hatten die Cops nicht alles fotografiert? Warum nur hatten sie in diesem Fall keine Videokamera benutzt und den gesamten Tatort einfach gefilmt?

Was für ein Possenspiel, dachte der Geschworene Eliot Kornhauser, Direktor einer Werbeagentur, nachdem die Polizisten der Nachtschicht und der Spurensicherung ausgesagt hatten. »Ich schäme mich fast dafür, ein steuerzahlender Bürger von New York zu sein.«

Pflastertreter, dachte ein anderer Geschworener, Michael Ognibene, ein junger Banker, der sich zeitweise auch als Ringertrainer betätigte.

Stümper, urteilte ein dritter Geschworener, Sheldon Forman, Manager in der Computerbranche. Wochen später würde er im Laufe der Beratungsperiode laut auflachen, wenn nämlich ein anderes Jurymitglied äußern würde – mit dem schwarzen Humor, der häufig mit der Spannung im Juryraum einhergeht –, ein Grund dafür, daß die Jury nur Bilder von Jennifer zu sehen bekam, die sie von vorne zeigten, niemals aber welche von ihrem Rücken, sei, daß sich Reifenspuren darüber zögen.

»Erinnern Sie sich daran, Detective McEntee gesagt zu haben, daß Jennifer Levin Ihnen gegenüber erwähnte, sie wolle die Nacht mit Robert Chambers verbringen?« fragte Litman am siebten Prozeßtag im Kreuzverhör eine nervöse, auf den Lippen kauende Betsy Shankin.

»Daran kann ich mich nicht erinnern.«

»Aber es wäre möglich, daß Sie es gesagt haben?«

»Möglicherweise. Ich erinnere mich nicht daran.« Betsy sah aus, als sei sie den Tränen nahe.

»Im übrigen, Miss Shankin, Jennifer hat doch an diesem Abend Diätpillen geschluckt, oder?«

»Einspruch!« rief Fairstein.

»Abgelehnt«, kam es von Richter Bell.

»Miss Shankin, hat Jennifer an diesem Abend Diätpillen genommen?« fragte Litman erneut.

»Ja.«

»Irgend etwas ist faul an unserem Rechtssystem«, meinte eine Frau von der ›Justice-for-Jennifer‹-Organisation an diesem Abend zu einem Reporter.

»Und was genau?« fragte der Reporter.

»Daß es in diesem Prozeß gestattet ist, ans Licht zu zerren, daß Jennifer Diätpillen geschluckt hat, aber nicht, daß Robert Chambers Kokain genommen hat.«

Der Reporter nickte. Wo es um Abhängigkeiten von irgendwelchen Mitteln ging, war es weitaus besser, der Angeklagte zu sein anstatt das Opfer – zumindest, wenn der Angeklagte nicht persönlich aussagte, wonach es bei Robert aussah. Solange er nicht aussagte, würden die Juroren nichts über seine Vergangenheit hören, nichts über seinen Drogenkonsum, seine kleineren Diebstähle, noch nicht einmal etwas über die Tatsache, daß zur gleichen Zeit ein Verfahren wegen Einbruchs gegen ihn anhängig war. Das Gesetz wollte es so.

Alexandra La Gatta, inzwischen achtzehn und im zweiten Jahr auf dem College, sagte vier Tage später aus. Während er zuhörte, wie Fairstein Alexandra durch ihre Erinnerungen an Jennifers Todesnacht leitete, dachte Litman darüber nach, was er tun würde, wenn er sie im Kreuzverhör hatte.

Er würde sie dazu bringen, die Aussagen von Roberts Videoverhör zu bestätigen; er würde sie soweit bringen zuzugeben, daß Jennifer, genau wie Robert gesagt hatte – ihm seit der Minute, da er ins Dorrian's gekommen war, nachgestellt hatte.

Als er mit dem Kreuzverhör begann, sagte er: »Sie wußten, daß Jennifer, nachdem Sie gegangen waren, im Dorrian's bleiben wollte, weil Robert Chambers auch noch dort war, ist das richtig?«

»Ich glaube, das war einer der Gründe, warum sie bleiben wollte«, entgegnete sie, ihm Widerstand leistend.

»Zuvor hatte Jennifer doch erwähnt, daß sie die Nacht mit Robert Chambers verbringen wollte, nicht wahr?« bohrte Litman weiter.

»Ich kann mich nicht daran erinnern, ob sie das gesagt hat«, entgegnete Alexandra cool.

Litman erhöhte den Druck. »Haben Sie jemals zu irgend jemandem gesagt, daß Jennifer in jener Nacht im Dorrian's mit vollem körperlichem Einsatz flirtete?«

»Ich kann mich nicht erinnern. Ich glaube nicht.«

Litman wußte, daß das nicht der Wahrheit entsprach.

Alexandra hatte genau das einem Reporter vom *Mademoiselle*-Magazin erzählt, und diese Bemerkung war in dem Wortlaut gedruckt worden. »Tja, können Sie sich denn daran erinnern, jemals irgend jemandem beschrieben zu haben, daß Jennifer äußerst körperbetont geflirtet hat?« formulierte er seine Frage um.

»Ja«, mußte Alexandra zugeben.

Litman lächelte und fuhr fort. »Hat Jennifer Ihnen erzählt, daß Robert gut im Bett war?«

»Ja«, murmelte Alexandra. Das hatte ebenfalls in dem Artikel gestanden.

»Und hat sie Ihnen auch erzählt, daß sie ihn als Menschen eigentlich nicht mochte?«

»Sie hat mir erzählt …«

»Hat Sie es Ihnen nun gesagt?«

»Ja, das hat sie.«

Gut, dachte Litman, nachdem er Alexandra diese letzte Antwort entlockt hatte. Wir haben hier den klassischen Fall von Rollentausch. Da ist Jennifer, die genau das macht, wofür man normalerweise nur Kerle beschuldigt, nämlich einen Vertreter des anderen Geschlechts lediglich als ein Sexobjekt zu betrachten. Das sollte der Jury einiges über sie sagen.

Kurz bevor Alexandra in den Zeugenstand getreten war, hatte er ein weiteres Mal versucht, an Jennifers Tagebuch heranzukommen – und hatte sich eine weitere Abfuhr eingeholt. Jetzt, da er der Jury gegenüber angedeutet hatte, daß Robert möglicherweise nur ein ganz normaler Junge war, der in eine bizarre Situation mit einem seltsamen, raubtierartigen Mädchen geraten war, schwand sein Verlangen nach dem Buch.

Ich brauche es nicht wirklich, sagte er sich. Nicht mehr. Tatsächlich brauche ich Jennifer gar nicht mehr selbst anzugreifen. Das werden ihre Freundinnen für mich erledigen.

Larissa. Edwina. Sie waren ebenfalls mit Jennifer im Dorrian's gewesen, und sie sagten auch über die Ereignisse in der Bar aus.

»Hatte Jennifer Ihren Beobachtungen zufolge etwas getrunken?« fragte Fairstein Edwina bei der direkten Befragung.

»Nein«, antwortete sie.

Einige Minuten später übernahm Litman die Befragung. »Am 26. August 1986«, begann er, »sind Sie also von der Polizei befragt worden, richtig? Und man hat Sie darum gebeten, in Ihren eigenen Worten niederzuschreiben, was Sie in den frühen Morgenstunden in der Bar gesehen haben.«

»Ja«, sagte Edwina. Ihr war nicht ganz wohl.

»Und haben Sie zu diesem Zeitpunkt der Polizei gegenüber ausgesagt, daß Sie den Eindruck hatten, Jennifer sei betrunken gewesen?« Er blickte auf ein Polizeiprotokoll in seiner Hand. »*Definitiv* betrunken?« fügte er hinzu.

Edwina wand sich, seufzte und gab schließlich zu: »Ja.«

Was ist denn daran so außergewöhnlich? fragte sich der Geschworene Cole Wallace, ein ehemaliger Sozialarbeiter, der jetzt als Marktforscher arbeitete, nachdem er die Aussagen von Jennifers Freundinnen gehört hatte. Jennifer und ihre Freundinnen haben also getrunken. Das habe ich auch getan, als ich in ihrem Alter war. Alle meine Freunde haben es getan.

Wenn ich Töchter hätte, würde ich Ihnen nicht gestatten, das zu tun, was diese Mädchen hier getrieben haben, dachte Juror Gerry Mosconi, ein Spezialist für Computergrafik.

Mickey McEntee, der sich mit Hilfe eines dreiteiligen Anzugs in Schale geworfen hatte, ging an dem Morgen, an dem er aussagen sollte, schon früh zum Gericht und nahm im Zeugenraum Platz. Was für eine Bruchbude, dachte er. Die Stühle nichts anderes als Reihen abgenagter, aneinandergefügter Sitze aus irgendwelchen alten Gerichtssälen. Die Fenster sind verdreckt, es gibt nichts zu lesen, und sogar die Bilder an der Wand sind langweilig. Nur Pavarotti und ein paar fette Soprane. Wer auch immer für diese Dekoration zuständig ist, hat sicherlich einen kultivierten Musikgeschmack; er sollte jedoch unbedingt auch diesen Raum etwas kultivierter gestalten.

Er platzte beinahe vor Ungeduld, als Linda Fairstein eintrat, um ihm im Hinblick auf seine Zeugenaussage Anweisungen zu erteilen. Ihre Ausführungen brachten ihn vollkommen durcheinander. »Sie dürfen keine der Lügen erwähnen, die Robert erzählt hat, als Sie ihn das erste Mal verhört haben«, erklärte sie. »Sie dürfen lediglich über das aufgezeichnete Geständnis sprechen und die Story, die er kurz vor der Aufzeichnung zum besten gegeben hat.«

»Sie machen wohl Witze«, explodierte McEntee. »Die Lügen sind hier doch das Salz in der Suppe. Hätte Robert uns nicht vor seiner letzten Aussage all diese Lügen aufgetischt, hätten wir ihm beinahe geglaubt. Was zur Hölle geht hier vor sich?«

»Der Richter«, sagte Fairstein. Kurz vor Prozeßeröffnung hatte Bell seine vorherige Entscheidung rückgängig gemacht und sie darüber informiert, daß Roberts Aussagen, die er bei der Polizei gemacht hatte, nun doch nicht im Prozeß zugelassen würden. »Er sagt, daß wir Litman nicht rechtzeitig über die Lügen in Kenntnis gesetzt haben«, erläuterte sie McEntee gegenüber. »Das ist ein wichtiger Punkt in den Rechten der Angeklagten.«

Richter, dachte McEntee. Ist es ihnen eigentlich egal, was Recht ist? Oder kümmern sie sich überhaupt um Rechte?

Als er in den Zeugenstand trat, befolgte er im wesentlichen Fairsteins Instruktionen. Er war ein Cop, er wußte Befehle entgegenzunehmen. Mehrere Male jedoch mogelte er mit einem mutwilligen Lächeln auf den Lippen indirekte Anspielungen auf Roberts unterschiedliche Versionen ein.

Litman fuhr ihn hart an, wann immer er diesen Versuch unternahm. »Einspruch!« rief er. »Das ist eine Unverschämtheit!«

Am Nachmittag wurde ein Fernsehgerät vor die Jury gerollt. Das auf Video aufgezeichnete Geständnis sollte nun präsentiert werden. Es waren kleine Veränderungen daran vorgenommen worden. Litman hatte Richter Bell davon überzeugen können, einige Stellen aus dem Video zu löschen. Darunter waren auch etliche von Steve Saraccos besonders ausschweifenden Bemerkungen – die Sätze, die er schon mit dem Hintergedanken eingefügt hatte, eines Tages die zuständige Jury wissen zu lassen, für wie absurd er Roberts Story hielt.

Ebenfalls gelöscht worden war eine Anspielung, die Saracco den Polizisten gegenüber gemacht hatte, die Bißspuren auf Jennifers Brüsten gesehen hatte. McEntree und andere Detectives hatten darauf beharrt, auf ihrem Busen solche Wunden gesehen zu haben, jedoch hatte weder Dr. Alandy solche Wunden entdeckt, als sie Jennifers Körper untersucht hatte, noch hatten weitere medizinische Sachverständige, die später die Dias und Bilder der Autopsie betrachteten, entsprechende Male gefunden – egal ob sie von der Anklage oder von der Verteidigung bestellt worden waren.

Litman war sehr zufrieden, als der Gerichtssaal verdunkelt wurde. Damals im Mai hatte er noch versucht, diese Vorführung zu unterbinden. Doch seitdem war er zu dem Schluß gekommen, daß das Band zumindest in der bearbeiteten Version Roberts Fall nicht schaden, sondern im Gegenteil vielleicht sogar hilfreich für ihn sein konnte. Immerhin war Robert trotz Saraccos Zynismus bei seiner Version geblieben; und er hatte kein einziges Mal die Nerven verloren oder einen Wutausbruch bekommen. Im schlimmsten Fall ließ ihn das Video als gereizt dastehen, irritiert, daß man sein Wort nicht für bare Münze nahm. Im besten Fall zeigte es ihn als einen verängstigten, aufrichtigen Teenager. Die Jury würde ihn so wahrnehmen, glaubte Litman; genau wie eine Gruppe von Freunden, denen er das Video vorgeführt hatte.

Steve Levin hatte das Video zuvor noch nicht gesehen. Er schaute es sich in dem verdunkelten Gerichtssaal mit größter Aufmerksamkeit an, den Oberkörper nach vorn gebeugt, den Kopf hin und her schüttelnd. Als er vorüber war, ging er auf den Flur, wo eine Traube von Reportern schon darauf wartete, seine Reaktion zu sehen. »Das war ein Haufen Lügen«, sagte er. »Ich kenne meine Tochter.

Jennifer hätte niemals irgend etwas von dem getan, was Robert hier behauptet. Sie war kein unbeherrschtes, verrücktes Kind. Ich glaube noch nicht einmal, daß sie um halb fünf morgens in den Park gegangen wäre. Vielmehr glaube ich, daß er sie dorthin geschleppt hat. Und ich kann mir auch nicht vorstellen, wie irgend jemand von den Geschworenen diesem Video Glauben schenken kann.«

Das Video klingt glaubwürdig, dachte Juror Forman. Zumindest Teile davon.

Es ist so unerhört, daß es einen starken Eindruck hinterläßt, empfand der Geschworene Wallace.

Eine Geschworene glaubte ihm uneingeschränkt. Robert, das fühlte sie, hatte mit schmerzerfüllter Aufrichtigkeit gesprochen.

Robert hatte an diesem Tag den Gang der Verhandlung mit gelassenem, ruhigem Auftreten verfolgt. In seinem geschmackvollen blauen Blazer saß er aufrecht auf seinem Platz, schenkte dem Richter ungeteilte Aufmerksamkeit, machte sich gelegentlich eine Notiz auf einem gelben Block und verhielt sich die meiste Zeit über wie ein gut erzogener Ausnahmestudent, der eine ausgesprochen schwierige Vorlesung in einem zwar verlangten, aber nicht unbedingt notwendigen Unterrichtsfach besucht.

Bei Gericht trat er regelmäßig so auf, obwohl er nachts, wenn die Zeugenaussagen und die verworrenen Streitfragen erst einmal hinter ihm lagen, mit seinen Freunden ausging, trank und Parties besuchte, wie er es über Jahre hinweg getan hatte. Am Abend des Tages, an dem das Video vorgeführt worden war, war er ganz besonders ausgelassen. In den frühen Morgenstunden suchte er das Gebäude einer bekannten Drogendealerin auf der West Side auf, an die er sich in seinen glücklicheren Tagen häufig gewandt hatte und deren Telefonnummer auch in der

Nacht seiner Verhaftung in seinem Adreßbuch gestanden hatte.

Detective Sheehan sagte Anfang Februar aus. Die breite Brust nach vorn gewölbt, die langen Arme am Körper schlenkernd, schritt er zum Zeugensitz, lehnte sich zurück und rief sich, unter Fairsteins Leitung, noch einmal die Erkenntnisse von dem Tag in Erinnerung, an dem Jennifers Leiche gefunden worden war. Bob Chambers saß in der dritten Reihe auf der linken Seite. Sheehan blickte Bob aber nicht an, sondern richtete seinen Blick auf Fairstein oder auf die Jury und behielt seinen freundlichen Gesichtsausdruck bei.

Er gab sich anders, als Litman ihn ins Kreuzverhör nahm. Argwöhnischer. Härter. Als Litman dann versuchte, an seiner Aussage zu rütteln, wich er nicht einen Millimeter von ihr ab. Vor allem blieb er stur, als Litman ihn zu der Erklärung bewegen wollte, daß er keinen Schmutz auf Jennifers Gesicht gesehen habe, als er ihre Leiche im Central Park untersucht hatte, oder, falls er tatsächlich Dreck gesehen hatte, dieser daher rührte, daß die Detectives, die vor ihm eingetroffen waren, die Leiche nicht vorschriftsgemäß behandelt und sie mit dem Gesicht nach unten niedergelegt hatten. »Ich habe Dreck gesehen«, beharrte er.

Litman wurde frustriert und griff nach einer Handvoll Fotos. »Sie sagen, Sie haben Schmutz auf ihrem Gesicht gesehen?« fragte er noch einmal und wedelte mit den Bildern in der Luft.

»Yeah«, nickte Sheehan.

»Aber auf diesen Bildern ist nicht das geringste davon auf ihrem Gesicht zu erkennen«, sagte Litman und legte die Fotos triumphierend mit einem Schwung auf der Armlehne des Zeugenstuhls ab. »Und diese Bilder wurden gemacht, *bevor* Sie am Tatort eingetroffen sind.«

Sheehan betrachtete sie mit zusammengekniffenen Lippen. »*Ich* sehe Schmutz«, sagte er.

»Tatsächlich?«

»Yeah.«

Litman schnitt eine Grimasse, verzog den Mund, als habe er gerade in rohen Knoblauch gebissen. Dann blickte er mit gekränktem Gesichtsausdruck zur Jury hinüber, als wolle er ihr sagen: Dieser Bursche lügt, sehen Sie selbst, und händigte der Jury dann die Bilder aus.

Sheehan machte es nichts aus, daß Litman versuchte, ihn vor der Jury als Lügner abzustempeln; er war froh, daß es ihm gelungen war, den Verteidiger aus der Fassung zu bringen. Aus dem Zeugenstand entlassen, marschierte er stolz den Flur im Gerichtsgebäude entlang. »Haben Sie Litmans Gesichtsausdruck gesehen, als ich ihm gesagt habe, daß ich doch Dreck sehe?« fragte er einen Reporter. »Meine Güte! Das war was! Ich habe ihm ganz schön zugesetzt.«

Er mochte Litman den Chambers vielleicht empfohlen haben. Aber er würde sich von keinem Strafverteidiger einen derartigen Mumpitz bieten lassen.

»Ich muß einfach die Erlaubnis erhalten, der Jury die Fotos von Jennifer zu zeigen, die wenige Stunden vor ihrem Tod im Dorrian's geschossen worden sind!« drängte in dieser Woche Linda Fairstein während einer Besprechung zwischen den Parteien und dem Richter.

»Das ist nicht fair«, entgegnete Litman. Auf diesen Fotos trug Jennifer noch ihre Ohrringe. Schon vor längerer Zeit hatte er Richter Bell davon überzeugt, der Anklage nicht zu gestatten, während des Prozesses zu behaupten, daß Robert Jennifer ausgeraubt haben könne. Es gebe keinerlei Hinweise auf einen Diebstahl. Und jetzt wollte Fairstein Bilder von Jennifer herumgehen lassen, die das Mädchen mit dem Schmuck zeigten. Das war nicht fair. Einige Juroren mochten sich fragen, warum sie vor ihrem Tode Ohrringe getragen hatte und keine mehr trug, nachdem sie tot aufgefunden wurde.

Fairstein dagegen wollte der Jury unbedingt die Bilder

zeigen. Es war nicht nur wegen der Ohrringe – obwohl das einer der Hauptgründe war, sie ihnen zu präsentieren. Vielmehr hatte es auch damit zu tun, daß die Bilder eine Aussage über Jennifers Aussehen vor ihrem Tod trafen. Sie zeigten eine lebenslustige, wunderschöne Jennifer, mit glänzenden Augen und erwartungsvoll geöffneten Lippen, und vor allem sah man ihren Hals, schwanengleich und unversehrt. »Die Bilder sind in diesem Fall eine unbedingte Notwendigkeit«, schrie sie Litman an.

Richter Bell schlichtete den Kampf. »Die Juroren dürfen die Bilder sehen«, entschied er. Jedoch müßten Jennifers Ohren darauf mit Klebeband abgedeckt werden. Außerdem würde er die Jury ermahnen, keinerlei Spekulationen darüber anzustellen, was sich unter dem Klebeband verbarg.

»Kommen Sie hoch.«

»Treten Sie näher.«

»Lassen Sie mich Ihre Begründung hören.«

Die Vertreter der beiden Seiten kamen mit immer neuen Punkten, die nach Ansicht von Richter Bell eine kurze Besprechung zwischen den Parteien notwendig machten. Manchmal führte er diese Beratungen offiziell durch, Gerichtsreporter zeichneten dann das Streitgespräch auf. Manchmal berief er diese Besprechungen aber auch unter Ausschluß der Öffentlichkeit ein. Teils hielt er sie an seinem Richterpult ab. Sehr viel häufiger schickte er die Jury in ihr kleines Besprechungszimmer, erhob sich von seinem Platz und zog sich mit den beiden Anwälten in sein Richterzimmer zurück, wo weder die Jury noch die Presse dem Gespräch zuhören konnten.

Bell war der Meinung, daß Abgeschiedenheit unabdingbar sei, denn in diesen Beratungen ging es um äußerst sensible Themen, die beide Seiten sorgfältig vor der Jury und den Medien verschlossen halten wollten. Tatsächlich handelte es sich bei einigen dieser Sitzungen aber auch um reine Routinefragen; die Art von Themen, die andere Richter in der Öffentlichkeit besprachen. Manche Beratungen dehnten sich, gerade wegen der Freiheit, die durch Abgeschiedenheit erst ermöglicht wird, zu Marathonsitzungen aus; es waren langatmige Debatten voller Wiederholungen und Tautologien, die fast den ganzen Tag über andauerten.

Nicht allen Geschworenen machte das etwas aus. In ihrem kleinen Beratungszimmer hinter dem Gerichtssaal konnten sie ein Nickerchen machen, Karten spielen oder Computerspiele durchführen. Einige Jury-Mitglieder dagegen waren über diese Verzögerungen nicht glücklich. Jedesmal, wenn diese Anwälte wieder eine Stunde auf Streitgespräche verschwenden, dachte der Geschworene Forman, verschwenden sie eine Stunde meines Lebens. Ich muß hier langsam mal wieder raus, dachte auch die Vorsitzende der Jury, Debra Cavanaugh, und sie machen es mir unmöglich. Sie war Einkäuferin in der Modebranche, und kurz vor Prozeßbeginn hatte sie erst eine neue Stelle bei einer Firma in England angenommen und versprochen, im März ihre Arbeit aufzunehmen.

Wenn die immer häufiger werdenden Beratungen einige Mitglieder der Jury verärgert haben mochten, so versetzten sie die Presse in blanke Wut. »Ich habe noch niemals einen Prozeß erlebt, bei dem es so viel Geheimniskrämerei gab«, beschwerte sich ein erfahrener Gerichtsreporter eines Tages, an dem der Richterstuhl wieder einmal stundenlang verwaist war, bei einem Kollegen. »Sehen Sie die amerikanische Flagge hinter dem Richterstuhl?« brach es später bitter aus einem Nachrichtenmann hervor. »Nun, dort gehört sie in diesem Prozeß nicht hin. Dieses Narrenstück wird nicht im geringsten wie ein amerikanischer Prozeß geführt.«

Richter Bell hatte keine Ahnung, in welchem Ausmaße diese Verhandlungen die Presse verärgerten. Genausowenig wußte er, daß einige Reporter ein Spiel begonnen hatten, das sie ›Richter Bells Zitat des Tages‹ nannten. Der Sinn des Spieles lag darin, Bells gelegentliche Mißgriffe hinsichtlich seiner Wortwahl und seine unbedachten

Selbstherabwürdigungen aufzulisten; das waren solche Bemerkungen wie »Ich denke immer nur Schritt für Schritt« und »Ich muß zugeben, daß ich das meiste von dem, was Mr. Litman gesagt hat, nicht verstanden habe«.

Bell hatte diese Bemerkungen leichtfertig und unbedacht dahingeworfen, aber sie wurden im Pressezimmer des Gerichtsgebäudes an einem Schwarzen Brett aufgehängt; übrigens zusammen mit einem Stimmzettel, auf dem die Reporter ihr Lieblingsstück unter den ständig wechselnden, ultra-schicken Outfits der Juryvorsitzenden ankreuzen konnten.

Dr. Maria Alandy sagte am zwanzigsten Prozeßtag aus. Sie beschrieb die vielen Blutergüsse, die sie auf Jennifers Körper entdeckt hatte, einschließlich desjenigen, den sie in ihrem Mund gefunden hatte – die Verletzung, aufgrund derer sie annahm, daß das Mädchen zunächst erwürgt und anschließend geschlagen worden sei. Am Schluß ihrer Aussage spekulierte sie, wie lange Robert Druck auf Jennifers Hals ausgeübt haben mochte. »In einem solchen Fall muß der Druck auf den Hals mindestens zwanzig oder dreißig Sekunden lang andauern«, sagte sie. »Wahrscheinlich sogar noch länger.«

»Können Sie mit einem gewissen Grad an medizinischer Sicherheit sagen, um wieviel länger?« fragte Fairstein.

»Wenn man von den tiefen Hautabschürfungen am Hals und der Unregelmäßigkeit und Auffälligkeit dieser Abschürfungen ausgeht«, meinte sie, »könnte der Druck sogar länger als eine Minute lang ausgeübt worden sein.«

Showtime, dachte der Geschworene Robert Nickey, Leichenbestatter, als Litman sich erhob, um Alandy ins Kreuzverhör zu nehmen. Wie die meisten der Geschworenen fand er den Großteil des Prozesses außerordentlich langweilig. Außer wenn Litman sich erhob.

Alandy hat ihre Meinung geändert, seit sie vor der Grand Jury ausgesagt hat, nahm Litman zur Kenntnis, bevor er mit ihrer Befragung begann. Der Grand Jury gegenüber hat sie noch geäußert, daß der Druck auf Jennifers Hals möglicherweise nur über fünfzehn Sekunden ausgeübt worden war. Das werde ich gleich als erstes bringen.

Er warf ihr einen geringschätzigen Blick zu, den Blick, den man für einen Lügner übrig hat, und sagte anklagend, so als habe er sie bei einem tödlichen Kunstfehler ertappt: »Vor der Grand Jury haben Sie noch ausgesagt, diese Strangulation habe nicht mehr als fünfzehn oder zwanzig Sekunden angedauert, richtig? Und das war am Tag, nachdem Sie die Leiche untersucht hatten.«

»Ja, aber …«, setzte Alandy an.

Er gab ihr keine Gelegenheit zu einer Erklärung. »Ist das korrekt, Doktor?« fuhr er ihr über den Mund.

»Ja«, gab sie zu.

Damit war er zufrieden und wandte sich nun anderen Punkten zu, unter anderem der Vermutung, daß die schlimmen Hautabschürfungen auf Jennifers Hals durch den Kontakt mit Textilien, wie zum Beispiel dem langen Ärmel eines Hemdes, hatten verursacht werden können. »Stimmen Sie mir zu, Doktor«, fragte er, »daß viele der Wunden, die Sie auf Jennifers Hals entdeckt haben, unter Umständen auf die Reibung mit Textilien zurückzuführen sein können?«

»Ja«, nickte Alandy.

Litman behauptete nicht, daß Robert tatsächlich ein langärmeliges Hemd getragen habe. Was genau Robert in der fraglichen Nacht, in der er Jennifer tötete, getragen hatte, wurde niemals deutlich gesagt.

»Im Chambers-Prozeß hat der Verteidiger Jack Litman heute enthüllt, daß einige der Wunden auf Jennifers Hals möglicherweise durch ein langärmeliges Hemd verursacht worden sind«, hörte Marilei Lew Lee an diesem Abend im Radio. Sie dachte zurück an die Wäsche, die sie und Phyllis am Tag nach dem Unglück in Mrs. Hammersteins Haus getragen hatten. In dem Wäscheberg hatte kein einziges langärmeliges Hemd gelegen, nur kurzärmelige. – Und das blutbefleckte Baseballhemd, das sie gegen das Licht gehalten und untersucht hatte, bevor sie die Waschmaschine eingeschaltet hatte.

Der Gedanke an diese Wäschemenge rief ihr ein anderes Ereignis ins Gedächtnis zurück, das sich vor einigen Monaten zugetragen hatte. Kurz vor den Vorverhandlungen hatte Phyllis zu ihr gesagt, sie sehe krank aus und sie solle zur Erholung für eine Weile in ihre Heimat, nach Brasilien, fahren. Sie hatte erwidert, sie sei nicht krank, und davon abgesehen habe sie überhaupt nicht das Geld, um nach Hause zu fliegen. Mrs. Hammerstein, die außerordentlich großzügig war – sie hatte Phyllis einen Riesenscheck für Roberts Verteidigung überreicht –, hatte sie kurz darauf angesprochen, daß Phyllis ihr erzählt habe, sie fühle sich nicht wohl. Und ehe sie sich versah, hatte sie ihr ein Hin- und Rückflugticket nach Brasilien in die Hand gedrückt.

»Laß dir Zeit mit der Rückkehr«, hatte Phyllis noch gesagt, nachdem Marilei das Ticket in Empfang genommen hatte. »Bleib doch den Sommer über.«

Warum wollte mich Phyllis unbedingt aus dem Land haben? Darüber wunderte Marilei sich jetzt. Wußte ich etwas, das ich besser nicht hätte wissen sollen? Hatte es irgend etwas mit dem Hemd zu tun?

Sie dachte daran, sich an Linda Fairstein zu wenden, die schon den ganzen Herbst über Nachrichten für sie hinterlassen hatte, aber sie hatte Angst davor, auf diese Nachrichten zu antworten. Phyllis hatte ihr klargemacht, daß sie, falls sie sich an die Staatsanwaltschaft wandte, Probleme mit der Einwanderungsbehörde bekommen könne.

Einer von Fairsteins wichtigsten Zeugen sagte einige Tage später aus. Es handelte sich dabei um Dr. Alan Garber, den Jogger, der McEntee gleich am Tag nach Roberts Verhaftung am Telefon von dem Pärchen berichtet hatte – vermutlich Robert und Jennifer –, das er im Park beim Aufeinanderschaukeln oder Bumsen gesehen hatte. Seit diesem Anruf hatte er seine Geschichte geändert, hatte entschieden, daß das, was er gesehen hatte, keinerlei sexuelle Aktivitäten gewesen waren, sondern der Beginn oder die Nachwehen eines Mordes. Fairstein wollte ihn zum Beweis ihrer Behauptungen einsetzen, daß es zwischen Robert und Jennifer im Park zu keinerlei Sex gekommen war. Gelang es ihr, diesen Beweis zu führen, konnte sie Roberts gesamte Darstellung der Ereignisse in jener Nacht, in der er Jennifer getötet hatte, schwer erschüttern.

»Dr. Garber«, begann sie, als der Arzt, ein pausbäckiger Internist, in den Zeugenstand trat, »würden Sie uns bitte beschreiben, was Sie im Park gesehen haben, als Sie in die Gegend hinter dem Metropolitan Museum gelangten?«

»Als ich dort joggte«, antwortet Dr. Garber, »bemerkte ich zwei Gestalten. Die eine Person schüttelte die andere; hatte sich über sie gebeugt und schüttelte sie. Die Person obenauf schien ein weißer Mann zu sein.«

»Könnten Sie uns bitte genau beschreiben, was Sie sehen konnten und wie Sie dann zu dem Eindruck kamen, daß es sich bei der Person obenauf um einen weißen Mann handelte?«

»Ich konnte ein helles Hemd und breite Schultern erkennen sowie Haare, die wie die eines Weißen aussahen.«

»War es schulterlang?«

»Nein, das war es nicht.«

»Könnten Sie uns bitte berichten, was Sie von der zweiten Person beobachten konnten?«

»Die zweite Person wirkte leblos.«

Kurz darauf gestand Dr. Garber, daß er, obwohl er eine offensichtlich leblose Person wahrgenommen hatte, diesen Anblick ignoriert, einige belanglose Worte mit einem anderen Jogger gewechselt und dann mit seinen Übungen weitergemacht hatte. Er hatte einmal das gesamte Gebiet umrundet und war erst dann, etwa fünfzehn Minuten später, an den Ort zurückgekehrt, an dem ihm das alarmierende Geschehen aufgefallen war.

»Könnten Sie uns beschreiben, was passierte, als Sie zurückkehrten?« fragte Fairstein ihn.

»Als ich zurückkam, sah ich die beiden Personen in immer noch der gleichen Position. Die Person obenauf hat die untere Person geschüttelt.«

Fairstein setzte sich zufrieden hin. Sie hatte der Jury schon im Rahmen ihrer Eröffnungsrede gesagt, daß es zwischen Robert und Jennifer keinerlei sexuellen Kontakt im Park gegeben hatte. »Nur Gewalt. Nur Tod«, hatte sie gesagt. Nun hatte Garber ihre Behauptung erhärtet.

Litman konnte es nicht erwarten, sich Garber vorzuknöpfen. In der Sekunde, in der Fairstein zu ihrem Platz zurückging, war er bereits aufgesprungen. »Nun, Sir, ist es korrekt, daß Sie Detective McEntee, als Sie mit ihm am 27. August 1986 telefoniert haben, berichteten, daß die Person, die Sie obenauf gesehen haben, auf der anderen geschaukelt hat?« wollte er von Garber wissen.

»Ja, das stimmt«, erwiderte der Internist. Sein pausbäckiges Gesicht blickte nervös, und seine Hände zitterten.

»Sie sind also gejoggt«, sagte Litman. »Irgendwo hinter dem Museum haben Sie angehalten. Dann haben Sie hinübergeschaut und Silhouetten gesehen. Ist das richtig?«

»Nein, ich sah sie, *während* ich lief.«

Litman ging es aber nicht darum, ob der Arzt gelaufen war oder angehalten hatte. »Haben Sie *Silhouetten* gesehen, Sir?« wollte er erneut wissen.

»Was meinen Sie mit ›Silhouetten‹?« wich Garber aus.

Ärgerlich runzelte Litman die Stirn. Mit diesem Gesichtsausdruck wollte er der Jury zu verstehen geben, daß das Leben eines Mannes auf dem Spiel stand, und dieser Zeuge hier um ein Wort herumredete. »Als Sie mit der Staatsanwaltschaft gesprochen haben«, fragte er, »haben Sie da das Wort ›Silhouetten‹ benutzt?«

»Möglicherweise«, antwortete Garber. Und dann: »Ja.«

»Warum lassen Sie uns dann nicht wissen, was Sie damit gemeint haben, als Sie dieses Wort in den Mund nahmen?« fuhr Litman mit verächtlicher Stimme fort. »Silhouetten. Umrisse von Körpern. Ist das richtig?«

»Ja.«

»Und ist es fair zu behaupten, daß es um diese Zeit dunkel war?«

»Ja.«

»Und zu dieser Zeit brannten auch keine Laternen?«

»Ja, das ist richtig.«

Litman war es gelungen, Zweifel dahingehend zu erwecken, ob Garber überhaupt irgend etwas erkennen konnte. Ganz zu schweigen davon, ob die Person, die er obenauf gesehen hatte, männlich war. Jetzt setzte er zum Todesstoß an. »Sie sind weitergerannt. Ist das richtig, Sir?«

»Ja.«

»Und am nächsten Morgen, dem 27. August 1986, haben Sie in der *New York Times* einen Artikel gelesen, in dem stand, daß eine Frau im Central Park erwürgt worden sei. Dann haben Sie Detective McEntee angerufen. Und Sie haben ihm gesagt, daß Sie annehmen, die beiden hätten irgend etwas Sexuelles miteinander getrieben. Ist das richtig, Sir?«

»Ja«, seufzte Garber.

Fairstein versuchte, die Situation noch zu retten. »Dr. Garber«, fragte sie bei ihrer abermaligen Vernehmung nach dem Kreuzverhör. »Haben Sie die beiden Personen, die Sie im Park gesehen haben, bei irgendwelchen sexuellen Aktivitäten beobachtet?«

»Nein. Das habe ich nicht.«

»Würden Sie uns dann bitte den Grund dafür nennen, warum Sie dies Detective McEntee gegenüber dennoch behauptet haben?«

»Ich wollte das, was ich gesehen habe, möglichst bagatellisieren.«

»Würden Sie der Jury bitte erklären, was Sie mit dem Wort ›bagatellisieren‹ meinen?«

»Ich habe gesehen, wie eine Person eine andere Person geschüttelt hat; und ich weiß nicht, warum ich nichts getan habe, aber ich habe es eben nicht getan«, erwiderte Garber lahm. »Als ich erstmals mit jemandem darüber gesprochen habe, wollte ich eigentlich nur mitteilen, daß ich irgend etwas gesehen hatte.«

Wenige Minuten später gelang es Fairstein, die befürchtet hatte, daß die Jury einen Arzt, der einer Gewalttat zugesehen und es verabsäumt hatte, sie zu melden, nicht gerade mit freundlichen Augen betrachten würde, ihn zu näheren Erläuterungen zu bewegen. »Ich habe das, was ich gesehen habe, heruntergespielt, weil ich Angst hatte«, sagte Dr. Garber. »Meine Frau war schwanger und stand kurz vor der Entbindung. Und ansonsten – ich weiß auch nicht.«

Ich habe ein Problem mit Garbers plötzlicher Abweichung von seiner ursprünglichen Darlegung, dachte der Geschworene Kornhauser. Diesen ›Meine-Frau-war-schwanger‹- Quatsch kaufe ich ihm nicht ab.

Garber hat überhaupt nichts heruntergespielt, dachte der Geschworene Forman. Wie kann er behaupten, irgend etwas heruntergespielt zu haben, wenn er direkt am ersten Tag hingegangen ist und die Polizei angerufen hat?

Er ist ein elender kleiner Feigling, dachte der Geschworene Mosconi.

Ein aufrichtiger Mensch, ergreifend, und er nötigt Respekt ab, dachte der Geschworene Wallace.

Dr. Werner Spitz, der oberste Gerichtsmediziner von Detroit, war der letzte und wichtigste Zeuge der Staatsanwaltschaft, ein gebeugt gehender, gnomenhafter Mann mit weißem Haar und einem bombastischen napoleonischen Selbstbewußtsein. Unter Fairsteins Befragung berichtete er der Jury, daß es nur einen einzigen Weg gab, wie Jennifer das verunstaltende Labyrinth von Kratzern auf ihrem Hals und ihrem Kinn hatte erhalten können. Der Angreifer mußte sie mit ihrer eigenen Bluse gewürgt haben, mußte diese gepackt und zusammengedreht haben, um sie dann mit seiner Faust so unter ihre Kehle zu schieben, daß er schließlich eine Schlinge erhielt. Dennoch, so fuhr er fort, habe sich das Mädchen zu irgendeinem Zeitpunkt aus dieser Schlinge befreien können. Auf ihrem Hals waren Spuren zu sehen, die dies bestätigten. Doch obwohl der Moment, in dem sie sich hatte befreien können, ihrem Angreifer zumindest für einige Sekunden Gelegenheit hätte geben können, über sein gewaltsames Tun nachzudenken, hatte er dies nicht getan. Mit dem Vorsatz, sie umzubringen, hatte er sein tödliches Tun fortgesetzt, die Schlinge wieder angezogen und den verletzlichen Hals seines Opfers für zumindest dreißig Sekunden zusammengepreßt, möglicherweise sogar einige Minuten lang.

Im Kreuzverhör geriet Spitz kein einziges Mal ins Wanken, aber er war so starrköpfig und verhielt sich Litman gegenüber derart beleidigend, daß mehrere der Geschworenen ihn immer weniger mochten und daraus resultierend wenig Vertrauen in seine Meinung setzten.

Ellen Levin hatte während der Aussage von Spitz fast die ganze Zeit über ihren Kopf gesenkt gehalten und schließlich den Gerichtssaal verlassen. Es ging ihr aber nicht mehr so schlecht wie in vielen der vorausgegangenen Prozeßwochen. Ein wahres Wunder war geschehen. Ein Kind war geboren worden. Das Kind war Samantha Jennifer, die Tochter von Jennifers Schwester Danielle. Samantha Jennifer würde Jennifer niemals ersetzen können, soviel wußte Ellen. Aber dennoch war es eine Art Wiederauferstehung.

Ellen hatte das Baby im Krankenhaus gleich nach seiner Geburt gesehen und seine Schönheit bewundert. Es hatte einen kleinen Kranz schwarzer Haare, der es wie ein Mönch aussehen ließ, und einen Ausdruck auf dem Gesicht, der fast wie ein Lächeln wirkte.

War es schon Freude genug gewesen, das Baby auf der Säuglingsstation zu bewundern, so war danach noch etwas passiert, das sogar noch wundervoller war. Ein wahres Zeichen. Danielle hatte Ellen gebeten, einige Tage bei ihr zu bleiben, wenn sie mit Samantha Jennifer nach Hause kam. Ellen war vor Freude außer sich gewesen. Zugleich waren ihr Bedenken gekommen, denn sie wußte nicht mehr allzuviel über Babys. Damals, zu ihrer Zeit, sorgten Krankenschwestern für einen, wenn man aus dem Krankenhaus nach Hause kam. Doch dann war ihr alles so nach und nach wieder eingefallen. Kleine Dinge zunächst, wie zum Beispiel, daß Babys gern auf dem Bauch schlafen und daß man ein wenig Zucker und Wasser auf den Nuckel geben konnte, wenn sie nicht richtig saugten. Sich daran zu erinnern war großartig, denn die Kleine saugte nicht richtig, als sie nach Hause kamen. Ellen verriet Danielle den Trick mit dem Zucker und dem Wasser, und Danielle sagte: »Oh, ich hab's ganz vergessen! Das hat man mir auch im Krankenhaus gesagt. Und sie haben mir eine kleine Flasche Glucose mitgegeben.« Danielle ging dann und holte die Glucose, und das Baby saugte und nahm den Flaschennuckel; und Ellen fühlte, wie sie eine gewaltige, friedliche Freude durchzog.

Diese Freude wirkte auch noch im Gerichtssaal nach, während Spitz aussagte. Das Leben hatte ihr einen schweren Schlag versetzt. Aber sie lag nicht mehr länger am Boden.

In einer kurzen Pause fühlte Linda Fairstein, wie erschöpft sie war. Außerdem war sie frustriert. Sie hatte mit ansehen müssen, wie ihre Zeugen gedemütigt und diskreditiert wurden, hatte mit ihrer Unterstellung, Robert habe Jennifer ausrauben wollen, Schiffbruch erlitten; es war ihr nicht gelungen, Roberts anfängliche Lügen der Polizei gegenüber in den Prozeß einzubinden, und es war ihr sogar untersagt worden, eine Theorie zu entwickeln, die sie unbedingt hatte darstellen wollen – die Theorie, daß Robert Jennifer mit ihrer Jeansjacke geknebelt hatte, bevor er sie tötete. Dies war ihr verwehrt worden, weil Litman den Richter davon hatte überzeugen können, daß die zur Verfügung stehende wissenschaftliche Beweisführung zur Unterstützung dieser Theorie noch zu neu und einfach noch nicht verläßlich genug war. Fairstein sehnte sich geradezu nach einer Atempause, danach, für einige Tage zu verreisen oder, noch besser, einfach zu Hause zu bleiben und zu schlafen. Lange und tief zu schlafen, ohne die quälenden Gedanken und Erinnerungen an die Streitgespräche des vorausgegangenen Tages, die ihre Träume durchdrangen.

Aber in einem Prozeß gibt es keine Ruhepause, das wußte sie, und begann darum sofort mit dem Versuch, eine Liste von Zeugen aufzustellen, die die Aussagen derjenigen entkräften konnten, die Litman schon einplante. Es gab eine ganze Reihe von Personen, die vorzuladen er angedeutet hatte. Nora Bray, das Mädchen, in dessen Wohnung Robert und Jennifer in der Nacht zusammen geschlafen hatten, bevor Jennifer nach Kalifornien geflogen war. Steve Saracco, der den Fall bearbeitet hatte, bis er ihr übertragen wurde. Bob Chambers. Vielleicht sogar Phyllis Chambers.

Saracco war einer der ersten Zeugen, die Litman einbestellt hatte. Ihm war nicht klar, was Litman von ihm wollte. Vielleicht, dachte der Ex-Marine, während er kettenrauchend darauf wartete, in den Zeugenstand gerufen zu werden, will er mir ein Ding daraus drehen, daß ich keinen Befehl erteilt habe, nach Roberts Kleidung suchen zu lassen, als er verhaftet wurde. Vielleicht hofft er, den Eindruck erwecken zu können, daß ich schlampig an den Fall herangegangen bin. Gut, wenn er das vorhat, dann weiß ich, was ich sagen werde. Ich werde sagen, daß wir die Kleidungsstücke gar nicht gebraucht haben, weil wir *wußten*, wer Jennifer getötet hatte.

Litman gab ihm jedoch keine Chance, seine einstudierte Antwort loszuwerden. Den Durchsuchungsbefehl erwähnte er noch nicht einmal. Er fragte nur immer wieder nach Jennifers Slip und ob er zu dem Zeitpunkt, als Robert sein Geständnis ablegte, überhaupt gewußt hatte, daß irgendein Slip gefunden worden war. Saracco sagte, das habe er nicht gewußt, und Litman nahm daraufhin seine Antwort zum Anlaß, um wieder einmal Zweifel an der Version der Polizei zu wecken, nämlich daß man den Slip in einiger Entfernung von Jennifer gefunden hatte. Wenn sie ihn dort tatsächlich entdeckt hätten, machte er der Jury klar, und wenn der Fundort wirklich von so ausschlaggebender Bedeutung war, wie kam es dann, daß sie den Slip Saracco gegenüber noch nicht einmal erwähnt hatten?

Saracco war nur wenige Minuten im Zeugenstand, aber dieses Erlebnis lehrte ihn etwas, worüber er sehr erstaunt war, nämlich, daß er sich als Staatsanwalt nicht einfach einem Zeugen gleichsetzen konnte. Es spielte überhaupt keine Rolle, daß er schon an die hundert Mordfälle vor Gericht verhandelt hatte. Als er auf dem Zeugenstuhl saß, war er trotzdem schrecklich nervös. Und es ging ihm auf, daß es tausendmal angenehmer war, Staatsanwalt zu sein als Zeuge.

In Brasilien konnte es geschehen, daß Leute, die zur Polizei gingen, auf Nimmerwiedersehen verschwanden. Marilei, die eine weitere Nachricht von Linda Fairstein erhalten hatte, befürchtete nun das Schlimmste; dennoch zwang sie sich schließlich dazu, Fairsteins Büro aufzusuchen. Nachdem sie sich dazu durchgerungen hatte, beantwortete sie dort sämtliche Fragen, die Fairstein ihr stellte. Sie berichtete ihr alles, woran sie sich erinnern konnte, über den Tag, an dem Jennifer gestorben war – daß sie sich mit Phyllis über Roberts Kratzer unterhalten hatte und sogar, daß sie sein blutbeflecktes Hemd gewaschen hatte.

Fairstein war nicht sonderlich an dem Hemd interessiert. Sehr aufmerksam wurde sie jedoch bei der Aussage, daß Phyllis ein antiseptisches Mittel auf Roberts Kratzwunden getupft hatte. Während der Anhörungen im Sommer hatte Phyllis nämlich betont, ihr seien die Kratzer derart unbedeutend erschienen, daß sie sie kaum wahrgenommen habe. »Wenn Phyllis in den Zeugenstand geht«, sagte Fairstein zu Marilei, »werde ich Sie vielleicht darum bitten, das ebenfalls zu tun.«

»O Gott, ich hoffe nicht, ich hoffe nicht«, jammerte Marilei.

Das war jedoch nicht das Furchtbarste, was ihr an jenem Abend wiederfuhr. Entsetzt war sie, als Fairstein ihr die Bilder von der toten Jennifer zeigte. Sie fiel fast in Ohnmacht, als sie auf den nackten, verrenkten Körper des Mädchens blickte. Als sie schließlich doch nicht ohnmächtig wurde und sich statt dessen dazu überwand, die Fotos eingehender zu betrachten, sich zwang, ohne zu blinzeln auf die düster-roten Striemen überall am Hals des Mädchens zu schauen, erkannte sie sofort, daß dieses Mädchen nicht durch einen tödlichen Unfall ums Leben gekommen sein konnte – egal was Phyllis und Robert ihr auch das ganze Jahr über hatten weismachen wollen.

Das machte sie furchtbar traurig, aber sie glaubte zu verstehen, warum Robert Jennifer erwürgt hatte. »Vielleicht hatte das Mädchen angefangen, ihn herumzukommandieren«, mutmaßte sie. »Vielleicht hatte das Mädchen gesagt: ›Nein, tu das nicht, mach das. Fang hier an. Hör dort auf.‹ »Und Robert« fuhr sie aufgeregt fort, »denken an seine Mutter, wie sie ihn antreiben, hin und her zerren, und wie sie immer, immer ist bei ihm, und wenn er das Mädchen am Hals gefaßt, er läßt es nicht los, denn er tötet nicht wirklich das Mädchen, er tötet seine Mutter.«

Am Tag, nachdem Marilei die Fotos von der toten Jennifer gesehen hatte, besichtigte die Jury den Tatort. Die Bäume waren winterlich kahl, dichter Nebel lag in der Luft, und der Erdboden war schlammbedeckt. Robert wartete im Auto eines Detectives, während die Geschworenen still und vor Kälte zitternd zunächst den Baum untersuchten, unter dem Jennifer tot aufgefunden worden war, sowie anschließend den anderen Baum, unter dem sie nach Ansicht der Staatsanwaltschaft angegriffen worden war.

An seinem Schreibtisch im Presseraum des Gerichtes machte Mike Pearl an diesem Nachmittag Telefondienst. »Was haben die Geschworenen getragen?« wollte Esther Pessin von UPI wissen. Sie lag mit Grippe im Bett, und darum war es ihr nicht möglich gewesen, ebenfalls in den Park zu kommen. »Was hatte die Juryvorsitzende an?«

»Sie sind krank«, sagte Pearl zu ihr. An den Wänden hingen die Trophäen seiner Karriere, eine vergilbte Seite neben der anderen mit seinen Titelstories über Mord und schwere Körperverletzung. »Vergessen Sie's. Sie sind sowieso nicht in der Lage, darüber zu schreiben. Warum also wollen Sie es unbedingt wissen?«

»Ich muß es einfach wissen«, jammerte Pessin. »Ich kann es nicht ertragen, irgendein Detail zu verpassen. Ich bin davon besessen.«

Pearl zuckte die Achseln, als sei sie verrückt, blätterte aber trotzdem in seinem Notizbuch und gab ihr die Angaben zur Kleidung durch. »Nummer Fünf trug einen Männerhut«, sagte er, »und riesige Stiefel. Die Juryvorsitzende hatte eine schwarze Lederjacke an, für die Sie wer weiß was gegeben hätten. Weich. Mit einem – wie sagt man noch gleich – einem Peplum.«

»Ich kann es nicht glauben«, rief Tim Clifford von der *Newsday*. »Sie hat mich gerade dasselbe gefragt. Sag ihr, sie soll sich hinlegen und es sich heute abend in den Nachrichten anschauen.«

Pearl jedoch verstand Pessins Besessenheit. Er selbst hatte in der letzten Zeit ebenfalls an nichts anderes als den Chambers-Fall denken können. Die Vorentscheidungen zur Präsidentschaftskandidatur. Der NATO-Gipfel. Manche Leute, sogar einige Herausgeber, hielten diesen Kram für wichtig. Tatsächlich war er es aber nicht. Wirklich wichtig waren eigentlich nur fünf Dinge. Kinder. Tiere. Berühmte Namen. Gewalt. Und Sex. Zumindest für einen Reporter. Zwei dieser Dinge brachten einem Reporter einen Aufmacher, und drei davon brachten ihm einen Aufmacher auf der Titelseite. Der Chambers-Fall hatte drei von den fünfen und damit ihm – und wie er zugeben mußte, auch Esther Pessin – seit über anderthalb Jahren einen Platz auf der Titelseite gesichert.

Im Presseraum erläuterte er gerade einigen Anfängern die Theorie der Fünf Wichtigen Dinge, als er einen weiteren Anruf erhielt, diesmal von Jack Litman, bei dem er sich zuvor gemeldet hatte, um einige zusätzliche Details über den Lokaltermin der Geschworenen im Park zu erfahren. »Wie sieht's für mich aus?« fragte Litman vorweg, und sprach damit den Stimmungstrend in der Öffentlichkeit an.

»Sie machen sich gut«, antwortete Pearl, »aber Sie sollten etwas häufiger lächeln.« Dann sagte er: »Nein, das war nur ein Scherz. Sie machen sich wirklich gut. Bestimmt werden Sie gewinnen.«

Tim Clifford wollte seinen Ohren nicht trauen. »Warum hast du ihm denn das gesagt?« fragte er Pearl, sobald dieser den Hörer aufgelegt hatte.

Pearl zuckte die Achseln. »Ich sage allen, daß sie gewinnen werden.«

»Meine Güte, das mache ich aber nicht«, entgegnete Clifford. »Ich stelle ihnen nur Fragen, ich gebe nicht meinen Senf dazu.«

»Vielleicht legen sie auf deine Meinung gar keinen Wert«, schniefte Pearl. »Ich mache diesen Kram jetzt seit dreißig, fünfunddreißig Jahren. Sie wissen, daß ich es weiß.« Dann grinste er. »Außerdem weiß Litman, daß er aus mir keine eindeutige Antwort herausholen kann.«

Clifford war noch nicht ganz zufrieden. »Na ja, sieht im Moment tatsächlich so aus, als könne die Jury sich eher Litman zuwenden«, sagte er. »Aber das kommt daher, daß er den Prozeß mit seinen Nonstop-Kreuzverhören derart in die Länge gezogen hat, daß die Geschworenen im Grunde zu seinen Geiseln geworden sind. Wenn sie sich auf seine Seite schlagen, dann nur, um die Sache möglichst schnell zu beenden.«

Jack Litman mochte es vielleicht, genau wie einige Vertreter der Presse, im Gefühl gehabt haben, daß er die Jury auf seine Seite gezogen hatte, denn in den nächsten Tagen war es ihm ziemlich eilig damit, seinen Fall zum Abschluß zu bringen.

Er hatte bereits einen Handchirurgen präsentiert, der Roberts Version der Geschehnisse unterstützte. Dessen Meinung nach ließ nämlich Roberts Knochenverletzung an der rechten Hand darauf schließen, daß er sie sich nicht zugezogen hatte, als er Jennifer schlug. Vielmehr habe er seine Hand dadurch verletzt, daß er auf sie gerollt sei, als er gefesselt am Boden lag. Jetzt wartete Litman mit dem Gerichtsmediziner von Los Angeles auf, Dr. Ronald Kornblum, einem Spezialisten, der weitere Aspekte von Roberts Darlegung untermauerte.

»Die vielen blauen Flecken an Jennifers Körper«, sagte der große, sonnengebräunte Kornblum, »können auch durch ein Stolpern oder durch ihren Fall im Park entstanden sein. Ihr geschwollenes linkes Auge muß nicht notwendigerweise von einem Schlag herrühren, sondern die Schwellung könnte auch von dem Aufprall stammen, nachdem Robert sie über sich geworfen hat.« Außerdem sagte er, daß die Kratzer, die sie Robert zugefügt hatte, möglicherweise Zeichen einer ›spielerischen‹ sexuellen Aktivität waren, und daß Robert ihren Hals auch nur für fünf bis fünfzehn Sekunden zugedrückt haben könnte. Abschließend meinte er: »Ich glaube, daß Levin an den Folgen eines mit dem Arm vorgenommenen Würgegriffes gestorben ist.« Dies widersprach Dr. Spitz' Theorie, wonach sie mit ihrer Bluse stranguliert worden war.

Nachdem Kornblum seine Aussage beendet hatte, verkündete Litman Linda Fairstein, daß er soweit sei, den Fall abzuschließen.

Die Vertreterin der Anklage war ziemlich überrascht. Sie hatte erwartet, daß Litman noch etliche weitere Zeugen aufrufen würde, und hatte schon entsprechende Entlastungszeugen vorgeladen. Alles war vorbereitet. Und jetzt war es vorbei. Sie fragte sich, ob Litman so schnell zum Ende gekommen war, weil es jemanden gab, von dem er nicht wollte, daß sie ihn ins Kreuzverhör nahm. Außerdem fragte sie sich, ob sein plötzlicher Abschluß mit einem anonymen Anruf zusammenhing, den sie erhalten hatte; einem Anruf, der sie darüber in Kenntnis setzte, daß Shawn Kovell in demselben Gebäude wohnte wie einer der Geschworenen. Konnte der Juror gesehen haben, wie er dort irgend etwas anstellte, das Litman zur Eile angetrieben hätte, den Prozeß zu beenden, bevor sie davon erfahren würde? Sie, Litman und Bell, riefen den betreffenden Geschworenen zu einer Befragung zu sich. Er hatte Robert jedoch nie in seinem Wohnhaus gesehen, geschweige denn ein einziges Wort mit Shawn Kovell gewechselt.

Schließlich kam Fairstein zu der unglücklichen Schlußfolgerung, daß Litman ganz einfach entschieden hatte, daß sein Fall hiermit abgeschlossen sei. Daß er alles gesagt hatte, was es zu sagen gab. Auf eine gewisse Weise war das schlimmer als jede ihrer Spekulationen, denn seine blitzschnelle Präsentation war für die Jury wie eine Botschaft – eine Botschaft, die besagte: Seht her, mein Mandant ist eindeutig so unschuldig, daß ich auf diesem Fall nicht mehr weiter herumreiten muß.

Der Prozeß hatte von Steve Levin einen schrecklichen Tribut gefordert. Mehr als zwei Monate lang hatte er fast jeden Tag im Gerichtssaal gesessen. Es war ihm unmöglich gewesen, seiner Arbeit nachzugehen, unmöglich, sich auf irgend etwas anderes als auf den Mörder seiner Tochter und dessen ausgekochten Anwalt zu konzentrieren. An einigen Tagen war er derart angespannt und wütend, daß er aufgestanden war und Robert kurz angestarrt hatte, oder er hatte ihn leise verflucht. An dem Wochenende jedoch, als Litman den Fall von seiner Seite aus für beendet erklärte, versuchte Levin, sich zu entspannen. Er fuhr in sein Haus nach Montauk und ging am Samstag surfen.

Es war ein strahlender, sonniger Tag; ein Hauch von Frühling lag in der Luft; und das Meer, in dem er so viele glückliche Momente mit Jennifer verbracht hatte, lag ruhig und friedlich vor ihm. Bekleidet mit Surfanzug und Helm sprang er in das eiskalte Wasser. Dort blieb er eine halbe Stunde lang.

Er war nicht der einzige Surfer, der der Kälte trotzte; es waren noch vier oder fünf andere draußen. Aber ich bin der älteste, dachte er; ich bin der alte Mann aus dem Meer.

Er war erst sechsundvierzig, doch die Erlebnisse der letzten siebzehn Monate ließen ihn sich wie sechsundachtzig fühlen.

»Haben Sie den Artikel in der *News* gelesen?« fragte ein Reporter einen Nachrichtenmann an dem Morgen, an dem die gegnerischen Anwälte ihre Plädoyers halten sollten. Dichtgedrängt warteten sie in einer Schlange von Presseleuten.

»Meinen Sie den über den Mordprozeß, der angeblich die ganze Stadt schockiert hat?«

»Ja. Was halten Sie davon?«

»Ich wußte gar nicht, um welchen Prozeß es dabei überhaupt ging«, sagte der Fernsehberichterstatter achselzuckend. »Nicht um diesen, soviel ist klar. Ich meine, haben *Sie* in diesem Prozeß irgend etwas wirklich Schockierendes gehört?«

»Nein«, antwortete der Reporter, und mehrere seiner Kollegen nickten, denn der Prozeß hatte tatsächlich wenige Überraschungen und keine schockierenden Enthüllungen gebracht. Robert hatte nicht ausgesagt, so daß die unangenehmen Geheimnisse seiner Vergangenheit verborgen geblieben waren. Und trotz all des Geredes im Vorfeld darüber, daß Litman Jennifer für ihren eigenen Tod verantwortlich machen wollte, war der Anwalt – vielleicht wegen der Proteste und Demonstrationen, die zur Verteidigung Jennifers stattfanden – mit seinen Attacken gegen das tote Mädchen äußerst moderat geblieben. Er hatte lediglich die Beweismittel der Staatsanwaltschaft angegriffen, hatte dies fair und im Rahmen des Legitimen getan und hatte diese Beweise fair und legitim vernichtet. Man habe sie betrogen, murmelten schon einige Pressevertreter. Es war nicht so schlimm wie bei einigen anderen Sensationsprozessen, wie beispielsweise bei dem Verfahren von Sid Vicious, als sie sich alle verrückt gemacht hatten und der Kerl einfach alles dadurch ruiniert hatte, indem er sich eine Überdosis verpaßt hatte.

Und doch war das hier eine Schweinerei.

An diesem Morgen im Gerichtssaal, der dermaßen voll war, daß sich der Streit um Sitzplätze sogar in kleineren Schlägereien entlud, wandte sich Litman an die Jury: »Seit zehn Wochen sind wir jetzt schon hier, und Sie wissen noch immer nicht, wie die Theorie der Staatsanwaltschaft in diesem Falle lautet.« Das entsprach der Wahrheit. Er hatte die Darlegung der Staatsanwaltschaft derart erfolgreich blockiert und unterbrochen, daß deren Darlegungen nur noch wie ein unvollständiges Puzzle aus verlorenen und nicht zusammenpassenden Teilen anmuteten. Die Geschworenen sollten sich jetzt aber nicht verwirren lassen, fuhr er fort, denn Robert habe der Polizei in seiner auf Video aufgezeichneten Aussage alles gesagt, was es zu sagen gab; und natürlich konnte man dieser Aussage trauen, denn ›war dies die Art von Geschichte, die man sich ausdenkt, um sich aus einer verfahrenen Situation irgendwo herauszureden‹?

Bei diesen Worten nickte Juror Mosconi. Litman fuhr langsam und methodisch damit fort, die oft nur schwachen Beweisstücke und Zeugen, die von der Anklage präsentiert worden waren, mit Roberts eigenen Erklärungen zu vergleichen.

Er sprach vier Stunden lang. Die ganze Zeit über waren Roberts normalerweise ins Leere blickenden Augen voller Konzentration auf Litmans Gesicht gerichtet; er hing so gebannt daran fest wie ein Schiffsbrüchiger an einem Rettungsring.

Litmans Plädoyer ist nicht so stark gewesen, dachte Fairstein, nachdem er geendet hatte. Nicht so stark, wie er in den Kreuzverhören gewesen ist.

Aus den unterschiedlichsten Gründen war sie froh darüber; nicht zuletzt, weil Litman sie erneut verärgert hatte. Er hatte Richter Bell davon überzeugen können, es ihr nicht zu gestatten – so wie sie es beantragt hatte –, ihr Plädoyer erst am nächsten Morgen zu halten. Er will, daß die Jury mir zuhören soll, wenn sie alle noch müde sind von seinem Plädoyer, dachte sie, als sie sich erhob und vor der Geschworenenbank Aufstellung nahm. Und dann riß sie die Aufmerksamkeit der Jury mit einer äußerst markanten Einleitung wieder an sich. »Selbst wenn Sie die Aussage eines jeden Zeugen, der vor Ihnen aufgetreten ist, außer acht lassen«, sagte sie, »sprechen die Bilder von Jennifer Levin, wie sie nur Stunden vor ihrem Tod ihre Zukunft im Dorrian's feierte, und wie sie nur wenig später in der Nacht ausgestreckt auf dem Boden des Central Park lag und am Tag darauf vor dem kalten Hintergrund des Autopsieraumes im städtischen Leichenschauhaus aufgebahrt war, eine deutlichere Sprache über die gewaltsame Natur ihres Todes als jede Zeugenaussage.«

Wenige Minuten später griff sie Roberts Aussage an und machte sich darüber lustig. »Er behauptet, gefesselt worden zu sein«, sagte sie, »und daß er, als er einen Arm frei bekam, keine andere Wahl hatte, als ihn um Jennifers

Hals zu legen. Doch wo war sein anderer Arm? Etwa am Woolworth Building angebunden?«

Juror Cole Wallace lächelte.

Sie gab zu, nicht zu wissen, welches Motiv Robert dazu bewogen hatte, Jennifer zu töten, aber sie erinnerte die Jury auch daran, daß nicht unbedingt ein solches vorliegen mußte, um jemanden schuldig zu sprechen. Zugleich nannte sie einen möglichen Beweggrund: Eventuell wurde Roberts Kampf mit Jennifer dadurch ausgelöst, daß er wütend darüber war, in dieser Situation impotent zu sein; Impotenz, die auf seinen Konsum von ›zuviel Bier und zuviel Tequila‹ zurückzuführen war. Dann faßte sie die medizinischen Beweisstücke zusammen und behauptete, daß sämtliche Experten, einschließlich die von Litman beauftragten, im allgemeinen darin übereingestimmt hatten, daß es eines Druckes auf den Hals von mindestens fünfzehn bis dreißig Sekunden bedurft habe, um die Blutungen hervorzurufen, die man in Jennifers Augen gefunden hatte.

Gleich wird sie mit dem Uhrentrick kommen, befürchtete Litman, als er Fairstein über die Blutergüsse reden hörte. Sie wird eine Uhr zücken und der Jury daran demonstrieren, wie lang fünfzehn Sekunden sein können. Laß sie vorbeikriechen; sag ihnen, sie sollen sich vorstellen, wie es ist, so lange gewürgt zu werden. Das verfehlt nie seine Wirkung.

Doch einen Augenblick später beendete Fairstein ihre ebenfalls vierstündige Rede. »Machen Sie nicht den Fehler, den Jennifer Levin begangen hat«, sagte sie eindringlich in ihrem Schlußwort. »Trauen Sie Robert Chambers nicht.«

Da hat sie sich eine gute Nummer entgehen lassen, dachte Litman. Während des größten Teils des Plädoyers hatte sie lediglich Logik durch Emotionen ersetzt.

Unten in der Lobby begann sich die riesige Zuschauermenge langsam zu zerstreuen, die sich eingefunden hatte, um die Plädoyers anzuhören. Eine Journalistin bemerkte die Psychologin, die Litman bei der Auswahl der Jury geholfen hatte, und eilte zu ihr hinüber. »Ich habe nicht jeden Tag während der Jury-Auswahl anwesend sein können«, sagte sie zu ihr, »Bell hat immer nur wenige Presseleute gleichzeitig zugelassen. Aber ich war an dem Tag dort, als Juror Nummer zwölf ausgewählt wurde, und mir war klar, warum Sie ihn wollten, jedoch nicht, warum Fairstein ihn zugelassen hat. Er konnte sehr gut argumentieren, die Art von Mensch, die jede Jury zum Platzen bringen kann.«

»Davon gibt es mehrere«, sagte die Psychologin Andrea Longpre stolz.

Am nächsten Morgen – es war der 17. März, St. Patrick's Day – erteilte Richter Bell der Jury ihre Instruktionen; sie würde sich nun zurückziehen, während des Tages eingesperrt sein in ihrem Besprechungszimmer, kaserniert in billigen Hotels in der Nacht. Er unterrichtete sie, daß sie auch ein geringeres Delikt in Betracht ziehen konnten, wenn sie Robert nicht wegen vorsätzlichen Mordes oder wegen Mordes aus niedrigen Beweggründen für schuldig befinden wollten. Das erste der dann in Frage kommenden Delikte war Totschlag ersten Grades, ein Verbrechen, das das Gesetz definiert als den durch den Angeklagten verursachten Tod eines anderen, ohne daß er den Vorsatz hatte zu töten, sondern dem anderen nur eine schwere Körperverletzung beibringen wollte. Das zweite Delikt war Totschlag zweiten Grades, ein Verbrechen, das das Gesetz definiert als den durch den Angeklagten verursachten Tod eines anderen, ohne den Vorsatz zu töten oder zu verletzen, wobei er jedoch billigend die Möglichkeit in Kauf nimmt, daß durch sein Verhalten der Tod herbeigeführt werden kann. Das dritte war fahrlässige Tötung, ein Verbrechen, das das Gesetz definiert als den durch den

Angeklagten verursachten Tod eines anderen, ohne daß er bewußt oder unbewußt in Kauf nimmt, daß er durch sein Verhalten den Tod eines anderen herbeiführen kann – das, was der Rest von uns einfach einen Unfall nennt.

Jedes dieser Verbrechen könne auf die vorhandenen Beweismittel zutreffen, erklärte Bell. Es lag nun an der Jury, darüber zu entscheiden. Bevor sie jedoch ein minder schweres Delikt in Erwägung zögen, müßten sie zunächst zu einer einstimmigen Entscheidung über jeden der Mordanklagepunkte gekommen sein.

Die Geschworenen, denen es nun fast drei Monate lang nicht gestattet gewesen war, den Fall mit irgend jemandem, noch nicht einmal untereinander zu diskutieren, fühlten sich an diesem Morgen wie Kinder, die schulfrei haben. Sie waren wie losgelöst; aufgeregt und aufgekratzt. Und jeder von ihnen glaubte, daß das, was er über den Fall dachte, auch das sein mußte, was die anderen dachten. Dann stimmten sie ab. Drei von ihnen waren dafür, Robert wegen vorsätzlichen Mordes zu verurteilen. Die anderen waren dagegen.

An diesem Nachmittag brach Ellen Levin ihr Schweigen und gab zum ersten Mal seit Jennifers Tod ein kurzes Fernsehinterview. »Jennifer war ein großartiges Mädchen«, sagte sie. »Sie war verantwortungsbewußt, loyal, liebevoll und freundlich. Und sie hatte die Gabe, die Menschen zum Lächeln zu bringen, schon wenn sie einfach nur einen Raum betrat. Sie steckte voller Leben, und ihre Lebensfreude und ihre Heiterkeit berührten jeden, der sie kannte – und sogar einige, die sie nicht kannte. Ich hoffe, daß auch die Jury von ihrem Wesen erfaßt wird.«

Seufzend bemerkte Ellen dann noch: »Man hat mich gewarnt, nicht allzuviel Vertrauen in unser Rechtssystem zu setzen. So habe ich auch voller Schrecken dabei zugesehen, wie ein Beweisstück nach dem anderen für unzulässig erklärt wurde, weil jedermann – sogar Robert Chambers – das Recht auf ein ordentliches Gerichtsverfahren hat. Dennoch denke ich, daß es Linda Fairstein gelungen ist, mit diesen Einschränkungen fertig zu werden.«

Die Augen hinter dunklen Brillengläsern verborgen, enteilte sie den Kameras.

St. Patrick's Day. Für Phyllis mußte dieses Datum viele Erinnerungen an jene Zeit in sich bergen, da sie als Freiwillige für die County Leitrim Society gearbeitet und Festlichkeiten geplant hatte, die den Glanz der großen irischen Parade auf der Fifth Avenue nur noch erhöhten. Den St. Patrick's Day hatte sie immer im Kreise von Freunden und Verwandten verbracht, hatte einmal sogar mit Hilfe eines Bruders in Irland den Besuch von zweihundert Menschen aus ihrer Heimatcounty in die Vereinigten Staaten gesponsert.

An diesem St. Patrick's Day war sie allein. Die Freunde, die sie noch zu Beginn des Prozesses ins Gericht begleitet und zu ihrer Unterstützung mit in ihrer Reihe gesessen hatten, waren nach und nach ausgeblieben ... Andere Freunde hatten ihre Anrufe eingestellt. Aber sie war nicht gänzlich von allen verlassen. Eine alte Bekannte von den Greys, eine Frau, die nie zuvor bei Gericht erschienen war, war an diesem Morgen gekommen und hatte Phyllis, nachdem der Richter die Jury instruiert hatte, voller Mitleid gefragt, ob es irgend etwas gebe, was sie tun könne, um ihr zu helfen.

Phyllis hatte über diese Frage nachgedacht und dann gemeint, daß es sehr nett wäre, wenn sie ihr für heute abend etwas zu essen zubereiten könne.

Die Bekannte hatte sich einverstanden erklärt; und zur Dinnerzeit hatte Phyllis Robert zu ihr hinübergeschickt, um es abzuholen. Als er mit dem Essen auf dem Arm zurückkehrte, packte sie es aus und sah, daß die Frau Corned Beef mit Kohl zubereitet hatte. Um den Tellerrand herum hatte sie Kleeblätter verteilt.

»Soll ich den Juroren gestatten, daß sie am Sonntag frei bekommen können, um zur Kirche zu gehen?« fragte Richter Bell Litman und Fairstein am Freitag, dem zweiten Tag der Juryberatungen. Draußen auf dem Korridor, wo Zuschauer und Pressevertreter mit gekreuzten Beinen auf dem Boden saßen, an Getränken nippten, Poker spielten oder auf winzigen Bildschirmen Fernsehen guckten, herrschte eine karnevalsmäßige Atmosphäre; und sogar aus dem Inneren des Gerichtssaales war der übliche würdige Ernst gewichen. Bob Chambers hatte seine Schuhe ausgezogen; seine müden Füße in schwarzen Socken ruhten auf einer Zeitschrift. Die Levin-Familie, ihre Anzahl vergrößert durch die Anwesenheit mehrerer entfernter Verwandter, unterhielt sich angeregt.

Litman schien ebenfalls unbeschwerter. »Nein, Euer Ehren«, bat er. »Sagen Sie nichts wegen der Kirche.«

»Warum nicht?«

»Wenn Sie es ihnen gestatten und sie dann gehen wollen«, scherzte Litman, »muß ich vorher wissen, wie der Predigtspruch lautet. Ich hatte einmal eine Jury, die während der Beratungen zur Kirche gegangen ist, und da lautete der Spruch ›Du sollst nicht töten‹.«

Litmans gehobene Stimmung hielt den ganzen Tag über an. Die Jury hatte um das Protokoll der Aussage von Dr. Garber gebeten – eine Aussage, die sehr zugunsten der Verteidigung ausfiel –, und als gegen Abend ein Gerichtsstenograf die letzten Worte von Garbers Aussage niederschrieb, tätschelte Litman Robert onkelhaft die Wange.

Robert schien ebenfalls fröhlich zu sein. Er erwiderte die Geste mit einem breiten, glücklichen Lächeln.

Das Garber-Protokoll half der Jury nicht, ihre Unstimmigkeiten im Hinblick auf die Frage zu klären, ob Robert Jennifer vorsätzlich getötet hatte. Ebensowenig half es ihnen weiter, daß sie das auf Video aufgezeichnete Geständnis wieder und wieder abspielten und Jennifers Kleidung sorgfältig untersuchten: ihren verschmutzten, ausgeleierten Slip; ihren BH mit dem Drahtbügel und der komplizierten Stickerei, ihre Bluse mit den noch unversehrten Knöpfen – ein seltsamer Anblick, falls es sich, wie Spitz behauptete, um die Mordwaffe gehandelt haben sollte.

Schon bald dämmerte es den Geschworenen, daß sie nicht nur nicht eindeutig herausfinden konnten, was Robert in dem Moment durch den Kopf gegangen war, als er Jennifer getötet hatte, sondern daß sie sich zudem nicht darauf einigen konnten, *wie* er es getan hatte. Er hat sie mit der Bluse stranguliert, glaubten Cole Wallace und die beiden schwarzen Geschworenen Wayne Gaston und Robert Nickey. Er hat es mit dem Arm getan, davon waren Gerry Mosconi und zwei der Frauen überzeugt. Juror Nr. 12, Guy Gravenson, beharrte darauf, er habe keines von beiden benutzt. Robert habe es statt dessen mit dem BH gemacht, sagte er. Um der Frage auf den Grund zu gehen, stellten sie das Verbrechen nach, zogen sich Jennifers Kleidungsstücke an und hängten sich gegenseitig die Bluse und den BH um den Hals. Sie legten sich sogar mit dem um die Hände gewundenen Slip auf den Boden, um festzustellen, wie schwierig es war, einen Arm aus den Fesseln zu befreien. Kurz darauf saß Mike Ognibene, ein Leichtgewicht, auf der Brust von Gerry Mosconi, der ungefähr so groß war wie Robert. Ognibene übernahm die Rolle von Jennifer, strich über Mosconis Genitalien und wies ihn dann an, ihn über seine Schultern zu werfen.

»Ich will Sie nicht verletzen«, sagte Mosconi.

»Ich bin Ringer«, erinnerte Ognibene ihn. »Mir wird schon nichts passieren.«

»Ich habe auch einige Erfahrung im Ringen«, warnte Mosconi ihn.

»Machen Sie sich keine Sorgen.«

Mosconi legte sich mit zusammengebundenen Händen zurück und wand eine Hand frei. Voller Wucht riß er sie nach vorne und griff nach Ognibene. Aber nichts geschah. Mit dem Gewicht des Bantamringers auf seiner Brust konnte er seinen Körper nicht hoch genug vom Boden anheben, um mit dem Arm die Distanz zu Ognibenes Hals zu überbrücken.

»Versuchen Sie es noch einmal«, rief jemand.

»Werfen Sie sich richtig nach oben«, riet ein anderer.

Mosconi befolgte diese Ratschläge; aber es klappte immer noch nicht. Beim dritten Versuch gelang es ihm, sich ein wenig höher zu erheben. Er warf seinen Arm nach vorne, berührte Ognibenes Hals, und als nächstes sah man, wie Ognibene über seine Schulter flog. Beim Aufprall verletzte er sich am Rücken.

Cole Wallace zeigte sich nicht sonderlich beeindruckt. »Na und«, sagte er, »er lebt doch noch, oder?«

Am vierten Beratungstag fühlte Steve Levin sich langsam, aber sicher körperlich krank. »Ich sollte häufiger lächeln«, meinte er zu einem Reporter und spielte damit auf die heilende Wirkung von Lachen auf die Gesundheit an. »Ich habe in der letzten Zeit nicht oft genug gelächelt.«

An diesem Nachmittag, weder der Richter noch die Jury hielten sich im Gerichtssaal auf, sah Steve, wie sich Robert am Tisch der Verteidigung angeregt mit seinem Vater unterhielt. Das bemerkten auch andere Mitglieder der Levin-Familie, und einer von ihnen flüsterte Steve in bestürztem, entrüstetem Tonfall zu: »Sieh dir das an! Er *lächelt*!«

»Das Lächeln wird ihm schon noch vergehen«, explodierte Steve. Dann erhob er sich, stand stocksteif da und betrachtete den Mörder seiner Tochter mit wildem Blick. So blieb er wie angenagelt eine Minute lang stehen, bis Robert ihn bemerkte und ihm den Rücken zuwandte.

Im Raum der Jury gab es Streit. »Hören Sie mir zu!« schrie Guy Gravenson Gerry Mosconi an. Er hielt Robert wegen Mordes aus niedrigen Beweggründen für schuldig.

»Warum sollte ich *Ihnen* zuhören?« gab Mosconi zurück. Er hielt Robert wegen Totschlags für schuldig.

Cole Wallace stimmte mit keinem von beiden überein. Er war sich sicher, daß Robert wegen vorsätzlichen Mordes schuldig war, und fing an, das Für und Wider seiner Ansicht zu erörtern.

»Lassen Sie uns doch weitermachen«, flehte einer der noch unentschiedenen Juroren. »Bei dieser Geschwindigkeit werden wir Ostern noch hier sitzen.«

»Und wenn schon«, schrie Wallace. »Mensch, Leute, ihr seht den Wald vor lauter Bäumen nicht.«

Die Vorsitzende Debra Cavanaugh konnte das Gezänk nicht länger ertragen. Ich *muß* hier einfach raus, dachte sie. Wenn ich nicht bald hier rauskomme, kriege ich noch einen Nervenzusammenbruch.

Am fünften Tag der Beratungen fühlte Arlene Levin sich vom Streß der Warterei wie ausgelaugt. »Ich glaube nicht, daß ich es noch eine einzige Stunde länger aushalte«, sagte sie zu einem Reporter. »Aber noch schlimmer ist es für Steve. Er hat das Gefühl, Jennifer verloren zu haben. Der Streß führt dazu, daß sie ihm fremd wird.«

»Wir stecken in einer Sackgasse«, sagten mehrere der Juroren an diesem Tag.

»Wir sind in keiner Sackgasse«, beharrte Cole Wallace. »Nicht, solange wir uns darauf einigen können, wie lange Robert Jennifers Hals zugedrückt hat.« Er war sich sicher, daß Dr. Alandy irgend etwas davon gesagt hatte, ihr Hals sei etwa fünfzehn oder zwanzig Sekunden lang gepreßt worden – ansonsten wären da nicht diese winzigen Blutergüsse auf Jennifers Lidern gewesen. Wenn er doch nur seine Jurykollegen dazu bringen könnte, sich diese Stelle der Aussage noch einmal anzuhören, dann würden sie sehen, daß Robert Jennifers Hals lange genug gepreßt hatte, um ihren Tod vorsätzlich herbeizuführen. »Lassen Sie uns ein Protokoll von Alandys Aussage über die winzigen Blutergüsse anfordern«, schlug er vor.

»Warum nur von Alandy?« entgegnete einer der anderen. »Warum nicht auch von Kornblum? Wie lange, hat *er* noch gesagt, habe es gedauert, bis diese Blutungen aufgetreten waren?«

»Zumindest fünfzehn Sekunden.«

»Im allgemeinen. Aber nicht immer. Er hat auch gesagt, manchmal reichten sogar vier bis fünf Sekunden aus.« »Sind Sie sicher?«

»Ja. Aber wir können ja auch das Protokoll anfordern, wenn Sie mir nicht glauben.«

Nur wenige Juroren wollten sich zu diesem Zeitpunkt durch ein zweibändiges Protokoll über eine komplizierte medizinische Aussage quälen. Cavanaugh löste das Problem, indem sie Richter Bell eine Notiz zukommen ließ, in der sie die beiden Anwälte dazu aufforderte, einvernehmlich festzulegen, wie lange Jennifers Hals hatte gepreßt werden müssen, damit sich die feinen Blutungen auf ihren Augenlidern gebildet haben konnten.

Litman und Fairstein führten heftige Debatten über diese Vereinbarung, fanden schließlich aber doch noch einen Konsens hinsichtlich der Wortwahl; und am nächsten Tag trat die Jury in den Gerichtssaal, um die Information entgegenzunehmen, um die sie nachgesucht hatte. Die Geschworenen sahen müde und abgeschlagen aus, und einige von ihnen – diejenigen, die davon ausgegangen waren, daß die Beratungen schnell vorüber sein würden und die darum nicht genügend Kleidung mitgebracht hatten – trugen schlechtsitzende Kleidungsstücke von anderen Juroren. »Die Anwälte haben die Aussagen bearbeitet, um die Sie gebeten haben«, sagte Richter Bell, sobald die Jury Platz genommen hatte. »Und sie sind zu folgender Übereinkunft gekommen, die der Gerichtsschreiber Ihnen jetzt vorlesen wird.«

Gespannt lehnten die Geschworenen sich nach vorne.

»Die stecknadelkopfgroßen Blutungen im unteren Augenlid von Jennifer Levin«, las der Gerichtsschreiber,

»könnten in einer Zeitspanne verursacht worden sein, die kürzer oder gleich der ist, die bis zum Eintritt des Todes vergangen ist.«

Etlichen Juroren klappte die Kinnlade herunter, und Wallace sah aus, als stehe er kurz vor einem Schlaganfall. Zurück im Juryraum, setzte er sich vehement dafür ein, das Protokoll von Dr. Alandys Zeugenaussage in voller Länge zu lesen.

Sein Vorschlag versetzte einige aus der Gruppe in Wut. »Alandy war drei Tage lang im Zeugenstand«, hob einer der Juroren hervor. »Wenn wir uns das Ganze noch einmal antun müssen, kommen wir nie hier raus.«

»Mir ist es egal, was Alandy gesagt hat«, meinte ein anderer. »Ich halte Robert Chambers eines vorsätzlichen Mordes sowieso nicht für fähig. Er ist viel zu nett, viel zu wohlerzogen.«

Die Argumente schwirrten durch den Raum, und mehrere frustrierte Geschworene redeten einfach nicht mehr mit anderen. Zum Schluß jedoch wurde Richter Bell eine Notiz überstellt, mit der die Jury sich einige längere, ausgewählte Teile aus Alandys Zeugenaussage erbat.

»Welches Sternzeichen sind Sie?« fragte Gerry Mosconi seine Jurorkollegin Jeanette Nielsen an diesem Abend beim Essen. Sie saßen in dem heruntergekommenen Eßzimmer des drittklassigen Hotels auf Staten Island, in dem das Gericht sie untergebracht hatte.

»Ich möchte jetzt nicht mit Ihnen reden«, sagte Nielsen zu ihm. »Morgen, wenn wir wieder im Juryraum sind, dann spreche ich wieder mit Ihnen.«

Wenige Minuten später nahm Elizabeth Bauch, eine weitere Geschworene, an ihrem Tisch Platz und bemerkte, daß Nielsen zum Dessert Schokoladenkuchen aß. »Wie ist der Kuchen?« fragte sie. »Schmeckt er?«

»Stehen Sie doch auf und probieren ihn selbst«, ereiferte sich Nielsen. »Wenn ich Ihnen sage, was ich davon halte, werden Sie mir sowieso nicht glauben.«

Ellen Levin war zu Hause. Sie öffnete die Geschirrspülmaschine und wollte gerade die sauberen Teller wegräumen, als sie plötzlich damit anfing, das Geschirr im Raum herumzuwerfen. Die Teller zerbrachen, Scherben splitterten und sprangen über den Boden.

Der siebte Tag der Juryberatungen war einer der schlimmsten in Richter Bells langen Jahren auf dem Richterstuhl. Er schlug die *New York Post* auf und sah sich wegen seiner Prozeßführung im Chambers-Fall heftigen Angriffen ausgesetzt. Er habe das Verfahren in einer verschwiegenen, gänzlich unamerikanischen Art und Weise geleitet, las er in einem Artikel von Redakteur Jerry Nachman, und er habe eine ›unentschuldbare Nichtbeachtung der Prinzipien der offenen Prozeßführung‹ an den Tag gelegt. Das war aber noch nicht das schlimmste. Er war ›im gesamten Strafgericht‹, so konnte er lesen, ›als Ding-Dong Bell‹ bekannt.

War er das? Bell war bestürzt. Dieser Angriff war gemein und häßlich; aber viel schlimmer noch, er war rassistisch.

Dennoch wollte er sich nicht noch mehr Probleme mit der Presse einhandeln, und im Laufe des Tages versuchte er, weiterer Kritik aus dem Wege zu gehen. Als die Anwälte ihm mitteilten, daß sie mit ihm sprechen wollten, ließ er sie das von ihren Plätzen aus tun, anstatt sich mit ihnen zurückzuziehen, und er forderte sogar mehrere Reporter auf, auf den Anwaltsbänken Platz zu nehmen, damit sie die Besprechung besser verstehen konnten.

Später am Tag jedoch, als die Gerichtsstenografen noch einmal die von ihnen erstellten Aufzeichnungen von Dr. Alandys Zeugenaussage überprüften, so daß sie der Jury die gewünschten Passagen übergeben konnten, geschah etwas, von dem Bell sich sicher war, daß die Presse davon nichts erfahren sollte. Einer der Juroren – es war Gravenson – ließ ihm, ohne den offiziellen Weg über die Vorsitzende zu gehen, eine Notiz zukommen, auf der stand, daß er persönliche Probleme mit der Art und Weise habe, wie die Juryberatungen abliefen. Bell macht sich sofort Sorgen, daß die Jury auseinanderfallen könnte. Für diese Furcht hatte er gute Gründe. Die Vorsitzende selbst hatte ihn schon mehrere Male bedrängt, sie gehen zu lassen; und er hatte schon etliche Male ihren Arbeitgeber in England anrufen lassen, um sie überhaupt zum Bleiben zu bewegen. Jetzt sah es so aus, als gebe es schon zwei aufsässige Juroren. Unglücklich berichtete Bell Litman und Fairstein von Gravensons Notiz – und natürlich heimlich, weil ihm klar war, daß er schon bald wieder den Zorn der Presse zu spüren bekommen würde.

Am nächsten Morgen wurde Gravenson von Bell und den beiden Anwälten befragt. Es war inzwischen der achte Tag der Juryberatungen. »Ich will meinen Dienst als Geschworener quittieren«, verkündete Gravenson. In der Hoffnung, dadurch seinen Weggang sicherzustellen, versicherte er nicht nur, daß ihn die Beratungen körperlich zu sehr belasteten, sondern behauptete auch, daß die Jury mit einem Makel behaftet sei. Ein Juror, so deutete er an, habe während der Vorvernehmungen über seinen Hintergrund gelogen, und diese Lüge war ihm bekannt.

Der Mann wirkte sowohl auf die beiden Anwälte als auch auf den Richter emotional überreizt. Fairstein wollte ihn gegen einen Ersatzjuror auswechseln. Dazu verweigerte Litman seine Zustimmung. Wenn er gegen einen Ersatzmann Widerstand leistete, so glaubte er, war es möglich, daß das Verfahren aufgehoben werden könnte. Er blieb bei seiner Weigerung.

Nach einer Weile beschied Richter Bell Gravenson, der draußen auf die Entscheidung über seine vorzeitige Entlassung gewartet hatte, er möge sich zusammenreißen, zu seinen Jurorkollegen zurückkehren und noch einmal versuchen, sich mit ihnen auseinanderzusetzen.

Gravenson sagte, er werde es versuchen.

»Wenn das Verfahren aufgehoben wird«, sagte Fairstein zu Litman, nachdem Gravenson in den Juryraum zurückgekehrt war, »werden wir Robert ohne Verzögerung wegen der Einbruchssache anklagen.«

»Ja klar, ich könnte den Fall sofort übernehmen«, sagte Richter Bell. »Wie wär's mit nächster Woche?«

Irgend etwas stimmt nicht im Juryzimmer, dachte der Gerichtsdiener Bill Alwang einige Minuten später. Die Geschworenen führten nicht nur ein normales Streitgespräch. Sie kämpften, und zwar körperlich. Unmittelbar darauf hörte er, wie gegen die Tür geklopft wurde. Er öffnete sie weit und sah Gravenson davorstehen, seinen Mantel übergeworfen und den Koffer in der Hand. »Ich muß sofort hier raus«, schrie Gravenson. »Ich gehe.«

Gerichtsdiener Alwang führte Gravenson erneut zu Richter Bell und den beiden Anwälten.

Ich kann mit einer Verfahrensaufhebung leben, dachte Linda Fairstein, nachdem sie Bell zugehört hatte, der Gravenson erneut beruhigt und in den Juryraum zurückgeschickt hatte. Ich mache einfach weiter und strenge den nächsten Prozeß gegen Robert an. Sie machte sich allerdings Sorgen um die Levins, glaubte nicht, daß sie dem Druck eines weiteren Prozesses standhalten würden.

Vielleicht, entschied sie für sich, werde ich Litman, wenn er noch mal ankommt und mit mir über eine Absprache hinsichtlich des Schuldbekenntnisses reden will, diesmal anhören.

Es wäre zwar phantastisch gewesen, einen Schuldspruch wegen Mordes herausgeholt zu haben. Robert allerdings dahin zu bringen, sich wegen Totschlags für schuldig zu bekennen, wäre auch kein schlechtes Ergebnis für ihren ersten Mordprozeß. Zumindest dann, wenn er sich wegen Totschlags ersten Grades schuldig bekennen würde.

Litman mochte sich nicht unbedingt in der Rolle des bittstellenden Anwalts sehen. »Ich hole meine Mandanten nicht über irgendwelche Schuldabsprachen heraus«, sagte er gern, »da können Sie jeden fragen.« Am Ende dieses Tages jedoch begann er zu ahnen, daß in diesem Fall eine Absprache in Roberts Sinne liegen könnte. Er wußte, daß die Staatsanwaltschaft handfeste Beweise in der gegen ihn anhängigen Einbruchssache in der Hand hatte; und er war sich ziemlich sicher, daß Robert, falls es hier zu einem Prozeß kam, nicht nur für schuldig befunden werden würde, sondern daß ihn darüber hinaus eine saftige Strafe erwartete. Er wäre dann nämlich kein gewöhnlicher Ersttäter. Er wäre Robert Chambers, der Bursche, für den die Staatsanwaltschaft bereits Tausende und Abertausende von Dollar und Arbeitsstunden aufgewendet haben würde, und bei dem es trotzdem nicht gelungen war, einen Schuldspruch wegen Mordes zu erlangen.

Vielleicht beginne ich morgen mit entsprechenden Verhandlungen, dachte er. Mal sehen, ob ich für Robert bei einem Schuldanerkenntnis eine Verurteilung wegen Totschlags zweiten Grades herausholen kann.

Am neunten Tage der Juryberatungen – es war die längste Zeit, die eine Jury in New York County jemals zusammengesessen hatte, um im Fall eines einzigen Angeklagten zu beraten – begannen Litman und Fairstein, die sich in Bells Kammer zurückgezogen hatten, mit dem zähen Ringen um die Einzelheiten eines Schuldanerkenntnisses. Inzwischen trugen draußen auf den Korridoren die Pressevertreter eine Fehde über die Angemessenheit der jüngsten Attacke der *Post* auf Bell aus – ein Artikel, der ihn als inkompetent und ignorant schilderte –, und ein freiberuflicher Fotograf hausierte mit T-Shirts, auf denen ein Bild von Robert aufgedruckt war.

Im Juryzimmer fand eine Abstimmung statt. Neun Juroren stimmten dafür, Robert wegen Mordes aus niedrigen Beweggründen zu verurteilen. Daraufhin versuchten diese neun, die noch unschlüssigen Juroren dazu zu überreden, ihnen zuzustimmen. In der Verteidigung ihrer Standpunkte gelang es drei anderen, wieder Überläufer zu gewinnen. Bei einer weiteren Abstimmung sprachen sich dann nur sieben der Geschworenen für einen Mord aus niedrigen Beweggründen aus.

Cavanaugh, davon überzeugt, daß die Jury ihre Schwierigkeiten niemals würde überwinden können, ließ Bell eine hysterische Notiz zukommen. »Ich bin wirklich bis an meine Grenzen gegangen«, schrieb sie. »Ich habe vor, das Land noch heute abend zu verlassen.«

Richter Bell und den beiden Anwälten war der Tumult auf den Fluren nicht entgangen, genausowenig der kurz bevorstehende Zusammenbruch der Jury. Aber im Moment machten sie sich darüber keine Kopfzerbrechen. Sie waren einem Entschluß schon sehr viel näher gekommen.

Litman bot das Schuldanerkenntnis an, so wie er es sich vorstellte – Totschlag zweiten Grades. Fairstein konterte mit der Absprache, die ihr vorschwebte – Totschlag ersten Grades. Bell hob hervor, daß nach dem Gesetz eine Person, die des Mordes angeklagt wurde, sich nur wegen eines Deliktes für schuldig bekennen konnte, das in seiner Schwere maximal eine Stufe darunter lag; was in Roberts Fall Totschlag ersten Grades bedeutete. Fairstein hatte also die erste Runde gewonnen. Litman gewann die nächste. Er erreichte, daß Robert nicht die lange Maximalstrafe erhalten würde, die normalerweise auf Totschlag ersten Grades stand, sondern eine kürzere, die in Fällen von Totschlag zweiten Grades üblich war: fünf bis fünfzehn Jahre.

Darüber hinaus erhielt er Fairsteins Zusage, daß Robert weder wegen der anhängigen Einbruchsfälle noch wegen irgendeiner anderen strafbaren Handlung der Prozeß gemacht würde – sie hatte Litman darüber informiert, daß der Staatsanwaltschaft Informationen vorlagen, die besagten, daß Robert von seiner Nachbarin, Mrs. Murphy, Schecks im Werte von siebentausend Dollar gestohlen und mit diesem Geld Kokain gekauft habe.

Fairstein akzeptierte die meisten von Litmans Forderungen. Nur in einem Punkt gab sie nicht nach. Es ging um die Worte, die Robert bei seinem Schuldanerkenntnis vor Gericht sprechen sollte. Sie verlangte, daß er sagte, er habe Jennifer verletzen wollen; das war die übliche Sprache bei Schuldanerkenntnissen; und außerdem war es äußerst wichtig für die Levins, mit denen sie sich während dieser Verhandlungen beraten hatte. Sie glaubten, daß Robert mit der ausdrücklichen Erklärung, er habe beabsichtigt, Jennifer zu verletzen, seine herzlose Geschichte, er habe sie getötet, weil sie beim Sex brutal mit ihm umgegangen sei, endlich beilegen würde.

Litman war mit dieser Forderung nicht einverstanden. Er wollte Robert diese Worte ersparen, wollte für ihn eine Formulierung, die es ihm ermöglichte, sein Gesicht zu wahren. »Ansonsten wird er sich vielleicht sträuben«, argumentierte er. Fairstein ließ jedoch nicht mit sich reden. Im Laufe des Prozesses war sie gewachsen, war härter geworden. Sie war jetzt eine stärkere Frau als zu jener Zeit, da sie den Fall übernommen und sich noch Sorgen wegen Litmans Erfahrungen in Mordfällen gemacht hatte sowie darüber, daß ihr noch jegliche Erfahrung fehlte. Sie bestand auf der üblichen Formulierung, und schließlich gab Litman nach.

Es dauerte noch Stunden, bis sämtliche Details geklärt waren, aber endlich war am späten Nachmittag der Deal klar; und Robert, der während der Juryberatungen kaum in Erscheinung getreten war – er hatte sich mit Freunden in einer gemütlichen kleinen Lounge aufgehalten, wo er Karten und Bingo gespielt hatte –, betrat einen totenstillen, feierlichen Gerichtssaal. Er war leichenblaß. Seine geheimnisvollen blauen Augen schienen niemanden zur Kenntnis zu nehmen.

Er wollte nicht sagen, daß er die Absicht gehabt hatte, Jennifer zu verletzen, unter gar keinen Umständen. Als Richter Bell ihn fragte: »Ist es wahr, Mr. Chambers, daß Sie am

26. August 1986 geplant haben, Jennifer Levin eine schwere Körperverletzung zuzufügen, und dadurch ihren Tod verursacht haben?«, antwortete er langatmig und kaum wahrnehmbar: »Wenn ich jetzt auf alles zurückblicke, müßte ich wohl mit ja antworten.« Dann schüttelte Robert den Kopf wild von einer Seite zur anderen und fügte mit erhobener Stimme hinzu: »Aber in meinem Herzen wollte ich nicht, daß so etwas passiert.«

Richter Bell schien geneigt, es bei dieser Antwort genügen zu lassen. »In Ordnung«, sagte er. Aber Linda Fairstein war aufgesprungen. »Nein, nein, nein«, rief sie. »Ich möchte, daß Sie ihn nach seinem Verstand und nach seinen Händen fragen. Nicht nach seinem Herzen!«

Kurz darauf wandelte Bell die Frage etwas ab. »Mr. Chambers, ist es wahr, daß Sie am 26. August 1986 die Absicht hatten, Jennifer Levin eine schwere Körperverletzung zuzufügen und daß Sie dadurch den Tod von Jennifer Levin verursacht haben?«

Dieses Mal antwortete er laut und deutlich. »Ja, Euer Ehren.« Bei diesen Worten schüttelte er jedoch weiterhin den Kopf; sein Körper sagte nein, während sein Mund ja sagte.

Epilog

1.

Rikers. Danach Downstate Correctional Facility in Fishkill. Dann Sing Sing. In den ersten Wochen seiner Inhaftierung wanderte Robert von Gefängnis zu Gefängnis, doch schließlich brachte man ihn zur Great Meadow Correctional Facility in Comstock, New York, und hier ließ er sich nieder, um den Rest seiner Haftstrafe zu verbringen. Vor dem Jahre 1993 würde er keinen Anspruch auf eine vorzeitige Haftentlassung haben. Das Gefängnis war ein Hochsicherheitstrakt, ein alternder, grauer Felssteinhaufen, umschlossen von einer mit Geschütztürmen bestückten Mauer, neun Meter hoch und gut einen halben Meter dick. Nur wenige Geräusche der Zivilisation hätten diese Wälle durchdringen können – wenn es in der Nähe so etwas wie Zivilisation gegeben hätte. Die Stadt Comstock, wenn man es überhaupt eine Stadt nennen konnte, verfügte über eine Post, eine Bar und eine Handvoll windschiefer Häuser. Außerhalb der Stadt, in der stillen Ferne, bildeten die Adirondacks von New York und die Green Mountains von Vermont einen Kranz um das Gefängnis; umgaben es mit zerklüfteten, bewaldeten Gipfeln.

Robert konnte von seiner Zelle aus, einem kleinen Raum, 2,43 Meter breit und 3,65 Meter lang, eingerichtet mit einem Bett, einem Schrank, einem Spülstein und einer Toilette, die Berge nicht sehen. Es behagte ihm nicht, in diesem winzigen Raum eingeschlossen zu sein, und nach einer Weile bat er um die Erlaubnis, sich unter die anderen Häftlinge mischen zu dürfen, obwohl er zuvor behauptet hatte, Angst davor zu haben, was die anderen Gefängnisinsassen ihm antun könnten. Seinem Gesuch wurde stattgegeben, und bald darauf arbeitete er in der Gefängnislackiererei, spielte auf dem Hof Baseball und Volleyball mit den anderen und stemmte im Kraftraum Gewichte.

Was ging in seinem Kopf vor? Glaubte er, zu Unrecht im Gefängnis zu sitzen? Ohne Zweifel. In einer Nacht im Frühjahr 1988 erzählte er einem Mitgefangenen aus seinem Zellenblock, der Roberts Worte später an eine Zeitung übermittelte, noch eine andere Version dessen, was sich in Jennifers Todesnacht zugetragen hatte. »Ich hatte Kokain geschnupft«, sagte er. »Ich war vollkommen weggetreten; hab' überhaupt nicht bemerkt, daß ich meine Hände so lange auf ihrem Hals liegen hatte. Ich hab' gar nicht mitgekriegt, daß ich sie erwürgt habe, so high war ich.«

Die Wahrheit? Oder nur eine weitere Geschichte?

Phyllis besuchte Robert in diesem Frühjahr häufig. Es war ihr auch einerlei, daß der Weg dorthin eine ziemliche Tortur war. Sie mußte mitten in der Nacht aufstehen, um den Besucherbus zu erwischen, der gegen vier Uhr morgens von Manhattan aus losfuhr und dann fünf Stunden benötigte, um sein Ziel zu erreichen. Dort angekommen, mußte sie zunächst mehrere Stunden warten, bis man ihr den Zutritt gestattete. Das machte ihr jedoch nichts aus; es tat ihr immer gut, Robert zu sehen.

Eines Abends berichtete sie John Dermont während eines Dinners bei ihr zu Hause, daß Robert prima zurechtkam. »Er ist im Baseball-Team«, sagte sie. »Er ist unheimlich braun. Und im Herbst wird er Collegekurse belegen. Die Professoren kommen von Skidmore, weißt du?«

Nicht lange danach, bei einem anderen Dinner – diesmal in einem Restaurant in der Festungshalle, dem Ort ihrer glanzvollen Tage als Vorsitzende der Greys –, erzählte sie Dermont, daß sie sich keinen Illusionen über die Kennedys mehr hingeben würde. »Ich habe ein Buch über sie gelesen«, sagte sie. »Dabei ist mir aufgegangen, daß sie ihre Macht ausgenutzt und das Gesetz gebrochen haben. Eine Zeitlang wollte ich, daß mein Sohn wie einer von ihnen ist. Jetzt will ich das nicht mehr.«

Die Levins engagierten sich in der Bewegung für die Rechte von Opfern. Sie ließen sich bei Veranstaltungen und Prozessen sehen, und sie strengten einen Fünfundzwanzig-Millionen-Dollar-Zivilrechtsstreit gegen Robert wegen widerrechtlicher Tötung an. Für den Fall eines Sieges, so verkündeten sie, würden sie alles Geld, das der Prozeß einbringen würde, dafür verwenden, anderen Opfern zu helfen. Dies sollte dem Gedenken an Jennifer dienen.

Robert, der Hunderte von Briefen zu seiner Unterstützung erhalten hatte, machte sich schließlich daran, diese in Form von Serienbriefen zu beantworten. Im Oktober 1988 schrieb er an die, die ihm alles Gute wünschten:

An meine neue Familie!

Wie viele von Euch wissen, ist gegen mich eine zivilrechtliche Klage erhoben worden. Obwohl die geforderte Summe außergewöhnlich hoch ist, glaube ich, daß meine Entscheidung, nicht gegen diese Klage anzugehen, am besten für alle Beteiligten war. Nachdem ich mich mit meinen Eltern und meinen Anwälten besprochen habe, bin ich zu dem Entschluß gelangt, keine Anfechtung einzulegen, um diesen Zirkus ein für allemal zu beenden …

Zu meiner gegenwärtigen Situation ist zu sagen, daß es hier ziemlich unangenehm war. In den letzten Monaten ist es zweimal zu Unruhen gekommen, wobei aber niemand verletzt worden ist. Wie auch immer, über Nacht sind dann große Veränderungen eingetreten. Einige hundert Insassen sind aus Sicherheitsgründen in andere Gefängnisse verlegt worden. Unglücklicherweise wurde einer meiner Freunde des Aufruhrs für schuldig befunden, und er wird die nächsten zehn Monate in der ›Box‹ verbringen, einem gesonderten Straftrakt. Glücklicherweise war ich gerade in meiner Zelle, als es passierte, ansonsten hätte ich mich vielleicht auch noch den disziplinarischen Anhörungen stellen müssen.

Im letzten Monat hat mich mein Glück verlassen. Ich war

gerade auf dem Weg in den Hof, um dort Baseball zu spielen, und hatte ein Extrapaar Sportschuhe bei mir. Die hatte ich für einen anderen Häftling mitgenommen, der auch in der Mannschaft gespielt hat. Man hat mich für sechs Tage eingesperrt und mich für schuldig befunden, gegen die Direktive Nr. 106.10 verstoßen zu haben. Man muß dazu wissen, daß Häftlingen der Besitz von [nur] einem Paar Sportschuhen gestattet ist.

Das Semester am College hat am 12. September begonnen, aber ich hatte ein paar Probleme mit der Anmeldung. Das nächste Semester beginnt im Januar. Man hilft mir jetzt bei der Entscheidung, welche Kurse für mich in Frage kommen. Es sieht also wieder etwas besser aus. Immerhin, wenn man erst einmal ganz unten ist, gibt es nur einen Weg, den man gehen kann – den nach OBEN!

Worum ging es bei dem Vorfall mit den Sportschuhen überhaupt? Im Januar 1989 traf Esther Pessin, die Roberts Brief ebenfalls gelesen hatte, Bob Chambers auf dem Broadway und erkundigte sich danach.

»Oh, Sie haben davon gehört? Nur ein Mißverständnis, das ist alles«, antwortete Bob. »Robert hat mir erzählt, daß er eigentlich die Erlaubnis hatte, ein zweites Paar Sportschuhe zu besitzen. Ein Wärter hatte ihm die Genehmigung dazu erteilt. Als er dann gefragt wurde, welcher Wärter das war, hat er sich mit dem Namen vertan.«

Derselbe alte Robert, dachte Pessin. Für alles eine Entschuldigung. Sogar das Vertuschen durch seine Eltern ist noch immer geblieben.

2.

Robert. Und Jennifer. Jennifer und Robert. Im Frühjahr des Jahres 1989, als ich dieses Buch fertigstellte, klangen in meinem Kopf immer wieder die Stimmen ihrer Freunde nach, Stimmen von Teenagern, die manches Mal bemerkenswerte Einsicht zeigten, manches Mal aber auch jämmerliche Banalitäten von sich gaben, die zumeist unter eingehender Bezugnahme auf irgendeinen Film erfolgten. Als könne ein Film den Sprechern Größe verleihen und das kompensieren, was sie in ihrem bisherigen Leben noch nicht erfahren hatten.

Die Stimmen machten mich traurig, erinnerten mich daran, wie jung Jennifer und Robert noch waren, als sich der Gang der Ereignisse, der mich auch zum Schreiben dieses Buches veranlaßte, in Bewegung setzte. Sie waren Heranwachsende, diese Geschöpfe mit den Körpern und den Leidenschaften von Erwachsenen, aber den Köpfen – mit ihrer engen Sichtweise und einem eingeschränkten Wissen von der Welt – von Kindern. Jennifer hatte niemals die Chance, erwachsen zu werden, dachte ich oft. Robert schon. Er ist jetzt fast dreiundzwanzig Jahre alt.

Wie kommt er wohl zurecht? fragte ich mich eines Nachmittags. Um eine Antwort zu erhalten, rief ich Linda Fairstein an. Es gab keinen Grund, Jack Litman zu fragen. Obwohl viele Leute der Ansicht waren, daß er bei Roberts Verteidigung eine außergewöhnlich gute Arbeit geleistet hatte, schien sein Mandant nicht dieser Meinung gewesen zu sein. Er hatte sich bald von ihm zurückgezogen, hatte Litman noch nicht einmal seinen Serienbrief zukommen lassen.

»Allem Anschein nach geht es Robert gut«, berichtete Fairstein, die zur Patin der kleinen Samantha Jennifer geworden war. »Er hat dort Freunde gewonnen. Und ich habe sogar gehört, daß er einen Beschützer hat. Pappy Mason.«

Mason war ein schwarzer Drogenboß, der, wie es hieß,

einen Mordanschlag auf einen New Yorker Polizisten angeordnet hatte. »Robert«, gab ich zur Antwort, »landet immer auf seinen Füßen.«

»Ja«, fuhr Fairstein fort, »wie ich gehört habe, hat Mason ihn unter seine Fittiche genommen, hat seinen Bodyguard gespielt.«

Ich war nicht sonderlich überrascht darüber, daß Robert im Gefängnis einen einflußreichen Beschützer gefunden hatte. Gefangene, genau wie der Rest von uns, *mögen* Berühmtheiten.

Außerdem, dachte ich weiter, hat er schon jahrelang mit Angehörigen der Unterwelt verkehrt, hat sie benutzt, um an Drogen zu kommen oder ihm die Waren abzukaufen, die er gestohlen hatte, um sich mit dem Erlös Drogen zu beschaffen. Er würde wissen, wie er mit den anderen Insassen umgehen mußte, immerhin hatte er mit ihnen sowohl eine Geschichte als auch eine gewisse Art von Niedertracht gemein.

Doch nachträglich mußte ich erkennen, daß, wenn Robert auch tatsächlich gut mit seinen neuen Kollegen zurechtkam, die Geschichte über seine Verbindung mit Pappy Mason nicht der Wahrheit entsprach. Dieses Gerücht entstand nur durch eine angeberische Bemerkung, die Robert einem Besucher gegenüber hatte fallenlassen. Robert hatte schon immer viel geprahlt; das Gefängnis hatte ihn insoweit nicht verändert. Er prahlte jetzt lediglich mit anderen Dingen.

Was hätten wohl Psychiater von ihm gehalten? Sie hätten ihm wahrscheinlich eine ›pathologisch antisoziale Persönlichkeit‹ bescheinigt, vermutete ich. Das ist die trockene Bezeichnung, die die geheimnisvoller klingenden Begriffe wie ›Psychopath‹ oder ›Soziopath‹ abgelöst hat. Der frühe Genuß von Alkohol und Drogen, Vandalismus und das Versagen in den jeweiligen Schulen, die kriminellen Aktivitäten und die Nichtbeachtung der Wahrheit – all das hätte auf diese Diagnose hingedeutet.

Er ist vielleicht mit einer Neigung zu diesen Persönlichkeitsstörungen geboren worden, aber er hätte sich sicherlich nicht in diese vollkommen antisoziale Persönlichkeit verwandelt, wäre er nicht dort, zu dieser Zeit und unter diesen Umständen erzogen worden, wie es bei ihm der Fall war.

Veranlagungen werden durch Umwelteinflüsse verstärkt oder unterdrückt. Roberts Umfeld hatte ihm keine guten Dienste erwiesen. Von Zeit zu Zeit hatten seine Eltern versucht, sein übermäßiges Trinken, den Drogenkonsum oder die Diebstähle zu kontrollieren, aber mindestens ebensooft hatten sie sich Entschuldigungen für ihn ausgedacht, ihm verziehen und sich sein Wort geben lassen, daß er sich bessern würde. Andere Erwachsene, Menschen, die ihn wegen seines antisozialen Verhaltens hätten zur Rede stellen können, hatten es vorgezogen, sich von den Versicherungen seiner Eltern beschwichtigen zu lassen. Viel wichtiger war aber noch, daß seine Freunde sein Verhalten mit Wohlwollen betrachtet hatten. Für sie war sein Drogenkonsum, sein Trinken und selbst das Stehlen nicht nur akzeptabel, sondern großartig. Und warum auch nicht? Viele von ihnen taten es ihm ja gleich.

Robert, soviel wußte ich, hatte schon immer zugesehen, daß er seine eigenen Verfehlungen irgend jemandem oder irgend etwas in die Schuhe schieben konnte. Während ich über das Umfeld nachdachte, in dem er zum Mann herangewachsen war, hatte ich das Gefühl, daß in einem gewissen Sinn tatsächlich ein Faktor aus seiner Umwelt eine gewisse Mitschuld trug – daß er nämlich das Produkt der Drogenepidemie war, die in den Achtzigern über die amerikanischen Jugendlichen geschwappt war. War das der Fall, dann war Jennifer Levin ganz klar ein Opfer dieser Epidemie. Denn was auch immer im Central Park geschehen war – ob Robert sie nun getötet hatte, weil er von ihr Geld stehlen wollte, oder ob er durch die Drogen die Halluzination hatte, daß sie ihn angriff, oder weil er Sex mit ihr haben wollte, aber als Folge der Drogeneinwirkung impotent geworden war, oder weil irgend etwas, das sie gesagt oder getan hatte, ihn in die Art von Rage versetzte, die Drogen bekannterweise hervorrufen – so oder so, sein Drogenkonsum spielte bei ihrem Tod eine Rolle.

Ich hatte nicht das Gefühl, daß dies eine Entschuldigung für Robert sein könnte. Ich hatte eher das Gefühl, daß sie, obwohl ich auf den Seiten meines Buches alles, was ihn und Jennifer besonders auszeichnete, aufgezählt und veranschaulicht hatte, letzten Endes doch nicht einzigartig waren. Hunderttausende amerikanischer Teenager waren ähnlich wie sie. Von ihrer Geschichte ausgehend, läge man mit seiner Schlußfolgerung goldrichtig, daß hier, wäre da nicht noch die Gnade Gottes im Spiel gewesen, unsere eigenen Kinder hätten betroffen sein können.

Aber was war mit Jennifer? Was wäre aus ihr geworden? Eines Tages, als ich in Gedanken gerade eine Zusammenfassung erstellte, klingelte das Telefon, und wie aus heiterem Himmel war Kitty Schoen am Apparat; sie rief an, um mir hallo zu sagen. Ich war überrascht, von ihr zu hören, denn ich hatte etwa ein Jahr lang nicht mehr mit Jennifers Freundinnen geredet.

»Wie *geht* es dir?« fragte ich. »Was ist so alles passiert?«

»Ich stehe kurz vor dem Examen«, erzählte Kitty. »Und nach dem Examen gehe ich nach Kalifornien. Ich suche einen Job beim Fernsehen oder beim Film; ich habe sogar schon ein Angebot.«

Kitty vor dem College-Abschluß? Die Jahre ihrer und Jennifers chaotischer Jungmädchenzeit kamen mir in den Sinn.

Ganz plötzlich erinnerte ich mich an meine eigene Mädchenzeit; sah sie so lebhaft vor mir, als sei das nicht in den längst verflossenen Fünfzigern gewesen, sondern letzte Woche, gestern. Sie war ebenfalls chaotisch gewesen, voll von Rebellion und Risiko. Doch irgendwann, während oder nach meiner Collegezeit, hatte ich mich, ohne mir dessen überhaupt bewußt zu sein, in eine hart arbeitende Erwachsene verwandelt, die immer einen kühlen Kopf behielt. Wäre auch bei Jennifer eine solche Veränderung eingetreten? Hätte sie jetzt damit angefangen? Wäre es so, wie es bei der jetzt kurz vor dem Examen stehenden, die Zukunft planenden Kitty der Fall zu sein schien? Ich hielt das gut für möglich; und um diesem Gefühl näher auf den Grund zu gehen, rief ich Leilia Van Baker an. Jennifer und sie waren sich so ähnlich gewesen; Leilia hatte mir oft erzählt, daß sie wie zwei Erbsen in einer Hülse gewesen waren. Wie hatte sich Leilia entwickelt?

Als ich sie erreicht hatte – sie war jetzt einundzwanzig Jahre alt und besuchte das Bennington College –, fragte ich sie, wie es ihr ergangen sei. »Ich mache meinen Abschluß in Kunst«, berichtete sie mir. »Ich male und mache Grafiken. Ich liebe es. Ich liebe es so sehr, daß ich in diesen Weihnachtsferien noch nicht einmal nach Hause fahren wollte. Ich wollte einfach nur weiterarbeiten. Malen.«

»Das ist großartig. Wundervolle Neuigkeiten.«

»Es gibt noch mehr«, sagte Leilia. »Ich habe einen Freund, mit dem ich jetzt seit acht Monaten gehe. Wenn wir zusammenbleiben, wer weiß, vielleicht heiraten wir. Haben Kinder.« Sie kicherte. »Aber bis es soweit ist, könnte ich mir gut vorstellen, ins Geschäftsleben einzusteigen, wenn ich mit dem College fertig bin. Vielleicht eine Galerie eröffnen.«

Ja, dachte ich. Ja. Jetzt kann ich mir vorstellen, wie Jennifer heute, in diesen Tagen sein würde. Sie wäre wie Leilia, überströmend vor Neuigkeiten, beschäftigt mit vielen neuen Interessen. Neue Lieben. Vorbereitungen auf eine Karriere. Aufs Leben.

Das brachte mir ihren Tod wieder in schmerzliche Erinnerung. Der Tod war mir schon immer als eine traurige, schreckliche Vergeudung erschienen. Jetzt jedoch erschien er wie eine noch größere Verschwendung.

Nachwort

Das vorliegende Buch gibt sein Bestes, eine vollständige Darstellung der Ereignisse zu liefern, die schließlich zum Tod von Jennifer Levin durch Robert Chambers führten. Das dazu verwendete Material stammt aus einer Vielzahl von Quellen. Hauptquelle waren die Interviews, die ich mit mehr als zweihundert Personen geführt habe, die entweder mit den Hauptbeteiligten in Verbindung standen oder im Rahmen der polizeilichen Untersuchung oder des Prozesses eine Rolle gespielt haben. Einige dieser Personen wurden mehrmals von mir befragt.

Zusätzlich zu den Interviews habe ich eine riesige Sammlung anderer Materialien herangezogen: Polizeiberichte, Gerichtsunterlagen, Briefe, Erinnerungsstücke aus Jennifer Levins und Robert Chambers' Kindheit, Fotos, Artikel aus Zeitungen und Zeitschriften, Schulzeugnisse und College-Jahrbücher; die zweitausendzweihundert Seiten umfassende Abschrift einer Vorverhandlung vom Mai und Juni 1987 sowie die siebentausendsiebenhundert Seiten umfassende Abschrift vom eigentlichen Prozeß. Außerdem habe ich mich auf meine eigenen Beobachtungen gestützt, die ich, wie im Buch erwähnt, an den verschiedensten Orten sowie während meiner Anwesenheit bei den Vorverhandlungen, während des Jury-Auswahlverfahrens und während des dreimonatigen Prozesses machen konnte.

Die Namen einiger im Buch erwähnten Personen habe ich verändert. Bei denjenigen, auf die dies zutrifft, handelt es sich um Personen, deren Verbindung zu dem Fall zuvor noch nicht im Rahmen des Prozesses oder durch irgendwelche Nachrichtenmeldungen bekannt geworden war. Einige von ihnen baten mich bei meinem Interview darum, ihre Namen zu ändern. Andere wurden von mir nicht mit ihrem wirklichen Namen genannt, weil meine Informationen über sie aus anderen Quellen als aus persönlichen Kontakten herrührten. Im Buch werden hundertzehn Personen genannt. Fünfzehn von ihnen tragen Pseudonyme.

Die Pseudonyme habe ich den Kurzgeschichten von F. Scott Fitzgerald entnommen. Fitzgerald liebte Namen; er gab all seinen Figuren Namen, sogar denen, die nur kurz in irgendwelchen Szenen auftauchten. Das bedeutete, daß es hier eine reichhaltige Auswahl gab. Was aber noch wichtiger war – das Preppie-Milieu, über das er in einer Vielzahl seiner Geschichten geschrieben hat, war eine frühere, unschuldigere Version derjenigen, die hier beschrieben wird.

Einige wenige Personen, die in diesen Fall verwickelt waren, lehnten es ab, für dieses Buch interviewt zu werden; darunter Bob und Phyllis Chambers sowie Robert selbst. Ich hatte jedoch einige zwanglose Gespräche mit Robert während der Sitzungen bei den Vorverhandlungen. Meiner Meinung nach reichten sie aus, um einen Eindruck von seiner Persönlichkeit zu gewinnen.

Was die Dialoge und die inneren Monologe in diesem Buch betrifft: Sie stammen aus Interviews, Polizeiberichten und Zeugenaussagen, die im Laufe des Prozesses oder der Vorverhandlung gemacht wurden. Obwohl weder Robert noch Phyllis oder Bob während des Prozesses als Zeugen ausgesagt haben, haben Phyllis und Bob jedoch bei den Anhörungen der Vorverhandlung über ihre Erlebnisse berichtet und ihre Meinungen bei diesen Gelegenheiten zu Protokoll gegeben.

Obschon ich den Fluß der Handlung nicht unterbrochen habe, um ständig nachzuweisen, ob die Quelle für eine beschriebene Situation aus einem Interview, einer Gerichtssitzung oder von beidem stammte, habe ich mich dennoch nach Kräften bemüht, den Leser über die Identität und im allgemeinen über die Bindung und die daraus folgende Parteinahme desjenigen aufzuklären, von dem die jeweiligen Erinnerungen, Meinungen oder Unterhaltungen stammen. In einigen wenigen Szenen habe ich Jennifer oder Robert Gedanken unterstellt. Ich habe dies nur sehr selten getan und auch nur dann, wenn ich, basierend auf Informationen meiner Quellen, einen guten Grund zu der Annahme hatte, daß diese Zuschreibung auch tatsächlich zutraf.

Wichtige Ereignisse wurden jeweils durch zwei Quellen erhärtet, wann immer dies möglich war. Gab es Diskrepanzen zwischen den Aussagen zweier Personen, habe ich die Aussage gewählt, die – basierend auf den Erkenntnissen, die ich durch meine reichlichen Recherchen inzwischen gewonnen hatte – mir zuverlässiger erschien.

Es gibt noch einige andere Punkte, auf die ich hier hinweisen möchte. Einer hat mit Unterlassungen zu tun. Ich kam zu der Überzeugung, daß ich aus Platz- und Zeitgründen nicht sämtliche Drehungen und Wendungen des Chambers-Falles einbeziehen konnte. Ein Fakt, das ich weggelassen habe, betraf folgendes: meine eigene Verwicklung in den Prozeß. Jack Litman hatte einen Antrag auf Herausgabe meiner Unterlagen für dieses Buch gestellt. Dieser Überstellungsantrag konnte erfolgreich angefochten werden.

Ein anderer Punkt, den ich noch erwähnen möchte, hat mit der Reihenfolge der Ereignisse zu tun. Einige der Personen, mit denen ich gesprochen habe, machten unpräzise Angaben über den Zeitpunkt der Ereignisse. Zum Beispiel hat laut meinen Unterlagen die Frau, die Jennifer den Rock für ihre Collegegarderobe verkaufte, dies ›einige Tage, bevor sie getötet wurde‹ getan. Jennifer befand sich jedoch vor ihrem Tod für mehrere Tage in den Hamptons. Darum habe ich mir die Vermutung erlaubt, wann in etwa dieses Ereignis stattgefunden hat. Es kommen noch einige andere derartige Spekulationen über die zeitliche Abfolge von Ereignissen vor – aber nicht viele.

Darüber hinaus gab es einige Begebenheiten, bei denen die ›Augenzeugentechnik‹, die ich gewählt habe, nicht ausreichte, um ein Detail erschöpfend zu erklären. Um eine solche Situation handelt es sich bei der Szene, in der Richter Bells Name aus dem Rad gezogen wird. Sein Name war ursprünglich sowohl im regulären Rad als auch im ›P‹-Rad. Diese Information habe ich in der entsprechenden Szene nicht eingebaut, weil diese Tatsache erst nach dem Zeitpunkt der Beschreibung des Radsystems bekannt wurde. Eine andere Situation dieser Art liegt vor, als Robert die Porno-Hotline anwählt. Ich weiß nicht, ob die Ansage, die er im Sommer 1986 gehört hat, mit der übereinstimmt, die ich im Buch benutze, da ich diese Szene erst anderthalb Jahre später recherchiert habe. Eine dritte Situation betrifft die Szene, in der David Fillyaw auf die Columbia-Studentin einsticht. Mir lag nur Davids Aussage über dieses Ereignis vor – sein auf Video aufgezeichnetes Geständnis –, von dem ich ausgehen konnte. Möglicherweise hat er in dieser Aussage auch gelogen, und das Mädchen, auf das er eingestochen hat, hatte ihn überhaupt nicht auf ihr Zimmer eingeladen.

Abschließend möchte ich all denjenigen meinen Dank aussprechen, die mir Interviews gewährt haben. Von Anfang an hatte ich mir das Buch als eine Art Teppich vorgestellt, in dem all die Erfahrungen, die der Chambers-Fall zahlreichen Individuen bescherte – Teenagern, Eltern, Anwälten, Richtern, der Polizei, Lehrern, Hausangestellten –, miteinander verknüpft werden sollten. Dieser Wandteppich wäre allerdings nur sehr dünn gewesen ohne die Beiträge meiner Interviewpartner. Ich bin ihnen allen dankbar für ihre Rücksichtsnahme und ihre Aufmerksamkeit. Ganz besonders dankbar bin ich denjenigen, die mir Stunde um Stunde ihrer kostbaren Zeit geschenkt haben.

ENDE

Band 14 186
Don Davis
Schlaf, Kindchen, schlaf . . .
Deutsche Erstveröffentlichung

Kein Verbrechen der vergangenen Jahre hat die amerikanische Öffentlichkeit so schockiert, wie der Doppelmord an den beiden Jungen Davon und Damon Routier.

Als Darlie Routier in der Nacht vom 5. auf den 6. Juni 1996 die Polizei in Dallas, Texas, verständigt, sind ihre Söhne bereits tot. Ein Fremder, so berichtet die völlig hysterische Mutter, sei in ihr Haus eingedrungen und habe ihre beiden Kinder ermordet, sie selbst schwer verletzt.
Doch die Polizei beginnt rasch, Darlies Aussage zu bezweifeln. Die junge Mutter verstrickt sich in ein Netz aus Ungereimtheiten und Widersprüchen, das ihr zum Verhängnis wird.

Band 13 992
Ann Rule
Der perfekte Ehemann
Deutsche Erstveröffentlichung

Tom Harris wollte immer schon Polizist werden. Entsprechend engagiert übt er seinen Beruf aus. Auch privat scheint alles zu stimmen: Mit Sandy Wessendorf hat er eine hübsche und aufregende Lebensgefährtin gefunden. Erst nach einigen Jahre beginnt Sandy die sonderbaren Obsessionen und Geheimnisse ihres Mannes zu erahnen. Als sie den Entschluß faßt, sich von ihm zu trennen, ist es beinahe schon zu spät . . .

Ann Rule arbeitete erst als Polizistin und dann als Polizeireporterin in Seattle, bevor sie mit Büchern wie *Wenn du mich wirklich lieb hast* und *Eine Rose für ihr Grab* zur ›unbestrittenen Königin des True crime‹ (Philadephia Inquirer) wurde. Sie wird regelmäßig vom US-Senat und von den FBI-Akademien als Verbrechensexpertin eingeladen und befragt.

BASTEI LÜBBE

Band 13 957

Ken Englade

Das Blut der Pferde

Deutsche Erstveröffentlichung

Als die Millionärswitwe Helen Brach nach einem Krankenhausbesuch spurlos verschwindet und Staatsanwalt Steve Miller die Ermittlungen übernimmt, kann er nicht ahnen, daß seine Untersuchung die Schattenseite der amerikanischen Reitindustrie aufdecken wird.
Der Fall Brach nimmt ungeahnte Dimensionen an, als die Ermittler auf einen charmanten Herzensbrecher namens Richard Bailey aufmerksam werden, der nicht nur Helen Brach um stattliche Summen betrogen hat. Eine andere Spur führt zu Tom Burns, einem professionellen Pferdekiller, der erfolglose Rennpferde tötet, damit die Besitzer – zu denen auch Olympiastars gehören – die Versicherungssummen kassieren können. Aber das ist nicht das Ende der Untersuchung, denn eine weitere Spur führt zurück in das Jahr 1955 und zu einem grausamen Sexual-verbrechen, bei dem drei Jungen ums Leben kamen.

Ein atemberaubender Report, der die Dekadenz der Wohlstandsgesellschaft am Beispiel der Reiterbranche aufzeigt.

BASTEI LÜBBE